# Robert Charles Wilson

# SPIN

Roman

Aus dem kanadischen Englisch
von Karsten Singelmann

WILHELM HEYNE VERLAG
MÜNCHEN

Titel der Originalausgabe

SPIN

**FSC**
**Mix**
Produktgruppe aus vorbildlich
bewirtschafteten Wäldern und
anderen kontrollierten Herkünften
Zert.-Nr. SGS-COC-1940
www.fsc.org
© 1996 Forest Stewardship Council

Verlagsgruppe Random House FSC-DEU-0100
Das FSC-zertifizierte Papier *München Super*
für Taschenbücher aus dem Heyne Verlag
liefert Mochenwangen Papier.

9. Auflage
Deutsche Erstausgabe 8/06
Redaktion: Alexander Martin
Copyright © 2005 by Robert Charles Wilson
Copyright © 2006 der deutschen Ausgabe und der Übersetzung
by Wilhelm Heyne Verlag, München
in der Verlagsgruppe Random House GmbH
www.heyne.de
Printed in Germany 2008
Umschlaggestaltung: Nele Schütz Design, München
Satz: C. Schaber Datentechnik, Wels
Druck und Bindung: GGP Media GmbH, Pößneck

ISBN: 978-3-453-52200-8

Wir alle fallen, und ein jeder landet irgendwo.

Diane und ich mieteten uns also ein Zimmer im dritten Stock eines im Kolonialstil gehaltenen Hotels in Padang, wo wir für eine Weile unbemerkt bleiben würden.

Für neunhundert Euro die Nacht kauften wir uns Ungestörtheit und einen Balkonausblick auf den Indischen Ozean. Bei gutem Wetter – und daran hatte in den letzten Tagen kein Mangel geherrscht – konnten wir den nächstgelegenen Teil des Torbogens sehen: eine wolkenfarbene vertikale Linie, die sich aus dem Horizont erhob und, immer weiter aufsteigend, im blauen Dunst verschwand. So eindrucksvoll allein dies schon wirkte, war es doch nur ein Bruchteil des gesamten Bauwerks, den man von der Westküste Sumatras aus sehen konnte. Das entferntere Ende des Torbogens tauchte bis zu den unterseeischen Gipfeln des Carpenter Ridges hinab, überspannte den Mentawai-Graben wie ein in einer flachen Pfütze stecken gebliebener Ehering. Auf dem Land hätte er sich von Bombay an der Ostküste Indiens bis nach Madras im Westen erstreckt. Oder sagen wir, ganz grob geschätzt, von New York bis nach Chicago.

Diane hatte den Nachmittag auf dem Balkon verbracht, schwitzend im Schatten eines Sonnenschirms mit ausgeblichenen Streifen. Die Aussicht faszinierte sie, und ich war froh und erleichtert darüber, dass sie – nach allem, was geschehen war – noch immer Vergnügen an solchen Dingen empfinden konnte.

Bei Sonnenuntergang setzte ich mich zu ihr. Sonnenuntergang war die schönste Zeit. Ein Frachter, der an der Küste entlang zum Hafen von Teluk Bayur schipperte, wurde auf dem dunklen Wasser zu einer sanft dahingleitenden Lichterkette. Das nahe Bogenende schimmerte wie ein roter Nagel, der den Himmel ans Meer befestigte. Wir beobachteten, wie der Schatten der Erde, während die Stadt dunkel wurde, an dem Pfeiler emporkletterte.

Es war eine, nach dem berühmten Zitat von Arthur C. Clarke, »von Magie nicht zu unterscheidende« Technologie. Was sonst, wenn nicht Magie, würde den steten Fluss der Luft und des Meeres vom Golf von Bengalen bis zum Indischen Ozean ermöglichen, gleichzeitig aber Überwasserfahrzeuge in gänzlich unvertraute Häfen transportieren? Und was war das für ein Wunder der Ingenieurskunst, das ein Bauwerk mit einem Radius von eintausend Kilometern sein eigenes Gewicht tragen ließ? Woraus war es gemacht, wie stellte es das das alles an?

Jason Lawton wäre vielleicht in der Lage gewesen, diese Fragen zu beantworten. Aber Jason war nicht bei uns.

Diane lümmelte auf einem Liegestuhl, ihr gelbes Sommerkleid und der breite Strohhut wurden in der zunehmenden Dunkelheit zu bloßen Schattenrissen. Ihre Haut war rein, glatt, nussbraun. Es war bezaubernd, wie das letzte Licht in ihren Augen glänzte, doch ihr Blick war immer noch wachsam – daran hatte sich nichts geändert.

Sie sah zu mir hoch. »Du bist schon den ganzen Tag so zapplig.«

»Ich überlege, ob ich etwas schreibe«, erwiderte ich. »Bevor es anfängt. Memoiren sozusagen.«

»Angst davor, dass du alles verlierst? Aber das ist irrational, Tyler. Es ist nicht so, dass deine Erinnerung gelöscht würde.«

Nein, nicht gelöscht, aber möglicherweise eingetrübt, geschwächt, verwischt. Die anderen Nebenwirkungen der Substanz waren vorübergehend und zu ertragen, doch die Möglichkeit eines Gedächtnisverlustes schreckte mich.

»Außerdem«, fuhr sie fort, »spricht alles dafür, dass es gut geht. Das weißt du selbst am besten. Ein Risiko gibt es zwar ... aber es ist eben nur ein Risiko, und ein kleines noch dazu.«

Und sofern dieser Fall bei ihr eingetreten war, konnte man eigentlich nur froh darüber sein.

»Trotzdem«, sagte ich. »Mir ist wohler, wenn ich etwas aufschreibe.«

»Also, du musst nicht, wenn du jetzt noch nicht möchtest. Du weißt selber, wann du bereit bist.«

»Nein, ich will es tun.« Jedenfalls redete ich mir das ein.

»Dann muss es heute Abend sein.«

»Ich weiß. Aber in den nächsten Wochen ...«

»Wirst du zum Schreiben wahrscheinlich keine Lust haben.«

»Es sei denn, ich kann nicht anders.« Schreibwut gehörte zu den harmloseren der möglichen Nebenwirkungen.

»Mal sehen, was du denkst, wenn die Übelkeit einsetzt.« Sie schenkte mir ein Lächeln. »Vermutlich haben wir alle etwas, das wir nicht loslassen wollen.«

Das war eine beunruhigende Bemerkung, ich mochte gar nicht darüber nachdenken.

»Was soll's«, sagte ich. »Vielleicht sollten wir einfach anfangen.«

Die Luft roch nach Tropen, vermischt mit dem Chlor aus dem Hotel-Swimmingpool drei Stockwerke unter uns. Padang war ein bedeutender internationaler Hafen, voll mit Ausländern: Indern, Filipinos, Koreanern, sogar versprengten Amerikanern wie Diane und ich; Leuten, die sich keinen Luxustransit leisten konnten und nicht die Voraussetzungen für von der UN anerkannte Umsiedlungsprogramme erfüllten. Es war eine lebendige, aber oft auch gesetzlose Stadt, vor allem seit die New Reformasi in Jakarta an die Macht gekommen waren.

Das Hotel jedoch war sicher, und jetzt waren auch die Sterne in ihrer ganzen verstreuten Pracht aufgezogen. Der Scheitelpunkt des großen Bogens bildete den hellsten Fleck am Himmel, ein fein geformtes silbernes U (wie Unbekannt, Unkenntlich), verkehrt herum aufgemalt von einem legasthenischen Gott. Ich hielt Dianes Hand, während wir zusahen, wie er verblich.

»Woran denkst du?«, fragte sie.

»Daran, wie ich das letzte Mal die alten Sternbilder gesehen habe.« Jungfrau, Löwe, Schütze – das Lexikon des Astrologen, nur noch eine Fußnote in den Geschichtsbüchern.

»Sie hätten von hier aus allerdings anders ausgesehen, oder? Südliche Halbkugel?«

Ja, vermutlich.

Dann, in der vollkommenen Dunkelheit der Nacht, gingen wir zurück ins Zimmer. Ich schaltete das Licht ein, während Diane die Jalousien herunterließ und dann Spritze und Ampullenkasten auspackte, in deren Gebrauch ich sie eingewiesen hatte. Sie füllte die sterile Spritze, runzelte die Stirn, ließ fingertippend eine kleine Blase heraustreten. Es sah alles recht professionell aus, doch ihre Hand zitterte.

Ich zog mein Hemd aus und legte mich aufs Bett.

»Tyler ...« Plötzlich war sie diejenige, die Bedenken hatte.

»Keine Diskussionen mehr. Ich weiß, worauf ich mich einlasse. Und wir haben das alles ein Dutzend Mal besprochen.«

Sie nickte, dann rieb sie meine Armbeuge mit Alkohol ein. Sie hielt die Spritze in der rechten Hand, mit der Nadel nach oben. Die Flüssigkeit darin wirkte so unschuldig wie Wasser.

»Das ist so lange her«, sagte sie.

»Was?«

»Dass wir die Sterne beobachtet haben, damals.«

»Es freut mich, dass du es nicht vergessen hast.«

»Natürlich hab ich's nicht vergessen. So, und jetzt mach eine Faust.«

Der Schmerz war nicht der Rede wert. Jedenfalls am Anfang.

## DAS GROSSE HAUS

Ich war zwölf und die Zwillinge waren dreizehn, in jener Nacht, als die Sterne vom Himmel verschwanden.

Es war Oktober, wenige Wochen vor Halloween, und wir drei

waren für die Dauer einer »Geselligkeit nur für Erwachsene« in den Keller des Lawtonschen Hauses – wir nannten es das Große Haus – beordert worden.

In den Keller verbannt zu sein, bedeutete jedoch keine Strafe. Nicht für Diane und Jason, die einen großen Teil ihrer Zeit freiwillig dort verbrachten, und schon gar nicht für mich. Zwar hatte ihr Vater eine genau definierte Grenze zwischen der Erwachsenen- und der Kinderzone des Hauses abgesteckt, doch in dem uns zugewiesenen Bereich hatten wir eine brandneue Spielkonsole, DVD's und sogar einen Billardtisch ... und keinerlei Beaufsichtigung außer durch eine der Damen vom Partyservice, eine Mrs. Truall, die jede Stunde einmal nach unten kam, um sich vom Kanapeedienst zu erholen und uns mit neuen Informationen über den Verlauf der Party zu versorgen (ein Mann von Hewlett-Packard hatte sich mit der Frau eines *Post*-Kolumnisten danebenbenommen; ein betrunkener Senator hatte sich in den Hobbyraum verirrt). Alles, was uns fehlte, sagte Jason, war Ruhe – auf der Anlage im Wohnzimmer lief Tanzmusik, die durch die Decke dröhnte wie der Herzschlag eines Monsters – und ein freier Ausblick auf den Himmel.

Ruhe und Ausblick: typisch für Jason, dass er beides wollte.

Diane und Jason waren im Abstand von wenigen Minuten geboren worden, sie waren aber offenkundig keine eineiigen Zwillinge; tatsächlich wurden sie von niemandem außer ihrer Mutter als »die Zwillinge« bezeichnet. Jason pflegte zu sagen, sie seien das Produkt eines »in gegensätzlich disponierte Eizellen eingedrungenen dipolaren Spermiums«. Diane, deren IQ zwar ebenso eindrucksvoll war wie Jasons, die sich aber eines zurückhaltenderen Vokabulars bediente, verglich sich und ihren Bruder mit »zwei Gefangenen, die aus ein und derselben Zelle ausgebrochen sind«.

Ich bewunderte sie beide.

Jason war mit seinen dreizehn Jahren nicht nur beängstigend klug, sondern auch körperlich überaus fit – gar nicht mal sehr muskulös, aber dennoch kräftig und mit einigen Erfolgen in der Leichtathletik. Er war schon damals über eins achtzig groß, eher mager, die harsche Knochigkeit des Gesichts ausbalanciert durch ein etwas schiefes, aber aufrichtiges Lächeln. Seine Haare waren blond und borstig.

Diane war gut zehn Zentimeter kleiner, rundlich allenfalls im Vergleich zu ihrem Bruder, und sie hatte eine dunklere Haut. Ihr Teint war makellos rein, abgesehen von den Sommersprossen rund um die Augen, die sie als »meine Waschbärenmaske« zu bezeichnete. Was mir an Diane am meisten gefiel – und ich hatte ein Alter erreicht, in dem derlei Details eine kaum verstandene, aber unbestreibare Bedeutung annahmen –, das war ihr Lächeln. Sie lächelte selten, aber wenn, dann war es spektakulär. Sie war überzeugt (zu Unrecht), dass ihre Zähne zu weit vorstanden, und hatte sich daher angewöhnt, die Hand vor den Mund zu halten, wenn sie lachte. Ich brachte sie gern zum Lachen, doch es war ihr Lächeln, nach dem ich mich im Geheimen sehnte.

Eine Woche zuvor hatte Jason von seinem Vater ein teures astronomisches Fernglas geschenkt bekommen. Nun spielte er die ganze Zeit damit herum – nahm etwa das gerahmte Reiseplakat über dem Fernseher ins Visier und gab vor, er würde von unserer Washingtoner Vorstadt aus Cancun auspähen – und schließlich erhob er sich und sagte: »Wir sollten mal einen Blick auf den Himmel werfen.«

»Nein«, erwiderte Diane sofort. »Es ist kalt draußen.«

»Nun ja, die erste klare Nacht in dieser Woche. Außerdem ist es höchstens ein bisschen kühl.«

»Auf dem Rasen war heute Morgen eine Eisschicht.«

»Frost.«

»Es ist schon nach Mitternacht.«

»Aber Freitag, Wochenende.«

»Wir sollen den Keller nicht verlassen.«

»Wir sollen die Party nicht stören. Niemand hat was davon

gesagt, dass wir nicht nach draußen dürften. Es wird uns auch niemand sehen – falls du Angst hast, erwischt zu werden.«

»Ich hab keine Angst, erwischt zu werden.«

»Wovor hast du dann Angst?«

»Davor, dass mir die Füße abfrieren, während du mir die Ohren vollplapperst.«

Jason wandte sich mir zu. »Was ist mit dir, Tyler? Willst du dir den Himmel angucken?«

Ich wurde oft aufgefordert, bei den Meinungsverschiedenheiten der Zwillinge den Schiedsrichter zu machen, was mir ziemlich unangenehm war. Für mich gab es in diesen Situationen nichts zu gewinnen. Ergriff ich Jasons Partei, lief ich Gefahr, Diane vor den Kopf zu stoßen; wenn ich aber allzu oft für Diane entschied, würde es – nun ja, ziemlich offensichtlich wirken. Ich sagte: »Ich weiß nicht, Jase, es ist wirklich ziemlich kühl da draußen. Ich ...«

Diane erlöste mich aus meiner Verlegenheit. Sie legte mir die Hand auf die Schulter und sagte: »Lass nur. Ein bisschen frische Luft ist wahrscheinlich besser, als wenn er die ganze Zeit rumjammert.«

Also holten wir unsere Jacken aus dem Kellerflur und gingen durch die Hintertür nach draußen.

Das Große Haus war nicht so gewaltig, wie der ihm zugedachte Spitzname es nahe legen mochte, aber doch größer als das Durchschnittsheim in dieser mittel bis gut situierten Wohngegend. Außerdem stand es auf einem ziemlich großen Grundstück. Eine ausgedehnte, sanft ansteigende und überaus gepflegte Rasenfläche ging hinter dem Haus in ein sich selbst überlassenes Fichtenwäldchen über, das an einen leicht verschmutzten Bach grenzte. Zum Sternegucken suchte Jason einen Platz irgendwo auf halbem Weg zwischen dem Haus und den Bäumen aus.

Es war bislang ein schöner Oktober gewesen, erst gestern hatte eine Kaltfront dem Nachsommer den Garaus gemacht.

Diane schlug demonstrativ die Arme umeinander und zitterte vor sich hin, doch das tat sie nur, um Jason zu strafen – die Nachtluft war kühl, aber nicht unangenehm. Der Himmel war kristallklar und das Gras einigermaßen trocken, wenn es auch zum Morgen hin wieder Frost geben mochte. Kein Mond und nicht die Spur einer Wolke. Das Große Haus war erleuchtet wie ein Mississippi-Dampfer und warf ein grelles gelbes Licht auf den Rasen, aber wir wussten aus Erfahrung, dass man in einer Nacht wie dieser im Schatten eines Baumes so vollständig verschwand, als wäre man von einem schwarzen Loch verschluckt worden.

Jason lag auf dem Rücken und richtete sein Fernglas auf den Sternenhimmel.

Ich saß im Schneidersitz neben Diane und sah, wie sie eine Zigarette aus ihrer Jackentasche zog, vermutlich von ihrer Mutter geklaut (Carol Lawton, eine Kardiologin und nominelle Ex-Raucherin, hielt Zigarettenpackungen in ihrer Frisierkommode, ihrem Schreibtisch und einer Küchenschublade versteckt – das wusste ich von meiner Mutter). Sie steckte sie sich zwischen die Lippen, zündete sie mit einem durchsichtig roten Feuerzeug an – die Flamme bildete sekundenlang den hellsten Punkt ringsum – und blies eine Rauchwolke in die Luft, die rasch in der Dunkelheit zerstob.

Sie bemerkte, dass ich sie beobachtete. »Möchtest du mal ziehen?«

»Er ist zwölf Jahre alt«, sagte Jason. »Er hat schon genug Probleme. Auf Lungenkrebs kann er da gut verzichten.«

»Klar«, stieß ich hervor. Jetzt war es zu einer Ehrensache geworden.

Amüsiert reichte Diane mir die Zigarette. Ich inhalierte vorsichtig und schaffte es, keinen Hustenanfall zu kriegen.

Sie nahm sie zurück. »Übertreib es nicht.«

»Tyler«, sagte Jason, »weißt du irgendetwas über die Sterne?«

Ich schluckte eine Lunge voll klarer, kalter Luft. »Ja, natürlich.«

»Ich meine nicht das, was du in deinen billigen Taschenbüchern liest. Kannst du mir irgendwelche Sterne *nennen*?«

Ich wurde rot und hoffte, dass er das im Dunkeln nicht sehen würde. »Arkturus«, flüsterte ich. »Alpha Centauri. Sirius. Der Polarstern ...«

»Und welcher davon«, fragte Jason, »ist die Heimat der Klingonen?«

»Sei nicht gemein«, sagte Diane streng.

Die Zwillinge waren beide außerordentlich intelligent für ihr Alter. Ich war auch kein Dummkopf, aber ich konnte mich nicht mit ihnen messen – das war uns allen klar. Sie besuchten eine Schule für Hochbegabte, ich fuhr mit dem Bus zur Staatlichen Schule. Und das war nur einer von diversen unverkennbaren Unterschieden zwischen uns. Sie wohnten in dem Großen Haus, ich wohnte mit meiner Mutter in dem Bungalow am östlichen Rand des Grundstücks. Ihre Eltern hatten beide einen tollen Beruf, meine Mutter machte bei ihnen das Haus sauber ... Irgendwie gelang es uns, diese Unterschiede zwar anzuerkennen, aber nicht ständig darauf herumzureiten.

»Okay«, sagte Jason nach einer Weile, »kannst du mir den Polarstern zeigen?«

Der Polarstern, auch Nordstern genannt. Ich hatte über die Sklaverei und den Bürgerkrieg gelesen. Dabei war ich auf ein Lied der flüchtigen Sklaven gestoßen:

*Wenn die Sonne wiederkehrt, beim Schrei der ersten Wachtel,*
*Folge dem Trinkkürbis.*
*Der alte Mann erwartet dich, er trägt dich in die Freiheit*
*Wenn du dem Trinkkürbis folgst.*

Wenn die Sonne wiederkehrt – das hieß, nach der Wintersonnenwende. Wachteln überwintern im Süden. Der Kürbis war der Große Wagen, und das breite Ende der Schüssel zeigte zum

Polarstern, gerade nach Norden, dort, wo die Freiheit wartete ...
Ich fand den Großen Wagen und fuchtelte hoffnungsfroh in die
entsprechende Richtung.

»Siehste?«, sagte Diane zu Jason, als hätte ich einen strittigen
Punkt zwischen ihnen geklärt, von dem ich nichts wusste.

»Nicht schlecht«, konzedierte Jason. »Weißt du, was ein Komet ist?«

»Ja.«

»Willst du mal einen sehen?«

Ich nickte und streckte mich neben ihm aus, immer noch den
beißenden Geschmack der Zigarette im Mund, worüber ich mich
jetzt doch ärgerte. Jason zeigte mir, wie ich die Ellbogen auf den
Boden zu stützen hatte, dann ließ er mich das Fernglas an die
Augen führen und die Schärfe einstellen. Aus den Sternen wurden zuerst verschwommene Ovale, dann Stecknadelköpfe, viel
zahlreicher, als man mit bloßem Auge sehen konnte. Ich
schwenkte das Glas, bis ich den Punkt gefunden hatte – oder
gefunden zu haben glaubte –, den Jason mir zeigen wollte: ein
winziger phosphoreszierender Knoten vor dem tiefschwarzen
Himmel.

»Ein Komet«, sagte Jason.

»Ich weiß. Ein Komet ist eine Art staubiger Schneeball, der
auf die Sonne zufällt.«

»So könnte man sagen.« Er klang etwas höhnisch. »Weißt du,
wo die Kometen herkommen, Tyler? Sie kommen aus dem äußeren Sonnensystem – aus einer Art eisigem Halo um die Sonne, der von der Umlaufbahn des Pluto bis halb zum nächsten
Stern reicht. Wo es kälter ist, als du dir vorstellen kannst.«

Ich nickte – mit etwas Unbehagen. Ich hatte genug Science
Fiction gelesen, um mir eine Vorstellung von der schier unfass-
baren Weite des Nachthimmels machen zu können. Das war
etwas, worüber ich manchmal gerne nachdachte, wenn es auch –
etwa nachts, wenn das Haus ganz still war – ein bisschen beängstigend war.

»Diane?«, fragte Jason. »Willst du auch mal gucken?«

»Muss ich?«

»Nein, natürlich musst du nicht. Wenn es dir lieber ist, kannst du da sitzen bleiben, dir die Lunge ausräuchern und dummes Zeug erzählen.«

»Klugscheißer.« Sie drückte die Zigarette ins Gras und streckte die Hand aus. Ich gab ihr das Fernglas.

»Sei bloß vorsichtig damit.« Jason war völlig vernarrt in sein Fernglas. Es roch noch immer nach Zellophan und Styroporverpackung.

Sie stellte die Schärfe ein und blickte nach oben. Eine Zeit lang blieb sie still. Dann sagte sie: »Weißt du, was ich sehe, wenn ich mit so einem Ding die Sterne ansehe?«

»Was denn?«

»Na, die Sterne, weiter nichts.«

»Benutze deine Fantasie.« Jason klang ehrlich verärgert.

»Wenn ich meine Fantasie benutzen kann, wozu brauche ich dann ein Fernglas?«

»Ich meine, denke nach über das, was du siehst.«

»Oh«, erwiderte sie. Dann: »Oh. *Oh!* Jason, ich sehe ...«

»Ja, was?«

»Ich glaube ... ja ... es ist Gott! Und er hat einen langen weißen Bart. Und er hält ein Schild in der Hand. Und auf dem Schild steht ... JASON IST EIN TROTTEL!«

»Sehr witzig. Gib es zurück, wenn du nichts damit anzufangen weißt.«

Er streckte die Hand aus, doch sie ignorierte ihn. Sie saß aufrecht da und richtete das Fernglas auf die Fenster des Großen Hauses.

Die Party war seit dem späten Nachmittag im Gange. Meine Mutter hatte mir erzählt, Feste bei den Lawtons seien »teure Quatschrunden für hohe Tiere«, aber da sie einen feinen Sinn für Übertreibungen besaß, war man gut beraten, alles ein bisschen tiefer zu hängen. Die meisten Gäste, hatte Jason gesagt, waren Leute aus der Raumfahrtindustrie oder der Politik. Nicht die alteingesessene Washingtoner Gesellschaft, sondern gut betuchte Newcomer mit Westküstenwurzeln und Verbindungen zur Waffenindustrie. E. D. Lawton, Jasons und Dianes Vater, richtete derlei Veranstaltungen alle drei bis vier Monate aus.

»Alles wie immer«, sagte Diane hinter dem Doppeloval des Fernglases. »Im Erdgeschoss wird getrunken und getanzt. Mehr getrunken als getanzt zur Zeit. Sieht allerdings so aus, als würde die Küche schließen. Ich glaube, die Cateringleute wollen nach Hause. Im Hobbyraum sind die Vorhänge zugezogen. E. D. ist in der Bibliothek, zusammen mit ein paar Anzugträgern. Igitt! Einer von ihnen raucht Zigarre.«

»Dein Ekel wirkt nicht gerade überzeugend, Miss Marlboro.«

Diane fuhr fort, die Fenster zu katalogisieren, während Jason an meine Seite rutschte. »Da zeigt man ihr das Universum«, flüsterte er, »und sie zieht es vor, eine Dinnerparty auszukundschaften.«

Ich wusste nicht, was ich darauf antworten sollte. Wie so vieles von dem, was Jason von sich gab, klang es witzig und klüger als alles, was ich zu sagen hatte.

»Mein Zimmer«, sagte Diane gerade. »Leer, Gott sei Dank. Jasons Zimmer, auch leer, abgesehen von dem *Penthouse* unter der Matratze.«

»Haha. Das ist ein gutes Fernglas, aber so gut auch wieder nicht.«

»Carols und E. D.s Schlafzimmer, leer. Das Gästezimmer ...«

»Na, was?«

Aber Diane erwiderte nichts. Sie saß ganz still, das Fernglas vor den Augen.

»Diane?«, sagte ich.

Sie schwieg weiter. Dann, nach einigen Sekunden, schüttelte sie sich, drehte sich um und warf – *schleuderte* fast – Jason das Fernglas zu, der sogleich protestierte, offenbar ohne zu begreifen, dass Diane etwas zutiefst Beunruhigendes gesehen hatte.

Ich machte schon den Mund auf, um sie zu fragen, ob alles in Ordnung sei ...

Da verschwanden die Sterne.

Es war keine große Sache.

Viele sagen das, viele von denen, die es gesehen haben. Es war keine große Sache. Wirklich nicht, und ich spreche hier als Zeuge: Ich hatte, während Diane und Jason sich in den Haaren lagen, den Himmel beobachtet. Da war nichts als ein kurzes seltsames Gleißen, das sich, ein Nachbild der Sterne hinterlassend, grün phosphoreszierend meiner Netzhaut aufprägte. Ich blinzelte. Jason sagte: »Was war das? Ein Blitz?« Und Diane sagte überhaupt nichts.

»Jason«, stieß ich hervor, noch immer blinzelnd.

»Was? Diane, ich schwöre dir, falls du eine von den Linsen kaputt gemacht hast ...«

»Halt den Mund«, unterbrach ihn seine Schwester.

Und ich sagte: »Hört auf. *Seht doch.* Was ist mit den Sternen passiert?«

Beide wandten ihren Kopf zum Himmel.

Von uns dreien war allein Diane bereit zu glauben, dass die Sterne tatsächlich »ausgegangen« seien – ausgelöscht wie Kerzen im Wind. Das sei unmöglich, erklärte Jason entschieden: das Licht dieser Sterne sei, je nach Quelle, fünfzig oder hundert oder hundert Millionen Lichtjahre unterwegs gewesen; garantiert hätten sie nicht allesamt in einer unendlich komplizierten Folge, die darauf angelegt war, den Erdlingen als gleichzeitig zu erscheinen, aufgehört zu leuchten. Außerdem, warf ich ein, war auch die Sonne ein Stern, und *die* schien ja noch, jedenfalls auf der anderen Seite des Planeten – oder nicht?

Doch, natürlich. Und falls nicht, sagte Jason, wären wir bis zum Morgen alle erfroren.

Also war es logischerweise so, dass die Sterne immer noch

schienen, wir sie aber bloß nicht sehen konnten. Sie waren nicht verschwunden, sondern verdunkelt, verdeckt: eine Sternfinsternis. Ja, der Himmel war plötzlich zu einer schwarzen Leere geworden – aber das war nur ein Rätsel, keine Katastrophe.

Ein anderer Aspekt von Jasons Kommentar allerdings hatte sich in meiner Fantasie festgesetzt: wenn nun die Sonne *tatsächlich* verschwunden war? Ich stellte mir vor, wie Schnee durch ewige Dunkelheit rieselte und wie dann die Luft, die frierende Luft, selbst zu einer Art Schnee würde, bis die ganze menschliche Zivilisation unter dem Zeug, das wir atmen, begraben wäre. Da war es doch besser, entschieden besser, anzunehmen, die Sterne seien »verfinstert« worden. Aber wovon?

»Nun, offensichtlich von etwas Großem. Und Schnellem. Du hast gesehen, wie es passiert ist, Tyler. War es alles gleichzeitig oder hat sich irgendetwas über den Himmel bewegt?«

Ich erwiderte, die Sterne hätten aufgeleuchtet und wären dann ausgegangen, alle gleichzeitig.

»Scheiß auf die blöden Sterne«, sagte Diane. (Ich war schockiert: Diane benutzte solche Ausdrücke normalerweise nicht, während Jase und ich recht locker damit umgingen, seit wir ein zweistelliges Alter erreicht hatten; vieles hatte sich verändert in diesem Sommer.)

Jason hörte die Unruhe in ihrer Stimme. »Ich glaube nicht, dass man sich Sorgen machen muss«, sagte er, obwohl ihm offenkundig selbst nicht ganz wohl war.

Diane machte ein missmutiges Gesicht. »Mir ist kalt«, erklärte sie.

Also beschlossen wir, ins Große Haus zurückzugehen und zu gucken, ob die Nachricht schon bei CNN oder CNBC angekommen war. Während wir über den Rasen liefen, war der Himmel fast unerträglich in seiner vollkommenen Schwärze, gewichtslos, aber trotzdem schwer, und dunkler, als ich je einen Himmel gesehen hatte.

»Wir müssen es E. D. erzählen«, sagte Jason.

»Erzähl du es ihm«, gab Diane zurück.

Jase und Diane nannten ihre Eltern beim Vornamen, weil Carol Lawton den Anspruch hatte, einen progressiven Haushalt zu führen. Die Realität war allerdings ein bisschen komplexer. Carol war nachgiebig, nahm aber nicht viel Anteil am Leben der Zwillinge, während E. D. sich systematisch einen Erben heranzog. Dieser Erbe war Jason, versteht sich. Jason verehrte seinen Vater. Diane hatte Angst vor ihm.

Und ich war nicht so blöd, mein Gesicht in der Erwachsenenzone zu zeigen, schon gar nicht im alkoholisch fortgeschrittenen Stadium einer Party bei den Lawtons; also drückten Diane und ich uns vor der Tür des Zimmers herum, in dem Jason seinen Vater aufgestöbert hatte. Wir konnten keine Einzelheiten ihres Gesprächs aufschnappen, aber der Ton in E. D.s Stimme war schwerlich zu verkennen: leidend, ungeduldig, cholerisch. Jason kam mit rotem Gesicht und nahezu weinend in den Keller zurück, worauf ich mich etwas umständlich verabschiedete und auf die Hintertür zuging.

Diane holte mich im Flur ein. Sie fasste mich am Handgelenk, als wolle sie uns miteinander verketten. »Tyler«, sagte sie. »Sie wird kommen, oder? Die Sonne, meine ich. Am Morgen. Ich weiß, das ist eine bescheuerte Frage. Aber die Sonne *wird* aufgehen, stimmt's?«

Sie klang völlig hilflos. Ich wollte irgendetwas Flapsiges sagen – *falls nicht, werden wir alle tot sein* –, aber ihre Angst weckte auch in mir Zweifel. Was genau hatten wir gesehen und was bedeutete es? Jason war es offensichtlich nicht gelungen, seinen Vater davon zu überzeugen, dass etwas Bedeutsames am Nachthimmel geschehen war, also machten wir uns womöglich völlig unnötig Sorgen. Was aber, wenn die Welt wirklich vor ihrem Ende stand – und nur wir drei wussten davon?

»Wird schon alles gut gehen«, sagte ich.

Sie sah mich durch strähnige Haare hindurch an. »Glaubst du?«

Ich versuchte zu lächeln. »Zu neunzig Prozent.«

»Aber du wirst bis zum Morgen aufbleiben, nicht wahr?«

»Vielleicht. Wahrscheinlich.« Tatsächlich war mir nicht nach Schlafen zumute.

Sie machte die Telefoniergeste mit Daumen und kleinem Finger. »Kann ich dich später anrufen?«

»Klar.«

»Ich werde wahrscheinlich nicht schlafen. Und – ich weiß, das klingt blöd – falls ich doch einschlafe, kannst du mich dann anrufen, sobald die Sonne aufgeht?«

Ich sagte ihr, dass ich das tun würde.

»Versprochen?«

»Versprochen.« Ich freute mich riesig über diese Bitte.

Das Haus, in dem meine Mutter und ich wohnten, war ein hübscher Schindelbungalow auf der Ostseite des Lawtonschen Grundstücks. Ein kleiner, von einem Kiefernholzgeländer umzäunter Rosengarten fasste die Vordertreppe ein – die Rosen selbst hatten bis weit in den Herbst hinein geblüht, waren aber nach dem kürzlichen Kälteeinbruch verwelkt. In dieser mondlosen, wolkenlosen, sternenlosen Nacht leuchtete die Verandalampe wie ein Signalfeuer.

Leise trat ich ein. Meine Mutter lag schon längst im Bett. Das kleine Wohnzimmer war penibel aufgeräumt, abgesehen von einem einzelnen leeren Schnapsglas auf dem Abstelltisch: Sie war eine Fünf-Tage-Abstinenzlerin, gönnte sich am Wochenende jedoch ein bisschen Whisky. Sie sagte oft, dass sie nur zwei Laster habe, und der Whisky am Samstagabend sei eines davon. (Als ich sie einmal fragte, welches denn das andere sei, sah sie mich lange an und sagte dann: »Dein Vater.« Ich fragte nicht weiter.)

Ich legte mich mit einem Buch auf das Sofa und las, bis Diane anrief, etwa eine Stunde später. Das Erste, was sie sagte, war: »Hast du den Fernseher an?«

»Sollte ich?«

»Lass nur. Es läuft nichts.«

»Na ja, es ist zwei Uhr morgens.«

»Nein, ich meine, wirklich absolut nichts. Auf dem lokalen Kabelsender zeigen sie Infomercials, aber sonst nichts. Was bedeutet das, Tyler?«

Es bedeutete, dass sämtliche Satelliten in der Umlaufbahn um die Erde zusammen mit den Sternen verschwunden waren. Telekommunikation, Wetterbeobachtung, Militärsatelliten, das GPS-System: alles war im Handumdrehen abgestellt worden. Aber davon wusste ich nichts, und schon gar nicht hätte ich es Diane erklären können. »Könnte alles Mögliche bedeuten.«

»Es ist ein bisschen unheimlich.«

»Wahrscheinlich nichts, was einem Sorge machen müsste.«

»Hoffentlich nicht. Ich bin froh, dass du noch wach bist.«

Eine Stunde später rief sie noch einmal an, hatte Neues zu berichten. Das Internet hatte ebenfalls den Geist aufgegeben. Und im Lokalfernsehen gab es erste Meldungen über gestrichene Flüge vom Reagan-Airport und den regionalen Flughäfen, verbunden mit der Mahnung an Reisende, sich vorab über ihre Flüge zu erkundigen.

»Aber die ganze Nacht sind Düsenjets geflogen.« Ich hatte ihre Positionslichter vom Schlafzimmerfenster aus gesehen, falsche Sterne in rascher Bewegung. »Militär vermutlich. Es könnte irgendein Terroranschlag sein.«

»Jason hängt in seinem Zimmer am Radio. Holt sich Sender aus Boston und New York rein. Er meint, es würde von militärischen Aktivitäten und Flughafenschließungen gesprochen, aber nicht von Terrorismus – und kein Wort über die Sterne.«

»Irgendjemand muss es aber bemerkt haben.«

»Falls ja, reden sie jedenfalls nicht drüber. Vielleicht haben sie ja *Anweisungen,* nicht darüber zu reden. Vom Sonnenaufgang ist übrigens auch nicht die Rede.«

»Warum auch? Die Sonne geht in, was, einer Stunde auf? Das

heißt, das sie bereits über dem Meer aufsteigt. Vor der Atlantik-küste. Schiffe, die dort unterwegs sind, müssen sie gesehen ha-ben. *Wir* werden sie auch sehen, schon bald.«

»Hoffentlich.« Diane klang ängstlich und verlegen zugleich. »Ich hoffe, du hast Recht.«

»Du wirst sehen.«

»Ich mag deine Stimme, Tyler. Hab ich dir das schon mal ge-sagt? Du hast so eine beruhigende Stimme.«

Selbst wenn das, was ich sagte, der reinste Schwachsinn war.

Aber das Kompliment berührte mich mehr, als ich sie merken lassen wollte. Ich dachte darüber nach, nachdem sie aufgelegt hatte. Spielte es mir immer wieder in Gedanken vor, wegen des warmen Gefühls, das es in mir auslöste. Und ich fragte mich, was es bedeutete. Diane war ein Jahr älter als ich und dreimal so klug – warum also hatte ich plötzlich das Gefühl, ich müsse sie beschützen, und warum wünschte ich mir, sie wäre bei mir, damit ich ihr Gesicht berühren und ihr versichern könne, es sei alles gut? Ein Rätsel, das fast so beunruhigend und fast so ver-wirrend war wie das, was mit dem Himmel geschehen war.

Sie rief um zehn vor fünf wieder an, als ich, gegen meine Ab-sicht und noch vollständig angezogen, gerade dabei war einzu-schlafen. Ich fummelte das Telefon aus meiner Hemdtasche. »Hallo?«

»Ich bin's nur. Es ist immer noch dunkel, Tyler.«

Ich blickte zum Fenster, ja, dunkel. Dann zum Wecker. »Noch nicht ganz Sonnenaufgangszeit, Diane.«

»Hast du geschlafen?«

»Nein.«

»Ja, hast du. Du Glücklicher. Es ist immer noch dunkel. Und kalt. Ich hab aufs Thermometer vor dem Küchenfenster geguckt. Knapp über null. Ist das normal, dass es so kalt ist?«

»Gestern Morgen war es genauso kalt. Ist sonst noch jemand wach bei euch?«

»Jason hat sich mit dem Radio in seinem Zimmer einge-schlossen. Meine Eltern schlafen wohl und, äh, erholen sich von der Party. Ist deine Mutter wach?«

»Nicht um diese Zeit. Nicht am Wochenende.« Ich warf einen nervösen Blick zum Fenster. Inzwischen musste doch irgendein Stück Helligkeit am Himmel zu sehen sein. Selbst eine bloße Andeutung von Tageslicht hätte erheblich zur Beruhigung bei-getragen.

»Du hast sie nicht geweckt?«

»Was soll sie denn tun, Diane? Machen, dass die Sterne zu-rückkehren?«

»Wohl nicht.« Sie machte eine Pause. »Tyler«, sagte sie dann.

»Ich bin noch da.«

»Was ist deine erste Erinnerung?«

»Wie meinst du – heute?«

»Nein. Das Erste, woran du dich in deinem Leben erinnerst. Ich weiß, es ist eine blöde Frage, aber ich glaube, mir würde es besser gehen, wenn wir einfach fünf oder zehn Minuten über was anderes reden könnten als über den Himmel.«

»Meine erste Erinnerung?« Ich dachte nach. »Das müsste in L.A. gewesen sein, bevor wir nach Osten gezogen sind.« Als mein Vater noch lebte und für E. D. Lawton in ihrer gemeinsa-men Startup-Firma in Sacramento arbeitete. »Wir hatten so eine Wohnung mit langen weißen Vorhängen im Schlafzimmer. Das Erste, woran ich mich richtig erinnern kann, ist, wie sich diese Vorhänge im Wind bauschten. Es war ein sonniger Tag, das Fenster war offen, und es war ein bisschen windig.« Die Erinnerung wurde von einem unerwartet wehmütigen Gefühl begleitet, wie ein letzter Blick auf eine entschwindende Küste. »Wie sieht's bei dir aus?«

Dianes erste Erinnerung spielte ebenfalls in Sacramento, aller-dings auf vollkommen andere Weise. E. D. hatte seine beiden Kinder mit in die Fabrik genommen und gab ihnen eine Füh-rung, wollte offenbar schon damals Jason auf seine Rolle als

Erbe vorbereiten. Diane war fasziniert von den riesigen perforierten Sparren, den Spulen mit mikrodünnen Aluminiumfasern, dem unablässigen Lärm. Alles war so groß, dass sie fest glaubte, irgendwo einen Märchenriesen zu finden, an die Wand gekettet, ein Gefangener ihres Vaters.

Es war keine schöne Erinnerung. Sie sagte, sie habe sich als fünftes Rad am Wagen gefühlt, verlassen, ausgesetzt inmitten einer riesigen, furchterregenden Maschinerie.

Wir sprachen noch eine Weile darüber. Dann sagte Diane: »Sieh dir den Himmel an.«

Ich blickte zum Fenster. Über den westlichen Horizont tropfte gerade genug Licht, um die Schwärze in ein tintenfarbenes Blau zu verwandeln.

Ich verbarg meine Erleichterung.

»Na, da hast du wohl Recht gehabt«, sagte sie, plötzlich ganz vergnügt. »Die Sonne geht doch noch auf.«

Natürlich war es gar nicht die Sonne. Es war eine Hochstaplersonne, eine clevere Fälschung. Aber das wussten wir damals noch nicht.

## IN KOCHENDEM WASSER ERWACHSEN WERDEN

Von jüngeren Leuten werde ich oft gefragt: Warum seid ihr nicht in Panik verfallen? Warum ist *niemand* in Panik verfallen? Warum gab es keine Plünderungen, keine Aufstände? Warum hat eure Generation klein beigegeben, warum seid ihr in den Spin hineingeglitten, ohne auch nur den leisesten Protest zu erheben?

Manchmal sage ich: Aber es *sind* doch schreckliche Dinge passiert.

Manchmal sage ich: Wir haben ja nicht begriffen, was los war. Und was hätten wir daran auch ändern können?

Und manchmal gebe ich das Gleichnis vom Frosch zum Besten. Wenn du einen Frosch in kochendes Wasser wirfst, hüpft er wieder heraus. Wirfst du den Frosch aber in einen Topf mit angenehm warmem Wasser, das du langsam immer weiter erhitzt, dann ist der Frosch tot, bevor er begriffen hat, dass man ihm an den Kragen will.

Die Auslöschung der Sterne geschah zwar nicht allmählich und unauffällig, doch für die meisten von uns hatte sie zunächst keine katastrophalen Auswirkungen. Als Astronom oder Verteidigungspolitiker, oder als Beschäftigter in der Telekommunikations- beziehungsweise Raumfahrtbranche hat man die ersten Tage des Spins vermutlich in einem Zustand äußerster Erregung verbracht – für den Busfahrer oder den Angestellten in einem Burger-Restaurant aber war das alles mehr oder weniger warmes Wasser.

Die englischsprachigen Medien bezeichneten es als den »October Event« – das »Oktober-Ereignis« (»Spin« hieß es erst ein paar Jahre später), und seine erste und offensichtliche Wirkung war die vollständige Vernichtung der Milliarden Dollar schweren Weltraumsatelliten-Industrie. Der Verlust der Satelliten bedeutete das Ende des Satellitenfernsehens, das Ende der Direktübertragungen per Satellit; er machte das gesamte Fernsprechsystem unberechen- und GPS-Lokalisierer unbrauchbar; er kappte das World Wide Net, ließ den Großteil der avanciertesten Rüstungstechnologie auf einen Schlag veralten, beschnitt die Möglichkeiten globaler Überwachung und Aufklärung und zwang die Wetteransager, Isobare auf Landkarten zu zeichnen, anstatt geschmeidig durch die von Wettersatelliten gelieferten CGI-Bilder zu gleiten. Wiederholte Versuche, Kontakt mit der Internationalen Raumstation aufzunehmen, waren erfolglos. In Canaveral (wie in Baikonur und Kourou) angesetzte kommerzielle Raketenstarts wurden auf unbestimmte Zeit verschoben.

Es bedeutete, auf lange Sicht, eine ungute Entwicklung für

GE Americom, AT&T, COMSAT und Hughes Communications, um nur einige zu nennen.

Und tatsächlich ereignete sich viel Schreckliches in der Folge jener Nacht, wenn auch das meiste im Blackout der Medien unterging. Nachrichten verbreiteten sich wie Geflüster, zwängten sich durch transatlantische Fiberoptikkabel, anstatt durch den Weltraum zu hüpfen: es dauerte fast eine Woche, bis wir erfuhren, dass ein pakistanischer Hatf-V-Flugkörper mit nuklearem Sprengkopf, versehentlich oder auf Grund von Fehlberechnungen abgeschossen in den verwirrenden ersten Augenblicken des Ereignisses, vom Kurs abgekommen war und ein landwirtschaftlich genutztes Tal im Hindukusch ausgelöscht hatte. Es war der erste in einem Krieg gezündete atomare Sprengkörper seit 1945, und so tragisch dieser Vorfall war, konnten wir angesichts der vom Verlust der Telekommunikation verursachten globalen Paranoia froh sein, dass so etwas nur einmal passierte. Einigen Berichten zufolge standen wir damals kurz davor, Teheran, Tel Aviv und Pjöngjang zu verlieren.

Vom Sonnenaufgang beschwichtigt, schlief ich bis mittags durch. Nachdem ich aufgestanden war und mich angezogen hatte, fand ich meine Mutter, noch in ihrem gesteppten Morgenmantel, im Wohnzimmer, wie sie mit gerunzelter Stirn auf den Fernseher starrte. Ich fragte sie, ob sie schon gefrühstückt hätte, und sie verneinte. Also bereitete ich uns beiden etwas zum Mittagessen.

Sie wird in jenem Herbst fünfundvierzig Jahre alt gewesen sein. Hätte man von mir verlangt, sie mit einem Wort zu beschreiben, dann hätte ich vielleicht »ausgeglichen« gesagt. Sie war kaum einmal wütend, und das einzige Mal in meinem Leben, wo ich sie habe weinen sehen, war in der Nacht, als die Polizei bei uns klingelte (das war noch in Sacramento) und ihr mitteilte, dass mein Vater in der Nähe von Vacaville tödlich verunglückt war, auf der Heimfahrt von einer Geschäftsreise. Sie hat, glaube ich, großen Wert darauf gelegt, mir nur diesen Aspekt ihres Wesens zu zeigen. Es gab durchaus noch andere. Im Wohnzimmer stand ein gerahmtes Foto, Jahre vor meiner Geburt aufgenommen, das eine Frau zeigte, die so schön und furchtlos vor der Kamera stand, dass ich völlig von den Socken war, als sie mir sagte, es sei ein Porträt von ihr.

Offensichtlich gefiel ihr nicht, was sie da im Fernsehen sah. Ein Lokalsender brachte Nachrichten nonstop, wiederholte von Kurzwellenradio und Amateurfunkern übermittelte Berichte und Geschichten sowie leicht verzerrte Ruhe-bewahren-Appelle seitens der Regierung. »Tyler.« Sie forderte mich mit einer Handbewegung auf, Platz zu nehmen. »Letzte Nacht ist etwas passiert. Es ist schwer zu erklären ...«

»Ich weiß. Ich hab davon gehört, bevor ich schlafen gegangen bin.«

»Du wusstest davon? Und hast mich nicht geweckt?«

»Ich war mir nicht sicher ...«

Aber ihre Verärgerung wich so schnell, wie sie gekommen war. »Ist schon gut, Ty. Vermutlich hab ich nichts verpasst. Es ist komisch ... mir ist, als würde ich immer noch schlafen.«

»Es sind nur die Sterne«, sagte ich, vollkommen idiotisch.

»Die Sterne und der Mond«, korrigierte sie mich. »Hast du das mit dem Mond nicht gehört? Niemand kann mehr die Sterne und den Mond sehen.«

Das mit dem Mond war natürlich ein wichtiger Hinweis.

Ich blieb eine Weile bei meiner Mutter sitzen, gebannt auf den Fernseher starrend, dann stand ich auf (»Komm diesmal nach Hause, bevor es dunkel wird«, sagte sie mit ernster Miene) und ging zum Großen Haus hinüber. Ich klopfte an der Hintertür, der, die sonst Koch und Maid benutzten, wenn auch die Lawtons peinlich darauf bedacht waren, niemals von einem »Dienstboteneingang« zu sprechen. Es war auch die Tür, durch die meine Mutter an den Wochentagen das Haus betrat, um den Haushalt der Lawtons zu führen.

Mrs. Lawton ließ mich herein, sah mich ausdruckslos an, winkte mich nach oben. Diane schlief noch, ihre Zimmertür war geschlossen. Jason hatte gar nicht geschlafen und anscheinend auch nicht die Absicht, es zu tun. Ich fand ihn in seinem Zimmer, vor dem Radio.

Jasons Zimmer war eine Aladinsche Höhle voll luxuriöser Gerätschaften, dergleichen ich selber heiß begehrte, ohne doch die Hoffnung zu haben, sie jemals zu besitzen: der Computer mit einer ultraschnellen ISP-Verbindung zum Beispiel, oder der Fernseher, zwar aus zweiter Hand, aber doppelt so groß wie der, der unser Wohnzimmer schmückte.

Nur für den Fall, dass er es noch nicht gehört hatte, informierte ich ihn: »Der Mond ist verschwunden.«

»Interessant, nicht wahr?« Jason stand auf, streckte sich, fuhr sich mit den Fingern durch das ungekämmte Haar. Er hatte sich seit gestern Abend nicht umgezogen, was von einer für ihn ganz untypischen Geistesabwesenheit zeugte. Obwohl erwiesenermaßen ein Genie, hatte Jason sich in meiner Gegenwart noch nie wie ein solches benommen – will sagen, er benahm sich nicht wie die Genies, die ich aus dem Kino kannte: Er blinzelte nicht ständig, stotterte nicht, schrieb keine algebraischen Gleichungen an die Wände. Jetzt jedoch wirkte er mächtig zerstreut. »Der Mond ist natürlich *nicht* verschwunden – wie könnte er auch? Dem Radio zufolge werden die üblichen Gezeiten an der Atlantikküste gemessen. Also ist der Mond noch da. Und wenn der Mond noch da ist, dann sind es auch die Sterne.«

»Aber warum können wir sie dann nicht sehen?«

Er warf mir einen verärgerten Blick zu. »Woher soll ich das wissen? Ich sage nichts weiter, als dass es wenigstens teilweise ein *optisches* Phänomen ist.«

»Sieh mal aus dem Fenster, Jase. Die Sonne scheint. Was soll das für ein optischer Trick sein, der die Sonnenstrahlen durchlässt, aber die Sterne und den Mond verschluckt?«

»Noch einmal, wie soll ich das wissen? Aber was ist die Alternative, Tyler? Jemand hat Mond und Sterne in einen großen Sack gesteckt und ist damit weggelaufen?«

Nein, dachte ich. Es war die Erde, die im Sack steckte, aus irgendeinem Grund, den nicht einmal Jason erraten konnte.

»Trotzdem ein guter Hinweis«, sagte er, »das mit der Sonne. Keine optische Barriere, sondern ein optischer *Filter*. Interessant.«

»Und wer hat ihn dort hingetan?«

»Woher soll ich ...« Er schüttelte gereizt den Kopf. »Deine Schlussfolgerungen gehen zu weit. Wer sagt, dass *irgendjemand* ihn dort hingetan hat? Es könnte ein Naturereignis sein, das einmal in einer Milliarde Jahren vorkommt, wie dass sich die Magnetpole umkehren. Es ist ein ziemlich großer Sprung zu der Annahme, dass irgendeine steuernde Intelligenz dahinter steckt.«

»Es könnte aber der Fall sein.«

»Vieles könnte der Fall sein.«

Angesichts des Spottes, den ich für meine Science-Fiction-Vorliebe hatte einstecken müssen, vermied ich es, das Wort »Außerirdische« auszusprechen. Aber natürlich war es genau das, woran ich als Erstes denken musste. Ich und auch viele andere Leute. Und selbst Jason musste zugeben, dass die Möglichkeit, außerirdische Wesen wären hier am Wirken, nicht völlig an den Haaren herbeigezogen war.

»Trotzdem«, sagte ich, »muss man sich fragen, warum sie so was tun würden.«

»Es gibt nur zwei stichhaltige Gründe. Um etwas vor uns zu *verstecken*. Oder um *uns* vor *etwas anderem* zu verstecken.«

»Was sagt denn dein Vater dazu?«

»Ich habe ihn nicht gefragt. Er hängt den ganzen Tag am Telefon. Versucht wahrscheinlich, so schnell wie möglich eine

Verkaufsorder für seine GTE-Aktien zu platzieren.« Das war offenbar ein Witz. Ich wusste nicht genau, wovon er redete, aber es war für mich der erste Hinweis darauf, was der verlorene Zugang zum Weltraum für die Luft- und Raumfahrtindustrie im Allgemeinen und für die Familie Lawton im Besonderen bedeutete. »Ich hab letzte Nacht nicht geschlafen. Hab Angst gehabt, ich könnte was verpassen. Manchmal beneide ich meine Schwester. *Weck mich, wenn jemand die Sache aufgeklärt hat.*«

Ich begehrte sofort auf gegen diese, wie ich fand, abschätzige Bemerkung über Diane. »Sie hat auch nicht geschlafen.«

»Ach? Tatsächlich? Und woher willst *du* das wissen?«

Ertappt. »Wir haben ein bisschen am Telefon geredet ...«

»Sie hat dich angerufen?«

»Ja, kurz vor Sonnenaufgang.«

»Herrgott, Tyler, du wirst ja ganz rot.«

»Gar nicht wahr.«

»O doch.«

Ein schroffes Klopfen an der Tür erlöste mich: E. D. Lawton, der aussah, als habe er auch nicht viel Schlaf gekriegt.

Jasons Vater war eine einschüchternde Erscheinung. Er war groß, breitschultrig, schwer zufrieden zu stellen, leicht zu verärgern. An den Wochenenden fegte er durch das Haus wie eine Sturmfront, Blitz und Donner verbreitend. (Meine Mutter hatte einmal gesagt: »E. D. gehört nicht zu den Personen, deren Aufmerksamkeit man zu erregen wünscht. Ich habe nie verstanden, warum Carol ihn geheiratet hat.«) Er war nicht gerade der klassische Selfmade-Geschäftsmann – sein Großvater, Gründer einer sagenhaft erfolgreichen Anwaltskanzlei in San Francisco, hatte die meisten von E. D.s frühen Projekten vorfinanziert –, aber es war ihm gelungen, sich ein lukratives Geschäft mit Höheninstrumenten und Leichter-als-Luft-Technologie aufzubauen, und das alles auf die harte Tour, ohne direkte Beziehungen zur Industrie, jedenfalls am Anfang.

Er betrat Jasons Zimmer mit mürrischem Gesicht, sah mich

kurz an, seine Augen blitzten. »Tut mir Leid, Tyler, aber du wirst jetzt nach Hause gehen müssen. Ich habe einiges mit Jason zu besprechen.«

Jase protestierte nicht, und ich war meinerseits nicht übermäßig scharf darauf zu bleiben. Also schlüpfte ich in meine Stoffjacke und verschwand durch die Hintertür nach draußen. Den Rest des Nachmittags verbrachte ich am Bach, warf Steine und beobachtete die Eichhörnchen, wie sie für den nahenden Winter vorsorgten.

Die Sonne, der Mond und die Sterne.

In den folgenden Jahren wuchsen Kinder auf, die niemals den Mond mit eigenen Augen gesehen hatten; Menschen, die nur fünf oder sechs Jahre jünger waren als ich, kannten die Sterne praktisch nur aus alten Filmen und einer Hand voll immer falscher werdender Klischees. Einmal, ich war etwa Mitte dreißig, spielte ich einer jüngeren Frau den Song »Corcovado« von Antonio Carlos Jobim vor – die Version mit Gesang: »Quiet nights of quiet stars« –, und sie fragte mich, ehrlich verblüfft: »Waren die Sterne denn *laut*?«

Aber wir hatten noch etwas verloren, etwas, das nicht so offensichtlich war wie die paar Lichter am Himmel – ein verlässliches Gefühl der Verortung. Die Erde ist rund, der Mond umkreist die Erde, die Erde umkreist die Sonne: das war alles an Kosmologie, was die meisten Leute kannten oder kennen wollten, und ich bezweifle, dass auch nur einer von hundert nach Abschluss der High School noch groß darüber nachdachte. Aber sie waren doch vor den Kopf gestoßen, als ihnen diese bescheidene Sicherheit weggenommen wurde.

Eine offizielle Erklärung zur Sonne erhielten wir erst in der zweiten Woche nach dem Oktober-Ereignis.

Die Sonne schien sich auf ihre angestammte Weise zu bewegen. Sie ging auf und unter, wie es den Ephemeriden entsprach, die Tage wurden in natürlicher Präzession kürzer; es gab nichts, was auf einen solaren Notstand schließen ließ. Vieles auf unserem Planeten, auch das Leben selbst, hängt von Beschaffenheit und Menge der die Erdoberfläche erreichenden Sonnenstrahlung ab, und daran hatte sich offenbar nichts geändert – was wir mit bloßem Auge von der Sonne sehen konnten, deutete auf denselben gelben Stern der G-Klasse hin, zu dem wir unser ganzes Leben lang hinaufgeblinzelt hatten.

Was ihm allerdings fehlte, das waren Sonnenflecken, Protuberanzen, Reflexlichter.

Die Sonne ist ein unruhiges Ding, stürmisch, gewalttätig. Sie kocht, sie brodelt, sie schäumt über mit gewaltigen Energien; sie badet das Sonnensystem in einem Strom aufgeladener Partikel, die uns töten würden, wären wir nicht durch das Magnetfeld der Erde geschützt. Aber seit dem Oktober-Ereignis, so verkündeten die Astronomen, war die Sonne eine geometrisch vollkommene Kugel von stetig gleicher und makelloser Helligkeit. Und aus dem Norden kam die Nachricht, dass die Aurora borealis, die Nordlichter – Produkt des Zusammentreffens unseres Magnetfelds mit jenen aufgeladenen Sonnenpartikeln – vom Spielplan verschwunden waren wie ein schlechtes Broadway-Stück.

Weitere Änderungen am Nachthimmel: keine Sternschnuppen mehr. In früheren Zeiten lagerte die Erde pro Jahr fast vierzig Millionen Kilo Weltraumstaub an, der Großteil davon entstand durch atmosphärische Reibung. Damit war es nun vorbei – keinerlei wahrnehmbare Meteoriten drangen während der ersten Wochen des Oktober-Ereignisses in die Atmosphäre ein, nicht einmal die mikroskopisch kleinen, die sogenannten Brownlee-Partikel. Astrophysikalisch gesprochen, herrschte eine ohrenbetäubende Stille.

Auch Jason hatte keine Erklärung dafür.

Die Sonne war also nicht die Sonne. Aber sie schien weiter, mochte sie auch eine Fälschung sein, und während sich ein Tag über den anderen schichtete, wurde die Verwirrung zwar nicht geringer, doch die öffentliche Erregung ebbte ab. (Das Wasser kochte nicht, es war nur warm.)

Aber welch reichhaltige Quelle für *Gespräche* bot das doch alles. Nicht allein das Himmelsrätsel, nein, auch seine unmittelbaren Folgen: der Zusammenbruch der Telekommunikation; die Tatsache, dass Kriege in anderen Weltgegenden nicht mehr per Satellit übertragen wurden, dass die GPS-gesteuerten »intelligenten« Bomben unversehens strohdumm geworden waren; der Fiberoptik-Goldrausch. Mit deprimierender Regelmäßigkeit erfolgten die Erklärungen aus Washington: »Derzeit gibt es keinerlei Hinweise, die auf feindselige Absichten irgendeiner Regierung oder anderer Kräfte schließen lassen.« Und: »Die besten Köpfe unserer Zeit bemühen sich darum, die möglichen negativen Auswirkungen dieser Hülle, die unsere Sicht auf das Universum versperrt, zu verstehen, zu erklären und schließlich gegebenenfalls rückgängig zu machen.« Beschwichtigender Wortsalat von einer Regierung, die noch immer hoffte, einen Feind, ob irdischer oder anderer Natur, ausfindig zu machen, der zu einer solchen Tat imstande war. Aber dieser Feind blieb hartnäckig im Dunkeln. Man begann, von einer »hypothetischen steuernden Intelligenz« zu sprechen. Unfähig, hinter die Mauern unseres Gefängnisses zu blicken, mussten wir uns darauf beschränken, seine Ränder und Ecken zu kartographieren.

Jason zog sich nach dem Ereignis fast einen Monat lang in sein Zimmer zurück. Während dieser Zeit konnte ich nie direkt mit ihm sprechen, bekam ihn allenfalls flüchtig zu Gesicht, wenn die Zwillinge vom Minibus der Rice Academy abgeholt wurden. Aber Diane rief mich fast jeden Abend auf meinem Handy an, gegen zehn oder elf, wenn wir einigermaßen sicher sein konnten, ungestört zu bleiben. Und ihre Anrufe bedeuteten mir viel, aus Gründen, die ich mir noch immer nicht recht eingestehen mochte.

»Jason hat eine ziemlich miese Laune«, sagte sie mir einmal.

»Er meint, wenn wir nicht genau wüssten, ob die Sonne die Sonne ist, dann wüssten wir im Grunde gar nichts.«

»Vielleicht hat er Recht.«

»Aber es ist fast eine religiöse Angelegenheit für ihn. Er hat Karten immer so geliebt – wusstest du das, Tyler? Selbst als kleines Kind hatte er es schon raus, wie eine Landkarte funktioniert. Er wusste immer gern, wo er war. Es gibt den Dingen Sinn, pflegte er zu sagen. Gott, ich hab ihm immer so gern zugehört, wenn er über Karten redete. Ich glaube, das ist der Grund, warum er jetzt so durchdreht, mehr als die anderen. Nichts ist da, wo es sein soll. Er hat seine Landkarte verloren.«

Natürlich gab es bereits den einen oder anderen Hinweis. Noch vor Ablauf der ersten Woche hatte das Militär begonnen, Überreste herabgestürzter Satelliten zu bergen – Satelliten, die sich bis zu jener Oktobernacht in stabiler Umlaufbahn befunden hatten, dann aber vor Morgengrauen zurück auf die Erde gefallen waren. Und einige von ihnen hinterließen Trümmer, die erschreckende Erkenntnisse bargen. Doch diese Information wurde selbst dem Haushalt eines E. D. Lawton mit seinen außerordentlich guten Beziehungen erst nach einer gewissen Zeit zugänglich.

Unser erster Winter der dunklen Nächte war klaustrophobisch und fremd. Der Schnee kam früh: wir wohnten in Pendelentfernung von Washington, D. C., aber zu Weihnachten sah unsere Gegend eher aus wie Vermont. Und die Nachrichten blieben unheilvoll: Ein mit heißer Nadel gestricktes Friedensabkommen zwischen Indien und Pakistan verhinderte nicht, dass jederzeit neue Kampfhandlungen ausbrechen konnten; das von der UN gesponserte Dekontaminierungsprojekt im Hindukusch hatte bereits Dutzende von Leben gekostet, zusätzlich zu den ursprünglichen Opfern. In Nordafrika schwelten Buschfeuerkriege, während sich die Armeen der Industrienationen zurückzogen, um sich neu zu gruppieren. Der Ölpreis schoss in die Höhe – zu Hause ließen wir den Thermostaten ein paar Grad unterhalb angenehmer Temperaturen, bis die Tage wieder länger wurden (als die Sonne zurückkehrte und die erste Wachtel schrie).

Aber angesichts der unbekannten und kaum begriffenen Bedrohungen gelang es der Menschheit immerhin, keinen globalen heißen Krieg vom Zaun zu brechen – das sei zu unserer Ehre festgehalten. Wir stellten uns um und machten weiter, und im Frühling sprach man bereits von der »neuen Normalität«. Auf lange Sicht würden wir vielleicht einen noch höheren Preis für das zahlen müssen, was dem Planeten zugestoßen war ... aber auf lange Sicht, wie es so schön heißt, müssen wir ohnehin alle sterben.

Ich sah die Veränderung an meiner Mutter; mit der Zeit wurde sie ruhiger, und das warme Wetter, als es dann endlich kam, zog ihr einiges an Spannung aus dem Gesicht. Und ich sah die Veränderung an Jason, der sich aus der meditativen Einkehr zurückmeldete. Allerdings machte ich mir Sorgen um Diane, die sich weigerte, überhaupt noch über die Sterne zu reden, und mich statt dessen in letzter Zeit wiederholt gefragt hatte, ob ich an Gott glaubte – ob ich glaubte, dass Gott verantwortlich sei für das, was im Oktober geschehen war.

Darüber könne ich nichts sagen, erklärte ich ihr. Meine Familie war nicht sehr religiös. Das Thema machte mich ehrlich gesagt ein bisschen nervös.

In jenem Sommer fuhren wir drei zum letzten Mal mit unseren Fahrrädern zur Fairway Mall.

Wir hatten diesen Ausflug schon hundert-, ja tausendmal gemacht. Die Zwillinge wurden allmählich ein bisschen zu alt dafür, aber in den sieben Jahren, die wir gemeinsam auf dem Grundstück des Großen Hauses wohnten, war es zu einem Ritual geworden, zur unverzichtbaren Sommersamstagsunternehmung. An regnerischen oder brüllend heißen Wochenenden ließen wir es schon mal ausfallen, doch wenn das Wetter okay war, zog es uns wie eine unsichtbare Hand zum Treffpunkt am Ende der langen Lawton-Auffahrt.

An diesem Tag wehte ein sanfter Wind, und das Sonnenlicht verlieh allem, was es berührte, eine tiefe organische Wärme. Es war, als wolle das Klima uns beruhigen: der Natur ging es, zehn Monate nach dem Ereignis, recht gut, danke der Nachfrage – auch wenn wir (wie Jason bisweilen sagte) jetzt ein *gehegter* Planet waren, ein von unbekannten Kräften bestellter Garten, kein Flecken kosmischen Wildwuchses mehr.

Jason fuhr ein teures Mountainbike, Diane das etwas weniger hermachende Gegenstück für Mädchen. Mein Fahrrad war ein Klappergestell, das meine Mutter in einem Secondhand-Laden gekauft hatte. Egal. Worauf es ankam, das war der Kiefernduft in der Luft und die vor uns aufgereihten leeren Stunden. Ich empfand es so, Diane empfand es so, und ich glaube, auch Jason empfand es so, obwohl er zerstreut und sogar ein bisschen verlegen wirkte, als wir aufsattelten. Ich schrieb es dem allgemeinen Stress oder – es war August – der Aussicht auf das neue Schuljahr zu. Jase befand sich in einem beschleunigten akademischen Zug an der Rice Academy, einer Eliteschule mit hohen Anprüchen. Letztes Jahr hatte er seine Mathe- und Physikkurse spielend leicht absolviert – er hätte sie genauso gut unterrichten können –, aber im nächsten Semester war ein Schein in Latein zu erwerben. »Es ist nicht mal eine lebende Sprache«, sagte er. »Wer zum Teufel liest schon Latein, von klassischen Philologen mal abgesehen? Das ist, als würde man FORTRAN lernen. Alle wichtigen Texte wurden schon vor langer Zeit übersetzt. Macht es mich zu einem besseren Menschen, wenn ich Cicero im Original lese? Cicero, um Gottes willen! Der Alan Dershowitz der Römischen Republik.«

Ich nahm das alles nicht besonders ernst; eine unserer Lieblingsbeschäftigungen auf diesen Ausflügen bestand darin, uns in der Kunst des Klagens zu üben. (Ich hatte keine Ahnung, wer

Alan Dershowitz war, irgendein Junge aus Jasons Schule, vermutete ich.) Aber heute war seine Laune doch recht unberechenbar. Auf den Pedalen stehend, radelte er ein Stück vor uns her.

Der Weg zur Mall zog sich an Grundstücken mit dichtem Baumbestand und Pastellhäusern mit gepflegten Gärten und eingelassenen Sprinklern entlang, die Regenbögen in die morgendliche Luft zeichneten. Das Sonnenlicht mochte gefälscht sein, gefiltert, aber es brach sich noch immer in Farben, wenn es durch herabfallendes Wasser drang, und es fühlte sich nach wie vor wie ein Segen an, wenn wir aus dem Schatten der Eichen auf den glitzernd weißen Bürgersteig fuhren.

Nach zehn oder fünfzehn Minuten bequemer Fahrt türmte sich der höchste Abschnitt der Bantam Hill Road vor uns auf – letztes Hindernis und wesentlicher Markstein auf dem Weg zur Mall. Die Bantam Hill Road war sehr steil, aber auf der anderen Seite wartete dann eine schön lange, sanfte Abfahrt bis zu den Parkplätzen der Mall. Jason hatte bereits ein Viertel des Anstiegs bewältigt.

Diane sah mich verschmitzt an. »Fahren wir um die Wette«, sagte sie.

Das war ziemlich schrecklich. Die Zwillinge hatten im Juni Geburtstag; ich erst im Oktober. Jeden Sommer waren sie also nicht nur ein, sondern zwei Jahre älter als ich: sie waren vierzehn geworden, während ich noch vier frustrierende Monate lang zwölf blieb. Der Unterschied machte sich auch als körperlicher Vorteil bemerkbar. Diane wusste, dass ich sie bergauf nicht schlagen konnte, aber sie trat dennoch energisch in die Pedalen und ich versuchte seufzend, meine quietschende alte Kiste auf ein konkurrenzfähiges Tempo zu steigern. Es war kein wirklicher Wettkampf. Diane hob sich aus dem Sattel ihrer strahlenden Maschine aus mattgeschliffenem Aluminium, und als sie die Steigung in Angriff nahm, hatte sie bereits einen mächtigen Schwung aufgebaut. Drei kleine Mädchen, die damit beschäftigt waren, Kreidemuster auf den Bürgersteig zu malen, sprangen eilig aus dem Weg. Sie warf einen Blick zu mir zurück, halb ermunternd, halb spöttisch.

Die steile Straße raubte ihr natürlich den Schwung, doch sie schaltete in einen tieferen Gang und ließ die Beine geschmeidig ihre Arbeit verrichten. Jason, inzwischen oben angelangt, hatte angehalten und hielt sich mit einem langen Bein im Gleichgewicht, während er belustigt zurückblickte. Ich mühte mich weiter, aber nach der Hälfte des Anstiegs schwankte mein Rad mehr, als dass es sich voranbewegte, und ich war gezwungen, abzusteigen und den Rest des Weges zu Fuß zu gehen.

Als ich endlich ankam, grinste mir Diane entgegen.

»Hast gewonnen«, sagte ich.

»Tut mir Leid, Tyler. Es war nicht gerade fair.«

Ich zuckte verlegen mit den Achseln.

Die Straße endete hier in einer Sackgasse, in der Baugrundstücke abgesteckt, aber noch keine Häuser errichtet worden waren. Die Mall lag westlich am Fuße eines langen sandigen Abhangs. Ein ausgestampfter Pfad schnitt durch struppige Bäume und Beerenbüsche. »Wir sehen uns unten«, rief Diane und rollte wieder davon.

Wir schlossen unsere Räder ab und betraten das gläserne Hauptschiff der Mall. Die Mall war ein beruhigender Ort, hauptsächlich weil sie sich seit letztem Oktober so wenig verändert hatte. Zeitungen und Fernsehen mochten nach wie vor in ständiger Alarmbereitschaft sein – die Mall lebte in seliger Abkehr von der Realität. Der einzige Hinweis darauf, dass in der Welt draußen etwas schief gelaufen sein könnte, war das Fehlen von Satellitenschüsseln im Angebot der Elektronikmärkte und ein ganzer Schwung von »Oktober«-Titeln in der Auslage des Buchladens. Jason schnaubte angesichts eines Paperbacks mit blaugoldenem Hochglanzcover, ein Buch, das den Anspruch erhob, das Oktober-Ereignis mit biblischen Prophezeiungen zu erklären. »Die einfachste Sorte Prozepheiung«, sagte er, »ist die, die etwas vorhersagt, was bereits geschehen ist.«

Diane sah ihn genervt an. »Auch wenn du nicht daran glaubst, brauchst du dich noch längst nicht darüber lustig zu machen.«

»Genau genommen mache ich mich nur über den Einband lustig. Das Buch selbst habe ich ja nicht gelesen.«

»Solltest du vielleicht.«

»Warum? Was verteidigst du denn hier?«

»Ich verteidige gar nichts. Aber vielleicht hat Gott etwas mit dem vergangenen Oktober zu tun. Das scheint mir keine so lächerliche Vorstellung zu sein.«

»Nun, tatsächlich ist das, ja, doch, eine ziemliche lächerliche Vorstellung.«

Sie verdrehte die Augen und stapfte, vor sich hinseufzend, voraus. Jase stellte das Buch zurück ins Regal.

Ich sagte ihm, dass die Leute meiner Meinung nach einfach nur verstehen wollten, was geschehen sei, und dass es deshalb solche Bücher gebe.

»Oder vielleicht wollen sie auch nur so tun, als würden sie verstehen wollen. Das nennt man Realitätsverweigerung. Willst du mal was wissen, Tyler?«

»Klar.«

»Behältst du's für dich?« Er senkte die Stimme so, dass Diane, ein paar Schritte von uns entfernt, ihn nicht hören konnte. »Es ist noch nicht öffentlich bekannt gegeben.«

Eines der erstaunlichen Dinge an Jason war, dass er tatsächlich oft über wirklich bedeutende Informationen verfügte, die dann erst ein oder zwei Tage später in den Nachrichten auftauchten. In gewisser Weise war die Rice Academy nur seine Tagesschule, seine eigentliche Ausbildung fand unter Anleitung seines Vaters statt, und E. D. wollte ihm von Anfang an ein Verständnis dafür vermitteln, wie Geschäft, Wissenschaft und Technologie sich mit politischer Macht überschneiden. E. D.

hatte sich die entsprechenden Erkenntnisse höchstselbst zunutze gemacht: Der Verlust der Telekommunikationssatelliten hatte einen riesigen neuen, sowohl zivilen als auch militärischen Markt für die Höhenballons (»Aerostaten«) eröffnet, die seine Firma herstellte. Eine Nischentechnologie wurde zum Renner, und E. D. war ganz vorn mit dabei. Und manchmal vertraute er seinem vierzehnjährigen Sohn Geheimnisse an, die er einem Konkurrenten nicht im Traum verraten würde.

E. D. wusste natürlich nicht, dass Jason diese Geheimnisse gelegentlich an mich weitergab. Ich behielt sie allerdings aufs Gewissenhafteste für mich. (Wem hätte ich sie auch schon verraten können? Ich hatte sonst keine richtigen Freunde; wir lebten in einer Gegend, in der soziale Unterschiede haarscharf wahrgenommen und bewertet wurden, und ernste, lerneifrige Söhne von alleinerziehenden, berufstätigen Müttern standen in der Popularitätstabelle nicht sehr weit oben.)

Jason flüsterte jetzt fast. »Du hast von den drei russischen Kosmonauten gehört? Die im letzten Oktober gerade im Weltraum waren?«

In der Nacht des Ereignisses verschwunden und für tot erklärt. Ich nickte.

»Einer von ihnen lebt. Lebt und ist wieder in Moskau. Die Russen sagen nicht viel. Aber es geht das Gerücht, dass er komplett verrückt geworden ist.«

Ich starrte ihn mit großen Augen an, doch mehr wollte er nicht herausrücken.


Es dauerte zwölf Monate, bis die Wahrheit ans Licht kam, und als sie endlich öffentlich gemacht wurde (als Fußnote in einer europäischen Geschichte der frühen Spin-Jahre), musste ich an den Tag in der Mall denken.

Folgendes war geschehen: Drei russische Kosmonauten hatten sich, von einem Aufräumeinsatz in der moribunden Internationalen Raumstation zurückkehrend, in der Nacht des Oktober-Ereignisses in der Erdumlaufbahn befunden. Kurz nach Mitternacht Ostküstenzeit stellte der Einsatzkommandant, ein gewisser Oberst Leonid Glawin, fest, dass der Funkkontakt zur Bodenstation abgerissen war. Er unternahm wiederholte, stets erfolglose Versuche, ihn wiederherzustellen. So beunruhigend das für die Kosmonauten schon gewesen sein muss, es wurde alles sehr schnell noch schlimmer: Als die Sojus von der Nachtseite des Planeten in den Sonnenaufgang flog, schien es, als sei der Planet, den sie umkreiste, durch eine lichtlose schwarze Kugel ersetzt worden. Oberst Glawin sollte es später auf genau diese Weise beschreiben: als eine Schwärze, eine Abwesenheit, sichtbar nur, wenn sie vor die Sonne trat, eine permanente Eklipse. Der schnelle Zyklus von Sonnenaufgang und Sonnenuntergang bot den einzig überzeugenden Anhaltspunkt dafür, dass die Erde überhaupt noch existierte. Abrupt erschien das Sonnenlicht hinter dem Umriss der Scheibe, keinerlei Reflexion in die Dunkelheit darunter werfend, und verschwand ebenso plötzlich, sobald die Raumkapsel wieder in die Nacht glitt.

Das Entsetzen der Kosmonauten muss unvorstellbar gewesen sein.

Nachdem sie eine Woche lang um die leere Dunkelheit gekreist waren, entschlossen sie sich, lieber einen Wiedereintritt ohne Beistand der Bodenstation zu versuchen, als weiter im Weltraum zu bleiben oder an die leere Raumstation anzudocken; lieber auf der Erde – oder dem, was aus der Erde geworden war – sterben, als in der völligen Einsamkeit des Alls zu verhungern. Ohne Anleitung vom Boden und ohne visuelle Orientierungspunkte waren sie jedoch gezwungen, sich auf Berechnungen zu stützen, die sie von ihrer letzten bekannten Position aus extrapolierten. So trat die Sojus-Kapsel in einem gefährlich steilen Winkel in die Atmosphäre ein, wurde von extremen Fliehkräften geschüttelt und verlor während des Abstiegs einen unverzichtbaren Fallschirm.

Die Kapsel schlug auf einem bewaldeten Hang im Ruhrtal

auf. Wassily Golubjew wurde sofort getötet, Walentina Kirchoff erlitt eine schwere Kopfverletzung und starb nach wenigen Stunden. Der benommene Oberst Glawin, der lediglich ein gebrochenes Handgelenk und geringfügige Abschürfungen zu beklagen hatte, schaffte es, das Raumfahrzeug zu verlassen und wurde schließlich von einer deutschen Rettungsmannschaft aufgefunden und den Russen übergeben.

Nach wiederholten Befragungen kam man zu dem Schluss, dass Glawin in der Folge seines Martyriums den Verstand verloren hatte. Der Oberst erklärte beharrlich, dass er mit seiner Crew drei Wochen in der Umlaufbahn verbracht hätte, aber das war ganz offensichtlich Irrsinn. Denn die Sojus-Kapsel war, wie das ganze andere künstliche Weltrauminventar, noch in der Nacht des Oktober-Ereignisses auf die Erde zurückgestürzt.


Zu Mittag aßen wir im Food Court in der Mall, wo Diane drei Mädchen entdeckte, die sie aus der Academy kannte. Sie waren schon etwas älter, unfassbar kultiviert und mondän in meinen Augen, mit blau oder rosa getönten Haaren, die teuren Schlaghosen ganz tief auf der Hüfte sitzend, um die blassen Hälse Kettchen mit winzigem Goldkreuz. Diane zerknüllte ihre Taco-Verpackung und ging zu ihrem Tisch rüber. Kurz darauf steckten sie alle vier die Köpfe zusammen und lachten. Plötzlich sahen mein Burrito und die Pommes ziemlich unappetitlich aus.

Jason wertete aus, was er in meinem Gesicht sah. »Weißt du«, sagte er sanft, »das ist halt unvermeidlich.«

»Was ist unvermeidlich?«

»Sie lebt nicht mehr in unserer Welt. Du, ich, Diane, das Große Haus und das Kleine Haus. Samstags in die Mall, sonntags ins Kino. Das hat funktioniert, solange wir Kinder waren. Aber wir sind keine Kinder mehr.«

Waren wir das nicht mehr? Nein, natürlich nicht – aber hatte ich mir auch überlegt, was das bedeutete oder bedeuten konnte?

»Sie hat jetzt schon seit einem Jahr ihre Periode«, fügte Jason noch hinzu.

Ich erbleichte. Das war mehr, als ich wissen musste. Und dennoch: ich war eifersüchtig, dass er es wusste und ich nicht. Sie hatte mir nichts von ihrer Periode oder ihren Freundinnen von der Rice Academy erzählt. All die Vertraulichkeiten, die sie mir am Telefon mitgeteilt hatte, waren, das begriff ich plötzlich, Kinderkram: Geschichten über Jason und ihre Eltern und darüber, was sie beim Abendessen nicht gemocht hatte. Hier war der Beweis, dass sie ebenso viel verborgen wie mitgeteilt hatte; hier manifestierte sich eine Diane, die ich nie kennen gelernt hatte.

»Wir sollten wieder nach Hause fahren«, sagte ich zu Jason.

Er warf mir einen mitleidigen Blick zu. »Wenn du möchtest.« Er stand auf.

»Sagst du Diane Bescheid, dass wir gehen?«

»Ich glaube, sie ist beschäftigt, Tyler. Könnte mir vorstellen, dass sie noch etwas vorhat.«

»Aber sie muss mit uns zurückfahren.«

»Nein, das muss sie nicht.«

Ich war empört. Sie konnte uns nicht einfach fallen lassen, das war ihrer nicht würdig. Ich erhob mich und ging hinüber. Diane und ihre drei Freundinnen schenkten mir ihre volle Aufmerksamkeit. Ich wandte mich direkt an Diane, ignorierte die anderen. »Wir fahren nach Hause.«

Die drei Rice-Mädchen lachten lauthals los. Diane lächelte nur peinlich berührt und sagte: »Okay, Ty. Klasse. Wir sehen uns dann später.«

»Aber ...«

Aber was? Sie sah mich schon nicht mal mehr an.

Als ich wegging, hörte ich, wie eines der Mädchen Diane fragte, ob ich »noch ein anderer Bruder« sei. Nein, erwiderte sie. Nur ein Junge, den sie kenne.

Jason, der ein etwas unangenehmes Mitgefühl an den Tag legte, bot mir an, auf der Rückfahrt die Räder zu tauschen. Sein
Fahrrad interessierte mich zwar momentan herzlich wenig, aber
ich dachte, dass so ein Fahrradtausch vielleicht eine ganz gute
Möglichkeit wäre, meine Gefühle zu verbergen.

Also kämpften wir uns wieder hinauf zum höchsten Punkt
der Bantam Hill Road, von wo sich der Asphalt wie ein schwarzes Band nach unten bis zu den von Bäumen beschatteten
Straßen erstreckte. Das Mittagessen fühlte sich an wie ein unter meinen Rippen eingegrabener Schlackenstein. Ich nahm die
steile Neigung der Straße sorgsam in Augenschein.

»Lass einfach rollen«, sagte Jason. »Nur zu. Du musst dich
reinfallen lassen.«

Würde die Geschwindigkeit mich ablenken? Konnte mich
irgendetwas ablenken? Ich hasste mich dafür, dass ich mir erlaubt hatte zu glauben, ich stünde im Mittelpunkt von Dianes
Welt.

Wo ich doch nur ein Junge war, den sie kannte ... Aber es
war wirklich ein wunderbares Fahrrad, das Jason mir da gelie-
hen hatte. Ich stand auf den Pedalen, forderte die Schwerkraft
heraus. Die Reifen knirschten auf dem staubigen Asphalt, doch
die Kette und die Kugellager waren wie Samt, völlig leise, abgesehen von einem feinen Schnurren. Der Wind rauschte an
mir vorbei, als ich Geschwindigkeit aufnahm. Ich flog an adrett
bemalten Häusern vorbei, in deren Auffahrten teure Autos
parkten; ich war einsam, aber frei. Als ich dem unteren Ende
näher kam, drückte ich die Handbremse, nahm etwas Schwung
heraus, ohne eigentlich langsamer zu werden. Ich wollte nicht
anhalten, es war eine schöne Fahrt.

Aber die Straße wurde eben, und schließlich bremste ich und
kam leicht schwankend zum Stehen, den linken Fuß auf den
Asphalt setzend. Ich sah zurück.

Jason stand, mein altes Klapperrad unter dem Hintern, ganz
oben auf der Bantam Hill Road, so weit entfernt, dass er aussah

wie ein einsamer Reiter in einem alten Western. Ich winkte. Jetzt war er an der Reihe.

Jason war diesen Hügel sicher schon tausendmal hinauf- und hinuntergefahren. Aber noch nie auf einem schrottigen Second-hand-Fahrrad.

Er passte besser auf das Fahrrad als ich. Er hatte längere Beine, bei ihm sah es nicht so aus, als würde der Rahmen ihn überragen. Allerdings hatten wir bisher noch nie die Räder getauscht, und ich musste an all die Fehler und kleinen Eigenheiten denken, die dieses Rad auszeichneten und die ich genauestens kannte, an die ich meinen Fahrstil angepasst hatte – indem ich etwa vermied, scharf nach rechts zu lenken, weil der Rahmen etwas verzogen war, indem ich mich immer auf plötzliche Wackler gefasst machte, indem ich stets daran dachte, dass die Gangschaltung ein Witz war. Jason wusste das alles nicht; die Abfahrt konnte heikel werden. Ich wollte ihm sagen, dass er es langsam angehen sollte, aber selbst wenn ich geschrien hätte, hätte er mich nicht gehört, ich war einfach zu weit weg. Er hob die Füße an wie ein großes, linkisches Kind. Das Rad war schwer, es brauchte ein paar Sekunden, um richtig in Gang zu kommen, und ich wusste, wie schwer es erst sein würde, es zum Halten zu bringen. Es war reine Masse, ohne jede Grazie. Meine Hände spannten sich um imaginäre Bremsen.

Ich glaube, Jason ahnte erst, dass er ein Problem hatte, als er etwa drei Viertel der Strecke zurückgelegt hatte. Das war der Moment, als die roststarre Kette riss und gegen seinen Knöchel peitschte. Er war jetzt so nahe, dass ich sehen konnte, wie er zusammenzuckte und kurz aufschrie. Das Rad wackelte, aber wie durch ein Wunder gelang es ihm, es aufrecht zu halten.

Ein Ende der Kette verfing sich am Hinterrad und schlug gegen die Speichen, ein Geräusch, das an einen kaputten Presslufthammer erinnerte. Zwei Häuser weiter hielt sich eine Frau, die gerade ihren Garten jätete, die Ohren zu und drehte sich nach dem Lärm um.

Es war wirklich erstaunlich, wie lange Jason die Kontrolle über das Rad behielt. Ohne ein Athlet zu sein, war er doch eins mit seinem langen, schlaksigen Körper. Er streckte die Beine von sich, um das Gleichgewicht zu halten – die Pedale waren nutzlos geworden –, und steuerte mit dem Vorderrad eisern geradeaus, während das Hinterrad blockierte und über den Asphalt schleifte. Er hielt stand. Was mich besonders erstaunte, war die Art, wie sein Körper sich nicht etwa versteifte, sondern sich sogar zu entspannen schien, als sei er mit der Lösung eines zwar schwierigen, aber interessanten Problems beschäftigt, als hege er die unerschütterliche Überzeugung, dass das Zusammenwirken seines Verstands, seines Körpers und der Maschine, auf der er saß, ihn jegliche Herausforderung würde meistern lassen.

Es war die Maschine, die zuerst versagte. Das um sich schlagende lose Ende der schmierigen Kette zwängte sich zwischen Reifen und Rahmen. Das Hinterrad, ohnehin schon außer Gefecht gesetzt, verbog sich immer mehr und klappte schließlich zusammen, abgerissenes Gummi und freigesetzte Kugellager durch die Gegend schleudernd. Jason flog vom Rad und purzelte durch die Luft wie eine aus dem Fenster geworfene Schaufensterpuppe. Zuerst prallten seine Füße auf den Asphalt, dann die Knie, die Ellbogen, der Kopf, während das zerdetschte Fahrrad an ihm vorbeisegelte und am Straßenrand zum Liegen kam, das Vorderrad drehte sich immer noch klappernd weiter. Ich ließ sein Fahrrad fallen und lief zu ihm.

Er wälzte sich herum und blickte auf, kurzzeitig verwirrt. Hemd und Hose waren zerrissen. Seine Stirn und die Nase waren aufgeschürft und bluteten heftig. Auch ein Knöchel war aufgerissen. Seine Augen tränten vom Schmerz. »Tyler«, sagte er. »Oh, uh, uh ... tut mir Leid, das mit deinem Rad, ey.«

Ich will diesen Vorfall nicht überbewerten, aber ich musste doch so manches Mal daran denken in den folgenden Jahren – Jasons Maschine und Jasons Körper, aneinander gekettet in riskanter Beschleunigung, und sein unbeirrbarer Glaube daran, dass er die Situation bewältigen könne, ganz allein, solange er sich nur entschlossen genug bemühte, solange er nur nicht die Kontrolle verlor.

Wir ließen das völlig zerstörte Fahrrad im Rinnstein liegen, und ich schob Jasons Luxusgerät für ihn nach Hause. Er trottete neben mir her. Er hatte offensichtlich Schmerzen, versuchte es sich aber nicht anmerken zu lassen. Die rechte Hand hielt er vor die blutende Stirn, so als brumme ihm der Kopf, was er vermutlich auch tat.

Als wir uns dem Großen Haus näherten, sprangen Jasons Eltern beide die Verandatreppe herunter und kamen uns in der Auffahrt entgegen. E. D. Lawton, der uns von seinem Arbeitszimmer aus beobachtet haben musste, sah wütend und besorgt aus; er schürzte den Mund und runzelte die Stirn, dass die Brauen sich über die blitzenden Augen wölbten. Jasons Mutter, ein Stück dahinter, war distanzierter, weniger interessiert, vielleicht sogar ein bisschen betrunken, dem Schwanken nach zu urteilen, mit dem sie aus der Tür gekommen war.

E. D. nahm Jason – der plötzlich viel jünger und weniger selbstsicher wirkte – in Augenschein und wies ihn dann an, ins Haus zu gehen und sich sauber zu machen.

Dann wandte er sich mir zu.

»Tyler«, sagte er.

»Sir?«

»Ich nehme an, du warst nicht verantwortlich für diesen Vorfall. Das hoffe ich jedenfalls.«

Hatte er bemerkt, dass mein Fahrrad fehlte und Jasons unbeschädigt war? Wollte er mir irgendwelche Vorwürfe machen? Ich wusste nicht, was ich sagen sollte. Ich sah den Rasen an.

E. D. seufzte. »Lass mich dir etwas erklären. Du bist Jasons Freund. Das ist gut. Jason braucht das. Aber du musst begreifen, dass deine Anwesenheit hier – deine Mutter weiß das sehr gut – mit gewissen Verpflichtungen verbunden ist. Wenn du mit Jason zusammensein willst, erwarte ich von dir, dass du auf ihn Acht gibst. Ich erwarte, dass du vernünftige Entscheidungen triffst. Vielleicht kommt Jason dir wie ein gewöhnlicher Junge vor. Aber das ist er nicht. Jason ist hoch begabt und er hat eine große Zukunft vor sich. Wir können nicht zulassen, dass das in irgendeiner Form gefährdet wird.«

»Genau«, schaltete sich Carol Lawton ein, und jetzt wusste ich mit Gewissheit, dass sie getrunken hatte. Sie legte den Kopf schief und taumelte fast in das Kiesbett, dass die Auffahrt von der Hecke trennte. »Genau, er ist ein verdammtes Genie. Er wird das jüngste Genie am M.I.T. sein. Mach ihn nicht kaputt, Tyler, er ist zerbrechlich.«

E. D. wandte den Blick nicht von mir ab. »Geh wieder rein, Carol«, sagte er tonlos. Dann: »Haben wir uns verstanden, Tyler?«

»Ja, Sir.«

Ich hatte E. D. überhaupt nicht verstanden. Aber ich wusste, dass jedenfalls ein Teil dessen, was er gesagt hatte, wahr war. Ja, Jason war etwas Besonderes. Und ja, es war meine Aufgabe, auf ihn aufzupassen.


## ZEIT AUS DEN FUGEN

Die Wahrheit über den Spin hörte ich fünf Jahre nach dem Oktober-Ereignis, in einer bitterkalten Winternacht, während einer Rodelparty. Natürlich war es Jason, von dem ich sie erfuhr.

Der Abend begann mit einem Essen bei den Lawtons. Jason war von der Universität gekommen, um die Weihnachtsferien zu Hause zu verbringen, daher hatte die Mahlzeit etwas Feierliches, obwohl sie »im Kreis der Familie« stattfand – ich war auf

Jasons Drängen eingeladen worden, vermutlich gegen den Willen von E. D.

»Deine Mutter sollte auch hier sein«, flüsterte Diane, als sie mir die Tür aufmachte. »Ich habe versucht, E. D. dazu zu bewegen, sie einzuladen, aber ...« Sie zuckte mit den Achseln.

Das sei schon in Ordnung, erwiderte ich. Jason wäre bereits vorbeigekommen, um Hallo zu sagen. »Sie fühlt sich sowieso nicht wohl.« Sie hatte sich mit Kopfschmerzen ins Bett gelegt. Außerdem hatte ich keinen Anlass, mich über E. D. zu beklagen: erst letzten Monat hatte er angeboten, für mich die Studiengebühr an der medizinischen Fakultät zu übernehmen, falls ich die Aufnahmeprüfung bestand, »weil«, wie er sagte, »das deinem Vater gefallen hätte«. Es war eine sowohl großzügige als auch emotional zweifelhafte Geste – freilich eine, die abzulehnen ich mir keinesfalls leisten konnte.

Marcus Dupree, mein Vater, war E. D. Lawtons engster – manche sagen: einziger – Freund gewesen, damals in Sacramento, als sie Aerostat-Überwachungsgeräte an das Wetteramt und die Grenzpolizei verkauften. Meine eigenen Erinnerungen an ihn waren bruchstückhaft und vermutlich geformt von den Geschichten, die mir meine Mutter erzählt hatte – wenn ich mich auch genau an das Klopfen an der Tür erinnere, in jener Nacht, in der er starb. Er war der einzige Sohn einer französisch-kanadischen, später nach Maine gezogenen, mittellosen Familie gewesen, stolz auf sein Ingenieurspatent, begabt, aber in Geldfragen heillos naiv: Er hatte seine ganzen Ersparnisse bei Aktienspekulationen verloren und meiner Mutter eine Hypothek hinterlassen, die sie nicht tragen konnte.

Als sie in den Osten zogen, engagierten Carol und E. D. meine Mutter als Haushälterin, was womöglich E. D.s Versuch war, sich ein lebendes Andenken an seinen Freund zu schaffen. War es von Bedeutung, dass E. D. sie nie vergessen ließ, wer ihr diesen Gefallen getan hatte? Dass er sie fortan wie ein Haushaltszubehör behandelte? Dass er eine Art Kastenwesen pflegte, in

dem die Familie Dupree ganz klar der zweiten Kategorie angehörte? Vielleicht, vielleicht auch nicht. Großzügigkeit jeglicher
Art ist ein seltenes Tier, pflegte meine Mutter zu sagen. Womöglich bildete ich mir also das Vergnügen nur ein, das er an
der intellektuellen Kluft zwischen Jason und mir zu haben
schien, und auch seine scheinbare Überzeugung, dass ich qua
Geburt dazu bestimmt sei, Jason als Folie zu dienen, gleichsam
als Maßstab der Normalität, an dem man Jasons Besonderheit
ablesen konnte.

Zum Glück wussten Jason und ich beide, dass das Blödsinn
war.

Diane und Carol saßen schon am Tisch, als ich Platz nahm.
Carol war erstaunlicherweise nüchtern, oder jedenfalls nicht so
betrunken, dass man es merkte. Sie hatte ihre Arztpraxis vor
einigen Jahren aufgegeben und blieb in letzter Zeit meistens zu
Hause, um nicht das Risiko einzugehen, mit Alkohol am Steuer
aufgegriffen zu werden. Sie lächelte mir flüchtig zu. »Tyler«,
sagte sie. »Willkommen.«

Ein paar Minuten später kamen Jason und sein Vater, stirnrunzelnd und bedeutungsvolle Blicke wechselnd, die Treppe
herunter – offensichtlich lag irgendetwas an. Jason nickte zerstreut, als er sich auf den Stuhl neben mich setzte.

Wie die meisten Veranstaltungen der Lawtons verlief dieses
Abendessen in freundlicher, aber gezwungener Atmosphäre.
Wir reichten einander die Erbsen und machten Smalltalk. Carol
war abwesend, E. D. ungewöhnlich still. Diane und Jason versuchten immer mal wieder, sich um die Konversation verdient
zu machen, doch es war offenkundig etwas zwischen Jason und
seinem Vater zur Sprache gekommen, auf das keiner von beiden
näher eingehen wollte. Jase wirkte so angespannt, dass ich
mich, als der Nachtisch kam, fragte, ob er vielleicht krank sei –
kaum einmal nahm er die Augen von seinem Teller, den er
wiederum praktisch nicht angerührt hatte. Als es Zeit war, zur
Rodelparty aufzubrechen, erhob er sich nur mit deutlichem

Widerwillen und schien im Begriff, sich zu entschuldigen, doch E. D. sagte: »Lass nur, nimm dir einen Abend frei, das wird dir gut tun.« Ich fragte mich: freinehmen *wovon*?

Zu der Party fuhren wir in Dianes Auto, einem bescheidenen kleinen Honda, ein typisches »Mein erstes Auto«-Auto, wie Diane sich ausdrückte. Ich saß hinter dem Fahrersitz, Jason vorne neben seiner Schwester, die Knie gegen das Handschuhfach gedrückt.

»Was war los?«, fragte ihn Diane. »Hat er dir den Hintern versohlt?«

»Schwerlich.«

»Du benimmst dich aber so, als ob.«

»Tatsächlich? Tut mir Leid.«

Der Himmel, versteht sich, war dunkel. Unser Scheinwerferlicht strich, als wir nach Norden bogen, über verschneite Rasenflächen, über eine Wand laubloser Bäume. Wir hatten vor drei Tagen Rekordschneefälle gehabt, gefolgt von einem Kälteeinbruch, der den Schnee überall dort, wo die Schneepflüge nicht hingekommen waren, unter einer Eishaut einbalsamiert hatte. Nur wenige, vorsichtig fahrende Autos kamen uns entgegen.

»Was war's denn dann? Etwas Ernstes?«

Jason zuckte mit den Achseln.

»Was? Seuchen? Hungersnöte?«

Wieder zuckte er mit den Achseln und schlug den Kragen seiner Jacke hoch.

Auf der Party war er nicht viel besser drauf. Andererseits war es auch keine besonders tolle Party.

Es war ein Treffen ehemaliger Rice-Klassenkameraden von Jason und Diane, ausgerichtet von der Familie eines Rice-Absolventen, der gerade von irgendeiner Eliteuniversität für die Ferien mach Hause gekommen war. Seine Eltern versuchten, den Abend einigermaßen respektabel zu gestalten: mit Fingerfood, heißem Kakao und Schlittenfahren auf dem sanften Hügel hinter dem Haus. Doch für die Mehrzahl der Gäste – ernste Wohlstandskinder, die schon im Zahnspangenalter in Zermatt oder Gstaad Ski gelaufen waren – war es nur ein weiterer Trinkanlass. Draußen, unter bunten Lichtergirlanden, zirkulierten mehr oder weniger heimlich die Flachmänner, und im Keller verkaufte ein Typ namens Brent Ecstasy.

Jason suchte sich einen Sessel in irgendeiner Ecke und blickte jeden finster an, der ein freundliches Gesicht machte. Diane stellte mir ein großäugiges Mädchen namens Holly vor und verließ mich dann, während Holly einen Monolog über sämtliche Filme, die sie in den letzten zwölf Monaten gesehen hatte, vom Stapel ließ. Fast eine Stunde trieb sie mich durchs Zimmer, nur hin und wieder innehaltend, um sich ein Stück Sushi von einem Tablett zu schnappen. Als sie mal aufs Klo musste, huschte ich hinüber in Jasons Schmollecke und bat ihn flehentlich, mit mir nach draußen zu gehen.

»Ich hab keine Lust zum Rodeln.«

»Ich auch nicht. Tu mir einfach einen Gefallen, okay?«

Also zogen wir unsere Stiefel und Jacken an und trotteten nach draußen. Die Nacht war kalt und windstill. Ein halbes Dutzend Rice-Schüler stand in einem Nebel von Zigarettenrauch auf der Veranda und starrte uns an. Wir folgten einem Pfad im Schnee, bis wir mehr oder weniger für uns waren, auf einem kleinen Hügel, von wo aus wir einigen halbherzigen Rodlern zusehen konnten, wie sie durch den Schein der Weihnachtsbeleuchtung schlitterten. Ich erzählte Jason von Holly, die sich an mich geheftet hatte wie eine Klette. Achselzuckend erwiderte er: »Jeder hat so seine Probleme.«

»Was zum Teufel ist eigentlich los mit dir heute Abend?«

Bevor er antworten konnte, klingelte mein Handy. Es war Diane, die vom Haus aus anrief. »Wo seid ihr hin? Holly ist ziemlich sauer. Sie einfach so stehen zu lassen. Ziemlich unhöflich, Tyler.«

»Da muss doch noch jemand anders sein, den sie zutexten kann.«

»Sie ist einfach unsicher. Sie kennt hier kaum jemanden.«

»Tut mir Leid, aber inwiefern ist das mein Problem?«

»Ich dachte nur, mit euch beiden könnte es passen.«

Ich blinzelte. »Es könnte mit uns passen?« Wie sollte man das interpretieren, wenn nicht ... »Soll das heißen, du wolltest uns verkuppeln?«

Sie zögerte ein, zwei lange Sekunden. »Ach, komm, Tyler, reg dich nicht auf.«

Seit fünf Jahren tauchte Diane mal mehr, mal weniger scharf auf meiner Bildfläche auf. Es hatte Zeiten gegeben – vor allem, nachdem Jason auf die Uni gegangen war –, in denen ich mir wie ihr bester Freund vorgekommen war. Sie rief an, wir redeten, wir shoppten oder sahen uns Filme an. Wir waren Freunde. Kumpel. Sofern es irgendeine sexuelle Spannung gab, schien sie ganz auf meiner Seite zu liegen, und ich war sorgfältig darauf bedacht, sie zu verbergen, weil selbst diese Teilintimität fragil war – das wusste ich, ohne dass man es mir sagen musste. Was immer Diane bei mir suchte, es hatte nichts mit irgend gearteter Leidenschaft zu tun.

E. D. hätte natürlich kein Verhältnis zwischen mir und Diane geduldet, es sei denn, es war kindlicher Natur, fand unter Aufsicht statt und barg keine Gefahr, unerwartete Wendungen zu nehmen. Aber auch Diane schien die Distanz zwischen uns ganz gut in den Kram zu passen, und so sah ich sie manchmal monatelang fast gar nicht, allenfalls, dass ich ihr von ferne zuwinkte, wenn sie auf den Rice-Bus wartete (solange sie noch auf die Academy ging). Während dieser Phasen rief sie nicht an, und wenn ich mal, was selten genug vorkam, die Kühnheit besaß, bei ihr durchzuklingeln, war sie nicht zum Reden aufgelegt.

Während dieser Zeit ging ich gelegentlich mit Mädchen von meiner Schule aus, schüchternen Mädchen zumeist, die eigentlich (oft genug explizit) lieber von Jungen mit höherem Popularitätsgrad ausgeführt worden wären, sich aber mehr oder weniger damit abgefunden hatten, ein gesellschaftliches Leben zweiter Wahl zu führen. Keine dieser Verbindungen war von Dauer. Als ich siebzehn war, verlor ich meine Unschuld an ein hübsches, verblüffend großes Mädchen namens Elaine Bowland; ich versuchte mir einzureden, dass ich in sie verliebt sei, aber nach acht oder neun Wochen gingen wir mit einer Mischung aus Bedauern und Erleichterung wieder auseinander.

Nach jeder dieser Episoden rief Diane ganz unerwartet an, und wir redeten; ich erwähnte dann Elaine Bowland oder Toni Hickock oder Sarah Burstein, und Diane kam irgendwie nie so recht dazu, mir zu erzählen, wie *sie* die Pause in unserer Beziehung verbracht hatte, aber das machte nichts, denn schon bald waren wir wieder in unserer Blase gelandet, frei schwebend zwischen Romanze und Heuchelei, Kindheit und Reife.

Ich bemühte mich, nicht mehr zu erwarten. Doch ich konnte nicht aufhören, mit ihr zusammen sein zu wollen. Und mir schien, dass auch sie meine Gesellschaft suchte; schließlich kam sie immer wieder auf mich zurück. Ich hatte gesehen, wie sie sich entspannte, wenn ich da war, ihr spontanes Lächeln, wenn ich den Raum betrat, als wolle sie sagen: Oh, gut, Tyler ist da. Wenn Tyler da ist, kann nichts passieren.

»Tyler?«

Ich fragte mich, was sie Holly erzählt hatte. Tyler ist echt nett, aber er läuft mir schon seit Jahren ständig nach. Ihr beide würdet toll zusammenpassen ...

»Tyler?« Sie klang bekümmert. »Tyler, wenn du nicht reden möchtest ...«

»Nein, möchte ich eigentlich nicht.«

»Dann gib mir bitte Jason.«

Ich reichte ihm das Handy. Jason hörte eine Weile zu, dann sagte er: »Wir sind hier auf dem Hügel. Nein. Nein. Komm doch auch raus. So kalt ist es auch wieder nicht. Nein.«

Ich wollte sie nicht sehen, ich schickte mich an, wegzugehen. Jason warf mir das Handy zu und sagte: »Sei kein Arsch, Tyler. Ich muss mit dir *und* Diane reden.«

»Worüber?«

»Über die Zukunft.«

Das war eine ärgerlich kryptische Bemerkung. »Dir ist vielleicht nicht kalt, mir schon.« Saumäßig kalt.

»Es geht hier um Wichtigeres als die Probleme, die du mit meiner Schwester haben magst.« Er wirkte auf fast komische Weise ernst. »Und ich weiß, was sie dir bedeutet.«

»Sie bedeutet mir gar nichts.«

»Das wäre nicht einmal dann wahr, wenn ihr nur Freunde wärt.«

»Wir *sind* nur Freunde.« Ich hatte eigentlich noch nie mit ihm über Diane gesprochen; das war ein Thema, das wir bei unseren Gesprächen mühsam umschifften. »Frag sie doch selbst.«

»Du bist sauer, weil sie dich dieser Holly vorgestellt hat.«

»Ich möchte das nicht diskutieren.«

»Aber sie wollte damit doch nur ein frommes Werk tun. Dianes neue Masche. Sie hat all diese Bücher gelesen.«

»Was für Bücher?«

»Apokalyptische Theologie. Meistens irgendwelche Bestseller. Du weißt schon: C. R. Ratel, ›Beten in der Finsternis‹, die Absage an das weltliche Ich. Du musst mehr Nachmittagsfernsehen gucken, Tyler. Sie wollte dich nicht kränken. Das war als Geste gedacht.«

»Und dadurch wird es besser?« Ich machte einige weitere Schritte von ihm weg, in Richtung Haus, und fragte mich, wie ich ohne Auto nach Hause kommen wollte.

»Tyler.« Irgendetwas in seiner Stimme veranlasste mich, stehen zu bleiben. »Tyler. Hör zu. Du hast mich gefragt, was mit mir los ist.« Er seufzte. »E. D. hat mir etwas über das Oktober-Ereignis erzählt. Es ist noch nicht für die Öffentlichkeit freigegeben. Ich habe ihm versprochen, dass ich nicht darüber rede, aber ich werde dieses Versprechen brechen. Ich werde es brechen, weil es nur drei Leute auf der Welt gibt, die ich als Familie empfinde. Einer davon ist mein Vater, die anderen beiden seid ihr, du und Diane. Also könntest du vielleicht noch ein paar Sekunden Geduld mit mir haben?«

Ich sah Diane, die den Hang hinaufgestapft kam, damit beschäftigt, sich in ihren Parka zu zwängen, einen Arm drin, einen Arm draußen.

Ich sah Jason, sah seinen entschieden unglücklichen Blick im trüben Lampenlicht. Es machte mir Angst, und ungeachtet meiner Gefühle erklärte ich mich bereit, ihn anzuhören.

Jason flüsterte Diane etwas zu, als sie uns erreichte. Sie blickte ihn mit großen Augen an, dann trat sie etwas zurück, hielt etwa gleichen Abstand zu uns beiden. Jason begann zu sprechen, sanft, methodisch, fast beschwichtigend, berichtete von einem Albtraum, als handle es sich um eine Gutenachtgeschichte.

Er hatte das alles natürlich von E. D. gehört.

Für E. D. war es gut gelaufen nach dem Oktober-Ereignis. Kaum waren die Satelliten ausgefallen, stellte *Lawton Industries* auch schon Pläne für eine sofort installierbare, praktische Ersatztechnologie vor: Höhenaerostaten, technisch avancierte Ballons, die auf unbestimmte Zeit in der Stratosphäre schweben konnten. Fünf Jahre später trugen E. D.s Aerostaten Telekom-Nutzlasten und Leitungsverstärker, ermöglichten Multipointstimmen- und Daten-Übertragungen, bewerkstelligten fast alles (außer GPS und Astronomie), was konventionelle Satelliten auch gekonnt hätten. E. D.s Macht und Einfluss waren schnell gewachsen. Erst vor kurzem hatte er eine Raumfahrt-Lobbygruppe, die Perihelion-Stiftung, gegründet, und er hatte die Regierung bei einer Reihe von Projekten beraten, die nicht in der Öffentlichkeit verhandelt wurden. In diesem Fall ging es um das ARV-Programm – Automated Reentry Vehicle, also automatisierte Wiedereintrittsfahrzeuge – der NASA.

Die NASA hatte ihre ARV-Sonden in den letzten Jahren immer weiter verfeinert, um den Oktoberschild zu untersuchen. Konnte man ihn durchdringen? Konnten nützliche Daten von außerhalb gewonnen werden?

Der erste Versuch war buchstäblich ein Schuss ins (Dunkel-) Blaue, eine einfache ARV-Nutzlast auf einer aufpolierten Lockheed Martin Atlas 2AS, hinaufgeschleudert in die absolute Dunkelheit über der Vandenberg Air Force Base. Anfangs hatte es nach einem Fehlschlag ausgesehen. Der Satellit, der eine Woche in der Umlaufbahn hätte bleiben sollen, stürzte wenige Augenblicke nach dem Start unweit der Bermudas in den Atlantik. Als ob er, sagte Jason, gegen die Oktober-Ereignis-Grenze gestoßen und zurückgeprallt wäre.

Aber er war *nicht* abgeprallt. »Als sie ihn bargen, konnten sie die Daten einer ganzen Woche downloaden.«

»Wie ist das möglich?«

»Die Frage ist nicht, was *möglich* ist, sondern was *passiert* ist. Und *passiert* ist eben, dass die Nutzlast sieben Tage in der Umlaufbahn verbracht hat und in derselben Nacht zurückgekehrt ist, in der sie gestartet war. Woher wissen wir, dass es so war? Weil jedes Mal das Gleiche passiert ist, bei jedem Start, den sie danach unternommen haben – und sie haben es noch mehrmals versucht.«

»*Was* ist passiert? Wovon sprichst du, Jase? Zeitreisen?«

»Nein ... eigentlich nicht.«

»*Eigentlich* nicht?«

»Lass ihn einfach erzählen«, sagte Diane ruhig.

Es gebe alle möglichen Hinweise auf das, was tatsächlich geschehen ist, berichtete Jason. Beobachtungen vom Boden aus schienen darauf hinzudeuten, dass die Trägerraketen beschleunigt hatten, bevor sie hinter der Barriere verschwanden – so, als seien sie hineingezogen worden. Doch die sichergestellten Borddaten zeigten keinen solchen Effekt. Die jeweiligen Beobachtungen ließen sich nicht miteinander vereinbaren: Vom Boden aus gesehen, waren die Satelliten mit Beschleunigung in die Barriere geflogen und dann fast sofort zur Erde zurückgefallen, während die Satelliten selbst behaupteten, sie seien glatt und reibungslos in ihre vorgesehene Umlaufbahn gelangt, dort den geplanten Zeitraum über verblieben und mittels eigenem Antrieb Wochen oder Monate später wieder zurückgekehrt. (Wie bei dem russischen Kosmonauten, dachte ich, dessen offiziell nie bestätigte oder dementierte Geschichte zu einer Art modernen Sage geworden war.) Und wenn man annahm, dass beide Datensätze zutreffend waren, dann gab es nur eine Erklärung: Außerhalb der Barriere herrschte eine andere Zeit.

Oder, von einem anderen Blickwinkel aus gesehen: Auf der Erde verging die Zeit langsamer als im übrigen Universum.

»Versteht ihr, was das bedeutet?«, fragte Jason. »Vorher sah es so aus, als steckten wir in einer Art elektromagnetischem Käfig, der die zur Erde gelangende Energie regulierte. Und das trifft auch zu. Aber es ist im Grunde nur ein Nebeneffekt, ein kleiner Ausschnitt eines sehr viel größeren Bildes.«

»Nebeneffekt wovon?«, fragte ich.

»Von dem, was man als *Zeitgradient* bezeichnet. Versteht ihr? Für jede Sekunde, die auf der Erde vergeht, vergeht außerhalb der Barriere sehr viel mehr Zeit.«

»Das ergibt doch keinen Sinn. Was soll das für eine Physik sein, die da am Wirken ist?«

»Leute, die erheblich mehr Erfahrung haben als ich, plagen sich momentan mit dieser Frage ab. Aber die Vorstellung eines Zeitgradienten hat etwas für sich. Wenn es ein zeitliches Gefälle zwischen uns und dem Universum gibt, dann würde die zu einem bestimmten Zeitpunkt an die Erdoberfläche gelangende Umgebungsstrahlung – Sonnenlicht, Röntgenstrahlen, kosmische Strahlung – proportional beschleunigt werden. Und die Sonnenstrahlen eines Jahres, auf zehn Sekunden kondensiert, wären unmittelbar tödlich. Die elektromagnetische Barriere um die Erde verbirgt uns also nicht, sie *beschützt* uns. Sie schirmt diese ganze konzentrierte – und ich vermute mal: blauverschobene – Strahlung ab.«

»Das gefälschte Sonnenlicht.« Diane hatte es kapiert.

»Genau. Sie haben uns falsches Sonnenlicht gegeben, weil der echte Stoff tödlich wäre. Gerade mal genug davon, und zwar ordnungsgemäß verteilt, um die Jahreszeiten nachzuahmen, Ackerbau möglich zu machen und so etwas wie Wetter zu fabrizieren. Die Gezeiten, unsere Flugbahn um die Sonne – Masse, Impuls, Anziehungskraft –, all diese Dinge werden manipuliert, nicht nur, um uns abzubremsen, sondern auch, um uns währenddessen am Leben zu erhalten.«

»*Manipuliert*«, sagte ich. »Es ist also kein Naturereignis. Es ist *gemacht*, ein Werk der Technik.«

»Ich glaube, das müssen wir uns eingestehen, ja.«

»Es wird uns *zugefügt*.«

»Manche sprechen von einer hypothetischen Steuerintelligenz.«

»Aber wozu das alles? Was ist damit bezweckt?«

»Ich weiß es nicht. Niemand weiß es.«

Diane starrte ihren Bruder durch die kalte Winterluft hindurch an. Zitternd schlug sie die Arme um ihren Parka. Nicht so sehr wegen der Temperaturen, sondern weil sie auf die entscheidende Frage gekommen war: »Wie viel Zeit, Jason? Wie viel Zeit vergeht dort draußen?«

Jason zögerte, sichtlich unwillig, ihr zu antworten. »Viel Zeit«, murmelte er schließlich.

»Sag's uns einfach«, sagte sie entschieden.

»Nun ja, es gibt alle möglichen Messungen. Aber beim letzten Start, da haben sie ein Kalibrierungssignal von der Mondoberfläche abprallen lassen. Der Mond entfernt sich jedes Jahr ein wenig von der Erde, wusstet ihr das? Um eine winzig kleine, aber messbare Strecke. Wenn man diese Strecke misst, gewinnt man einen groben Kalender, der umso genauer ist, je mehr Zeit verstreicht. Nehmt das zusammen mit anderen Indikatoren, zum Beispiel die Bewegung nahegelegener Sterne ...«

»*Wie viel Zeit*, Jason?«

»Seit dem Oktober-Ereignis sind fünf Jahre und ein paar Monate vergangen. Außerhalb der Barriere stellt sich das als ein Zeitraum von etwas über fünfhundert Millionen Jahren dar.«

Ich wusste nicht, was ich sagen sollte. Mir fiel absolut nichts ein. Ich war sprachlos. Keines Gedankens fähig. Es gab in diesem Moment nicht das geringste Geräusch, nichts als die Leere der Nacht.

Diane allerdings blickte geradewegs ins furchterregende Herz der Sache: »Und wie lange bleibt uns noch?«

»Auch das weiß ich nicht. Kommt drauf an. Zu einem gewissen Grad sind wir durch die Barriere geschützt, doch wie wirksam ist dieser Schutz? Einigen Tatsachen jedenfalls müssen wir ins Auge sehen: Die Sonne ist sterblich, wie alle anderen Sterne. Sie verbrennt Wasserstoff, sie expandiert und wird immer heißer. Die Erde existiert in einer Art bewohnbaren Zone innerhalb des Sonnensystems, und diese Zone bewegt sich stetig nach außen. Wie gesagt, wir sind geschützt, vorläufig sind wir auf jeden Fall sicher. Aber irgendwann wird die Erde in die Heliosphäre der Sonne eintreten, wird von ihr verschluckt werden. Ab einem gewissen Punkt gibt es schlicht und einfach kein Zurück mehr.«

»Wie *lange, Jase*?«

Er sah sie mitleidig an. »Vierzig, vielleicht fünfzig Jahre. Ungefähr.«

Die Schmerzen waren schwer zu ertragen, selbst mit Hilfe des Morphiums, das Diane für lächerlich viel Geld in einer Apotheke in Padang erstanden hatte. Das Fieber war noch schlimmer.

Es war nicht durchgehend da. Es kam in Wellen, in Clustern, in Blasen von Hitze und von Lärm, der unerwartet in meinem Kopf explodierte. Mein Körper wurde in der Folge launenhaft, unberechenbar. Eines Nachts griff ich nach einem nicht vorhandenen Glas Wasser, zerschlug eine Nachttischlampe und weckte dadurch das Paar im Nebenzimmer.

Am nächsten Morgen, vorübergehend wieder klar im Kopf, konnte ich mich nicht mehr an den Vorfall erinnern. Aber ich sah das geronnene Blut auf meinen Fingerknöcheln und ich hörte, wie Diane den wütenden Concierge entschädigte.

»Hab ich das wirklich getan?«, fragte ich sie.

»Bedauerlicherweise ja.«

Sie saß in einem Korbsessel neben dem Bett. Sie hatte Essen aufs Zimmer kommen lassen, Rührei und Orangensaft, daher vermutete ich, dass es Morgen war. Der Himmel hinter den hauchdünnen Vorhängen war blau. Die Balkontür stand offen, ließ angenehm warme Luft und den Geruch des Meeres herein.

»Tut mir Leid«, sagte ich.

»Du warst nicht bei dir. Ich würde sagen, vergiss es. Aber anscheinend hast du das bereits.« Sie legte eine Hand auf meine Stirn. »Und es ist noch nicht vorbei, fürchte ich.«

»Wie lange?«

»Bis jetzt eine Woche.«

»Erst eine Woche?«

»Erst eine Woche.«

Ich war noch nicht einmal halb durch.


Aber die klaren Momente waren nützlich fürs Schreiben. Graphomanie ist eine von mehreren Nebenwirkungen der Substanz. Als Diane der gleichen Tortur ausgesetzt war, schrieb sie den Satz »Bin ich nicht meines Bruders Hüterin?« hunderte von Malen in nahezu identischer Schrift auf vierzehn Seiten Schreibpapier. Meine Schreibwut war allerdings ein bisschen zielgerichteter. Ich stapelte handbeschriebene Seiten auf dem Nachttisch, während ich auf die nächste Fieberattacke wartete, las noch einmal durch, was ich geschrieben hatte in dem Versuch, es für die Zukunft festzuhalten.

Diane verbrachte den Tag draußen. Als sie wiederkam, fragte ich sie, wo sie gewesen sei.

»Kontakte knüpfen«, erklärte sie mir. Sie sagte, sie habe Verbindung mit einem Transitmakler aufgenommen, einem Minang namens Jala, dessen Import-Export-Unternehmen als Tarnung für die weitaus lukrativere Emigrationsvermittlung diente. Jeder kenne Jala, sagte Diane. Außer uns bewarben sich auch noch einige verrückt-utopistische Kibbutzim um Plätze, daher war der Handel noch nicht in trockenen Tüchern, aber sie war vorsichtig optimistisch.

»Sei auf der Hut«, sagte ich. »Es könnte immer noch jemand nach uns suchen.«

»Nicht, soweit ich erkennen kann, aber ...« Sie zuckte mit den Achseln. Warf einen Blick auf den Notizblock in meiner Hand. »Schreibst du wieder?«

»Lenkt mich von den Schmerzen ab.«

»Kannst du den Kugelschreiber einigermaßen halten?«

»Fühlt sich an wie unheilbare Arthritis, aber ich komm schon zurecht.« Bisher jedenfalls, dachte ich. »Die Ablenkung ist es in jedem Fall wert.«

Aber das war es natürlich nicht allein. Und es ging auch nicht einfach um Graphomanie. Das Schreiben war eine Möglichkeit, das als bedroht Empfundene zu objektivieren.

»Es ist wirklich sehr gut«, sagte Diane.

Ich sah sie entsetzt an. »Du hast es *gelesen*?«

»Du hast mich darum gebeten. Angefleht hast du mich, Tyler.«

»War ich im Delirium?«

»Offenbar. Zu dem Zeitpunkt hast du allerdings einen recht vernünftigen Eindruck gemacht.«

»Ich habe beim Schreiben nicht an ein Publikum gedacht.« Ich war schockiert, weil ich nicht mehr wusste, dass ich es ihr gezeigt hatte. Was mochte mir noch alles bereits entfallen sein?

»Dann werde ich nicht wieder reinsehen. Aber was du da schreibst ...« Sie legte den Kopf schief. »Ich wundere mich und fühle mich geschmeichelt, dass du so starke Gefühle für mich hattest, damals schon.«

»Das kann dich kaum überrascht haben.«

»Mehr als du glaubst. Aber es ist paradox, Tyler. Das Mädchen, von dem du erzählst, ist gleichgültig, beinahe grausam.«

»So habe ich dich nie gesehen.«

»Es ist nicht deine Sicht, die mir Sorgen macht. Sondern meine.«

Ich hatte mich im Bett aufgesetzt, ein Akt der Stärke, wie ich mir einbildete, Beleg für meinen Stoizismus. Vermutlich war es aber eher Beleg dafür, dass die Schmerzmittel vorübergehend ihre Wirkung taten. Ich zitterte. Zittern war das erste Anzeichen für ein Wiederaufleben des Fiebers. »Willst du wissen, wann ich mich in dich verliebt habe? Vielleicht sollte ich darüber schreiben. Es ist wichtig. Das war, als ich zehn war ...«

»Tyler, Tyler. Kein Mensch verliebt sich mit zehn Jahren.«

»Es war, als St. Augustine starb.« St. Augustine war ein lebhafter schwarzweißer Springer-Spaniel mit Stammbaum gewesen, ein Tier, das Diane besonders ans Herz gewachsen war. St. Dog, Heiliger Hund, hatte sie ihn genannt.

Sie zuckte zusammen. »Das ist makaber.«

Aber es war mir ernst. E. D. hatte den Hund spontan gekauft und nach Hause gebracht, wahrscheinlich, weil ihm etwas Dekoratives für den Kamin vorschwebte, zusammen mit einem Paar schöner alter Feuerböcke. Aber St. Dog hatte sich gegen dieses Schicksal aufgelehnt. Er war zwar durchaus dekorativ, aber auch neugierig und stellte allerlei Unfug an. Nach einiger Zeit hatte E. D. die Nase voll von ihm; Carol ignorierte ihn; Jason mochte ihn, konnte aber nichts mit ihm anfangen. Es war Diane, damals zwölf, die sich seiner annahm. Sie brachten aneinander das Beste zum Vorschein. Sechs Monate lang folgte St. Dog ihr überall hin, außer in den Schulbus. An Sommerabenden spielten die beiden zusammen auf dem großen Rasen, und dort bemerkte ich Diane zum ersten Mal auf diese besondere Weise – zum ersten Mal empfand ich Freude, ihr einfach nur zuzusehen. Sie rannte mit St. Dog durch die Gegend, bis sie nicht mehr konnte, und St. Dog wartete immer geduldig, während sie Atem schöpfte. Sie kümmerte sich aufopfernd um den Hund, war seine zentrale, wenn nicht die einzige Bezugsperson, hatte sogar ein Gespür dafür, wie er aufgelegt war (was umgekehrt natürlich ebenso galt).

Ich hätte nicht sagen können, warum mir das an ihr gefiel. Aber in der angespannten, emotional aufgeladenen Welt der Lawtons schuf sie damit eine Oase unkomplizierter Zuneigung. Als Hund wäre ich vielleicht eifersüchtig gewesen, so aber gewann ich den Eindruck, dass Diane etwas Besonderes war, in nicht unerheblicher Hinsicht anders als ihre Familie. Sie begegnete der Welt mit einer emotionalen Offenheit, die die anderen Lawtons verloren oder nie besessen hatten.

St. Augustine starb unerwartet und viel zu früh – er war kaum aus dem Welpenstadium heraus – im Herbst jenes Jahres. Diane war untröstlich, und ich begriff, dass ich in sie verliebt war ... Nein, so klingt es wirklich makaber. Ich verliebte mich nicht in sie, weil sie um ihren Hund trauerte. Sondern ich verliebte mich in sie, weil sie *fähig* war, um den Hund zu trauern, während alle anderen entweder gleichgültig oder sogar heimlich erleichtert waren, dass St. Augustine endlich wieder aus dem Haus verschwunden war.

Sie wandte sich vom Bett ab, blickte zum sonnigen Fenster. »Es hat mir das Herz gebrochen, als er starb.«

Wir begruben St. Dog in dem Wäldchen hinter dem Rasen. Diane errichtete aus Steinen einen kleinen Grabhügel, den sie in jedem Frühjahr erneuerte, bis sie zehn Jahre später von zu Hause fortging.

Und sie betete am Grab, immer zum Wechsel der Jahreszeiten, still, die Hände gefaltet. Zu wem sie betete und wofür, das weiß ich nicht. Ich weiß nicht, was man macht, wenn man betet. Ich glaube nicht, dass ich dazu in der Lage wäre.

Aber das war der erste Hinweis für mich, dass Diane in einer Welt lebte, die größer war als das Große Haus, in einer Welt, in der Freud und Leid sich so schwerfällig bewegten wie die Gezeiten, mit dem Gewicht eines ganzen Ozeans dahinter.

In der Nacht kehrte das Fieber zurück. Ich erinnere mich an nichts mehr außer an eine stetig – in Stundenabständen – wiederkehrende Angst, dass die Substanz mehr Erinnerung löschen würde, als ich je wiedererlangen könnte; ein Gefühl von unwiederbringlichem Verlust, verwandt mit jenen Träumen, in denen man vergebens nach einer verlorenen Brieftasche, einer Uhr, einem wertvollen Besitz, dem Gefühl für sich selbst sucht. Ich meinte zu spüren, wie das marsianische Mittel in meinem Körper arbeitete, wie es neue Angriffe startete und vorläufige Waffenstillstände mit meinem Immunsystem vereinbarte, zelluläre Brückenköpfe errichtete, feindliche Chromosomsequenzen isolierte.

Als ich wieder zu mir kam, war Diane nicht da. Vom Schmerz abgeschirmt durch das Morphium, das sie mir gegeben hatte, stieg ich aus dem Bett und schaffte es, zur Toilette zu gehen. Danach schlurfte ich auf den Balkon hinaus.

Abendessenszeit. Die Sonne war noch da, aber der Himmel zeigte bereits ein dämmriges Blau. Die Luft roch nach Kokosmilch und Dieseldämpfen. Im Westen glitzerte der große Torbogen wie gefrorenes Quecksilber.

Plötzlich spürte ich wieder den Wunsch zu schreiben, wie ein

Echo des Fiebers. Ich trug den Notizblock bei mir, den ich schon zur Hälfte mit kaum zu entzifferndem Gekritzel bedeckt hatte. Ich würde Diane bitten müssen, mir einen neuen zu kaufen. Vielleicht gleich mehrere. Die ich dann mit Worten bedecken würde.

Worte wie Anker. Um Boote der Erinnerung festzumachen, die anderenfalls vom Sturm weggespült würden.

## WELTUNTERGANGSGERÜCHTE ERREICHEN DIE BERKSHIRES

Nach der Rodelparty sah ich Jason einige Jahre lang nicht. Wir blieben aber in Kontakt und trafen uns wieder in dem Jahr, in dem ich meinen Abschluss in Medizin machte, in einem für den Sommer gemieteten Haus in den Berkshires, etwa zwanzig Minuten von Tanglewood entfernt.

Ich war ausreichend beschäftigt gewesen. Ich hatte vier Jahre lang das College besucht, nebenbei Freiwilligendienst in einer Klinik geleistet und, lange bevor ich ihn absolvieren sollte, mit der Vorbereitung für den MCAT, den Aufnahmetest fürs weiterführende College, begonnen. Mein Notendurchschnitt, das MCAT-Ergebnis sowie ein Stapel Empfehlungsschreiben meiner bisherigen Dozenten und anderer ehrwürdiger Personen (E. D.s Freigebigkeit nicht zu vergessen) verschafften mir Zugang zur medizinischen Fakultät SUNY in Stony Brook, wo vier weitere Studienjahre abzuleisten waren. Das lag jetzt hinter mir, ich hatte fertig studiert, aber noch warteten mindestens drei Jahre Facharztausbildung auf mich, bevor ich praktizieren konnte.

Was mich in die Mehrheit der Menschen einreihte, die ihr Leben weiterhin so lebten, als hätten sie noch nie vom bevorstehenden Ende der Welt gehört.

Vielleicht wäre alles anders gewesen, wenn man den Weltuntergang auf Tag und Stunde genau vorausberechnet hätte. Dann hätten wir uns alle ein Leitmotiv – von Panik bis hin zu frommer Resignation – wählen und die menschliche Geschichte mit einem angemessenen Sinn fürs Timing, den Blick immer auf die Uhr gerichtet, zu Ende bringen können.

Aber womit wir es hier zu tun hatten, war nur eine – allerdings hohe – Wahrscheinlichkeit, dass wir irgendwann ausgelöscht würden, in einem stetig lebensfeindlicher werdenden Sonnensystem. Gut, vermutlich konnte nichts uns auf Dauer vor der expandierenden Sonne schützen, die wir alle auf den von Weltraumsonden aufgenonmmenen NASA-Bildern gesehen hatten – aber vorerst waren wir abgeschirmt, aus Gründen, die niemand erklären konnte. Die Krise, falls es denn eine solche gab, war nicht zu greifen, der einzige den Sinnen zugängliche Hinweis war die Abwesenheit der Sterne – Abwesenheit als Hinweis, Hinweis auf Abwesenheit.

Wie also gestaltet man ein Leben, über dem drohend die Möglichkeit der Auslöschung schwebt? Diese Frage definierte unsere Generation. Für Jason war es nicht weiter schwierig, wie es schien; er hatte sich kopfüber in das Problem gestürzt: binnen kurzem *wurde* der Spin sein Leben. Und auch für mich war es, vermute ich, relativ einfach. Ich hatte ohnehin eine Neigung für die Medizin gehabt, und das schien jetzt, in der Atmosphäre einer vor sich hinköchelnden Krise, eine besonders glückliche Wahl zu sein. Vielleicht stellte ich mir vor, Leben zu retten, sollte das Ende der Welt sich als nicht nur hypothetisch erweisen, aber auch nicht auf einen Schlag erfolgen. Aber kam es darauf noch an, wenn wir sowieso alle zum Untergang verdammt waren? Warum ein einzelnes Leben retten, wenn bald darauf *alles* Leben ausradiert würde? Aber natürlich *retten* wir Ärzte im Grunde kein Leben, sondern verlängern es günstigstenfalls, und wenn das nicht klappt, geben wir Schmerzmittel. Das ist am Ende vielleicht das Nützlichste von dem, was wir gelernt haben.

Außerdem waren College und weiterführendes Studium eine lange, aufreibende, aber willkommene Ablenkung von allem anderen Leid der Welt gewesen.

Ich kam also zurecht. Jason kam zurecht. Aber viele Menschen hatten große Schwierigkeiten. Diane war eine von ihnen.

Ich war gerade dabei, mein Einzimmer-Apartment in Stony Brook auszuräumen, als Jason anrief.

Es war früher Nachmittag. Die von der Sonne nicht zu unterscheidende optische Illusion strahlte. Der Hyundai war beladen und bereit, die Fahrt nach Hause anzutreten. Mein Plan sah vor, dass ich ein paar Wochen bei meiner Mutter verbringen und dann noch ein oder zwei Wochen gemütlich mit dem Auto durch die Gegend fahren würde. Dies war die letzte freie Zeit, die ich vor Antritt meiner Assistenzarztstelle in Harborview in Seattle haben würde, und ich hatte die Absicht, sie zu nutzen, um ein wenig von der Welt zu sehen, jedenfalls von dem Teil der Welt, der zwischen Maine und dem Staat Washington lag. Aber Jason hatte andere Vorstellungen. Und er ließ mich kaum mein Hallo-wie-geht's aussprechen, kam gleich zur Sache.

»Tyler, diese Gelegenheit ist zu gut, als dass man sie verpassen darf. E. D. hat ein Sommerhaus in den Berkshires gemietet.«

»Ach ja? Schön für ihn.«

»Aber er kann es nicht nutzen. Letzte Woche hat er ein Aluminiumpresswerk in Michigan besichtigt und dabei ist er von einer Ladeplattform gefallen und hat sich die Hüfte angebrochen.«

»Oh, tut mir Leid.«

»Es ist nichts Ernstes, die Heilung schreitet voran, aber er muss noch eine Weile auf Krücken gehen, und er will nicht den ganzen Weg nach Massachusetts kutschieren, nur um dort herumzusitzen und Percodan zu lutschen. Und Carol war von Anfang an nicht so furchtbar begeistert von der Idee.« Was mich nicht weiter überraschte – Carol Lawton war zur Gewohnheitstrinkerin geworden. Ich konnte mir nicht vorstellen, was sie in den Berkshires hätte anfangen wollen, außer vielleicht noch ein bisschen mehr zu trinken. »Die Sache ist die«, fuhr Jason fort, »er kann nicht mehr von dem Vertrag zurücktreten, das Haus steht also drei Monate lang leer. Daher dachte ich, wo du doch gerade deinen Abschluss gemacht hast, wir könnten vielleicht wenigstens ein paar Wochen zusammen verbringen. Vielleicht Diane überreden, auch zu kommen. Vielleicht mal ein Konzert besuchen. In den Wäldern spazieren gehen. Wie in alten Zeiten. Tatsächlich bin ich schon auf dem Sprung dorthin. Was sagst du, Tyler?«

Ich war im Begriff, ihm abzusagen. Aber dann dachte ich an Diane. Ich dachte an die wenigen Briefe und Anrufe, die wir zu den üblichen Anlässen gewechselt, und an all die unbeantworteten Fragen, die sich zwischen uns aufgehäuft hatten. Ich wusste, es wäre klüger gewesen, abzusagen. Aber es war zu spät. Mein Mund hatte bereits ja gesagt.

Also verbrachte ich noch eine weitere Nacht auf Long Island, dann zwängte ich meine letzten Habseligkeiten in den Kofferraum des Autos und folgte dem Northern State Parkway bis zum Long Island Expressway.

Der Verkehr war nicht der Rede wert, und das Wetter schon fast unglaubwürdig schön. Es war ein strahlend blauer Nachmittag. Ich wollte das Morgen an den Meistbietenden verkaufen und mich für immer am, im oder auf dem zweiten Juli niederlassen. Ich fühlte mich so besinnungslos, so glücklich wie lange nicht mehr.

Dann schaltete ich das Radio ein.

Ich war alt genug, mich an die Zeit zu erinnern, als eine »Radiostation« noch ein Gebäude mit einem Sender und einer Turmantenne war, als der Radioempfang von Stadt zu Stadt mal besser, mal schlechter war. Viele solcher Stationen existierten immer noch, doch das Analogradio des Hyundais hatte etwa eine Woche nach Ablauf der Garantie den Geist aufgegeben. Damit blieb das Digitalprogramm (übertragen durch einen oder mehrere von E. D.s Aerostaten in der Hochatmosphäre). Üblicherweise hörte ich Jazz-Downloads aus dem zwanzigsten Jahrhundert, eine Vorliebe, die ich beim Stöbern in der Plattensammlung meines Vaters erworben hatte. Das, so redete ich mir gern ein, war sein wahres Erbe: Duke Ellington, Billie Holiday, Miles Davis. Musik, die schon alt war, als der junge Marcus Dupree sie entdeckt hatte, verstohlen weitergegeben wie ein Familiengeheimnis. Was ich jetzt, in diesem Moment, hören wollte, war »Harlem Air Shaft«, aber bei der Wartung des Wagens vor Reiseantritt waren meine Einstellungen gelöscht und ein Nachrichtenkanal einprogrammiert worden, den ich irgendwie nicht wieder los wurde. Also musste ich mir alles Mögliche über Naturkatastrophen und Prominente, die in irgendwelche Skandale verwickelt waren, anhören. Und es war auch vom Spin die Rede.

Inzwischen nannten wir es den Spin.

Obwohl der größere Teil der Welt nicht daran glaubte.

Die Umfragen waren ziemlich eindeutig. Die NASA hatte noch in jener Nacht, als Jason Diane und mich eingeweiht hatte, Datenmaterial der Orbitalsonden veröffentlicht, Ergebnisse, die bald durch eine Reihe von europäischen Erhebungen bestätigt wurden. Dennoch sah nur eine Minderheit der europäischen und nordamerikanischen Bevölkerung acht Jahre, nachdem sie über den Spin informiert worden war, diesen als »eine Bedrohung für sich oder ihre Familien« an. Und in weiten Teilen Asiens, Afrikas und des Nahen Ostens betrachteten stabile Mehrheiten die ganze Angelegenheit als amerikanische Verschwörung oder einen Unfall, ein fehlgeschlagener Versuch, ein Verteidigungssystem in der Art von SDI zu installieren.

Ich hatte Jason einmal gefragt, warum das so war. Er sagte: »Bedenke, was das ist, das sie da glauben sollen. Wir haben es, global gesehen, mit einer Bevölkerung zu tun, die ein fast noch vor-newtonsches Verständnis von Astronomie hat. Was brauchst du denn wirklich über den Mond und die Sterne zu wissen, wenn du ganz davon beansprucht bist, ausreichend Biomasse zusammenzukratzen, um dich und deine Familie zu ernähren? Um diesen Leuten irgendetwas Sinnvolles über den Spin zu erzählen, musst du ganz weit ausholen. Die Erde, musst du ihnen zuerst einmal sagen, ist einige Milliarden Jahre alt. Lass sie sich an der Vorstellung von ›einige Milliarden Jahre‹ abarbeiten. Da hat man viel zu schlucken, vor allem, wenn man in einer muslimischen Theokratie, einem animistischen Dorf oder einer Schule im Bible Belt unterrichtet worden ist. Dann erzähl ihnen, dass die Erde nicht unveränderlich ist, dass es ein Zeitalter, länger als das unsere, gegeben hat, in dem die Meere Dampf und die Luft Gift waren. Erzähl ihnen, wie das Leben spontan entstanden ist und sich über drei Milliarden Jahre sporadisch entwickelt hat, bevor das erste als Mensch zu bezeichnende Wesen zustande gekommen ist. Sprich dann über die Sonne, davon, dass auch die nicht ewig besteht, sondern als eine sich zusammenziehende Wolke aus Gas und Staub begonnen hat und eines Tages, in ein paar Milliarden Jahren, expandieren, die Erde verschlucken, ihre äußeren Schichten absprengen und zu einem kleinen Klumpen ultradichter Materie zusammenschrumpfen wird. Einführung in die Kosmologie, nicht wahr? Du kennst das alles aus diesen Paperbacks, die du früher gelesen hast, für dich ist das selbstverständlich, aber für die meisten Menschen ist es ein völlig neuer Blick auf die Welt und vermutlich verstößt es gegen ihre zentralen Glaubensdogmen. Also lass sie das erst mal langsam begreifen. Lass es sich setzen. Dann rück mit der *wirklich* schlechten Nachricht raus: Die *Zeit selbst* ist flüssig und unberechenbar. Die Welt, die so unerschütterlich wirkt – trotz all dem, was wir eben gelernt haben –, ist kürzlich in eine Art kosmischen Kaltraum eingeschlossen worden. *Warum* hat man das mit uns gemacht? Das wissen wir nicht genau. Wir glauben, es wurde bewirkt – und zwar bewusst bewirkt – von Wesen, die so mächtig und unzugänglich sind, dass man sie durchaus als Götter bezeichnen könnte. Und wenn wir die Götter verärgern, entziehen sie uns vielleicht den Schutzschild, und dann werden recht bald die Berge zu schmelzen und die Meere zu kochen anfangen. Aber glaubt nicht unseren Worten. Ignoriert den Sonnenuntergang und den Schnee, der im Winter auf die Berge fällt, wie eh und je. Wir haben Beweise. Wir haben Berechnungen, logische Schlussfolgerungen, Fotos, die von Maschinen aufgenommen wurden. Forensische Beweise höchsten Kalibers.« Jason legte die traurig fragende Variante seines Lächelns auf. »Und doch ist die Jury nicht überzeugt.«

Und es waren nicht nur die Unwissenden, die sich nicht überzeugen ließen. In diesem Moment beklagte sich im Radio der Vorstandsvorsitzende eines Versicherungskonzerns über die wirtschaftlichen Auswirkungen »dieses ständigen unkritischen Geredes über den sogenannten Spin«. Die Menschen fingen an, die Sache ernst zu nehmen, sagte er, und das sei schlecht fürs Geschäft. Es mache die Leute leichtsinnig. Es leiste der Unmoral, dem Verbrechen, dem Schuldenmachen Vorschub. Schlimmer noch, es verfälsche alle Versicherungsstatistiken. »Falls die Welt nicht in den nächsten dreißig oder vierzig Jahren untergeht«, sagte er, »könnten wir vor einer Katastrophe stehen.«

Wolken begannen von Westen her aufzuziehen. Eine Stunde später war der prachtvolle blaue Himmel vollständig bedeckt, und erste Regentropfen klatschten auf die Windschutzscheibe. Ich schaltete die Scheinwerfer an.

Im Radio war man von den Versicherungsstatistiken zum nächsten Thema übergangen. Ein Thema, das in letzter Zeit die Schlagzeilen beherrscht hatte: die Silberkästen, so groß wie eine ganze Stadt, die außerhalb der Spin-Barriere schwebten, hunderte von Kilometern über beiden Polen der Erde. Die in fester Position schwebten, nicht etwa in einer Umlaufbahn kreisten. Ein Objekt kann in einer festen Umlaufbahn über dem

Äquator hängen – geosynchrone Satelliten hatten das früher getan –, aber den elementaren Bewegungsgesetzen zufolge gibt es nichts, das in einer festen Position über den Polen des Planeten »kreisen« könnte. Und trotzdem hingen dort diese Dinger, entdeckt von einer Radarsonde und kürzlich fotografiert während einer unbemannten Flyby-Mission – eine weitere Schicht im Rätselwerk des Spins, und ebenso unbegreiflich für die verwirrten Massen, zu denen in diesem Fall auch ich zählte. Ich wollte mit Jason darüber reden. Ich glaube, ich wollte, dass er mir das alles genau erklärte.

Es regnete in Strömen und Donner grummelte in den Hügeln, als ich endlich vor E. D. Lawtons Sommermietshaus in der Nähe von Stockbridge hielt, ein englisches Cottage im ländlichen Stil, die Außenverkleidung arsengrün gestrichen, gelegen in einem etwa hundert Morgen großen Stück geschützten Waldes. Es leuchtete in der Dämmerung wie eine Sturmlaterne. Jason war schon da, sein weißer Ferrari parkte unter einer Überdachung, von der es nur so heruntertropfte.

Er musste mein Auto gehört haben, denn die große Eingangstür ging auf, bevor ich klopfen konnte. »Tyler!«, rief er grinsend.

Ich trat ein und stellte meinen regenfeuchten Koffer auf dem Fliesenboden der Diele ab. »Lange nicht gesehen, Jase«.

Wir waren über E-Mail und Telefon in Verbindung geblieben, aber von einigen kurzen Feiertagsbesuchen im Großen Haus abgesehen, war dies das erste Mal seit acht Jahren, dass wir uns zusammen in einem Raum befanden. Vermutlich hatte die Zeit bei uns beiden ihre Spuren hinterlassen, eine unauffällige Bestandsaufnahme sollte das bestätigen. Ich hatte ganz vergessen, wie eindrucksvoll sein Äußeres war. Er war schon immer groß gewesen, stets entspannt in seinem Körper ruhend; das war immer noch so, obwohl er ein bisschen magerer als früher wirkte, nicht zerbrechlich, aber in einem zerbrechlichen Gleichgewicht, wie ein auf dem Kopfende stehender Besenstiel. Seine Haare bildeten ein gleichmäßiges Stoppelfeld von einem knappen Zentimeter Länge. Und obwohl er einen Ferrari fuhr, legte er nach wie vor keinen Wert auf einen wie auch immer gearteten persönlichen Stil: er trug abgerissene Jeans, einen ausgebeulten, zerfransten Strickpullover und billige Halbschuhe.

»Hast du unterwegs gegessen?«, fragte er.

»Spätes Mittagessen.«

»Hungrig?«

War ich nicht, aber ich gestand, dass ich ziemlich scharf auf eine Tasse Kaffee war. Das Medizinstudium hatte mich in die Koffeinabhängigkeit getrieben. »Du hast Glück«, sagte Jason. »Ich hab auf der Fahrt hierher ein Pfund Guatemaltekischen gekauft.« Die Guatemalteken, unbekümmert um das Ende der Welt, ernteten also immer noch Kaffeebohnen. »Ich setz eine Kanne auf. Dann zeig ich dir alles.«

Wir machten einen Rundgang durchs Haus. Es hatte eine gewisse Zwanzigstes-Jahrhundert-Verspieltheit, mit apfelgrün und herbstorange gestrichenen Wänden, soliden antiquarischen Möbeln, Messingbetten und Spitzenvorhängen vor bauchigem Fensterglas, an dem unablässig der Regen herabströmte. Moderne Annehmlichkeiten in der Küche und im Wohnzimmer – großer Fernseher, Musikanlage, Internetanschluss. Behaglich im Regen. Nach unten zurückgekehrt, schenkte Jason den Kaffee ein. Wir saßen am Küchentisch und brachten uns auf den neuesten Stand.

Was seine Arbeit betraf, äußerte sich Jason unbestimmt, aus bescheidener Zurückhaltung oder aus Sicherheitsgründen. In den acht Jahren, nachdem die wahre Natur des Spins enthüllt worden war, hatte er einen Doktortitel in Astrophysik erworben, dann aber die Universität verlassen, um, in vorerst noch nachgeordneter Position, in E. D.s Perihelion-Stiftung einzutreten. Vielleicht kein schlechter Zug, war E. D. doch inzwischen ein hochrangiges Mitglied von Präsident Walkers Sonderausschuss für Globale Umweltkrisenplanung. Laut Jase stand Perihelion kurz davor, von einer Raumfahrt-Expertenkommission in ein offizielles Beratungsgremium umgewandelt zu werden, ausdrücklich autorisiert, politische Vorgaben zu machen.

»Ist das denn legal?«

»Sei nicht naiv, Tyler. E. D. hat sich von Lawton Industries zurückgezogen. Er hat seinen Vorstandsposten niedergelegt, und seine Anteile werden treuhänderisch verwaltet. Unseren Anwälten zufolge ist er konfliktfrei.«

»Und was machst du bei Perihelion?«

Er lächelte. »Ich höre den Älteren aufmerksam zu und mache höfliche Vorschläge. Aber erzähl mir von der Medizin.«

Er fragte mich, ob ich es widerwärtig fände, derart viel menschliche Schwäche und Krankheit zu Gesicht zu bekommen. Also erzählte ich ihm von meinem Anatomieseminar im zweiten Jahr. Zusammen mit einem Dutzend anderer Studenten hatte ich eine menschliche Leiche seziert und deren Inhalt nach Größe, Farbe, Funktion und Gewicht sortiert. Keine angenehme Erfahrung. Der einzige Trost lag in der Wahrheit und der einzige Verdienst im Nutzen. Aber es war auch ein Meilenstein, ein Gang auf die andere Seite. Jenseits dieses Punktes war von der Kindheit nichts mehr übrig.

»Herrgott, Tyler. Willst du vielleicht etwas Stärkeres als den Kaffee da?«

»Ich sag nicht, dass es eine große Sache war. Das ist ja das Schockierende daran. Es war keine große Sache. Du gehst da rein und hinterher ins Kino.«

»Aber ein weiter Weg vom Großen Haus.«

»Ein weiter Weg. Für uns beide.« Ich hob meine Tasse.

Dann tauschten wir Erinnerungen aus, und die Spannung in unserer Unterhaltung verflüchtigte sich. Wir sprachen von den alten Zeiten. Dabei folgten wir, wie ich bald merkte, einem bestimmten Muster. Jason erwähnte einen Ort – den Keller, die Mall, den Bach im Wäldchen –, und ich erzählte eine Geschichte dazu: Wie wir uns einmal an dem Spirituosenschrank vergangen hatten; wie wir einmal ein Rice-Mädchen namens Kelley Weens beobachtet hatten, als sie eine Packung Kondome aus der Drogerie klaute; wie Diane uns in dem einen Sommer unbedingt aus dem lyrischen Werk von Christina Rossetti vorlesen musste, atemlos, als habe sie etwas Bedeutendes entdeckt.

Der große Rasen, gab Jason vor. Die Nacht, als die Sterne verschwanden, sagte ich.

Und dann waren wir für eine Weile still.

»Sie ist immer noch dort unten?« Das war das Letzte, was ich gehört hatte, übermittelt von meiner Mutter. Diane besuchte ein College im Süden und studierte etwas, das ich mir nicht richtig hatte merken können: Urbane Geographie, Ozeanographie oder irgendeine andere abwegige Ographie.

»Ja, immer noch.« Jason rutschte auf seinem Stuhl herum. »Weißt du, Ty, bei Diane hat sich vieles verändert.«

»Na, das muss einen nicht unbedingt überraschen.«

»Sie ist mehr oder weniger verlobt. Will heiraten.«

Ich trug's halbwegs mit Fassung. »Tja, schön für sie.« Welchen Grund hätte ich gehabt, eifersüchtig zu sein? Ich hatte keine Beziehung mehr zu Diane – hatte nie eine gehabt, jedenfalls nicht in der engeren Bedeutung des Wortes. Und ich war einmal fast selbst verlobt gewesen, in Stony Brook im zweiten Jahr, mit einer Studentin namens Candice Boone. Es hatte uns Spaß gemacht, einander »Ich liebe dich« zu sagen, bis wir dessen irgendwann überdrüssig wurden. Ich glaube, bei Candice begann der Überdruss zuerst.

Und dennoch: *mehr oder weniger* verlobt? Wie ging das denn?

Ich war versucht zu fragen, aber Jason fühlte sich sichtlich nicht wohl mit der Wendung, die unser Gespräch genommen hatte. Eine weitere Erinnerung stellte sich ein: Einmal, noch im Großen Haus, hatte Jason eine Freundin mit nach Hause gebracht, um sie seiner Familie vorzustellen. Er hatte sie im

Schachklub von Rice kennen gelernt, ein einfaches, aber nettes Mädchen, zu schüchtern, um viel zu sagen. Carol war an jenem Abend relativ nüchtern, aber E. D. war mit dem Mädchen sichtlich nicht einverstanden, behandelte sie demonstrativ unfreundlich, und als sie gegangen war, scholt er Jason dafür, »so ein Exemplar ins Haus zu schleppen«. Mit einem großen Verstand, so E. D., sei eine entsprechende Verantwortung verbunden. Er wolle nicht, dass Jason in eine konventionelle Ehe gelockt würde, wolle nicht mit ansehen müssen, wie er »Windeln an die Wäscheleine« hänge, anstatt sich »in der Welt einen Namen zu machen«.

Die meisten an Jasons Stelle hätten wohl aufgehört, ihre Freundinnen mit nach Hause zu bringen.

Jason aber hatte einfach aufgehört, Freundinnen zu haben.

Das Haus war leer, als ich am nächsten Morgen aufwachte.

Auf dem Küchentisch lag eine Nachricht: Jason war losgefahren, um Vorräte fürs Grillen zu besorgen. *Bin mittags zurück oder auch später.* Jetzt war es halb zehn. Ich hatte luxuriös lange geschlafen, schon überkam mich Sommerferienträgheit.

Das Haus schien sie zu befördern. Die Stürme der letzten Nacht waren weitergezogen, eine angenehme Morgenbrise wehte durch die Kattunvorhänge, das Sonnenlicht legte Unregelmäßigkeiten in der Maserung der Arbeitsplatte in der Küche bloß. Ich frühstückte gemütlich am Fenster und beobachtete die Wolken, die wie stattliche Schoner über den Horizont segelten.

Kurz nach zehn klingelte es an der Tür, und ich bekam kurz Panik bei dem Gedanken, dass es Diane sein könnte. Hatte sie spontan beschlossen, ein bisschen früher zu kommen? Nein, es war »Mike, der Gartenmann« mit Halstuch und ärmellosem T-Shirt, der mir Bescheid geben wollte, dass er jetzt den Rasen mähen werde – er wolle niemanden aufwecken, aber der Mäher sei ziemlich laut; er könne aber auch am Nachmittag wiederkommen, falls das ein Problem sei. Überhaupt kein Problem, sagte ich, und ein paar Minuten später fuhr er die Konturen des Grundstücks mit einem uralten grünen John Deere ab, der die Luft mit brennendem Öl einfettete. Immer noch ein wenig schläfrig, fragte ich mich, wie diese Gartenarbeit sich wohl im Angesicht dessen ausnehmen würde, was Jason gerne als das »Universum im Ganzen« bezeichnete. Für das Universum im Ganzen war die Erde ein Planet kurz vor dem Stillstand. Die Grashalme dort draußen im Garten waren über Jahrhunderte gewachsen, in ihrer Bewegung ebenso majestätisch gemessen wie die Evolution der Sterne. Mike, eine vor einigen Milliarden Jahren geborene Naturgewalt, mähte sie mit unendlicher Geduld. Die abgetrennten Halme fielen, von der Schwerkraft leicht angehaucht, über viele, viele Jahre hinweg zwischen Sonne und Lehmboden, einem Boden, in dem Methusalem-würmer wühlten, während anderswo in der Galaxis womöglich ganze Reiche aufstiegen und wieder vergingen.

Jason hatte natürlich Recht: Es war schwer, an so etwas zu glauben. Oder nein, nicht daran »zu glauben« – die Menschen glauben ja an alles mögliche unplausible Zeug –, sondern es als grundlegende Wahrheit über die Welt zu akzeptieren. Ich saß auf der Veranda, an der von dem dröhnenden Deere abgewandten Seite des Hauses, die Luft war kühl, und die Sonne, als ich ihr mein Gesicht zukehrte, fühlte sich gut an, obwohl ich wusste, was es war – gefilterte Strahlung für eine Welt im Spin, eine Welt, in der Jahrhunderte verjubelt wurden, als sei's nur eine Sekunde.

Kann nicht wahr sein. Ist aber wahr.

Ich dachte wieder an mein Studium, an das Anatomiesemi-nar, von dem ich Jason erzählt hatte. Candice Boone, meine Beinahe-Verlobte, hatte mit mir diesen Kurs besucht. Während des Sezierens hatte sie sich gelassen gezeigt, doch hinterher nicht mehr. Ein menschlicher Körper, sagte sie, sollte Liebe enthalten, Hass, Mut, Feigheit, Seele, Geist – nicht diese schleimige

Ansammlung von blauen und roten Imponderabilien. Ja. Und wir sollten nicht gegen unseren Willen in eine tödliche Zukunft gezerrt werden.

Aber die Welt ist, wie sie ist, und sie lässt nicht mit sich verhandeln. Etwas in der Art sagte ich zu Candice.

Sie erklärte, ich sei »kalt«. Mag sein, aber ich glaube, ich war mit dieser Bemerkung dem, was man als Weisheit bezeichnen könnte, näher gekommen als je zuvor.

Der Morgen schritt voran. Mike war mit dem Rasen fertig und fuhr wieder weg, hinterließ eine von feuchter Stille erfüllte Luft. Nach einer Weile raffte ich mich auf und rief meine Mutter in Virginia an, wo das Wetter, wie sie sagte, weniger einladend als in Massachusetts war, noch immer bewölkt nach einem Sturm in der Nacht, der einige Bäume und Strommasten gefällt hatte. Ich berichtete, dass ich sicher in E. D.s Sommerhaus angekommen sei. Sie fragte, was Jason für einen Eindruck mache, obwohl sie ihn vermutlich vor nicht allzu langer Zeit selbst gesehen hatte, während einem seiner Besuche im Großen Haus. »Älter«, erwiderte ich. »Aber immer noch Jase.«

»Macht er sich Sorgen wegen dieser China-Sache?«

Meine Mutter war seit dem Oktober-Ereignis zum Nachrichtenjunkie geworden, hatte ständig CNN laufen, nicht aus Vergnügen, ja nicht mal wegen eines Bedürfnisses nach Information, sondern in erster Linie zur Beruhigung, zur Rückversicherung, so wie ein mexikanischer Dorfbewohner ständig ein Auge auf den nahen Vulkan haben mag, in der Hoffnung, dass der noch nicht angefangen hat zu rauchen. Die China-Sache sei im gegenwärtigen Stadium nur eine diplomatische Krise, sagte sie, obwohl einige Säbel schon sanft rasselten. Es ging um irgendeinen strittigen Satellitenstart, den die Chinesen planten. »Du solltest Jason danach fragen.«

»Hat E. D. dir mit diesem Zeug Angst gemacht?«

»Nein. Hin und wieder höre ich einiges von Carol.«

»Ich weiß nicht, wie weit du dem trauen solltest.«

»Ach komm, Ty. Sie trinkt, aber sie ist nicht blöd. Ich übrigens auch nicht, jedenfalls nicht sehr.«

»Das wollte ich damit überhaupt nicht sagen.«

»Das meiste, was ich dieser Tage über Jason und Diane höre, kommt von Carol.«

»Hat sie gesagt, ob Diane in die Berkshires kommt? Von Jason kriege ich keine richtige Antwort.«

Meine Mutter zögerte. »Diane ist in den letzten Jahren ein bisschen unberechenbar gewesen. Daran liegt es vermutlich.«

»Was genau bedeutet unberechenbar?«

»Ach, na ja. Keine großen Erfolge am College. Ein paar Probleme mit dem Gesetz ...«

»Mit dem *Gesetz*?«

»Ich meine, sie hat keine Bank ausgeraubt oder so, aber sie ist ein paarmal festgenommen worden, wenn NK-Versammlungen außer Kontrolle geraten sind.«

»Was zum Teufel hat sie bei NK-Versammlungen gemacht?«

Erneute Pause. »Du solltest wirklich Jason danach fragen.«

Die Absicht hatte ich.

Sie hustete – ich stellte sie mir vor, mit einer Hand über dem Telefon, den Kopf diskret zur Seite gedreht –, und ich fragte: »Wie fühlst du dich?«

»Müde.«

»Irgendwas Neues vom Doktor?« Sie war wegen Anämie in Behandlung. Flaschen voller Eisentabletten.

»Nein. Ich werde einfach alt, Ty. Früher oder später werden wir alle alt. Ich erwäge, in den Ruhestand zu gehen. Wenn du das, was ich tue, Arbeit nennen willst. Jetzt, wo die Zwillinge weg sind, sind ja nur noch Carol und E. D. zu versorgen, und E. D. auch kaum noch, seit die Sache in Washington angelaufen ist.«

»Hast du ihnen gesagt, dass du ans Aufhören denkst?«

»Noch nicht.«

»Es wäre nicht mehr das Große Haus ohne dich.«

Sie lachte, nicht unbedingt glücklich. »Ich glaube, vom Großen Haus habe ich genug. Für ein Leben reicht es, danke sehr.«

Aber sie sprach dann nie wieder von ihrem Plan. Ich glaube, es war Carol, die sie zum Bleiben überredete.

Jason kam irgendwann nachmittags zurück. »Ty?« Seine übergroßen Jeans hingen an den Hüften wie die Takelage eines in die Flaute geratenen Schiffes, und sein T-Shirt war gesprenkelt mit diversen Soßenflecken. »Hilf mir mal eben mit dem Grill, ja?«

Ich ging mit ihm nach draußen. Es handelte sich um den üblichen Propangasgrill. Jason hatte noch nie einen benutzt. Er öffnete das Ventil, drückte den Zündknopf und zuckte zusammen, als die Flammen hochzüngelten. Dann grinste er mir zu. »Wir haben Steaks. Wir haben einen Dreibohnensalat aus dem Delikatessenladen.«

»Und kaum Mücken.«

»Ja, hier wurde im Frühling gesprüht. Schon Hunger?«

Hatte ich. Irgendwie war ich beim Verdösen des Nachmittags hungrig geworden. »Grillen wir für zwei oder drei?«

»Ich warte noch immer darauf, dass ich was von Diane höre. Wahrscheinlich erfahren wir's nicht vor heute Abend. Also nur wir beide zum Essen, denke ich.«

»Vorausgesetzt, die Chinesen schmeißen uns nicht vorher eine Bombe auf den Kopf.« Nur so als Köder.

Jason schnappte zu. »Machst du dir Sorgen wegen der Chinesen? Das ist nicht mal mehr eine Krise. Wurde beigelegt.«

»Was für eine Erleichterung.« Ich hatte von der Krise und von ihrer Beilegung an ein und demselben Tag erfahren. »Meine Mutter hat darüber gesprochen. War wohl in den Nachrichten.«

»Das chinesische Militär will die polaren Artefakte unter Beschuss nehmen. Sie haben Raketen mit atomaren Sprengköpfen startbereit auf ihren Rampen in Jiuquan stehen. Das Kalkül ist: Wenn sie die Polargeräte zerstören, dann reißen sie damit vielleicht den ganzen Oktoberschutzschirm ein. Natürlich gibt es keinen Grund zur Annahme, dass das funktioniert. Wie groß ist die Wahrscheinlichkeit, dass unsere Waffen einer Technologie etwas anhaben können, die imstande ist, Zeit und Gravitation zu manipulieren?«

»Also haben wir den Chinesen gedroht und sie haben klein beigegeben?«

»Ein bisschen war's so. Ein bisschen Peitsche, aber auch ein bisschen Zuckerbrot. Wir haben angeboten, sie mit an Bord zu nehmen.«

»An Bord?«

»Sie dürfen mitmachen bei unserem eigenen kleinen Projekt zur Rettung der Welt.«

»Jetzt machst du mir aber wirklich ein bisschen Angst, Jase.«

»Reich mir mal die Zange da. Tut mir Leid, ich weiß, das klingt geheimnisvoll. Ich darf eigentlich gar nicht über diese Dinge sprechen. Mit niemandem.«

»Aber bei mir machst du eine Ausnahme?«

»Bei dir mache ich immer eine Ausnahme.« Er lächelte. »Wir reden beim Essen drüber, ja?«

Ich ließ ihn allein am Grill, eingehüllt von Rauch und Hitze.

Zwei aufeinander folgenden amerikanischen Regierungen war von der Presse vorgeworfen worden, sie würden »nichts gegen den Spin tun«. Aber diese Kritik disqualifizierte sich selbst, denn niemand wusste, was man denn überhaupt tun könne. Und jede offen aggressive Vorgehensweise – wie die von den Chinesen vorgeschlagene – wäre völlig unkalkulierbar gewesen.

Perihelion machte sich für einen anderen Ansatz stark.

»Die Leitmetapher«, sagte Jason, »ist nicht die Schlacht. Sondern Judo. Das Gewicht und den Schwung eines größeren Gegners nutzen und gegen ihn wenden. Das ist es, was wir mit dem Spin machen wollen.«

Er erzählte mir das ganz lakonisch, während er sein Steak mit chirurgischer Präzision zerschnitt. Wir aßen in der Küche, hatten aber die Hintertür offen gelassen. Eine riesige Hummel, so fett und gelb, dass sie wie ein in der Luft schwebendes Wollknäuel aussah, prallte gegen das Fliegengitter.

»Versuch mal«, sagte er, »den Spin nicht als Überfall, sondern als Chance zu verstehen.«

»Eine Chance, um was zu tun? Vorzeitig zu sterben?«

»Eine Chance, die Zeit für unsere eigenen Zwecke zu nutzen, auf eine Weise, die vorher gar nicht denkbar gewesen wäre.«

»Ist nicht Zeit das, was sie uns weggenommen haben?«

»Im Gegenteil. Außerhalb unserer kleinen Erdblase haben wir Millionen von Jahren, mit denen wir etwas anfangen können. Und wir haben ein Werkzeug, das gerade über solche großen Zeiträume hinweg extrem verlässlich funktioniert.«

»Werkzeug?«, fragte ich verwirrt, während er einen weiteren Rindfleischwürfel aufspießte. Es war eine Mahlzeit, die sich auf das Wesentliche konzentrierte: ein Steak auf dem Teller, eine Flasche Bier daneben. Keine Beigaben, abgesehen vom Dreibohnensalat, von dem er sich eine sehr bescheidene Portion nahm.

»Ja, ein Werkzeug, ein sehr naheliegendes: Evolution.«

»Evolution?«

»Wir werden uns nicht vernünftig unterhalten können, Tyler, wenn du immer nur das wiederholst, was ich sage.«

»Okay, also, Evolution als Werkzeug ... Ich verstehe aber nicht, wie wir uns in dreißig oder vierzig Jahren so weit entwickeln können, dass es irgendetwas bewirkt.«

»Nicht wir, um Gottes willen, und mit Sicherheit nicht in dreißig oder vierzig Jahren. Ich spreche von einfachen Lebensformen. Ich spreche von Äonen. Ich spreche vom Mars.«

»Mars.« Hoppla.

»Stell dich nicht so begriffsstutzig. Denk nach!«

Der Mars war ein in funktioneller Hinsicht toter Planet, auch wenn er einstmals primitive Vorformen des Lebens aufgewiesen haben mochte. Außerhalb des Spins hatte er sich seit dem Oktober-Ereignis, gewärmt von einer expandierenden Sonne, über Millionen von Jahren »entwickelt«. Den jüngsten Orbitalfotos zufolge war er immer noch ein toter, ausgetrockneter Planet. Hätte er einfaches Leben und ein entsprechend günstiges Klima besessen, wäre aus ihm, so vermutete ich, inzwischen ein üppiger grüner Urwald geworden. Aber ersteres war nicht der Fall und folglich alles andere auch nicht.

»Früher hat man hier und da über Terraformung gesprochen«, sagte Jason. »Erinnerst du dich an die spekulativen Romane, die du damals gelesen hast?«

»Ich lese sie immer noch, Jase.«

»Nur zu. Wie würdest du es anfangen, wenn du den Mars terraformen solltest?«

»Ich würde versuchen, eine ausreichend große Menge von Treibhausgasen in die Atmosphäre zu bekommen, damit er sich aufwärmt. Das ganze gefrorene Wasser entbinden. Einfachste Organismen aussäen. Aber selbst wenn man die optimistischsten Annahmen zugrunde legt, dauert das ...«

Er lächelte.

»Du veräppelst mich.«

»Nein.« Das Lächeln verflog. »Überhaupt nicht. Das ist alles ganz und gar ernst gemeint.«

»Aber wie soll das ...?«

»Beginnen würden wir damit, dass wir, aufeinander abgestimmt, eine Reihe von Raumfahrzeugen losschicken, die künstlich hergestellte Bakterien transportieren. Einfacher Ionenantrieb und langsames Gleiten zum Mars hin. Möglichst kontrollierter Aufprall, den die Einzeller überleben können, und ein paar größere Nutzlasten mit Sprengkopf, um die Organismen unter die Oberfläche des Planeten zu bringen, wo wir Wasservorkommen vermuten. Um auf Nummer sicher zu gehen, machen wir das mehrmals von verschiedenen Abschussstellen aus und mit einem ganzen Spektrum von in Frage kommenden Organismen. Das Ziel ist, genügend organische Tätigkeit loszutreten, um den in die Kruste eingeschlossenen Kohlenstoff zu lösen und in die Atmosphäre zu blasen. Dann alles ein paar Millionen Jahre sacken lassen – Monate in unserer Zeit –, anschließend neue Messungen machen. Ist es ein wärmerer Planet geworden mit dichterer Atmosphäre und vielleicht ein paar Teichen mit halbflüssigem Wasser, wiederholen wir den ganzen Zyklus, diesmal mit vielzelligen, für die dortige Umwelt konstruierten Pflanzen. Wodurch etwas Sauerstoff in die Luft gelangt, der den atmosphärischen Druck um ein paar Millibar nach oben schraubt. So oft wiederholen wie nötig. Weitere Millionen Jahre hinzufügen und umrühren. Und schon hast du dir in vertretbarer Zeit – so wie unsere Uhren eben die Zeit messen – einen bewohnbaren Planeten gezaubert.«

Es war eine atemberaubende Idee. Ich kam mir vor wie einer dieser Stichwortgeber in einem viktorianischen Abenteuerroman: *»Es war ein kühner, ja tollkühner Plan, den er ersonnen hatte, aber ich konnte beim besten Willen keinen Schwachpunkt darin finden ...«*

Außer einem. Einem grundlegenden Schwachpunkt.

»Jason, selbst wenn das möglich wäre – was hätten wir davon?«

»Wenn der Mars bewohnbar ist, könnten Menschen dort leben.«

»Wir alle, sieben oder acht Milliarden?«

Er schnaubte. »Kaum. Nein, nur einige Pioniere. Zuchtexemplare, wenn man es ganz nüchtern betrachtet.«

»Und was sollen die da machen?«

»Leben, sich vermehren und sterben. Millionen von Generationen in jedem von unseren Jahren.«

»Zu welchem Zweck?«

»Um der menschlichen Rasse eine zweite Chance im Sonnensystem zu verschaffen. Und im besten Fall – nun, sie werden alles Wissen zur Verfügung haben, das wir ihnen mitgeben können, plus ein paar Millionen Jahre, um es weiterzuentwickeln. Innerhalb der Spin-Blase haben wir nicht genug Zeit, um zu ergründen, wer die Hypothetischen sind oder warum sie das mit uns machen. Unsere marsianischen Erben haben vielleicht eine bessere Chance. Vielleicht können sie uns ein wenig das Denken abnehmen.«

Oder das Kämpfen um unsere Existenz?

(Das war übrigens das erste Mal, dass ich den Ausdruck »die Hypothetischen« gehört hatte – die hypothetischen Steuerintelligenzen, die unsichtbaren und weitgehend theoretischen Wesen, die uns in unsere Zeitgruft eingesperrt hatten. Der Name setzte sich in der Öffentlichkeit erst einige Jahre später durch. Ich konnte mich allerdings damit gar nicht anfreunden. Ich empfand die Bezeichnung als zu distanziert, zu abstrakt. Die Wahrheit war bestimmt weitaus komplexer.)

»Es existiert also ein Plan, all diese Dinge tatsächlich *ins Werk zu setzen*?«

»O ja.« Jason hatte sein Steak zu drei Vierteln aufgegessen; er schob den Teller von sich. »Es ist gar nicht mal so teuer. Die einzig problematische Sache ist, widerstandsfähige Einzeller zu basteln. Die Marsoberfläche ist kalt, trocken, praktisch luftlos und wird jedes Mal, wenn die Sonne aufgeht, von sterilisierender Strahlung überschwemmt. Immerhin haben wir eine ganze Menge von Extremophilen, mit denen wir arbeiten können – Bakterien, die im antarktischen Packeis oder im Ausfluss von Atomreaktoren leben. Alles andere ist erprobte Technologie. Wir wissen, dass Raketen funktionieren. Wir wissen, dass organische Evolution funktioniert. Das einzig wirklich Neue ist unsere Perspektive. Imstande zu sein, die Ergebnisse einer extremen Langzeituntersuchung schon Wochen oder Monate nach dem Start auszuwerten. Das ist … einige nennen es ›teleologische Technik‹.«

»Das ist beinahe das Gleiche«, sagte ich, das neue Wort ausprobierend, das ich von ihm gelernt hatte, »wie das, was die Hypothetischen tun.«

»Ja.« Jason hob die Augenbrauen zu einem Gesichtsausdruck, den ich nach all den Jahren immer noch schmeichelhaft fand: Überraschung, Respekt. »Ja, in gewisser Weise ist es das wohl.«

Ich habe einmal ein interessantes Detail über die erste bemannte Mondlandung im Jahre 1969 gelesen. Damals, so hieß es in dem Buch, hätten sich viele Ältere – im neunzehnten Jahrhundert geborene Männer und Frauen, alt genug, sich noch an eine Welt ohne Automobile und Fernseher zu erinnern – geweigert, der Berichterstattung Glauben zu schenken. Worte, die in ihrer Kindheit nur im Zusammenhang mit einem Märchen Sinn ergeben hätten (»zwei Männer sind heute Abend auf dem Mond spazierengegangen«), traten ihnen nunmehr als Tatsachen entgegen. Das konnten sie nicht akzeptieren. Es widersprach ihrem Gefühl dafür, was vernünftig war und was nicht.

Mir erging es jetzt genauso.

Wir werden den Mars terraformen und kolonisieren, sprach mein Freund Jason und er litt keineswegs unter Wahnvorstellungen – jedenfalls nicht mehr als die klugen und mächtigen Menschen, die seine Überzeugung offensichtlich teilten. Das Ganze war also ernst gemeint und es musste, auf irgendeiner bürokratischen Ebene, sogar schon angelaufen sein.

Nach dem Essen machte ich, solange es noch hell war, einen Spaziergang. Mike, der Gartenmann, hatte gute Arbeit geleistet: Der Rasen leuchtete wie das Modell eines Mathematikers, Hege und Pflege einer Grundfarbe. Dahinter krochen schon die Schatten in den Wald. Diane würde es hier gefallen, kam es mir in den Sinn. Wieder dachte ich an jene Sommerzusammenkünfte am Bach, Jahre war es jetzt her, als sie uns aus alten Büchern vorgelesen hatte. Einmal, als wir über den Spin sprachen, zitierte sie einen Vers des englischen Dichters A. E. Housman:

*Der Grizzlybär ist wild und groß,*
*Verschlingt das Kind, lässt's nicht mehr los.*
*Das Kind hat nicht mal wahrgenommen,*
*Wie's in den Bauch des Bär'n gekommen.*

Jason telefonierte gerade, als ich durch die Küchentür wieder ins Haus trat. Er sah mich an, dann drehte er sich weg und senkte die Stimme.

»Nein«, sagte er. »Wenn es so sein muss, aber – nein, ich verstehe. Ist gut. Ich hab ist gut gesagt, oder? Ist gut heißt ist gut.« Er steckte das Telefon in die Tasche.

»War das Diane?«

Er nickte.

»Kommt sie?«

»Sie kommt. Aber es gibt ein paar Dinge, die ich erwähnen möchte, bevor sie hier ist. Das, worüber wir beim Essen gesprochen haben – davon dürfen wir ihr nichts sagen. Und übrigens auch sonst niemandem. Das sind keine für die Öffentlichkeit bestimmten Informationen.«

»Du meinst, sie sind unter Verschluss?«

»Formal gesehen, ja, vermutlich.«

»Aber du hast *mir* davon erzählt.«

»Ja. Das war ein Staatsverbrechen.« Er lächelte. »Und ich vertraue darauf, dass du es für dich behältst. Nur ein bisschen Geduld – in ein paar Monaten wird sich CNN damit überschlagen. Außerdem habe ich Pläne mit dir, Ty. Irgendwann in nächster Zeit wird Perihelion Kandidaten für ein extrem raues Siedlungsprojekt prüfen. Wir werden Ärzte aller Fachrichtungen an Ort und Stelle brauchen. Wäre es nicht toll, wenn du das machen könntest, wenn wir zusammen arbeiten könnten?«

Ich erschrak. »Ich hab gerade erst meine Prüfung gemacht, Jase. Ich habe noch keinerlei Praxis.«

»Alles zu seiner Zeit.«

»Du vertraust Diane nicht?«

Sein Lächeln verrutschte. »Nein, ehrlich gesagt. Nicht mehr. Nicht in dieser Sache.«

»Wann wird sie hier sein?«

»Morgen Vormittag.«

»Und was ist es, das du mir nicht sagen willst?«

»Sie bringt ihren Freund mit.«

»Ist das ein Problem?«

»Du wirst schon sehen.«


## NICHTS HAT BESTAND

Ich erwachte und mir war klar, dass ich nicht darauf vorbereitet war, sie wiederzusehen.

Erwachte in E. D.s plüschigem Sommerhaus in den Berkshires, die Sonne schien durch filigrane Spitzenjalousien, und ich dachte: Genug von dem Quatsch! Ich hatte die Nase voll davon. All der selbstsüchtige Blödsinn der letzten acht Jahre, bis hin zu der Affäre mit Candice Boone, die meine Lebenslügen schneller durchschaut hatte als ich. »Du bist ein bisschen fixiert auf diese Lawtons, wie?«, hatte sie einmal angemerkt. Ach, wie kommst du denn darauf?

Ich konnte nicht im Ernst behaupten, dass ich noch in Diane verliebt war. Die Beziehung zwischen uns war nie so eindeutig gewesen. Wir waren beide hinein- und wieder herausgewachsen, wie Weinreben, die durch einen Gitterzaun ranken. Aber in den besten Zeiten war es eine echte, eine enge Verbindung gewesen, getragen von einem in seiner Gewichtigkeit und Reife fast beängstigendem Gefühl. Weshalb ich so sehr darauf bedacht gewesen war, es zu tarnen – es hätte sonst auch ihr Angst gemacht.

Immer noch ertappte ich mich dabei, dass ich imaginäre Gespräche mit ihr führte, meistens spät in der Nacht, als eine Art

Bühnengeflüster zum sternenlosen Himmel. Ich war egoistisch genug, sie zu vermissen, doch auch vernünftig genug, zu wissen, dass wir in Wirklichkeit nie zusammen gewesen waren. Ich war voll und ganz bereit, sie zu vergessen.

Ich war nur nicht darauf vorbereitet, sie wiederzusehen.

Als ich nach unten kam, um mir Frühstück zu machen, saß Jason bereits in der Küche. Er hatte die Tür geöffnet. Frische Luft zog durchs Haus. Ich dachte ernsthaft daran, meine Tasche in den Kofferraum des Hyundais zu werfen und einfach wegzufahren. »Erzähl mir von dieser NK-Sache«, sagte ich.

»Liest du eigentlich überhaupt irgendwelche Zeitungen? Oder werden die Medizinstudenten in Stony Brook in Isolation gehalten?«

Natürlich wusste ich ein bisschen was über NK, eben das, was ich in den Nachrichten gehört oder aus Unterhaltungen in der Mensa aufgeschnappt hatte. Ich wusste, dass NK für »New Kingdom«, »Neues Königreich« stand. Ich wusste, dass es sich um eine vom Spin inspirierte christliche Bewegung handelte – nominell christlich jedenfalls, von Seiten der Kirche, egal welcher Strömung, wurde sie scharf abgelehnt. Ich wusste, dass sie vor allem die Jungen und Unzufriedenen anlockte. Im ersten Jahr in Stony Brook hatten zwei Typen aus meinem Semester das Studium abgebrochen und sich für NK entschieden, hatten eine ungewisse akademische Karriere gegen eine etwas weniger fordernde Erleuchtung eingetauscht.

»Es ist im Grunde eine millenaristische Bewegung«, sagte Jason. »Kommt ein bisschen spät, was das Millenium angeht, aber genau rechtzeitig zum Ende der Welt.«

»Ein Kult, mit anderen Worten.«

»Nein, eigentlich nicht. NK ist ein Schlagwort für das gesamte christlich-hedonistische Spektrum, es ist also kein Kult, obwohl einige kultartige Gruppen dazugehören. Es gibt keinen Führer. Keine heilige Schrift. Nur ein paar abseitige Theologen, mit denen die Bewegung lose assoziiert wird – C. R. Ratel, Laura Greengage, solche Leute.« Ich hatte deren Bücher in den Drugstores gesehen. Spin-Theologie mit Fragezeichentiteln: Erleben wir die Wiederkunft Christi? Überleben wir das Ende der Zeit? »Und auch kein großes Programm, abgesehen von einer Art Wochenendkommunalismus. Aber was die Massen anzieht, das ist nicht die Theologie. Hast du schon mal Berichte oder Bilder von diesen NK-Versammlungen gesehen, vor allem die, die sie Ekstasis nennen?«

Das hatte ich, und anders als Jason, dem die Angelegenheiten des Fleisches doch immer eher fremd geblieben waren, konnte ich die Faszination nachvollziehen. Was ich gesehen hatte, war eine Videoaufzeichnung einer Zusammenkunft in den Cascades, aus dem Sommer letzten Jahres. Es hatte ausgesehen wie eine Mischung aus einem Baptistenpicknick und einem Grateful-Dead-Konzert. Eine sonnige Wiese, Blumen, zeremonielle weiße Gewänder, ein Typ mit null Prozent Körperfett, der auf einem Schofar blies. Bei Einbruch der Dunkelheit brannte ein großes Feuer und für die Musiker war eine Bühne errichtet worden. Dann fielen die Gewänder und das Tanzen begann. Und auch einige intimere Handlungen.

Bei aller von weiten Teilen der Medien bekundeten Abscheu – das Ganze hatte auf mich rührend unschuldig gewirkt. Keine Predigten, nur ein paar hundert Pilger, die der Auslöschung ins aufgerissene Maul lächelten und ihren Nächsten so liebten, wie sie selbst geliebt werden wollten. Der Film war auf DVD gebrannt worden und kursierte landesweit in den Studentenwohnheimen, unter anderem auch in Stony Brook. Kein Sexualakt ist so Garten-Eden-mäßig, dass ein einsamer Medizinstudent sich dazu nicht einen runterholen könnte.

»Schwer, sich vorzustellen, dass Diane von so etwas wie NK angezogen wird.«

»Im Gegenteil, Diane repräsentiert das Zielpublikum. Sie hat eine Todesangst vor dem Spin und allem, was er für die Welt impliziert. NK ist ein Schmerzmittel für Leute wie sie. Es verwandelt das, wovor sie am meisten Angst haben, in einen Gegenstand der Anbetung, die Eingangstür ins Königreich des Himmels.«

»Wie lange ist sie schon dabei?«

»Inzwischen fast ein Jahr. Seit sie Simon Townsend kennen gelernt hat.«

»Simon ist ein NKler?«

»Simon, fürchte ich, ist ein *hundertfünfzigprozentiger* NKler.«

»Hast du ihn schon einmal gesehen?«

»Sie hat ihn letzte Weihnachten mit ins Große Haus gebracht. Ich glaube, sie wollte sich das Feuerwerk ansehen. E. D. hält natürlich gar nichts von Simon. Seine Einstellung war ziemlich offensichtlich.« Jason zuckte kurz zusammen, offenbar bei der Erinnerung an einen Wutanfall, der selbst für E. D.s Verhältnisse spektakulär gewesen sein musste. »Aber Diane und Simon haben das NK-Ding durchgezogen – nämlich die andere Wange hingehalten. Sie haben ihn praktisch zu Tode gelächelt. Ich meine, buchstäblich. Er war nur noch einen sanften, vergebenden Blick von der Herzstation entfernt.«

Eins zu null für Simon, dachte ich. »Ist er gut für sie?«

»Er ist genau das, was sie will. Und er ist das Letzte, was sie braucht.«

Sie trafen nachmittags ein, knatterten die Auffahrt hoch in einem fünfzehn Jahre alten Tourenwagen, der mehr Öl zu verbrennen schien als der Rasenmäher von Mike, dem Gartenmann. Diane saß am Steuer. Sie hielt an und stieg auf der abgewandten Seite des Autos aus, verdeckt vom Dachgepäckträger, während Simon, schüchtern lächelnd, uns direkt vor die Augen trat.

Er war ein gut aussehender Mann. Eins fünfundachtzig oder etwas drüber; dünn, aber kein Schwächling; ein etwas pferdeähnliches Gesicht, was jedoch durch die ungebärdigen goldblonden Haare gut ausbalanciert wurde. Sein Lächeln offenbarte einen Spalt zwischen den oberen Schneidezähnen. Er trug Jeans, ein kariertes Hemd und um den linken Oberarm ein blaues, wie ein Tourniquet gebundenes Tuch; das war ein NK-Emblem, wie ich später erfuhr.

Diane kam um den Wagen herum und stellte sich neben ihn, beide sahen zur Veranda herauf, wo Jason und ich sie erwarteten. Auch sie trug die aktuelle NK-Mode: kornblumenblaues, bodenlanges Kleid, blaue Bluse und ein alberner schwarzer, breitkrempiger Hut, von der Art, wie ihn die Amish-Männer tragen. Aber die Sachen standen ihr, oder besser gesagt, sie verliehen ihr einen angenehmen Rahmen, deuteten auf robuste Gesundheit und bäuerliche Sinnlichkeit. Ihr Gesicht war so lebendig wie eine ungepflückte Beere. Sie schirmte ihre Augen gegen die Sonne ab und grinste – besonders in meine Richtung, wie ich glauben wollte. Mein Gott, dieses Lächeln. Irgendwie echt und schelmisch zugleich.

Ich begann mich sehr verloren zu fühlen.

Jasons Handy trillerte. Er zog es aus der Tasche und sah auf das Display.

»Muss ich entgegennehmen«, flüsterte er.

»Lass mich hier jetzt nicht allein, Jase.«

»Geh nur kurz in die Küche. Bin gleich wieder da.«

Er tauchte ab, gerade als Simon seinen großen Matchbeutel mit Schwung auf die Holzbretter der Veranda hievte und sagte: »Du musst Tyler Dupree sein.«

Er streckte die Hand aus. Ich schüttelte sie. Er hatte einen festen Händedruck und einen honigsüßen Südstaatenakzent, die Vokale wie poliertes Treibholz, die Konsonanten höflich wie eine Visitenkarte. Aus seinem Mund klang mein Name hundertprozentig nach Cajun, obwohl meine Familie nie weiter südlich als bis nach Millinocket gekommen war. Diane schnellte hinter ihm hoch, schrie »Tyler!« und packte mich in einer wilden Umarmung. Plötzlich hatte ich ihr Haar im Gesicht, und alles, was ich noch registrieren konnte, war ihr sonniger, salziger Geruch.

Wir zogen uns auf angemessenen Armlängenabstand zurück. »Tyler, Tyler«, rief sie, als hätte ich mich in etwas überaus Bemerkenswertes verwandelt. »Du siehst gut aus nach all den Jahren.«

»Acht«, sagte ich, um irgendetwas zu sagen. »Acht Jahre.«

»Wow, ist das wahr?«

Ich half ihnen, das Gepäck reinzutragen, führte sie in den Salon mit direkter Verbindung zur Veranda und eilte dann davon, um Jason zu holen, der in der Küche mit seinem Handy interagierte. Er kehrte mir den Rücken zu, als ich reinkam.

»Nein«, sagte er gerade. Seine Stimme klang angespannt. »Nein ... nicht einmal das State Department?«

Ich erstarrte. Das State Department. Auweia.

»Ich könnte in ein paar Stunden da sein, falls – oh, verstehe. Okay. Nein, das ist in Ordnung. Aber haltet mich auf dem Laufenden. Genau. Danke.«

Er steckte das Telefon weg und bemerkte, dass ich da war.

»War das E. D.?«, fragte ich.

»Sein Assistent.«

»Alles in Ordnung?«

»Na komm, Tyler, soll ich dir etwa alle Geheimnisse verraten?« Er versuchte sich an einem Lächeln, nicht sehr erfolgreich. »Ich wünschte, du hättest das nicht mitgehört.«

»Ich hab nur gehört, wie du angeboten hast, nach D.C. zu kommen und mich hier mit Simon und Diane allein zu lassen.«

»Tja ... werde ich vielleicht müssen. Die Chinesen stellen sich störrisch.«

»*Störrisch*? Was heißt das?«

»Sie weigern sich, den geplanten Raketenstart ganz abzublasen. Sie wollen sich diese Option offenhalten.«

Den nuklearen Angriff auf die Spin-Artefakte, meinte er. »Ich nehme an, irgendjemand versucht gerade, ihnen das auszureden?«

»Die Diplomatie läuft auf vollen Touren. Sie ist nur nicht gerade sehr *erfolgreich*. Die Verhandlungen sind offenbar festgefahren.«

»Also – na ja, *Scheiße*, Jase! Was bedeutet es, wenn sie tatsächlich losschlagen?«

»Es würde bedeuten, dass zwei thermonukleare Fusionswaffen in unmittelbarer Nähe zu unbekannten, mit dem Spin in Verbindung stehenden Vorrichtungen zur Detonation gebracht werden. Was die Folgen betrifft – nun, das ist eine interessante Frage. Aber noch ist es nicht passiert. Wird es wahrscheinlich auch nicht.«

»Du sprichst hier vom Weltuntergang. Oder vom Ende des Spins ...«

»Nicht so laut, bitte. Wir haben Gäste, erinnerst du dich? Außerdem solltest du nicht überreagieren. Was die Chinesen beabsichtigen, ist übereilt und wahrscheinlich sinnlos, aber selbst wenn sie es in die Tat umsetzen, wird es nicht zur Selbstauslöschung kommen. Was immer die Hypothetischen sind, sie werden sich zu verteidigen wissen, ohne uns dabei zu vernichten. Außerdem sind die Polarartefakte nicht zwangsläufig die Vorrichtung, die den Spin ermöglicht. Sie könnten auch Beobachtungsplattformen sein, Kommunikationsapparate oder vielleicht sogar Lockvögel.«

»Wenn die Chinesen nun doch losschlagen, wie viel Vorwarnungszeit kriegen wir dann?«

»Kommt drauf an, wen du mit ›wir‹ meinst. Die Öffentlichkeit wird vermutlich nichts erfahren, nicht, bevor es vorbei ist.«

Das war der Moment, in dem ich begriff, dass Jason nicht einfach nur der Lehrling seines Vaters war, sondern bereits begonnen hatte, sich seine eigenen Verbindungen nach ganz oben zu schaffen. Später sollte ich viel mehr über die Perihelion-Stiftung und die Arbeit, die Jason dort machte, erfahren, vorerst aber gehörte dies alles für mich zu Jasons Schattenleben. Schon als Kind hatte er bereits ein solches Leben geführt: außerhalb des Großen Hauses war er das Mathe-Wunderkind gewesen, das die private Eliteschule so spielend leicht absolvierte wie ein Masters-Titelträger die Hindernisse eines Minigolfplatzes; zu Hause aber war er einfach Jase, und wir hatten sehr darauf geachtet, dass es so blieb.

Und es war immer noch so. Aber er warf nun einen größeren Schatten. Er verbrachte seine Tage nicht mehr damit, die Lehrer an der Rice Academy zu beeindrucken. Jetzt war er damit beschäftigt, sich in eine Position zu bringen, von der aus er Einfluss auf den Verlauf der menschlichen Geschichte nehmen konnte.

Er fügte hinzu: »Falls es passiert, dann werde ich vorgewarnt, ja. *Wir* werden vorgewarnt. Aber ich möchte nicht, dass Diane sich darüber Sorgen macht. Oder Simon.«

»Na toll. Dann denk ich einfach eine Weile nicht mehr daran. Ist ja nur das Ende der Welt.«

»Es ist nichts dergleichen. Bisher ist nichts passiert. Beruhige dich, Tyler. Gieß etwas zu trinken ein, wenn du dich unbedingt beschäftigen musst.«

So gelassen er sich auch gab, seine Hand zitterte doch ein bisschen, als er vier Whiskygläser aus dem Küchenschrank holte.

Ich hätte einfach abhauen können. Ich hätte aus der Tür gehen, in meinen Hyundai steigen und eine hübsche Strecke hinter mich gelegt haben können, bevor ich auch nur vermisst worden wäre. Ich stellte mir Diane und Simon vor, wie sie im Wohnzimmer ihr Hippie-Christentum praktizierten, und Jason, wie er in der Küche Weltuntergangsbulletins auf seinem Handy entgegennahm ... Wollte ich wirklich meine letzte Nacht auf Erden mit diesen Leuten verbringen?

Aber mit wem denn sonst? Ganz im Ernst: Wer sonst?

»Wir haben uns in Atlanta kennen gelernt«, sagte Diane. »An der Georgia State University gab es ein Seminar über Alternative Spiritualität. Simon war da, um sich C. R. Ratels Vortrag anzuhören. Ich hab ihn dann in der Mensa gefunden. Er saß ganz für sich an einem Tisch und las in ›Wiederkunft Christi‹, und ich war auch allein, also hab ich mein Tablett ihm gegenüber gestellt und wir sind ins Gespräch gekommen.«

Diane und Simon saßen nebeneinander am Fenster, auf einem plüschig gelben, nach Staub riechenden Sofa. Diane lehnte bequem an der Seite, Simon saß aufrecht, wie sprungbereit. Sein Lächeln machte mir langsam Angst. Es ging einfach nie weg.

Wir hielten uns an unseren Getränken fest, während sich die Vorhänge im Luftzug bauschten und eine Bremse am Fliegengitter summte. Es war schwer, eine Unterhaltung zu führen, wenn es so viele Themen gab, die man nicht berühren durfte. Ich machte einen Versuch, Simons Lächeln zu kopieren. »Du bist also Student?«

»War ich«, korrigierte er.

»Und was hast du zuletzt so gemacht?«

»Bin gereist. Hauptsächlich.«

»Simon kann es sich leisten zu reisen«, sagte Jason. »Er hat geerbt.«

»Halt dich zurück.« Die Schärfe in Dianes Stimme zeigte an, dass es eine ernsthafte Warnung war. »Dieses eine Mal, Jason, ja?«

Aber Simon zuckte nur mit den Achseln. »Lass nur, es stimmt ja. Ich habe ein bisschen Geld auf die Seite gelegt. Diane und ich nutzen diese Möglichkeit, um uns das Land anzusehen.«

»Simons Großvater«, erklärte Jason, »war Augustus Townsend, der Pfeifenreinigerkönig von Georgia.«

Diane verdrehte die Augen. Simon, weiterhin die Ruhe selbst – er wirkte immer mehr wie eine Art Heiliger –, sagte: »Das ist lange her. Inzwischen sollen wir sie eigentlich gar nicht mehr

Pfeifenreiniger nennen. Es sind ›Chenillestiele‹.« Er lachte. »Und hier sitze ich, Erbe eines Chenillestielvermögens.« Eigentlich sei es ein Geschenkartikelvermögen, erläuterte Diane später. Augustus Townsend hatte zwar mit Pfeifenreinigern angefangen, das große Geld aber damit verdient, dass er Pressblechspielzeug, Armbänder und Plastikkämme an Billigläden im ganzen Süden geliefert hatte. In den 1940er Jahren hatte die Familie in den gesellschaftlichen Kreisen von Atlanta eine prominente Rolle gespielt.

Jason ließ nicht locker: »Simon selbst hat dagegen keine berufliche Laufbahn eingeschlagen. Er ist ein freier Geist.«

»Ich glaube nicht, dass irgendeiner von uns ein wirklich freier Geist ist«, erwiderte Simon, »aber es ist richtig, ich strebe keine Karriere an. Vermutlich klingt das ein bisschen faul, wenn ich das sage. Nun, ich *bin* faul. Das ist mein hartnäckigstes Laster. Doch ich frage mich, welchen Nutzen egal welcher Beruf auf lange Sicht haben soll. Angesichts der Umstände. Nichts für ungut.« Er wandte sich mir zu. »Du machst Medizin, Tyler?«

Ich nickte. »Grad mit dem Studium fertig. Was die berufliche Laufbahn angeht ...«

»Nein, ich finde das großartig. Wahrscheinlich die wertvollste Beschäftigung auf dem Planeten.«

Jason hatte Simon vorgeworfen, zu nichts nütze zu sein. Simon hatte geantwortet, dass berufliche Tätigkeit im Allgemeinen zu nichts nütze sei – ausgenommen eine Tätigkeit wie die meine. Stoß und Gegenstoß. Es war, als würde man eine in Ballettschuhen ausgetragene Kneipenschlägerei beobachten.

Dennoch verspürte ich überraschend den Wunsch, für Jase um Verständnis zu bitten. Es war weniger Simons Weltanschauung, die ihm ein Ärgernis war, als vielmehr dessen bloße Anwesenheit. Diese Woche in den Berkshires war als Wiedersehen gedacht gewesen, für Jason und Diane und mich, eine Rückkehr in die Behaglichkeit unserer Kindheit. Stattdessen mussten wir es uns gefallen lassen, auf engem Raum mit Simon eingesperrt zu sein, den Jason offensichtlich als Eindringling sah, als eine Art Yoko Ono mit Südstaatenakzent.

Ich fragte Diane, wie lange sie schon unterwegs seien.

»Ungefähr eine Woche«, erwiderte sie, »aber wir werden den Großteil des Sommers auf Reisen sein. Jason hat dir sicherlich von New Kingdom erzählt. Nun, in Wirklichkeit ist es ziemlich wunderbar, Ty. Wir haben Internetfreunde im ganzen Land. Leute, bei denen wir ein, zwei Tage pennen können. Wir werden also zu Konklaven und Konzerten fahren, von Maine bis Oregon, von Juli bis Oktober.«

Jason sagte: »Da dürftet ihr ja eine Menge Kosten für Unterkunft und Kleidung sparen.«

»Nicht jede Konklave ist eine Ekstasis«, gab Diane zurück.

»Wir werden allerdings überhaupt nicht viel zum Reisen kommen«, sagte Simon, »wenn uns dieses alte Auto, das wir da haben, zusammenbricht. Der Motor hat Fehlzündungen und der Benzinverbrauch ist katastrophal. Leider verstehe ich nicht viel von Autos. Kennst du dich mit Motoren aus, Tyler?«

»Ein bisschen.« Ich begriff, dass das eine Einladung war, mit Simon nach draußen zu gehen, damit Diane einen Waffenstillstand mit ihrem Bruder aushandeln konnte. »Wir können uns das ja mal ansehen.«

Der Tag war immer noch klar, warme Luft kam vom smaragdgrünen Rasen jenseits der Auffahrt heraufgeweht. Ich hörte, wie ich zugeben muss, mit geteilter Aufmerksamkeit zu, als Simon die Motorhaube seines alten Fords öffnete und die Probleme aufzählte, die er mit dem Auto hatte. Wenn er so wohlhabend war, wie Jason angedeutet hatte, warum kaufte er sich dann keinen besseren Wagen? Aber womöglich war das Erbe ja schon halb aufgebraucht, oder es war fest angelegt in Treuhandfonds.

»Ich schätze, ich mache hier einen ziemlich dämlichen Eindruck«, sagte Simon. »Vor allem in der Gesellschaft, in der ich mich befinde. Was Wissenschaft oder Technik angeht, war ich schon immer ein bisschen unterbelichtet.«

»Ich bin auch kein Experte. Selbst wenn wir diesen Motor dazu bringen, reibungsloser zu laufen, solltest du ihn mal in einer richtigen Werkstatt untersuchen lassen, bevor du größere Strecken in Angriff nimmst.«

»Danke, Tyler.« Er sah mit kulleräugiger Faszination zu, wie ich den Motor inspizierte. »Den Rat werde ich beherzigen.«

Als Verursacher des Übels schienen mir am ehesten die Zündkerzen in Frage zu kommen. Der Wagen hatte etwa hunderttausend Kilometer auf dem Buckel. Ich benutzte das Werkzeugset aus meinem eigenen Auto, um eine der Kerzen herauszuziehen, und zeigte sie ihm. »Das hier ist der größte Teil deines Problems.«

»Das Ding da?«

»Und seine Freunde. Die gute Nachricht ist, die Ersatzteile sind nicht teuer. Die schlechte Nachricht ist, es wäre besser, wenn du das Auto nicht mehr fährst, bis wir die neuen Teile eingesetzt haben.«

»Hmm.«

»Wir können mit meinem Wagen in die Stadt fahren und Ersatzteile holen, falls du bereit bist, bis morgen Früh zu warten.«

»Ja, sicher. Das ist sehr freundlich. Wir hatten auch nicht die Absicht, sofort wieder wegzufahren. Es sei denn, Jason besteht darauf.«

»Jason wird sich beruhigen. Er ist nur ...«

»Du brauchst nichts zu erklären. Er hätte es lieber, wenn ich nicht hier wäre. Das verstehe ich, es schockiert oder überrascht mich nicht. Diane fand nur, dass sie keine Einladung annehmen könne, die mich ausdrücklich nicht einschließt.«

»Tja ... gut für sie.« Vermutlich.

»Aber ich könnte mir genauso gut irgendwo in der Stadt ein Zimmer nehmen.«

»Dazu besteht keine Veranlassung«, sagte ich und fragte mich im gleichen Atemzug, wie es um Gottes willen dazu hatte kommen können, dass dieser Simon Townsend ausgerechnet von mir zum Bleiben gedrängt wurde. Ich weiß nicht, was genau ich mir von einem Wiedersehen mit Diane versprochen hatte, jedenfalls hatte Simons Anwesenheit mögliche verschwiegene Hoffnungen gleich wieder zunichte gemacht. Gut so, vermutlich.

»Ich nehme an«, sagte Simon, »Jason hat mir dir über New Kingdom gesprochen. Das ist ein Streitpunkt zwischen uns.«

»Er hat mir erzählt, dass ihr damit zu tun habt.«

»Ich will hier keine Werbung machen, aber falls dir irgendetwas an der Bewegung Sorgen bereitet, kann ich sie dir vielleicht nehmen.«

»Alles, was ich über NK weiß, ist das, was ich im Fernsehen sehe, Simon.«

»Einige Leute bezeichnen es als christlichen Hedonismus. Ich ziehe den Namen New Kingdom vor. Das bringt es im Grunde auf den Punkt. Den Chiliasmus wachsen lassen, indem man ihn lebt, hier und jetzt. Das Dasein der letzten Generation so idyllisch sein lassen wie das der allerersten.«

»Aha. Tja, Jason hat wenig Nachsicht mit Religion.«

»Ja, das ist richtig, aber weißt du was, Tyler? Ich glaube, es ist gar nicht die Religion, die ihn so aufregt.«

»Nicht?«

»Nein. Ich bewundere Jason Lawton, und das nicht nur, weil er so klug ist. Er ist einer der Eingeweihten, wenn du mir die Vokabel gestattest. Er nimmt den Spin ernst. Es gibt, na, acht Milliarden Menschen auf der Erde? Und so ziemlich jeder davon weiß, dass die Sterne und der Mond vom Himmel verschwunden sind. Und doch verschließen sie sich dieser Realität. Nur wenige von uns glauben wirklich an den Spin. NK nimmt ihn ernst. Und Jason tut es auch.«

Das entsprach auf fast schockierende Weise dem, was Jason gesagt hatte. »Nun, allerdings nicht im gleichen ... *Stil*.«

»Das ist der springende Punkt. Zwei Visionen, die um öffentliche Zustimmung wetteifern. Über kurz oder lang werden die Menschen sich der Realität stellen müssen, ob sie wollen oder nicht. Und sie werden sich entscheiden müssen zwischen einem wissenschaftlichen Verständnis und einem spirituellen. Das macht Jason Sorge. Denn wenn es um die Frage von Leben und Tod geht, dann obsiegt immer der Glaube. Wo würdest *du* die Ewigkeit lieber verbringen? In einem irdischen Paradies oder einem sterilen Labor?«

Die Antwort schien mir nicht so klar auf der Hand zu liegen, wie Simon offenbar meinte. Ich musste an Mark Twains Antwort auf eine ähnliche Frage denken: Im Himmel, des Klimas wegen, in der Hölle, der Gesellschaft wegen.

Im Innern des Hauses fand eine unüberhörbare Diskussion statt – abwechselnd Dianes schimpfende Stimme und die mürrischen, monoton vorgetragenen Antworten ihres Bruders. Simon und ich holten uns zwei Klappstühle aus der Garage, setzten uns in den Schatten des Carports und warteten darauf, dass die Zwillinge fertig würden. Wir unterhielten uns über das Wetter. Das Wetter war sehr schön. In diesem Punkt bestand Konsens zwischen uns.

Der Lärm im Haus ebbte schließlich ab, und nach einer Weile trat ein etwas ernüchtert wirkender Jason nach draußen und lud uns ein, ihm mit dem Grill zu helfen. Wir folgten ihm nach hinten und setzten unsere Unterhaltung fort, während der Grill heiß wurde. Auch Diane kam jetzt nach draußen, mit gerötetem Gesicht, aber sichtlich triumphierend. So hatte sie schon früher immer ausgesehen, wenn sie aus einem Streit mit Jason siegreich hervorgegangen war: ein bisschen überheblich, ein bisschen überrascht.

Dann setzten wir uns an den Tisch auf der Terrasse. Es gab Huhn, Eistee und die Überreste des Dreibohnensalats. »Habt ihr etwas dagegen, wenn ich ein Gebet spreche?«, fragte Simon.

Jason verdrehte die Augen, nickte aber tolerant.

Simon senkte feierlich den Kopf. Ich machte mich auf eine Predigt gefasst, aber alles, was er sagte, war: »Gib uns den Mut, die Fülle anzunehmen, die du uns an diesem und jedem anderen Tag vorsetzt. Amen.«

Ein Gebet, das nicht Dankbarkeit ausdrückte, sondern den Wunsch nach Mut. Sehr zeitgenössisch. Diane lächelte mir über den Tisch hinweg zu. Dann drückte sie Simons Arm und wir machten uns über das Essen her.

Es war noch recht früh, als wir fertig waren, die Sonne verweilte im Westen, die Mücken bereiteten sich erst noch auf ihre abendliche Aktivität vor. Der Wind hatte sich gelegt, in der abkühlenden Luft lag etwas zart Gedämpftes.

Anderswo allerdings überschlugen sich die Ereignisse.

Was wir nicht wussten – was selbst Jason, trotz all seiner tollen Beziehungen, noch nicht wusste –, war, dass zwischen dem ersten Bissen Hühnerfleisch und dem letzten Löffel Dreibohnensalat die Chinesen die Verhandlungen abgebrochen und den sofortigen Start eines mit thermonuklearen Sprengköpfen ausgestatteten Gespanns von Dong-Feng-Raketen angeordnet hatten. Die Flugkörper waren ungefähr im selben Moment aufgestiegen, als wir die zweite Runde Heineken aus der Kühltasche gezogen hatten, eisig grüne, raketenförmige Flaschen, von denen das Schwitzwasser tropfte.

Wir räumten den Tisch frei. Ich erwähnte die verschlissenen Zündkerzen und meinen Plan, am nächsten Morgen mit Simon in die Stadt zu fahren. Diane flüsterte ihrem Bruder etwas zu, dann, nach einer gewissen Pause, stieß sie ihn mit dem Ellbogen an. Jason nickte, wandte sich an Simon und sagte: »Gleich hinter Stockbridge gibt es einen von diesen Automobilgroßmärkten, der bis neun geöffnet hat. Wie wär's, wenn wir da jetzt gleich hinfahren?«

Es war ein Friedensangebot, wie widerwillig auch immer. Simon erholte sich ziemlich schnell von seiner Überraschung und erwiderte: »Ich werde ganz bestimmt keine Fahrt in diesem Ferrari da ausschlagen, falls es das ist, was du mir anbietest.«

»Ich kann dir gern zeigen, was er so alles hergibt.« Beschwichtigt von der Aussicht, mit seinem Auto angeben zu können, ging Jason ins Haus, um seine Schlüssel zu holen. Simon warf uns einen Na-Donnerwetter-Blick zu, dann folgte er ihm. Ich sah Diane an. Sie grinste, stolz auf diesen Triumph der Diplomatie.

Anderswo näherten sich die Dong-Feng-Raketen der Spin-Barriere, passierten sie und flogen auf ihre programmierten Ziele zu. Seltsam die Vorstellung, wie sie über eine plötzlich dunkle, kalte, bewegungslose Erde hinwegschossen, allein ihrer Programmierung folgten, sich auf die gesichtslosen Artefakte ausrichteten, die hunderte von Kilometern über den Polen hingen.

Wie die Aufführung eines Dramas ohne Publikum, zu schnell für das menschliche Auge.


Der Konsens – hinterher – ging dahin, dass die Explosion der chinesischen Sprengköpfe keine Auswirkung auf den ungleichen Zeitfluss gezeitigt hätte. Was dagegen betroffen war (und zwar erheblich), das war der visuelle Filter, der die Erde umgab. Nicht zu reden von der menschlichen Wahrnehmung des Spins.

Wie Jason schon vor Jahren erläutert hatte, bedeutete das temporale Gefälle, dass gewaltige Mengen blauverschobener Strahlung die Oberfläche unseres Planeten überschwemmt hätten, wenn sie nicht von den Hypothetischen gefiltert und kontrolliert worden wäre. Mehr als drei Jahre Sonnenschein auf jede vergehende Sekunde: genug, um alles Leben auf der Erde auszurotten, genug, um den Boden unfruchtbar zu machen und die Meere zum Kochen zu bringen. Die Hypothetischen, die den zeitlichen Einschluss der Erde ins Werk gesetzt hatten, hatten uns auch vor dessen tödlichen Nebenwirkungen geschützt. Mehr noch, sie kontrollierten nicht nur, wie viel Energie zur

Erde gelangte, sondern auch, wie viel von der Hitze und dem Licht des Planeten in den Weltraum zurückgestrahlt wurde. Vielleicht war das der Grund dafür, dass das Wetter in den letzten Jahren so angenehm ... durchschnittlich gewesen war.

Der Himmel über den Berkshires jedenfalls war so ungetrübt wie Waterford-Kristall, als die chinesischen Sprengköpfe ihr Ziel erreichten, um 19:55 Uhr Ostküstenzeit.

Ich saß mit Diane im Wohnzimmer, als das Telefon klingelte.

Hatten wir vor Jasons Anruf irgendetwas bemerkt? Eine Veränderung des Lichts, so unauffällig wie das Gefühl, eine Wolke hätte sich vor die Sonne geschoben? Nein. Nichts. Meine ganze Aufmerksamkeit war auf Diane gerichtet. Wir schlürften Mixgetränke und redeten über Lappalien: Bücher, die wir gelesen, Filme, die wir gesehen hatten. Die Unterhaltung war elektrisierend, nicht wegen der Themen, um die es ging, sondern wegen des Tonfalls, wegen dieses bestimmten Rhythmus, in den wir verfielen, sobald wir allein waren, jetzt wie früher. Jedes Gespräch zwischen Freunden oder Liebenden schafft sich seinen eigenen fließenden oder stockenden Rhythmus, verborgenes Sprechen, das wie ein unterirdisches Gewässer selbst unter dem banalsten Wortwechsel mitfließt. Was wir sagten, was wir aussprachen, war platt und konventionell, aber der Subtext war tief und reichlich tückisch.

Schon bald flirteten wir miteinander, als hätten Simon Townsend und die vergangenen acht Jahre keinerlei Bedeutung. Zuerst im Scherz, dann vielleicht nicht mehr im Scherz. Ich sagte ihr, dass sie mir gefehlt habe. Sie sagte: »Es gab Zeiten, wo ich mit dir reden wollte. Unbedingt. Aber ich hatte deine Nummer nicht, oder ich dachte mir, du bist bestimmt zu beschäftigt.«

»Du hättest meine Nummer herausfinden können. Und ich war nicht zu beschäftigt.«

»Du hast Recht. In Wahrheit war es mehr ... moralische Feigheit.«

»Bin ich denn so furchteinflößend?«

»Nicht du. Unsere Situation. Ich hatte wohl irgendwie das Gefühl, ich müsste mich bei dir entschuldigen. Und ich wusste nicht, wie ich das anfangen sollte.« Sie lächelte matt. »Ich glaube, ich weiß es immer noch nicht.«

»Es gibt nichts, wofür du dich entschuldigen müsstest, Diane.«

»Danke, dass du das sagst, aber ich denke anders darüber. Wir sind keine Kinder mehr. Es ist uns möglich, mit einer gewissen Einsicht zurückzublicken. Wir waren uns so nahe, wie man es, ohne Berührung, nur sein kann. Aber diese Berührung, das war genau das, was uns nicht möglich war. Wir konnten nicht einmal darüber reden. Als hätten wir ein Schweigegelübnis abgelegt.«

»Seit der Nacht, als die Sterne verschwanden«, sagte ich mit trockenem Mund, entsetzt über mich selbst, erschrocken, erregt.

Diane wedelte mit der Hand. »Diese Nacht – weißt du, was für Erinnerungen ich an diese Nacht habe? Jasons Fernglas. Ich hatte es auf das Große Haus gerichtet, während ihr beiden in den Himmel gestarrt habt. An die Sterne kann ich mich wirklich überhaupt nicht erinnern. Woran ich mich erinnere, ist, dass ich plötzlich Carol in einem der hinteren Zimmer mit jemandem vom Partyservice gesehen habe. Es sah aus, als würde sie sich an ihn ranmachen.« Sie lachte verschämt. »Das war meine eigene kleine Apokalypse. Alles, was ich schon damals an dem Großen Haus hasste, an meiner Familie, das verdichtete sich in dieser einen Nacht. Ich wollte einfach so tun, als würde das alles nicht existieren. Keine Carol, kein E. D., kein Jason ...«

»Kein ich?«

Sie rückte auf dem Sofa heran und legte, da es jetzt diese Art von Gespräch geworden war, eine Hand auf meine Wange. Ihre Hand war kühl – die Temperatur des Drinks, den sie gehalten hatte. »Du warst die Ausnahme. Ich hatte Angst. Du warst unglaublich geduldig. Ich habe das sehr geschätzt.«

»Aber wir konnten ...«

»Uns nicht berühren.«

»Ja. E. D. hätte es niemals zugelassen.«

Sie zog ihre Hand zurück. »Wir hätten es vor ihm verheimlichen können, wenn wir gewollt hätten. Aber du hast Recht, E. D. war das Problem. Er hat alles kontaminiert. Es war obszön, wie er deine Mutter gezwungen hat, ein Leben zweiter Klasse zu führen. Das war so entwürdigend. Darf ich das beichten? Ich habe es absolut gehasst, seine Tochter zu sein. Am abscheulichsten fand ich die Vorstellung, dass, falls zwischen uns, na ja, irgendwas entstehen würde, es für dich vielleicht nur eine Möglichkeit wäre, dich an E. D. Lawton zu rächen.« Sie ließ sich zurücksinken, offenbar selbst ein bisschen überrascht.

»Natürlich wäre es nicht so gewesen.«

»Ich war verwirrt.«

»Ist es das, was NK für dich ist? Rache an E. D.?«

»Nein.« Sie lächelte. »Ich liebe Simon nicht, weil er meinen Vater wütend macht. So simpel ist das Leben nicht, Ty.«

»Ich wollte damit nicht andeuten ...«

»Aber du siehst, wie schwierig das ist? Ein gewisser Verdacht scheint dir naheliegend und setzt sich in deinem Kopf fest. Nein, NK hat nichts mit meinem Vater zu tun. Sondern damit, die Göttlichkeit in dem zu entdecken, was mit der Erde geschehen ist. Und diese Göttlichkeit im täglichen Leben auszudrücken.«

»Vielleicht ist der Spin auch nicht so simpel.«

»Wir werden entweder ermordet oder verwandelt, sagt Simon.«

»Er hat mir erzählt, ihr errichtet den Himmel auf Erden.«

»Ist es nicht das, was den Christen aufgegeben ist? Das Königreich Gottes schaffen, indem sie ihm in ihrem Leben Ausdruck verleihen?«

»Oder jedenfalls dazu tanzen.«

»Jetzt klingst du wie Jason. Klar, ich kann nicht alles an der

Bewegung gutheißen. Letzte Woche waren wir auf einem Konklave in Philadelphia und haben dort ein anderes Paar kennen gelernt, in unserem Alter, freundlich, intelligent – lebendig im Geist, nannte Simon sie. Wir sind zusammen essen gegangen und haben über die Parusie gesprochen. Dann haben sie uns in ihr Hotelzimmer eingeladen und plötzlich fingen sie an, Kokslinien auf den Tisch zu streuen und Pornovideos abzuspielen. Es werden auch alle möglichen Randgruppen von NK angezogen, keine Frage. Und für die meisten von ihnen existiert die Theologie kaum, außer als verschwommenes Bild vom Garten Eden. Aber in ihren besten Ausprägungen ist die Bewegung all das, was sie zu sein beansprucht – ein echter, lebendiger Glaube.«

»Glaube woran? Ekstasis? Promiskuität?«

Ich bedauerte meine Worte in dem Moment, als ich sie ausgesprochen hatte. Diane schien verletzt. »Ekstasis bedeutet nicht Promiskuität. Jedenfalls nicht, wenn sie gelingt. Aber im Leib Gottes ist keine Handlung verboten, solange sie nicht der Rachsucht oder der Wut entspringt, solange sie sowohl göttliche als auch menschliche Liebe ausdrückt.«

In diesem Augenblick klingelte das Telefon. Ich muss etwas schuldbewusst dreingeblickt haben. Diane sah mein Gesicht und lachte.

Jasons erste Worte, als ich abnahm: »Ich habe gesagt, es würde eine Vorwarnung geben. Tut mir Leid. Ich hatte Unrecht.«

»Was?«

»Hast du den Himmel nicht gesehen, Tyler?«

Also gingen wir nach oben, um uns ein Fenster zu suchen, von dem aus man den Sonnenuntergang sehen konnte.

Das Schlafzimmer nach Westen war großzügig geschnitten, mit einer Mahagoni-Chiffoniere, einem Bett mit Messinggeländer und großen Fenstern. Ich zog die Vorhänge auf. Diane stockte der Atem.

Da war keine untergehende Sonne. Oder, besser gesagt, da waren gleich mehrere.

Der gesamte westliche Himmel war erleuchtet. Statt einer einzelnen Sonnenkugel war ein rötlich schimmernder Bogen zu sehen, der sich über mindestens fünfzehn Grad des Horizonts erstreckte, und was in ihm enthalten war, das sah aus wie eine flackernde Vielfachbelichtung von einem Dutzend oder mehr Sonnenuntergängen. Das Licht war erratisch, es loderte auf und verblasste wie ein fernes Feuer.

Endlos lange starrten wir hin. Schließlich sagte Diane: »Was ist das, Tyler? Was geschieht da?«

Ich erzählte ihr von den chinesischen Atomsprengköpfen.

»Jason wusste, dass das passieren könnte?«, fragte sie, gab sich dann aber gleich selbst die Antwort. »Natürlich.« Das seltsame Licht verlieh dem Zimmer einen rosenfarbenen Anstrich und legte sich über ihre Wangen wie ein Fieber. »Wird es uns umbringen?«

»Jason glaubt es nicht. Es wird den Leuten allerdings eine Heidenangst einjagen.«

»Aber ist es gefährlich? Strahlung oder irgendwas?«

Ich bezweifelte es. Aber ausschließen konnte man es natürlich nicht. »Probier doch mal das Fernsehen«, sagte ich. In jedem Schlafzimmer gab es einen in die Walnusstäfelung eingelassenen Plasmabildschirm. Ich nahm an, dass jede auch nur annähernd tödliche Strahlung die Übertragung von Funkwellen verhindern würde.

Aber das Fernsehen funktionierte gut genug, um uns Nachrichtenbilder von Menschenmassen zu zeigen, die in den Städten Europas zusammenströmten (wo es bereits dunkel war, jedenfalls so dunkel, wie es in dieser Nacht werden würde). Keine tödliche Strahlung, aber jede Menge Panik. Diane saß regungslos auf der Bettkante, die Hände im Schoß gefaltet, sichtlich verängstigt. Ich setzte mich neben sie und sagte: »Wenn das wirklich irgendwie tödlich wäre, würden wir jetzt schon nicht mehr leben.«

Draußen stolperte der Sonnenuntergang der Dunkelheit entgegen. Das diffuse Leuchten löste sich in mehrere klar geschiedene Sonnen auf, alle geisterblass, und dann plötzlich in eine Spirale von Sonnenlicht, wie eine strahlende Feder, die sich über den ganzen Himmel bog und ebenso jäh wieder verschwand.

Wir saßen Hüfte an Hüfte, während der Himmel sich verdunkelte.

Dann traten die Sterne hervor.

Es gelang mir, Jason noch einmal zu erreichen, bevor Netze zusammenbrachen. Simon hatte gerade die Zündkerzen für sein Auto bezahlt, erzählte er, als der Himmel explodierte. Die Straßen aus Stockbridge heraus waren bereits verstopft, das Radio berichtete von vereinzelten Plündereien in Boston und zum Erliegen kommendem Verkehr auf allen Hauptstraßen, daher war Jason auf den Parkplatz eines Motels gefahren und hatte für die Nacht ein Zimmer für sich und Simon gemietet. Am nächsten Morgen, sagte er, werde er wahrscheinlich nach Washington müssen, aber vorher werde er Simon noch beim Haus absetzen.

Dann gab er sein Telefon an Simon weiter und ich meins an Diane. Ich verließ das Zimmer, während sie mit ihrem Verlobten sprach. Das Haus schien bedrohlich groß und leer. Ich wanderte herum und machte überall Licht an, bis sie mich rief.

»Noch einen Drink?«, fragte ich.

»O ja.«

Kurz nach Mitternacht gingen wir nach draußen.

Diane ließ sich nichts anmerken. Simon hatte sie mit New-Kingdom-Weisheiten aufgebaut. In der NK-Theologie gab es keine konventionelle Wiederkunft Christi, keine Entrückung, kein Armageddon – der Spin war all dies zusammengenommen, die indirekte Erfüllung der alten Prophezeiungen. Und wenn Gott die Leinwand des Himmels benutzt, um uns die nackte

Geometrie der Zeit aufzumalen, so Simon, dann tut er das eben und all unsere Furcht – unsere Ehrfurcht – ist dem Vorgang vollkommen angemessen. Doch sollten wir uns von diesen Gefühlen nicht überwältigen lassen, denn der Spin ist letzten Endes ein Akt der Erlösung, das letzte und beste Kapitel der menschlichen Geschichte.

Oder so etwas in der Art.

Wir gingen also nach draußen, um den Himmel zu beobachten, weil Diane das für eine mutige und spirituelle Handlung hielt. Der Himmel war wolkenlos, und die Luft roch nach Kiefern. Der Highway war weit weg, doch hin und wieder hörten wir leise Autohupen und Sirenen.

Unsere Schatten tanzten um uns herum, je nachdem, welcher Teil des Himmels aufleuchtete, mal im Norden, mal im Süden. Wir saßen auf dem Rasen, einige Meter vom Schein der Verandalampen entfernt, Diane lehnte sich gegen meine Schulter, und ich legte den Arm um sie. Wir waren beide ein bisschen betrunken.

Trotz all der Jahre emotionaler Kälte, trotz unserer Vergangenheit im Großen Haus, trotz ihrer Verlobung mit Simon Townsend, trotz NK und Ekstasis und sogar trotz der atomaren Verunstaltung des Himmels war ich hochempfänglich für das Gefühl, das der Druck ihres Körpers neben mir auslöste. Und das Seltsame war, dass sich alles vollkommen vertraut anfühlte, die Rundung ihres Arms unter meiner Hand, das Gewicht ihres Kopfes an meiner Schulter, ja selbst der Geruch ihrer Furcht: nicht neu entdeckt, sondern erinnert. Sie fühlte sich genauso an, wie sie sich schon immer in meiner Vorstellung angefühlt hatte.

Der Himmel versprühte merkwürdiges Licht. Nicht das reine Licht des Spin-Universums, das uns auf der Stelle getötet hätte. Nein, es war eine Serie von Schnappschüssen des Himmels, aufeinander folgende, zu Mikrosekunden komprimierte Mitternächte, Nachbilder, die wie ein Blitzlicht verblassten; dann derselbe Himmel ein Jahrhundert oder ein Jahrtausend später, wie die Schnittfolge eines surrealen Films. Einige der Einstellungen waren verschwommene Langbelichtungen, Sternen- und Mondlicht als geisterhafte Kugelformen oder Kreise oder Krummschwerter. Andere waren gestochen scharfe, schnell verblassende Standbilder. Nach Norden hin wurden die Linien und Kreise schmaler, die Radien kleiner, während sich die Äquatorsterne ruhelos zeigten und in ihrem Tanz riesige Ellipsen beschrieben. Vollmonde, Halbmonde und abnehmende Monde blinkten in blassoranger Durchsichtigkeit von einem Horizont zum anderen. Die Milchstraße war ein weiß fluoreszierendes Band, mal heller, mal dunkler, entzündet von flackernden, sterbenden Sternen. Mit jedem Hauch der sommerlichen Luft wurden Sterne geschaffen und Sterne zerstört.

Und alles war in Bewegung.

Bewegte sich in gewaltigem Flirren und verschlungenen Tänzen, die immer größere, noch unsichtbare Kreise andeuteten. Der Himmel über uns schlug wie ein Herz.

»So lebendig«, flüsterte Diane.

Es gibt ein Vorurteil, das uns die Beschränktheit unserer Wahrnehmung aufdrängt: Dinge, die sich bewegen, sind lebendig; die es nicht tun, sind tot. Der lebendige Wurm windet sich unter dem toten, statischen Stein. Sterne und Planeten bewegen sich, jedoch nur nach den ewigen Gesetzen der Gravitation: ein Stein mag fallen, aber er ist nicht lebendig, und orbitale Bewegung ist nichts anderes als dieses Fallen, ins Unendliche verlängert.

Wird aber unsere Eintagsfliegenexistenz gedehnt – wie es die Hypothetischen bewirkt hatten –, dann verwischt sich der Unterschied. Sterne werden geboren, leben, sterben und hinterlassen ihre Asche zugunsten neuer Sterne. Die Summe ihrer Bewegungen ist keineswegs simpel, sondern unvorstellbar komplex, ein Tanz der Anziehung und Umlaufgeschwindigkeit, schön, aber furchterregend.

Furchterregend, weil die Sterne, wie ein Erdbeben, in ihrem Todeskampf das verflüssigen, was fest sein soll. Furchterregend, weil unsere tiefsten organischen Geheimnisse, unsere Paarungen, unsere chaotischen Akte der Fortpflanzung, gar keine Geheimnisse sind, wie sich herausstellt: auch die Sterne bluten und liegen in Geburtswehen. *Alles fließt, nichts hat Bestand.* Ich konnte mich nicht erinnern, wo ich das gelesen hatte.

»Heraklit«, sagte Diane.

Es war mir nicht bewusst, dass ich es laut ausgesprochen hatte.

»All die Jahre«, sagte sie, »damals im Großen Haus, all die vergeudeten Scheißjahre über wusste ich ...«

Ich legte ihr einen Finger auf die Lippen. Ich wusste, was sie gewusst hatte.

»Ich will wieder rein«, sagte sie. »Ich will zurück ins Schlafzimmer.«

Wir zogen nicht die Jalousien vor. Die wirbelnden Sterne warfen ihr Licht ins dunkle Zimmer, dessen Muster in unscharfen Bildern über meine und Dianes Haut strichen, so wie Großstadtlichter durch ein regennasses Fenster leuchten: still, geschlängelt. Wir sprachen nicht, denn Worte wären hinderlich gewesen. Worte wären Lügen gewesen. Wir liebten uns wortlos, und erst als es vorbei war, war in mir der Gedanke: Lass dies Bestand haben. Nur dies.

Wir schliefen, als der Himmel sich schließlich verdunkelte, als das Feuerwerk abflaute und verschwand. Der chinesische Angriff erwies sich mehr oder weniger als Geste. Tausende waren infolge der globalen Panik ums Leben gekommen, aber es hatte keine unmittelbaren Todesopfer auf der Erde gegeben – und vermutlich auch nicht unter den Hypothetischen.

Die Sonne ging am nächsten Morgen pünktlich auf.

Das Klingeln des Telefons weckte mich. Ich war allein im Bett. Diane nahm den Anruf in einem anderen Zimmer entgegen und kam dann herein, um mir zu sagen, dass Jase dran gewesen sei; die Straßen wären frei und er sei hierher unterwegs.

Sie war geduscht und angezogen und roch nach Seife und gestärkter Baumwolle. »Und das war's?«, sagte ich. »Simon kreuzt wieder auf und du fährst weg? Was letzte Nacht war, bedeutet gar nichts?«

Sie setzte sich neben mich aufs Bett. »Was letzte Nacht war, hat nie bedeutet, dass ich nicht mit Simon wegfahren würde.«

»Ich dachte, es hätte mehr bedeutet.«

»Es hat mehr bedeutet, als ich ausdrücken kann. Aber es löscht die Vergangenheit nicht aus. Ich habe Versprechen abgegeben und ich habe einen Glauben, und diese Dinge ziehen gewisse Grenzen in mein Leben.«

Sie klang nicht sehr überzeugt. Ich sagte: »Einen Glauben. Sag mir, dass du nicht an diesen Scheiß glaubst.«

Sie erhob sich stirnrunzelnd. »Vielleicht nicht. Aber vielleicht muss ich mit jemandem zusammensein, der daran glaubt.«

Ich packte meine Sachen und verstaute den Koffer im Hyundai, noch bevor Jase und Simon angekommen waren. Diane sah mir von der Veranda aus zu.

»Ich ruf dich an«, sagte sie.

»Tu das«, erwiderte ich.

## $4 \times 10^9$ N. CHR.

Ich zerbrach eine weitere Lampe während einer meiner Fieberanfälle.

Diesmal gelang es Diane, den Schaden vor dem Concierge zu verheimlichen. Sie hatte das Reinigungspersonal bestochen, die schmutzige Bettwäsche jeden zweiten Morgen vor der Tür gegen saubere auszutauschen, damit die Zimmermädchen nicht hereinkämen und mich im Delirium vorfänden. Im städtischen Krankenhaus waren in den vergangenen sechs Monaten Fälle von Denguefieber, Cholera und menschlichem KVES aufgetreten, und ich wollte nicht in der Epidemiologiestation neben einem Quarantänefall aufwachen.

»Was mir Sorge macht«, sagte Diane, »ist, was alles passieren könnte, wenn ich nicht da bin.«

»Ich kann auf mich aufpassen.«

»Nicht, wenn das Fieber zuschlägt.«

»Dann kommt es einfach auf Glück und Timing an. Hast du die Absicht, irgendwohin zu gehen?«

»Nur das Übliche. Aber ich meine, in einem Notfall. Oder falls ich aus irgendeinem Grund nicht ins Zimmer zurück kann.«

»Was für ein Notfall?«

Sie zuckte mit den Achseln. »Das ist rein hypothetisch«, sagte sie in einem Ton, der vermuten ließ, dass es alles andere als das sei.

Aber ich drang nicht weiter in sie. Es gab nichts, was ich zur Verbesserung der Situation beitragen konnte – außer zu kooperieren.

Ich ging in die zweite Woche der Behandlung, näherte mich der Krisis. Das sich in meinem Blut und Gewebe ansammelnde marsianische Präparat hatte einen kritischen Pegel erreicht. Selbst wenn das Fieber nachließ, fühlte ich mich desorientiert, verwirrt. Die rein körperlichen Nebenwirkungen waren auch kein Spaß: Gelenkschmerzen, Gelbsucht, Ausschlag – sofern man mit »Ausschlag« den Vorgang bezeichnen will, bei dem einem die Haut abpellt, Schicht um Schicht, und rohes Fleisch, fast wie eine offene Wunde, freigelegt wird. In einigen Nächten schlief ich vier oder fünf Stunden – fünf war der Rekord, glaube ich –, bevor ich in einem Brei von Hautpartikeln aufwachte, die Diane dann aus dem blutverschmierten Bett entfernte, während ich mich wie ein Arthritiker solange auf einen Stuhl setzte.

Ich begann selbst meinen klarsten Momenten zu misstrauen. Denn oft war das, was ich empfand, eine rein halluzinatorische Klarheit: die Welt überhell und extrem scharf in ihren Konturen, Worte und Erinnerungen wie die Zahnräder eines durchdrehenden Motors. Schlimm für mich. Schlimmer noch vielleicht für Diane, die Bettschüsseldienste verrichten musste in der Zeit, in der ich inkontinent war. In gewisser Weise erwiderte sie damit einen Gefallen. Ich war bei ihr gewesen, als sie diese Quälerei selbst durchlebt hatte. Aber das war viele Jahre her.

Meistens schlief sie nachts neben mir, obwohl ich nicht weiß, wie sie das aushielt. Sie hielt sorgsam Abstand – manchmal war schon der Druck des Baumwolllakens so schmerzhaft, dass mir die Tränen kamen –, aber allein ihre Gegenwart war beruhigend.

In den wirklich schlimmen Nächten, wenn man damit rechnen musste, dass ich um mich schlug und ihr dabei wehtun konnte, rollte sie sich auf der Couch neben der Balkontür zusammen.

Sie erzählte nicht viel über ihre Ausflüge nach Padang. Ich hatte eine annähernde Vorstellung davon, was sie dort machte: Kontakte knüpfen zu Zahl- und Frachtmeistern, die Kosten und Bedingungen für einen Transit auskundschaften. Gefährliche Arbeit. Wenn es etwas gab, das mir mehr zu schaffen machte als die Wirkungen der Droge, dann war es das Wissen darum, dass Diane in einer potenziell gewalttätigen asiatischen Halbwelt herumzog, mit nicht mehr Schutz als einer Dose Tränengas und ihrem beträchtlichen Mut.

Aber selbst dieses Risiko war besser, als aufgegriffen zu werden.

Sie – die Agenten der Regierung Chaykin oder ihrer Verbündeten in Jakarta – waren aus einer Reihe von Gründen an uns interessiert. Wegen des Präparats natürlich, aber, wichtiger noch, auch wegen diverser digitaler Kopien der marsianischen Archive, die wir mit uns führten. Und herzlich gern hätten sie uns auch über Jasons letzte Stunden befragt: über den Monolog, den ich mitgehört und aufgezeichnet hatte, über all das, was er mir über das Wesen der Hypothetischen und des Spins erzählt hatte. Wissen, das nur Jason besessen hatte.

Ich schlief und erwachte, und sie war nicht mehr da.

Eine Stunde brachte ich damit zu, die Bewegung der Balkonvorhänge zu beobachten, sah das Sonnenlicht den sichtbaren Fuß des Torbogens emporwandern und träumte dabei von den Seychellen.

Schon mal auf den Seychellen gewesen? Ich auch nicht. Was in meinem Kopf ablief, war ein alter Dokumentarfilm, den ich früher auf PBS gesehen hatte. Die Seychellen sind tropische Inseln, Heimat von Schildkröten und der Coco de Mer und einem Dutzend verschiedener seltener Vogelarten. Geologisch gesehen sind sie das, was von dem Kontinent übrig geblieben ist, der einst Asien und Südamerika miteinander verband, lange vor der Entwicklung des modernen Menschen.

Träume, hatte Diane einmal gesagt, seien wild gewordene Metaphern. Der Grund, warum ich von den Seychellen träumte (ich stellte mir vor, wie sie es mir erklärte), war, dass ich mich versunken fühlte, uralt, ausgestorben.

Wie ein untergegangener Kontinent, überflutet in der Erwartung meiner eigenen Verwandlung.

Ich schlief wieder ein, erwachte, und sie war immer noch nicht da.

Wachte im Dunkeln auf, noch immer allein, und wusste, dass mittlerweile zu viel Zeit vergangen war. Schlechtes Zeichen. Bisher war Diane immer vor Anbruch der Dunkelheit zurückgekehrt.

Ich hatte mich im Schlaf heftig gewälzt. Das Baumwolllaken lag zerknüllt auf der Erde, kaum zu erkennen im von der Gipsdecke reflektierten Licht, das von der Straße hereinfiel. Mir war kalt, aber ich war zu wund, um mich hinunterzubeugen und es wieder aufzuheben.

Der Himmel draußen war außerordentlich klar. Wenn ich die Zähne zusammenbiss und meinen Kopf nach links neigte, konnte ich durch die Balkontür einige helle Sterne sehen. Ich unterhielt mich mit dem Gedanken, dass einige dieser Sterne jünger waren als ich.

Ich versuchte, nicht darüber nachzudenken, wo Diane war und was ihr vielleicht zugestoßen sein mochte.

Und schließlich schlief ich wieder ein. Das Sternenlicht brannte durch meine Augenlider, phosphoreszierende Geister schwebten durch die rötliche Dunkelheit.

Morgens.

Zumindest dachte ich, dass es Morgen sei. Hinter dem Fenster war jetzt Tageslicht. Jemand, wahrscheinlich das Zimmermädchen, klopfte von draußen an die Tür und sagte etwas Gereiztes auf Malayisch. Und ging wieder weg.

Jetzt war ich doch wirklich besorgt, auch wenn die Sorge sich in dieser speziellen Phase der Behandlung als verworrene Übellaunigkeit ausdrückte. Was fiel Diane ein, so unerträglich lange wegzubleiben, und warum war sie nicht hier, um mir die Hand zu halten und die Stirn zu kühlen? Die Vorstellung, dass ihr etwas geschehen sein könnte, war unwillkommen, unbewiesen, wurde vom Gericht gar nicht erst zugelassen.

Dennoch: Die Wasserflasche neben dem Bett war mindestens seit gestern oder noch länger leer, meine Lippen so spröde, dass sie fast aufplatzten, und ich konnte mich nicht mehr erinnern, wann ich zuletzt zur Toilette gehumpelt war. Wenn ich nicht wollte, dass meine Nieren völlig zusammenklappten, dann musste ich mir Wasser aus dem Bad holen.

Aber es war schon schwer genug, sich auch nur aufzusetzen, ohne loszuschreien. Die simple Aufgabe, die Beine über die Seite der Matratze zu heben, war fast nicht zu bewältigen, es fühlte sich an, als seien meine Knochen und Knorpel durch zerbrochenes Glas und rostige Rasierklingen ersetzt worden.

Und als ich mich abzulenken versuchte, indem ich an etwas anderes dachte – die Seychellen, den Himmel –, wurde selbst dieses bescheidene Schmerzmittel von der Linse des Fiebers verzerrt. Ich stellte mir vor, Jasons Stimme von hinten zu hören, er bat mich, ihm etwas zu holen – einen Lappen, ein Ledertuch, seine Hände seien schmutzig –, und als ich aus dem Bad kam, hatte ich statt eines Glases mit Wasser einen Waschlappen in der Hand und war schon fast wieder im Bett, bevor ich meinen Irrtum bemerkte. Bescheuert. Noch mal von vorn. Diesmal die leere Wasserflasche mitnehmen. Bis zum Rand vollfüllen. Dem Trinkkürbis folgen.

Den Lederlappen hatte ich ihm im Schuppen hinter dem Großen Haus gereicht, wo die Gärtner ihre Geräte aufbewahrten. Jason muss ungefähr zwölf Jahre alt gewesen sein. Im Frühsommer, ein paar Jahre vor dem Spin.

Wasser schlürfen und die Zeit schmecken. Hier kommt die Erinnerung wieder.


Ich war überrascht, als Jason vorschlug, den Rasenmäher des Gärtners zu reparieren. Der Gärtner des Großen Hauses war ein reizbarer Belgier namens De Meyer, der eine Gauloise nach der anderen rauchte und stets missmutig mit den Achseln zuckte, wenn wir ihn ansprachen; er fluchte schon lange über den Mäher, dessen Motor stotterte und alle paar Minuten ausging. Warum diesem Mann einen Gefallen tun? Doch es war die intellektuelle Herausforderung, die Jase faszinierte. Er erzählte mir, er sei bis nach Mitternacht aufgeblieben, um sich im Internet über Benzinmotoren zu informieren. Seine Neugier war geweckt. Er sagte, er wolle sich so ein Ding mal in vivo ansehen.

(Dass ich nicht wusste, was »in vivo« bedeutet, machte die Angelegenheit doppelt interessant.) Ich sagte, ich würde mit Freuden behilflich sein.

Tatsächlich tat ich nicht viel mehr als zuzuschauen, während er den Mäher auf einem Dutzend ausgebreiteter Seiten der *Washington Post* vom Vortag platzierte und mit seiner Untersuchung begann. Das geschah in dem muffigen, aber störungsfreien Geräteschuppen am hinteren Ende des Rasens, wo die Luft nach Öl und Benzin, Düngemittel und Herbiziden stank. Säcke voller Rasensamen und Borkenmulch beulten sich aus den Kiefernholzregalen, dazwischen die spatigen Klingen und die gesplitterten Griffe der Gartengeräte. Es war uns nicht erlaubt, im Schuppen zu spielen, und für gewöhnlich war er verschlossen – Jason hatte sich den Schlüssel von einem Brett hinter der Kellertür geholt.

Draußen war ein heißer Freitagnachmittag, und ich hatte nichts dagegen, mich dort drinnen aufzuhalten und ihm beim Arbeiten zuzusehen; es war sowohl lehrreich als auch auf seltsame Weise beruhigend. Zunächst legte er sich lang auf den Boden, um das Gerät zu inspizieren. Geduldig strich er mit den Fingern über die Motorhaube, machte die Schrauben ausfindig, dann löste er sie und legte sie beiseite, schön geordnet, und das Gehäuse, nachdem er es abgenommen hatte, gleich daneben.

Dann weiter ins Innenleben der Maschine hinein. Irgendwie hatte sich Jason den richtigen Gebrauch von Schraubenzieher und -schlüssel selbst beigebracht oder wusste intuitiv, wie man es macht. Manchmal ging er vorsichtig testend vor, doch niemals zaghaft. Er arbeitete wie ein Künstler oder Sportler – nuanciert, einsichtig, immer im Bewusstsein der eigenen Grenzen. Gerade hatte er alle Teile, zu denen er Zugang hatte, ausgebaut und sie wie bei einer anatomischen Illustration auf den ölverschmierten Seiten der *Post* ausgelegt, da ging quietschend die Schuppentür auf. Wir fuhren zusammen.

E. D. Lawton war früher als sonst nach Hause gekommen.

»Scheiße«, flüsterte ich, was mir einen strengen Blick von E. D. eintrug. Er stand in der Tür, in einem makellosen grauen Anzug, und begutachtete die Wrackteile, während Jason und ich auf unsere Füße starrten, ebenso schuldbewusst, als wären wir mit einer *Penthouse*-Ausgabe erwischt worden.

»Seid ihr dabei, das Ding zu *reparieren* oder es *mutwillig zu zerstören*?«, fragte er schließlich in einem Tonfall, der zu E. D. Lawtons stimmlichen Markenzeichen geworden war, eine Mischung aus Hochmut und Schärfe, über so lange Jahre perfektioniert, dass sie ihm zur zweiten Natur geworden war.

»Sir«, sagte Jason ergeben. »Wir reparieren es.«

»Verstehe. Ist es *euer* Rasenmäher?«

»Nein, natürlich nicht, aber ich dachte, Mr. de Meyer würde es vielleicht gefallen, wenn ich ...«

»Aber es ist auch nicht der Rasenmäher von Mr. de Meyer, nicht wahr? Mr. de Meyer besitzt keine eigenen Werkzeuge. Er müsste von der Sozialhilfe leben, wenn ich ihn nicht jeden Sommer einstellen würde. Zufällig ist es *mein* Rasenmäher.« E. D. schwieg, bis es fast schmerzhaft wurde. Dann sagte er: »Hast du das Problem ausfindig gemacht?«

»Noch nicht.«

»Noch nicht? Dann solltest du dich lieber ranhalten.«

Jason wirkte fast übernatürlich erleichtert. »Ja, Sir. Ich dachte, nach dem Abendessen könnte ich ...«

»Nein. Nicht nach dem Abendessen. Du hast ihn auseinander genommen, also wirst du ihn jetzt in Ordnung bringen und wieder zusammensetzen. Dann kannst du essen.« Jetzt wandte E. D. seine überaus unwillkommene Aufmerksamkeit mir zu. »Geh nach Hause, Tyler. Ich möchte dich nicht wieder hier drinnen sehen. Du solltest es eigentlich besser wissen.«

Ich huschte hinaus, blinzelte in die grelle Nachmittagssonne.

Er erwischte mich nie wieder im Schuppen, aber nur, weil ich ihm von da an sorgsam aus dem Weg ging. Später am Abend war ich schon wieder da – nach zehn Uhr, nachdem ich von meinem Zimmerfenster aus gesehen hatte, dass noch immer Licht durch den Spalt unter der Schuppentür drang. Ich nahm ein übrig gebliebenes Hühnerbein aus dem Kühlschrank, wickelte es in Alufolie und schlich im Schutze der Dunkelheit hinüber. Ich machte mich flüsternd bemerkbar, und Jase löschte das Licht so lange, dass ich ungesehen reinschlüpfen konnte.

Er trug Maori-Tätowierungen aus Öl und Schmiere am Körper, und der Rasenmähermotor war erst halb wieder zusammengesetzt. Nachdem er gierig ein paar Bissen Hühnerfleisch verschlungen hatte, fragte ich ihn, warum es so lange dauerte.

»Einfach zusammensetzen könnte ich das Ding in fünfzehn Minuten. Aber es würde nicht funktionieren. Das Schwierige ist, festzustellen, was genau da drinnen nicht in Ordnung ist. Und außerdem mache ich es immer schlimmer. Wenn ich versuche, die Benzinleitung zu reinigen, kommt Luft hinein. Oder das Gummi bricht. Kein einziges Teil ist in richtig gutem Zustand. Da ist ein Haarriss im Vergasergehäuse, aber ich weiß nicht, wie ich das dicht kriege. Ich hab keine Ersatzteile und nicht die richtigen Werkzeuge. Ich weiß nicht einmal, welches die richtigen Werkzeuge *wären*.« Sein Gesicht legte sich in Falten und für einen Moment dachte ich, er würde anfangen zu weinen.

»Dann gib doch einfach auf. Sag E. D., dass es dir Leid tut, und lass es dir vom Taschengeld abziehen.«

Er starrte mich an, als hätte ich etwas zwar Ehrenhaftes, aber auch völlig Naives gesagt. »Nein, Tyler. Danke, aber das werde ich nicht tun.«

»Warum nicht?«

Er antwortete mir nicht. Legte nur das Hühnerbein beiseite und kehrte zu den verstreuten Scherben seines Eigensinns zurück.

Ich wollte gerade wieder gehen, als es ganz leise an der Tür klopfte. Jason bedeutete mir, das Licht zu löschen. Er machte die Tür einen Spalt auf und ließ seine Schwester herein.

Sie hatte offensichtlich große Angst, dass E. D. sie hier finden würde. Lauter als im Flüsterton wollte sie nicht sprechen. Aber auch sie hatte Jason etwas mitgebracht. Kein Hühnerbein, sondern einen kleinen drahtlosen Internetbrowser.

Jasons Gesicht hellte sich auf, als er das sah. »Diane!«, rief er.

Sie bedeutete ihm ruhig zu sein und lächelte nervös in meine Richtung. »Es ist nur so ein Gadget«, flüsterte sie und nickte uns beiden zu, bevor sie wieder nach draußen schlüpfte.

»Sie weiß es besser«, sagte Jason, als sie weg war. »Das Gadget ist trivial. Aber das Netzwerk, das ist nützlich. Es geht nicht um die technische Spielerei, sondern um das Netz.«

Innerhalb einer Stunde hatte er Verbindung mit einer Gruppe von Technikfreaks an der Westküste aufgenommen, die kleine Motoren für Wettkämpfe mit ferngesteuerten Robotern umbauten, und bis Mitternacht hatte er behelfsmäßige Reparaturen an dem einen Dutzend Schwachstellen des Rasenmähers vorgenommen. Ich verzog mich und beobachtete von meinem Zimmerfenster aus, wie er seinen Vater holte. E. D. kam in Pyjamas und offenem Flanellhemd aus dem Großen Haus gelatscht und sah mit verschränkten Armen zu, wie Jason den Mäher anließ, der darauf in einer für die Uhrzeit höchst unpassenden Weise losdröhnte. E. D. hörte es sich eine Weile an, zuckte dann mit den Achseln und forderte Jason auf, wieder mit ins Haus zu kommen.

Jason, der noch kurz an der Schuppentür verharrte, sah mein Licht über den Rasen hinweg und winkte mir unauffällig zu.

Natürlich waren es nur vorläufige Reparaturen. Der Gärtner mit den Gauloises tauchte am darauffolgenden Mittwoch wieder auf und hatte ungefähr die Hälfte des Rasens gemäht, als der Mäher aussetzte und endgültig den Geist aufgab. Aus dem Schatten der Bäume heraus lauschend, lernten wir mindestens ein Dutzend flämische Schimpfwörter. Jason, der ein nahezu eidetisches Gedächtnis hatte, fand besonderen Gefallen an der Wendung »Godverdomme mijn kloten miljardedju!« – wörtlich übersetzt (dem Holländisch-Englischen Wörterbuch in der Bibliothek der Rice Academy zufolge): »Gott verdamme meine Eier eine Milliarde Mal!«. In den folgenden Monaten benutzte er den Ausdruck jedes Mal, wenn ihm ein Schnürsenkel riss oder der Computer abstürzte.

Am Ende musste E. D. wohl oder übel in ein ganz neues Gerät investieren. Im Fachgeschäft teilte man ihm mit, dass eine Reparatur zu teuer wäre, es sei ein Wunder, dass das Ding überhaupt so lange durchgehalten habe. Ich erfuhr das von meiner Mutter, die es wiederum von Carol gehört hatte. Soviel ich weiß, hat E. D. die Angelegenheit später mit keinem Wort mehr erwähnt.

Jason und ich jedoch konnten uns noch ein paarmal darüber amüsieren – Monate später, als der Stachel gezogen war.

Als ich zum Bett zurückschlurfte, dachte ich an Diane, die ihrem Bruder ein Geschenk gemacht hatte, das nicht lediglich der Beschwichtigung diente, so wie meins, sondern das tatsächlich nützlich war. Aber wo war sie jetzt? Welches Geschenk würde sie mir bringen, mir meine Last zu erleichtern? Ihre bloße Gegenwart hätte mir schon genügt.

Tageslicht flutete in das Zimmer wie Wasser, wie ein leuchtender Fluss, in dem ich davontrieb, in dem ich langsam an den leeren Minuten ertrank.

Nicht jedes Delirium ist hell und hektisch. Manchmal ist es auch langsam, reptilienartig, kaltblütig. Ich beobachtete Schatten, die wie Eidechsen an den Zimmerwänden hochkrochen, und schon war eine Stunde vergangen. Noch einmal blinzeln, und die Nacht brach an, kein Sonnenlicht auf dem Torbogen, als ich meinen Kopf neigte, stattdessen dunkler Himmel, tropische Regenwolken, Blitze, nicht zu unterscheiden von den durchs Fieber erzeugten visuellen Stacheln, aber unverkennbarer Donner und plötzlich ein mineralischer Geruch von draußen, das Geräusch von Regentropfen, die auf den Beton des Balkons klatschten.

Und schließlich noch ein anderes Geräusch: eine Karte im Türschloss, das Quietschen der Angeln.

»Diane«, sagte ich (oder flüsterte ich, krächzte ich).

Sie kam ins Zimmer. Sie trug Straßenkleidung, eine Überjacke mit Lederapplikation und einen breitkrempigen Hut, von dem das Regenwasser tropfte. Sie stand neben meinem Bett.

»Es tut mir Leid«, sagte sie.

»Brauchst dich nicht zu entschuldigen. Nur ...«

»Ich meine, tut mir Leid, Tyler, aber du musst dich anziehen. Wir müssen hier weg. *Sofort*. Unten wartet ein Taxi.«

Ich brauchte eine Weile, um diese Information zu verarbeiten. Unterdessen war Diane schon dabei, Sachen in den Koffer zu werfen: Kleidung, Dokumente – sowohl echte als auch gefälschte –, Speicherkarten, ein gepolstertes Gestell mit kleinen Flaschen und Spritzen. »Ich kann nicht aufstehen«, versuchte ich zu sagen, aber die Worte kamen nicht richtig heraus.

Kurz darauf begann sie mich anzuziehen, und ich bewahrte mir ein bisschen Würde, indem ich meine Beine ohne Aufforderung anhob und die Zähne zusammenbiss, anstatt zu schreien. Ich setzte mich auf, und sie gab mir etwas Wasser aus der Flasche neben dem Bett. Dann führte sie mich ins Bad, wo ich ein dickflüssiges Rinnsal kanariengelben Urins von mir gab. »Verdammt«, sagte sie, »du bist völlig ausgetrocknet.« Sie gab mir mehr Wasser und eine Spritze mit Schmerzmittel, das in meinem Arm brannte wie Gift. »Tyler, es tut mir wirklich Leid!« Aber doch nicht so sehr, dass sie davon abgelassen hätte, mich in einen Regenmantel zu zwängen und mir einen schweren Hut auf den Kopf zu setzen.

Ich war aufmerksam genug, die Besorgnis in ihrer Stimme zu hören. »Wovor laufen wir weg?«

»Sagen wir einfach, ich hatte eine Begegnung mit einigen unangenehmen Leuten.«

»Und wo wollen wir hin?«

»Ins Landesinnere. Beeil dich!«

Also hasteten wir den Hotelflur entlang und die Treppe hinunter ins Erdgeschoss. Diane schleifte den Koffer mit der linken und stützte mich mit der rechten Hand. Es war ein langer Marsch. Die Treppe vor allem. »Hör auf zu stöhnen«, flüsterte sie einige Male. Ich gehorchte. Glaube ich jedenfalls.

Dann hinaus in die Nacht. Regentropfen prallten auf den schmutzigen Bürgersteig, zischten auf der Motorhaube eines überhitzten, mindestens zwanzig Jahre alten Taxis. Der Fahrer sah mich aus dem Schutz seines Wagens misstrauisch an. Ich starrte zurück. »Er ist nicht krank«, sagte Diane und setzte eine imaginäre Flasche an den Mund. Der Fahrer blickte finster drein, akzeptierte aber die Geldscheine, die sie ihm in die Hand drückte.

Die Wirkung des Narkotikums setzte ein, während wir fuhren. Die nächtlichen Straßen von Padang rochen abgestanden, nach feuchtem Asphalt und fauligem Fisch. Ölteppiche teilten sich wie Regenbögen unter den Rädern des Taxis. Wir verließen das Touristenviertel mit seinen Neonlichtern und fuhren in das Gewirr der Läden und Häuser hinein, das in den letzten dreißig Jahren um die Stadt herum gewachsen war, behelfsmäßige Slums, die peu à peu dem neuen Wohlstand wichen, den Bulldozern, die unter Abdeckplanen zwischen Blechdachhütten parkten. Mehrgeschossige Mietshäuser wuchsen wie Pilze aus dem Kompost der Sqattersiedlungen. Dann durchquerten wir das Industriegebiet, überall graue Mauern und Stacheldraht, und ich glaube, ich schlief wohl wieder ein.

Träumte nicht von den Seychellen, sondern von Jason. Von Jason und seiner Liebe zu Netzwerken (»nicht die technische Spielerei, sondern das Netz«), von den Netzwerken, die er geschaffen und bewohnt hatte, und davon, wo diese Netzwerke ihn hingeführt hatten.

Seattle, im September, fünf Jahre nach dem fehlgeschlagenen chinesischen Raketenangriff. Ein verregneter Freitag. Ich fuhr im Feierabendverkehr nach Hause. In meiner Wohnung angekommen, schaltete ich die Audioschnittstelle ein und rief eine Liste auf, die ich unter dem Titel »Therapie« zusammengestellt hatte.

Es war ein langer Tag in der Harborview-Notaufnahme gewesen. Zwei Schusswunden, ein Selbstmordversuch. An der Innenseite meiner Augenlider trieb sich noch eines der Bilder herum: Blut, das von den Rädern einer Rollbahre spritzt. Ich zog meine regenfeuchten Sachen aus, schlüpfte in Jeans und Pullover, goss mir etwas zu trinken ein und stellte mich ans Fenster, um das Flimmern der Stadt zu betrachten. Irgendwo da draußen war der lichtlose Raum des Puget Sound, von wogenden Wolken verdunkelt. Der Verkehr auf der I-5 war fast zum Stillstand gekommen, ein leuchtender roter Strom.

Mein Leben, im Wesentlichen so, wie ich es eingerichtet hatte. Und es hing ganz an einem Wort.

Dann sang Astrid Gilberto, voll Wehmut und ein bisschen falsch, über Gitarrenakkorde und Corcovado, aber ich war noch immer zu aufgedreht, um darüber nachzudenken, was Jason gestern Abend am Telefon gesagt hatte. Zu aufgedreht sogar, um die Musik so zu hören, wie es ihr angemessen war. »Corcovado«, »Desafinado«, ein paar Stücke von Gerry Mulligan, ein paar von Charlie Byrd. Therapie. Aber alles verschwamm im Geräusch des Regens. Ich schob mir etwas zu essen in die Mikrowelle und verzehrte es, ohne es zu schmecken; dann begrub ich alle Hoffnung auf karmische Gelassenheit und beschloss, an Giselles Tür zu klopfen, zu sehen, ob sie zu Hause war.

Giselle Palmer wohnte drei Türen weiter im gleichen Flur. Sie öffnete mir in zerschlissener Jeans und einem alten Flanellhemd, was dafür sprach, dass sie einen häuslichen Abend verbringen wollte. Ich fragte sie, ob sie beschäftigt sei oder ob sie vielleicht Lust habe, ein bisschen mit mir abzuhängen.

»Ich weiß nicht, Tyler. Du siehst ziemlich düster aus.«

»Es ist eher so, dass ich mich in einem Konflikt befinde. Ich denke daran, die Stadt zu verlassen.«

»Tatsächlich? So eine Art Geschäftsreise?«

»Nein, ich meine endgültig.«

»Oh?« Ihr Lächeln verflog. »Wann hast du denn das entschieden?«

»Ich hab mich noch nicht entschieden. Das ist ja der springende Punkt.«

Sie machte die Tür weiter auf und winkte mich hinein. »Im Ernst? Wo willst du denn hin?«

»Lange Geschichte.«

»Soll heißen, du brauchst erst einen Drink, bevor du darüber reden kannst?«

»So ungefähr.«


Giselle hatte sich mir letztes Jahr bei einer Mieterversammlung im Keller des Hauses vorgestellt. Sie war vierundzwanzig und reichte mir ungefähr bis zum Schlüsselbein. Sie arbeitete in einem Restaurant in Renton, doch als wir anfingen, uns sonntagnachmittags zum Kaffee zu treffen, erzählte sie mir, sie sei »eine Nutte, eine Prostituierte. Das ist mein Nebenjob.«

Gemeint war damit, dass sie einem lockeren Kreis von Freundinnen angehörte, in dem die Namen älterer (gesellschaftsfähiger, in der Regel verheirateter) Männer zirkulierten, Männer, die bereit waren, gutes Geld für Sex zu zahlen, aber einen Horror vor dem Straßenstrich hatten. Als sie mir das erzählte, hatte sie ihre Schultern gestrafft und sah mich herausfordernd an, für den Fall, dass ich schockiert oder abgestoßen wäre. War ich aber nicht. Wir lebten schließlich in Spin-Zeiten. Leute in Giselles Alter schufen sich ihre eigenen Regeln, ungeachtet möglicher Folgen, und Leute wie ich enthielten sich eines Urteils.

Wir tranken weiterhin zusammen Kaffee und gingen auch manchmal zum Essen, und einige Male schrieb ich ihr eine Überweisung, die sie für ihre Blutuntersuchungen brauchte. Ihrem letzten Test zufolge war Giselle HIV-negativ, und die einzige übertragbare Krankheit, gegen die sie Antikörper entwickelt hatte, war der Westnilvirus. Mit anderen Worten: sie war vorsichtig gewesen und hatte Glück gehabt.

Nun war es, berichtete Giselle, mit dem gewerblichen Sex allerdings so, dass er, selbst wenn er wie in ihrem Fall auf Amateurniveau betrieben wurde, das eigene Leben immer mehr prägte und vereinnahmte. Zusehends, sagte sie, werde man zu jemandem, der Kondome und Viagra mit sich herumträgt. Aber warum tat sie es dann, wenn sie doch auch, nur so als Beispiel, einen Nachtschichtjob bei Wal-Mart antreten konnte? Das war eine Frage, die ihr nicht gefiel, die sie defensiv beantwortete: »Vielleicht ist es ein Tick. Oder vielleicht auch ein Hobby, nicht wahr, so wie Modelleisenbahnen.« Ich wusste jedoch, dass sie vor Jahren in Saskatoon vor einem Stiefvater davongelaufen war, der sie missbraucht hatte, und es war nicht schwer, daraus Schlüsse zu ziehen. Und natürlich hatte sie dieselbe Entschuldigung für riskantes Verhalten, wie wir sie alle, die wir in einem bestimmten Alter waren, hatten: die an Gewissheit grenzende Wahrscheinlichkeit unserer aller Auslöschung. Sterblichkeit übertrumpft die Moral, so hatte es ein Schriftsteller meiner Generation einmal ausgedrückt.

»Nun denn«, sagte sie jetzt, »wie betrunken soll es denn sein? Nur angeschickert oder sternhagelvoll? Vielleicht musst du's aber auch nehmen, wie's kommt. Die Bar ist im Moment etwas dünn bestückt.«

Sie mixte mir etwas, das hauptsächlich aus Wodka bestand und schmeckte, als sei es aus einem Benzintank gepumpt worden. Ich nahm die heutige Zeitung von einem Stuhl und setzte mich. Giselles Wohnung war recht anständig eingerichtet, aber mit dem Saubermachen hielt sie es nicht besser als ein College-Frischling im Studentenwohnheim. Bei der Zeitung war die Kommmentar- und Meinungsseite aufgeschlagen. Der Cartoon handelte vom Spin: die Hypothetischen waren als ein paar schwarze Spinnen gezeichnet, die die Erde mit ihren haarigen Beinen umklammerten. Der Text dazu: FRESSEN WIR SIE GLEICH ODER WARTEN WIR BIS ZUR WAHL?

»Das kapier ich überhaupt nicht«, sagte Giselle, ließ sich aufs Sofa nieder und deutete mit einem Fuß auf die Zeitung.

»Den Cartoon?«

»Die ganze Geschichte. Den Spin. ›Kein Zurück‹. Wenn ich die Zeitung lese, frag ich mich immer nur, äh ... was ist los? Da ist irgendetwas auf der anderen Seite des Himmels und es ist uns nicht freundlich gesinnt. Das ist eigentlich alles, was ich weiß.«

Vermutlich hätte die Mehrheit der Menschheit diese Erklärung unterschreiben können, aber aus irgendeinem Grund – vielleicht war es der Regen, vielleicht das Blut, das heute in der Notaufnahme geflossen war – reagierte ich etwas ungehalten darauf. »So schwer ist es nicht zu verstehen.«

»Nein? Okay, warum passiert es also?«

»Um das *Warum* geht es nicht. Niemand weiß über das *Warum* Bescheid. Was aber das *Was* angeht ...«

»Nein, ich weiß. Du brauchst mir keinen Vortrag zu halten. Wir stecken in einer Art kosmischem Sack, und das Universum gerät ins Trudeln, und so weiter und so fort.«

Was mich erneut reizte. »Du kennst doch deine eigene Adresse, oder?«

Sie nahm einen Schluck. »Natürlich.«

»Weil du nämlich gerne weißt, wo du bist. Ein paar Kilometer vom Meer entfernt, ein paar hundert Kilometer von der Grenze, ein paar tausend Kilometer westlich von New York, stimmt's?«

»Stimmt, na und?«

»Was ich damit sagen will: die Leute können problemlos zwischen Spokane und Paris unterscheiden, aber wenn's um den Himmel geht, sehen sie nichts als einen großen, amorphen, rätselhaften Klecks. Wie kommt das?«

»Ich weiß nicht. Weil ich mein ganzes Wissen über Astronomie aus *Star Trek* bezogen habe? Ich meine, wie viel muss ich denn wirklich über den Mond und die Sterne wissen? Dinge, die ich nicht mehr gesehen habe, seit ich ein kleines Kind war. Sogar die Wissenschaftler geben zu, dass sie die Hälfte der Zeit gar nicht wissen, wovon sie reden.«

»Und das findest du in Ordnung?«

»Was für ne Scheißrolle spielt es denn, was ich finde? Hör zu, vielleicht sollte ich den Fernseher anmachen. Wir können uns einen Film angucken, und du erzählst mir, warum du die Stadt verlassen willst.«

Sterne sind wie Menschen, sagte ich ihr. Sie leben und sterben in voraussagbaren Zeiträumen. Die Sonne altert rapide und je weiter das Altern voranschreitet, desto schneller verbraucht sie ihren Brennstoff, ihre Leuchtkraft nimmt alle Milliarden Jahre um zehn Prozent zu. Das Sonnensystem hat sich bereits so sehr verändert, dass die Erde unbewohnbar wäre, wenn der Spin von einem Tag auf den anderen aufhören würde. Kein Zurück mehr. »Das ist es, wovon in den Zeitungen die Rede ist. Es wäre gar nicht in den Nachrichten gewesen, wenn nicht Präsident Clayton in einer Rede offiziell zugegeben hätte, dass es nach Meinung der führenden Wissenschaftler keine Rückkehr zum *Status quo ante* geben könne.«

Worauf sie mich etwas unglücklich anstarrte »Dieser ganze Quatsch ...«

»Es ist kein Quatsch.«

»Kann sein, aber es bringt mir nichts.«

»Ich wollte nur erklären ...«

»Scheiße, Tyler. Hab ich dich um eine Erklärung gebeten? Nimm deine Albträume und geh nach Hause. Oder gib Ruhe und erzähl mir, warum du aus Seattle wegwillst. Es hat mit deinen Freunden zu tun, nicht wahr?«

Ich hatte ihr von Jason und Diane erzählt. »Hauptsächlich mit Jason.«

»Das sogenannte Genie.«

»Nicht nur sogenannt. Er ist in Florida ...«

»Macht da irgendwas für die Satellitenleute, hattest du erzählt, oder?«

»Verwandelt den Mars in einen Garten.«

»Das stand auch in der Zeitung. Ist das wirklich möglich?«

»Ich habe keine Ahnung. Jason scheint es zu glauben.«

»Aber würde es nicht ewig lange dauern?«

»Ab einer bestimmten Höhe geht die Uhr schneller.«

»Aha. Und wofür braucht er dich?«

Tja, wofür? Gute Frage. Ausgezeichnete Frage. »Perihelion will einen Arzt für die interne Ambulanz einstellen.«

»Ich dachte, du wärst nur ein gewöhnlicher praktischer Arzt.«

»Bin ich auch.«

»Was qualifiziert dich dann dafür, ein Astronautendoktor zu werden?«

»Absolut nichts. Aber Jason ...«

»Tut einem alten Kumpel einen Gefallen? Tja, hätte man sich denken können. Gott segne die Reichen, hm? Bleibt alles im Freundeskreis.«

Ich zuckte mit den Achseln. Sollte sie es ruhig glauben. Nicht nötig, Giselle einzuweihen, und außerdem hatte Jason ohnehin nichts Genaueres gesagt ... Aber bei unserem Gespräch hatte ich den Eindruck gewonnen, dass er mich nicht nur als Betriebsdoktor haben wollte, sondern auch als seinen Leibarzt. Denn er hatte ein gesundheitliches Problem. Ein Problem, das er dem Perihelion-Personal nicht anvertrauen wollte, über das er am Telefon nicht reden wollte.

Giselle war zwar der Wodka ausgegangen, aber nachdem sie ein wenig in ihrer Handtasche gewühlt hatte, brachte sie einen in einer Tamponschachtel versteckten Joint zum Vorschein. »Wird gut bezahlt, möchte ich wetten.« Sie knipste ein Plastikfeuerzeug an, hielt die Flamme an die eingedrehte Spitze des Joints und nahm einen tiefen Zug.

»Wir haben noch keine Details besprochen.«

Sie stieß den Rauch aus. »Irgendwie nicht normal. Vielleicht hältst du es deswegen aus, die ganze Zeit an den Spin zu denken. Tyler Dupree, Autismuskandidat. Das bist du nämlich, weißt du. Alle Anzeichen sind da. Ich wette, dieser Jason Lawton ist genauso. Ich wette, er kriegt jedes Mal einen Steifen, wenn er das Wort ›Milliarde‹ ausspricht.«

»Unterschätz ihn nicht. Er könnte tatsächlich dazu beitragen, die menschliche Rasse zu erhalten.« Wenn auch nicht jedes einzelne Exemplar.

»Also, wenn das kein Streberprojekt ist. Und seine Schwester, die, mit der du geschlafen hast ...«

»Einmal.«

»Einmal. Die ist religiös geworden, stimmt's?«

»Stimmt.« War es wohl auch immer noch, soweit mir bekannt war. Seit jener Nacht in den Berkshires hatte ich nichts mehr von Diane gehört. Nicht, dass ich mich nicht darum bemüht hätte. Mehrere E-Mails waren allerdings unbeantwortet geblieben. Auch Jason hörte nicht viel von ihr, aber Carol zufolge lebte sie mit Simon irgendwo in Utah oder Arizona, einem Staat im Südwesten jedenfalls, den ich nie besucht hatte und von dem ich keine Vorstellungen besaß. Dorthin hatte es sie nach dem Zerfall der New-Kingdom-Bewegung verschlagen.

»Das ist auch nicht so schwer zu verstehen.« Giselle reichte mir den Joint. So richtig wohl war mir nicht, was das Kiffen anging, aber Giselles Bemerkungen über Autismus und Strebertum hatten vielleicht doch einen wunden Punkt getroffen. Ich nahm einen ausführlichen Zug, und die Wirkung war genau die gleiche wie beim letzten Mal in Stony Brook: augenblickliche Aphasie. »Es muss furchtbar für sie gewesen sein. Als das mit dem Spin passiert war, wollte sie nichts anderes, als nicht daran denken zu müssen, was aber das Letzte war, was du und ihre Familie zugelassen hätten. Ich wäre an ihrer Stelle auch religiös geworden. Im Scheißchor würde ich singen.«

Ich sagte (mit säuselnder Verzögerung): »Ist es wirklich so schwer, der Welt ins Auge zu blicken?«

Giselle streckte die Hand aus und nahm den Joint zurück. »Von meinem Standpunkt aus schon. Im Großen und Ganzen.« Sie wandte zerstreut den Kopf. Wind rüttelte am Fenster, als ärgerte er sich über die trockene Wärme in der Wohnung. Unangenehmes Wetter näherte sich vom Sund her. »Ich wette, das wird wieder einer von diesen Wintern. So ein richtig fieser. Ich wünschte, ich hätte hier einen Kamin. Musik könnte auch nichts schaden. Aber ich bin zu müde, um aufzustehen.«

Ich ging zu ihrer Musikanlage, rief den Download eines Stan-Getz-Albums auf, und schon bald erwärmte das Saxophon die Wohnung auf eine Weise, wie kein Kamin der Welt es vermocht hätte.

Sie nickte beifällig. Nicht unbedingt das, was sie selbst ausgewählt hätte, aber – ja doch, okay. »Er hat dich also angerufen und dir diesen Job angeboten.«

»Jawohl.«

»Und du hast ihm gesagt, dass du ihn annimmst?«

»Ich hab ihm gesagt, dass ich darüber nachdenke.«

»Und das tust du jetzt? Darüber nachdenken?«

Sie schien damit irgendetwas andeuten zu wollen, aber ich wusste nicht, was. »Ja, ich glaube schon.«

»Ich glaube, eher nicht. Ich glaube, du weißt schon, was du tun wirst. Weißt du, was ich glaube? Ich glaube, du bist hier, um dich zu verabschieden.«

Ich sagte ihr, das sei wohl möglich.

»Dann komm wenigstens rüber und setz dich neben mich.«

Ich ging schwerfällig zum Sofa. Giselle streckte sich aus und legte ihre Füße auf meinen Schoß. Sie trug Männersocken, flauschige Argyles, was ein wenig albern aussah. Die Aufschläge ihrer Jeans rutschten über die Knöchel. »Für jemanden, der sich Schusswunden ansehen kann, ohne mit den Wimpern zu zucken, hast du es ziemlich gut drauf, allen Spiegeln aus dem Weg zu gehen.«

»Was soll das denn heißen?«

»Soll heißen, dass du offensichtlich noch nicht fertig bist mit Jason und Diane. Vor allem nicht mit ihr.«

Aber es war gar nicht möglich, dass Diane mir noch immer etwas bedeutete. Vielleicht wollte ich gerade dafür den Beweis antreten. Vielleicht war das der Grund, warum wir am Ende in Giselles Schlafzimmer stolperten, noch einen Joint rauchten, auf die rosa Bettdecke fielen, unter den regenblinden Fenstern miteinander schliefen und uns in den Armen hielten, bis wir eingeschlafen waren.

Aber es war nicht Giselles Gesicht, das mir im postkoitalen Traum erschien, und als ich ein paar Stunden später erwachte, dachte ich: Mein Gott, sie hat Recht – ich gehe nach Florida.

Letztlich dauerte es dann noch einige Wochen, um alles zu arrangieren, sowohl auf Jasons Seite als auch im Krankenhaus. Während dieser Zeit sah ich Giselle noch einmal, aber nur kurz. Sie suchte nach einem Gebrauchtwagen, ich verkaufte ihr meinen. Ich wollte die Fahrt über Land nicht riskieren (die Steigerungsrate beim Straßenraub auf den Interstate-Highways lag im zweistelligen Bereich). Doch wir sprachen nicht mehr von der Intimität zwischen uns, die mit dem Regen gekommen und wieder gegangen war, ein Akt leicht betrunkener Freundlichkeit. Wessen Freundlichkeit? Vermutlich eher ihre.

Von Giselle abgesehen, gab es nur wenige Menschen in Seattle, denen ich auf Wiedersehen sagen musste, und in meiner Wohnung gab es, abgesehen von einigen – sehr leicht zu transportierenden – digitalen Dateien und ein paar hundert antiken Platten, nichts Wesentliches, das ich behalten wollte. Am

Tag meiner Abreise half Giselle mir, das Gepäck im Taxi zu verstauen. »Sea-Tac-Airport«, sagte ich zu dem Fahrer, und sie winkte mir zum Abschied nach, als das Taxi in den Verkehr einfädelte, nicht übermäßig traurig, aber immerhin ein bisschen wehmütig.

Giselle war in Ordnung und sie führte ein riskantes Leben. Ich hab sie nie wiedergesehen, aber ich hoffe, sie hat das Chaos überlebt, das später folgte.

Der Flieger nach Orlando war ein knarrender alter Airbus. Die Sitzbezüge waren abgenutzt und die in die Rückenlehnen eingelassenen Videobildschirme hätten längst erneuert werden müssen. Ich setzte mich auf meinen Platz zwischen einem russischen Geschäftsmann am Fenster und einer Frau mittleren Alters am Gang. Der Russe war mürrisch und legte wenig Wert auf Konversation, aber die Frau wollte reden: sie war Freiberuflerin, fertigte medizinische Transkriptionen an; sie flog für zwei Wochen nach Tampa, um ihre Tochter und ihren Schwiegersohn zu besuchen. Sie hieß Sarah, und wir fachsimpelten ein wenig über medizinische Dinge, während das Flugzeug rumpelnd seine Reiseflughöhe ansteuerte.

In den fünf Jahren seit dem chinesischen Feuerwerk war reichlich Geld aus Bundesmitteln in die Luft- und Raumfahrtindustrie gepumpt worden. Nur wenig davon war allerdings dem kommerziellen Flugverkehr zugute gekommen, was zur Folge hatte, dass diese notdürftig aufpolierten Airbusse noch immer flogen. Der Großteil des Geldes war stattdessen in allerlei Projekte geflossen, die E. D. Lawton von seinem Washingtoner Büro aus leitete und Jason bei Perihelion in Florida ausgestaltete: Spin-Forschung und, seit kurzem, das Mars-Projekt. Die Clayton-Administration hatte all diese Haushaltsposten durch einen willfährigen Kongress geschleust, der nur zu gern den Eindruck vermitteln wollte, er würde greifbare Maßnahmen gegen den Spin unterstützen. Das war gut für die öffentliche

Moral. Und noch besser war, dass niemand sofort greifbare Ergebnisse erwartete.

Die Investitionen aus dem Bundeshaushalt hatten dazu beigetragen, die heimische Wirtschaft über Wasser zu halten, zumindest im Südwesten, im Großraum Seattle und im Küstengebiet von Florida. Der Aufschwung, der damit angestoßen worden war, erwies sich jedoch als schleppend und prekär, und Sarah machte sich Sorgen um ihre Tochter: Ihr Schwiegersohn arbeitete als Installateur und war von seiner Firma, einem Erdgasunternehmen in der Gegend von Tampa, auf unbestimmte Zeit freigestellt worden. Sie lebten in einem Wohnwagen, bekamen Unterstützung aus einem Hilfsfond der Regierung und versuchten ihren dreijährigen Sohn, Sarahs Enkel Buster, halbwegs ordentlich großzuziehen.

»Ist das nicht ein seltsamer Name«, fragte sie, »für einen Jungen? Ich meine, *Buster*? Klingt wie ein Stummfilmstar. Aber irgendwie passt er sogar zu ihm.«

Ich sagte ihr, Namen seien wie Kleider: du trägst sie oder sie tragen dich. Sie erwiderte: »Ja, ist das so, Tyler Dupree?«, und ich lächelte verlegen.

»Allerdings«, fuhr sie fort, »weiß ich nicht, warum junge Leute heutzutage überhaupt Kinder haben wollen. So schrecklich das klingt. Nichts gegen Buster natürlich. Ich liebe ihn von ganzem Herzen und hoffe, dass er ein langes und glückliches Leben haben wird. Aber man muss sich doch fragen: Wie stehen seine Chancen?«

»Die Menschen brauchen manchmal einen Grund, um zu hoffen«, sagte ich und fragte mich, ob es diese banale Weisheit gewesen war, die Giselle versucht hatte mir nahezubringen.

»Andererseits bekommen viele junge Leute *keine* Kinder, ich meine, mit voller Absicht nicht, sozusagen aus Rücksichtnahme. Sie sagen, das Beste, was man für ein Kind tun könne, sei, ihm all das Leid zu ersparen, das uns erwartet.«

»Ich bin mir nicht sicher, ob irgendjemand weiß, was uns erwartet.«

»Na ja, Sie wissen schon: der Punkt, von dem aus es kein Zurück mehr gibt und alles ...«

»Diesen Punkt haben wir bereits passiert. Aber wir sind noch da. Aus welchem Grund auch immer.«

Sie wölbte die Augenbrauen. »Sie glauben, es gibt *Gründe*, Dr. Dupree?«

Wir plauderten noch ein bisschen, dann sagte sie: »Ich muss versuchen, ein bisschen zu schlafen«, und stopfte das mickrige Kissen in die Lücke zwischen Nacken und Kopfstütze. Jenseits des Fensters, halb verdeckt von dem gleichgültigen Russen, war die Sonne untergegangen, der Himmel rußschwarz geworden; es war nichts zu sehen außer der sich spiegelnden Deckenleuchte, die ich jetzt etwas dämpfte und auf meine Knie richtete.

Dummerweise befand sich mein gesamter Lesestoff in meinem Koffer. Aber im Sitz vor Sarah steckte eine Zeitschrift, also langte ich hinüber und schnappte sie mir. Die Zeitschrift, die ein schlicht weißes Titelblatt hatte, hieß *Gateway*, eine religiöse Publikation, vermutlich von einem früheren Fluggast zurückgelassen.

Ich blätterte darin und musste, unvermeidlich, an Diane denken. In den Jahren nach dem fehlgeschlagenen Angriff auf die Spin-Artefakte war die New-Kingdom-Bewegung mehr oder weniger zerbröselt – ihre Begründer verleugneten sie und ihr glücklicher Sexualkommunismus verpuffte unter dem Druck von Geschlechtskrankheiten und menschlicher Habgier. Heute wollte sich niemand mehr, schon gar nicht die Avantgarde der trendbewussten Religiosität, schlicht als »NKler« bezeichnen. Man gehörte den Hektorianern, den Preteristen (der radikalen oder gemäßigten Fraktion) oder den Wiederaufbauern des Königreichs an – nie aber einfach dem »Neuen Königreich«. Die Ekstasis-Veranstaltungen, die Diane und Simon in jenem Sommer unserer Begegnung in den Berkshires besucht hatten, gab es nicht mehr.

Keine der verbleibenden NK-Fraktionen verfügte über eine nennenswerte Anhängerschaft und den entsprechenden Einfluss. Die Southern Baptist Convention allein hatte mehr Mitglieder als sämtliche Kingdom-Sekten zusammen. Aber ihre millenaristische Ausrichtung hatte der Bewegung ein unverhältnismäßig großes Gewicht in der durch den Spin ausgelösten religiösen Weltuntergangsstimmung verliehen. So war es auf NK zurückzuführen, dass so viele Plakatwände an den Straßen verkündeten, die TRÜBSALZEIT sei angebrochen, und dass viele der alteingesessenen Kirchen sich gezwungen sahen, die Frage der Apokalypse neu zu stellen.

*Gateway* schien das Presseorgan einer Wiederaufbau-Fraktion von der Westküste zu sein, gerichtet an eine breite Öffentlichkeit. Neben einem Leitartikel, der das unselige Wirken von Calvinisten und Presbyterianern anprangerte, enthielt die Ausgabe drei Seiten mit Rezepten und eine Filmkritikkolumne. Was aber meine Aufmerksamkeit erregte, war ein Artikel mit der Überschrift »Blutopfer und die Rote Färse« – eine Geschichte über ein rotes Kalb, das »in Erfüllung der Prophezeiung« erscheinen und auf dem Tempelberg in Jerusalem geopfert werden würde; mit diesem Vorgang werde dann die Entrückung eingeleitet. Offenbar war der alte NK-Glaube, wonach der Spin ein Akt der Erlösung sei, aus der Mode geraten. »Denn wie ein Fallstrick wird er kommen / über alle die auf Erden wohnen«, Lukas 21:35. Ein Fallstrick, keine Erlösung. Lieber sich ein Tier zum Verbrennen suchen – die Trübsalzeit war wohl doch problematischer als erwartet.

Ich stopfte die Zeitschrift zurück in den Sitz, während das Flugzeug in Turbulenzen geriet. Sarah runzelte im Schlaf die Stirn, und der russische Geschäftsmann rief die Stewardess und bestellte sich einen Whisky Sour.

Das Auto, das ich am nächsten Morgen in Orlando mietete, wies zwei Einschusslöcher in der Beifahrertür auf, zwar verspachtelt und überlackiert, aber doch deutlich sichtbar. Ich fragte den Angestellten, ob er nichts anderes habe. »Ist zur Zeit das einzige auf dem Gelände«, erwiderte er. »Aber wenn es Ihnen nichts ausmacht, ein paar Stunden zu warten ...«

Nein, sagte ich, das ginge schon.

Ich nahm den Bee Line Expressway nach Osten und bog dann nach Süden auf die 95. Frühstückspause machte ich bei einem Denny's am Rande von Cocoa, wo die Kellnerin sehr freigebig mit der Kaffeekanne war, vielleicht, weil sie meine Heimatlosigkeit spürte. »Lange Fahrt?«

»Nicht mehr als eine Stunde noch.«

»Na, dann sind Sie ja praktisch *da*. Zu Hause oder in der Fremde?« Als sie merkte, dass ich darauf keine Antwort parat hatte, lächelte sie. »Das werden Sie schon noch rauskriegen, mein Lieber. Tun wir alle, früher oder später.« Als Gegenleistung für diesen Raststätten-Segen hinterließ ich ein absurd großes Trinkgeld auf dem Tisch.

Der Perihelion-Campus – von Jason beunruhigenderweise als »das Gelände« bezeichnet – lag ein ganzes Stück südlich von den Canaveral/Kennedy-Startrampen, wo die strategischen Planungen in physische Handlung umgesetzt wurden. Die Perihelion-Stiftung (inzwischen offiziell eine Regierungsbehörde) war kein Bestandteil der NASA, bildete aber mit dieser eine »Schnittstelle«, indem man sich gegenseitig Ingenieure und anderes Personal auslieh. In gewissem Sinne stellte sie eine bürokratische Schicht dar, die der NASA seit Beginn des Spins von mehreren aufeinanderfolgenden Regierungen übergestülpt worden war, um die erstarrte Raumfahrtbehörde in eine Richtung zu treiben, von der ihre alten Bosse noch nicht einmal geträumt hätten. E. D. saß dem Lenkungsausschuss vor, und Jason hatte faktisch die Kontrolle über die Programmentwicklung übernommen.

Es wurde jetzt wärmer, eine für Florida typische Hitze, die

direkt aus der Erde zu steigen schien: das feuchte Land schwitzte wie ein Bruststück auf dem Grill. Ich fuhr an zerfransten Palmen vorbei, trüben Surfer-Läden, überwucherten Straßengräben und mindestens einem Verbrechensschauplatz: Streifenwagen umzingelten einen schwarzen Pick-up, drei Männer standen über die heiße Motorhaube gebeugt, die Hände im Rücken gefesselt. Ein den Verkehr regelnder Polizist warf einen ausgiebigen Blick auf das Nummernschild meines Mietwagens – in seinen Augen blinkte ein unspezifischer, gewissermaßen vorsorglicher Verdacht – und winkte mich dann weiter.

Das Perihelion-»Gelände« erwies sich als weniger düster, als ich befürchtet hatte. Es war ein lachsfarbenes Industriezentrum, modern und sauber, inmitten einer tadellos gepflegten, sanft hügeligen Rasenfläche gelegen, abgezäunt, aber nicht völlig abweisend. Ein Wärter am Tor spähte in meinen Wagen, bat mich, den Kofferraum zu öffnen, tastete meine Koffer und Plattenkisten ab, dann händigte er mir einen befristeten Passierschein an einem Taschenclip aus und wies mir den Weg zum Besucherparkplatz (»hinter dem Südflügel, folgen Sie der Straße nach links, einen schönen Tag noch«). Seine hellblaue Uniform war vom Schweiß dunkel eingefärbt.

Ich hatte kaum mein Auto abgestellt, da kam Jason durch eine Glastür mit der Aufschrift ALLE BESUCHER MÜSSEN SICH REGISTRIEREN LASSEN, überquerte ein Stück Rasen und trat in die sengende Hitze des Parkplatzes. »Tyler!«, sagte er und blieb einen Meter vor mir abrupt stehen, als könne ich gleich wieder verschwinden, wie eine Fata Morgana.

»Hey, Jase«, sagte ich lächelnd.

»Dr. Dupree!« Er grinste. »Aber dieses Auto. Ein Mietwagen? Wir werden ihn nach Orlando zurückbringen lassen. Dir etwas Hübscheres besorgen. Hast du schon eine Bleibe?«

Ich erinnerte ihn daran, dass er sich auch darum zu kümmern versprochen hatte.

»Oh, haben wir. Beziehungsweise: wir tun es gerade. Handeln einen Leasingvertrag aus für ein kleines Häuschen, keine zwanzig Minuten von hier. Mit Meeresblick. Bezugsfertig in ein paar Tagen. In der Zwischenzeit brauchst du ein Hotel, aber das kriegen wir leicht arrangiert. Also, was stehen wir hier rum und absorbieren UV-Strahlung?«

Ich folgte ihm in den Südflügel des Gebäudes. Dabei beobachtete ich seinen Gang – mir fiel auf, dass er eine Schlagseite nach links zu haben schien und fast ausschließlich seine rechte Hand einsetzte.

Die Klimaanlage überfiel uns, eine frostige Kälte, deren Geruch die Vermutung nahelegte, sie sei aus sterilen Gewölben tief unter der Erde gepumpt worden. In der Empfangshalle gab es sehr viel Granit und glänzende Fliesen. Und weiteres Wachpersonal, das aber zu formvollendeter Höflichkeit ausgebildet war.

»Ich bin wirklich froh, dass du hier bist«, sagte Jason. »Ich habe zwar eigentlich keine Zeit, aber ich will dich herumführen. Wir machen den Schnelldurchgang. Ich hab Leute von Boeing im Konferenzraum sitzen. Einen aus Torrance und einen von der IDS-Gruppe in St. Louis. Xenon-Ion-Nachrüstungen, sind sie sehr stolz drauf, haben sie noch ein bisschen mehr Durchlauf rausgepresst, als würde es darauf wirklich ankommen. Wir brauchen keine Finesse, sag ich ihnen, wir brauchen Verlässlichkeit, Einfachheit ...«

»Jason.«

»Sie ... ja, was?«

»Hol mal Luft zwischendurch.«

Er warf mir einen verärgerten Blick zu. Dann gab er nach, lachte laut. »Tut mir Leid. Es ist nur, es ist wie ... weißt du noch, als wir Kinder waren? Jedes Mal wenn jemand ein neues Spielzeug hatte, musste er damit angeben?«

Für gewöhnlich war es Jase gewesen, der die neuen Spielzeuge hatte, oder jedenfalls die teuren. Aber ja, sagte ich, ich könne mich noch gut erinnern.

»Tja, es wäre sicher leichtfertig, es jemand anderem auf diese Weise zu beschreiben, aber was wir hier haben, Tyler, das ist die größte Spielzeugkiste der Welt. Lass mich damit angeben, okay? Danach kannst du dich erst einmal einrichten. Wir lassen dir ein bisschen Zeit, dich an das Klima zu gewöhnen.«

Also folgte ich ihm durch das Erdgeschoss aller drei Flügel, bewunderte brav die Konferenzräume und Büros, die riesigen Labore und technischen Werkstätten, in denen Prototypen konzipiert oder Aufgaben definiert wurden, bevor man Pläne und Zielvorgaben an die Leute mit dem großen Geld weitergab. Alles sehr interessant. Alles sehr verwirrend. Schließlich landeten wir in der Ambulanz, wo ich mit Dr. Koenig bekannt gemacht wurde, dem scheidenden Arzt, der mir ohne Begeisterung die Hand schüttelte und sich dann mit einem über die Schulter gesprochenen »Viel Glück, Dr. Dupree« davonmachte.

Unterdessen hatte sich Jasons Pager so oft gemeldet, dass er ihn nicht länger ignorieren konnte. »Die Boeing-Leute«, sagte er. »Man muss ihre PPUs bewundern, ohne die wären sie bestimmt längst trübsinnig geworden. Findest du allein zur Rezeption zurück? Sally wartet dort auf dich, meine persönliche Assistentin, sie wird dir ein Zimmer besorgen. Wir können uns später noch unterhalten. Tyler, es ist wirklich schön, dich wiederzusehen!«

Noch ein Händeschütteln, seltsam kraftlos, und dann eilte er davon, immer noch mit der Neigung nach links, sodass ich mich nicht mehr fragte, ob er krank war, sondern wie krank er war und wie viel schlimmer es noch werden würde.

Auf Jasons Wort war Verlass. Nach weniger als einer Woche zog ich in ein kleines möbliertes Haus ein, das so zerbrechlich gebaut war, wie es hier in Florida üblich schien: nur Bretter und Latten, die Wände hauptsächlich Fensterfronten. Aber bestimmt war es teuer gewesen – die obere Veranda blickte über einen langen Abhang, vorbei an einem Gewerbegebiet, aufs Meer.

Während dieser Woche wurde ich bei drei Gelegenheiten von dem wortkargen Dr. Koenig eingewiesen, der offensichtlich bei Perihelion nicht glücklich geworden war, mir seine Praxis aber sehr gravitätisch übergab, indem er mir die Krankenakten und seinen Assistentenstab nachdrücklich ans Herz legte. Am Montag empfing ich dann meinen ersten Patienten, einen jungen Metallurgen, der sich bei einem betriebsinternen Football-Spiel auf dem Südrasen den Knöchel verdreht hatte. Die Klinik war offenkundig »übertechnisiert«, wie Jason sich vielleicht ausgedrückt hätte, für die vergleichsweise triviale Arbeit, die hier verrichtet wurde. Aber Jason erklärte, er rechne mit Zeiten, in denen es schwierig werden könnte, »dort draußen« medizinische Versorgung zu erhalten.

Ich begann mich einzugewöhnen. Ich schrieb Rezepte aus oder verlängerte sie, gab Aspirin aus, sah die Krankenakten durch. Ich tauschte höfliche Floskeln mit Molly Seagram, meiner Empfangsdame, der ich (wie sie sagte) sehr viel besser gefiel als Dr. Koenig.

Abends ging ich nach Hause und sah zu, wie Blitze aus Wolken zuckten, die sich vor der Küste aufgebaut hatten wie riesige elektrifizierte Klipper.

Und ich wartete auf einen Besuch von Jason, doch der blieb aus, fast einen Monat lang. Dann, an einem Freitagabend nach Sonnenuntergang, stand er unangekündigt vor der Tür, in Freizeitkleidung (Jeans, T-Shirt), die ihn ein glattes Jahrzehnt jünger erscheinen ließ. »Dachte, ich schau mal vorbei. Wenn's dir recht ist?«

Selbstverständlich war es das. Wir gingen nach oben, holten uns zwei Flaschen Bier aus dem Kühlschrank und setzten uns auf den weiß getünchten Balkon. Nach einer Weile begann Jason Sachen zu sagen wie »Wirklich schön, dich wiederzusehen« oder »Toll, dich in der Mannschaft zu haben«, bis ich ihn unterbrach: »Hör auf. Diese blöden Begrüßungssprüche brauche ich nicht mehr. Ich bin's doch nur, Jase.«

Er lachte verlegen, und von da an war es leichter.

Wir schwelgten in Erinnerungen. Irgendwann fragte ich ihn: »Hörst du oft von Diane?«

Er zuckte mit den Achseln. »Eher selten.«

Ich hakte nicht nach. Dann, als wir beide ein paar Flaschen geleert hatten, die Luft kühler und der Abend still geworden war, fragte ich ihn, wie's ihm denn so gehe, ganz persönlich gesprochen.

»Viel zu tun gehabt«, erwiderte er. »Wie du dir gedacht haben wirst. Wir stehen kurz vor den ersten Saatabschüssen – wir sind weiter, als wir der Presse verraten haben, E. D. hat gern einen gewissen Vorsprung. Er ist die meiste Zeit in Washington. Clayton persönlich hält sich immer auf dem Laufenden, wir werden richtig verhätschelt von der Regierung, jedenfalls vorläufig. Aber dadurch bin ich sehr viel mit Geschäftsführungsscheiß befasst – ein Fass ohne Boden – anstatt mit der Arbeit, die ich tun möchte und tun *muss*, nämlich Projektplanung. Es ist ...« Er wedelte mit den Händen.

»Stressig.«

»Ja, stressig. Aber wir machen Fortschritte. Ganz allmählich.«

»Mir ist aufgefallen, dass ich gar keine Akte von dir habe. In der Klinik. Von allen anderen Angestellten oder Verwaltungsbeamten gibt es Unterlagen. Nur von dir nicht.«

Er sah weg, dann lachte er, ein bellendes, nervöses Lachen. »Tja ... ich hätt's ganz gern, wenn es so bleibt, Tyler. Bis auf weiteres.«

»Dr. Koenig hatte andere Vorstellungen?«

»Dr. Koenig glaubt, dass wir alle ein bisschen verrückt sind. Was natürlich auch stimmt. Habe ich erzählt, dass er auf einem Kreuzfahrtschiff angeheuert hat? Kannst du dir das vorstellen? Koenig in einem Hawaiihemd, wie er Gravol-Pastillen an die Touristen ausgibt?«

»Sag mir einfach, was dir fehlt, Jason.«

Er blickte auf den sich verdunkelnden Himmel im Osten. Ein

schwaches Licht hing dort ein paar Grad über dem Horizont, kein Stern, sondern vermutlich einer der Aerostaten seines Vaters. »Die Sache ist die«, sagte er fast flüsternd. »Ich habe ein bisschen Angst, dass ich gerade in dem Moment außer Gefecht gesetzt werde, wo wir erste Ergebnisse bekommen.« Er wandte sich wieder mir zu. »Ich möchte dir trauen können, Ty.«

»Keiner hier außer uns.«

Und dann endlich trug er seine Symptome vor – ruhig, fast schematisch, als kämen Schmerzen und Schwäche kein größeres emotionales Gewicht zu als den Fehlzündungen eines Motors. Ich versprach, einige Tests zu machen, die nicht in den Krankenblättern erscheinen würden. Er gab sein Einverständnis, und dann ließen wir das Thema und machten noch eine Flasche Bier auf, und schließlich dankte er mir und schüttelte mir die Hand, feierlicher vielleicht als nötig, und dann verließ er das Haus, das er für mich gemietet hatte, mein neues, unvertrautes Heim.

Ich ging zu Bett und hatte Angst um ihn.


## UNTER DIE HAUT

Ich erfuhr eine Menge mehr über Perihelion von meinen Patienten: den Wissenschaftlern, die gerne redeten (anders als die Verwaltungsbeamten, die generell eher verschlossen waren), aber auch von den Familien der Belegschaft, die immer häufiger ihre eigenen, zunehmend leistungsschwächeren Krankenversicherungen kündigten, um sich der firmeninternen Versorgung anzuschließen. Plötzlich betrieb ich eine richtige Familienpraxis, und die meisten meiner Patienten waren Menschen, die der Realität des Spins tief ins Auge geblickt hatten, die ihm mit Mut und Entschlossenheit begegneten. »Der Zynismus wird am Eingangstor abgegeben«, sagte einmal ein

Programmierer zu mir. »Wir wissen, dass es wichtig ist, was wir tun.« Das war bewundernswert. Und ansteckend. Nicht lange, und ich begann mich als einer von ihnen zu betrachten, als Teil der kollektiven Anstrengung, den menschlichen Einfluss in den tosenden Strudel der außerirdischen Zeit hineinwirken zu lassen.

Manchmal fuhr ich am Wochenende die Küste hinauf, um die Raketen abheben zu sehen – modernisierte Atlasse und Deltas, die von einer riesigen Anzahl neu errichteter Startrampen aus in den Himmel schossen –, und gelegentlich kam es in diesem Spätherbst oder Frühwinter vor, dass Jason seine Arbeit liegen ließ und mich begleitete. Die Nutzlasten waren einfache ARVs, Wiedereintrittsfahrzeuge, vorprogrammierte Erkundungsgeräte, unbeholfene Aussichtsfenster auf die Sterne. Ihre Bergungsmodule würden – sofern die Mission nicht scheiterte – im Atlantik oder in den Salzpfannen der westlichen Wüste niedergehen, gefüttert mit neuen Informationen über die Welt jenseits der Welt.

Mir gefiel die Erhabenheit, die das Ganze an sich hatte. Was Jase, nach eigenem Bekunden, faszinierte, war die »relativistische Zeitkluft«. Diese kleinen Nutzlastpakete verbrachten Wochen oder gar Monate hinter der Spin-Barriere, maßen die Entfernung zum sich zurückziehenden Mond oder das Volumen der expandierenden Sonne, würden aber (in unserem Bezugssystem) noch am selben Nachmittag zur Erde zurückfallen, Zauberflaschen, die mit mehr Zeit gefüllt waren, als sie schlechterdings enthalten konnten.

Und wenn dieser Wein dekantiert wurde, schossen auf den Fluren von Perihelion unvermeidlich die Gerüchte ins Kraut: Gammastrahlung angestiegen, wohl ein Hinweis auf irgendeine Katastrophe in der stellaren Nachbarschaft; neue Streifenbildung um den Jupiter, weil die Sonne mehr Hitze in seine stürmische Atmosphäre pumpt; ein riesiger neuer Krater auf dem Mond, der der Erde nicht mehr nur ein Gesicht zukehrte, sondern – in langsamer Rotation – jetzt auch seine dunkle Seite zeigte.

An einem Morgen im Dezember nahm Jason mich über den Campus mit zu einer Konstruktionsstätte, wo man die original-getreue Nachbildung eines marsianischen Nutzlastträgers auf-gebaut hatte. Er stand auf einer Aluminiumplattform in einer Ecke des in Sektoren unterteilten Raums, in dem ringsum weite-re Prototypen zusammengesetzt wurden, um von Männern und Frauen in weißen Tyvek-Anzügen getestet zu werden. Das Gerät war erschreckend klein, fand ich, eine knubblige kleine Kiste mit einer Düse an einem Ende, nicht größer als eine Hundehütte, völlig unspektakulär unter dem erbarmungslosen Licht der De-ckenlampen. Aber Jason präsentierte es mit elterlichem Stolz.

»Im Wesentlichen«, sagte er, »besteht es aus drei Teilen: Ionen-antrieb und Reaktionsmasse, Bordnavigationssystem, Nutzlast. Der Großteil der Masse ist Motor. Keine Kommunikation – es kann nicht mit der Erde sprechen und braucht es auch nicht. Die Navigationsprogramme sind vielfach redundant, aber die Hardware selbst ist nicht größer als ein Handy und wird von Solarkollektoren gespeist.« Die Kollektoren waren noch nicht montiert, doch an der Wand hing die Skizze des fertig gestell-ten Vehikels, auf der die Hundehütte sich in eine Libelle à la Picasso verwandelt hatte.

»Sieht irgendwie nicht antriebsstark genug aus, um zum Mars zu kommen.«

»Die Antriebsleistung ist nicht das Problem. Ionenmotoren sind langsam, aber hartnäckig. Und das ist genau das, was wir wollen – einfache, robuste, haltbare Technologie. Der heikle Teil ist das Navigationssystem, das muss intelligent und autonom sein. Wenn ein Gegenstand die Spin-Barriere durchbricht, er-fährt er das, was von manchen Leuten als ›zeitliche Beschleu-nigung‹ bezeichnet wird. Ein dummer Ausdruck, aber ganz anschaulich. Das Raumfahrzeug wird beschleunigt und erhitzt – nicht auf sich bezogen, sondern auf uns –, und das Gefälle ist extrem groß. Eine winzig kleine Veränderung der Geschwindigkeit oder der Flugbahn beim Start – etwas so Minimales wie ein Windstoß oder eine für Millisekunden aussetzende Treibstoffzufuhr an der Trägerrakete – macht es unmöglich, vorherzusagen, nicht wie, aber *wann* das Fahrzeug in den äußeren Weltraum eintritt.«

»Warum ist das wichtig?«

»Das ist wichtig, weil der Mars und die Erde sich beide in elliptischen Umlaufbahnen befinden und mit unterschiedlicher Geschwindigkeit um die Sonne kreisen. Es gibt keine verlässliche Methode, die relativen Positionen der Planeten zu dem Zeitpunkt vorauszuberechnen, an dem das Fahrzeug die Umlaufbahn erreicht. Im Grunde ist es so, dass die Maschine den Mars in einem ziemlich überfüllten Himmel erst einmal finden und die Flugbahn dann selbst bestimmen muss. Also brauchen wir schlaue, flexible Software und einen robusten, haltbaren Antrieb. Zum Glück haben wir beides. Es ist eine tolle Maschine, Tyler. Von außen schlicht, aber unter der Haut blüht sie auf. Früher oder später, wenn sie sich selbst überlassen ist und nichts Entscheidendes schief geht, wird sie das tun, wofür sie gebaut wurde – und sich in einer Umlaufbahn um den Mars einrichten.«

»Und dann?«

Er lächelte. »Der Kern der Sache. Hier.« Er zog eine Reihe von Bolzen aus dem Modell und entfernte ein Stück Blech auf der Vorderseite; in der Öffnung erschien eine abgeschirmte Kammer, die in Sechsecke unterteilt war, wie eine Bienenwabe. In jedem der Sechsecke lag ein plumpes, schwarzes Oval. Ein Nest von Ebenholzeiern. Jason hob eines davon heraus. Es war so klein, dass man es in einer Hand halten konnte.

»Sieht aus wie ein schwangerer Dart-Pfeil.«

»Ist nur ein bisschen raffinierter als ein Dart-Pfeil. Wir streuen diese Dinger in die Marsatmosphäre. Wenn sie eine bestimmte Höhe erreicht haben, klappen sie Propellerflügel aus und tru-

deln dann den restlichen Weg nach unten. Wo man sie verstreut – an den Polen, dem Äquator –, hängt von der jeweiligen
Nutzlast ab, davon, ob wir unter der Oberfläche nach Sole-
schlamm oder rohem Eis suchen, aber grundsätzlich ist der
Vorgang immer der gleiche. Stell sie dir als Subkutannadeln
vor, die dem Planeten Leben einimpfen.«

Dieses »Leben«, erfuhr ich, würde aus künstlichen Mikroben
bestehen, deren genetisches Material aus Bakterien zusammengesetzt war, die man in den trockenen Tälern der Antarktis im
Innern von Felsgestein entdeckt hatte, aus Anaerobiern, die fähig waren, in den Ausflussrohren von Atomreaktoren zu überleben, und aus Einzellern aus dem eisigen Schlamm am Grund
der Barentsee. Diese Organismen sollten als Bodenaufbereiter
dienen, man hoffte, sie würden gut gedeihen, während gleichzeitig die alternde Sonne die Marsoberfläche erwärmte und bislang eingeschlossenen Wasserdampf und andere Gase freisetz-
te. Als Nächstes würden komplett im Labor entstandene Sorten
blaugrüner Algen folgen, einfache Photosynthetisierer, und
dann schließlich komplexere Lebensformen, imstande, sich die
Umweltbedingungen zunutze zu machen, die unter dem Einfluss der früheren Sendungen entstanden waren. Der Mars würde auch im besten Falle immer eine Wüste sein – alles freigesetzte Wasser würde nicht mehr als ein paar seichte, salzige und
unstabile Seen ergeben –, aber das würde unter Umständen
ausreichen, um einen halbwegs bewohnbaren Ort jenseits der
Erde zu schaffen. Ein Ort, zu dem Menschen hinfliegen konnten, um dort zu leben, eine Million Jahrhunderte für jedes unserer Jahre. Ein Ort, an dem unsere marsianischen Vettern vielleicht die Zeit fanden, Rätsel zu lösen, an die wir uns allenfalls
herantasten konnten.

Ein Ort, an dem wir – oder die Evolution in unserem Auftrag –
ein Volk von Rettern erschaffen würden.

»Es ist schwer zu glauben, dass wir das tatsächlich vollbrin-
gen können ...«

»*Falls* wir es können. Das ist keineswegs ausgemacht.«

»Aber davon abgesehen, als Mittel betrachtet, ein Problem zu lösen ...«

»Es ist ein Akt der zielgerichteten Verzweiflung. Du hast völlig Recht, sprich es nur nicht zu laut aus. Allerdings haben wir einen mächtigen Faktor auf unserer Seite.«

»Die Zeit?«

»Nein. Die Zeit ist ein nützlicher Hebel. Aber das aktive Ingrediens ist das Leben. Leben im abstrakten Sinne, meine ich: Replikation, Evolution, Komplexifikation. Die Eigenart des Lebens, Ritzen und Spalten zu besetzen, zu überleben, indem es das Unerwartete tut. Ich glaube an diesen Prozess – er ist robust, er ist hartnäckig. Kann er uns retten? Ich weiß es nicht. Aber es besteht eine reale Möglichkeit.« Er lächelte. »Wärst du der Vorsitzende des Haushaltsausschusses, würde ich mich weniger zurückhaltend ausdrücken.«

Er reichte mir den Pfeil, der überraschend leicht war, nicht mehr als ein Profi-Baseball wog. Ich versuchte mir vorzustellen, wie hunderte davon aus einem wolkenlosen Marshimmel regneten, um den Boden mit dem Schicksal der Menschheit zu befruchten. Mit dem, was uns noch an Schicksal blieb.


E. D. Lawton besuchte das Gelände in Florida im darauf folgenden März, zur gleichen Zeit, als Jasons Krankheitssymptome wieder auftraten. Sie hatten sich mehrere Monate lang zurückgebildet.

Als Jason im letzten Jahr zu mir gekommen war, hatte er seinen Zustand zurückhaltend, aber systematisch beschrieben. Vorübergehende Schwäche und Taubheit in Armen und Beinen. Verschwommene Sicht. Gleichgewichtsstörungen. Gelegentliche Inkontinenz. Keines der Symptome stellte eine dauerhafte Behinderung dar, aber inzwischen traten sie zu häufig auf, als dass man sie ignorieren konnte.

Könne alles Mögliche sein, sagte ich zu ihm, obwohl er genauso gut wusste wie ich, dass es sich vermutlich um ein neurologisches Problem handelte.

Wir waren beide erleichtert, als die Bluttests den Verdacht auf multiple Sklerose bestätigten. Seit der Einführung chemischer Sklerostatine vor zehn Jahren war MS zu einer heilbaren (oder jedenfalls kontrollierbaren) Krankheit geworden. Eine der kleinen Ironien des Spins bestand darin, dass er für eine Reihe von medizinischen Durchbrüchen sorgte, die der Proteomforschung zu verdanken waren. Unsere Generation – Jasons und meine – mochte dem Untergang geweiht sein, aber sie würde jedenfalls nicht mehr an MS, Parkinson, Diabetes, Lungenkrebs, Arteriosklerose oder Alzheimer sterben. Die letzte Generation der Industriegesellschaft würde vermutlich die gesündeste von allen sein.

Aber ganz so einfach war es natürlich auch nicht. Nach wie vor sprachen fast fünf Prozent der diagnostizierten MS-Fälle nicht auf Sklerostatine oder andere Therapien an. Kliniker gingen dazu über, solche Fälle als »polimedikationsresistente MS« zu bezeichnen, ja in ihr sogar eine gesonderte Krankheit mit gleicher Symptomatik zu sehen.

Jasons Erstbehandlung allerdings war wie erwartet verlaufen. Ich hatte ihm eine minimale Dosis Tremex verordnet, und seither befand er sich in vollständiger Remission. Jedenfalls bis zu der Woche, in der E. D. mit der Subtilität eines Tropensturms eintraf und parlamentarische Berater und Presseattachés wie zerfleddertes Altpapier durch die Flure wehte.

E. D. war Washington, wir waren Florida; er war Geschäftsführung, wir waren Wissenschaft und Technik. Jason balancierte ein wenig heikel zwischen den beiden Polen. Grundsätzlich war es seine Aufgabe, dafür zu sorgen, dass die Vorgaben des Lenkungsausschusses umgesetzt wurden, aber er war den Bürokraten oft genug auch entgegengetreten, sodass die Wissenschaftsleute aufgehört hatten, von Nepotismus zu sprechen, und dazu übergegangen waren, ihm Drinks zu spendieren. Das

Problem bestand laut Jason darin, dass E. D. sich nicht damit zufrieden gab, das Mars-Projekt auf den Weg zu bringen, nein, er wollte es auch in allen Einzelheiten steuern, oft aus politischen Gründen, wenn er etwa Aufträge an zweifelhafte Anbieter vergab, um sich auf diese Weise die Unterstützung des Kongresses zu kaufen. Die Belegschaft spottete gern über ihn, schüttelte ihm aber auch ebenso gern die Hand, wenn er vor Ort war. Die diesjährige Stippvisite gipfelte in einer Ansprache im Perihelion-Auditorium. Wir fanden uns alle ein, folgsam wie Schulkinder, aber mit größerer, durchaus plausibler Begeisterung, und sobald das Publikum seine Plätze eingenommen hatte, erhob sich Jason, um seinen Vater vorzustellen. Ich sah genau hin, als er die Stufen zur Bühne erklomm und vor das Mikrofon trat. Ich beobachtete, wie er die linke Hand schlaff auf Taillenhöhe hielt, wie er sich, etwas unbeholfen auf dem Absatz drehend, seinem Vater zuwandte und ihm die Hand schüttelte.

Er führte seinen Vater kurz, aber liebenswürdig ein, dann mischte er sich unter die Schar der Würdenträger, die am hinteren Ende der Bühne saßen. E. D. trat nach vorn. Er war in der Woche vor Weihnachten sechzig geworden, ging aber ohne Weiteres als vitaler Fünfziger durch: der Bauch unter dem dreiteiligen Anzug war flach, das schüttere Haar zu einem schneidigen Militärschnitt gestutzt. Was er vortrug, konnte man durchaus als Wahlkampfrede verstehen: Er pries die Regierung Clayton für ihren Weitblick, die versammelte Belegschaft für das Engagement, mit der sie die »Perihelion-Vision« verfolgte, seinen Sohn für seine »inspirierende Leitungstätigkeit« und die Ingenieure und Techniker dafür, dass sie »einen Traum zum Leben« erweckten und, »wenn es uns gelingt«, das Leben auf einen sterilen Planeten trugen, damit »neue Hoffnung für diese Welt, die wir noch immer als unsere Heimat bezeichnen«, sprießen ließen. Beifall, Winken, ein wildes Grinsen, und dann war er wieder verschwunden, weggezaubert von der Horde seiner Leibwächter.

Ich erwischte Jason eine Stunde später in der Managerkantine, wo er an einem kleinen Tisch saß und vorgab, in einem Sonderdruck der *Astrophysics Review* zu lesen.

Ich setzte mich auf den Stuhl ihm gegenüber. »Wie schlimm ist es denn?«

Er lächelte schwach. »Du meinst nicht etwa den Wirbelwindbesuch meines Vaters?«

»Du weißt, was ich meine.«

Er senkte die Stimme. »Ich habe die Medikamente brav genommen. Regelmäßig, jeden Morgen, jeden Abend. Aber es ist wieder da. Seit heute Morgen. Kribbeln im linken Arm, im linken Bein. Und es wird schlimmer. Fast stündlich. Schlimmer als je zuvor. Es ist, als würde Strom durch eine Seite meines Körpers laufen.«

»Hast du Zeit, in die Ambulanz zu kommen?«

»Zeit hab ich, aber ...« Seine Augen glitzerten. »Ich weiß nicht, ob ich in der Lage bin. Ich will dich nicht erschrecken, aber ich bin froh, dass du hergekommen bist. Im Moment bin ich mir nicht einmal sicher, ob ich überhaupt laufen kann. Nach E. D.s Rede hab ich es noch bis hierher geschafft. Doch ich glaube, ich würde umfallen, wenn ich jetzt versuche aufzustehen. Gehen kann ich bestimmt nicht. Ty – *ich kann nicht gehen.*«

»Ich hol Hilfe.«

Er straffte sich. »Das tust du auf keinen Fall. Falls nötig, kann ich hier sitzen, bis niemand mehr da ist außer dem Nachtwächter.«

»Das ist doch absurd.«

»Oder du kannst mir *diskret* helfen, aufzustehen. Wie weit ist die Ambulanz weg, zwanzig, dreißig Meter? Wenn du mich am Arm nimmst und ein heiter freundliches Gesicht machst, schaffen wir es vielleicht bis dahin, ohne allzu viel Aufmerksamkeit zu erregen.«

Letzten Endes erklärte ich mich damit einverstanden, nicht,

weil ich die Scharade guthieß, sondern weil es offenbar die einzige Möglichkeit war, ihn in mein Büro zu bekommen. Ich ergriff seinen linken Arm, er stützte seine rechte Hand auf die Tischkante und stemmte sich hoch. Es gelang uns, ohne größeres Schwanken durch die Cafeteria zu kommen, obwohl Jason den linken Fuß auf kaum zu übersehende Weise nachzog – zum Glück blickte niemand genauer hin. Im Korridor gingen wir dicht an der Wand entlang, wo das Schlurfen weniger auffällig war. Als plötzlich einer der Manager auftauchte, flüsterte Jason »Stopp!«, und wir stellten uns wie in beiläufiger Unterhaltung auf; Jason lehnte gegen einen Schaukasten, klammerte sich mit der rechten Hand so krampfhaft an dem Stahlregal fest, dass das Blut aus seinen Fingerknöcheln wich und ihm Schweißperlen auf die Stirn traten. Der Manager ging mit einem stummen Kopfnicken an uns vorbei.

Als wir schließlich den Eingang der Ambulanz erreichten, musste ich ihn bereits mehr oder weniger tragen. Zum Glück war Molly Seagram nicht am Platz – sobald ich die Tür geschlossen hatte, waren wir allein. Ich half Jason auf eine Liege in einem der Untersuchungszimmer, dann ging ich noch mal zum Empfang und hinterließ eine Notiz für Molly, damit gewährleistet war, dass wir ungestört blieben.

Als ich ins Untersuchungszimmer zurückkehrte, weinte Jason. Nicht laut heraus, aber ihm waren Tränen übers Gesicht gelaufen und hingen jetzt an seinem Kinn. »Es ist so furchtbar.« Er wollte mir nicht in die Augen sehen. »Ich konnte nichts machen. Tut mir so Leid, aber ich konnte nichts dagegen machen.«

Er hatte die Kontrolle über seine Blase eingebüßt.

Nachdem ich ihm in einen Krankenhauskittel geholfen hatte, spülte ich seine Kleidung im Waschbecken des Sprechzimmers aus und legte sie zum Trocknen an ein sonniges Fenster im nur selten benutzten Lagerraum hinter den Arzneischränken. Da heute kein großer Betrieb herrschte, hatte ich eine passende Begründung, um Molly für den Rest des Nachmittags frei zu geben.

Jason gewann seine Fassung halbwegs zurück, wenn er in dem Papierkittel auch einigermaßen kläglich aussah. »Du hast gesagt, es sei eine heilbare Krankheit. Was ist falsch gelaufen?«

»Man kann die Krankheit *behandeln*. Meistens, bei der Mehrzahl der Patienten. Aber es gibt Ausnahmen.«

»Wie, und ich bin eine davon? Ich habe in der Arschkartenlotterie gewonnen?«

»Du hast einen Rückfall. Das ist typisch für die Krankheit – Phasen starker Behinderung, gefolgt von Abschnitten der Remission. Vielleicht sprichst du nur langsam auf die Behandlung an. In einigen Fällen muss das Medikament erst einen gewissen Pegel im Körper erreicht haben, bevor es richtig wirken kann.«

»Es ist sechs Monate her, seit du das Rezept ausgeschrieben hast. Und es geht mir schlechter, nicht besser.«

»Wir können dich auf ein anderes Sklerostatin setzen und sehen, ob das besser wirkt. Die sind aber chemisch alle sehr ähnlich.«

»Das Medikament zu wechseln, würde also nichts bringen.«

»Vielleicht. Vielleicht auch nicht. Wir werden es versuchen.«

»Und wenn es nicht hilft?«

»Dann reden wir nicht mehr darüber, die Krankheit zu heilen, sondern darüber, sie zu managen. Selbst unbehandelt ist MS kein Todesurteil. Viele Leute erleben zwischen den Anfällen eine vollständige Remission und können ein relativ normales Leben führen.« Wenn auch, hütete ich mich hinzuzufügen, diese Fälle selten einen so aggressiven Verlauf aufwiesen, wie es bei Jason der Fall war. »Die übliche Rückfallbehandlung arbeitet mit einem Cocktail aus entzündungshemmenden Mitteln: selektive Proteininhibitoren und zielgerichtete CNS-Stimulanzien. Das kann sehr wirkungsvoll sein, um die Symptome zu unterdrücken und das Fortschreiten der Krankheit zu verlangsamen.«

»Gut«, sagte Jason. »Großartig. Schreib mir ein Rezept auf.«

»So einfach ist das nicht. Du könntest es mit Nebenwirkungen zu tun bekommen.«

»Welchen?«

»Vielleicht gar keinen. Vielleicht psychologischen Problemen – leichte Depressionen oder auch manische Phasen. Allgemeine körperliche Schwäche.«

»Ich wirke aber normal?«

»Aller Wahrscheinlichkeit nach.« Fürs Erste und vermutlich für weitere zehn oder fünfzehn Jahre, vielleicht sogar mehr. »Aber es ist eine Steuerungsmaßnahme, keine Heilung – ein Abbremsen, kein Anhalten. Die Krankheit wird zurückkehren, wenn du lange genug lebst.«

»Ein Jahrzehnt könntest du mir aber mit Sicherheit geben?«

»Soweit man sich in meinem Beruf überhaupt sicher sein kann.«

»Ein Jahrzehnt«, sagte er nachdenklich. »Oder eine Milliarde Jahre. Je nach Blickwinkel. Vielleicht reicht das. Es müsste reichen, glaubst du nicht?«

Ich fragte nicht: wofür reichen? »Aber inzwischen ...«

»Kein ›Inzwischen‹, Tyler. Ich kann es mir nicht erlauben, mich von meiner Arbeit zu entfernen, und ich möchte nicht, dass irgendjemand davon weiß.«

»Es ist nichts, wofür man sich schämen müsste.«

»Ich schäme mich nicht dafür.« Er deutete auf den Papierkittel. »Es ist scheißdemütigend, aber nicht beschämend. Es geht nicht um psychologische Probleme, es geht darum, was ich hier bei Perihelion mache. Was ich machen *darf*. E. D. hasst Krankheit, Tyler, er hasst jede Form von Schwäche. Er hat Carol von dem Tag an gehasst, als ihre Trinkerei zum Problem wurde.«

»Du glaubst also nicht, dass er Verständnis hätte?«

»Ich liebe meinen Vater, aber ich bin nicht blind für seine Fehler. Nein, er hätte kein Verständnis. Der ganze Einfluss, den ich bei Perihelion habe, hängt an ihm. Und das ist momentan ein bisschen heikel. Wir hatten in letzter Zeit einige Meinungsverschiedenheiten. Falls ich zur Belastung für ihn würde, würde er mich binnen einer Woche in irgendeine teure Klinik in der Schweiz oder auf Bali abschieben und sich sagen, dass es nur zu meinem Besten geschehe. Schlimmer noch, er würde es sogar *glauben*.«

»Was und wie viel du an die Öffentlichkeit dringen lässt, ist deine Sache. Aber du musst dich von einem Neurologen behandeln lassen, nicht von einem praktischen Arzt.«

»Nein.«

»Ich kann dich nicht guten Gewissens weiter behandeln, Jason, wenn du dich nicht zusätzlich einem Spezialisten anvertraust. Es war schon prekär genug, dich auf Tremex zu setzen, ohne vorher einen Hirnfachmann zu konsultieren.«

»Du hast die magnetische Resonanzspektroskopie und die Bluttests. Was brauchst du noch?«

»Am besten ein perfekt ausgestattetes Krankenhauslabor und einen Abschluss in Neurologie.«

»Blödsinn. Du hast selber gesagt, dass MS heutzutage keine so große Sache mehr ist.«

»Es sei denn, sie spricht nicht auf die Behandlung an.«

»Ich kann nicht ...« Er wollte weiter diskutieren, aber er war offensichtlich völlig erschöpft. Ermüdung konnte auch eines der Symptome seines Rückfalls sein; er hatte sich wenig Erholung gegönnt in den Wochen vor E. D.s Besuch. »Ich schlage dir folgende Abmachung vor: Ich lasse mich von einem Spezialisten begutachten, wenn du es diskret arrangieren kannst und wenn es nicht in meiner Perihelion-Akte auftaucht. Aber ich muss funktionstüchtig sein. Und zwar *morgen*. Funktionstüchtig heißt, ich kann ohne Hilfe laufen und pinkel mich nicht voll. Der Medikamentencocktail, von dem du gesprochen hast, wirkt der schnell?«

»Normalerweise ja, aber ohne neurologische Diagnostik ...«

»Tyler, hör zu, ich weiß wirklich zu schätzen, was du für mich getan hast, aber ich kann mir, wenn es nötig ist, auch einen kooperationswilligeren Arzt kaufen. Behandle mich jetzt, dann geh ich zu einem Spezialisten, dann tue ich alles, was du für richtig hältst. Aber wenn du glaubst, dass ich im Rollstuhl und mit einem Katheter im Schwanz zur Arbeit erscheine, dann liegst du total daneben.«

»Selbst wenn ich dir sofort etwas verschreibe, wird es dir nicht über Nacht besser gehen. Das dauert ein paar Tage.«

»Ich könnte vielleicht einige Tage frei machen.« Er dachte darüber nach. »Okay«, sagte er schließlich. »Ich möchte die Medikamente haben und ich möchte, dass du mich unauffällig hier rausschaffst. Wenn du das hinbekommst, begebe ich mich ganz in deine Obhut. Kein Widerspruch mehr.«

»Ärzte verhandeln nicht, Jase.«

»Akzeptier es so oder lass es bleiben, Hippokrates.«

Ich gab ihm nicht gleich den ganzen Cocktail – ich hatte nicht alle Medikamente vorrätig –, aber ich verabreichte ihm ein CNS-Stimulans, das ihm für die nächsten Tage zumindest die Kontrolle über seine Blase und die Fähigkeit, ohne Hilfe zu gehen, zurückgeben würde. Die Nebenwirkung war ein gereizter, eisiger Gemütszustand, vergleichbar, habe ich mir sagen lassen, mit dem Ende eines Kokainrausches. Es erhöhte den Blutdruck und ließ dunkle Taschen unter den Augen wachsen.

Wir warteten, bis der Großteil der Belegschaft nach Hause gegangen und nur noch die Nachtschicht auf dem Gelände war. Jase bewegte sich steif, aber überzeugend am Empfang vorbei zum Parkplatz, winkte einigen spät Feierabend machenden Kollegen lächelnd zu und sank dann auf den Beifahrersitz meines Autos. Ich fuhr ihn nach Hause.

Er hatte mich mehrmals in meinem kleinen Haus besucht, aber ich war noch nie bei ihm gewesen. Ich hatte etwas erwartet, das seinem Status bei Perihelion entsprach, tatsächlich aber war seine Schlafstatt – denn viel mehr als schlafen tat er dort offenbar nicht – eine bescheidene Eigentumswohnung mit allenfalls einem Viertel Blick aufs Meer. Eingerichtet hatte er sie mit einem Sofa, einem Fernseher, einem Schreibtisch, einigen Bücherregalen und einem Breitband-Medien/Internet-Anschluss. Die Wände waren kahl, außer über dem Schreibtisch, wo ein handgezeichnetes Schaubild festgeklebt war, das die Geschichte des Sonnensystems von der Geburt der Sonne bis zu ihrem Zerfall in einen weißen Zwerg zeigte, wobei sich die menschliche Geschichte an einem mit DER SPIN markierten Punkt von der Zeitgeraden abtrennte. Die Bücherregale waren voll mit Zeitschriften und wissenschaftlichen Texten, dazwischen genau drei gerahmte Fotos: E. D. Lawton, Carol Lawton und eine ziemlich spröde Aufnahme von Diane, die etliche Jahre alt sein musste.

Jason legte sich aufs Sofa, der Inbegriff eines Paradoxons: der Körper im Ruhezustand, die Augen in medikamentöser Hyperaufmerksamkeit geradezu gleißend. Ich ging in die kleine Küche und schlug ein paar Eier in die Pfanne (wir hatten beide seit dem Frühstück nichts gegessen), während Jason redete. Und redete. Und nicht aufhörte zu reden. »Natürlich«, sagte er irgendwann, »bin ich viel zu gesprächig, das ist mir vollkommen bewusst, aber an Schlaf ist im Moment nicht einmal zu denken. Lässt das irgendwann nach?«

»Wenn wir dich langfristig auf den Medikamentencocktail setzen, ja, dann wird die stimulierende Wirkung verschwinden.« Ich brachte ihm einen Teller Rührei ans Sofa.

»Es putscht wirklich auf. Wie diese Pillen, die manche Leute nehmen, wenn sie für eine wichtige Prüfung pauken. Aber für den Körper ist es beruhigend. Ich fühle mich wie eine Neonreklame auf einem leeren Gebäude. Hell erleuchtet, aber im Grunde hohl. Hey, die Eier sind sehr gut. Danke.« Er stellte den Teller beiseite. Er hatte gerade mal einen Löffel davon gegessen.

Ich saß an seinem Schreibtisch und betrachtete erneut die Skizze an der Wand, die karge Darstellung der Geschichte unseres Sonnensystems. Er hatte sie mit Filzstift auf gewöhnliches braunes Packpapier gezeichnet.

Jason folgte meinem Blick. »Offensichtlich«, sagte er, »erwarten sie, dass wir *irgendetwas* tun.«

»Wer?«

»Die Hypothetischen. Wenn wir sie denn so nennen müssen. Und das müssen wir wohl – alle tun es. Sie erwarten etwas von uns. Ich weiß nicht, was. Ein Geschenk, ein Zeichen, ein annehmbares Opfer.«

»Woher weißt du das?«

»Nun, es ist keine besonders originelle Vermutung. Warum ist die Spin-Barriere durchlässig für menschliche Artefakte wie Satelliten, nicht aber für Meteore oder gar Brownlee-Partikel? Offensichtlich handelt es sich gar nicht um eine *Barriere*, das war von Anfang an nicht der richtige Ausdruck.« Unter dem Einfluss des Stimulans schien Jason eine besondere Neigung für das Wort *offensichtlich* gefasst zu haben. »Offensichtlich«, sagte er, »ist es ein selektiver Filter. Wir wissen, dass er die zur Erde gelangende Energie filtert. Die Hypothetischen wollen also uns – oder jedenfalls die terrestrische Ökosphäre – erhalten, am Leben lassen. Aber warum gewähren sie uns Zugang zum Weltraum? Sogar nachdem wir versucht haben, die einzigen zwei spinbezogenen Artefakte zu bombardieren, die je gesichtet wurden? Worauf *warten* sie, Tyler? Was ist der Preis?«

»Vielleicht ist es kein Preis. Vielleicht ist es ein Lösegeld. Zahlt und wir lassen euch in Ruhe.«

Er schüttelte den Kopf. »Dafür, uns in Ruhe zu lassen, ist es zu spät. Jetzt brauchen wir sie. Und wir können die Möglichkeit noch immer nicht ausschließen, dass sie uns wohlgesonnen sind, oder zumindest gutartig. Ich meine, mal angenommen, sie wären nicht zu diesem Zeitpunkt aufgekreuzt. Was hätte uns erwartet? Es gibt viele Leute, die glauben, wir hätten vor unserem letzten Jahrhundert als lebensfähige Zivilisation gestanden, vielleicht sogar als Gattung. Globale Erwärmung, Überbevölkerung, das Sterben der Meere, der Verlust von Ackerland, die starke Zunahme von Krankheiten, die Drohung atomarer oder biologischer Kriegsführung ...«

»Wir hätten uns vielleicht selbst zerstört, aber es wäre wenigstens unsere eigene Schuld gewesen.«

»Stimmt das wirklich? *Wessen* Schuld denn genau? Deine? Meine? Nein, es wäre das Ergebnis relativ harmloser Entscheidungen von mehreren Milliarden Menschen gewesen: Kinder zu haben, mit dem Auto zur Arbeit zu fahren, den Job zu behalten, die kurzfristigen Probleme zuerst zu lösen. Wenn du an den Punkt gelangst, wo selbst deine trivialsten Handlungen womöglich mit dem Tod der Gattung bestraft werden, dann stehst du offensichtlich, ganz offensichtlich, an einem Scheideweg. Eine andere Art von kein Zurück mehr.«

»Ist es denn besser, von der Sonne vernichtet zu werden?«

»Das ist ja noch nicht geschehen. Und wir wären nicht der erste Stern, der ausbrennt. Die Galaxis ist übersät von weißen Zwergen, die womöglich aus einmal bewohnbaren Planeten entstanden sind. Hast du dich je gefragt, was mit *denen* passiert ist?«

»Sehr selten.« Ich stand auf und ging zum Bücherregal, zu den Familienfotos. Da war E. D., in die Kamera lächelnd – ein Mann, dessen Lächeln nie so ganz überzeugend war. Seine physische Ähnlichkeit mit Jason war markant (war offensichtlich, hätte Jason vielleicht gesagt). Die gleiche Maschine, anderer Geist.

»Wie könnte das Leben eine stellare Katastrophe überstehen? Offensichtlich hängt das davon ab, was ›Leben‹ ist. Sprechen wir von organischem Leben oder von einer beliebigen Form von autokatalytischer Feedbackschleife? Sind die Hypothetischen organisch? Was übrigens für sich schon eine interessante Frage ist ...«

»Du solltest wirklich versuchen, ein bisschen zu schlafen.« Es war nach Mitternacht. Er verwendete Wörter, die ich nicht verstand. Ich betrachtete das Foto von Carol. Hier war die Ähnlichkeit subtiler. Der Fotograf hatte sie an einem guten Tag erwischt: ihre Augen waren richtig geöffnet, nicht auf Halbmast, und obwohl ihr Lächeln unwillig war – ein kaum wahrnehmbares Heben der dünnen Lippen –, wirkte es nicht völlig unecht.

»Vielleicht nutzen sie die Sonne als Bergwerk. Wir haben aufschlussreiche Daten über Sonnenflackern. Offensichtlich erfordert das, was sie mit der Erde gemacht haben, große Mengen von Energie. Es ist das Gleiche, wie wenn du eine planetengroße Masse auf eine Temperatur nahe dem absoluten Nullpunkt herunterkühlst. Aber wo kommt die Energie her? Höchstwahrscheinlich von der Sonne. Wir haben eine markante Abnahme großen Sonnenflackerns seit dem Spin beobachtet. Irgendetwas, irgendeine Kraft oder Tätigkeit, nimmt womöglich Hochenergiepartikel auf, bevor sie in der Heliosphäre aufwogen. Die Sonne anzapfen, Tyler! Das ist ein Akt technologischer Hybris, der fast so erstaunlich ist wie der Spin selbst.«

Ich nahm Dianes Foto in die Hand. Es war vor ihrer Hochzeit mit Simon Townsend aufgenommen worden. Gut zum Ausdruck kam eine bestimmte charakteristische Unruhe, als habe sie gerade, von einem verwirrenden Gedanken überrascht, die Augen zusammengekniffen. Sie war schön, ohne sich Mühe zu geben, aber auch nicht ganz entspannt, voller Anmut, doch leicht aus dem Gleichgewicht geraten.

Ich hatte so viele Erinnerungen an sie. Nur waren sie inzwischen etliche Jahre alt, verschwanden in der Vergangenheit mit fast spinartiger Beschleunigung. Jason sah, dass ich das Bild in der Hand hielt, und war für einige segensreiche Augenblicke still. Dann sagte er: »Also wirklich, Tyler, diese Fixierung ist deiner nicht würdig.«

»Von einer Fixierung kann man schwerlich sprechen, Jase.«

»Warum? Weil du über sie weg bist oder weil du Angst vor ihr hast? Aber ich könnte ihr die gleiche Frage stellen – falls sie sich mal melden würde. Simon führt sie an der kurzen Leine.

Ich vermute, sie vermisst die alten NK-Zeiten, als die Bewegung noch voller nackter Unitarier und evangelikaler Hippies war. Der Preis der Frömmigkeit ist inzwischen ganz schön happig ... Aber sie spricht hin und wieder mit Carol.«

»Ist sie wenigstens glücklich?«

»Diane lebt unter Fanatikern. Sie ist vielleicht selber eine. Glück ist bei denen nicht vorgesehen.«

»Glaubst du, dass sie in Gefahr ist?«

Er zuckte mit den Achseln. »Ich glaube, sie führt das Leben, das sie für sich gewählt hat. Sie hätte andere Entscheidungen treffen können. Sie hätte zum Beispiel *dich* heiraten können, Tyler, wenn sie nicht diese lächerliche Vorstellung im Kopf gehabt hätte.«

»Vorstellung?«

»Dass E. D. dein Vater ist. Und sie deine leibliche Schwester.«

Ich trat allzu hastig vom Bücherregal weg, warf dabei die Bilder zu Boden. »Das ist doch lächerlich.«

»Vollkommen lächerlich. Aber ich glaube, endgültig verabschiedet hat sie sich davon erst, als sie auf dem College war.«

»Aber wie um Himmels willen kam sie denn darauf?«

»Es war ein reines Fantasiegebilde, keine Theorie. Denk mal nach. Es gab nie sehr viel Zuneigung zwischen Diane und E. D. Sie fühlte sich unbeachtet. Und in gewissem Sinne hatte sie Recht. E. D. hat nie eine Tochter haben wollen, er wollte einen Erben, einen männlichen Erben. Er hatte hohe Erwartungen und zufällig habe ich ihnen entsprochen. Diane war für ihn nur eine unnütze Ablenkung. Er erwartete, dass Carol sie aufzieht, und Carol ... Carol war dieser Aufgabe nicht gewachsen.«

»Und deshalb hat sie diese ... Geschichte erfunden?«

»Sie hat es als eine Schlussfolgerung angesehen. Es lieferte eine Erklärung dafür, dass E. D. deine Mutter und dich auf dem Grundstück hat wohnen lassen. Und es erklärte, warum Carol immerzu unglücklich war. Und vor allem fühlte sie sich selbst besser dabei. Deine Mutter war netter und herzlicher zu ihr, als

Carol es je war. Ihr gefiel die Vorstellung, mit der Familie Dupree blutsverwandt zu sein.«

Ich sah Jason an. Sein Gesicht war bleich, die Pupillen geweitet, der Blick distanziert und aufs Fenster gerichtet. Ich rief mir in Erinnerung, dass er mein Patient war, dass er eine psychologische Reaktion auf ein starkes Medikament zeigte, dass dies derselbe Mann war, der noch wenige Stunden zuvor angesichts seiner Inkontinenz in Tränen ausgebrochen war. »Ich sollte jetzt wirklich gehen, Jason.«

»Warum? Ist das alles so schockierend? Hast du gedacht, das Aufwachsen würde schmerzfrei verlaufen?« Dann plötzlich, noch bevor ich antworten konnte, wandte er den Kopf und blickte mir zum ersten Mal an diesem Abend in die Augen. »O je, mir kommt langsam der Verdacht, dass ich mich schlecht benommen habe.«

»Die Medikation ...«

»Ganz ungeheuerlich schlecht. Tyler, es tut mir Leid.«

»Du fühlst dich besser, wenn du eine Nacht geschlafen hast. Aber du solltest die nächsten paar Tage nicht zur Arbeit gehen.«

»Werde ich nicht. Kommst du morgen vorbei?«

»Ja.«

»Danke.«

Ich ging, ohne noch etwas zu sagen.


## HIMMLISCHER GARTENBAU

Es war der Winter der Startrampen.

Neue Abschussrampen waren nicht nur in Canaveral, sondern auch in der Wüste im Südwesten, in Südfrankreich und Äquatorialafrika, in Jiuquan und Xichang in China und in Baikonur und Svobodny in Russland errichtet worden; Rampen für die Saatgutfrachten zum Mars und besonders große Rampen für die sogenannten Riesengestelle, gewaltige Trägerraketen, die menschliche Freiwillige zu einem halbwegs bewohnbaren Mars transportieren sollten, falls das grobe Terraformen von Erfolg gekrönt war. Die Rampen wuchsen in diesem Winter wie Eisen- und Stahlwälder, reich und üppig, verwurzelt in Beton, bewässert mit reichlichen Mitteln aus dem Bundesetat.

Die ersten Saatgutraketen waren in gewisser Weise weniger spektakulär als die für sie gebauten Abschussvorrichtungen. Es waren Trägerraketen vom Fließband, massengefertigt nach alten Titan- und Deltaschablonen, kein Gramm oder Mikrochip komplizierter als unbedingt nötig, und als der Winter in den Frühling überging, da bevölkerten sie ihre Rampen in geradezu beängstigender Anzahl, wie Baumwollhülsen vor dem Aufplatzen, auf dem Sprung, einem fernen, sterilen Boden Leben zuzuführen.

In gewissem Sinne herrschte auch Frühling im ganzen Sonnensystem – oder jedenfalls ein verlängerter Altweibersommer. Die bewohnbare Zone breitete sich nach außen aus, während die Sonne ihren Heliumkern erschöpfte, umfasste nach und nach den Mars, wie sie später auch den wasserhaltigen Jupitermond Ganymed umfassen würde, ein weiteres potenzielles Objekt zur Terraformung. Auf dem Mars hatten im Laufe von Millionen von wärmenden Sommern gewaltige Massen von gefrorenem $CO_2$ und wässrigem Eis begonnen, in die Atmosphäre zu sublimieren. Zu Beginn des Spins hatte der atmosphärische Druck auf Bodenhöhe ungefähr acht Millibar betragen, die Luft war ähnlich dünn wie auf der Erde etwa fünf Kilometer über dem Gipfel des Mount Everest. Inzwischen hatte der Planet, selbst ohne menschliche Intervention, ein Klima entwickelt, das dem einer in Kohlendioxid getauchten arktischen Bergregion entsprach – nach marsianischen Maßstäben ausgesprochen milde.

Und wir hatten die Absicht, diesen Prozess weiterzutreiben. Wollten die Luft des Planeten mit Sauerstoff anreichern, wollten seine Tiefebenen begrünen, wollten Teiche schaffen, wo gegenwärtig noch das periodisch tauende Eis in Geysire aus Wasserdampf ausbrach oder einen giftigen Schlamm bildete.

Wir waren gefährlich optimistisch in diesem Winter der Startrampen.

Am 3. März, kurz vor den geplanten ersten Saatgutstarts, rief Carol Lawton mich zu Hause an und berichtete mir, dass meine Mutter einen schweren Schlaganfall erlitten hätte und die Ärzte mit ihrem baldigen Tod rechneten.

Ich organisierte eine Vertretung bei Perihelion, fuhr nach Orlando und buchte den ersten Flug am Morgen nach D.C.

Carol holte mich am Reagan International ab, in offenbar nüchternem Zustand. Sie breitete die Arme aus, und ich schloss sie in meine, diese Frau, die mir in all den Jahren, in denen ich auf ihrem Grundstück gelebt hatte, nie anders als mit verwirrter Gleichgültigkeit begegnet war. Dann trat sie einen Schritt zurück und legte ihre zitternden Hände auf meine Schultern. »Es tut mir so Leid, Tyler.«

»Lebt sie noch?«

»Ja. Komm, draußen wartet ein Wagen auf uns. Wir können während der Fahrt reden.«

Ich folgte ihr zu einem Auto, das wohl von E. D. zur Verfügung gestellt worden war, eine schwarze Limousine mit Regierungsplakette. Der Fahrer sprach kaum ein Wort, während er mein Gepäck in den Kofferraum lud, tippte sich lediglich an die Mütze, als ich ihm dankte. Nachdem wir eingestiegen waren, fuhr er, ohne erst eine entsprechende Anweisung entgegenzunehmen, in Richtung George-Washington-Universitätsklinik.

Carol war dünner, als ich sie in Erinnerung hatte – sie versank wie ein Vogel in den Lederpolstern. Sie zog ein Baumwolltaschentuch aus ihrer winzigen Handtasche und betupfte sich die Augen. »Dieses lächerliche Geheule. Gestern habe ich meine Kontaktlinsen verloren. Praktisch aus den Augen rausgeweint, das musst du dir mal vorstellen. Es gibt Dinge, die man als selbstverständlich betrachtet. Für mich war es die Tatsache, dass ich deine Mutter im Haus hatte, die für Ordnung sorgte. Oder einfach das Wissen, dass sie in der Nähe war, auf der anderen Seite des Rasens. Ich bin nachts immer aufgewacht – ich schlafe nicht sehr gut, was dich vermutlich nicht überraschen wird –, ich bin also nachts aufgewacht und hatte das Gefühl, die Welt sei zerbrechlich und ich könnte hindurchfallen, direkt durch den Fußboden durch, und ewig weiterfallen. Dann hab ich immer an sie gedacht, drüben im Kleinen Haus, mit ihrem gesunden Schlaf, tief und fest. Es war wie ein gerichtsverwertbarer Beweis. Beweisstück A, Belinda Dupree, oder: es gibt einen inneren Frieden. Sie war der Grundpfeiler des ganzen Haushalts, Tyler, ob du es gewusst hast oder nicht.«

Vermutlich hatte ich es gewusst. Im Grunde war alles ein und derselbe Haushalt gewesen, wenn ich auch als Kind vorwiegend die Unterschiede wahrgenommen hatte: mein Haus, bescheiden, aber ruhig und friedlich, und das Große Haus, wo die Spielsachen teurer, die Auseinandersetzungen aber auch heftiger waren.

Ich fragte sie, ob E. D. im Krankenhaus gewesen sei.

»E. D.? Nein, der hat zu tun. Um Raumschiffe zum Mars zu schicken, muss man wohl ganz furchtbar oft in der Innenstadt essen gehen. Ich weiß, dass es das ist, was Jason in Florida festhält, aber ich glaube, Jason befasst sich mit der praktischen Seite der Angelegenheit – falls sie eine praktische Seite *hat* –, während E. D. mehr den Bühnenzauberer gibt, der das Geld aus allen möglichen Hüten zieht. Aber du wirst E. D. sicherlich bei der Beerdigung sehen.« Ich zuckte zusammen, worauf sie mich entschuldigend ansah. »Für den Fall, dass. Aber die Ärzte sagen ...«

»Dass sie sich nicht wieder erholen wird.«

»Sie liegt im Sterben, ja. Das sag ich dir als Kollegin. Weißt du das noch, Tyler? Ich hatte mal eine Arztpraxis. Damals, als ich zu so etwas noch fähig war. Und jetzt bist du ein Arzt mit eigener Praxis. Mein Gott!«

Ich war dankbar für ihre Direktheit. Vielleicht hatte es mit der ungewohnten Nüchternheit, der Ernüchterung, zu tun. Da war sie wieder in der hell erleuchteten Welt, der sie zwanzig Jahre lang aus dem Weg gegangen war, und musste feststellen, dass diese Welt noch immer genauso schrecklich war, wie sie sie in Erinnerung hatte.

Wir betraten die Klinik. Carol hatte sich dem Pflegepersonal auf der Intensivstation bereits vorgestellt, daher gingen wir direkt zum Zimmer meiner Mutter. Als Carol an der Tür zögerte, sagte ich: »Kommen Sie mit rein?«

»Ich – nein, ich glaube nicht. Ich habe mich schon einige Male verabschiedet. Ich muss mich irgendwo aufhalten, wo es nicht nach Desinfektionsmitteln riecht. Ich werde auf dem Parkplatz mit den Rollbahrenschiebern eine rauchen. Treffen wir uns da?«

Ich nickte.

Meine Mutter war ohne Bewusstsein; an lebenserhaltende Apparate angeschlossen, die Atmung von einer Maschine reguliert, die mit jedem Heben und Senken des Brustkorbs ächzte. Ihre Haare waren weißer, als ich sie in Erinnerung hatte. Ich streichelte ihre Wange, aber sie reagierte nicht.

Aus einem fehlgeleiteten ärztlichen Instinkt heraus schob ich eins ihrer Augenlider nach oben, vermutlich mit der Absicht, die Erweiterung ihrer Pupillen zu kontrollieren. Aber sie hatte nach dem Schlaganfall Blutungen im Auge erlitten. Es war rot wie eine Kirschtomate.

Ich verließ das Krankenhaus gemeinsam mit Carol, lehnte aber ihre Einladung zum Essen ab und erklärte, ich würde mir selbst etwas machen. Sie sagte: »Es ist bestimmt etwas in der Küche deiner Mutter, aber wenn du ins Große Haus kommen möchtest, bist du mehr als willkommen. Auch wenn es momentan etwas unordentlich ist, jetzt wo deine Mutter sich nicht mehr darum kümmern kann. Aber ich bin sicher, wir können dir noch ein passables Gästezimmer anbieten.«

Ich bedankte mich, gab aber zu verstehen, dass ich lieber auf der anderen Seite des Rasens bleiben wolle.

»Gib Bescheid, falls du deine Meinung änderst.« Sie starrte von der Kiesauffahrt über den Rasen hinweg zum Kleinen Haus, als würde sie es seit Jahren zum ersten Mal wieder klar sehen. »Hast du noch einen Schlüssel?«

»Ja, hab ich.«

»Also gut. Dann lass ich dich allein. Das Krankenhaus hat beide Nummern, falls sich ihr Zustand verändert.« Sie umarmte mich wieder und stieg die Verandastufen mit einer Entschlossenheit hinauf, die vermuten ließ, sie habe das Trinken jetzt lange genug aufgeschoben.

Ich ging in das Haus meiner Mutter. Mehr ihres als meines, dachte ich, obwohl die Spuren meiner Anwesenheit nicht gelöscht worden waren. Als ich auf die Universität umgezogen war, hatte ich mein kleines Zimmer leergeräumt und alles eingepackt, was mir wichtig war, doch meine Mutter hatte das Bett stehen lassen und die entstandenen Lücken – die Holzregale, die Fensterbank – mit eingetopften Pflanzen aufgefüllt, die jetzt in ihrer Abwesenheit rasch eingingen. Ich goss sie erst einmal. Auch das übrige Haus war ordentlich und aufgeräumt. Diane hatte die haushälterische Tätigkeit meiner Mutter einmal als »linear« bezeichnet, womit sie wohl meinte: auf Ordnung bedacht, aber nicht besessen. Ich inspizierte das Wohnzimmer, die Küche, warf einen Blick in ihr Schlafzimmer. Nicht alles war an seinem Platz. Aber alles *hatte* seinen Platz.

Bei Einbruch der Dunkelheit zog ich die Vorhänge zu und schaltete alle Lampen in allen Zimmern ein, machte mehr Licht, als meine Mutter je, zu welcher Zeit auch immer, für angemessen gehalten hatte. Es war eine Deklaration gegen den Tod. Ich fragte mich, ob Carol das Leuchten über die winterbraune Kluft hinweg bemerken, und wenn ja, ob sie es tröstlich oder erschreckend finden würde.

E. D. kam an diesem Abend gegen neun Uhr nach Hause und er besaß den Anstand, an die Tür zu klopfen und sein Mitgefühl auszudrücken. Er schien sich unbehaglich zu fühlen unter der Verandalampe, sein maßgeschneiderter Anzug leicht zerknittert. Sein Atem dampfte in der Abendkälte. Er tastete seine Taschen ab, an der Brust, an der Hüfte, unbewusst, als habe er etwas vergessen oder als wisse er einfach nicht, was er mit seinen Händen anstellen sollte. »Es tut mir Leid, Tyler«, sagte er.

Seine Beileidsbekundung schien mir doch reichlich verfrüht, so als ob der Tod meiner Mutter eine nicht nur unvermeidliche, sondern bereits vollendete Tatsache sei. Er hatte sie bereits abgeschrieben. Aber sie atmete noch, dachte ich, oder nahm jedenfalls noch Sauerstoff auf, etliche Kilometer entfernt, ganz allein in ihrem Krankenhauszimmer. »Vielen Dank, Mr. Lawton.«

»Um Gottes willen, Tyler, sag E. D. zu mir. Alle anderen tun es auch. Jason hat mir erzählt, dass du gute Arbeit leistest unten bei Perihelion Florida.«

»Meine Patienten beschweren sich nicht.«

»Großartig. Jeder Beitrag zählt, und sei er noch so klein. Hör mal, hat Carol dich hier draußen untergebracht? Wir haben natürlich auch ein Gästezimmer für dich bereit, wenn du möchtest.«

»Ich bin zufrieden, so wie es ist.«

»Okay, das verstehe ich. Klopf einfach an die Tür, wenn du etwas brauchst, in Ordnung?«

Er schlenderte zurück zum Großen Haus. Es war viel und ausführlich über Jasons Genie geredet worden, sowohl in der Presse als auch in der Familie, aber ich rief mir jetzt in Erinnerung, dass auch E. D. auf diese Bezeichnung Anspruch erheben konnte. Er hatte aus einem Ingenieurspatent und reichlich geschäftlicher Begabung ein großes Industrieunternehmen gemacht und zu einer Zeit, als Americom und AT&T noch wie ein schreckenstarres Reh in den Spin blinzelten, aerostatgestützte Telekommunikationsbandbreite verkauft. Was ihm fehlte, war nicht Jasons Intelligenz, sondern Jasons Witz und Jasons unerschöpfliche Neugier in Bezug auf das physikalische Universum. Und vielleicht auch ein Schuss von Jasons Humanität.

Dann war ich wieder allein, zu Hause und doch nicht zu Hause. Ich saß auf dem Sofa und wunderte mich darüber, wie wenig sich dieses Zimmer verändert hatte. Früher oder später würde es meine Aufgabe sein, alles zu entsorgen, was sich im Haus befand, etwas, das ich mir kaum ausmalen konnte, eine Aufgabe, die noch schwerer, noch absurder war als die, Leben auf einem anderen Planeten zu entwickeln. Und vielleicht führte das Nachdenken über diesen Akt des Verschwindenlassens dazu, dass ich auf dem obersten Brett des Regals neben dem Fernseher eine Lücke bemerkte.

Es fiel mir deshalb auf, weil meines Wissens diesem Brett in all den Jahren, die ich hier gewohnt hatte, nie mehr als ein oberflächliches Abstauben zuteil geworden war. Das oberste Brett war der Dachboden im Leben meiner Mutter. Ich hätte alles, was sich auf diesem Regalbrett befand, mit geschlossenen Augen und in der korrekten Reihenfolge aufzählen können: Ihre High-School-Jahrbücher (Martell Secondary School in Bingham, Maine, 1975, 76, 77, 78); ihr Berkeley-Studienbuch (1982); ein Jadebuddha als Buchstütze; ihr Diplom in einem Plastikrahmen zum Hinstellen; die braune Fächermappe, in der sie Geburtsurkunde, Reisepass und Steuerdokumente aufbewahrte; sowie, gestützt von einem weiteren grünen Buddha, drei ramponierte New-Balance-Schuhkartons mit der jeweiligen Aufschrift ANDENKEN (AUSBILDUNG), ANDENKEN (MARCUS) und VERMISCHTES.

Aber jetzt stand die zweite Buddha-Statue schief und der Karton mit der Aufschrift ANDENKEN (AUSBILDUNG) fehlte.

Ich nahm an, dass sie ihn selbst heruntergenommen hatte, obwohl ich ihn nirgends sonst im Haus gesehen hatte. Die einzige der drei Schachteln, die sie in meiner Gegenwart regelmäßig geöffnet hatte, war VERMISCHTES. Sie war vollgestopft gewesen mit Konzertprogrammen und Ticketabrissen, spröde gewordenen Zeitungsausschnitten (einschließlich der Todesanzeigen für ihre Eltern), eine Souvenir-Anstecknadel in Form des Schoners *Bluenose* von ihrer Hochzeitsreise in Nova Scotia, Streichholzbriefchen verschiedenster Hotels und Restaurants, die sie besucht hatte, Modeschmuck, ein Taufschein, sogar eine Locke meiner ersten Haare, aufbewahrt in einem mit einer Sicherheitsnadel verschlossenen Stück Wachspapier.

Ich nahm die andere Schachtel herunter, die mit der Aufschrift ANDENKEN (MARCUS). Ich war nie besonders neugierig gewesen, was meinen Vater betraf, und meine Mutter hatte auch nicht viel über ihn erzählt, nichts was über ein paar dürre persönliche Merkmale hinausging: ein gut aussehender Mann, Ingenieur von Beruf, sammelte Jazzplatten, E. D.s bester Freund auf dem College, aber ein schwerer Trinker und schließlich, eines Nachts auf der Heimfahrt von einem Elektroniklieferanten in Milpitas, ein Opfer seiner Leidenschaft für schnelle Autos. In dem Karton befand sich ein Packen Briefe in Pergamentumschlägen, adressiert in einer schnörkellosen, sauberen Handschrift, die ihm gehört haben musste. Er hatte die Briefe an Belinda Sutton geschrieben, der Mädchenname meiner Mutter, an eine Adresse in Berkeley, die mir nichts sagte.

Ich öffnete einen der Umschläge, zog den vergilbten Bogen Papier heraus und faltete ihn auseinander.

Es war unliniertes Papier, aber die Handschrift zog sich dennoch in kurzen, sehr ordentlichen Parallelen über die Seite. *Liebe Bel,* las ich. *Ich dachte, gestern Abend am Telefon hätte ich bereits alles gesagt, aber ich kann nicht aufhören, an Dich zu denken. Dies zu schreiben ist so, als seist du mir näher, wenn auch nicht so nahe, wie ich mir wünschen würde. Nicht so nahe wie im letzten August! Jede Nacht, in der ich mich nicht neben dich legen kann, spiel ich mir diese Erinnerung vor wie ein Videoband.*

Es folgte noch mehr, aber ich las nicht weiter. Ich faltete den Brief zusammen und steckte ihn in seinen Umschlag zurück, machte den Karton zu und stellte ihn dahin, wo er hingehörte.

Am nächsten Morgen klopfte es an der Tür. Ich öffnete sie in der Erwartung, Carol oder einen Bediensteten aus dem Großen Haus vor mir zu sehen.

Aber es war nicht Carol. Es war Diane. Diane in einem mitternachtsblauen bodenlangen Rock und einer Bluse mit hohem Kragen. Sie rang die Hände unter der Brust und sah mich mit funkelnden Augen an. »Es tut mir so Leid«, sagte sie. »Ich bin sofort gekommen, als ich davon hörte.«

Aber zu spät. Zehn Minuten vorher hatte das Krankenhaus angerufen. Belinda Dupree war gestorben, ohne das Bewusstsein wiedererlangt zu haben.

Bei der Trauerfeier hielt E. D. eine kurze, eher verlegene Ansprache und sagte nichts von Bedeutung. Ich sprach, Diane sprach, Carol wollte eigentlich sprechen, war aber am Ende zu sehr in Tränen aufgelöst oder zu alkoholisiert, um die Kanzel zu besteigen.

Dianes Rede war die bewegendste, angemessen und von Herzen kommend, ein Katalog der Freundlichkeiten, die meine Mutter über den Rasen exportiert hatte wie Geschenke aus einem reicheren, liebevolleren Land. Ich war ihr dankbar. Der Rest der Zeremonie wirkte im Vergleich dazu mechanisch: flüchtig bekannte Gesichter lösten sich aus der Menge, um Erbauliches oder Halbwahres aufzusagen, und ich dankte ihnen und lächelte, dankte ihnen und lächelte, bis es Zeit war, zum Grab zu gehen.

Die Feier wurde am Abend mit einem Empfang im Großen Haus fortgesetzt, wo ich Beileidsbekundungen von E. D.s Geschäftspartnern, die ich alle nicht kannte, die aber zum Teil meinen Vater gekannt hatten, sowie von den Hausbediensteten entgegennahm, deren Trauer echter und schwerer zu ertragen war.

Partyserviceleute schlängelten sich mit gefüllten Weingläsern auf Silbertabletts durch die Menge und ich trank mehr, als mir gut tat, bis Diane, die ebenfalls geschmeidig durch die Gästeschar geglitten war, mich von einer weiteren Runde »herzlicher Anteilnahme für Ihren schmerzlichen Verlust« fortzog und sagte: »Du brauchst frische Luft.«

»Es ist kalt draußen.«

»Wenn du so weitertrinkst, wirst du unleidlich. Bist schon auf dem besten Weg dazu. Komm, Ty. Nur ein paar Minuten.«

Also raus auf den Rasen. Den braunen Mittwinterrasen. Den gleichen Rasen, auf dem wir vor fast zwanzig Jahren die Anfangsmomente des Spins erlebt hatten. Wir schritten den Umkreis des Großen Hauses ab, schlenderten eigentlich eher, trotz der steifen Märzbrise und des körnigen Schnees, der sich auf allen geschützten und schattigen Stellen gehalten hatte.

Alles Naheliegende hatten wir bereits gesagt. Wir hatten biografische Daten abgeglichen: meine berufliche Laufbahn, der Umzug nach Florida, meine Arbeit bei Perhelion; ihr Leben mit Simon, der allmähliche Übergang von NK zu einer milderen Orthodoxie, die der Entrückung mit Frömmigkeit und Selbstzucht entgegensah. (»Wir essen kein Fleisch«, hatte sie mir anvertraut. »Wir tragen keine Kunstfasern.« Und wie ich so, ein bisschen benommen, neben ihr ging, fragte ich mich, ob ich in ihren Augen abscheulich oder abstoßend geworden war, ob sie die Schinken-und-Käse-Beimischung meines Atems registrierte, oder die Baumwoll/Polyester-Jacke, die ich trug.) Sie hatte sich nicht sehr verändert, war allerdings etwas dünner als früher, dünner vielleicht als zuträglich, denn ihre Kinnlinie zeichnete sich doch recht schroff vor dem hohen, engen Kragen ab.

Ich war noch nüchtern genug, ihr dafür zu danken, dass sie mich nüchtern machen wollte.

»Ich musste da auch dringend weg. All diese Leute, die E. D. eingeladen hat. Keiner von denen hat deine Mutter in irgendeiner relevanten Weise gekannt, kein einziger. Die unterhalten sich alle über Mittelzuweisungen oder Nutzlasttonnagen. Schließen Geschäfte ab oder bereiten sie vor.«

»Vielleicht ist das E. D.s Art, ihr Ehre zu erweisen. Den Leichenschmaus mit politischer Prominenz würzen.«

»Das ist eine sehr großmütige Interpretation.«

»Er macht dich immer noch wütend.« Und so leicht, dachte ich.

»E. D.? Natürlich. Obwohl es gütiger wäre, ihm zu vergeben. Was du anscheinend getan hast.«

»Ich habe ihm weniger zu vergeben. Er ist ja nicht mein Vater.«

Ich hatte das ganz ohne Hintergedanken, ja ohne Absicht, ausgesprochen. Aber noch immer spukte das, was Jason mir vor einigen Wochen erzählt hatte, in meinen Gedanken herum. Ich verschluckte mich an der Bemerkung, wollte sie schon zurücknehmen, bevor ich sie ganz ausgesprochen hatte, wurde rot, als sie heraus war. Diane sah mich erst verständnislos an, dann weiteten sich ihre Augen und ein Ausdruck trat in ihr Gesicht, in dem sich Zorn und Verlegenheit so deutlich mischten, dass ich ihn trotz der trüben Lichtverhältnisse ohne Schwierigkeiten interpretieren konnte.

»Du hast mit Jason gesprochen«, sagte sie kalt.

»Tut mir Leid ...«

»Wie muss man sich das genau vorstellen? Ihr beiden sitzt zusammen und macht euch über mich lustig?«

»Natürlich nicht. Er ... Was Jason gesagt hat, das kam alles von den Medikamenten.«

Ein weiterer grotesker Fauxpas. Sie sprang sofort darauf an: »Was für Medikamente?«

»Ich bin sein praktischer Arzt. Manchmal verschreib ich ihm etwas. Ist das irgendwie wichtig?«

»Was sind das für Medikamente, die dich veranlassen, ein Versprechen zu brechen, Tyler? Er hat versprochen, dir nie etwas davon zu sagen ... Ist Jason krank? Ist er deshalb nicht zur Beerdigung gekommen?«

»Er hat viel zu tun. Es sind nur noch wenige Tage bis zu den ersten Raketenstarts.«

»Aber aus irgendeinem Grund ist er bei dir in Behandlung.«

»Ich kann mich hier nicht über seine Krankengeschichte auslassen, das würde gegen die ärztliche Schweigepflicht verstoßen«, sagte ich, obwohl mir klar war, dass ich damit erst recht ihr Misstrauen erregen würde. Ich verriet sein Geheimnis gerade dadurch, dass ich darauf bestand, es zu wahren.

»Das wäre typisch für ihn, krank zu werden und keinem von uns etwas zu sagen. Er ist so, so *hermetisch verschlossen* ...«

»Vielleicht solltest du die Initiative ergreifen. Ruf ihn einfach mal an.«

»Glaubst du denn, das tue ich nicht? Hat er dir das auch erzählt? Eine Zeit lang hab ich ihn jede Woche angerufen. Aber er hat dann einfach diesen hohlen Charme angeknipst und sich geweigert, irgendwas von Bedeutung zu sagen. Wie geht's, mir geht's gut, was gibt's Neues, nichts. Er will nichts von mir hören, Tyler, er ist voll auf E. D.s Seite. Ich bin ihm nur peinlich.« Sie machte eine kurze Pause. »Es sei denn, daran hätte sich etwas geändert.«

»Ich weiß nicht, was sich geändert hat. Aber vielleicht solltest du ihn besuchen, direkt mit ihm reden.«

»Wie sollte ich das anfangen?«

Ich zuckte mit den Achseln. »Nimm dir noch eine Woche frei. Flieg mit mir zurück.«

»Du hast gesagt, er hätte zu tun.«

»Sobald die Raketen gestartet sind, heißt es nur noch: abwarten und Tee trinken. Du kannst mit uns nach Canaveral kommen. Zusehen, wie Geschichte gemacht wird.«

»Diese Raketenstarts sind nutzlos«, erklärte sie, aber es klang wie etwas Angelerntes. »Ich würde schon gern, ich kann es mir nur nicht leisten. Simon und ich kommen zurecht, aber wir sind nicht reich. Wir sind keine Lawtons.«

»Ich spendier dir das Flugticket.«

»Du bist ein freigiebiger Betrunkener.«

»Ich mein es ernst.«

»Danke, aber nein. Das kann ich nicht annehmen.«

»Überleg es dir in Ruhe.«

»Frag mich noch mal, wenn du nüchtern bist.« Und dann, als wir die Stufen zur Veranda hinaufstiegen und das gelbe Licht auf ihre Augen fiel, sagte sie: »Ganz gleich, was ich einmal geglaubt haben mag – und ganz gleich, was ich vielleicht zu Jason gesagt habe ...«

»Du brauchst das nicht zu sagen, Diane.«

»Ich weiß, dass E. D. nicht dein Vater ist.«

Was ich allerdings interessant fand an diesem Widerruf, war die Art, wie sie ihn vorbrachte. Fest und entschieden. Als wisse sie es inzwischen besser. Als habe sie eine andere Wahrheit entdeckt, einen alternativen Schlüssel zu den Geheimnissen der Lawtons.


Diane ging ins Große Haus zurück. Ich beschloss, dass ich weitere Sympathiebekundungen nicht ertragen könne, und verzog mich ins Haus meiner Mutter, das überheizt und stickig wirkte.

Am nächsten Tag sagte Carol, dass ich mir ruhig Zeit damit lassen könne, die Sachen meiner Mutter auszuräumen, »etwas zu arrangieren«, wie sie sich ausdrückte. Mit dem Kleinen Haus würde nichts passieren, sagte sie. Warte einen Monat. Ein Jahr. Ich könne »etwas arrangieren«, sobald ich Zeit dazu hätte und es keine seelische Belastung für mich darstellte.

Dass die seelische Belastung verschwinden würde, hielt ich

für unwahrscheinlich; trotzdem bedankte ich mich für ihre Geduld und verbrachte den Tag damit, für den Rückflug nach Orlando zu packen. Mir machte die Vorstellung zu schaffen, dass ich etwas, das meiner Mutter gehört hatte, mitnehmen sollte; dass sie sich gewünscht hätte, ich würde ein Andenken an sie behalten und es meinerseits in einem Schuhkarton aufbewahren. Aber was? Eine ihrer Hummelfiguren, die sie geliebt hatte, die aber in meinen Augen nur teurer Kitsch waren? Den Kreuzstich-Schmetterling an der Wohnzimmerwand, den »Wasserlilien«-Druck im selbstgebastelten Rahmen?

Während ich noch mit mir zu Rate ging, tauchte Diane in der Tür auf. »Steht das Angebot noch? Der Flug nach Florida? War das dein Ernst?«

»Selbstverständlich.«

»Ich hab nämlich mit Simon gesprochen. Er ist zwar nicht übermäßig begeistert von dem Plan, aber er meint, er würde schon noch ein paar Tage allein zurechtkommen.«

Wie rücksichtsvoll von ihm, dachte ich.

»Also, es sei denn ... ich meine, du hattest einiges getrunken ...«

»Sei nicht albern. Ich ruf die Fluggesellschaft an.«

Ich buchte einen Platz auf Dianes Namen für den ersten Flug am nächsten Tag.

Dann packte ich zu Ende. Was die Besitztümer meiner Mutter betraf, so entschied ich mich schließlich für die beiden leicht angestoßenen Jadebuddha-Buchstützen.

Ich suchte im ganzen Haus, sah sogar unter den Betten nach, aber der fehlende Karton ANDENKEN (AUSBILDUNG) schien auf Dauer verschwunden zu sein.

# SCHNAPPSCHÜSSE DER ÖKOPOIESIS

Jason schlug vor, wir sollten uns Zimmer in Cocoa Beach nehmen und dort auf ihn warten, er werde dann am nächsten Tag zu uns stoßen. Er musste noch eine letzte Fragerunde mit den Medien bestreiten, hatte sich aber die Zeit vor den Starts freigehalten, weil er diese erleben wollte, ohne von einer CNN-Crew mit dümmlichen Fragen gelöchert zu werden.

»Toll«, sagte Diane, als ich diese Information an sie weitergab. »Dann kann ich ja all die dümmlichen Fragen selbst stellen.«

Es war mir gelungen, sie in Hinsicht auf Jasons Gesundheitszustand zu beruhigen: nein, er werde nicht sterben, und sofern es irgendwelche Signallichter in seiner Krankenakte gebe, sei das ganz allein seine Angelegenheit. Sie akzeptierte das, oder schien es jedenfalls zu akzeptieren, wollte ihn aber trotzdem sehen, und sei es nur, um sich Gewissheit zu verschaffen – als habe der Tod meiner Mutter ihren Glauben an die Fixsterne des Lawton-Universums nachhaltig erschüttert.

Also nutzte ich meinen Perihelion-Ausweis und meinen Kontakt zu Jase, um uns zwei benachbarte Suiten in einem Holiday Inn mit Ausblick auf Canaveral zu mieten. Nicht lange, nachdem das Mars-Projekt ersonnen und die Einwände der Umweltschutzbeauftragten gehört und ignoriert worden waren, hatte man ein Dutzend Flachwasser-Abschussrampen errichtet und vor der Küste von Merritt Island verankert. Es waren diese Bauwerke, die wir von unserem Hotel aus besonders gut sehen konnten. Ansonsten bestand die Aussicht aus Parkplätzen, Winterstränden, blauem Wasser.

Wir standen auf dem Balkon ihrer Suite. Sie hatte geduscht und sich umgezogen, und wir wollten jetzt nach unten gehen, um uns den Herausforderungen des Hotelrestaurants zu stellen. Auf allen anderen Balkonen, soweit wir sie sehen konnten, drängten sich die Kameras und Fotoobjektive – das Holiday Inn war ein ausgewiesenes Pressehotel (Simon mochte den säkularen Medien misstrauen, aber Diane war plötzlich mittendrin statt nur dabei). Wir konnten die untergehende Sonne nicht sehen, doch fiel ihr Licht auf die fernen Startrampen und Raketen, was diese eher ätherisch als real erscheinen ließ, wie eine Schwadron von Riesenrobotern, die zu irgendeiner Schlacht im Mittelatlantischen Graben abmarschierten. Diane trat einen Schritt von der Brüstung zurück, als würde sie der Anblick erschrecken. »Warum sind es denn bloß so viele?«

»Ökopoiesis mit der Schrotflinte«, erwiderte ich.

Sie lachte, es klang ein bisschen vorwurfsvoll. »Ist das ein Ausdruck von Jason?«

War es nicht, jedenfalls nicht ganz. »Ecopoiesis« war ein Ausdruck, der von einem gewissen Robert Haynes im Jahre 1990 geprägt wurde, zu einer Zeit, als Terraformung noch eine rein spekulative Wissenschaft war. Gemeint war streng genommen die Schaffung einer sich selbst regulierenden anaerobischen Biosphäre, wo vorher keine existiert hatte, doch der moderne Sprachgebrauch bezeichnete damit jede rein biologische Einwirkung auf den Mars. Zur Begrünung des Mars waren zwei Varianten des planetarischen Bauens erforderlich: grobe Terraformung, um die Oberflächentemperatur und den atmosphärischen Druck zu erhöhen, bis annehmbare Lebensbedingungen entstanden; und Ökopoiesis, die Verwendung von mikrobischem und pflanzlichem Leben, um den Boden aufzubereiten und die Luft mit Sauerstoff anzureichern.

Die schwere Arbeit hatte der Spin schon für uns erledigt: Sämtliche Planeten des Sonnensystems – mit Ausnahme der Erde – waren durch die Ausdehnung der Sonne beträchtlich erwärmt worden. Was zu tun blieb, war die Feinarbeit – Ökopoiesis. Freilich gab es eine Vielzahl möglicher Wege dahin, viele Kandidaten unter den einzusetzenden Organismen, von felsenbewohnenden Bakterien bis hin zu Hochgebirgsmoosen.

»Schrotflinte also deshalb«, spekulierte Diane, »weil ihr sie alle losschickt.«

»So viele, wie's irgend geht, weil es bei keinem der Organismen eine Garantie gibt, dass er sich anpasst und überlebt. Einer aber schafft es womöglich.«

»Vielleicht mehr als einer.«

»Nichts gegen einzuwenden. Wir wollen ja ein Ökosystem, keine Monokultur.« Tatsächlich waren die Abschüsse zeitlich gestaffelt. Die erste Welle sollte nur anaerobe und photoautotrophe Organismen transportieren, simple Lebensformen, die keinen Sauerstoff benötigten und Energie aus Sonnenlicht gewannen. Sofern sie in ausreichend großer Anzahl gediehen und starben, würden sie eine Schicht von Biomasse schaffen, die komplexere Ökosysteme nähren konnte. Die nächste Welle, ein Jahr darauf, würde oxigenierende Organismen ins Spiel bringen, und mit den letzten unbemannten Abschüssen sollten primitive Pflanzen anreisen, um den Boden zu präparieren und Verdunstungs- und Niederschlagszyklen zu regulieren.

»Es kommt mir alles so unwahrscheinlich vor.«

»Na ja, wir leben auch in unwahrscheinlichen Zeiten. Aber du hast schon Recht, es gibt keine Garantie, dass es funktionieren wird.«

»Und wenn nicht?«

Ich zuckte mit den Achseln. »Was hätten wir verloren?«

»Viel Geld. Viel Arbeitskraft.«

»Ich kann mir keine bessere Verwendung dafür vorstellen. Ja, es ist ein Vabanquespiel, alles andere als eine sichere Sache, aber der potenzielle Gewinn lohnt das Risiko in jedem Fall. Und es bringt allgemeinen Nutzen, bisher jedenfalls. Gut für die Moral zu Hause und eine günstige Gelegenheit, die internationale Zusammenarbeit zu fördern.«

»Aber ihr habt Leute in die Irre geführt. Ihr habt ihnen vorgegaukelt, dass der Spin etwas ist, das wir managen, das wir technisch in den Griff kriegen können.«

»Hoffnungen geweckt, meinst du.«

»Die falsche Sorte Hoffnung. Und wenn ihr scheitert, bleibt ihnen überhaupt keine Hoffnung mehr.«

»Was sollen wir denn deiner Ansicht nach tun, Diane? Uns auf unsere Gebetsteppiche zurückziehen?«

»Es würde sicherlich nicht bedeuten, dass man seine Niederlage eingesteht – das Beten, meine ich. Und wenn ihr erfolgreich seid, ist der nächste Schritt, Menschen loszuschicken?«

»Ja, wenn wir den Planeten begrünen können, schicken wir Menschen.« Ein viel schwierigeres, ethisch komplexes Vorhaben. Wir würden die Kandidaten in Zehnergruppen auf den Weg bringen. Sie würden eine unvorhersehbar lange Reise in engster Umgebung mit begrenzten Vorräten ertragen müssen. Sie würden ein atmosphärisches Abbremsen von nahezu tödlichem Delta v nach Monaten der Schwerelosigkeit zu erleiden haben, gefolgt von einem gefährlichen Abstieg zur Planetenoberfläche. Falls all das funktionierte und falls ihre karg bemessene Überlebensausrüstung den parallelen Abstieg schaffte und halbwegs in ihrer Nähe landete, würden sie als Nächstes Techniken und Fähigkeiten entwickeln müssen, um in einer Umgebung zu überdauern, die für eine menschliche Besiedlung nicht annähernd geeignet war. Ihre Mission bestand nicht darin, zur Erde zurückzukehren, sondern lange genug zu leben, um sich in ausreichender Zahl zu vermehren und ihren Nachkommen tragfähige Existenzbedingungen zu hinterlassen.

»Welcher zurechnungsfähige Mensch würde sich darauf einlassen?«

»Du würdest dich wundern.« Ich konnte zwar nicht für die Chinesen, die Russen oder irgendwelche anderen internationalen Freiwilligen sprechen, aber die nordamerikanischen Expeditionskandidaten waren ganz gewöhnliche, ja geradezu schockierend normale Männer und Frauen. Sie waren ausgewählt worden auf Grund ihrer Jugend, ihrer körperlichen Robustheit und ihrer Fähigkeit, Unannehmlichkeiten auch über längere

Zeit zu ertragen. Nur wenige von ihnen waren Testpiloten bei der Airforce gewesen, aber alle besaßen das, was Jason als die »Testpilotenmentalität« bezeichnete, nämlich die Bereitschaft, ein gravierendes Risiko für Leib und Leben einzugehen, um etwas Spektakuläres zu erreichen. Und natürlich waren die meisten von ihnen dem Tode geweiht, ebenso wie die Mehrzahl der Bakterien, die wir nach oben schicken würden. Das Äußerste, was wir hoffen durften, war, dass eine Gruppe Überlebender, die durch die hoffentlich bemoosten Schluchten der Valles Marineris wanderte, auf eine ähnliche Gruppe von Russen oder Dänen oder Kanadiern treffen und eine lebensfähige marsianische Menschheit auf den Weg bringen würde.

»Und das kannst du alles *gutheißen*?«

»Mich hat niemand nach meiner Meinung gefragt. Aber ich wünsche ihnen alles Gute.«

Diane warf mir einen Das-reicht-nicht-Blick zu, entschied sich aber, das Thema nicht weiter zu vertiefen. Wir fuhren mit dem Fahrstuhl hinunter ins Foyer-Restaurant. Schon als wir uns hinter einem Dutzend von Fernsehtechnikern anstellten, um einen Tisch zugewiesen zu bekommen, muss sie die wachsende Erregung gespürt haben, und nachdem wir bestellt hatten, wandte sie den Kopf, lauschte nach Bruchstücken der Unterhaltungen ringsum – Wörter wie »Photodissoziation«, »kryptoendolithisch« und, ja, auch »Ökopoiesis« wehten von den Tischen der gedrängt sitzenden Journalisten herüber, die sich schon mal in den Jargon für den nächsten Tag einübten oder sich einfach zu verstehen mühten, wovon die Rede war. Dies war das erste Mal seit der Mondlandung vor über sechzig Jahren, dass die Aufmerksamkeit der Welt sich so ausschließlich auf ein Raumfahrtabenteuer konzentrierte, und der Spin verlieh dieser Zweitauflage etwas, das der Mondlandung gefehlt hatte: echte Dringlichkeit, ein globales Bewusstsein für das Risiko.

»Das alles ist Jasons Werk, nicht wahr?«

»Schon möglich, dass es auch ohne Jason und E. D. passieren

würde. Aber es würde ganz anders vor sich gehen, vermutlich lange nicht so schnell und so effizient. Jase war von Anfang an im Zentrum des Geschehens.«

»Und wir an der Peripherie. Kreisen immerzu um das Genie herum. Ich verrate dir ein Geheimnis: Ich hab ein bisschen Angst vor ihm. Ihn nach so langer Zeit wiederzusehen. Ich weiß, dass er mich ablehnt.«

»Nicht dich. Deinen Lebensstil vielleicht.«

»Du meinst meinen Glauben. Es ist okay, darüber zu reden. Ich weiß, dass Jase sich ein bisschen ... ja, betrogen fühlt. Aber zu Unrecht. Jason und ich sind nie demselben Weg gefolgt.«

»Im Grunde, weißt du, ist er immer noch einfach Jase. Der gute alte Jase.«

»Aber bin ich auch noch die gute alte Diane?«

Worauf ich nichts zu erwidern wusste.

Sie aß mit großem Appetit, und nach dem Hauptgericht bestellten wir noch Nachtisch und Kaffee. Ich sagte: »Was für ein Glück, dass du dir hierfür Zeit nehmen konntest.«

»Ein Glück, dass Simon mich von der Leine gelassen hat?«

»So habe ich das nicht gemeint.«

»Ich weiß. Aber in gewisser Weise ist es so. Simon hat mitunter einen Hang zum Kontrollieren. Er weiß gern, wo ich bin.«

»Ist das ein Problem für dich?«

»Du meinst, ist meine Ehe in Schwierigkeiten? Nein, ist sie nicht, und das würde ich auch nicht zulassen. Das heißt aber nicht, dass wir nicht hin und wieder verschiedener Meinung wären.« Sie zögerte. »Wenn ich darüber rede, erzähl ich es *dir*, okay? Nicht Jason. Nur dir.«

Ich nickte.

»Simon hat sich ein bisschen verändert, seit du ihm begegnet bist. Haben wir alle, alle, die in den alten NK-Tagen dabei waren. Bei NK ging es darum, jung zu sein und eine Gemeinschaft des Glaubens zu errichten, so etwas wie einen heiligen Raum, wo wir keine Angst voreinander haben mussten, wo wir einander umarmen konnten, nicht nur im bildlichen Sinne, sondern tatsächlich. Der Garten Eden auf Erden. Aber wir hatten uns etwas vorgemacht. Wir dachten, AIDS würde keine Rolle spielen, Eifersucht würde keine Rolle spielen – konnten sie ja gar nicht, weil wir das Ende der Welt erreicht hatten. Aber die Trübsalzeit ist lang, Ty. Die Trübsal ist Arbeit für ein ganzes Leben, und dafür müssen wir gesund und stark sein.«

»Du und Simon ...«

»Oh, wir sind gesund.« Sie lächelte. »Danke der Nachfrage, Dr. Dupree. Aber wir haben Freunde an AIDS und an Drogen verloren. Die Bewegung war eine Achterbahnfahrt, Liebe auf dem Weg nach oben und Trauer auf dem Weg nach unten. Das wird dir jeder sagen, der dabei war.«

Gut möglich, aber Diane war die einzige NK-Veteranin, die ich kannte. »Die letzten Jahre waren für niemanden leicht.«

»Simon hat sich schwer getan, damit fertig zu werden. Er glaubte wirklich, wir wären eine gesegnete Generation. Einmal hat er mir erzählt, dass Gott sich der Menschheit so weit genähert habe, dass es einem vorkomme, als würde man in einer Winternacht neben einem Ofen sitzen und könne sich praktisch die Hände am Königreich des Himmels wärmen. Wir haben alle so empfunden, aber bei Simon hat es wirklich das Beste in ihm hervorgebracht. Und als dann alles zerfiel, als so viele von unseren Freunden krank wurden oder in diese oder jene Abhängigkeit abdrifteten, da hat ihn das ziemlich tief getroffen. Das war auch die Zeit, als das Geld allmählich knapp wurde und Simon sich eine Arbeit suchen musste – wir beide mussten das. Ich hab ein paar Jahre lang aushilfsweise gearbeitet. Simon konnte keinen säkularen Job finden – er ist jetzt Hausmeister in unserer Kirche in Tempe, Jordan Tabernacle heißt sie, und sie bezahlen ihn, wenn sie können ... Er lernt gerade für sein Installateurszeugnis.«

»Nicht gerade das Gelobte Land.«

»Ja, aber weißt du was? Ich glaube, so ist es auch nicht gedacht. Das sage ich ihm immer wieder. Vielleicht spüren wir, wie das Tausendjährige Reich sich nähert, aber es ist noch nicht da – wir müssen immer noch die letzten Minuten des Spiels zu Ende spielen, auch wenn das Ergebnis schon feststeht. Und vielleicht werden wir danach beurteilt. Wir müssen so spielen, als käme es noch darauf an.«

Wir fuhren hinauf zu unseren Zimmern. Diane blieb vor ihrer Tür stehen und sagte: »Jetzt merke ich wieder, wie gut es tut, mit dir zu reden. Wir konnten uns schon früher immer gut unterhalten, weißt du noch?«

Hatten uns unsere Ängste über das keusche Medium des Telefons anvertraut. Intimität auf große Entfernung. Das war ihr immer lieber gewesen. Ich nickte.

»Vielleicht können wir das wieder so machen«, sagte sie. »Vielleicht kann ich dich ab und zu von Arizona aus anrufen.«

Sie würde natürlich mich anrufen, weil es Simon womöglich nicht gefallen würde, wenn ich sie anriefe, das war klar. Ebenso wie der Charakter der Beziehung, die sie vorschlug. Ich sollte der platonische Kumpel sein, jemand Harmloses, dem man sich in schwierigen Zeiten anvertrauen kann, wie der schwule Freund der Hauptdarstellerin in einem Hollywoodfilm. Wir würden plaudern. Uns dies und jenes erzählen. Niemand würde irgendjemand wehtun.

Es war nicht das, was ich wollte oder brauchte. Aber das konnte ich dem etwas verlorenen, bittenden Blick, der auf mich gerichtet war, nicht entgegenschleudern. Stattdessen sagte ich: »Ja, natürlich.«

Sie grinste und umarmte mich und ließ mich im Flur stehen.

Ich blieb länger auf, als vernünftig gewesen wäre, hätschelte, eingebettet in Lärm und Gelächter aus angrenzenden Zimmern, meine angeschlagene Würde und dachte an all die Wissenschaftler und Ingenieure bei Perihelion, JPL und Kennedy, all die Zeitungsleute und Videojournalisten, die die Scheinwerfereffekte über den Raketen beobachteten, dachte an uns alle, die wir hier am äußersten Ende der Menschheitsgeschichte unsere Arbeit erledigten, die wir das machten, was von uns erwartet wurde: das Spiel zu Ende spielen, als komme es darauf noch an.

Jason traf am Mittag des folgenden Tages ein, zehn Stunden, bevor die erste Abschusswelle angesetzt war. Das Wetter war angenehm, heiter und windstill, ein gutes Omen. Unter all den über den Globus verteilten Raketenstartplätzen fiel lediglich der erweiterte Kourou-Komplex der Europäischen Raumfahrtbehörde in Französisch-Guayana aus, der infolge eines heftigen Märzsturmes gesperrt werden musste (die ESA-Mikroorganismen würden einen oder zwei Tage aufgehalten werden – oder eine halbe Million Jahre nach Spin-Zeit).

Jason kam geradewegs zu meiner Suite, wo Diane und ich auf ihn warteten. Er trug eine billige Plastikwindjacke und eine Marlins-Mütze, die er sich zur Tarnung tief ins Gesicht gezogen hatte. »Tyler«, sagte er, als ich die Tür aufmachte. »Tut mir Leid. Wenn ich gekonnt hätte, wäre ich dagewesen.«

Bei der Trauerfeier. »Ich weiß.«

»Belinda Dupree war das Beste am ganzen Großen Haus. Das ist mein voller Ernst.«

»Ich danke dir«, sagte ich und trat beiseite.

Diane näherte sich mit einem wachsamen Gesichtsausdruck. Jason machte die Tür hinter sich zu. Sie standen einen Meter auseinander und musterten sich. Das Schweigen lastete schwer. Jason war derjenige, der es brach. »Mit diesem Kragen«, sagte er, »siehst du aus wie ein viktorianischer Bankier. Und du solltest ein bisschen zunehmen. Ist es so schwer, eine vernünftige Mahlzeit zu bekommen im Land der Kühe?«

»Mehr Kakteen als Kühe, Jase.«

Und dann lachten sie und fielen einander in die Arme.

Nach Einbruch der Dunkelheit setzten wir uns auf den Balkon und bestellten beim Zimmerservice ein Rohkost-Tablett (Dianes Wahl). Die Nacht war so dunkel wie jede andere sternenlose, spinverhüllte Nacht, aber die Startrampen wurden von gigantischen Scheinwerfern erleuchtet und ihre Spiegelungen tanzten in der sanften Dünung.

Jason ging jetzt seit einigen Wochen zu einem Neurologen. Die Diagnose des Spezialisten stimmte mit meiner überein: Jason litt an einer schweren und nicht auf Medikation ansprechenden multiplen Sklerose, und die einzig sinnvolle Behandlung war die Verordnung von Palliativen. Der Neurologe hatte sogar die Absicht gehabt, Jasons Fall den Gesundheitsämtern vorzustellen für deren laufende Studie über die bisweilen so bezeichnete AMS – atypische multiple Sklerose –, aber Jason hatte ihm das, mit Hilfe von Drohungen oder Bestechung, ausgeredet. Und vorläufig verschaffte ihm der neue pharmazeutische Cocktail eine stabile Remission – er war funktionstüchtig und beweglich wie zu besten Zeiten. Sollte Diane irgendeinen Verdacht gehegt haben, so wurde er rasch zerstreut.

Er hatte eine Flasche teuren, original französischen Champagner mitgebracht, um die Raketenstarts zu feiern. »Wir hätten auch VIP-Plätze haben können«, erklärte ich Diane. »Exklusive Sitzreihen vor dem Vehicle Assembly Building. Ellbogen reiben mit Präsident Garland.«

»Ach, wir haben einen guten Blick von hier«, sagte Jason. »Und der Vorteil ist, dass wir nicht als Requisiten für spektakuläre Fotos herhalten müssen.«

Diane zog einen Flunsch. »Ich bin noch nie einem Präsidenten begegnet.«

Der Himmel war natürlich dunkel, aber im Fernsehen – wir hatten den Apparat im Hotelzimmer laut aufgedreht, um den Countdown zu hören – wurde über die Spin-Barriere gesprochen, und Diane blickte nach oben, als sei diese plötzlich sichtbar geworden: der Deckel, der die Welt verschloss. Jason sah, wie sie den Kopf zurücklegte. »Sie sollten nicht mehr Barriere dazu sagen«, brummte er. »Keine der Fachzeitschriften tut das noch.«

»Ach? Und wie sagen *die* dazu?«

Er räusperte sich. »Sie bezeichnen es als ›seltsame Membran‹.«

»O nein.« Diane lachte. »Nein, das ist ja schrecklich. Völlig unakzeptabel. Es klingt wie ein gynäkologisches Leiden.«

»Ja, aber ›Barriere‹ ist nicht korrekt. Es ist mehr wie eine begrenzende Schicht. Keine Grenzlinie, die man überschreitet. Es nimmt selektiv Objekte auf und beschleunigt sie ins äußere Universum. Der Vorgang ähnelt mehr einer Osmose als, sagen wir, dem Durchbrechen eines Zauns. Ergo Membran.«

»Ich hatte ganz vergessen, wie es ist, sich mit dir zu unterhalten, Jase. Es wird leicht ein bisschen surreal.«

»Still jetzt«, sagte ich. »Hört zu.«

Das Fernsehen hatte zur NASA-Leitung hinübergeschaltet; zu hören war eine ausdruckslose Kontrollzentrumsstimme, die rückwärts zählte. Dreißig Sekunden. Zwölf Raketen standen aufgetankt und startbereit auf ihren Rampen. Zwölf simultane Raketenstarts, ein Unternehmen, das eine weniger ehrgeizige Raumfahrtbehörde als unausführbar und extrem gefährlich bewertet hätte. Aber wir lebten eben in risikofreudigen Zeiten.

»Warum müssen sie alle gleichzeitig aufsteigen?«, fragte Diane.

»Weil«, setzte Jason an, dann sagte er: »Nein, warte. Schau erst mal zu.«

Zwanzig Sekunden. Zehn. Jason stand auf und lehnte sich gegen die Balkonbrüstung. Die Hotelbalkone waren überlaufen. Der Strand war überlaufen. Tausend Köpfe und Objektive schwenkten in die gleiche Richtung. Schätzungen sprachen später von annähernd zwei Millionen Menschen im und um das Cape herum. Nach Polizeiberichten wurden in jener Nacht einhundert Brieftaschen entwendet. Es gab zwei Messerstechereien mit tödlichem Ausgang, fünfzehn versuchte Körperverletzungen und Vergewaltigungen und eine Frühgeburt (das Kind, ein Mädchen von vier Pfund, kam auf einer Tischplatte im International House of Pancakes in Cocoa Beach zur Welt).

Fünf Sekunden. Der Fernseher wurde still. Für einen Moment gab es kein Geräusch mehr außer dem Surren und Jaulen der Fotoapparate.

Dann plötzlich stand das Meer bis zum Horizont in Flammen.

Einzeln hätte keine dieser Raketen eine größere Menge beeindrucken können, selbst im Dunkeln nicht, aber jetzt gab es nicht nur eine Flammensäule, sondern fünf, sieben, zehn, zwölf. Die Startrampen wirkten vor dem dunklen Hintergrund kurzzeitig wie skelettierte Wolkenkratzer, bevor sie hinter Schwaden von verdampftem Meerwasser verschwanden. Zwölf Pfeiler aus weißem Feuer, Kilometer voneinander entfernt, aber perspektivisch zusammengerückt, stießen in einen Himmel, der von ihrem vereinten Licht indigoblau gefärbt wurde. Das Strandpublikum begann zu jubeln, und die Rufe verschmolzen mit dem Geräusch der Feststoffantriebe, die dröhnend Höhe suchten, ein dumpfes Hämmern, das einem das Herz zusammenpresste wie in Ekstase oder höchster Angst. Aber es war nicht nur das reine Spektakel, das wir bejubelten. Sicherlich hatte jeder von uns schon einmal einen Raketenstart gesehen, zumindest im Fernsehen, und obwohl dieser Massenstart großartig und laut war, lag das Bemerkenswerte hauptsächlich in seinem Ziel, in der zugrunde liegenden Idee: Wir waren nicht einfach nur im Begriff, die Fahne irdischen Lebens auf dem Mars zu hissen – wir widersetzten uns dem Spin.

Die Raketen stiegen auf (und als ich einen Blick durch die Balkontür warf, schossen auf dem Bildschirm ähnliche Raketen in den bewölkten Tageshimmel von Jiuquan, Svobodny, Baikonur und Xichang). Das grelle Licht legte sich in die Schräge und begann zu verblassen, während die Nacht vom Meer her zurückgeschwemmt kam. Der Lärm verbrauchte sich in Sand, Beton und kochendem Salzwasser. Ich meinte Feuerwerkskörper riechen zu können, die mit der Flut an den Strand getragen wurden, mir war, als sei es der angenehm schreckliche Gestank von Funken sprühenden Römischen Kerzen.

Tausend Kameras klickten wie sterbende Grillen und verstummten schließlich.

Der Jubel dauerte, in dieser oder jener Form, bis in die frühen Morgenstunden an.


Wir gingen ins Zimmer zurück, zogen die Jalousien vor die ernüchternde Dunkelheit und öffneten den Champagner. Wir sahen die Nachrichten aus Übersee – abgesehen vom französischen Regenaufschub waren alle Starts erfolgreich gewesen. Eine bakterielle Armada hatte Kurs auf den Mars genommen.

»Also, warum *müssen* sie denn nun alle gleichzeitig nach oben?«, fragte Diane erneut.

Jason warf ihr einen gedankenvollen Blick zu. »Weil sie ihr Ziel alle ungefähr zur gleichen Zeit erreichen sollen. Was durchaus nicht so einfach ist, wie es klingt. Sie müssen mehr oder weniger simultan in die Spin-Membran eintreten, andernfalls wären sie beim Austritt um Jahre oder sogar Jahrhunderte getrennt. Bei dieser anaerobischen Fracht ist das noch nicht so entscheidend, aber wir üben schon mal für die Zukunft, wenn es wirklich darauf ankommt.«

»Jahre oder *Jahrhunderte*? Wie ist das möglich?«

»Die Natur des Spins, Diane.«

»Sicher, aber Jahrhunderte?«

Er drehte seinen Stuhl in ihre Richtung, die Stirn gerunzelt. »Ich versuche gerade das Ausmaß deiner Unwissenheit zu ermessen ...«

»Es ist nur eine Frage, Jase.«

»Zähl mir mal eine Sekunde vor.«

»Was?«

»Guck auf deine Armbanduhr und zähl mir eine Sekunde vor.

Nein, ich mach es. Achtung: ein-und-zwan-zig. Eine Sekunde. Klar?«

»Jason ...«

»Hab ein bisschen Geduld. Über das Spin-Verhältnis bist du dir im Klaren?«

»So ungefähr.«

»Ungefähr reicht nicht. Eine terrestrische Sekunde entspricht 3,17 Jahren Spin-Zeit. Falls also eine unserer Raketen nur eine Sekunde nach den anderen in die Spin-Membran eintritt, erreicht sie die Umlaufbahn mehr als drei Jahre zu spät.«

»Nur weil ich bestimmte Zahlen nicht aufsagen kann ...«

»Wichtige Zahlen, Diane. Angenommen, unsere Flotte ist gerade aus der Membran herausgekommen, genau jetzt.« Er stieß einen Finger durch die Luft. *»Eine Sekunde*, hier und weg. Für die Flotte waren das drei Jahre und ein paar Zerquetschte. Vor einer Sekunde waren sie in der Erdumlaufbahn, jetzt haben sie ihre Fracht auf der Marsoberfläche abgeliefert. Ich meine *jetzt*, Diane, buchstäblich *jetzt*, in diesem Augenblick. Es ist schon geschehen, es ist vollbracht. Lass also eine Minute auf deiner Uhr vergehen. Das wären ungefähr hundertneunzig Jahre auf einer Uhr dort draußen.«

»Das ist natürlich eine Menge, aber du kannst einen Planeten nicht in zweihundert Jahren völlig umwandeln, oder?«

»Im Moment läuft unser Experiment also seit zweihundert Spin-Jahren. In diesem Augenblick, beziehungsweise gerade eben, haben diejenigen bakteriellen Kolonien, die die Reise überlebt haben, sich seit zwei Jahrhunderten auf dem Mars fortgepflanzt. In einer Stunde werden sie seit elftausendvierhundert Jahren dort gewesen sein. Morgen um diese Zeit werden sie sich seit fast zweihundertvierundsiebzigtausend Jahren vermehrt haben.«

»Okay, Jase, ich begreife das Prinzip.«

»Nächste Woche um diese Zeit, 1,9 Millionen Jahre.«

»Okay.«

»In einem Monat, 8,3 Millionen Jahre.«

»Jason!«

»Nächstes Jahr um diese Zeit, einhundert Millionen Jahre.«

»Ja, aber ...«

»Auf der Erde sind hundert Millionen Jahre ungefähr die Zeitspanne zwischen dem Hervortreten des Lebens aus dem Meer und deinem letzten Geburtstag. Einhundert Millionen Jahre reichen für diese Mikroorganismen aus, um Kohlendioxid aus den Kohlensäureablagerungen in der Kruste zu pumpen, Stickstoff aus Nitraten auszulaugen, Oxide aus dem Regolith freizusetzen und es anzureichern, indem sie in großen Massen sterben. Das freigesetzte $CO_2$ wirkt als Treibhausgas. Die Atmosphäre wird dichter und wärmer. In einem Jahr schicken wir eine Armada aus atmenden Organismen, und die werden damit beginnen, $CO_2$ in freien Sauerstoff umzuwandeln. Nach einem weiteren Jahr – oder sobald wir die entsprechende Spektralsignatur erkennen – führen wir Gräser, Pflanzen, andere komplexe Organismen ein. Und wenn sich auf diese Weise so etwas wie eine grob homöostatische planetarische Ökologie stabilisiert, schicken wir Menschen los. Weißt du, was das bedeutet?«

»Sag es mir«, sagte Diane missmutig.

»Es bedeutet, dass es innerhalb von fünf Jahren eine blühende menschliche Zivilisation auf dem Mars geben wird. Farmen, Fabriken, Straßen, Städte ...«

»Dafür gibt es ein griechisches Wort, Jase.«

»Ja, Ecopoiesis.«

»Ich hatte mehr an ›Hybris‹ gedacht.«

Er lächelte. »Ich mache mir über vieles Gedanken. Aber ganz gewiss nicht darüber, ob ich gegen die Götter frevle.«

»Oder gegen die Hypothetischen?«

Das ließ ihn innehalten. Er lehnte sich zurück und nahm einen Schluck von seinem schon etwas abgestandenen Champagner. »Ich habe keine Angst, sie gegen mich aufzubringen«, sagte er schließlich. »Im Gegenteil. Wir tun vielleicht genau das, was sie von uns erwarten.«

Er erklärte sich nicht weiter dazu, und Diane nutzte die Gelegenheit, um das Thema zu wechseln.

Am nächsten Tag fuhr ich Diane nach Orlando, wo ihr Flugzeug nach Phoenix wartete.

Im Verlauf der letzten Tage war klar geworden, dass von der körperlichen Intimität, die wir in jener Nacht in den Berkshires, vor ihrer Heirat mit Simon, geteilt hatten, nicht mehr die Rede sein würde, weder in Andeutungen noch gar explizit. Gewürdigt wurde dieses Thema allenfalls in den halsbrecherischen Kapriolen, die unsere Unterhaltung mitunter schlagen musste, um es zu umgehen. Als wir uns vor der Sicherheitsschleuse des Flughafens ungelenk umarmten, sagte sie: »Ich ruf dich an«, und ich wusste, sie würde es auch tun – Diane machte wenige Versprechungen, nahm es mit diesen jedoch sehr genau –, aber ebenso war mir bewusst, wie viel Zeit vergangen war, seit ich sie zuletzt gesehen hatte, und wie viel Zeit vergehen würde, bevor ich sie wiedersah: keine Spin-Zeit zwar, aber etwas genauso unter den Händen Zerfallendes, etwas genauso Verzehrendes. Da waren kleine Falten um ihre Augen, um den Mund herum, nicht unähnlich denen, die ich jeden Morgen im Spiegel sah.

Verblüffend, dachte ich, wie geschäftig wir uns in Menschen verwandelt hatten, die einander nicht besonders gut kannten.

Es gab weitere Raketenstarts im Frühling und Sommer jenes Jahres, mit Beobachtungsgeräten im Gepäck, die Monate in einer hohen Erdumlaufbahn verbrachten und mit visuellen und spektralen Bildern vom Mars zurückkehrten – Schnappschüsse der Ökopoiesis.

Die ersten Ergebnisse waren nicht eindeutig: ein moderater Anstieg des atmosphärischen $CO_2$-Gehalts, was aber auch ein Nebeneffekt der Sonnenerwärmung sein konnte. Der Mars blieb, wenn man auch nur halbwegs plausible Maßstäbe anlegte, eine kalte, unwirtliche Welt. Jason räumte ein, dass sich die GEMOs – die genetisch veränderten Marsorganismen, die den Löwenanteil der ersten Saatgutfracht gestellt hatten – womöglich nicht gut an die tagsüber herrschende UV-Strahlung und den an oxydierenden Agenzien reichen Regolith des Planeten angepasst hätten.

Aber im Hochsommer sahen wir dann starke spektrographische Hinweise auf biologische Aktivität. Da war mehr Wasserdampf in einer dichteren Atmosphäre, mehr Methan, Äthan und Ozon, sogar ein winziger, aber nachweisbarer Zuwachs an freiem Stickstoff.

Bis Weihnachten waren diese, wenn auch noch immer subtilen, Veränderungen so dramatisch über das Niveau dessen hinausgewachsen, was der solaren Erwärmung hätte zugeschrieben werden können, dass kein Zweifel mehr bestehen konnte: Der Mars war ein lebendiger Planet geworden.

Die Startrampen wurden erneut bereitgemacht, neue Frachten mikrobischen Lebens waren gezüchtet und verpackt. Volle zwei Prozent des Bruttoinlandprodukts der USA fielen in diesem Jahr auf spinbezogene Raumfahrtprogramme – in anderen Industrieländern war der Anteil ähnlich hoch.

Im Februar erlitt Jason einen Rückfall. Als er aufwachte, konnte er nicht mehr beide Augen gleichzeitig fokussieren. Sein Neurologe veränderte die Medikation und verordnete ihm vorübergehend eine Augenklappe. Jason erholte sich rasch, konnte aber fast eine Woche lang nicht zur Arbeit gehen.

Diane stand zu ihrem Wort. Sie begann, mich mindestens einmal im Monat anzurufen, meistens noch häufiger, oft spät Abends, wenn Simon am anderen Ende ihrer kleinen Wohnung schon schlief. Sie hatten ein paar Zimmer über einem Antiquariat in Tempe, das Äußerste, was sie sich leisten konnten von Dianes Gehalt und den unregelmäßigen Einkünften, die Simon vom Jordan Tabernacle nach Hause brachte. Bei warmem Wetter konnte ich im Hintergrund das Summen der primitiven Klimaanlage hören; im Winter lief das Radio leise mit, um das Geräusch ihrer Stimme zu tarnen.

Ich lud sie ein, anlässlich der nächsten Startserie wieder nach Florida zu kommen, aber das konnte sie natürlich nicht einrichten: sie musste arbeiten, sie hatten am Wochenende Freunde von der Kirche zu Gast, Simon würde kein Verständnis dafür haben. »Simon macht eine kleine spirituelle Krise durch. Er versucht mit dem Messias-Problem klarzukommen.«

»Es gibt ein Messias-Problem?«

»Du solltest mal in die Zeitungen gucken«, sagte Diane, die offenbar eine etwas unrealistische Vorstellung davon hatte, inwieweit solche religiösen Streitfragen Thema in der kommerziellen Presse wurden, jedenfalls in Florida; drüben im Westen mochte es anders sein. »Die alte NK-Bewegung glaubte an eine Parusie ohne Christus. Das hat uns von den anderen abgehoben.« Das, dachte ich, und ihre Vorliebe für öffentliche Nacktheit. »Die frühen Autoren, Ratel und Greengage, sahen im Spin eine direkte Erfüllung der biblischen Prophezeiung – und das hieß, dass die Prophezeiung selbst neu definiert, von den historischen Ereignissen neu konfiguriert wurde. Es musste keine Trübsalszeit im wörtlichen Sinne mehr geben und nicht einmal eine physische Wiederkunft Christi. Das ganze Zeug in den Briefen an die Thessalonicher, an die Korinther und im Buch der Offenbarung konnte neu interpretiert oder ignoriert werden, denn der Spin war ein echter Eingriff Gottes in die Geschichte der Menschheit – ein greifbares Wunder, das Vorrang gegenüber der Schrift hat. So war uns die Freiheit gegeben, das Königreich auf Erden zu schaffen. Plötzlich waren wir selbst für unseren Chiliasmus verantwortlich.«

»Ich bin mir nicht sicher, ob ich dir folgen kann.« Tatsächlich hatte ich, seit das Wort »Parusie« gefallen war, mehr oder weniger nur noch Bahnhof verstanden.

»Es bedeutet – na ja, wichtig ist eigentlich nur, dass Jordan Tabernacle, unsere kleine Kirche, jeglicher NK-Doktrin offiziell abgeschworen hat, obwohl die Gemeinde zur Hälfte aus ehemaligen NK-Leuten wie Simon und mir besteht. Plötzlich gibt es also diesen ganzen Streit über die Trübsalszeit und darüber, wie sich der Spin zur biblischen Prophezeiung verhält. Und die Leute schlagen sich auf diese oder jene Seite. Bereaner gegen Progressive, Covenanter gegen Preteristen. Gibt es einen Antichrist, und wenn ja, wo ist er? Erfolgt die Entrückung vor der Trübsalszeit, währenddessen oder danach? Solche Themen. Vielleicht klingt es banal, aber die spirituellen Einsätze sind hoch und die Leute, die in diese Diskussionen verwickelt sind, stehen uns nahe, sind unsere Freunde.«

»Wo stehst du denn?«

»Ich persönlich?« Sie schwieg, und da war es wieder, das murmelnde Geräusch des Radios im Hintergrund, die Valiumstimme eines Sprechers, der die Spätnachrichten verlas: *Neueste Informationen über die Schießerei in Mesa* ... Parusie ja oder nein. »Man könnte sagen, ich bin im Konflikt. Ich weiß nicht, was ich glaube. Manchmal vermisse ich die alten Zeiten. Das Paradies erfinden, während man das Leben lebt. Es scheint, als wäre ...« Sie hielt inne. Jetzt war da noch eine andere Stimme, die das Murmeln des Radios verdoppelte: *Diane? Bist du immer noch auf?*

»Tut mir Leid«, flüsterte sie. Simon auf Kontrollgang. Es war Zeit, unser telefonisches Stelldichein, ihren Akt körperloser Untreue, abzubrechen. »Ich ruf dich bald wieder an.«

Sie legte auf, bevor ich mich verabschieden konnte.


Die zweite Serie Saatguttransporte ging so reibungslos vonstatten wie die erste. Wieder wurde Canaveral von den Medien belagert, aber diesmal verfolgte ich das Ereignis auf einer großen Digitalprojektion im Perihelion-Auditorium. Es war ein Start bei Sonnenschein, und er ließ die Reiher in den Himmel über Merritt Island flattern wie helles Konfetti.

Ein weiterer Sommer des Wartens. Die europäische Welt-raumbehörde ESA platzierte eine Reihe orbitaler Teleskope und Interferometer im Weltraum, und im September waren sämtliche Büros bei Perihelion mit hochauflösenden Bildern unseres Erfolges tapeziert. Ich rahmte mir eines davon für das Wartezimmer: eine farbgenerierte Wiedergabe des Mars, ein Ausschnitt, der Olympus Mons als eisige Silhouette zeigte, durchschnitten von frischen Entwässerungskanälen; Nebel, der wie Wasser durch Valles Marineris floss, grüne Kapillaren, die sich über Solis Lacus schlängelten. Das südliche Hochland der Terra Strenum war immer noch Wüste, aber die Krater dieser Region waren unter dem Einfluss eines feuchteren, windigeren Klimas fast bis zur Unsichtbarkeit erodiert.

Der Sauerstoffgehalt der Atmosphäre schwankte einige Monate lang, weil die Population der aeroben Organismen mal wuchs, mal wieder schrumpfte, aber im Dezember hatte er zwanzig Millibar überschritten und stabilisierte sich. Inmitten einer potenziell chaotischen Mischung von Treibhausgasen, eines instabilen hydrologischen Kreislaufs und neuartiger biogeochemischer Rückkopplungsschleifen entdeckte der Mars sein ureigenes Gleichgewicht.

Die positiven Meldungen taten Jason gut. Die Remission dauerte an, und er warf sich in einen fröhlichen, fast therapeutischen, Arbeitsstress. Wenn er überhaupt Grund zum Verdruss sah, dann wegen der medialen Darstellung seiner Person als ikonenhaftes Genie der Perihelion-Stiftung, als wissenschaftliche Berühmtheit, als Aushängeschild für die Umwandlung des Mars. Dies ging mehr auf E. D.s Wirken als auf sein eigenes zurück: E. D. wusste, dass die Öffentlichkeit Perihelion mit einem menschlichen Gesicht verbinden wollte, einem vorzugsweise jungen Gesicht, klug, aber nicht einschüchternd, und schon zu Zeiten, da Perihelion nicht mehr als eine Raumfahrt-Lobbygruppe war, hatte er Jason beharrlich vor jede Kamera geschoben. Jason fand sich damit ab – er besaß ein Talent für anschauliche und geduldige Erklärungen und er war einigermaßen fotogen –, aber er hasste die ganze Prozedur und verließ lieber den Raum, als dass er sich im Fernsehen sah.

Dies war das Jahr der ersten unbemannten NEP-Flüge, die Jason mit besonderer Aufmerksamkeit verfolgte. Es ging um die Schiffe, die Menschen zum Mars transportieren sollten und die im Gegensatz zu den vergleichsweise simplen Saattransportern neue Technologie darstellten. NEP stand für »nuclear electric propulsion« – »nuklear-elektrischer Antrieb«: Miniaturatomreaktoren speisten Ionentriebwerke, die weitaus schubkräftiger waren als diejenigen, die die Saatraumschiffe angeschoben hatten, stark genug, um gewaltige Nutzlasten zu ermöglichen. Doch diese Leviathane in eine Umlaufbahn zu bringen, erforderte größere Trägerraketen, als die NASA je an den Start gebracht hatte, erforderte, was Jason »heroische Ingenieursarbeit« nannte, heroisch teure obendrein. Angesichts der vorgelegten Kosten wurden selbst im weitgehend unterstützungswilligen Kongress erste Warnflaggen gehisst, doch die Kette der Erfolge ließ kritische Stimmen vorerst verstummen. Jason hatte allerdings Sorge, dass ein krasser Fehlschlag diesem Stillhalten ein Ende setzen würde.

Kurz nach der Jahreswende ging ein NEP-Testschiff im Weltraum verloren. Auf dem Capitol meldeten sich sogleich die Vertreter eines finanzpolitischen Konservativismus und erhoben ihre Vorwürfe, Abgeordnete von Bundesstaaten zumeist, die nicht nennenswert in die Raumfahrtindustrie investiert hatten. E. D.s Freunde im Kongress wiesen jedoch alle Schuldzuweisungen zurück, und schon eine Woche später erfolgte ein erfolgreicher Test, der der Kontroverse das Wasser abgrub. Dennoch meinte Jason, wir seien noch einmal haarscharf davongekommen.

Diane hatte die Debatte verfolgt, hielt sie aber für trivial. »Statt über solche Sachen«, sagte sie, »sollte Jason sich lieber Gedanken darüber machen, was für Auswirkungen diese Mars-

Geschichte auf die Welt hat. Bisher haben sie ja nur gute Presse gehabt, nicht wahr? Alle sind begeistert, wir alle wollen etwas sehen, das uns – ich weiß nicht genau, wie ich es nennen soll – die *Potenz* der menschlichen Rasse bestätigt. Aber die Euphorie wird sich früher oder später verbrauchen, und unterdessen entwickeln sich die Leute zu ausgebufften Spin-Experten.«

»Ist das so schlimm?«

»Wenn das Mars-Projekt scheitert oder nicht die Erwartungen erfüllt, dann ja. Nicht nur, weil die Leute enttäuscht sein werden. Sie haben die Umwandlung eines ganzen Planeten beobachtet, das heißt, sie gewinnen einen Maßstab, um den Spin zu erfassen. Der Spin ist nicht mehr bloß ein abstraktes Phänomen – ihr habt sie ins Auge der Bestie blicken lassen, zu eurem Besten, nehme ich an, aber wenn euer Projekt fehlschlägt, dann raubt ihr ihnen diesen Mut wieder, und dann ist es schlimmer als vorher, weil sie das Ding *gesehen* haben. Und sie werden euch für euer Scheitern nicht lieben, Tyler, denn ihre Angst wird größer sein als je zuvor.«

Ich zitierte das Gedicht von Housman, das ich vor langer Zeit von ihr gelernt hatte: *Das Kind hat nicht mal wahrgenommen / Wie's in den Bauch des Bär'n gekommen.*

»Das Kind beginnt sich einen Reim zu machen«, erwiderte sie. »Vielleicht kann man so die Trübsalszeit definieren.«

Vielleicht. Manchmal, wenn ich nachts nicht schlafen konnte, dachte ich an die Hypothetischen, wer oder was sie auch sein mochten. Es gab im Grunde nur eins, was man wirklich über sie sagen konnte: Sie waren nicht nur imstande, die Erde in diese seltsame Membran einzuschließen, sondern sie waren schon lange da draußen zugange, beherrschten uns, regulierten nach Gutdünken unseren Planeten und den Fluss der Zeit – seit fast zwei Milliarden Jahren.

Undenkbar, dass es etwas auch nur annähernd Menschliches war, das eine solche Geduld aufbrachte.

Jasons Neurologe wies mich auf eine klinische Studie hin, die in jenem Winter in der Ärztezeitschrift JAMA veröffentlicht worden war. Forscher an der Universität Cornell hatten einen genetischen Marker für akute medikamentenresistente MS entdeckt. Der Neurologe, ein freundlicher, korpulenter Floridianer namens David Malmstein, hatte Jasons DNA-Profil untersucht und die betreffende Sequenz darin gefunden. Ich fragte ihn, was das bedeutete.

»Das bedeutet, dass wir seine Medikation ein wenig spezifischer zuschneidern können. Es bedeutet außerdem, dass wir ihm nie die permanente Remission verschaffen können, die ein typischer MS-Patient erwarten darf.«

»Er scheint doch mittlerweile schon fast ein Jahr symptomfrei zu sein. Kann man das nicht als langfristig bezeichnen?«

»Seine Symptome sind unter Kontrolle, das ist alles. Die AMS brennt weiter, ungefähr wie ein Feuer in einem Kohlenflöz. Der Zeitpunkt wird kommen, wo wir es nicht mehr kompensieren können.«

»Der Punkt, an dem es kein Zurück mehr gibt.«

»Könnte man so sagen.«

»Wie lange wird er noch den Anschein von Normalität aufrecht erhalten können?«

Malmstein dachte kurz nach. »Wissen Sie«, sagte er dann, »genau das hat Jason mich auch gefragt.«

»Und was haben Sie ihm gesagt?«

»Dass ich kein Hellseher bin. Dass AMS eine Krankheit ohne gesicherte Ätiologie ist. Dass der menschliche Körper seinen eigenen Kalender hat.«

»Ich vermute, die Antwort hat ihm nicht sonderlich gefallen.«

»Er hat sein Missfallen deutlich zum Ausdruck gebracht. Aber es ist wahr. Er könnte noch die nächsten zehn Jahre asymptomatisch herumlaufen. Oder er könnte Ende dieser Woche im Rollstuhl sitzen.«

»Haben Sie ihm *das* gesagt?«

»In einer freundlicheren Version. Er soll nicht die Hoffnung verlieren. Er besitzt Kampfgeist und das zählt viel. Meine ehrliche Meinung ist die, dass er kurzfristig gut zurechtkommen wird – zwei Jahre, fünf Jahre, vielleicht auch mehr. Danach ist alles möglich. Ich wünschte, ich könnte eine bessere Prognose anbieten.«

Ich erzählte Jason nicht, dass ich mit Malmstein gesprochen hatte, aber ich sah, wie er in den folgenden Wochen seinen Arbeitseinsatz noch verdoppelte, seine Erfolge gegen die Zeit und die Sterblichkeit verbuchte: nicht die der Welt, sondern seine eigene.

Die Anzahl der Raketenstarts, von den Kosten nicht zu reden, steigerte sich rasant. Die letzte Welle der Saatguttransporte (die einzigen, die, jedenfalls teilweise, echte Saat enthielten) fand im März statt, zwei Jahre nachdem Jason, Diane und ich beobachtet hatten, wie ein Dutzend ähnliche Raketen von Florida aus zu dem damals noch unfruchtbaren Planeten aufbrachen.

Der Spin hatte uns den nötigen Hebel für eine lange Ökopoiesis geliefert. Doch nachdem wir die Samen komplexer Pflanzen auf den Weg gebracht hatten, wuchs dem richtigen Timing eine entscheidende Rolle zu. Wenn wir zu lange warteten, konnte uns die Entwicklung auf dem Mars aus den Händen gleiten: eine essbare Getreidesorte würde, wenn sie sich eine Million Jahre lang wild entwickelte, am Ende unter Umständen kaum noch Ähnlichkeit mit ihrer Herkunftsform aufweisen, ja wäre vielleicht ungenießbar oder gar giftig geworden.

Das hieß, dass die Beobachtungssatelliten nur wenige Wochen nach der Saatgutarmada gestartet werden mussten, und die bemannten NEP-Schiffe, falls die Ergebnisse verheißungsvoll aussahen, unmittelbar danach.

Ich erhielt einen weiteren spätabendlichen Anruf von Diane, einen Tag nachdem die Beobachtungssatelliten aufgestiegen waren (ihre Datenpakete waren nach wenigen Stunden geborgen worden, befanden sich aber noch auf dem Weg nach Pasadena, um dort im JPL, dem »Labor für Düsenantrieb«, analysiert zu werden). Sie wirkte bedrückt, und als ich nachbohrte, gestand sie, dass sie vorübergehend entlassen worden war, mindestens bis Juni. Sie und Simon waren dadurch mit ihrer Miete in Rückstand geraten. E. D. konnte sie nicht um Geld bitten, und mit Carol zu reden, war unmöglich. Im Moment versuchte sie Mut zu sammeln, um Jason anzusprechen, aber die damit verbundene Demütigung machte sie auch nicht fröhlicher.

»Um was für eine Summe geht es denn, Diane?«

»Tyler, ich wollte nicht ...«

»Ich weiß. Du hast nicht gefragt. Ich mache ein Angebot.«

»Na ja ... in diesem Monat, also, fünfhundert Dollar würden uns schon sehr weiterhelfen.«

»Das Pfeifenstielvermögen ist also aufgebraucht.«

»Simons Treuhandfonds ist ausgelaufen. Es ist schon noch Familienvermögen da, aber Simons Familie spricht nicht mit ihm.«

»Wenn ich dir einen Scheck schicke, würde er mitkriegen, was läuft?«

»Es würde ihm nicht gefallen. Ich hab mir gedacht, ich erzähl ihm, ich hätte eine alte Versicherungspolice gefunden und zu Geld gemacht. So was in der Richtung. Die Sorte Lüge, die nicht als Sünde zählt. Hoffe ich.«

»Ihr seid noch immer unter der Collier-Street-Adresse zu erreichen?« An die ich jedes Jahr eine höflich neutrale Weihnachtskarte schickte und von wo ich jedes Mal eine mit typischen Winter-Motiven zurückbekam, unterzeichnet mit *Alles Gute und Gottes Segen, Simon und Diane Townsend.*

»Ja«, sagte sie. Und dann: »Danke, Tyler. Vielen, vielen Dank. Weißt du, das ist unglaublich beschämend.«

»Es sind schwere Zeiten für viele.«

»Dir geht's aber gut?«

»Ja, mir geht's gut.«

Ich schickte ihr sechs Schecks, jeder auf den fünfzehnten des Monats vordatiert, Geld für ein halbes Jahr. Ich war mir nicht sicher, ob es unsere Freundschaft festigen oder vergiften würde. Oder ob es überhaupt eine Rolle spielte.

Die Messdaten zeugten von einer Welt, die noch immer trockener war als die Erde, aber bedeckt von Seen, die glänzenden türkisfarbenen Kupfertischintarsien ähnelten; ein von Wolkenbändern sanft umspielter Planet mit stürmischen Niederschlägen, die auf die dem Wind zugewandten Hänge uralter Vulkane gepeitscht wurden und Flussbecken ebenso speisten wie schlammige Flachlanddeltas, so grün wie ein gepflegter Vorstadtrasen.

Die großen Trägerraketen standen aufgetankt auf ihren Plattformen; auf Startplätzen und Kosmodromen rund um die Welt bestiegen annähernd achthundert Menschen die Abschussrampen, um sich in schrankgroße Kammern einzuschließen und einem Schicksal ins Auge zu blicken, das alles andere als gewiss war. Die auf diesen Trägerraketen installierten NEP-Archen enthielten (zusätzlich zu den Astronauten) im Embryostadium befindliche Schafe, Rinder, Pferde, Schweine und Ziegen sowie die Mutterschöße aus Stahl, aus denen sie, mit etwas Glück, ins Leben geholt werden konnten; die Samen von zehntausend Pflanzen, die Larven von Bienen und anderen nützlichen Insekten, biologisches Frachtgut, das die Reise und die Härten der Wiedergeburt überstehen würde oder auch nicht; Archive menschlichen Wissens sowohl in digitaler Form (inklusive der Technik, es zu lesen) als auch auf eng bedrucktem Papier; und schließlich Bauteile und Vorräte für einfache Behausungen, Solarstromgeneratoren, Treibhäuser, Wasserreinigungsanlagen, Feldlazarette. In einem Best-Case-Szenario würden alle Schiffe innerhalb einer Zeitspanne von wenigen Jahren, je nach Durchquerung der Spin-Membran, in etwa die gleichen Äquatorialebenen erreichen; im schlechtesten Fall könnte sogar ein einziges Schiff, sofern es in einigermaßen intaktem Zustand landete, seiner Mannschaft die Mittel in die Hand geben, die Akklimatisierungszeit zu überstehen.

Also ging es einmal mehr ins Perihelion-Auditorium, zusammen mit all denen, die nicht an die Küste gefahren waren, um das Ereignis live mitzuerleben. Ich saß ganz vorn neben Jason, und wir reckten die Hälse, um die Videoeinspielung der NASA sehen zu können, eine spektakuläre Totale der Startrampen vor der Küste, Stahlinseln, durch gewaltige Gleisbrücken verbunden, zehn riesige Prometheus-Trägerraketen (»Prometheus« genannt, soweit sie von Boeing oder Lockheed-Martin gebaut worden waren; die Russen, die Chinesen und die Europäer verwendeten die gleichen Schablonen, nannten sie aber anders und strichen sie anders an), in Scheinwerferlicht getaucht und wie weiß getünchte Zaunpfähle in den blauen Atlantik hineingestellt. Viel war für diesen Augenblick geopfert worden: Steuern und Schätze, Küstenlinien und Korallenriffe, Karrieren und manch ein Menschenleben (am Fuße jeder Rampe vor Canaveral befand sich eine Tafel mit den Namen der fünfzehn Bauarbeiter, die während der Montage ums Leben gekommen waren). Jasons Fuß klopfte einen wilden Rhythmus, während der Countdown in die letzte Minute ging, und ich fragte mich schon, ob es symptomatisch sei, doch er fing meinen Blick auf und sagte: »Ich bin nur aufgeregt. Du etwa nicht?«

Es hatte bereits Probleme gegeben. Weltweit waren achtzig dieser großen Trägerraketen montiert und für einen aufeinander abgestimmten Start präpariert worden, und da es sich um eine Neukonstruktion handelte, traten hier und da noch Fehler auf. Für vier Raketen war der Start schon wegen technischer Schwierigkeiten abgeblasen worden, und drei hatten ihren Countdown – für einen Start, der eigentlich weltweit zur gleichen Zeit erfolgen sollte – aus den üblichen Gründen unterbrochen: unsichere Treibstoffleitungen, störungsanfällige Software. So etwas war unvermeidlich und in der Planung auch einkalkuliert worden, dennoch wirkte es wie ein schlechtes Vorzeichen.

So vieles musste in so kurzer Zeit geschehen. Was wir diesmal verpflanzten, das war ja keine Biologie, sondern menschliche Geschichte, und diese menschliche Geschichte, hatte Jason gesagt, brannte wie ein Feuer im Vergleich zum trägen Gang der Evolution. (Als wir noch viel jünger waren, nach Beginn des Spins, aber noch bevor er das Große Haus verließ, hatte Jason diesen Gedanken gern mit Hilfe einer kleinen Vorführung veranschaulicht. »Streck die Arme aus«, pflegte er zu sagen, »zu beiden Seiten«, und wenn man dann in der gewünschten Kreuzhaltung dastand, fuhr er fort: »Vom linken Zeigefinger quer über dein Herz hinüber bis zum rechten Zeigefinger, das ist die Geschichte der Erde. Weißt du, was die *menschliche* Geschichte ist? Die Geschichte der Menschheit ist der Nagel auf deinem rechten Zeigefinger. Und nicht mal der ganze Nagel. Nur das kleine weiße Stück. Das Stück, das du abschneidest, wenn es zu lang wird. Das ist die Entdeckung des Feuers und die Erfindung der Schrift und Galileo und Newton und die Mondlandung und der 11. September und letzte Woche und heute Morgen. Gemessen an der Evolution sind wir Neugeborene. Gemessen an der Geologie existieren wir noch kaum.«)

Dann verkündete die NASA-Stimme: »Zündung«, und Jason saugte Luft durch die Zähne ein und wandte den Kopf halb ab, als neun von zehn Trägerraketen – hohle, mit explosiver Flüssigkeit gefüllte Röhren, höher als das Empire State Building – entgegen aller Logik der Schwerkraft und Trägheit himmelwärts explodierten, Tonnen von Treibstoff verbrannten, um die ersten Zentimeter Höhe zu gewinnen, und Meerwasser verdampften, um einen Schallwirbel abzupuffern, der sie andernfalls in Stücke gesägt hätte. Und dann war es, als hätten sie sich Leitern aus Dampf und Rauch gebaut und erkletterten diese mit inzwischen deutlich wahrzunehmender Geschwindigkeit, während Feuerfedern die rotierenden Wolken überholten, die sie erzeugt hatten.

Auf und davon, wie jeder andere erfolgreiche Start: schnell und lebhaft wie ein Traum, dann auf und davon.

Die letzte Trägerrakete wurde von einem fehlerhaften Sensor aufgehalten und startete zehn Minuten später. Ihre Nutzlast würde nun den Mars erst tausend Jahre nach der übrigen Flotte erreichen, aber dies, wie gesagt, war bei der Planung einkalkuliert worden und konnte sich sogar als vorteilhaft erweisen – als eine Art Neuinjektion irdischer Technologie und irdischen Wissens, nachdem die digitalen und die auf Papier gedruckten Bücher der ursprünglichen Kolonisten längst zu Staub zerfallen waren.

Augenblicke später schaltete die Videoübertragung nach Französisch-Guayana um, zum ehrwürdigen und vielfach ausgebauten Centre National d'Études Spatiales in Kourou, wo eine der großen Trägerrakten aus der Aerospatiale-Fabrik etwa dreißig Meter weit aufgestiegen war, dann den Anschub verloren hatte und in einem pilzförmigen Flammenmeer auf die Rampe zurückgekracht war.

Zwölf Menschen fanden den Tod, zehn an Bord der NEP-Arche und zwei auf dem Boden, aber es war die einzige offensichtliche Katastrophe der gesamten Startreihe, und so konnte man, alles in allem genommen, wohl doch von einem glücklichen Ausgang sprechen.

Freilich war das noch nicht das Ende der Übung. Bis Mitternacht – und dies schien mir der bislang deutlichste Indikator für die groteske Kluft zwischen terrestrischer und Spin-Zeit zu sein – würde die menschliche Zivilisation auf dem Mars entweder komplett untergegangen sein oder auf eine Geschichte von annähernd hunderttausend Jahren zurückblicken.

Das war, grob gerechnet, die Zeitspanne zwischen der Entstehung des Homo sapiens als individueller Spezies und gestern Nachmittag.

Es entschied sich also so allerlei, während ich von Perihelion zurück zu meinem gemieteten Heim fuhr. Ganze marsianische Dynastien stiegen auf und vergingen wieder, während ich darauf wartete, dass die Ampel umschaltete. Ich dachte an diese Existenzen – ganz und gar reale Menschenleben, jedes eingezwängt in eine Zeitspanne von weniger als einer Minute auf meiner Armbanduhr – und mir wurde ein wenig schwummrig. Das Spin-Schwindelgefühl. Oder vielleicht ging es auch tiefer.

Ich sah die Ergebnisse, bevor sie öffentlich bekannt gemacht wurden.

Es war eine Woche nach den Prometheus-Starts. Jason war für 10 Uhr 30 in der Praxis angemeldet, vorbehaltlich neuer Nachrichten aus Pasadena. Er sagte den Termin zwar nicht ab, erschien aber eine ganze Stunde später, eine Aktenmappe in der Hand und offensichtlich mit der Absicht, über etwas ganz anderes zu sprechen als seine Medikamente.

»Ich weiß nicht, was ich der Presse sagen soll. Ich komme gerade aus einer Konferenz mit dem ESA-Direktor und ein paar chinesischen Bürokraten. Wir versuchen einen Entwurf für eine gemeinsame Erklärung der Staatsoberhäupter zu formulieren, aber kaum sind mal die Russen mit einer Wendung einverstanden, legen die Chinesen ihr Veto ein, und umgekehrt.«

»Eine Erklärung worüber?«

»Die Satellitendaten.«

»Ihr habt die Ergebnisse?«

Tatsächlich waren sie längst überfällig. Normalerweise gab das JPL seine Fotos schneller heraus und aus Jasons Worten folgerte ich, dass irgendjemand die Daten zurückgehalten hatte. Was wohl bedeutete, dass sie nicht den Erwartungen entsprachen. Schlechte Nachrichten vielleicht.

»Hier, schau.« Jason öffnete die Aktenmappe und entnahm ihr zwei Teleskopbilder. Es waren beides Ansichten vom Mars, aufgenommen aus der Erdumlaufbahn nach den Prometheusstarts.

Das erste Foto war atemberaubend, obwohl es sich oberflächlich nicht sehr von dem gerahmten Bild in meinem Wartezimmer zu unterscheiden schien: Ich konnte genug Grün ausmachen, um mich davon zu überzeugen, dass das exportierte Ökosystem noch immer intakt war, noch immer aktiv.

»Sieh ein bisschen genauer hin«, sagte Jason. Er fuhr mit dem Finger an der gewundenen Linie einer Flussebene entlang. Da waren grüne Flecken mit klaren, regelmäßigen Umgrenzungen. Je näher ich hinsah, desto mehr davon. »Landwirtschaft.«

Ich hielt den Atem an und überlegte, was das bedeutete. Jetzt gibt es zwei bewohnte Planeten im Sonnensystem, dachte ich. Nicht nur hypothetisch, sondern wahr und wahrhaftig. Das da waren Orte, wo Menschen lebten, Orte *auf dem Mars*.

Ich wollte nicht aufhören hinzustarren, aber Jason schob das Bild in seinen Umschlag zurück und zeigte mir das zweite Foto.

»Dies hier«, sagte er, »wurde vierundzwanzig Stunden später aufgenommen.«

»Ich verstehe nicht.«

»Von derselben Kamera auf demselben Satelliten aufgenommen. Wir haben parallele Bilder, um das Ergebnis zu bestätigen. Es sah zuerst aus wie ein Fehler in der Bildverarbeitung, bis wir den Kontrast so weit hochgefahren haben, dass wir ein bisschen Sternenlicht erkennen konnten.«

Aber da war nichts zu sehen auf dem Foto. Ein paar Sterne und in der Mitte ein fettes Nichts in Form einer Scheibe. »Was ist das?«

»Eine Spin-Membran«, sagte Jason. »Von außen gesehen. Der Mars hat jetzt auch eine.«

Von Padang aus reisten wir landeinwärts – so viel begriff ich –, es ging bergauf, über Straßen, die manchmal seidig glatt, manchmal uneben und von Schlaglöchern übersät waren. Irgendwann hielt das Auto vor einem Gebäude, das in der Dunkelheit wie ein Betonbunker aussah, offenbar aber (zu erkennen an dem unter einer grellen Wolframlampe aufgemalten roten Halbmond) eine medizinische Einrichtung war. Der Fahrer war sauer, als er sah, wohin er uns gefahren hatte – ein weiterer Beleg dafür, dass ich krank war, nicht nur betrunken –, doch Diane drückte ihm noch ein paar Geldscheine in die Hand, sodass er schließlich einigermaßen beschwichtigt davonfuhr.

Ich hatte Schwierigkeiten, mich auf den Beinen zu halten, lehnte mich gegen Diane, die mein Gewicht wacker trug, und so standen wir da in der feuchten Nacht auf einer leeren Straße. Mondschein bohrte sich durch die Wolkenfetzen. Vor uns war eine Klinik, auf der anderen Straßenseite eine Tankstelle und sonst nichts als Wald und flache Abschnitte, bei denen es sich um bewirtschaftete Felder handeln mochte. Es gab kein Anzeichen menschlichen Lebens, bis die Eingangstür der Klinik ächzend aufging und eine kleine, korpulente Frau in einem langen Rock und mit einer kleinen weißen Mütze eilig zu uns herauskam.

»Ibu Diane«, sagte die Frau aufgeregt, aber leise, als befürchte sie, man könne sie, selbst zu dieser einsamen Stunde, belauschen. »Willkommen!«

»Ibu Ina«, erwiderte Diane respektvoll.

»Und dies ist wohl ...?«

»Pak Tyler Dupree. Von dem ich Ihnen erzählt habe.«

»Zu krank, um zu sprechen?«

»Zu krank, um irgendetwas Vernünftiges zu sagen.«

»Dann sollten wir ihn unbedingt nach drinnen schaffen.«

Diane stützte mich auf der einen Seite und die Frau, die sie

Ibu Ina genannt hatte, packte meinen rechten Arm unter der Schulter. Sie war nicht mehr jung, aber bemerkenswert kräftig. Die Haare unter der Mütze waren grau und schon ausgedünnt. Sie roch nach Zimt. Der Art nach zu urteilen, wie sie die Nase rümpfte, roch ich nach etwas Unangenehmerem.

Dann waren wir im Gebäude, gingen an einem leeren, mit Rattan- und billigen Metallstühlen möblierten Wartezimmer vorbei zu einem dem Eindruck nach recht modernen Untersuchungszimmer, wo Diane mich auf einem gepolsterten Tisch ablud und Ina sagte: »Na, dann wollen wir mal sehen, was wir für ihn tun können.« Ich fühlte mich sicher genug, um das Bewusstsein zu verlieren.

Ich erwachte vom Klang eines Gebetsrufes, der von einer fernen Moschee herwehte, und vom Geruch nach frischem Kaffee.

Ich lag nackt auf einer Pritsche in einem kleinen Zimmer mit Betonwänden; durch das Fenster fiel Licht, eine blasse Vorahnung der Morgendämmerung. Es gab einen Türeingang mit einer Art Bambusvorhang, durch den ich hören konnte, wie jemand etwas Energisches mit Tassen und Schüsseln anstellte.

Die Kleidung, die ich gestern getragen hatte, war gewaschen worden und lag zusammengelegt neben der Pritsche. Ich befand mich zwischen zwei Fieberattacken – ich hatte gelernt, diese kleinen Oasen des Wohlbefindens als solche zu erkennen – und war kräftig genug, mich anzuziehen.

Ich balancierte gerade auf einem Bein und bemühte mich, das andere in meine Hose einzufädeln, als Ibu Ina durch den Vorhang spähte. »Oh, Ihnen geht's gut genug, dass Sie stehen können«, sagte sie.

Kurzzeitig. Ich sank, erst halb angezogen, zurück auf die Pritsche. Ina betrat das Zimmer mit einer Schüssel Reis, einem Löffel, einem emaillierten Blechbecher. Sie kniete sich neben mich und deutete mit den Augen auf das Holztablett: Ob ich irgendetwas davon haben wolle?

Ich stellte fest, dass das der Fall war. Zum ersten Mal seit vielen Tagen hatte ich Hunger. Meine Hose saß lächerlich locker, meine Rippen stachen obszön hervor. »Danke«, sagte ich.

»Wir sind uns letzte Nacht vorgestellt worden.« Sie reichte mir die Schüssel. »Können Sie sich daran erinnern? Ich muss mich für die primitive Art der Unterbringung entschuldigen. Dieser Raum dient eher der Tarnung als der Bequemlichkeit.«

Sie mochte fünfzig oder sechzig Jahre alt sein. Ihr Gesicht war rund und faltig, die Züge in einem Mond aus braunem Fleisch konzentriert, was ihr etwas Apfelpuppenhaftes verlieh, akzentuiert noch durch den langen schwarzen Rock und die weiße Haube. Hätten die Amish-Leute in Westsumatra gesiedelt, würden sie vielleicht so etwas wie Ibu Ina hervorgebracht haben.

Sie sprach englisch mit singendem indonesischen Akzent, aber ihre Ausdrucksweise war untadelig. »Sie sprechen unsere Sprache sehr gut«, sagte ich, das einzige Kompliment, das mir auf die Schnelle einfiel.

»Danke, ich habe in Cambridge studiert.«

»Englisch?«

»Medizin.«

Der Reis war etwas fade, aber gut. Ich zeigte demonstrativ guten Willen, ihn aufzuessen.

»Vielleicht später mehr?«, fragte sie.

»Ja, danke.«

*Ibu* war ein Ausdruck des Respekts in der Sprache der Minangkabau, verwendet bei der Anrede von Frauen (das männliche Gegenstück war *Pak*). Woraus folgte, dass Ina eine Minangkabau-Ärztin war und wir uns im Hochland von Sumatra befanden, vermutlich in unmittelbarer Nähe zum Mount Merapi. Alles, was ich über Inas Volk wusste, stammte aus dem Reiseführer über Sumatra, den ich auf dem Flug von Singapur hierher gelesen hatte: Es gab mehr als fünf Millionen Minangkabau, die in Dörfern und Städten des Hochlands lebten; viele der besten Restaurants in Padang wurden von Minangkabau betrieben; sie waren berühmt für ihre matrilineare Kultur, ihren Geschäftssinn und ihre Vermischung von Islam und traditionellen *Adat*-Gebräuchen.

Alles keine Erklärung dafür, was ich im Hinterzimmer der Praxis einer Minang-Ärztin zu suchen hatte.

»Schläft Diane noch? Ich verstehe nämlich nicht ...«

»Ibu Diane hat den Bus zurück nach Padang genommen, fürchte ich. Aber Sie sind hier sicher.«

»Ich hatte gehofft, dass auch sie sicher sein würde.«

»Sie wäre hier natürlich sicherer als in der Stadt, ganz bestimmt. Aber das würde keinem von Ihnen aus Indonesien heraushelfen.«

»Wie haben Sie Diane kennen gelernt?«

Ina grinste. »Reine Glückssache – oder hauptsächlich Glück. Sie war gerade in Verhandlungen mit meinem Ex-Mann Jala, der, unter anderem, im Import-Export-Geschäft ist, als sich herausstellte, dass sich die New Reformasi ein bisschen allzusehr für sie interessierten. Ich arbeite ein paar Tage im Monat in einem staatlichen Krankenhaus in Padang und war entzückt, als Jala mich mit Diane bekannt machte, auch wenn er nur nach einem vorübergehenden Versteck für einen potenziellen Kunden gesucht hat. Es war so aufregend, der Schwester von Pak Jason Lawton zu begegnen!«

Das war in mehrerlei Hinsicht überraschend, wenn nicht erschreckend. »Sie haben von Jason gehört?«

»*Gehört*, ja – anders als Sie hatte ich nie die Ehre, mit ihm zu sprechen. Oh, aber wie begierig habe ich die Nachrichten über Jason Lawton in den frühen Tagen des Spins verfolgt! Und Sie waren sein Arzt. Und jetzt sind Sie hier im Hinterzimmer meiner Klinik!«

»Ich weiß nicht, ob Diane irgendetwas davon hätte erwähnen sollen.« Ich war mir absolut sicher, dass sie es besser nicht hätte tun sollen. Unser einziger Schutz war die Anonymität, und die war jetzt gefährdet.

Ibu Ina wirkte niedergeschlagen. »Natürlich wäre es besser

gewesen, *diesen* Namen nicht zu erwähnen. Aber Ausländer mit rechtlichen Problemen sind in Padang gang und gäbe. Es gibt sogar einen ziemlich schrecklichen Ausdruck dafür: Dutzendware. Ausländer mit rechtlichen *und* gesundheitlichen Schwierigkeiten sind noch problematischer. Diane muss erfahren haben, dass Jala und ich große Bewunderer von Jason Lawton sind – es kann nur reine Verzweiflung gewesen sein, die sie bewogen hat, sich auf seinen Namen zu berufen. Und trotzdem mochte ich ihr nicht glauben, bis ich mir im Internet Fotografien angesehen habe. Ich nehme an, einer der Nachteile der Berühmtheit besteht darin, dass man ständig fotografiert wird. Jedenfalls war da ein Foto der Familie Lawton, aufgenommen in der Frühzeit des Spins, aber ich habe sie trotzdem erkannt: Sie hatte die Wahrheit gesagt! Und also musste es auch wahr sein, was sie mir über ihren kranken Freund erzählt hatte. Sie waren Arzt von Jason Lawton. Und natürlich von dem anderen, dem noch berühmteren ...«

»Ja.«

»Dem kleinen schwarzen faltigen Mann.«

»Ja.«

»Von dessen Medizin Sie krank geworden sind.«

»Dessen Medizin mich aber auch wieder gesund machen wird, hoffe ich.«

»Genau wie bei Diane, so hat sie jedenfalls gesagt. Das finde ich interessant. Gibt es wirklich noch ein Stadium des Erwachsenseins jenseits des Erwachsenseins? Wie fühlen Sie sich?«

»Könnte besser sein, ehrlich gesagt.«

»Aber der Prozess ist noch nicht beendet.«

»Nein, der Prozess ist nicht beendet.«

»Dann sollten Sie sich ausruhen. Kann ich Ihnen irgendetwas bringen?«

»Ich hatte Schreibhefte, Papier ...«

»In einem Bündel bei Ihrem anderen Gepäck. Ich werde es holen. Sind Sie nicht nur Arzt, sondern auch Schriftsteller?«

»Nur zeitweilig. Ich muss einfach ein paar Gedanken zu Papier bringen.«

»Vielleicht können Sie, wenn Sie sich besser fühlen, einige dieser Gedanken mit mir teilen.«

»Vielleicht. Es wäre mir eine Ehre.«

Sie erhob sich wieder. »Vor allem über den kleinen schwarzen faltigen Mann. Den Mann vom Mars.«

In den folgenden Tagen schlief ich unregelmäßig, war beim Erwachen verblüfft über die vergangene Zeit, die plötzlich angebrochene Nacht oder den unerwarteten Morgen, und orientierte mich, so gut ich konnte, an den Gebetsrufen, den Verkehrsgeräuschen und an der Versorgung durch Ibu Ina, die mir Reis mit Curryeiern brachte und mich gelegentlich mit einem Schwamm wusch. Wir unterhielten uns, aber das Gesprochene rann durch mein Gedächtnis wie Sand durch ein Sieb, und an ihrem Gesichtsausdruck sah ich, dass ich mich gelegentlich wiederholte oder Dinge nicht mehr wusste, die sie mir erzählt hatte. Helligkeit, dann Dunkelheit, Helligkeit, dann Dunkelheit, und dann, plötzlich, Diane neben Ina am Bett kniend. Beide sahen mich ernst an.

»Er ist wach«, sagte Ina. »Bitte entschuldigen Sie mich. Ich lasse Sie beide allein.«

Dann war nur noch Diane neben mir.

Sie trug eine weiße Bluse, einen weißen Schal über ihren dunklen Haaren, bauschige blaue Hosen. Von der Aufmachung her wäre sie in Padang nicht besonders aufgefallen, wenn sie auch zu groß und zu blass war, um wirklich als Einheimische durchzugehen. »Tyler.« Die Augen waren blau und groß. »Achtest du auch auf deine Flüssigkeitsaufnahme?«

»Sehe ich so schlimm aus?«

Sie streichelte meine Stirn. »Es ist nicht leicht, stimmt's?«

»Ich habe nicht erwartet, dass es ohne Schmerzen abgeht.«

»Noch ein, zwei Wochen, dann ist es vorbei. Bis dahin ...«

Sie musste nichts weitersagen. Das Medikament arbeitete sich tief ins Muskelgewebe, ins Nervengewebe vor.

»Das hier ist aber ein guter Ort. Wir haben Krampflöser, Schmerzmittel. Ina weiß, was los ist.« Sie lächelte schief. »Trotzdem ... nicht unbedingt das, was wir geplant hatten.«

Unsere ursprünglichen Pläne waren auf Anonymität gegründet, jede der Bogen-Hafenstädte hätte für zahlungsfähige Amerikaner ein sicherer Ort zum Untertauchen sein sollen. Für Padang hatten wir uns nicht nur der Bequemlichkeit wegen entschieden – Sumatra war die am dichtesten beim Bogen gelegene Landmasse –, sondern auch wegen seines enorm schnellen wirtschaftlichen Wachstums und weil die jüngsten Probleme mit der New-Reformasi-Regierung in Jakarta die Stadt in eine für uns nützliche Anarchie gestürzt hatten. Ich würde die Drogenbehandlung in einem unauffälligen Hotel durchleiden, und wenn alles vorbei war – wenn ich buchstäblich generalüberholt war –, würden wir Plätze für die Überfahrt an einen Ort buchen, an dem uns kein Unheil erreichen konnte. So hatten wir es uns vorgestellt.

Womit wir nicht gerechnet hatten, das war die Rachsucht der Regierung Chaykin und ihre Entschlossenheit, an uns ein Exempel zu statuieren – sowohl für die Geheimnisse, die wir bewahrt, als auch für die, die wir bereits enthüllt hatten.

»Ich schätze, ich habe mich am falschen Ort ein bisschen zu auffällig benommen«, sagte Diane. »Ich hatte bei zwei verschiedenen *Rantau*-Kollektiven für uns gebucht, aber beide Abmachungen sind geplatzt, plötzlich wollten die Leute nicht mehr mit mir reden, und es war offensichtlich, dass wir viel zu viel Aufmerksamkeit erregten. Das Konsulat, die New Reformasi und die örtliche Polizei, alle haben sie unsere Beschreibung. Keine völlig *präzise* Beschreibung, aber nahe genug dran.«

»Und deshalb hast du diesen Leuten gesagt, wer wir sind.«

»Ich hab's ihnen gesagt, weil sie es ohnehin schon vermutet hatten. Nicht Ibu Ina, aber mit Sicherheit Jala, ihr Ex. Das ist ein ganz gerissener Bursche. Er betreibt eine relativ respektable Reederei. Ein Großteil der Beton- und Palmölladungen, die durch den Hafen von Teluk Bayur gehen, machen dabei Station in dem einen oder anderen von Jalas Lagerhäusern. Das *Rantau-gadang*-Geschäft erzielt zwar weniger Gewinn, ist aber dafür steuerfrei, und diese Emigranten-Schiffe kommen auch nicht leer zurück. Außerdem hat er noch einen flotten Nebenerwerb mit Schwarzmarktrindern und -ziegen.«

»Klingt wie jemand, der uns ohne weiteres an die New Reformasi verkaufen würde.«

»Aber wir zahlen besser. Und bereiten ihm weniger Probleme mit den Gesetzen, solange wir nicht gefasst werden.«

»Was hält Ina davon?«

»Wovon? Dem *Rantau gadang*? Zwei ihrer Söhne und eine Tochter befinden sich in der Neuen Welt. Von Jala? Sie hält ihn für mehr oder weniger vertrauenswürdig – wenn man ihn kauft, dann bleibt er gekauft. Von uns? Sie glaubt, wir seien nicht weit vom Stand der Heiligkeit entfernt.«

»Wegen Wun Ngo Wen?«

»Hauptsächlich.«

»Was für ein Glück, dass du sie gefunden hast.«

»Es war nicht nur Glück.«

»Trotzdem sollten wir sehen, dass wir so bald wie möglich wegkommen.«

»Sobald es dir besser geht. Jala hat ein Schiff bereit. Die *Capetown Maru*. Das ist der Grund, warum ich zwischen hier und Padang hin- und hergependelt bin. Es gibt noch mehr Leute, die ich bezahlen muss.«

Aus Ausländern mit Geld verwandelten wir uns sehr schnell in Ausländer, die früher mal Geld hatten. »Trotzdem«, sagte ich, »ich wünschte ...«

»Ja, was?« Sie strich mit einem Finger über meine Stirn, hin und her, ganz langsam.

»Ich wünschte, ich müsste nicht alleine schlafen.«

Sie lachte kurz auf und legte ihre Hand auf meine Brust. Auf meinen ausgemergelten Brustkorb, auf die noch immer hässliche Krokodilhaut. Nicht gerade eine Anregung für Intimes. »Es ist zu heiß zum Kuscheln.«

»Zu heiß?«

Ich hatte die ganze Zeit gezittert.

»Armer Tyler.«

Ich wollte ihr sagen, sie solle vorsichtig sein. Aber vorher machte ich noch kurz die Augen zu – und als ich sie wieder öffnete, war sie nicht mehr da.

Schlimmeres würde unvermeidlich folgen, aber tatsächlich fühlte ich mich in den nächsten Tagen viel besser – das Auge des Sturms, wie Diane es genannt hatte. Es war, als hätten die marsianische Substanz und mein Körper einen vorläufigen Waffenstillstand ausgehandelt, Gelegenheit für beide Seiten, sich für die Entscheidungsschlacht zu sammeln. Ich versuchte, mir die Atempause zunutze zu machen.

Ich aß alles, was Ina mir anbot, und von Zeit zu Zeit lief ich im Zimmer hin und her, um ein wenig Energie in meine dürren Beine zu leiten. Hätte ich mich kräftiger gefühlt, wäre mir diese Betonschachtel (in der medizinischer Bedarf aufbewahrt worden war, bevor Ina sich ein an die Klinik angrenzendes alarmgesichertes Lager hatte bauen lassen) vielleicht wie eine Gefängniszelle vorgekommen, unter den gegebenen Umständen war sie sogar beinahe gemütlich. Ich stapelte unsere Hartschalenkoffer in eine Ecke und verwendete sie, auf einer Schilfmatte sitzend, als eine Art Schreibtisch. Das hohe Fenster ließ ein bisschen Sonnenlicht ins Zimmer strömen.

Und es ließ auch einen einheimischen Schuljungen ins Zimmer blicken, dessen Augen ich bereits zweimal auf mich gerichtet gesehen hatte. Als ich Ina davon berichtete, nickte sie, verschwand kurz und kehrte wenig später mit dem Jungen im Schlepptau zurück. »Das ist En«, sagte sie und warf ihn mir, durch den Vorhang hindurch, praktisch in die Arme. »En ist zehn Jahre alt. Er ist sehr gescheit. Er möchte einmal Arzt werden. Außerdem ist er der Sohn meines Neffen. Unglücklicherweise ist er mit großer Neugier geschlagen, was manchmal zu Lasten der Vernunft geht. Er ist auf die Mülltonne geklettert, um zu sehen, was ich in meinem Hinterzimmer versteckt habe. Unverzeihlich. Entschuldige dich bei meinem Gast, En.«

En ließ den Kopf so tief hängen, dass ich Sorge hatte, seine riesige Brille würde ihm von der Nase rutschen. Er murmelte etwas vor sich hin.

»Auf Englisch«, sagte Ina.

»Sorry!«

»Nicht sehr elegant, aber inhaltlich korrekt. Vielleicht kann En etwas für Sie tun, Pak Tyler, um sein schlechtes Benehmen wieder gutzumachen?«

En war offensichtlich in der Bredouille. Ich versuchte, ihn daraus zu befreien. »Außer meine Privatsphäre zu achten, wüsste ich nichts.«

»Ganz bestimmt wird er Ihre Privatsphäre von nun an respektieren – *nicht wahr*, En?« En wand sich und nickte. »Außerdem habe ich eine Aufgabe für ihn. En kommt fast jeden Tag zur Klinik. Wenn ich nicht zu beschäftigt bin, zeige ich ihm ein paar Sachen. Das Schaubild der menschlichen Anatomie. Das Lackmuspapier, das im Essig seine Farbe verändert. En behauptet, dankbar zu sein für solche Gefälligkeiten.« Ens Nicken bekam einen beinahe spastischen Charakter. »Als Gegenleistung – und als eine Art Wiedergutmachung für seine grobe Missachtung der *Budi*-Gebote – wird En ab sofort als Beobachtungsposten für die Klinik dienen. En, weißt du, was das bedeutet?«

En hörte auf zu nicken und blickte argwöhnisch drein.

»Es bedeutet, dass deine Wachsamkeit und Neugier von nun an einem guten Zwecke dienen werden. Falls irgendjemand ins Dorf kommt und sich nach der Klinik erkundigt – jemand aus der Stadt, meine ich, vor allem, wenn er wie ein Polizist aussieht oder sich so benimmt –, wirst du *sofort* hergelaufen kommen und mir Bescheid sagen.«

»Auch wenn ich gerade in der Schule bin?«

»Ich bezweifle, dass die New Reformasi euch in der Schule belästigen werden. Wenn du in der Schule bist, konzentrier dich auf den Unterricht. Ansonsten, auf der Straße, an einem *Warung*, wo auch immer, sobald du etwas siehst oder mithörst, was mich oder die Klinik oder Pak Tyler – von dem du *nicht* sprechen darfst – betrifft, kommst du sofort hierher. Hast du verstanden?«

»Ja«, erwiderte En und murmelte noch etwas, das ich nicht verstand.

»Nein«, sagte Ina schnell, »Zahlungen sind damit nicht verbunden. Was für eine beschämende Frage! Allerdings, falls ich zufrieden bin, könnten gewisse Vergünstigungen folgen. Im Augenblick bin ich ganz und gar nicht zufrieden.«

En sauste davon, und sein übergroßes weißes T-Shirt flatterte hinter ihm her.


In der Dunkelheit einer regnerischen Nacht wusch mich Ibu Ina, rieb und spülte einen Sumpf abgestorbener Haut von meinem Körper.

»Erzählen Sie mir etwas von ihnen, an das Sie sich erinnern. Erzählen Sie mir, wie es war, zusammen mit Diane und Jason Lawton aufzuwachsen.«

Ich dachte darüber nach. Oder besser gesagt, ich tauchte in den trüben Teich der Erinnerung, um dort etwas Geeignetes für sie zu finden, etwas, das nicht nur wahr, sondern auch irgendwie bezeichnend war. Ich bekam nicht genau das zu fassen, was ich wollte, aber es trieb doch etwas an die Oberfläche: ein sternenheller Himmel, ein Baum. Der Baum war eine Silberpappel, dunkel und geheimnisvoll. »Einmal sind wir zelten gefahren«, sagte ich. »Das war vor dem Spin, aber nicht lange.«

Es war angenehm, die tote Haut abspülen zu lassen, jedenfalls zuerst, denn die freigelegte neue Haut war extrem empfindlich. Die erste Berührung des Schwamms war lindernd, die zweite fühlte sich an wie Jod auf einer feinen Fleischwunde. Ina war sich dessen bewusst.

»Sie drei? Waren Sie nicht noch ein bisschen jung dafür, ein Zeltausflug, ich meine, nach den Gepflogenheiten dort, wo Sie herkommen? Oder sind Sie mit Ihren Eltern gefahren?«

»Nein. E. D. und Carol sind einmal im Jahr in die Ferien gefahren, zu den einschlägigen Urlaubsorten oder auf einem Kreuzschiff, vorzugsweise ohne Kinder.«

»Und Ihre Mutter?«

»Ist lieber zu Hause geblieben. Es war ein Ehepaar aus der gleichen Straße, das uns in die Adirondacks mitgenommen hat, zusammen mit ihren eigenen zwei Söhnen, Teenager, die nichts mit uns zu tun haben wollten.«

»Warum haben sie dann ... oh, ich vermute, der Vater wollte sich bei E. D. Lawton einschmeicheln? Vielleicht, um ihn selbst um einen Gefallen bitten zu können?«

»So ungefähr. Ich habe nicht nachgefragt. Genauso wenig wie Jason. Diane mag es gewusst haben – sie hat auf solche Sachen geachtet.«

»Ist auch nicht so wichtig. Sie sind zu einem Zeltplatz in den Bergen gefahren? Jetzt mal auf die Seite drehen, bitte.«

»Einer von diesen Campingplätzen mit angeschlossenem Parkplatz. Nicht gerade unberührte Natur. Aber es war ein Wochenende im September und wir hatten das Gelände fast für uns. Wir haben die Zelte aufgebaut und ein Feuer angemacht. Die Erwachsenen ...« Jetzt fiel mir auch ihr Name wieder ein. »Die Fitches haben Lieder gesungen, und wir mussten beim Refrain mitsingen. Offenbar hatten sie schöne Erinnerungen an die Sommerlager ihrer Jugend. Im Grunde war es ziemlich deprimierend. Die Fitch-Söhne fanden es total schrecklich und haben sich die ganze Zeit mit Kopfhörern in ihrem Zelt versteckt. Die Eltern haben dann irgendwann aufgegeben und sind zu Bett gegangen.«

»Und haben euch drei beim Lagerfeuer zurückgelassen. War es eine klare Nacht oder eine regnerische, wie heute?«

»Eine klare Frühherbstnacht.« Ganz bestimmt nicht wie die jetzige, mit ihrem Froschgequake und dem aufs dünne Dach hämmernden Regen. »Kein Mond, aber eine Menge Sterne. Nicht warm, aber auch nicht richtig kalt, obwohl wir ein ganzes Stück weit oben in den Bergen waren. Windig. So windig, dass man der Unterhaltung der Bäume lauschen konnte.«

Ina lächelte. »Die Unterhaltung der Bäume? Ja, ich weiß, wie das klingt. Und jetzt auf die linke Seite, bitte.«

»Der Ausflug war langweilig gewesen, aber jetzt, wo wir drei unter uns waren, wurde es besser. Jason holte eine Taschenlampe und wir gingen ein bisschen vom Feuer weg, zu einer Lichtung in einem Pappelhain, weg von den Autos und Zelten und Leuten, eine Stelle, wo der Hügel nach Westen hin abfiel. Jason zeigte uns, wie das Zodiakallicht am Himmel aufstieg.«

»Was ist das Zodiakallicht?«

»Sonnenlicht, das von Eispartikeln im Asteroidengürtel reflektiert wird. In sehr klaren, dunklen Nächten kann man es manchmal sehen.« Beziehungsweise konnte man, vor dem Spin. Gab es das Zodiakallicht immer noch, oder hatte der solare Druck das Eis weggefegt? »Es kam vom Horizont herauf wie Atem im Winter, weit entfernt, ganz zart und fein. Diane war fasziniert. Sie hörte zu, wie Jason es uns erklärte, und damals haben Jasons Erklärungen sie noch fasziniert – sie war dem noch nicht entwachsen. Sie liebte seine Intelligenz, liebte ihn *für* seine Intelligenz ...«

»Genau wie Jasons Vater vielleicht? Auf den Bauch jetzt bitte.«

»Aber nicht auf diese besitzergreifende Weise. Es war das reine kulleräugige Entzücken.«

»Entschuldigung, kulleräugig?«

»Große Augen machen. Jedenfalls, dann wurde der Wind stärker und Jason richtete die Taschenlampe auf die Pappeln, damit Diane sehen konnte, wie die Zweige sich bewegten.« Und damit kehrte eine sehr lebendige Erinnerung an die junge Diane zurück: in einem Pullover, der mindestens eine Größe zu groß war, die Hände in Strickwolle vergraben, die Arme umeinander geschlungen, das Gesicht nach oben gerichtet und in den Augen die Spiegelung des Lichtkegels. »Er zeigte ihr, wie die großen Äste sozusagen in Zeitlupe schaukelten, während die Bewegung der Zweige viel schneller war. Das lag daran, dass jeder Ast und jeder Zweig eine Resonanzfrequenz besaß, wie Jason es nannte. Und diese Resonanzfrequenzen könne man sich als musikalische Noten vorstellen – die Bewegung des Baums im Wind sei eigentlich eine Musik, die das menschliche Ohr nur nicht wahrnehmen könne, der Baumstamm gebe den Bass vor, die Äste sängen die Tenorlinien und die Zweige spielten die Piccoloflöte. Oder man könne sie, sagte er, als reine Zahlen begreifen, jede einzelne Resonanz, vom Wind selbst bis zum Zittern eines Blattes, eine Berechnung innerhalb einer Berechnung innerhalb einer weiteren Berechnung.«

»Sie beschreiben das sehr schön.«

»Nicht halb so schön, wie Jason es beschrieben hat. Es war, als sei er in die Welt verliebt, jedenfalls in ihre Strukturen. Die Musik in ihr. Aua!«

»Entschuldigung. Und Diane war in Jason verliebt?«

»Verliebt darin, seine Schwester zu sein. Stolz auf ihn.«

»Und waren Sie darin verliebt, sein Freund zu sein?«

»Vermutlich.«

»Und verliebt in Diane.«

»Ja.«

»Und sie in Sie.«

»Vielleicht. Ich habe es gehofft.«

»Was, wenn ich fragen darf, ist dann schief gelaufen?«

»Wie kommen Sie darauf, dass irgendetwas schief gelaufen sei?«

»Sie sind offensichtlich noch immer verliebt. Sie beide, meine ich. Aber nicht so wie ein Mann und eine Frau, die seit vielen Jahren zusammen sind. Etwas muss Ihrem Zusammensein im Weg gewesen sein ... Entschuldigen Sie, ich bin ganz furchtbar aufdringlich.«

Ja, etwas war uns im Weg gewesen. Vieles. Am augenfälligsten, nehme ich an, der Spin. Er hatte ihr so viel Angst gemacht, aus Gründen, die ich nie richtig begriffen hatte; als sei der Spin eine Herausforderung und eine Absage an alles, was ihr Sicherheit gab. Was gab ihr Sicherheit? Der ordentliche Gang des Lebens: Freunde, Familie, Arbeit – eine Art fundamentaler *Verständigkeit* in der Einrichtung der Welt, die im Großen Haus von E. D. und Carol Lawton bereits ziemlich prekär gewirkt haben muss, mehr ersehnt als wirklich gegeben.

Das Große Haus hatte sie betrogen, und schließlich hatte sogar Jason sie betrogen. Immer noch präsentierte er ihr wissenschaftliche Ideen wie ein ausgefallenes Geschenk, aber was früher zu ihrer Beruhigung beigetragen hatte – die behaglichen Durakkorde Newtons und Euklids –, wurde nun immer fremder und befremdlicher: die Planck-Länge (unterhalb derer sich die Dinge nicht mehr verhielten wie *Dinge*); schwarze Löcher, von ihrer eigenen unergründbaren Dichte in eine Sphäre jenseits von Ursache und Wirkung gebannt; ein Universum, das sich nicht nur immer weiter ausdehnte, sondern auch beschleunigte, seinem eigenen Verfall entgegen. Wenn sie ihre Hand auf das Fell ihres Hundes lege, so erzählte sie mir einmal, als St. Augustine noch lebte, dann wolle sie seine Wärme und Lebendigkeit spüren – nicht seine Herzschläge zählen oder sich die riesigen Zwischenräume zwischen den Atomkernen und den Elektronen vergegenwärtigen, die sein körperliches Dasein begründeten. St. Dog sollte er selbst und ein Ganzes sein, nicht die Summe seiner furchterregenden Teile, nicht ein flüchtiges evolutionäres Epiphänomen im Leben eines sterbenden Sterns. In ihrem Leben gebe es wenig genug Liebe und Zuneigung, daher müsse jedes bisschen davon gutgeschrieben und im Himmel eingelagert werden, als Vorrat für den Winter des Universums.

Als dann der Spin kam, muss er ihr wie eine monströse Bestätigung für Jasons Weltbild erschienen sein – um so mehr, als er sich so obsessiv damit beschäftigte. Offensichtlich gab es intelligentes Leben in anderen Teilen der Galaxis, und es hatte, ebenso offensichtlich, keinerlei Ähnlichkeit mit dem unserem. Es war stark und mächtig, erschreckend geduldig und absolut gleichgültig gegen den Schrecken, den es der Welt eingejagt hatte. Wenn man sich die Hypothetischen vorstellen wollte, konnte man sich vielleicht hyperintelligente Roboter oder undurchschaubare Energiewesen ausmalen, niemals aber die Berührung einer Hand, einen Kuss, ein warmes Bett oder ein tröstendes Wort.

Also hatte sie den Spin auf eine zutiefst persönliche Weise gehasst, und ich glaube, es war dieser Hass, der sie Simon Townsend und der NK-Bewegung in die Arme getrieben hatte. In der NK-Theologie wurde der Spin zu einem zwar heiligen, aber auch untergeordneten Ereignis erklärt: groß, aber nicht so groß wie der Gott Abrahams; schockierend, aber nicht so schockierend wie ein gekreuzigter Erlöser, wie eine leere Grabkammer.

Ich erzählte Ina einiges davon. Sie sagte: »Ich bin natürlich keine Christin. Ich bin nicht einmal muslimisch genug, um die örtlichen Behörden zufriedenzustellen. Vom westlichen Atheismus korrumpiert, das bin ich. Aber sogar im Islam gab es solche Bewegungen. Leute, die irgendwas über Imam Mehdi und Ad-Dajjal dahergeplappert haben, über Gog und Magog, die den See von Galiläa leer trinken. Weil sie dachten, damit könnten sie die Welt besser erklären. So. Ich bin fertig.« Sie hatte meine Fußsohlen abgerieben. »Haben Sie diese Dinge von Diane schon immer gewusst?«

In welchem Sinne gewusst? Gefühlt, vermutet, geahnt, aber *gewusst* – nein, das konnte ich nicht behaupten.

»Dann ist es vielleicht so, dass die marsianische Substanz Ihre Erwartungen erfüllt«, sagte Ina, als sie mit ihrem verchromten Topf voll warmem Wasser und ihren verschiedenen Schwämmen wider ging. Darüber konnte ich dann im Dunkel der Nacht noch ein bisschen nachdenken.

Es gab drei Türen, durch die man Inas Klinik betreten oder verlassen konnte. Einmal, als ihr letzter angemeldeter Patient mit einem geschienten Finger gegangen war, führte sie mich durch das Haus.

»Dies ist das, was ich im Laufe meines Lebens aufgebaut habe«, sagte sie. »Wenig genug, mögen Sie denken. Aber die Menschen hier im Dorf brauchten etwas, das näher ist als das Krankenhaus in Padang – eine beträchtliche Entfernung, vor allem, wenn man mit dem Bus fahren muss oder die Straßen nicht verlässlich sind.«

Eine Tür war die Eingangstür, durch die ihre Patienten kamen und gingen.

Eine Tür war die Hintertür, metallverstärkt und stabil. Ina parkte ihr kleines Solarzellenauto auf dem festgetretenen Platz hinter der Klinik, und sie benutzte diese Tür, wenn sie morgens kam, und schloss sie wieder ab, wenn sie abends das Haus verließ. Die Tür befand sich gleich neben dem Zimmer, in dem ich lag, und ich war inzwischen so weit, dass ich das Geräusch ihres Schlüssels im Schloss erkannte, kurz nachdem, einen halben Kilometer entfernt, der erste Gebetsruf von der Dorfmoschee erklungen war.

Die dritte Tür war eine Seitentür, von einem kleinen Flur abgehend, der außerdem die Toilette und einige Vorratsschränke beherbergte. Hier nahm Ina Lieferungen entgegen, und es war auch die Tür, durch die En kam und ging.

En war genau so, wie Ina ihn beschrieben hatte: schüchtern, aber intelligent, klug genug jedenfalls, den medizinischen Grad zu erwerben, auf den er seine Hoffnungen gesetzt hatte. Seine

Eltern waren nicht reich, sagte Ina, aber falls er ein Stipendium erringen konnte, das Vorstudium an der neuen Universität in Padang absolvierte, sich dort auszeichnete, eine Finanzierungsmöglichkeit für das Hauptstudium fand – »dann, wer weiß? Vielleicht hat das Dorf dann noch einen Arzt. So habe ich es jedenfalls damals gemacht.«

»Sie glauben, er würde zurückkommen und hier praktizieren?«

»Könnte durchaus sein. Wir gehen weg, wir kommen wieder.« Sie zuckte mit den Achseln, als sei das der natürliche Lauf der Dinge. Und für die Minang war es das auch: *Rantau*, die Tradition, junge Männer in die Fremde zu schicken, gehörte zum System des *Adat*, Brauch und Verpflichtung. *Adat*, wie auch der konservative Islam, hatte in den letzten dreißig Jahren unter dem Einfluss der Modernisierung gewisse Auflösungserscheinungen gezeigt, pulsierte aber noch wie ein Herz unter der Oberfläche des Minang-Lebens.

En war eingeschärft worden, mich nicht zu belästigen, doch allmählich verlor er seine Scheu vor mir. Mit Inas ausdrücklicher Erlaubnis konnte er, wenn ich gerade keinen Fieberanfall hatte, seinen englischen Wortschatz verfeinern, indem er mir Lebensmittel brachte und sie für mich benannte: *silomak*, klebriger Reis; *singgam ayam*, Curryhühnchen. Wenn ich »Danke« sagte, rief En »Bitte sehr!« und grinste, wobei er seine strahlend weißen, aber krumm und schief stehenden Zähne zeigte (Ina versuchte seine Eltern davon zu überzeugen, dass er eine Zahnklammer brauchte).

Ina selbst teilte sich mit Verwandten im Dorf ein kleines Haus; allerdings hatte sie in letzter Zeit in einem der Sprechzimmer der Klinik geschlafen, das auch nicht gemütlicher gewesen sein dürfte als meine trübe Zelle. Doch manchmal zwangen familiäre Verpflichtungen sie, über Nacht nach Hause zu gehen. In diesem Fall überprüfte sie meine Temperatur und meinen allgemeinen Zustand, versorgte mich mit Essen und Wasser und ließ mir für Notfälle einen Pager da. Und dann war ich allein, bis am nächsten Morgen ihr Schlüssel wieder im Türschloss klapperte.

Eines Nachts jedoch erwachte ich aus einem wilden, labyrinthischen Traum, aufgeschreckt durch das Rütteln der Seitentür, an deren Türknopf jemand vergeblich drehte, um sie zu öffnen. Nicht Ina. Falsche Tür. Falsche Tageszeit. Nach meiner Uhr war es Mitternacht, erst der Anfang der tiefsten Nacht; einige wenige Dorfbewohner würden noch bei dem einen oder anderen *warung* herumhängen, Autos auf der Hauptstraße fahren, Lastwagen versuchen, bis zum Morgen irgendeine ferne *desa* zu erreichen. Vielleicht war es ein Patient, der sie noch anzutreffen hoffte. Vielleicht auch ein Süchtiger auf der Suche nach Drogen.

Das Drehen am Knopf hörte auf.

Leise erhob ich mich, streifte Jeans und ein T-Shirt über. Die Klinik war dunkel, meine Zelle war dunkel, das einzige Licht lieferte der Mond durchs hohe Fenster ... das plötzlich verdunkelt war.

Ich blickte auf und sah die Silhouette von Ens Kopf, der vor dem Fenster schwebte wie ein neuer Planet. »Pak Tyler«, flüsterte er.

»En! Du hast mich ganz schön erschreckt.« Tatsächlich waren mir vor Schreck sogar die Beine weich geworden – ich musste mich gegen die Wand lehnen, um nicht umzufallen.

»Lassen Sie mich rein!«

Also tappte ich barfuß los und entriegelte die Seitentür. Die hereinrauschende Brise war warm und feucht. En rauschte hinterher. »Ich muss mit Ibu Ina sprechen!«

»Sie ist nicht da. Was ist los, En?«

Er war äußerst beunruhigt. Er stieß seine Brille über den Nasenhöcker nach oben. »Aber ich muss mit ihr sprechen!«

»Sie ist heute über Nacht zu Hause. Du weißt, wo sie wohnt?«

Er nickte unglücklich. »Aber sie sagte, ich soll *hierher* kommen und ihr Bescheid sagen.«

»Was? Ich meine, wann hat sie das gesagt?«

»Wenn ein Fremder nach der Klinik fragt, soll ich herkommen und ihr Bescheid sagen.«

»Aber sie ist nicht ...« Jetzt erst durchstieß die Bedeutung seiner Worte den Nebel des beginnenden Fiebers. »En, ist jemand in der Stadt, der sich nach Ibu Ina erkundigt?«

Stück für Stück entlockte ich ihm die Geschichte. En wohnte mit seiner Familie in einem Haus hinter einem *warung* (eine Art Imbissstand) mitten im Dorf, nur drei Häuser vom Büro des Bürgermeisters, dem *kepala desa*, entfernt. Wenn En nachts wach lag, konnte er von seinem Zimmer aus die Unterhaltung der Kunden am *warung* hören. Auf diese Weise hatte er sich einen enzyklopädischen, wenn auch kaum begriffenen Vorrat an Dorfklatsch angeeignet. Nach Einbruch der Dunkelheit waren es hauptsächlich die Männer, die noch draußen saßen, redeten und Kaffee tranken, Ens Vater, die Onkel und Nachbarn. Aber heute waren zwei Fremde in einem schnittigen schwarzen Auto angekommen, hatten sich, kühn wie Wasserbüffel, den Lichtern des *warung* genähert und, ohne sich vorzustellen, gefragt, wo die hiesige Klinik zu finden sei. Keiner der beiden war krank. Sie trugen Stadtkleidung, benahmen sich unhöflich und verhielten sich wie Polizisten, daher war die Wegbeschreibung, die sie von Ens Vater erhielten, vage und irreführend, sodass sie erst einmal genau in die falsche Richtung fahren würden.

Aber sie suchten nach Inas Klinik und würden sie zwangsläufig irgendwann finden; in einem Dorf dieser Größe konnte die Irreführung bestenfalls einen Aufschub bewirken. Also hatte En sich schnell angezogen, war ungesehen aus dem Haus geflitzt und, wie angewiesen, hierher gekommen, um die Abmachung mit Ibu Ina zu erfüllen und sie vor der Gefahr zu warnen.

»Sehr gut«, versicherte ich ihm. »Gute Arbeit, En. Jetzt musst du aber zu ihr nach Hause laufen und ihr alles erzählen.« Und unterdessen würde ich meine Sachen zusammenpacken und die Klinik verlassen. Mich in den benachbarten Reisfeldern verstecken, bis die Polizisten wieder verschwunden waren. Ich war kräftig genug, um das zu schaffen. Wahrscheinlich.

Aber En verschränkte die Arme und wich vor mir zurück. »Sie hat gesagt, ich soll *hier* auf sie warten.«

»Okay. Aber vor morgen Früh kommt sie nicht zurück.«

»Meistens schläft sie hier.« Er reckte den Kopf und versuchte an mir vorbei durch den dunklen Flur zu spähen, als könne sie jeden Moment aus dem Sprechzimmer kommen.

»Ja, aber nicht heute. Ehrlich. En, die Sache könnte gefährlich werden. Diese Leute sind möglicherweise Feinde von Ibu Ina, verstehst du?«

Aber eine blinde Starrköpfigkeit hatte von ihm Besitz ergriffen. So freundlich wir zuletzt miteinander umgegangen waren, traute En mir doch noch immer nicht über den Weg. Einen Moment zitterte er vor sich hin, die Augen weit aufgerissen wie ein Lemur, dann schoss er an mir vorbei, lief den mondbeschienenen Flur hinunter und rief: »Ina! Ina!«

Ich jagte hinter ihm her, machte dabei verschiedene Lampen an.

Und versuchte gleichzeitig, ein paar zusammenhängende Gedanken zu fassen. Die unfreundlichen Männer, die nach der Klinik suchten, konnten New Reformasi aus Padang sein, oder auch örtliche Polizei, oder aber sie arbeiteten für Interpol oder das US-Außenministerium oder irgendeine andere Einrichtung, die die Regierung Chaykin wie einen Hammer zu schwingen wusste.

Und falls sie nach mir suchten – bedeutete das, dass sie Jala, Inas Ex-Mann, gefunden und verhört hatten? Bedeutete es, dass sie Diane bereits verhaftet hatten?

En stürzte in ein dunkles Sprechzimmer. Seine Stirn kollidierte mit den Haltern eines Untersuchungstisches, er prallte zurück und setzte sich auf den Hintern. Als ich bei ihm ankam, weinte er lautlos, völlig verunsichert. Der Striemen über seiner linken Augenbraue sah wüst aus, aber nicht gefährlich.

Ich legte meine Hände auf seine Schultern. »En, sie ist nicht hier. Wirklich wahr. Sie ist wirklich, ehrlich nicht hier. Und sie möchte unter Garantie nicht, dass du hier im Dunkeln sitzt und wartest, während irgendetwas Schlimmes passiert. Das würde sie wirklich nicht wollen, oder?«

»Uhum«, konzedierte En.

»Also läufst du jetzt nach Hause, okay? Du läufst nach Hause und bleibst dort. Ich kümmere mich hier um dieses Problem, und wir beide sehen dann Ibu Ina morgen wieder. Ja?«

En versuchte, den ängstlichen Blick gegen einen kritisch abwägenden zu tauschen. »Ich glaube ja«, sagte er.

Ich half ihm auf die Füße. Und dann ertönte vor der Klinik das Geräusch von Autoreifen, die auf dem Kies knirschten.

Geduckt eilten wir ins Empfangszimmer, wo ich durch die Bambusjalousien spähte, während En hinter mir stand, die kleinen Hände in mein T-Shirt gekrallt.

Das Auto lief im Leerlauf. Ich konnte die Marke nicht erkennen, aber es schien relativ neu zu sein, dem tiefblauen Glanz im Mondschein nach zu urteilen. Im Wageninnern leuchtete es kurz auf, vielleicht ein Zigarettenanzünder. Dann ein viel helleres Licht, eine Stablampe, die aus dem Beifahrerfenster gehalten wurde. Sie strahlte durch die Jalousie hindurch und warf wogende Schatten über die Hygieneplakate an der Wand gegenüber. Wir zogen die Köpfe ein.

»Pak Tyler«, wimmerte En.

Ich schloss die Augen und stellte fest, dass es mir schwer fiel, sie wieder zu öffnen. Hinter meinen Lidern sah ich Windmühlen und Sternregen. Das Fieber wieder. Ein kleiner Chor von inneren Stimmen wiederholte: *Das Fieber wieder, das Fieber wieder ...* Mir zum Hohn.

»Pak Tyler!«

Das war verdammt schlechtes Timing. (*Schlechtes Timing, schlechtes Timing ...*) »Geh zur Tür, En. Zur Seitentür.«

»Kommen Sie mit!«

Ein guter Rat. Ich warf noch einen Blick durchs Fenster. Der Scheinwerfer war ausgegangen. Dann führte ich En den Flur entlang, an den Vorratschränken vorbei, zur Seitentür, die er offengelassen hatte. Die Nacht war trügerisch still, trügerisch einladend; eine Fläche festgetretenen Bodens, ein Reisfeld, der Wald, Palmen, schwarz im Mondschein, ihre Kronen sanft hin und her wogend.

Zwischen uns und dem Auto befand sich das Klinikgebäude. »Lauf geradewegs zum Wald«, sagte ich.

»Ich kenne den Weg.«

»Halt dich von der Straße fern. Versteck dich, wenn nötig.«

»Kommen Sie mit mir.«

»Ich kann nicht«, sagte ich, und das war wortwörtlich gemeint. In meinem gegenwärtigen Zustand war die Vorstellung, hinter einem Zehnjährigen herzusprinten, völlig absurd.

»Aber ...«

Ich gab ihm einen kleinen Stoß und sagte, er solle keine Zeit vergeuden.

Er rannte, ohne zurückzublicken, verschwand mit fast erschreckender Geschwindigkeit im Schatten, still, klein, bewundernswert. Ich beneidete ihn. In der darauf folgenden Stille hörte ich, wie eine Autotür geöffnet, dann wieder geschlossen wurde.

Der Mond war drei Viertel voll, er wirkte rötlicher und ferner als früher, zeigte ein anderes Gesicht, als ich aus meiner Kindheit in Erinnerung hatte. Kein Mann im Mond mehr, und diese dunkle ovale Narbe auf der Oberfläche, dieses neue, aber inzwischen schon uralte *Mare*, war das Ergebnis eines gewaltigen Aufpralls, der vom Pol bis zum Äquator Regolith zum Schmelzen gebracht und die sanfte Spiralbewegung des Mondes von der Erde weg abgebremst hatte.

Hinter mir hörte ich die Polizisten – zwei, vermutete ich – gegen die Eingangstür hämmern. In barschem Ton begehrten sie Einlass, rüttelten am Schloss.

Ich fasste die Möglichkeit ins Auge, loszurennen. Ich glaubte rennen zu können – nicht so flink wie En, aber jedenfalls weit genug. Bis zum Reisfeld etwa. Um mich dort zu verstecken und das Beste zu hoffen.

Doch dann dachte ich an das Gepäck im Zimmer. Gepäck, das nicht nur aus Kleidung bestand, sondern auch aus Notizheften und Disketten, kleinen Digitalspeichern und verräterischen Fläschchen mit durchsichtiger Flüssigkeit.

Ich kehrte um. Ins Haus zurück. Ich verriegelte die Tür hinter mir. Langsam schlich ich den Gang hinunter, lauschte nach den Geräuschen der Polizisten. Vielleicht umkreisten sie das Gebäude, vielleicht versuchten sie es noch mal an der Vordertür. Das Fieber steigerte sich jedoch ziemlich rapide und ich hörte alle möglichen Geräusche, von denen vermutlich nur die wenigsten nicht halluziniert waren.

In meinem Zimmer angekommen, bewegte ich mich mit Hilfe des Tastsinns und des Mondscheins. Ich öffnete einen der beiden Hartschalenkoffer und stopfte einen Stapel handbeschriebener Seiten hinein, machte ihn wieder zu, verschloss ihn, hob ihn an und geriet ins Schwanken. Ich packte den anderen Koffer fürs Gleichgewicht und stellte fest, dass ich kaum noch laufen konnte.

Ich stolperte beinahe über einen kleinen Plastikgegenstand, den ich als Inas Pager identifizierte. Ich blieb stehen, stellte die Koffer ab, hob den Pager auf und stopfte ihn mir in die Hemdtasche. Dann holte ich einige Male tief Luft und nahm die Koffer wieder auf; rätselhafterweise schienen sie jetzt sogar noch schwerer zu sein. *Du kannst es, du schaffst es*, sagte ich mir vor, aber die Worte klangen abgedroschen und wenig überzeugend, und sie hallten wider, als habe mein Schädel sich auf die Größe einer Kathedrale ausgedehnt.

Ich hörte Geräusche von der Hintertür, die Ina immer von außen mit einem Vorhängeschloss verriegelte: klirrendes Metall und das Ächzen des Riegels, vielleicht ein Brecheisen, zwischen die Bügel des Schlosses gebohrt und herumgedreht. Schon bald, unvermeidlich, würde das Schloss nachgeben und die Männer würden ins Gebäude gelangen.

Ich wankte zur dritten Tür, Ens Tür, die Seitentür, entriegelte sie und öffnete sie vorsichtig, im blinden Vertrauen darauf, dass niemand draußen stehen würde. Es war auch keiner da, beide Eindringlinge (falls es nur zwei waren) standen an der Hintertür. Sie flüsterten miteinander, während sie an dem Schloss zugange waren, trotz der Froschchöre und des Heulens des Windes waren ihre Stimmen schwach zu hören.

Ich war mir nicht sicher, ob ich es bis zum Reisfeld schaffen würde, ohne gesehen zu werden. Schlimmer noch, ich war mir nicht sicher, ob ich es schaffen würde, ohne hinzufallen.

Doch dann gab es einen lauten Knall – offensichtlich hatte sich das Schloss von der Tür verabschiedet. Der Startschuss, dachte ich. Du kannst das, dachte ich. Ich schnappte mir mein Gepäck und schwankte barfuß hinaus in die sternenklare Nacht.

## GASTFREUNDSCHAFT

»Hast du das gesehen?«

Molly Seagram deutete, als ich die Ambulanz betrat, auf eine Zeitschrift auf dem Empfangstisch. Ihr Gesichtsausdruck sagte: schlechtes Juju, böse Vorzeichen. Ein monatlich erscheinendes Nachrichtenmagazin, auf dem Titel ein Bild von Jason. Überschrift: DIE SEHR PRIVATE PERSÖNLICHKEIT HINTER DEM ÖFFENTLICHEN GESICHT DES PERIHELION-PROJEKTS.

»Nichts Gutes, wenn ich dich recht verstehe?«

Sie zuckte mit den Achseln. »Nicht unbedingt schmeichelhaft. Lies selbst. Wir können uns beim Essen darüber unterhalten.« Ich hatte bereits versprochen, sie abends zum Essen auszuführen. »Oh, und Mrs. Tuckman ist schon bereit und wartet in Box drei.«

Ich hatte Molly schon oft gebeten, die Wartezimmer nicht als »Boxen« zu bezeichnen, aber es lohnte sich nicht, darüber einen Streit anzufangen. Ich schob die Zeitschrift in meine Postablage. Es war ein träger, regnerischer Aprilmorgen, Mrs. Tuckman war meine einzige angemeldete Patientin vor der Mittagspause.

Sie war die Frau eines bei Perihelion angestellten Ingenieurs und war schon dreimal im letzten Monat bei mir gewesen, sie klagte über Angstzustände und Erschöpfung. Die Ursache ihres Problems war nicht schwer zu erahnen: Zwei Jahre waren seit der Umhüllung des Mars vergangen, und es gingen Gerüchte über Entlassungen bei Perihelion um. Die finanzielle Situation ihres Mannes war ungewiss, und ihre eigenen Versuche, Arbeit zu finden, waren ergebnislos geblieben. Sie verbrauchte ihr Xanax mit erschreckender Geschwindigkeit und verlangte Nachschub, und zwar dringend.

»Vielleicht sollten wir ein anderes Medikament ins Auge fassen«, sagte ich.

»Ich möchte kein Antidepressivum nehmen, falls Sie das meinen.« Sie war eine kleine Frau, ihr ansonsten angenehmes Gesicht schien in einem habituellen Stirnrunzeln erstarrt. Ihr Blick flackerte unruhig durchs Sprechzimmer, verharrte eine Weile auf dem regennassen Fenster, das auf den Südrasen hinausging. »Im Ernst. Ich hab mal sechs Monate lang Paraloft genommen und bin gar nicht mehr von der Toilette runtergekommen.«

»Wann war das?«

»Bevor Sie gekommen sind. Dr. Koenig hatte es verschrieben. Da war natürlich noch alles anders, ich habe Carl kaum gesehen, so viel musste er arbeiten. Aber wenigstens sah es damals nach einer guten, festen Anstellung aus, nach etwas Dauerhaftem. Ich hätte wahrscheinlich dankbar sein sollen für das, was wir hatten. Ist das nicht in meiner, äh, Krankenakte oder wie das heißt?«

Ihre Patientengeschichte lag aufgeschlagen vor mir auf dem Schreibtisch. Dr. Koenigs Aufzeichnungen waren oft schwer zu entziffern, aber immerhin hatte er einen roten Stift benutzt, um wichtige Sachverhalte hervorzuheben: Allergien, chronische Befindlichkeiten. Die Einträge in Mrs. Tuckmans Akte waren kurz und bündig und eher kleinlich. Hier sah ich eine Notiz über Paraloft, abgesetzt (Datum nicht zu entziffern) auf Wunsch der Patientin, »Patientin klagt weiterhin über Nervosität, Zukunftsängste«. Zukunftsängste – hatten wir die nicht alle?

»Jetzt können wir nicht mal mehr auf Carls Job zählen. Mein Herz hat so geklopft letzte Nacht – ich meine, so schnell, *ungewöhnlich* schnell. Ich dachte, es wäre vielleicht, na ja, Sie wissen schon.«

»Nein, was?«

»Na ja. KVES.«

KVES – kardiovaskuläres Erschöpfungssyndrom – war in den letzten Monaten durch die Nachrichten gegangen. In Ägypten und im Sudan hatte es tausende von Todesfällen gegeben, und zuletzt waren Fälle in Griechenland, Spanien und im Süden der USA gemeldet worden. Es war eine sich langsam entwickelnde bakterielle Infektion, ein potenzielles Problem für tropische Drittweltländer, aber mit modernen Medikamenten gut behandelbar. Mrs. Tuckman hatte von KVES nichts zu befürchten, und das sagte ich ihr.

»Es heißt, sie hätten es über uns abgeworfen.«

»Wer hat was abgeworfen, Mrs. Tuckman?«

»Diese Krankheit. Die Hypothetischen. Die haben sie über uns abgeworfen.«

»Alles, was ich gelesen habe, spricht dafür, dass KVES von Rindern übertragen wurde.« Nach wie vor war es eine Krankheit, von der überwiegend Huftiere befallen wurden, sie führte regelmäßig zu einer Dezimierung der Viehbestände in Nordafrika.

»Rinder. Hm. Aber sie würden einem das nicht unbedingt er-

*zählen*, nicht wahr? Ich meine, sie würden nicht hergehen und es in den Nachrichten verkünden.«

»KVES ist eine akute Erkrankung. Falls Sie sich infiziert hätten, würden Sie schon längst im Krankenhaus liegen. Ihr Puls ist normal und Ihr Kardiogramm völlig in Ordnung.«

Sie schien nicht überzeugt. Schließlich verschrieb ich ihr ein alternatives Anxiolytikum – im Grunde haargenau das Gleiche wie Xanax, nur mit einem anderen molekularen Seitenstrang –, in der Hoffnung, dass der neue Markenname, wenn schon nicht das Medikament selbst, etwas Nützliches bewirken würde. Mrs. Tuckman verließ die Praxis beschwichtigt, sie trug das Rezept in der Hand wie eine heilige Schriftrolle.

Ich fühlte mich nutzlos und ein bisschen wie ein Betrüger.

Aber mit ihrer Befindlichkeit stand Mrs. Tuckman alles andere als allein: Die ganze Welt schwebte in Angst. Was einst als unsere beste Chance auf Überleben gegolten hatte, nämlich die Terraformung und Kolonisierung des Mars, war in Ohnmacht und Ungewissheit gemündet. Womit uns keine Zukunft mehr blieb als die des Spins. Die globale Wirtschaft war ins Trudeln geraten, denn Konsumenten wie Staaten häuften Schulden auf in der Erwartung, sie nie begleichen zu müssen, während Kreditgeber Geldmittel horteten und die Zinsen in die Höhe schossen. Religiöser Fanatismus und brutale Kriminalität stiegen rasant an, hier ebenso wie im Ausland. Die Folgen waren besonders verheerend in den Ländern der Dritten Welt, wo der Zusammenbruch der Währungen und wiederholte Hungerkatastrophen zur Wiederbelebung lange schlummernder marxistischer und militant islamischer Bewegungen beitrugen.

Der psychologische Umschwung war nicht schwer zu verstehen. Ebenso die Gewalt. Viele Menschen hegen irgendeinen Groll, aber nur jemandem, der jeden Glauben an die Zukunft verloren hat, traut man zu, dass er eines Tages mit einer Maschinenpistole und einer Abschussliste bei der Arbeit aufkreuzt. Die Hypothetischen hatten, ob willentlich oder nicht, genau diese Art von tödlicher Verzweiflung ausgelöst. Die potenziellen Amokläufer waren Legion, und zu ihren Feinden gehörten Amerikaner, Briten, Kanadier, Dänen etc., oder, umgekehrt, alle Muslime, Dunkelhäutigen, nicht Englischsprachigen, alle Katholiken, Fundamentalisten, Atheisten, alle Liberalen, alle Konservativen. Für solche Leute lag das vollkommene Zeugnis moralischer Klarheit in einem Lynchmord oder einem Selbstmordattentat, einer *Fatwa* oder einem Pogrom. Und sie waren im Aufsteigen begriffen, wie Sterne über einer Totenlandschaft.

Wir lebten in gefährlichen Zeiten. Mrs. Tuckman wusste das, und alle Xanax-Bestände der Welt würden sie nicht vom Gegenteil überzeugen.


Beim Mittagessen sicherte ich mir einen Tisch im hinteren Bereich der Cafeteria, wo ich bei einer Tasse Kaffee den auf den Parkplatz prasselnden Regen beobachtete und in der Zeitschrift las, auf die mich Molly hingewiesen hatte.

*Gäbe es eine Wissenschaft der Spinologie*, begann der Artikel, *dann wäre Jason Lawton ihr Newton, ihr Einstein, ihr Stephen Hawking.*

Genau das, was E. D. der Presse von jeher in den Mund gelegt hatte und was Jason nur mit Grausen hörte.

*Ob radiologische Untersuchungen oder Durchlässigkeitsstudien, ob reine Wissenschaft oder philosophische Debatten, es gibt kaum einen Bereich der Spin-Forschung, den seine Ideen nicht befruchtet und durchdrungen hätten. Seine Veröffentlichungen sind zahlreich und oft zitiert, seine Teilnahme verwandelt verschlafene akademische Konferenzen schlagartig in Medienereignisse. Und als stellvertretender Vorsitzender der Perihelion-Stiftung hat er starken Einfluss auf die amerikanische und weltweite Raumfahrtpolitik in der Spin-Ära genommen.*

*Aber bei allen mit dem Namen Jason Lawton verbundenen*

*unzweifelhaften Erfolgen – und dem gelegentlichen Hype – soll-*
*te man nicht vergessen, dass Perihelion von seinem Vater ge-*
*gründet wurde, Edward Dean (E. D.) Lawton, der nach wie vor*
*eine herausragende Stellung im Lenkungsausschuss und als*
*persönlicher Berater des Präsidenten einnimmt. Und auch das*
*öffentliche Bild des Sohnes, so behauptet manch einer, ist eine*
*Schöpfung des ebenso einflussreichen und in der Öffentlichkeit*
*weitaus weniger bekannten älteren Lawtons.*

Im Folgenden ließ sich der Artikel näher über E. D.s Werde-
gang aus: der gewaltige Erfolg seiner Aerostat-Telekommuni-
kation in der Folge des Spins, seine Quasiadoption durch drei
hintereinander folgende Regierungen, die Gründung der Perihelion-Stiftung.

*Ursprünglich als Expertenkommission und Industrielobby-*
*gruppe konzipiert, erfand Perihelion sich schließlich gewisser-*
*maßen neu als eine Regierungsbehörde, die spinbezogene*
*Raumfahrtprojekte entwarf und die Arbeit von Dutzenden von*
*Universitäten, Forschungseinrichtungen und NASA-Zentren*
*koordinierte. Der Niedergang der NASA in ihrer alten Form*
*war gleichbedeutend mit dem Aufstieg Perihelions. Vor zehn*
*Jahren hat man das Verhältnis dann formalisiert, und Perihe-*
*lion wurde, nach einer subtilen Neustrukturierung, der NASA*
*offiziell als beratendes Organ angegliedert. In Wirklichkeit, so*
*die Meinung von Insidern, wurde die NASA an Perihelion an-*
*gegliedert. Und während das Junggenie Jason Lawton die Pres-*
*se in seinen Bann schlug, zog sein Vater weiter ungestört die*
*Fäden.*

Es folgte eine kritische Beleuchtung von E. D.s langjähriger
Beziehung zur Regierung Garland, mit der Andeutung eines
möglichen Skandals: gewisse technische Vorrichtungen seien
zum Stückpreis von mehreren Millionen Dollar von einer kleinen Firma aus Pasadena gefertigt worden, obwohl Ball Aero-
space ein kostengünstigeres Angebot gemacht habe. Inhaber
der begünstigten Firma sei einer von E. D.s alten Kumpanen.

Wir befanden uns gerade mitten in einem Wahlkampf, in dessen Verlauf beide großen Parteien radikale Flügel ausgegliedert hatten. Garland, ein Reformrepublikaner, dessen Politik von dieser Zeitschrift beständig kritisiert wurde, war für zwei Amtsperioden gewählt worden, und Preston Lomax, Vizepräsident und designierter Nachfolger, führte in den letzten Umfragen deutlich vor seinem Konkurrenten. Der »Skandal« war in Wirklichkeit keiner: Balls Angebot hatte zwar niedriger gelegen, aber das von ihnen entworfene Produkt war weniger effektiv; die Ingenieure aus Pasadena hatten einfach mehr Instrumente in einem entsprechenden Nutzlastgewicht untergebracht.

Das sagte ich auch zu Molly beim Abendessen im Champs, anderthalb Kilometer von Perihelion entfernt an derselben Straße gelegen. Der Artikel brachte im Grunde nichts Neues, die Unterstellungen waren eher politisch als sachlich motiviert.

»Spielt es eine Rolle«, fragte Molly, »ob sie Recht haben oder nicht? Das Entscheidende ist doch, wie sie uns behandeln. Plötzlich ist es möglich, dass ein großes Presseerzeugnis sich auf Perihelion einschießt.«

An anderer Stelle in der gleichen Ausgabe wurde das Mars-Projekt als »die größte und sinnloseste Verschwendung aller Zeiten« charakterisiert, »bezahlt nicht nur mit unvorstellbar viel Geld, sondern auch mit Menschenleben, ein Zeugnis der menschlichen Fähigkeit, aus einer globalen Katastrophe Profit zu schlagen.«

Der Autor des Kommentars war Redenschreiber für die Christian Conservative Party. »Dieses Schmierblatt gehört der CCP, Molly. Das weiß doch jeder.«

»Die wollen unseren Laden dichtmachen.«

»Das wird ihnen aber nicht gelingen. Selbst wenn Lomax die Wahl verliert. Selbst wenn sie uns auf Beobachtungsmissionen zurückstutzen – wir sind das einzige Auge, das die Nation auf den Spin werfen kann.«

»Was nicht bedeutet, dass wir nicht alle gefeuert und ersetzt werden könnten.«

»So dramatisch ist es nicht.«

Sie schien nicht überzeugt.

Ich hatte Molly als Sprechstundenhilfe von Dr. Koenig geerbt. Fast fünf Jahre lang war sie ein höflicher, tüchtiger und effizienter Bestandteil des Praxismobiliars gewesen. Unsere Unterhaltung war nicht über den üblichen Austausch freundlicher Floskeln hinausgegangen, wobei ich immerhin erfahren hatte, dass sie allein lebte, drei Jahre jünger war als ich und in einem vom Meer abgewandten Appartement in einem Haus ohne Aufzug wohnte. Da sie auf mich keinen besonders gesprächigen Eindruck machte, hatte ich angenommen, dass dieses höflich distanzierte Verhältnis in ihrem Sinne war.

Dann, an einem Donnerstagabend vor knapp einem Monat, hatte Molly, während sie ihre Sachen zusammenpackte, sich mir plötzlich zugewandt und mich gefragt, ob ich mit ihr zu Abend essen wolle. Warum? »Weil ich keine Lust mehr habe zu warten, dass Sie mich mal fragen. Also, ja oder nein?«

Ja.

Molly erwies sich als eine kluge, verschmitzte und zu Spott aufgelegte Frau, kurzum, eine angenehmere Gesellschaft, als ich gedacht hatte. Seit drei Wochen aßen wir jetzt zusammen im Champs. Uns gefiel die Speisekarte (unprätenziös) und die Atmosphäre (kollegial). Ich dachte oft, dass Molly wirklich am allerbesten in dieser Kunststofftischecke im Champs zur Geltung kam, die sie mit ihrer Anwesenheit schmückte, ja der sie sogar eine gewisse Würde verlieh. Ihr blondes Haar war lang und hing etwas schlaff in der hohen Luftfeuchtigkeit des Abends.

»Hast du die Hintergrundinfo zu dem Artikel gelesen?«, fragte sie.

»Überflogen.« In einem Hintergrundporträt hatte die Zeitschrift Jasons beruflichen Erfolg einem Privatleben gegenübergestellt, das sich entweder vollkommen im Verborgenen abspielte oder gar nicht existierte. *Bekannte sagen, seine Wohnung sei ebenso karg eingerichtet wie sein Liebesleben. Niemals hat es auch nur Gerüchte gegeben über eine Verlobte, Freundin oder sonst eine intime Bekanntschaft, welchen Geschlechts auch immer. Es drängt sich unvermeidlich das Bild eines Mannes auf, der mit seinen Ideen nicht nur verheiratet, sondern ihnen auf fast pathologische Weise ergeben ist. Und in vielerlei Hinsicht bleibt Jason Lawton, wie die Perihelion-Stiftung insgesamt, unter dem erdrückenden Einfluss seines Vaters ...*

»Wenigstens dieser Teil klingt korrekt.«

»Findest du? Zugegeben, Jason kann manchmal ein bisschen selbstbezogen wirken, aber ...«

»Er geht durch die Rezeption, als würde ich gar nicht existieren. Sicher, das ist trivial, aber es zeugt nicht gerade von großer *Wärme*. Wie läuft seine Behandlung?«

»Er ist nicht in Behandlung, Moll.« Sie hatte zwar Jasons Krankenblätter gesehen, aber ich hatte dort keine Einträge über seine AMS gemacht. »Er kommt, um sich zu unterhalten.«

»Aha. Und manchmal, wenn er reinkommt, um sich zu unterhalten, humpelt er zum Gotterbarmen. Nein, du brauchst nichts zu sagen. Aber ich bin nicht blind – nur zu deiner Information. Wie auch immer, er ist gerade in Washington, stimmt's?«

Häufiger dort als in Florida. »Jede Menge Gespräche zu führen. Alle Welt positioniert sich für die Zeit nach der Wahl.«

»Da läuft also irgendetwas.«

»Irgendetwas läuft immer.«

»Ich meine, mit Perihelion. Die Kollegen von der Technischen Abteilung haben einige Hinweise. Weißt du, was zum Beispiel seltsam ist? Wir haben gerade noch mal wieder 50 Hektar Fläche westlich vom Zaun erworben. Das hab ich von Tim Chesley gehört, dem Datenverarbeitungstypen in der Personalabteilung. Angeblich kommen nächste Woche irgendwelche Landvermesser ins Haus.«

»Wozu?«

»Weiß keiner. Vielleicht expandieren wir. Oder vielleicht werden wir in eine Mall umgewandelt.«

Das war das erste Mal, dass ich davon hörte.

»Du bist nicht auf dem Laufenden«, sagte Molly lächelnd. »Du brauchst Kontakte. So wie mich.«

Nach dem Essen gingen wir zu Molly nach Hause, wo ich die Nacht verbrachte.

Ich werde hier nicht die Gesten, Blicke und Berührungen beschreiben, mit denen wir unsere Intimitäten ins Werk setzten. Nicht weil ich prüde bin, sondern weil ich offenbar keine Erinnerung mehr daran habe. Sie ist der Zeit zum Opfer gefallen, meiner Neuerschaffung. Ja sicher, mir ist die Ironie bewusst, die darin liegt. Ich kann den Artikel zitieren, über den wir sprachen, und ich kann Ihnen sagen, was sie im Champs gegessen hat – aber alles, was vom Sex geblieben ist, ist ein verblasstes Erinnerungsbild: ein abgedunkeltes Zimmer, eine feuchte Brise, in der sich die Vorhangspindeln drehten, und ihre grünen Augen vor meinem Gesicht.

Nach einem Monat war Jason wieder bei Perihelion und fegte durch die Gänge, als habe er sich Infusionen eines bisher unbekannten Aufputschmittels verabreichen lassen.

Er brachte eine Armee von Sicherheitspersonal mit, ganz in Schwarz gekleidet, niemand wusste genau, wo sie herkamen, man vermutete aber, dass sie das Finanzministerium repräsentierten. Ihnen folgten wiederum kleine Bataillone von Bürokraten und Landvermessern, die die Flure bevölkerten und sich weigerten, mit irgendjemandem aus der Belegschaft zu sprechen. Molly gab die umlaufenden Gerüchte an mich weiter: Die Anlage solle dem Erdboden gleichgemacht werden; die Anlage solle erweitert werden; wir sollten alle entlassen werden; wir sollten alle Gehaltserhöhungen bekommen. Kurzum, irgendetwas war im Busch.

Fast eine Woche lang hörte ich nichts von Jason. An einem Donnerstagnachmittag dann, als wenig Betrieb herrschte, piepte er mich in meiner Praxis an und bat mich, in den zweiten Stock zu kommen: »Ich möchte dich mit jemandem bekannt machen.«

Noch bevor ich das inzwischen schwer bewachte Treppenhaus erreichte, hatte sich mir bereits eine Eskorte bewaffneter Wärter beigesellt, die laut Abzeichen überall unbeschränkten Zugang hatten und mich nach oben zu einem Konferenzzimmer führten. Offenbar also kein beiläufiges Beisammensein, dies war eine schwerwiegende Perihelion-Angelegenheit, zu der ich gar keinen Zugang hätte haben dürfen. Offenbar hatte Jason mal wieder beschlossen, Geheimnisse mit mir zu teilen. Niemals ein ganz unzweifelhaftes Vergnügen. Ich holte tief Luft und schob mich durch die Tür.

In dem Raum befanden sich ein Mahagonitisch, ein halbes Dutzend Plüschsessel und, von mir abgesehen, zwei Männer.

Einer der Männer war Jason.

Den zweiten Mann hätte man mit einem Kind verwechseln können. Ein entsetzlich verbranntes Kind, das dringend eine Hauttransplantation benötigte – das war mein erster Eindruck. Dieses Individuum, etwa eins fünfundfünfzig groß, stand in einer Ecke des Zimmers. Es trug eine blaue Jeans und ein schlichtes weißes Baumwollshirt. Seine Schultern waren breit, die Augen groß und blutunterlaufen, und die Arme schienen ein bisschen zu lang für den verkürzten Torso.

Aber das Auffallendste an ihm war die Haut. Die Haut war ohne Glanz, aschschwarz und vollkommen haarlos. Sie war nicht faltig im herkömmlichen Sinne – nicht *lose*, wie etwa die eines Bluthundes –, sondern extrem strukturiert, runzelig wie die Schale einer Honigmelone.

Der kleine Mann kam auf mich zu und streckte die Hand aus. Eine kleine faltige Hand am Ende eines langen faltigen Arms. Ich ergriff sie zögerlich. Mumienfinger, dachte ich. Aber flei-

schig, dick, wie die Blätter einer Wüstenpflanze; es war, als
würde man eine Hand voll Aloe vera drücken und diese drückten zurück. Das Geschöpf grinste.

»Das ist Wun«, sagte Jason.

»Was ist wund?«

Wun lachte. Seine Zahne waren groß, stumpf und makellos.
»Ich kann mich immer wieder an diesem köstlichen Witz erfreuen.«

Sein voller Name lautete Wun Ngo Wen, und er kam vom
Mars.


Der Mann vom Mars.

Was eigentlich eine irreführende Bezeichnung war. Die Marsianer haben eine lange literarische Geschichte, von H. G.Wells
bis Kim Stanley Robinson, aber in Wirklichkeit war der Mars
natürlich ein toter Planet. Bis wir das änderten. Bis wir unsere
eigenen Marsianer gebaren.

Und hier stand offenbar ein lebendes Exemplar vor mir.
99,9% menschlich, wenn auch etwas seltsam gestaltet. Eine
marsianische *Person*, Nachkomme – über Jahrtausende einer
am Spin hängenden Zeit – der Kolonisten, die wir erst zwei Jahre zuvor auf ihre Mission geschickt hatten. Er sprach ein geradezu penibles Englisch, der Akzent klang halb nach Oxford,
halb nach Neu Delhi. Er lief auf und ab. Er nahm eine Flasche
Mineralwasser vom Tisch, schraubte den Verschluss ab und
trank ausgiebig. Er wischte sich den Mund mit dem Unterarm
ab. Kleine Tröpfchen perlten auf der zerfurchten Haut.

Ich setzte mich und versuchte ihn nicht anzustarren, während Jason mir alles erklärte.

Hier folgt, was er sagte, ein bisschen vereinfacht und mit
einigen Details angereichert, die ich später erfuhr.


Der Marsianer hatte seinen Planeten verlassen, kurz bevor sich
die Spinmembran um diesen gelegt hatte.

Wun Ngo Wen war Historiker und Linguist, relativ jung für marsianische Verhältnisse – fünfundfünfzig terrestrische Jahre – und körperlich gut in Schuss. Er war Gelehrter von Beruf, leistete zudem zwischen zwei Aufträgen freiwillige Arbeit für landwirtschaftliche Kooperativen und hatte gerade einen Monat am Delta des Kirioloj verbracht, in der Gegend, die wir als das Argyre-Planitia-Einschlagbecken bezeichneten und von den Marsianern die Baryalische Ebene (*Epu Baryal*) genannt wurde, als der Einsatzbefehl ihn ereilte.

Wie tausende von anderen Männern und Frauen seines Alters und seiner Klasse, hatte Wun seine Zeugnisse den Ausschüssen überantwortet, die eine projektierte Reise zur Erde planten und koordinierten, ohne aber im Ernst damit zu rechnen, dass er dafür ausgewählt werden würde. Er war eigentlich sogar von Natur aus eher zurückhaltend und hatte sich bisher, abgesehen von Dienstreisen und Familientreffen, kaum aus seiner eigenen Präfektur herausgewagt. Er war überaus bestürzt, als sein Name aufgerufen wurde, und wäre er nicht erst kürzlich in sein Viertes Lebensalter eingetreten, hätte er sich dem Ansinnen möglicherweise verweigert. Mit Sicherheit wären doch wohl andere für diese Aufgabe besser geeignet? Aber nein, offenbar nicht; seine Begabungen und sein Lebensweg entsprächen den Anforderungen in einzigartiger Weise, versicherten die Behörden, und so regelte er seine Angelegenheiten (sofern es etwas zu regeln gab) und bestieg einen Zug zum Startkomplex in Basalt-Trocken (auf unseren Karten: Tharsis), wo er in die Aufgabe eingewiesen wurde, die Fünf Republiken auf einer diplomatischen Mission zur Erde zu repräsentieren.

Die marsianische Technologie hatte sich erst seit kurzem dem Projekt der bemannten Raumfahrt zugewandt. In der Vergangenheit hatten die regierenden Räte darin ein ausgesprochen riskantes Abenteuer gesehen, mit dem man nur Gefahr lief, die Aufmerksamkeit der Hypothetischen zu erregen und wichtige Ressourcen zu vergeuden, denn es würde einen aufwendigen

Produktionsprozess erfordern, der zudem nicht vorgesehene Substanzen in eine akribisch regulierte und sehr empfindliche Biosphäre entlassen würde. Die Marsianer waren von Natur aus Konservierende, Hortende. Ihre kleinteilige, biologisch ausgerichtete Technologie war alt und ausgereift, der industrielle Sektor jedoch schmal und durch die unbemannten Forschungsflüge zu den winzigen, völlig nutzlosen Monden des Planeten schon gehörig strapaziert.

Aber seit Jahrhunderten hatten sie die spinumhüllte Erde beobachtet und allerlei Spekulationen angestellt. Sie wussten, dass der dunkle Planet die Wiege der Menschheit war, und Teleskop-Bilder sowie die aus einem verspätet angekommenen NEP-Schiff geborgenen Daten lehrten sie, dass die umgebende Membran durchlässig war. Sie begriffen die temporale Natur des Spins, nicht aber die Mechanismen, die ihn erzeugten. Eine Reise vom Mars zur Erde, so ihre Überlegung, wäre zwar physisch möglich, aber schwierig und unpraktisch. Schließlich befand sich die Erde in einem praktisch statischen Zustand; ein in die terrestrische Dunkelheit geworfener Kundschafter würde dort für Jahrtausende festgehalten, auch wenn er, nach eigener Zeitrechnung, schon am Tag darauf wieder aufbräche.

Nun war es aber so, dass aufmerksame Astronomen kürzlich kastenartige Strukturen entdeckt hatten, die sich in aller Stille hunderte von Kilometern über den marsianischen Polen bildeten – Artefakte der Hypothetischen, nahezu identisch mit denen, die man von der Erde her kannte. Nach einhunderttausend Jahren der Abgeschiedenheit hatte der Mars schließlich doch die Aufmerksamkeit der gesichtslosen, omnipotenten Wesen erregt, mit denen er sich das Sonnensystem teilte, und die Schlussfolgerung – dass der Mars bald eine eigene Spinmembran bekommen würde – war unausweichlich. Starke gesellschaftliche Kräfte plädierten für eine Kontaktaufnahme mit der verhüllten Erde. Die knappen Ressourcen wurden auf dieses Ziel hin konzentriert. Ein Raumschiff wurde entworfen und montiert. Und Wun Ngo Wen, ein Gelehrter, der umfassende Kenntnisse von den noch vorhandenen Bruchstücken der terrestrischen Geschichte und Sprache besaß, wurde verpflichtet, die Reise anzutreten – zu seinem Kummer.

Wun Ngo Wen fand sich, während er seinen Körper auf die Beengtheit und die Entkräftigung der langen Reise durch den Raum und die Härten der hohen Schwerkraft auf der Erde vorbereitete, mit der Wahrscheinlichkeit des eigenen Todes ab. Er hatte seine Familie fast vollständig beim Kirioloj-Hochwasser vor drei Sommern verloren – ein Grund, warum er sich überhaupt als Freiwilliger hatte registrieren lassen, und ein Grund, warum er ausgewählt worden war; für ihn war das Risiko des Todes leichter zu tragen als für die meisten anderen. Trotzdem konnte man nicht behaupten, dass er dem Tod freudig entgegensah, vielmehr hoffte er, ihm ein Schnippchen schlagen zu können. Er trainierte hart. Er machte sich mit den Feinheiten und Eigenarten seines Schiffes vertraut. Und falls die Hypothetischen den Mars tatsächlich in ihre Arme schlossen – nicht dass er sich so etwas erhofft hätte –, bedeutete das, dass sich ihm sogar die Chance auf eine Rückkehr eröffnete, und zwar nicht auf einen Planeten, der ihm in Millionen von Jahren fremd geworden war, sondern in sein vertrautes, gegen die Erosion der Zeit konserviertes Zuhause mit allen Erinnerungen und Verlusten.

Obwohl natürlich nicht mit einer Rückkehr gerechnet wurde. Wuns Schiff war auf eine Einzelfahrt ausgerichtet. Falls er tatsächlich je zum Mars zurückkehren sollte, dann nur mit Hilfe der Erdbewohner, die, so glaubte Wun jedenfalls, extrem großzügig würden sein müssen, um ihn mit einer Rückfahrkarte auszustatten.

Und so hatte er seinen, wie zu vermuten stand, letzten Blick auf den Mars – das windgepeitschte Flachland von Basalt-Trocken, *Odos on Epu-Epia* – ordentlich ausgekostet, bevor er in die Flugkammer der vergleichsweise primitiven vielstufigen Eisen-und-Keramik-Rakete eingeschlossen wurde, die ihn ins All hinaustrug.

Den Großteil der Reise verbrachte er in einem Zustand medikamentös herbeigeführter Stoffwechselträgheit, dennoch war es eine aufreibende Geduldsprobe. Die marsianische Spinmembran wurde in Stellung gebracht, während er unterwegs war, und so war Wun für den Rest des Fluges isoliert, durch die zeitliche Diskontinuität von beiden menschlichen Welten abgeschnitten: der vor ihm und der hinter ihm. Der Tod mochte schrecklich sein, aber konnte er sich wesentlich von diesem Ruhiggestelltsein unterscheiden, dieser drückenden Verwahrung in einer winzigen Maschine, die endlos durch ein unmenschliches Vakuum stürzte?

Die Stunden geistiger Klarheit nahmen ab. Er suchte Zuflucht in Tagträumen und erzwungenem Schlaf.

Sein Schiff, in vielerlei Hinsicht primitiv, aber mit ausgefeilten und halbintelligenten Steuerungsgeräten ausgestattet, verbrauchte den Großteil seiner Treibstoffreserven beim Eintritt in die hohe Umlaufbahn um die Erde. Der Planet unter ihm war ein schwarzes Nichts, sein Mond eine große Scheibe. Mikroskopische Sonden nahmen Proben aus der Erdatmosphäre, generierten rotverschobene Entfernungsmessungen, bevor sie im Spin verschwanden, gerade genug Daten, um einen Eintrittswinkel zu errechnen. Das Schiff war mit einer stattlichen Reihe von aerodynamischen Bremsen und gezielt einsetzbaren Fallschirmen ausgerüstet, und mit ein bisschen Glück würde es ihn durch die dichte und turbulente Luft zur Oberfläche des gewaltigen Planeten tragen, ohne dass er geröstet wurde oder es ihn zerschmetterte. Aber es kam eben sehr viel aufs Glück an. Zu viel, wie Wun fand. Er stieg in ein Fass mit schützendem Gel und leitete den endgültigen Abstieg ein, ganz und gar darauf gefasst, zu sterben.

Als er wieder aufwachte, lag sein nur leicht verkohltes Schiff friedlich in einem Rapsfeld, umgeben von merkwürdig blassen und glatthäutigen Menschen, einige davon in einem Aufzug, den er als biologische Schutzkleidung identifizierte. Wun Ngo Wen stieg mit klopfendem Herzen aus, die Muskeln bleiern und schmerzend in der furchtbaren Schwerkraft, die Lunge bedrängt von der schweren und isolierenden Luft, und wurde in Gewahrsam genommen.

Den nächsten Monat verbrachte er in einer Plastikblase in einem Raum des zum Landwirtschaftsministerium gehörenden Zentrums für Tierkrankheiten auf Plum Island, vor der Küste von Long Island, New York, gelegen. Während dieser Zeit lernte er eine Sprache zu sprechen, die er bisher lediglich aus uralten Aufzeichnungen gekannt hatte, gewöhnte seine Lippen und die Zunge an die vielfältigen Modulationen der Vokale, verfeinerte sein Vokabular, indem er versuchte, sich grimmigen oder eingeschüchterten Fremdlingen verständlich zu machen. Es war eine schwierige Zeit. Die Erdlinge waren blasse, hoch aufgeschossene Geschöpfe, nicht annähernd das, was er sich beim Entziffern der alten Dokumente vorgestellt hatte. Viele waren bleich wie Geister und erinnerten ihn an die Glutmond-Geschichten, bei denen er sich als Kind so gegruselt hatte: halb rechnete er immer damit, dass einer von ihnen neben seinem Bett auftauchen würde wie Huld von Phraya, um seinen Arm oder sein Bein als Tribut zu fordern. Seine Träume waren unruhig und wenig angenehm.

Glücklicherweise war er noch immer im Besitz seiner linguistischen Fertigkeiten, und nach einiger Zeit machte man ihn mit Männern und Frauen von Ansehen und Macht bekannt, die ihm weitaus freundlicher begegneten als die Leute, die ihn ursprünglich aufgegriffen hatten. Wun Ngo Wen pflegte diese nützlichen Freundschaften, bemühte sich, die gesellschaftlichen Gepflogenheiten einer alten, verwirrenden Kultur zu begreifen, und wartete geduldig auf den geeigneten Augenblick, um den Vorschlag zu unterbreiten, den er unter so großem persönlichem und öffentlichem Kostenaufwand von einer menschlichen Welt zur anderen getragen hatte.

»Jason«, sagte ich, als er an diesem Punkt seiner Erzählung angelangt war. »Stop. *Bitte*.«

Er räusperte sich. »Hast du eine Frage, Tyler?«

»Nein, keine Frage. Es ist nur ... so viel zu verarbeiten.«

»Aber es ist so weit in Ordnung? Du kannst mir folgen? Ich werde diese Geschichte mehr als einmal erzählen. Ich möchte, dass sie sich flüssig anhört. Tut sie das?«

»Hört sich sehr gut an. Wem willst du sie erzählen?«

»Allen. Den Medien. Wir gehen an die Öffentlichkeit.«

»Ich möchte kein Geheimnis mehr sein«, sagte Wun Ngo Wen. »Ich bin nicht hergekommen, um mich zu verstecken. Ich habe etwas zu sagen.« Er schraubte eine weitere Mineralwasserflasche auf. »Möchten Sie etwas hiervon, Tyler Dupree? Sie sehen so aus, als könnten Sie einen Schluck gebrauchen.«

Ich nahm ihm die Flasche aus den plumpen, faltigen Fingern und trank ausgiebig. »Sind wir jetzt Wasserbrüder?«, fragte ich dann.

Wun Ngo Wen blickte verwirrt. Jason lachte laut.

## VIER FOTOGRAFIEN DES KIRIOLOJ-DELTAS

Es ist schwer, die Verrücktheit dieser Zeit wiederzugeben.

An manchen Tagen schien es fast wie eine Befreiung. Jenseits der Illusion des Himmels dehnte sich die Sonne weiter aus, Sterne verglühten oder wurden geboren, ein toter Planet war zum Leben erweckt worden und hatte eine Zivilisation hervorgebracht, die unserer eigenen gewachsen, wenn nicht gar überlegen war. In etwas näherer Umgebung wurden Regierungen gestürzt, und die an ihre Stelle traten, wurden ebenfalls zum Teufel gejagt, Religionen, Philosophien und Ideologien verwandelten sich, verschmolzen miteinander und zeugten mutierte Sprösslinge. Die alte, geordnete Welt zerbröckelte, neue Dinge sprossen in den Ruinen. Wir pflückten Liebesgrün und labten uns an seiner Säure. Molly Seagram, so meine Vermutung, liebte mich, weil ich verfügbar war. Und warum auch nicht? Der Sommer war am Schwinden und die Ernte ungewiss.

Die längst verblichene New-Kingdom-Bewegung erschien in der Rückschau sowohl vorausdeutend als auch etwas putzig, ihre schüchterne Rebellion gegen den alten kirchlichen Konsens war nur ein blasser Vorschein neuerer, verschärfter Formen der Hingabe. Überall in der westlichen Welt schossen Dionysoskulte aus dem Boden, ohne die Frömmigkeit und Heuchelei der alten NK – die letzten Endes auch nichts anderes gewesen war als ein mit Fahnen oder heiligen Symbolen drapierter Fickverein. Die menschliche Eifersucht wurde nicht verschmäht, sondern vielmehr bejaht oder sogar zelebriert: gekränkte Liebhaber griffen zur Pistole, erklärten sich auf kurze Entfernung und hinterließen eine rote Rose auf dem Körper des Opfers. Es war die Trübsalszeit, neu inszeniert als elisabethanisches Drama.

Simon Townsend, wäre er zehn Jahre später zur Welt gekommen, hätte sich vielleicht in einer dieser Spielarten von Spiritualität à la Quentin Tarantino wiedergefunden. Doch das Scheitern von NK hatte ihn desillusioniert und ihm die Sehnsucht nach etwas Schlichterem eingeimpft. Diane rief mich noch immer von Zeit zu Zeit an – vielleicht einmal im Monat, wenn die Vorzeichen günstig waren und Simon außer Haus –, um mich auf den neuesten Stand zu bringen oder einfach von früher zu reden, in den Erinnerungen zu stochern wie in der Ofenglut und sich daran zu wärmen. Zu Hause gab es offenbar nicht allzu viel Wärme, wenn sich auch die finanzielle Situation ein wenig verbessert hatte. Simon arbeitete Vollzeit beim Jordan Tabernacle, ihrer kleinen unabhängigen Kirche, und war zuständig für Wartungsarbeiten aller Art. Diane hatte einen Bürojob, eine unregelmäßige Tätigkeit, die ihr viel Zeit ließ, unruhig in der Wohnung herumzupusseln oder in die örtliche Bibliothek zu schleichen, um Bücher zu lesen, die Simon missbilligte: zeitgenössische Romane, aktuelle Sachbücher. Jordan Tabernacle, erklärte sie, sei eine Art »Aussteiger«-Kirche, die Gemeindemitglieder würden ermuntert, den Fernseher abzuschaffen und sich von Büchern, Zeitungen und anderen kurzlebigen kulturellen Erscheinungen fernzuhalten. Anderenfalls sie Gefahr liefen, der Entrückung in einem unreinen Zustand zu begegnen.

Diane verteidigte diese Ideen nicht – nie sprach sie zu mir im Predigerton –, aber sie beugte sich ihnen, vermied es aufs Sorgfältigste, sie in Zweifel zu ziehen. Manchmal verlor ich darüber ein bisschen die Geduld. »Diane«, sagte ich eines Abends. »Glaubst du ernsthaft an dieses ganze Zeug?«

»Welches *Zeug*, Tyler?«

»Such's dir aus. Keine Bücher im Haus zu haben. Die Hypothetischen als Auslöser der Parusie. Dieser ganze Scheiß.« Ich hatte unter Umständen ein Bier zu viel getrunken.

»Simon glaubt daran.«

»Ich hab dich nicht nach Simon gefragt.«

»Simon ist gläubiger als ich, und ich beneide ihn darum. Ich weiß, wie sich das anhören muss. *Wirf diese Bücher in den Müll* – als würde er sich grässlich und arrogant aufführen. Eigentlich aber ist es ein Akt der Demut, ein Akt der Unterwerfung. Simon kann sich Gott auf eine Weise hingeben, die mir verschlossen ist.«

»Der Glückspilz.«

»Er *ist* ein Glückspilz. Du kannst es nicht sehen, aber er ist friedlich und gelassen. Er hat bei Jordan sein inneres Gleichgewicht gefunden. Er kann dem Spin ins Gesicht sehen und dabei lächeln, weil er weiß, dass er gerettet ist.«

»Was ist mit dir? Bist du nicht gerettet?«

Sie ließ ein langes Schweigen durch die Telefonleitung kriechen. »Ich wünschte, das wäre eine einfach zu beantwortende Frage. Ganz im Ernst. Ich denke immer wieder, dass es vielleicht gar nicht um meinen Glauben geht, vielleicht reicht Simons Glauben für uns beide aus. Weil er so stark ist, dass ich ein Stück weit davon getragen werde. Er ist wirklich sehr geduldig mit mir. Das Einzige, worum wir uns streiten, ist die Kinderfrage. Simon würde gern Kinder haben. Die Kirche ermuntert dazu. Und ich kann das verstehen, aber solange das Geld so knapp ist und – na ja – die Welt so ist, wie sie ist ...«

»Das ist keine Entscheidung, die man unter Druck treffen sollte.«

»Ich wollte nicht andeuten, dass er mich unter Druck setzt. Leg es in Gottes Hände, sagt er. Leg es in Gottes Hände, und es wird gut werden.«

»Aber du bist zu klug, um das zu glauben.«

»Bin ich das? O Tyler, ich hoffe nicht. Ich hoffe wirklich, dass ich das nicht bin.«


Molly hingegen hatte keine Verwendung für »diesen ganzen Gott-Mist«, wie sie es nannte. Jeder ist seines Glückes Schmied, war ihre Philosophie. Vor allem, wenn die Welt in die Binsen gehe und keiner von uns älter als fünfzig werden würde. »Ich habe nicht die Absicht, bis dahin auf den Knien herumzurutschen.«

Sie war von Natur aus zäh. Sie kam aus einer Familie von Milchbauern, die einen zehnjährigen Rechtsstreit geführt hatte wegen eines Projekts zur Ölförderung aus Teersand, das an ihr Land grenzte und es langsam vergiftete. Im Rahmen einer außergerichtlichen Einigung tauschten sie am Ende ihr Land gegen eine Abfindung, die groß genug war, um für einen sorgenfreien Ruhestand und eine anständige Ausbildung der Tochter aufzukommen. Trotzdem war es eine dieser Erfahrungen, so Molly, bei denen »selbst ein Engelsarsch Ausschlag kriegen würde«.

Was die gesellschaftlichen Entwicklungen betraf, konnte sie kaum etwas überraschen. Eines Abends saßen wir vor dem Fernseher und sahen einen Bericht über die Unruhen in Stockholm: Eine aus Kabeljaufischern und religiösen Fanatikern zusammengesetzte Menge warf Fenster ein und setzte Autos in Brand; Polizeihubschrauber beschossen den Mob mit klebrigem Gel, bis große Teile von Gamla Stan aussahen wie etwas, was ein Godzilla mit Tuberkulose ausgehustet haben könnte. Ich machte eine alberne Bemerkung darüber, wie schlecht sich die Leute benehmen würden, wenn sie Angst hätten, und Molly sagte: »Na komm, Tyler, hast du ernsthaft Verständnis für diese Arschlöcher?«

»Das hab ich nicht gesagt, Moll.«

»Wegen des Spins kriegen sie grünes Licht, ihr Parlamentsgebäude in Schutt und Asche zu legen. Warum? Weil sie *Angst haben*?«

»Es ist keine Entschuldigung. Es ist ein Motiv. Sie haben keine Zukunft. Sie glauben, sie haben nicht mehr lange zu leben.«

»Tja, willkommen im Klub. Wie originell. Sie müssen sterben, du musst sterben, ich muss sterben – wann wäre es je anders gewesen?«

»Nun, früher hatten wir den Trost, zu wissen, dass die menschliche Spezies auch ohne uns fortbestehen würde.«

»Aber Spezies sind auch sterblich. Geändert hat sich nur, dass dieses Ereignis nicht mehr in ferner nebliger Zukunft liegt. Gut möglich, dass wir alle zusammen in ein paar Jahren auf irgendeine spektakuläre Weise sterben werden – aber selbst das ist nur eine *Möglichkeit*. Könnte auch sein, dass die Hypothetischen uns noch ein bisschen länger leben lassen. Aus welchen Gründen auch immer.«

»Und das macht dir keine Angst?«

»Doch, natürlich. Das alles macht mir Angst. Aber das ist kein Grund, auf die Straße zu gehen und Leute umzubringen.« Sie deutete auf den Fernseher – jemand hatte eine Granate auf den

Riksdag abgefeuert. »Das ist so überwältigend *dumm*. Es bewirkt gar nichts. Ein reines Abreagieren der Hormone. Auf dem Niveau von Affen.«

»Du kannst nicht so tun, als würde es dich nicht berühren.«

Sie überraschte mich dadurch, dass sie lachte. »Nein, das ist *dein* Stil, nicht meiner.«

»Ach ja?«

Sie wandte sich ab, kam dann aber wieder und sah mich fast trotzig an. »*Du* tust doch immer so cool, was den Spin angeht. Genau wie du cool tust, wenn es um die Lawtons geht. Sie benutzen dich, sie ignorieren dich, und du lächelst, als sei das die natürliche Ordnung der Dinge.« Sie wartete auf eine Reaktion. Ich war zu störrisch, ihr damit zu dienen. »Ich finde einfach, dass es bessere Möglichkeiten gibt, sich ins Ende der Welt zu ergeben.«

Sie wollte aber nicht sagen, was für Möglichkeiten das waren.

Jeder, der bei Perihelion arbeitete, hatte bei der Einstellung eine Verschwiegenheitsverpflichtung unterzeichnet, und wir alle waren einer gründlichen Überprüfung durch das Heimatschutzministerium unterzogen worden. Wir waren diskret und sahen ein, dass Interna welcher Art auch immer nicht nach draußen sickern durften. Indiskretionen konnten parlamentarische Ausschüsse beunruhigen, mächtige Freunde in Verlegenheit bringen, Geldgeber abschrecken.

Aber jetzt hatten wir einen Marsianer im Gebäude – weite Teile des Nordflügels waren in eine vorübergehende Unterkunft für Wun Ngo Wen und seine Helfer umgewandelt worden –, und das war ein nur schwer zu hütendes Geheimnis.

Viel länger konnte es jedenfalls nicht mehr gewahrt werden. Als Wun in Florida eintraf, waren etliche Angehörige der Washingtoner Elite und einige ausländische Staatsoberhäupter bereits über ihn informiert. Das Außenministerium hatte ihm ad hoc vollen rechtlichen Status gewährt und beabsichtigte, ihn zum geeigneten Zeitpunkt auf internationaler Ebene vorzustellen. Seine Helfer waren schon dabei, ihn für den unvermeidlichen Medienaufruhr zu trainieren.

Das alles hätte anders gehandhabt werden können und vielleicht sogar sollen. Man hätte ihn den Vereinten Nationen überantworten und seine Anwesenheit sofort bekannt machen können. Die Regierung Garland musste mit scharfem Protest rechnen, weil sie ihn versteckt gehalten hatte. Die Christlich-Konservative Partei streute bereits Andeutungen, wonach »die Regierung über das Ergebnis des Terraformungprojekts mehr weiß, als sie zu erkennen gibt«, in der Hoffnung, damit den Präsidenten aus der Reserve zu locken oder Lomax, seinen designierten Nachfolger, der Kritik auszuliefern. Kritik würde es unvermeidlich geben, aber Wun hatte seinen Wunsch bekundet, nicht zum Wahlkampfthema zu werden. Er wolle sich der Öffentlichkeit stellen, sagte er, doch er werde damit bis zum November warten.

Wun Ngo Wens Existenz war allerdings nur das auffälligste der mit seiner Ankunft verbundenen Geheimnisse. Es gab noch andere. Und daraus entwickelte sich ein seltsamer Sommer bei Perihelion.

Jason bestellte mich im August in den Nordflügel. Ich traf ihn in seinem Büro – seinem wirklichen Büro, nicht der geschmackvoll eingerichteten Suite, in der er offizielle Gäste und die Presse begrüßte –, einem fensterlosen Würfel mit einem Schreibtisch und einem Sofa. Wie er so in Jeans und Sweatshirt auf seinem Stuhl hockte, rings um ihn Stapel wissenschaftlicher Zeitschriften, sah er aus, als sei er aus dem ganzen Durcheinander herausgewachsen wie eine hydroponische Gemüsesorte. Er schwitzte. Kein gutes Zeichen bei Jason.

»Ich verliere wieder meine Beine«, sagte er.

Ich räumte ein bisschen Platz auf dem Sofa frei, setzte mich und wartete auf nähere Einzelheiten.

»Ein paar Wochen lang habe ich kleine Anfälle gehabt. Das

Übliche. Nichts, was man nicht überspielen könnte. Aber es geht nicht weg. Es wird sogar schlimmer. Vielleicht müssen wir die Medikation anpassen.«

Vielleicht. Doch eigentlich gefiel es mir nicht, was die Medikamente in letzter Zeit mit ihm angestellt hatten. Jason nahm inzwischen täglich eine Hand voll von Pillen ein: Myelinaufbauer, um den Verlust von Nervengewebe zu verlangsamen, neurologische Anreger, die dem Gehirn helfen sollten, beschädigte Regionen neu zu vernetzen, und Sekundärmedikation gegen die Nebenwirkungen der Primärmedikation. Konnten wir die Dosis erhöhen? Möglicherweise. Doch das Verfahren hatte eine Toxizitätsgrenze, die schon jetzt bedenklich nahe gerückt war. Er hatte nicht nur einiges an Gewicht verloren, auch etwas womöglich noch Wichtigeres schien vom Verlust bedroht: ein gewisses emotionales Gleichgewicht. Jason redete schneller und lächelte seltener. Während er früher vollkommen in seinem Körper zu ruhen schien, bewegte er sich nun wie eine Marionette – wenn er etwa nach einem Becher griff, schoss seine Hand übers Ziel hinaus und musste behutsam zurückgesteuert werden.

»In jedem Fall«, sagte ich, »müssen wir Dr. Malmsteins Meinung einholen.«

»Es ist völlig ausgeschlossen, dass ich lange genug weg kann, um ihn aufzusuchen. Hier hat sich einiges verändert, falls du es noch nicht bemerkt haben solltest. Können wir nicht eine telefonische Konsultation durchführen?«

»Vielleicht. Ich frage ihn.«

»Und könntest du mir inzwischen auch noch einen anderen Gefallen tun?«

»Was für einen, Jase?«

»Erkläre Wun mein Problem. Stell ein paar Bücher über das Thema für ihn zusammen.«

»Medizinische Bücher? Warum, ist er Arzt?«

»Nicht direkt, aber er hat eine Menge Informationen mitgebracht. In den biologischen Wissenschaften sind uns die Marsianer weit voraus.« Er sagte das mit einem schiefen Grinsen, das ich nicht interpretieren konnte. »Er meint, dass er vielleicht helfen kann.«

»Ist das dein Ernst?«

»Mein voller Ernst. Schau nicht so schockiert. Wirst du dich mit ihm unterhalten?«

Ein Mann von einem anderen Planeten. Ein Mann vor dem Hintergrund von einhunderttausend Jahren marsianischer Geschichte. »Nun ... ja. Es wäre mir eine Ehre, mich mit ihm zu unterhalten.«

»Dann arrangiere ich das.«

»Aber sollte er über medizinische Kenntnisse verfügen, mit denen man AMS wirksam behandeln kann, dann müssen sie besseren Ärzten als mir zugänglich gemacht werden.«

»Wun hat ganze Enzyklopädien mitgebracht. Es sind bereits einige Leute dabei, sie zu durchforsten – Teile davon jedenfalls – und nach nützlichen Informationen, auch medizinischer Art, Ausschau zu halten. Das hier ist nur eine kleine Ablenkung für ihn.«

»Überrascht mich, dass er noch Zeit für kleine Ablenkungen hat.«

»Er langweilt sich häufiger, als du glaubst. Ihm fehlen einfach ein paar Freunde. Ich dachte mir, es würde ihm gefallen, sich einmal mit jemandem zu unterhalten, der ihn nicht für einen Erlöser hält. Oder für eine Bedrohung. Aber trotzdem möchte ich, dass du mit Malmstein redest.«

»Natürlich.«

»Und ruf ihn von dir zu Hause aus an. Ich traue den Telefonen hier nicht mehr.«

Er lächelte, als habe er etwas sehr Amüsantes gesagt.


In jenem Sommer ging ich hin und wieder am Strand spazieren, der von meinem Haus aus auf der anderen Seite des Highways lag.

Es war kein besonders toller Strand. Eine lange, unbebaute Landzunge schützte ihn vor Erosion und machte ihn für Surfer uninteressant. An heißen Nachmittagen begutachteten die alten Motels den Sand mit glasigen Augen, und ein paar schüchterne Touristen badeten ihre Füße in der Brandung.

Ich ging hinunter und setzte mich auf das heiße Holz eines über struppigem Gras schwebenden Laufstegs, um zuzusehen, wie sich die Wolken am östlichen Horizont versammelten, und über das nachzudenken, was Molly gesagt hatte: dass ich immer so gelassen täte, was den Spin – und die Lawtons – anging, und einen Gleichmut vor mir her trüge, der schlechterdings nicht echt sein konnte.

Ich wollte Molly Gerechtigkeit widerfahren lassen; vielleicht war das wirklich der Eindruck, den ich auf sie machte.

»Spin« war ein dummer, aber wohl unvermeidlicher Ausdruck für das, was mit der Erde geschehen war. Physikalisch gesehen lag er völlig daneben – es gab nichts, was sich schneller oder irgendwie heftiger drehte als früher –, doch als Metapher mochte er funktionieren. In Wirklichkeit war die Erde statischer als je zuvor – aber *fühlte es sich nicht so an*, als würde sie außer Kontrolle geraten? In jeder gewichtigen Hinsicht: ja. Man musste sich an irgendetwas festhalten, wenn man nicht ins Nichts trudeln wollte.

Vielleicht hielt ich mich also an den Lawtons fest, nicht nur an Jason und Diane, sondern an ihrem gesamten Universum, das Große Haus und das Kleine Haus, die verlorenen Kindheitsbindungen. Vielleicht war das der einzige Griff, den ich zu fassen kriegen konnte. Und vielleicht war das nicht unbedingt etwas Schlechtes. Wenn Molly Recht hatte, dann mussten wir uns alle an irgendetwas klammern, sonst waren wir verloren. Diane hatte sich an den Glauben geklammert, Jason an die Wissenschaft.

Und ich hatte mich an Jason und Diane geklammert.

Ich verließ den Strand, als die Wolken heraufzogen; der unvermeidliche Augustnachmittagsschauer näherte sich, am östlichen Himmel tobten bereits die Blitze, der Regen begann die traurigen Pastellbalkone der Motels zu peitschen. Als ich dann nach Hause kam, war ich klatschnass, und die Kleidung brauchte Stunden, um in der feuchten Luft zu trocknen. Bis zum Einbruch der Dunkelheit war der Sturm vorbei; er hinterließ eine übel riechende, dampfende Stille.

Nach dem Essen kam Molly und wir luden uns einen aktuellen Film herunter, eines von diesen viktorianischen Salonstücken, die sie so gern sah. Hinterher ging sie in die Küche, um uns Drinks zu mixen, während ich vom Telefon im Gästezimmer aus David Malmstein anrief. Er sagte, er würde Jason gern sehen, »so bald es sich einrichten lässt«, meinte aber, es sei in Ordnung, die Medikamentendosis ein bisschen zu erhöhen, solange Jase wie auch ich ein wachsames Auge auf eventuelle negative Reaktionen hätten.

Nach dem Gespräch verließ ich das Zimmer wieder und fand Molly im Flur, in jeder Hand ein Getränk und im Gesicht Verwirrung. »Wo warst du?«

»Hab nur mal eben telefoniert.«

»Irgendwas Wichtiges?«

»Nein.«

»Patientenkontrolle?«

»So ungefähr«, sagte ich.

Einige Tage später arrangierte Jason ein Treffen zwischen mir und Wun Ngo Wen in Wuns Unterkunft bei Perihelion.

Der marsianische Botschafter wohnte in einem Zimmer, das er, mit Hilfe von Katalogen, ganz nach seinem eigenem Geschmack eingerichtet hatte. Die Möbel waren leichtgewichtig, Rattan, niedrig gebaut; ein Flickenteppich bedeckte den Linoleumfußboden, auf einem schlichten Schreibtisch aus unbehandeltem Kieferholz stand ein Computer; es gab mehrere zum Schreibtisch passende Bücherborde. Marsianer richteten sich offenbar genauso ein wie jung verheiratete Studenten.

Ich versorgte Wun mit dem Studienmaterial, das er sich gewünscht hatte: Bücher über Ätiologie und Behandlung der multiplen Sklerose, dazu eine Reihe von Sonderdrucken der JAMA über AMS. AMS hatte nach neuerer Auffassung gar nichts mit MS zu tun; es war eine völlig andere Krankheit, eine genetische Funktionsstörung mit MS-artigen Symptomen und einem ähnlichen Verschleiß der Myelinhüllen, die das menschliche Nervengewebe schützen; erkennbar an der Schwere der Symptome, dem raschen Fortschreiten und der Resistenz gegen die Standardbehandlung. Wun erklärte, er sei mit dem beschriebenen Zustand zwar nicht vertraut, werde aber in seinen Archiven nach Informationen suchen.

Ich dankte ihm, wandte allerdings zugleich ein, dass er kein Arzt und die marsianische Physiologie überaus ungewöhnlich sei. Selbst wenn er eine geeignete Therapie finden würde – würde sie auch bei Jason wirken?

»Wir sind nicht so verschieden, wie Sie vielleicht glauben. Eine der ersten Maßnahmen, die Ihre Leute ergriffen haben, bestand darin, meine Genomsequenz zu entschlüsseln. Sie ist von Ihrer nicht zu unterscheiden.«

»Ich hatte nicht die Absicht, Sie zu kränken.«

»Ich bin nicht gekränkt. Hunderttausend Jahre sind eine lange Zeit der Separation, lang genug für das, was die Biologen als Artbildung bezeichnen. Und doch sind unsere beiden Populationen, Ihre und meine, untereinander uneingeschränkt fortpflanzungsfähig. Die auffälligen Unterschiede zwischen uns sind nur oberflächliche Anpassungen an kältere, trockenere Lebensbedingungen.« Er sprach mit einer Autorität, die seiner Statur widersprach. Seine Stimme war höher als die eines durchschnittlichen Erwachsenen, hatte jedoch nichts Jugendliches an sich; ein singender, fast femininer Tonfall, der zugleich immer staatsmännisch klang.

»Dennoch würden wir es unter Umständen mit rechtlichen Problemen zu tun bekommen, falls es um eine Therapie geht, die nicht die einschlägigen Genehmigungsverfahren durchlaufen hat.«

»Ich bin sicher, Jason wäre bereit, auf die offizielle Anerkennung zu warten. Seine Krankheit ist allerdings womöglich weniger geduldig.« Wun hob die Hand, um weiteren Einwänden zuvorzukommen. »Lassen Sie mich erst einmal lesen, was Sie mir gebracht haben. Dann sprechen wir weiter.«

Daraufhin bat er mich, noch ein wenig zu bleiben und zu plaudern. Ich fühlte mich geschmeichelt. Ungeachtet seiner fremdartigen Erscheinung hatte Wuns Präsenz etwas Beruhigendes, eine auf sein Gegenüber ausstrahlende Entspanntheit. Er lehnte sich in seinem Rattansessel zurück, ließ die Füße baumeln und hörte sich mit augenscheinlicher Faszination einen kurzen Abriss meines Lebens an. Er stellte einige Fragen über Diane – »Jason erzählt nicht viel von seiner Familie« – und über die medizinische Ausbildung – das Konzept der Sektion von Leichen war ihm neu; er zuckte zusammen, als ich den Vorgang beschrieb.

Dann, als ich ihn meinerseits über sein Leben befragte, griff er in den kleinen grauen Ranzen, den er bei sich trug, und zog eine Reihe vom Ausdrucken hervor, Fotografien, die er als Digitaldateien mit auf seine Reise genommen hatte. Vier Bilder vom Mars.

»Nur vier?«

Er zuckte mit den Achseln. »Keine Zahl wäre groß genug, die Erinnerungen zu ersetzen. Und natürlich befindet sich noch viel mehr Bildmaterial in den offiziellen Archiven. Dies hier sind meine Bilder. Meine persönlichen. Möchten Sie sie sehen?«

»Ja, natürlich.«

Er reichte sie mir.

Foto 1: Ein Haus. Offensichtlich, trotz der seltsamen Techno/Retro-Architektur, eine menschliche Wohnstatt, niedrig und rund, wie das Porzellanmodell einer Grashütte. Der Himmel dahinter war strahlend türkisfarben, jedenfalls hatte der Drucker ihn so wiedergegeben. Der Horizont war seltsam nahe, aber geometrisch flach, unterteilt in immer kleiner werdende Rechtecke von Anbaufeldern. Die Feldfrucht konnte ich nicht identifizieren, doch sie war zu fleischig, als dass es Weizen oder Mais sein konnte, und zu groß für Feldsalat oder Grünkohl. Im Vordergrund standen zwei erwachsene Marsianer, Mann und Frau, mit komisch ernsten Gesichtern. Marsianische Gotik. Fehlte nur noch eine Heugabel und die Signatur von Grant Wood. »Meine Mutter und mein Vater«, sagte Wun schlicht.

Foto 2: »Ich als Kind.« Dieses Bild war verblüffend. Die faltige Haut der Marsianer entwickelt sich, wie Wun erläuterte, in der Pubertät. Im Alter von ungefähr sieben terrestrischen Jahren hatte Wun ein glattes, lächelndes Gesicht. Er sah aus wie ein normales Erdenkind, wenn man auch die ethnische Zugehörigkeit nicht so recht hätte zuordnen können – blonde Haare, kaffeebraune Haut, schmale Nase und großzügige Lippen. Das Ambiente, in dem er posierte, sah aus wie ein exzentrischer Themenpark, war jedoch, so Wun, eine marsianische Stadt. Ein Marktplatz. Läden und Lebensmittelstände, die Gebäude aus dem gleichen porzellanartigen Material wie das Farmhaus, in knalligen Primärfarben. Auf der Straße hinter ihm drängte sich der Verkehr auf zwei Rädern und zu Fuß. Nur ein schmaler Himmelsstreifen war zwischen den höchsten Gebäuden zu sehen, und auch hier war im Augenblick der Aufnahme ein Fahrzeug hindurchgefahren, dessen windrädchenartige Blätter in dem blassen Oval verschwammen.

»Sie sehen glücklich aus«, sagte ich.

»Die Stadt heißt Voy Voyud. Wir sind an diesem Tag zum Einkaufen hingefahren. Weil es Frühling war, haben meine Eltern mir erlaubt, *Murkuds* zu kaufen. Kleine Tiere, wie Frösche. Als Haustiere. In dem Beutel, den ich in der Hand halte – sehen Sie?«

Wun umklammerte einen weißen Stoffbeutel, der einige Klumpen enthielt. *Murkuds.*

»Sie leben nur fünf Wochen«, sagte er. »Aber ihre Eier sind köstlich.«

Foto 3: Bot einen Panoramablick. Im Vordergrund: noch ein marsianisches Haus, eine Frau in einem bunten Kaftan – seine Ehefrau, erläuterte Wun – und zwei glatthäutige hübsche Mädchen in sackartigen goldgelben Kleidern – seine Töchter. Das Bild war von einem erhöhten Punkt aus aufgenommen worden. Hinter dem Haus: grüne sumpfige Felder, die sich unter einem wiederum türkisfarbenen Himmel sonnten. Das Ackerland war durch erhöhte Straßen unterteilt, auf denen einige klobige Fahrzeuge unterwegs waren, und auf den Feldern stand landwirtschaftliches Gerät, schwarze, seltsam anmutige Erntemaschinen. Und am Horizont, dort wo die Straßen zusammenliefen: die Stadt, dieselbe Stadt, so Wun, wo er als Kind *Murkuds* gekauft hatte, Voy Voyud, die Hauptstadt der Provinz Kirioloj mit ihren hohen, terrassenförmig angelegten, auf die geringe Gravitation ausgerichteten Türmen.

»Sie können den größten Teil des Kiriolojdeltas auf diesem Bild sehen.« Der Fluss war ein blaues Band, das einen See speiste, dessen Farbe der des Himmels glich. Die Stadt Voy Voyud sei auf erhöhtem Grund erbaut worden, dem erodierten Rand eines Meteoritenkraters, erklärte Wun, aber für mich sah es wie eine gewöhnliche Hügelkette aus. Schwarze Punkte auf dem fernen See mochten Boote oder Lastkähne sein.

»Das ist sehr schön«, sagte ich.

»Ja.«

»Die Landschaft, aber auch Ihre Familie.«

»Ja.« Er sah mich an. »Sie sind tot.«

»Ah – das tut mir Leid.«

»Vor einigen Jahren bei einer Überschwemmung ums Leben gekommen. Die letzte Fotografie, sehen Sie? Das ist der gleiche Bildausschnitt, kurz nach der Katastrophe aufgenommen.«

Ein ungewöhnlich heftiger Sturm hatte nach einer langen Trockenzeit Rekordmengen von Regen auf die Hänge der Solitary Mountains abgeladen, und der Großteil des Regenwassers war in die ausgedörrten Nebenflüsse des Kirioloj geleitet worden. Der terrageformte Mars war in mancher Hinsicht noch immer eine junge Welt, deren hydrologische Kreisläufe noch nicht stabil waren, deren Landschaften sich noch in Entwicklung befanden. In der Folge des plötzlichen extremen Regens bildeten sich Unmengen von oxidrotem Schlamm, der den Kirioloj hinunterdonnerte und wie ein flüssiger Güterzug in das landwirtschaftliche Delta einfiel.

Foto 4: Danach. Von Wuns Haus waren nur das Fundament und eine einzelne Mauer geblieben, die wie Keramikscherben aus einem wüsten Durcheinander von Schlamm und Schutt ragten. Die ferne Stadt auf dem Hügel war unangetastet geblieben, aber das fruchtbare Ackerland lag unter Schlamm begraben. Von dem glitzernd braunem Wasser des Sees abgesehen, war dies ein in seinen jungfräulichen Zustand zurückgekehrter Mars, lebloser Regolith. Mehrere Luftfahrzeuge schwebten über der Szenerie, vermutlich auf der Suche nach Überlebenden.

»Ich hatte mit Freunden zusammen einen Tag im Vorgebirge verbracht, und bei der Rückkehr fand ich dies hier vor. Viele Menschen sind umgekommen, nicht nur meine Familie. Ich bewahre diese Fotografien auf, um mich daran zu erinnern, wo ich herkomme. Und warum ich nicht zurück kann.«

»Es muss unerträglich gewesen sein.«

»Ich habe meinen Frieden damit geschlossen, so weit das überhaupt geht. Als ich den Mars verließ, hatte man das Delta wiederhergestellt. Nicht so wie früher, natürlich. Aber fruchtbar, lebendig.«

Das schien alles zu sein, was er zu dem Thema sagen wollte.

Ich sah mir die Bilder noch einmal an und machte mir bewusst, was ich da sah: Nicht irgendwelche raffinierten CGI-Effekte, sondern gewöhnliche Fotos. Fotos einer anderen Welt. Fotos vom Mars, einem Planeten, der schon lange als Objekt unserer maßlosen Fantasie diente. »Es ist nicht Burroughs, ganz bestimmt nicht Wells, vielleicht ein bisschen Bradbury ...«

Wun runzelte die Stirn. »Entschuldigung, diese Wörter sind mir nicht bekannt.«

»Das sind Schriftsteller. Romanschriftsteller, die über Ihren Planeten geschrieben haben.«

Nachdem ich ihm das erläutert hatte – dass bestimmte Schriftsteller, lange vor der tatsächlichen Terraformung, sich einen lebendigen Mars vorgestellt hatten –, war Wun völlig fasziniert. »Wäre es möglich, dass ich einige dieser Bücher lesen kann? Und wir bei Ihrem nächsten Besuch darüber sprechen?«

»Ich fühle mich geschmeichelt. Aber glauben Sie, dass Sie die Zeit erübrigen können? Sicherlich gibt es etliche Staatsoberhäupter, die sich gern mit Ihnen unterhalten würden.«

»Ganz bestimmt. Aber die können warten.«

Ich sagte ihm, dass ich mich darauf freue.

Auf der Rückfahrt machte ich mich über ein Antiquariat her, und am nächsten Morgen lieferte ich einen Packen von Taschenbüchern bei Wun ab, genauer gesagt, bei den wortkargen Männern, die sein Quartier bewachten. »Krieg der Welten«, »Die Prinzessin vom Mars«, »Die Mars-Chroniken«, »Fremder in einer fremden Welt«, »Roter Mars«.

Etliche Wochen lang hörte ich nichts mehr von ihm.


Die Bauarbeiten bei Perihelion gingen weiter. Bis Ende September hatte sich ein massives Betonfundament auf dem neuen Gelände breitgemacht, dort, wo vorher Kiefergestrüpp und einige jämmerliche Palmen gestanden hatten, und eine mächtige Takelage aus Stahlträgern und Aluminiumrohren erhob sich.

Ein weiteres Abendessen im Champs, die meisten Gäste starrten gebannt auf den plakatwandgroßen Plasmabildschirm, auf dem ein Spiel der Marlins zu sehen war, während Molly und ich uns in einer dunklen Ecke einen Vorspeisenteller teilten.

Sie hatte gehört, dass in der folgenden Woche sündhaft teure Labor- und Kühlungsgeräte erwartet wurden. »Wozu brauchen wir Laborausrüstung, Ty? Bei Perihelion geht's doch um Weltraumforschung und den Spin. Ich versteh das nicht.«

»Ich habe keine Ahnung. Niemand redet darüber.«

»Du könntest ja mal Jason fragen, an einem der Nachmittage, die du im Nordflügel verbringst.«

Ich hatte ihr nicht erzählt, dass mich ein Marsianer zum regelmäßigen Gesprächspartner auserkoren hatte, sondern vorgegeben, ich würde mich mit Jase treffen. »Dazu reicht mein Sicherheitsstatus nicht.« Was für Molly natürlich erst recht galt.

»Allmählich glaube ich, dass du mir nicht traust.«

»Ich halte mich nur an die Regeln, Moll.«

»Genau. Du bist ja so ein Heiliger.«


Ohne sich vorher anzukündigen – zum Glück an einem Abend, an dem Molly nicht da war –, stand plötzlich Jason vor meiner Tür, um über seine Medikamente zu sprechen. Ich gab weiter, was Malmstein gesagt hatte, dass es wohl okay sei, die Dosis zu erhöhen, wir aber auf Nebenwirkungen würden aufpassen müssen. Die Krankheit entwickele sich weiter, und unsere Möglichkeiten, die Symptome zu unterdrücken, würden irgendwann an ihre Grenzen stoßen. Das bedeute aber nicht, dass sein Schicksal besiegelt sei, sondern, dass er früher oder später seine Geschäfte eben auf andere Weise würde betreiben müssen – sich der Krankheit anpassen, statt sie zu unterdrücken. (Jenseits davon wartete eine weitere Schwelle, auf die ich aber nicht einging: Schwerstbehinderung und Demenz.)

»Ich verstehe«, sagte Jason. Er saß, die Beine übereinander geschlagen, auf einem Sessel am Fenster und warf gelegentlich einen Blick auf sein darin erscheinendes Spiegelbild. »Alles, was ich brauche, sind noch ein paar Monate.«

»Ein paar Monate wofür?«

»Ein paar Monate, um E. D. Lawton zu Fall zu bringen.« Ich

starrte ihn an, hielt es für einen Witz. Doch er lächelte nicht. »Muss ich das erklären?«

»Wenn du willst, dass ich es begreife, ja.«

»E. D. und ich haben divergierende Ansichten über die weitere Zukunft von Perihelion. Für ihn existiert Perhelion nur, um die Raumfahrtindustrie zu unterstützen. Das war von Anfang an das Einzige, was ihn interessierte. Er hat nie geglaubt, dass wir etwas gegen den Spin unternehmen können.« Jason zuckte mit den Achseln. »Nun, er hat mit an Sicherheit grenzender Wahrscheinlichkeit Recht – in dem Sinne, dass wir ihn nicht *beseitigen* können. Aber das heißt nicht, dass wir ihn nicht verstehen könnten. Wir können natürlich keinen Krieg gegen die Hypothetischen führen, aber wir können ein wenig Guerilla-Wissenschaft betreiben. Das ist es, worum es bei Wuns Besuch geht.«

»Ich kann dir nicht ganz folgen.«

»Wun ist nicht einfach nur ein interplanetarischer Goodwill-Botschafter. Er ist mit einem Plan hierher gekommen, mit einem Vorschlag für ein gemeinsames Unternehmen, das uns einige Informationen über die Hypothetischen verschaffen könnte – woher sie kommen, was sie wollen, was sie mit den beiden Planeten anstellen. Die Reaktionen auf diese Idee sind gemischt. E. D. versucht, das Ganze zu torpedieren – er hält es für unnütz und befürchtet, dass es das politische Kapital gefährdet, das uns nach der Terraformung noch verblieben ist.«

»Und deshalb willst du ihn absägen?«

Er seufzte. »Es mag grausam klingen, aber E. D. begreift nicht, dass seine Zeit vorbei ist. Mein Vater ist genau das, was die Welt vor zwanzig Jahren gebraucht hat. Ich bewundere ihn dafür. Er hat Erstaunliches, ja Unglaubliches geleistet. Hätte E. D. den Politikern nicht Dampf gemacht, gäbe es kein Perihelion. Aber eine der Ironien des Spins liegt darin, dass sich die langfristigen Folgen von E. D. Lawtons Genie jetzt gegen ihn wenden – wenn es keinen E. D. gegeben hätte, würde Wun Ngo

Wen heute nicht existieren. Das ist kein ödipaler Konflikt, der mich hier umtreibt, ich weiß genau, wer mein Vater ist und was er getan hat. Er ist in den Fluren der Macht zu Hause, Garland ist sein Golfkamerad. Großartig. Aber er ist auch ein Gefangener, ein Gefangener seiner Kurzsichtigkeit. Die Zeiten, als er noch visionär gedacht hat, sind vorbei. Er mag Wuns Plan nicht, weil er der Mars-Technologie misstraut, er mag keine Sachen, an denen er nicht selber rumbasteln kann, mag es nicht, dass die Marsianer ganz selbstverständlich über Technologien verfügen, von denen wir allenfalls eine leise Ahnung haben. Und er kann es überhaupt nicht ab, dass ich auf Wuns Seite stehe. Ich und, wie ich hinzufügen möchte, eine neue Generation von Politikern, einschließlich Preston Lomax, der wahrscheinlich nächste Präsident. Plötzlich ist E. D. umgeben von Leuten, die er nicht manipulieren kann. Jüngere Leute, die den Spin auf eine ganz andere Weise erfahren, verarbeitet haben als E. D.s Generation. Leute wie wir, Ty.«

Ich fühlte mich durchaus geschmeichelt, war aber gleichzeitig erschrocken, in dieses Pronomen mit eingeschlossen zu sein. »Du mutest dir ganz schön viel zu, Jase?«

Er sah mich scharf an. »Ich tue genau das, was E. D. mir beigebracht hat. Von Geburt an. Er wollte nie einen Sohn, er wollte einen Erben, einen Lehrling. Er hat diese Entscheidung lange vor dem Spin getroffen. Er wusste genau, wie intelligent ich war, und er hatte eine genaue Vorstellung davon, was ich mit dieser Intelligenz anstellen sollte. Ich habe mich darauf eingelassen, und als ich längst alt genug war, um zu begreifen, was er vorhatte, habe ich weiter mitgemacht. Und hier bin ich also, eine E. D.-Lawton-Produktion: das aufgeweckte, gutaussehende, medienkompatible Objekt, das du vor dir siehst – ein vermarktbares Image, ein gewisser intellektueller Weitblick und keinerlei Loyalitäten, die nicht von vorn bis hinten auf Perihelion gerichtet sind. Aber da war immer eine kleine Zusatzklausel in diesem Vertrag, auch wenn E. D. daran nicht gern erinnert wird. Wo ein Erbe ist, muss es auch eine Erbschaft geben. Woraus folgt, dass an irgendeinem Punkt mein Urteil gewichtiger wird als seins. Nun, dieser Punkt ist erreicht. Die Chance, die sich uns eröffnet, ist einfach zu kostbar, um sie ungenutzt zu lassen.«

Seine Hände, fiel mir auf, waren zu Fäusten geballt und seine Beine zitterten. War das den starken Emotionen geschuldet oder ein Symptom seiner Krankheit? Ja, wie viel von seinem Monolog war echt und wie viel davon ein Produkt der Neurostimulanzien, die ich ihm verordnete?

»Du siehst aus, als wärst du gegen eine Wand gelaufen«, sagte Jason.

»Von was für einer marsianischen Technologie sprechen wir hier eigentlich?«

Er grinste. »Sie ist wirklich sehr clever. Quasibiologisch. Sehr klein. Molekulare autokatalytische Rückkopplungsschleifen mit ins Reproduktionsprotokoll eingeschriebener kontingenter Programmierung.«

»Könntest du das übersetzen?«

»Kleine, winzige, künstliche Replikatoren.«

»Lebendig?«

»In gewissem Sinne ja, lebende Dinge. Künstliche lebende Dinge, die wir ins All schießen können.«

»Und was *tun* sie dann?«

Sein Grinsen wurde breiter. »Sie fressen Eis und sie scheißen Information.«

## $4 \times 10^9$ N. CHR.

Ich überquerte ein paar Meter festgestampfte Erde, an der in schorfigen Stücken verwitterter Asphalt hing, gelangte zu einer Böschung und rutschte, ziemlich geräuschvoll, auf der anderen

Seite hinunter. Mit meinen Hartschalenkoffern, die vollgepackt waren mit Kleidung, handgeschriebenen Aufzeichnungen, Digitaldateien und marsianischen Pharmazeutika, landete ich in einem Entwässerungsgraben, Wasser, so grün wie Papayablätter und so warm wie die tropische Nacht, Wasser, das den vernarbten Mond spiegelte und nach Gülle stank.

Ich kletterte wieder hinauf, versteckte das Gepäck an einer trockenen Stelle der Böschung und kroch bis ganz nach oben, wo ich mich so hinlegte, dass man mich nicht sehen konnte, ich meinerseits aber die Straße, Ibu Inas Betonschachtelklinik und den davor geparkten schwarzen Wagen im Blick hatte.

Die Männer aus dem Auto waren durch die Hintertür eingedrungen. Sie schalteten weitere Lichter ein, wodurch gelbe Quadrate in den Fenstern mit vorgezogenen Jalousien entstanden, aber was sie in dem Gebäude anstellten, konnte ich nicht erkennen. Vermutlich durchsuchten sie es. Ich versuchte zu schätzen, wie lange sie sich drinnen aufhielten, doch offenbar hatte ich die Fähigkeit verloren, Zeit zu berechnen oder sie auch nur auf meiner Uhr abzulesen. Die Ziffern leuchteten wie ruhelose Glühwürmchen, wollten aber nicht lange genug stillstehen, dass ich mir einen Reim darauf machen konnte.

Einer der Männer kam aus der Vordertür, ging zum Auto und ließ den Motor an; der zweite Mann folgte ein paar Sekunden später und sprang auf den Beifahrersitz. Der mitternachtfarbene Wagen fuhr, nachdem er auf die Straße gesetzt hatte, ganz nah an mich heran, die Scheinwerfer strichen über die Berme. Ich duckte mich und blieb still liegen, bis das Motorengeräusch verklang.

Dann überlegte ich, was ich nun tun sollte. Eine nicht leicht zu beantwortende Frage, denn ich war müde – unglaublich müde plötzlich, zu schwach, um aufzustehen. Ich wollte zurück zur Klinik, ein Telefon auftreiben, Ina wegen der Männer im Auto warnen. Aber vielleicht würde En das ja besorgen. Ich hoffte es. Weil ich es nämlich nicht bis zur Klinik schaffen würde. Meine Beine zitterten bei jeglichem Versuch, mich in Bewegung zu setzen. Das war schon mehr als Müdigkeit, das fühlte sich wie Lähmung an.

Als ich wieder zur Klinik blickte, stieg dort Rauch aus den Abzügen im Dach und das gelbe Licht hinter den Jalousien flackerte. Feuer.

Die Männer hatten Inas Klinik angezündet, und es gab nichts, was ich tun konnte, außer die Augen zu schließen und zu hoffen, dass ich nicht sterben würde, bevor mich hier jemand fand.

Ich erwachte vom Gestank des Rauches und von einem leisen Weinen.

Immer noch kein Tageslicht. Aber ich stellte fest, dass ich mich bewegen konnte, wenigstens ein bisschen, mit beträchtlicher Mühe und unter Schmerzen, und ich schien auch mehr oder weniger klar im Kopf zu sein. Also schob ich mich den Hang hoch, Stück für Stück.

Auf der offenen Fläche zwischen mir und der Klinik waren Autos und Leute, Scheinwerfer und Taschenlampen schnitten spastische Bögen in den Himmel. Die Klinik war nur mehr eine schwelende Ruine. Ihre Betonmauern standen noch, doch das Dach war eingestürzt und das Gebäude vom Feuer praktisch ausgeweidet worden. Ich schaffte es, aufzustehen. Ich ging auf das Weinen zu.

Es war Ibu Ina, die weinte. Sie saß auf einer Asphaltinsel, die Arme um die Knie geschlungen. Einige Frauen standen um sie herum, die mir düstere, misstrauische Blicke zuwarfen, als ich näherkam. Doch als Ina mich sah, sprang sie auf und wischte sich die Augen mit dem Hemdsärmel ab. »Tyler Dupree!« Sie rannte auf mich zu. »Ich dachte, Sie wären in den Flammen umgekommen. Verbrannt mit allem andern.«

Sie packte mich, umarmte mich, hielt mich aufrecht – meine Beine waren schon wieder weich geworden. »Die Klinik«, brachte ich heraus. »All Ihre Arbeit. Es tut mir so Leid, ich ...«

»Nein«, unterbrach sie mich. »Die Klinik ist nur ein Gebäude. Das ganze medizinische Klimbim kann man ersetzen. Sie dagegen sind einzigartig. En hat mir erzählt, wie Sie ihn weggeschickt haben, als die Brandstifter kamen. Sie haben ihm das Leben gerettet, Tyler!« Sie trat etwas zurück. »Tyler? Alles in Ordnung mit Ihnen?«

Nein, nicht so richtig. Ich blickte an Inas Schulter vorbei zum Himmel. Der Tag brach an. Die alte Sonne ging auf. Der Mount Marapi zeichnete sich vor dem indigoblauen Himmel ab. »Bin nur müde«, sagte ich und schloss die Augen. Ich fühlte, wie meine Beine nachgaben, und hörte Ina um Hilfe rufen. Dann schlafe ich eben noch ein wenig, dachte ich. Es wurden einige Tage daraus.

Aus naheliegenden Gründen konnte ich nicht im Dorf bleiben.

Ina wollte mich während des letzten Abschnitts der medikamentösen Krise pflegen und fand, dass das Dorf mir Schutz schuldete. Schließlich hatte ich Ens Leben gerettet, wie sie beharrlich versicherte, und En war nicht nur ihr Neffe, sondern auf die eine oder andere Weise mit praktisch jedem im Umkreis verwandt. Ich war ein Held. Aber ich war auch ein Magnet, der die Aufmerksamkeit böser Männer anzog, und hätte Ina sich nicht derart ins Zeug gelegt, hätten die *kepala desa* mich wohl in den nächsten Bus nach Padang gesetzt. So aber wurde ich, zusammen mit meinem Gepäck, in ein unbewohntes Holzhaus gebracht (die Besitzer waren vor einigen Monaten *rantau* gegangen), bis anderweitige Vorkehrungen getroffen werden konnten.

Die Minangkabau von Westsumatra verstanden sich bestens darauf, den Zumutungen unterdrückerischer Regimes ein Schnippchen zu schlagen. Sie hatten alles überstanden: die Heraufkunft des Islam im sechzehnten Jahrhundert, die Padri-Kriege, den holländischen Kolonialismus, Suhartos Neue Ordnung, die Nagari-Restauration und, nach dem Spin, die New

Reformasi und ihre brutale Staatspolizei. Ina hatte mir dazu einige Geschichten erzählt, in der Klinik und hinterher, als ich in einem winzigen Zimmer unter den riesigen, langsam kreisenden Flügeln eines elektrischen Ventilators lag. Die Stärke der Minang, sagte sie, sei ihre Flexibilität, ihr tiefes Verständnis dafür, dass der Rest der Welt nicht so war wie ihr Zuhause und es auch nie sein würde. (Sie zitierte ein Sprichwort der Minang: »Andere Felder, andere Grashüpfer. Andere Teiche, andere Fische.«) Die Tradition des *rantau* – junge Männer zogen hinaus in die Welt und kehrten reicher oder weiser zurück – habe ein kultiviertes, weltkluges Volk aus ihnen gemacht. Die schlichten Büffelhornholzhäuser des Dorfes waren mit Aerostat-Antennen ausgerüstet, und die meisten hier lebenden Familien empfingen regelmäßig Briefe oder E-Mails von Verwandten aus Australien, Europa, Kanada, den USA.

Es war daher keine Überraschung, dass Minangkabau auch im Hafen von Padang in allen nur denkbaren Funktionen beschäftigt waren. Inas Ex-Mann Jala war einer von vielen im Import/Export-Geschäft, der *rantau*-Expeditionen zum Bogen und darüber hinaus organisierte. »Jala ist ein Opportunist, und er kann auf kleinliche Weise gemein sein, aber er ist nicht skrupellos«, sagte Ina. »Diane hatte Glück, dass sie auf ihn gestoßen ist, oder vielleicht ist sie einfach eine sehr gute Menschenkennerin. Jedenfalls hat Jala für die New Reformasi nichts übrig.« (Sie hatte sich von ihm scheiden lassen, weil er, so Ina, in der Stadt die üble Gewohnheit entwickelt hatte, mit Frauen von zweifelhaftem Ruf zu schlafen. Er gab zu viel Geld für seine Freundinnen aus, und zweimal hatte er zwar heilbare, aber unschöne Geschlechtskrankheiten mit nach Hause gebracht. Er sei ein schlechter Ehemann, sagte sie, doch kein ausgesprochen schlechter Mensch. Er würde Diane nicht an die Behörden verraten, es sei denn, er würde verhaftet und gefoltert – aber er sei viel zu clever, um sich verhaften zu lassen.)

»Die Männer, die Ihre Klinik angezündet haben ...«

»Sie müssen Diane in Padang bis zum Hotel gefolgt sein und dann den Fahrer befragt haben, der Sie hierher gebracht hat.«

»Aber warum das Gebäude niederbrennen?«

»Ich weiß es nicht, aber ich vermute, sie wollten Ihnen Angst machen, Sie hervorlocken. Und alle übrigen warnen, die auf die Idee kommen könnten, Ihnen zu helfen.«

»Wenn sie die Klinik gefunden haben, kennen sie auch Ihren Namen.«

»Aber sie werden nicht offen, mit gezückten Waffen, ins Dorf kommen. So sehr sind die Verhältnisse noch nicht ausgeartet. Ich denke, dass sie das Hafenviertel beobachten und hoffen, dass wir etwas Dummes tun.«

»Aber trotzdem, wenn Ihr Name auf der Liste steht und Sie eine neue Klinik aufbauen ...«

»Aber das war nie meine Absicht.«

»Nicht?«

»Nein. Sie haben mich überzeugt, dass das *rantau gadang* für Ärzte eine sinnvolle Sache ist. Falls Sie nichts gegen ein bisschen Konkurrenz einzuwenden haben.«

»Ich verstehe nicht.«

»Ich meine, dass es eine einfache Lösung für all unsere Probleme gibt, eine, über die ich seit langem nachdenke. Das gesamte Dorf hat sie auf die eine oder andere Weise ins Auge gefasst. Viele sind bereits weggegangen. Wir sind keine große erfolgreiche Stadt wie Belubus oder Batusangkar. Das Land hier ist nicht besonders reich, und Jahr für Jahr verlieren wir mehr Leute an die Stadt oder an andere Sippen in anderen Städten oder an das *rantau gadang*, und warum auch nicht? Es ist Platz genug in der neuen Welt.«

»Sie wollen auswandern?«

»Ich, Jala, meine Schwester und ihre Schwester und meine Neffen, meine Cousins und Cousinen – alles in allem über dreißig von uns. Jala hat mehrere uneheliche Kinder, die nur zu gern sein Geschäft übernehmen würden, sobald er auf der anderen Seite ist. Sehen Sie?« Sie lächelte. »Sie brauchen nicht dankbar zu sein. Wir sind nicht Ihre Wohltäter. Nur Mitreisende.«

Ich fragte sie mehrere Male, ob Diane in Sicherheit sei. So weit in Sicherheit, wie Jala es ermöglichen könne, erwiderte Ina. Jala hielt sie in einem kleinen Wohnraum über einem Zollhaus versteckt, bis die letzten Vorbereitungen getroffen waren. »Das Schwierigste wird sein, Sie unentdeckt zum Hafen zu bringen. Die Polizei argwöhnt, dass Sie im Hochland sind, also werden sie die Straßen beobachten und nach Ausländern Ausschau halten, vor allem nach kranken Ausländern, denn der Fahrer, der Sie zur Klinik gebracht hat, wird ihnen gesagt haben, dass es Ihnen nicht gut geht.«

»Mit dem Kranksein bin ich durch.«

Die letzte Krise hatte vor der brennenden Klinik begonnen, und sie hatte sich ausgetobt, während ich bewusstlos war. Ina sagte, es sei eine schwierige Phase gewesen, nach dem Umzug in das kleine Zimmer in dem leeren Haus hätte ich so ausdauernd gestöhnt, dass die Nachbarn sich beschwert hätten, sie habe ihren Vetter Adek bitten müssen, mich während der schlimmsten Krämpfe festzuhalten, daher rührten auch die blauen Flecke auf meinen Armen und Schultern, hätte ich die eigentlich bemerkt? Ich konnte mich an nichts erinnern. Ich wusste nur, dass ich mich mit jedem Tag kräftiger fühlte; meine Temperatur war einigermaßen normal, ich konnte gehen, ohne zu zittern.

»Und die anderen Wirkungen des Präparats? Fühlen Sie sich *anders*?«

Eine interessante Frage. »Ich weiß nicht. Bisher jedenfalls nicht.«

»Na ja, fürs Erste ist es auch egal. Wie gesagt, der Trick wird darin bestehen, Sie aus dem Hochland raus und zurück nach Padang zu bekommen. Aber das kriegen wir schon hin.«

»Wann soll es losgehen?«

»In drei oder vier Tagen. Ruhen Sie sich aus, bis es so weit ist.«

Ina war in diesen drei Tagen sehr beschäftigt, ich sah sie kaum. Es waren heiße, sonnige Tage, doch der Wind schickte lindernde Brisen durch das Haus, und ich verbrachte die Zeit mit vorsichtiger Gymnastik, mit Schreiben und Lesen – im Schlafzimmer standen einige englischsprachige Taschenbücher, unter anderem eine populäre Biografie über Jason Lawton mit dem Titel »Ein Leben für die Sterne« (ich sah im Register nach und fand meinen Namen: *Dupree, Tyler*, mit fünf Seitenhinweisen, aber ich brachte es nicht über mich, das Buch zu lesen – die Geschichten von Somerset Maugham reizten mich einfach mehr).

En kam von Zeit zu Zeit vorbei, um nach mir zu sehen und mir Sandwiches und in Flaschen abgefülltes Wasser vom *warung* seines Onkels zu bringen. Er hatte eine recht besitzergreifende Art entwickelt und versäumte es nie, sich nach meinem Befinden zu erkundigen. Er sagte, er sei »stolz, mit mir *rantau* zu machen«.

»Du auch, En? Du gehst in die neue Welt?«

Er nickte emphatisch. »Mein Vater auch, meine Mutter, mein Onkel« und ein Dutzend weitere Angehörige, deren Verwandtschaftsgrad er mit Minang-Ausdrücken bezeichnete. Seine Augen funkelten. »Vielleicht können Sie mich dort Medizin lehren.«

Vielleicht würde ich das müssen. Die Durchquerung des Bogens schloss eine traditionelle Ausbildung mehr oder weniger aus. Das war nicht gerade das Beste für En, und ich fragte mich, ob seine Eltern diesen Umstand bei ihrer Entscheidung genügend bedacht hatten.

Aber letztlich ging mich das nichts an, und es war offenkundig, wie sehr En sich auf die Reise freute. Er konnte seine Stimme kaum kontrollieren, wenn er darüber sprach, und sein strahlendes Gesicht war eine reine Freude. Er gehörte einer Generation

an, die der Zukunft mit mehr Hoffnung als Furcht entgegensah –
aus meiner Generation der »Grotesken« hatte niemand jemals auf
diese Weise in die Zukunft hineingelächelt. Es war ein gutes, ein
zutiefst menschliches Bild; es machte mich glücklich, und es
machte mich traurig.

Ina kam am Abend vor der geplanten Abreise wieder zu mir,
sie brachte Essen und einen Plan mit. »Der Sohn meines Vetters
hat einen Schwager«, sagte sie, »der als Krankenwagenfahrer für
das Spital in Batusangkar arbeitet. Er kann einen Krankenwagen aus dem Fuhrpark borgen, um Sie nach Padang zu bringen.
Mindestens zwei Wagen mit Mobiltelefonen werden vor uns
fahren – wenn es also eine Straßensperre gibt, müssten wir früh
genug gewarnt sein.«

»Ich brauche keinen Krankenwagen.«

»Der Krankenwagen ist zur Tarnung. Sie werden hinten versteckt, ich lege meine Arztmontur an, und einer der Dorfbewohner – En bewirbt sich nachdrücklich um die Rolle – spielt
den Kranken. Verstehen Sie? Wenn die Polizisten in den Wagen
hineingucken, sehen sie mich und ein krankes Kind, dann sage
ich ›KVES‹, und die Polizisten werden nicht sehr darauf erpicht
sein, allzu gründlich weiterzusuchen. Auf diese Weise wird der
amerikanische Arzt an ihnen vorbeigeschmuggelt.«

»Sie glauben, das funktioniert?«

»Ich glaube, es besteht eine gute Chance, dass es funktioniert.«

»Aber wenn Sie mit mir erwischt werden …«

»Die Polizei kann mich nicht verhaften, es sei denn, ich mache mich strafbar. Einen Ausländer aus dem Westen im Krankenwagen zu transportieren, ist keine Straftat.«

»Aber einen Straftäter zu transportieren, ist es vielleicht.«

»Sind Sie ein Straftäter, Pak Tyler?«

»Kommt drauf an, wie man gewisse Erlasse des Kongresses
interpretiert.«

»Ich ziehe es vor, sie überhaupt nicht zu interpretieren. Machen Sie sich bitte darum keine Sorgen. Hatte ich schon erwähnt, dass die Reise um einen Tag verschoben wird?«

»Warum?«

»Eine Hochzeit. Natürlich sind Hochzeiten nicht mehr das, was sie mal waren. Das Hochzeits-*adat* ist seit dem Spin stark untergraben worden. Wie auch alles andere, seit das Geld, die Straßen und die Fastfood-Restaurants ins Hochland gekommen sind. Ich sage nicht, dass Geld grundsätzlich von Übel ist, aber es kann zerstörerische Wirkungen haben. Na, wenigstens haben wir keine Zehn-Minuten-Hochzeiten wie in Las Vegas – gibt es die immer noch in Ihrem Land?«

»Ich glaube schon.«

»Nun, bei uns geht es auch in diese Richtung. *Minang hilang, tinggal kerbau.* Wenigstens wird es noch ein *palaminan* geben und große Mengen klebrigen Reis und *saluang*-Musik. Geht es Ihnen gut genug, um daran teilzunehmen? Wenigstens für die Musik?«

»Es wäre mir eine Ehre.«

»Dann werden wir also morgen Abend singen, und am nächsten Morgen trotzen wir dem amerikanischen Kongress. Die Hochzeit ist auch günstig für uns. Viel Verkehr, viele Fahrzeuge auf der Straße, da fallen wir nicht weiter auf mit unserer kleinen *rantau*-Gruppe auf dem Weg nach Teluk Bayur.«

Ich schlief die Nacht durch, und als ich aufwachte, fühlte ich mich so gut wie lange nicht mehr, kräftiger und irgendwie munterer als gewohnt. Die morgendliche Brise war warm und trug mannigfache Kochdüfte, das Klagegeschrei von Hähnen und fleißiges Hämmern von der Dorfmitte heran, wo eine Freilichtbühne errichtet wurde. Ich verbrachte den Tag weitgehend am Fenster, las und beobachtete den öffentlichen Umzug, mit dem Braut und Bräutigam zum Haus des Bräutigams geleitet wurden. Inas Dorf war klein genug, dass eine Hochzeit alle anderen Aktivitäten zum Stillstand brachte. Sogar die *warungs* vor Ort hatten heute geschlossen, nur die Franchisegeschäfte auf der Hauptstraße hielten eine Notbesetzung für die Bedürfnisse der Touristen aufrecht. Am späten Nachmittag hing der Geruch von Hühnercurry und Kokosmilch in der Luft, und En kam mit einem fertig zubereiteten Essen vorbei.

Kurz nach Einbruch der Dunkelheit klopfte Ibu Ina, in einem mit Stickereien versehenen Gewand und Seidenkopftuch, an die Tür und sagte: »Es ist vorbei. Die eigentliche Hochzeit, meine ich. Jetzt kommt nur noch das Singen und Tanzen. Haben Sie immer noch Lust mitzukommen, Tyler?«

Ich trug die besten Sachen, die ich bei mir führte, weiße Baumwollhosen und ein weißes Hemd. Die Aussicht, in aller Öffentlichkeit gesehen zu werden, machte mich etwas nervös, aber Ina versicherte, dass keine Fremden an der Feier teilnähmen und ich in der Schar der Gäste willkommen sei.

Trotz ihrer beruhigenden Worte kam ich mir unangenehm auffällig vor, als wir gemeinsam die Straße entlang in Richtung Bühne und Musik gingen, weniger wegen meiner Körpergröße als wegen des Umstands, dass ich mich so lange in geschlossenen Räumen aufgehalten hatte. Das Haus zu verlassen, war, als würde ich aus dem Wasser an die Luft kommen – plötzlich war ich von nichts Substanziellem mehr umgeben. Ina lenkte mich ab, indem sie von dem frisch getrauten Paar redete. Der Bräutigam, ein Apothekerlehrling aus Belubus, war ein junger Vetter von ihr (Ina bezeichnete jeden Verwandten, der entfernter war als Bruder, Schwester, Onkel oder Tante, als »Vetter«; das Verwandtschaftssystem der Minang kannte zwar genauere Ausdrücke, für die es jedoch keine direkten englischen Entsprechungen gab). Die Braut war eine Hiesige mit leicht anrüchiger Vergangenheit. Beide wollten gleich nach der Hochzeit *rantau* gehen. Die neue Welt lockte.

Die Musik begann mit der Abenddämmerung und würde, so Ina, bis zum Morgen andauern. Sie wurde über riesige, auf Pfählen befestigten Lautsprechern ins ganze Dorf übertragen, ihren Ausgang aber nahm sie von der erhöhten Bühne, wo die

Musiker auf Strohmatten saßen, zwei männliche Instrumentalisten und zwei Sängerinnen. Die Lieder, erklärte Ina, handelten von Liebe, Ehe, Enttäuschung, Schicksal und Sex. Jede Menge Sex, gekleidet in Metaphern, an denen ein Chaucer seine helle Freude gehabt hätte. Wir saßen auf einer Bank am Rand der Feierlichkeiten. Ich zog mehr als nur einige Blicke auf mich – ein Großteil der Leute musste die Geschichte von der niedergebrannten Klinik und dem geflohenen Amerikaner gehört haben –, aber Ina achtete darauf, dass ich nicht zum Objekt allgemeinen Staunens wurde. Sie schirmte mich weitgehend ab, wobei sie mit Blick auf die jungen Leute, die sich vor der Bühne drängten, nachsichtig lächelte. »Aus dem Klagealter bin ich heraus. Mein Feld muss nicht mehr gepflügt werden, wie es in dem Lied heißt. Diese ganze Aufregung immer. Meine Güte!«

Braut und Bräutigam saßen prachtvoll gekleidet auf nachgebildeten Thronen nahe der Bühne. Ich fand, dass der Bräutigam mit seinem bleistiftdünnen Schnurrbart nicht gerade den solidesten Eindruck machte, aber nein, beharrte Ina, das Mädchen sei diejenige, auf die man ein Auge haben müsse, so unschuldig sie in ihrem blau-weißen Brokatkostüm auch wirken möge. Wir tranken Kokosmilch. Wir lächelten. Als es auf Mitternacht zuging, zogen sich die meisten Frauen zurück, bis fast nur noch Männer übrig blieben, die Jungen johlend und lachend vor der Bühne, die Älteren an Tischen sitzend, wo sie mit großem Ernst Karten spielten, die Gesichter so undurchdringlich wie altes Leder.

Ich hatte Ina die Seiten zum Lesen gegeben, auf denen ich meine erste Begegnung mit Wun Ngo Wen schilderte. »Aber das kann nicht vollkommen wirklichkeitsgetreu sein«, sagte sie, als die Musik einmal Pause machte. »Sie klingen viel zu ruhig.«

»Ich war überhaupt nicht ruhig. Ich habe nur versucht, mich nicht zum Narren zu machen.«

»Immerhin wurden Sie mit einem Mann vom Mars bekannt gemacht.« Sie sah zum Himmel hinauf, zu den Post-Spin-Sternen in ihren fragilen, weit verstreuten Konstellationen, im Lichterglanz der Hochzeitsfeier nur schwach auszumachen. »Was hatten Sie erwartet?«

»Ich vermute, etwas weniger Menschliches.«

»Ah, aber er war *sehr* menschlich.«

»Ja.«

Wun Ngo Wen war in den ländlichen Gebieten Indiens, Indonesiens und Südostasiens eine Art Kultfigur geworden. In Padang, sagte Ina, hätten viele Leute sein Bild an der Wand hängen, in einem vergoldeten Rahmen, wie ein Heiligengemälde oder ein Foto eines berühmten Mullahs. »Es war etwas so Berührendes in seinem ganzen Wesen. Eine vertraute Art zu reden, obwohl wir ihn nur in Übersetzungen hören konnten. Und als wir die Fotografien seines Planeten sahen – all die bestellten Felder –, wirkte das mehr ländlich als städtisch, mehr östlich als westlich. Die Erde wurde vom Abgesandten einer anderen Welt besucht – und er war einer von uns! So schien es uns jedenfalls. Und wie er die Amerikaner gescholten hat, das war sehr vergnüglich.«

»Das war das Letzte, was Wun im Sinn hatte – jemandem Vorwürfe zu machen.«

»Zweifellos ist die Legende der Realität vorausgeeilt. Hatten Sie nicht tausend Fragen an ihn, als Sie ihn kennen lernten?«

»Natürlich. Aber ich dachte mir, dass er diese naheliegenden Fragen seit seiner Ankunft schon hundertmal beantwortet hatte. Ich nahm an, dass er genug davon hatte.«

»Hat er sich dagegen gesträubt, von seiner Heimat zu sprechen?«

»Im Gegenteil, er hat gerne davon erzählt. Er mochte halt nur nicht so gern ausgefragt werden.«

»Meine Manieren sind nicht so geschliffen wie Ihre. Ich wäre ihm sicher mit unzähligen Fragen auf die Nerven gegangen. Angenommen, Sie hätten an jenem ersten Tag die Möglichkeit gehabt, ihn irgendetwas Beliebiges zu fragen – was wäre das gewesen?«

Das war leicht. Ich wusste genau, welche Frage ich mir bei meiner ersten Begegnung mit Wun Ngo Wen verkniffen hatte. »Ich hätte ihn über den Spin befragt. Über die Hypothetischen. Ob sein Volk etwas in Erfahrung gebracht hatte, was wir noch nicht wussten.«

»Und haben Sie später mit ihm darüber sprechen können?«

»Ja.«

»Und hatte er viel dazu zu sagen?«

»Viel, ja.«

Ich sah zur Bühne. Eine neue *saluang*-Gruppe hatte sie betreten. Einer der Musiker spielte eine *Rabab*; er schlug mit seinem Bogen gegen den Bauch des Saiteninstruments und grinste. Es folgte ein weiteres anzügliches Hochzeitslied.

»Ich fürchte, ich habe *Sie* gerade ein bisschen ausgefragt«, sagte Ina.

»Tut mir Leid. Ich bin immer noch etwas erschöpft.«

»Dann sollten Sie nach Hause gehen und schlafen. Das ist eine ärztliche Anweisung. Mit ein bisschen Glück werden Sie Ibu Diane morgen wiedersehen.«

Wir gingen die laute Straße hinunter, ließen die Feierlichkeiten hinter uns. Die Musik spielte bis fünf Uhr morgens. Ich schlief trotzdem tief und fest.


Der Fahrer des Krankenwagens war ein magerer, wortkarger Mann in der weißen Uniform des Roten Halbmonds. Sein Name war Nijon. Er schüttelte mir mit übertriebener Ehrerbietung die Hand und hielt seine großen Augen auf Ibu Ina gerichtet, während er mit mir sprach. Ich fragte, ob ihn die Fahrt nach Padang unruhig mache. Ina übersetzte seine Antwort: »Er sagt, er habe schon gefährlichere Sachen aus weniger zwingenden Gründen gemacht. Er sagt, es sei ihm ein Vergnügen, einen Freund von Wun Ngo Wen kennen zu lernen. Er sagt, dass wir so schnell wie möglich aufbrechen sollten.«

Also kletterten wir in den Fond des Krankenwagens. An

einer der Seitenwände befand sich ein horizontaler Stahlschrank, in dem normalerweise medizinische Ausrüstung gelagert wurde. Außerdem konnte man ihn als Sitzbank benutzen. Nijon hatte den Schrank ausgeräumt, und wir stellten fest, dass es mir möglich war, mich hineinzuzwängen, wenn ich meine Beine in den Hüften und den Knien abknickte und meinen Kopf irgendwie unter die Achsel klemmte. Der Schrank roch nach antiseptischen Mitteln und Latex und war ungefähr so bequem wie ein Affensarg, aber genau dort würde ich mich aufhalten müssen, falls wir an einem Kontrollpunkt angehalten wurden – dazu Ina auf der Bank in ihrem Arztkittel und En auf einer Tragbahre ausgestreckt, in seiner Rolle als KVES-Infizierter. Im heißen Morgenlicht erschien der Plan närrischer, als mir lieb war.

Nijon hatte kleine Keile in die Abdeckung des Schranks geklemmt, sodass ein wenig Luft darin zirkulieren konnte. Trotzdem empfand ich wenig Freude bei der Aussicht, in einen dunklen, heißen Metallkasten zu kriechen. Aber ich musste das gar nicht, jedenfalls vorerst nicht. Die Aktivitäten der Polizei, so Ina, konzentrierten sich auf die neue Schnellstraße zwischen Bukik Tinggi und Padang, und da wir in einem lockeren Konvoi mit anderen Dorfbewohnern reisten, sollten wir rechtzeitig vorgewarnt sein, bevor man uns anhielt. So saß ich also erst einmal neben Ina, während sie eine Tropfinfusion in Ens Armbeuge befestigte – ohne Nadel, nur mit Klebestreifen. En war begeistert von dem Täuschungsmanöver und probte schon mal den Husten, ein tief aus der Lunge geholtes Raucherröcheln, das bei Ina ein ebenso theatralisches Stirnrunzeln hervorrief: »Hast du etwa die Nelkenzigaretten deines Bruders gestohlen?«

En wurde rot. Er habe das lediglich im Interesse einer realistischen Darstellung gemacht, gab er zu verstehen.

»Ach ja? Pass nur auf, dass du dich nicht in ein frühes Grab schauspielerst.«

Nijon schlug die hinteren Türen zu, kletterte auf den Fahrersitz und ließ den Motor an. Unsere holprige Fahrt nach Padang begann. Ina sagte En, er solle die Augen zumachen. »Tu so, als wenn du schläfst.« Nicht lange, und sein Atem ging ruhiger, verwandelte sich schließlich in ein sanftes Schnarchen.

»Er war die ganze Nacht wach von der Musik«, erklärte Ina.

»Trotzdem wundere ich mich, dass er schlafen kann.«

»Einer der Vorzüge der Kindheit. Oder des Ersten Alters, wie die Marsianer sagen – habe ich Recht?«

Ich nickte.

»Sie haben vier davon, stimmt das? Vier Altersstufen, wo wir nur drei haben?«

So war es, wie Ina natürlich sehr genau wusste. Von allen Eigenheiten des Lebens in Wun Ngo Wens Fünf Republiken war dies diejenige, die die terrestrische Öffentlichkeit am meisten fasziniert hatte.

Auf der Erde spricht man in der Regel von zwei oder drei Phasen des Lebens: Kindheit und Erwachsensein, oder Kindheit, Pubertät und Erwachsensein. In manchen Kulturkreisen wird dem hohen Alter noch ein besonderer Status zugedacht. Doch der Brauch der Marsianer war völlig anders und hing mit ihren über Jahrhunderte entwickelten Fertigkeiten in der Biochemie und Genetik zusammen. Sie teilten das Leben in vier Abschnitte ein, die durch biochemisch vermittelte Vorgänge markiert waren: Geburt bis Pubertät war Kindheit; Pubertät bis zum Ende des körperlichen Wachstums und dem Beginn des Stoffwechselgleichgewichts war Adoleszenz oder Jugend; Gleichgewicht bis Verfall, Tod oder radikaler Wandel war Erwachsensein.

Und jenseits des Erwachsenseins das fakultative, das Wahlalter: das Vierte.

Schon vor Jahrhunderten hatten marsianische Biochemiker ein Mittel ersonnen, das menschliche Leben um durchschnittlich sechzig bis siebzig Jahre zu verlängern. Aber die Entdeckung war kein reiner Segen. Der Mars war ein von radikalen Beschränkungen, vom Mangel an Wasser und Stickstoff geprägtes Ökosystem – das Ackerland, das Ibu Ina so vertraut schien, war der Triumph einer überaus avancierten und subtilen Biotechnik, und die menschliche Fortpflanzung unterlag seit Jahrhunderten einer Regulierung, die sich an Kriterien der Nachhaltigkeit orientierte. Gab man der durchschnittlichen Lebenszeit noch einmal siebzig Jahre dazu, beschwor man zwangsläufig eine Bevölkerungskrise herauf.

Auch war die Langlebigkeitsbehandlung selbst weder einfach noch angenehm. Es handelte sich um eine tiefgreifende zelluläre Rekonstruktion. Ein Cocktail aus im Labor erzeugten viralen und bakteriellen Einheiten wurde in den Körper injiziert. Maßgeschneiderte Viren nahmen eine Art System-Update vor, überarbeiteten DNA-Sequenzen, restaurierten Telomere und stellten die genetische Uhr neu, während bakterielle Phagen giftige Metalle und Plaques ausschwemmten und Schäden reparierten.

Das Immunsystem wehrte sich. Die Behandlung glich im günstigsten Fall einer sechswöchigen schweren Grippe, mit Fieber, Gelenk- und Muskelschmerzen und körperlicher Schwäche. Bestimmte Organe verfielen in einen regenerativen Overdrive, Hautzellen starben ab und wurden in rasender Folge ersetzt, Nervengewebe bildete sich spontan und blitzschnell neu.

Es war ein schmerzhafter, erschöpfender Prozess, und mitunter traten negative Nebenwirkungen auf. Die meisten Probanden vermeldeten einen zumindest mittelfristigen Gedächtnisverlust, in einigen wenigen Fällen kam es sogar zu Demenzerscheinungen und irreversibler Amnesie. Das wiederhergestellte, neu verkabelte Gehirn war, kaum merklich, zu einem anderen Organ geworden – und sein Besitzer zu einer anderen Person.

»Sie haben den Tod bezwungen«, sagte Ina.

»Nicht ganz.«

»Allerdings sollte man meinen, dass sie, mit all ihrer Weisheit, imstande gewesen sein müssten, die Sache weniger unangenehm zu gestalten.«

Mit Sicherheit hätten sie die oberflächlichen Beschwerden des Übergangs ins Vierte Alter lindern können. Aber sie hatten sich entschieden, es nicht zu tun. Die marsianische Kultur hatte das Vierte Alter zum Teil ihrer Tradition gemacht, mit allen Konsequenzen: der Schmerz war eine einschränkende Bedingung, eine schützende, vorbeugende Unannehmlichkeit. Nicht jeder wollte ein Vierter werden. Nicht nur, dass der Übergang schwierig war, auch hatten die Marsianer der Langlebigkeit per Gesetz einen gravierenden sozialen Preis abverlangt: Jeder marsianische Bürger hatte das Recht, sich der Behandlung zu unterziehen, kostenfrei und ohne Ansehen der Person, aber es war den Vierten verwehrt, sich fortzupflanzen – die Fortpflanzung war ein den Erwachsenen vorbehaltenes Privileg (seit zweihundert Jahren enthielt der Langlebigkeitscocktail Präparate, die eine irreversible Sterilisation für beide Geschlechter bewirkten). Als Vierter verlor man außerdem das aktive und passive Wahlrecht – niemand wünschte sich einen Planeten, der von ehrwürdigen Greisen zu eigenem Nutzen regiert wurde. Allerdings besaßen alle Fünf Republiken ein Rechtsprüfungsorgan – eine Art Supreme Court –, das *ausschließlich* von Vierten gewählt wurde. Vierte waren mehr und gleichzeitig weniger als Erwachsene, wie auch Erwachsene mehr und gleichzeitig weniger sind als Kinder: mächtiger und stärker, aber weniger spielerisch; freier, aber eingeschränkter.

Freilich konnte ich nicht alle Codes und Totems dechiffrieren, in die die Marsianer ihre medizinische Technologie eingewickelt hatten, weder für Ina noch für mich. Anthropologen hatten sich, auf Grundlage der von Wun Ngo Wen mitgebrachten Archive, jahrelang damit beschäftigt. Bis jede weitere Forschung in dieser Richtung verboten worden war.

»Und jetzt haben wir die gleiche Technologie«, sagte Ina.

»Einige von uns. Aber ich hoffe, dass sie irgendwann allen zur Verfügung stehen wird.«

»Ich frage mich, ob wir sie genauso weise gebrauchen würden.«

»Warum nicht. Die Marsianer haben es getan, und sie sind Menschen wie wir.«

»Ich weiß. Möglich ist es, sicherlich. Aber was glauben Sie, Tyler – werden wir weise sein?«

Ich sah En an. Er schlief noch immer. Seine Augen schossen unter den geschlossenen Lidern umher wie Fische unter Wasser, seine Nasenflügel blähten sich beim Atmen, und das Rütteln des Krankenwagens ließ ihn von einer Seite zur anderen schaukeln.

»Nicht auf diesem Planeten«, sagte ich.

Fünfzehn Kilometer hinter Bukik Tinggi klopfte Nijon heftig gegen die Trennscheibe zwischen uns und dem Fahrersitz. Das war das abgesprochene Zeichen: Straßensperre voraus. Der Krankenwagen fuhr langsamer. Ina stand hastig auf, stülpte eine neongelbe Sauerstoffmaske über Ens Gesicht – der, wieder aufgewacht, den Reiz des Abenteuers jetzt doch in einem etwas anderen Licht zu betrachten schien – und legte sich selbst einen Mundschutz aus Papier an. »Machen Sie schnell«, flüsterte sie mir zu.

Also zwängte ich mich in den Ausrüstungsschrank. Der Deckel schlug gegen die Keilstücke, die ein wenig Luft ins Innere strömen ließen, ein halber Zentimeter zwischen mir und dem Erstickungstod.

Der Wagen bremste, und mein Kopf schlug heftig gegen die Schmalseite des Schranks.

»Still jetzt«, sagte Ina – ob zu mir oder zu En, wusste ich nicht genau.

Ich wartete im Dunkeln.

Minuten vergingen. Aus der Ferne ertönte ein rumpelnder Wortwechsel, unmöglich zu verstehen, selbst wenn ich die

Sprache gesprochen hätte. Nijon und ein Unbekannter. Eine dünne, übellaunige, barsche Stimme. Die Stimme eines Polizisten.

Sie haben den Tod bezwungen, hatte Ina gesagt.

Nein, dachte ich.

Der Schrank heizte sich schnell auf. Schweiß schmierte mein Gesicht ein, durchnässte mein Hemd, brannte in den Augen. Ich konnte meinen Atem hören. Es kam mir vor, als könne die ganze Welt meinen Atem hören.

Nijon antwortete dem Polizisten mit respektvollem Murmeln. Der Polizist bellte daraufhin neue Fragen.

»Bleib einfach still liegen«, flüsterte Ina. En hatte mit den Füßen gegen die dünne Matratze der Rollbahre geschlagen, ein nervöser Tick. Zu viel Energie für einen KVES-Kranken.

Dann gingen die Hecktüren des Krankenwagens knarrend auf, ich roch Auspuffgase und den strengen Duft der Vegetation. Wenn ich – vorsichtig, ganz vorsichtig – meinen Kopf reckte, konnte ich einen dünnen Lichtstreifen und zwei Schatten sehen, bei denen es sich um Nijon und den Polizisten, vielleicht aber auch um Bäume oder Wolken handeln mochte.

Der Polizist wollte etwas von Ina wissen. Er sprach mit kehliger, monotoner Stimme, gelangweilt und drohend, und das machte mich wütend. Ich stellte mir vor, wie sie vor diesem bewaffneten Mann und dem, was er repräsentierte, kuschte oder zu kuschen vorgab. Um meinetwillen. Ina sprach eindrücklich, aber nicht provozierend in ihrer Muttersprache. *KVES ... unverständlich ... unverständlich ... KVES*. Sie spielte ihre ärztliche Autorität aus, testete die Empfänglichkeit des Polizisten, versuchte Furcht vor der Krankheit gegen die Furcht vor der staatlichen Repression zu setzen.

Die Antwort des Polizisten war schroff, offenbar wollte er den Krankenwagen durchsuchen oder ihre Papiere sehen. Ina sagte etwas Nachdrücklicheres oder Verzweifelteres. Wieder *KVES*.

Ich wollte mich schützen, aber noch mehr wollte ich Ina und En schützen. Bevor ich zuließ, dass ihnen übel mitgespielt wurde, wollte ich mich stellen. Mich stellen oder kämpfen. Kämpfen oder fliehen. Falls nötig, all die Jahre drangeben, die das marsianische Pharmazeutikum in meinen Körper gepumpt hatte. Vielleicht war das der Mut der Vierten, dieser ganz besondere Mut, von dem Wun Ngo Wen gesprochen hatte.

*Sie haben den Tod bezwungen* ... Nein, als Spezies, ob terrestrisch oder marsianisch, hatten wir in der langen Zeit, die uns auf beiden Planeten zur Verfügung stand, lediglich Aufschübe, Gnadenfristen bewerkstelligt. Es war nichts gewiss.

Schritte, Stiefel auf Metall. Der Polizist kletterte in den Krankenwagen. Das Fahrzeug schaukelte auf seinen Stoßdämpfern wie ein Schiff bei leichtem Seegang. Ich stützte mich gegen die Schrankabdeckung. Ina stand auf, erhob schrille Einwände.

Ich holte Luft und machte mich sprungbereit.

Plötzlich kam neuer Lärm von der Straße her. Ein anderes Fahrzeug fuhr dröhnend an uns vorbei. Dem Aufheulen seines gequälten Motors nach zu urteilen, war es mit hoher Geschwindigkeit unterwegs – mit provozierender Scheiß-auf-die-Polizei-Geschwindigkeit.

Der Polizist stieß einen empörten Fluch aus. Der Krankenwagen geriet erneut ins Schaukeln.

Eilige Schritte, kurze Stille, das Zuknallen einer Tür und dann der Motor des Streifenwagens (so meine Vermutung), auf Hochtouren gebracht, knirschende Auroreifen, wütendes Kiesgestöber.

Ina hob den Deckel meines Sarkophages.

Im Gestank meines Schweißes setzte ich mich auf. »Was ist passiert?«

»Das war Aji. Aus unserem Dorf. Ein Vetter von mir. Hat die Straßensperre durchbrochen, um die Polizei abzulenken.« Sie war blass, aber erleichtert. »Er fährt wie ein Betrunkener.«

»Er hat das getan, um uns zu helfen?«

»Ja. Wir sind schließlich ein Konvoi. Andere Autos, Funktelefone, er wird gewusst haben, dass wir angehalten wurden. Er riskiert eine Geldstrafe oder eine Verwarnung, nichts Ernsteres.«

Ich atmete die Luft ein, die lieblich und kühl war, und sah En an. Er schenkte mir ein wackliges Lächeln.

»Bitte, stellen Sie mich Aji vor, wenn wir nach Padang kommen«, sagte ich. »Ich möchte ihm dafür danken, dass er den Betrunkenen gespielt hat.«

Ina verdrehte die Augen. »Unseligerweise hat Aji nicht gespielt – er *ist* betrunken. Ein ernstes Vergehen in den Augen des Propheten.«

Nijon blickte zu uns hinein, zwinkerte, schloss die Türen.

Ina legte eine Hand auf meinen Arm. »Nun, das war beängstigend.«

Ich entschuldigte mich dafür, dass ich sie das Risiko hatte auf sich nehmen lassen.

»Unsinn«, erwiderte sie. »Wir sind jetzt Freunde. Und das Risiko ist nicht so groß, wie Sie denken. Die Polizei kann schwierig sein, aber zumindest sind es Leute von hier, an gewisse Regeln gebunden – nicht wie die Männer aus Jakarta, die New Reformasi oder wie sie sich nennen, die Männer, die meine Klinik niedergebrannt haben. Und ich vermute, Sie würden, falls nötig, auch für uns Risiken eingehen. Nicht wahr, Pak Tyler?«

»Ja, das würde ich.«

Ihre Hand zitterte. Sie sah mir in die Augen. »Ich glaube Ihnen.«

Nein, wir hatten den Tod keineswegs bezwungen, nur Aufschübe erreicht – die Pille, das Pulver, die Gefäßplastik, das Vierte Alter –, hatten unserer unbeirrbaren Überzeugung gemäß gehandelt, wonach mehr Leben, und sei es nur ein klein bisschen mehr, vielleicht doch noch die Freuden oder die Weisheit abwerfen würde, die wir uns wünschten oder im bisherigen Leben vermisst hatten. Niemand, der sich einer dreifachen Bypass-OP oder einer Langlebigkeitsbehandlung unterzog, er wartete, dass er ewig leben würde. Sogar Lazarus stieg aus seinem Grab in dem Wissen, dass er ein zweites Mal sterben würde.

Aber er kam heraus. Er kam heraus und war dankbar. Auch ich war dankbar.

## DIE KALTEN ORTE DES UNIVERSUMS

Nach einer späten Sitzung bei Perihelion fuhr ich freitagabends nach Hause, schloss die Wohnungstür auf und sah Molly an meinem Computer sitzen.

Der Schreibtisch im Wohnzimmer stand vor einem Fenster, von der Tür abgewandt. Molly drehte sich halb um und warf mir einen erschrockenen Blick zu. Gleichzeitig klickte sie auf ein Symbol und schloss das laufende Programm.

»Molly?«

Ich war nicht überrascht, sie hier anzutreffen. Sie verbrachte die meisten Wochenenden bei mir und besaß einen Zweitschlüssel. Aber bislang hatte sie nie ein Interesse an meinem PC gezeigt.

»Du hast nicht angerufen«, sagte sie.

Ich hatte eine Besprechung mit Vertretern jener Versicherung gehabt, die den Schutz der Perihelion-Angestellten garantierte. Man hatte mir gesagt, ich solle mich auf eine zweistündige Sitzung einrichten, doch dann stellte sich heraus, dass es nur um ein paar Neuerungen im Rechnungsverfahren ging, und als dies nach zwanzig Minuten erledigt war, fand ich, es wäre unkomplizierter, einfach gleich nach Hause zu fahren – vielleicht würde ich sogar noch vor Molly ankommen, falls sie irgendwo angehalten hatte, um Wein zu besorgen. Jedenfalls war die Wirkung von Mollys langem festem Blick, dass ich mich bemüßigt fühlte, ihr all dies erst zu erklären, bevor ich sie fragte, was sie da in meinen Dateien suche.

Sie lachte, so ein verlegenes, entschuldigendes Lachen: *Na, da hast du mich aber bei was Komischem erwischt ...* Ihre rechte Hand schwebte weiter über dem Touchpad. Sie drehte sich wieder zum Bildschirm. Der Cursor wischte auf das Shutdown-Symbol zu.

»Warte«, sagte ich und ging zu ihr hinüber.

»Willst du auch noch mal ran?«

Der Cursor setzte sich auf sein Ziel. Ich legte meine Hand über Mollys. »Eigentlich würde ich gern wissen, was du da gemachst hast.«

Sie war angespannt, eine Ader pochte in der rosigen Haut direkt vor ihrem Ohr. »Hab's mir gemütlich gemacht. Ähm, ein bisschen zu gemütlich? Dachte nicht, dass du was dagegen haben würdest.«

»Wogegen, Moll?«

»Dagegen, dass ich deinen Computer benutze.«

»Wofür benutzen?«

»Nichts weiter. Nur mal angucken.«

Doch es konnte kaum das Gerät sein, auf das Molly neugierig war. Es war fünf Jahre alt, praktisch eine Antiquität – bei Perihelion war sie viel besser ausgerüstet. Und ich hatte das Programm erkannt, das sie so eilig verlassen hatte, als ich durch die Tür kam. Es war mein Haushaltsorganisator, das Programm, das ich verwendete, um Rechnungen zu bezahlen, mein Konto zu führen und meine privaten und beruflichen Kontakte zu verwalten.

»Sah irgendwie aus wie eine Tabellenkalkulation«, sagte ich.

»Ich bin nur ein bisschen rumgewandert. Dein Desktop hat mich verwirrt. Du weißt ja, jeder organisiert seine Sachen auf andere Weise. Tut mir Leid, Tyler. Da war ich wohl ein bisschen unverschämt.« Sie zog ihre Hand unter meiner weg und klickte auf Shutdown. Der Desktop schrumpfte zusammen, das

Belüftungsgeräusch des Prozessors erstarb mit einem klagenden Ton. Sie stand auf, strich ihre Bluse glatt. Molly strich immer irgendetwas glatt, wenn sie sich erhob, immer alles auf Vordermann bringen. »Wie wär's, wenn ich jetzt das Abendessen mache.« Sie kehrte mir den Rücken zu und ging Richtung Küche.

Ich sah zu, wie sie durch die Schwingtüren verschwand. Nachdem ich bis zehn gezählt hatte, folgte ich ihr.

Sie war dabei, Töpfe aus dem Wandregal zu ziehen. Sie drehte mir den Kopf zu, sah dann wieder weg.

»Molly«, sagte ich. »Wenn es irgendetwas gibt, was du wissen möchtest, brauchst du nur zu fragen.«

»Ach, brauch ich nur? Okay.«

»Molly ...«

Sie stellte einen Topf auf die Herdplatte, mit übertriebener Vorsicht, so als sei er zerbrechlich. »Soll ich mich noch einmal entschuldigen? Na gut, Tyler. Es tut mir Leid, dass ich mit deinem Computer gespielt habe, ohne dich um Erlaubnis zu fragen.«

»Ich habe keine Anschuldigungen erhoben, Molly.«

»Warum reden wir dann noch darüber? Ich meine, warum sieht es so aus, als würden wir den ganzen Rest des Abends noch darüber reden müssen?« Ihre Augen wurden feucht, ihre getönten Linsen nahmen eine noch dunklere Grünfärbung an. »Ich hab mich eben nur ein bisschen für dich interessiert.«

»Wofür interessiert, für meine Warmwasserrechnung?«

»Für dich.« Sie zog einen Stuhl unter dem Küchentisch hervor. Ein Stuhlbein verfing sich an einem Tischbein, und Molly riss den Stuhl energisch los. Sie setzte sich und verschränkte die Arme. »Ja, vielleicht sogar für so triviales Zeug.« Sie schloss die Augen, schüttelte den Kopf. »Ich sage das, und es klingt, als wäre ich irgendeine Art Stalker. Aber ja, deine Wasserrechnung, deine Zahnpastamarke, deine Schuhgröße. Ja, ich möchte das Gefühl haben, dass ich ein bisschen mehr für dich bin als dein Wochenendfick. Geb ich zu.«

»Dafür müsstest du nicht in meine Dateien gehen.«

»Hätt ich vielleicht nicht getan, wenn ...«

»Wenn?«

Sie schüttelte den Kopf. »Ich will nicht mit dir streiten.«

»Manchmal ist es besser, etwas zu Ende zu bringen, was man angefangen hat.«

»Na ja, *das* zum Beispiel: Immer wenn du dich bedroht fühlst, ziehst du diese distanzierte Nummer ab. Machst einen auf sachlich, ganz kühl und analytisch, als wäre ich eine Naturdoku im Fernsehen oder so was. Die Glaswand. Die Glaswand ist *immer* da, nicht wahr? Und die ganze Welt ist auf der anderen Seite. Deshalb redest du nicht über dich selbst. Deshalb muss ich ein ganzes Jahr warten, bis du mal merkst, dass ich mehr bin als ein Stück Mobiliar. Dieser kühle Blick, der das Leben beobachtet, als wären's die Abendnachrichten, als wäre es irgendein Krieg am anderen Ende der Welt, wo die Leute alle unaussprechliche Namen haben.«

»Molly ...«

»Ist mir schon klar, dass wir alle irgendwie verkorkst sind, Tyler, hineingeworfen in dieses Leben mit dem Spin. Kein Wunder. Prätraumatische Belastungsstörung, oder wie habt ihr das noch mal genannt? Die Generation der Grotesken. Deswegen sind wir alle geschieden oder promisk oder hyperreligiös oder depressiv oder manisch oder *leidenschaftslos*. Wir alle haben eine wirklich gute Entschuldigung für unser schlechtes Benehmen, ich eingeschlossen, und wenn es diese unerschütterliche Säule kalkulierter Hilfsbereitschaft ist, die du darstellen musst, damit du über die Runden kommst, dann ist das okay, dann verstehe ich das. Aber es ist genauso okay, wenn ich mehr möchte. Nein, es ist nicht nur okay, sondern es ist sogar ein ganz natürliches Bedürfnis, wenn ich dich berühren möchte. Nicht nur mit dir vögeln. Dich berühren.« Als sie merkte, dass sie fertig war, faltete sie die Arme wieder auseinander, sah mich an, wartete auf eine Reaktion.

In Gedanken entwarf ich eine Antwortrede. Ich empfände durchaus leidenschaftlich für sie. Es mochte nicht so offensichtlich gewesen sein, aber ich hätte sie von Anfang an, seit ich zu Perihelion gekommen sei, sehr bewusst wahrgenommen. Die Konturen und Bewegungen ihres Körpers, die Art, wie sie stand oder ging, sich streckte oder gähnte, ihre pastellfarbene Kleidung und den Schmetterling, den sie an einer dünnen silbernen Kette trug. Sehr wohl hätte ich all das wahrgenommen, ihre Stimmungen und Launen und den ganzen Katalog ihres Lächelns, ihres Stirnrunzelns, ihrer Gesten. Wenn ich meine Augen schlösse, sähe ich ihr Gesicht, wenn ich schlafen ginge, sei es das, was ich vor Augen hätte. Ich liebte ihre Oberfläche und ihre Substanz: den Salzgeschmack ihres Halses und die Modulationen ihrer Stimme, die Kurven ihrer Finger und die Worte, die diese auf meinen Körper schrieben ... Ich dachte an all das und brachte es doch nicht über mich, es ihr zu sagen. Nicht, dass es unbedingt gelogen gewesen wäre. Aber es war auch nicht unbedingt die Wahrheit.

Am Ende versöhnten wir uns mit unverbindlicheren Nettigkeiten, mit zwei, drei Tränen und beschwichtigenden Umarmungen, wir ließen das Thema fallen und ich spielte den Hilfskoch, während sie eine sehr gute Pastasoße zusammenbraute. Die Spannung löste sich langsam, und als es Mitternacht war, hatten wir schon eine Stunde zu den Spätnachrichten gekuschelt (steigende Arbeitslosenzahlen, eine Wahlkampfdebatte, irgendein Krieg am anderen Ende der Welt) und waren bereit fürs Bett. Molly machte das Licht aus, bevor wir uns liebten, und das Schlafzimmer war dunkel, das Fenster offen und der Himmel vollständig leer. Sie krümmte den Rücken, als sie kam, und ihr Atem war süß und milchig. Nicht mehr vereinigt, aber noch Arm in Arm, die Hand auf dem Schenkel des anderen, redeten wir in unvollständigen Sätzen. Ich sagte: »Leidenschaft, weißt du«, und sie sagte: »Im Schlafzimmer. Gott, ja.«

Sie schlief schnell ein. Ich war nach einer Stunde immer noch wach.

Ich stieg sachte aus dem Bett, registrierte keine Veränderung in ihrer Atmung. Ich zog eine Jeans über und schlich aus dem Zimmer. In schlaflosen Nächten wie dieser half normalerweise ein Gläschen Drambuie, um die nagenden inneren Monologe abzuschalten, die beim müden Vorderhirn vom Zweifel eingereichten Petitionen. Diesmal jedoch setzte ich mich an meinen Computer und rief den Haushaltorganisator auf.

Es war nicht zu erkennen, was sich Molly angesehen hatte; soweit ich feststellen konnte, war nichts verändert. Alle Namen und Zahlen schienen unberührt. Vielleicht hatte sie hier irgendetwas gefunden, was ihr ein Gefühl größerer Nähe zu mir vermittelte. Falls es wirklich das war, was sie wollte.

Vielleicht war es aber auch eine ergebnislose Suche gewesen. Vielleicht hatte sie nicht das Geringste gefunden.

In den Wochen vor den Novemberwahlen sah ich Jason häufiger. Trotz der gesteigerten Medikation wurde seine Krankheit aktiver, was möglicherweise auf den Stress zurückzuführen war, den ihm der fortgesetzte Konflikt mit seinem Vater bereitete. (E. D. hatte angekündigt, er wolle sich Perihelion »zurückholen« – die Firma befinde sich in den Klauen einer Clique von Emporkömmlingen aus Bürokratie und Wissenschaft, die mit Wun Ngo Wen gemeinsame Sache machten. Eine leere Drohung Jasons Auffassung nach, aber potenziell Unruhe stiftend und peinlich.)

Jason achtete darauf, dass ich in seiner Nähe war, für den Fall, dass es in einem kritischen Moment nötig würde, ihm ein Antispasmodikum zu verabreichen. Ich war auch bereit, das zu tun, sofern es im Rahmen der Gesetze und des ärztlichen Berufsethos blieb. Ihn kurzfristig funktionstüchtig zu machen, war das Äußerste, was die Medizin für Jason tun konnte, und so lange funktionstüchtig zu bleiben, wie es erforderlich war, um

E. D. Lawton auszumanövrieren, war alles, worauf es ihm ankam.

Also verbrachte ich viel Zeit in Perihelions V.I.P.-Flügel, meist mit Jason, oft aber auch mit Wun Ngo Wen. Die Folge war, dass ich von denen, die offiziell mit dem Marsianer zu tun hatten, argwöhnisch beäugt wurde, hauptsächlich Regierungsbeamte – Vertreter des Außenministeriums, des Weißen Hauses, des Heimatschutzes, der Raumfahrtbehörde etc. – und Wissenschaftler, die die marsianischen Archive übersetzten, studierten und klassifizierten. Mein privilegierter Zugang zu Wun Ngo Wen war in den Augen dieser Leute nicht ordnungsgemäß. Ich war ein Mietling. Ein Niemand. Aber gerade deshalb zog Wun meine Gesellschaft vor. Ich hatte kein Anliegen vorzubringen. Und weil er darauf bestand, wurde ich also von Zeit zu Zeit von mürrischen Speichelleckern durch die diversen Türen geführt, die die klimatisierten Wohnräume des marsianischen Gesandten von der Hitze Floridas und der ganzen weiten Welt dahinter trennten.

Bei einer dieser Gelegenheiten traf ich ihn auf seinem Rattansessel sitzend an – jemand hatte ihm einen dazu passenden Schemel besorgt, sodass er die Füße nicht mehr baumeln lassen musste –, wie er nachdenklich den Inhalt einer reagenzglasgroßen Phiole betrachtete. Ich fragte ihn, was das sei.

»Replikatoren«, erwiderte er.

Er trug einen Anzug, der für einen stämmigen Zwölfjährigen hätte geschneidert sein können – er hatte eben erst einen Vortrag für eine Delegation des Kongresses gehalten. Obwohl seine Existenz noch nicht formell bekanntgemacht worden war, gaben sich seit einiger Zeit Besucher aus dem In- und Ausland die Klinke in die Hand. Die offizielle Erklärung des Weißen Hauses sollte kurz nach den Wahlen erfolgen, und dann würde für Wun eine turbulente Zeit anbrechen.

Mit dem nötigen Abstand beäugte ich den Glasbehälter. *Replikatoren*. Eisfresser. Saat einer anorganischen Biologie.

Wun lächelte. »Haben Sie Angst davor? Bitte, das brauchen

Sie nicht. Ich versichere Ihnen, der Inhalt ist vollkommen inaktiv. Ich dachte, Jason hätte es Ihnen erklärt.«

Hatte er. Ein bisschen. Ich sagte: »Es sind mikroskopisch kleine Vorrichtungen. Halborganisch. Sie pflanzen sich unter extremen Bedingungen von Kälte und Vakuum fort.«

»Ja, das ist im Wesentlichen korrekt. Und hat Jason auch ihren Zweck erläutert?«

»Sie werden rausgeschickt, um die Galaxis zu bevölkern. Und uns Daten zu schicken.«

Wun nickte langsam, so als sei auch diese Antwort zwar im Wesentlichen korrekt, aber keineswegs befriedigend. »Das hier ist das raffinierteste Stück Technologie, das die Fünf Republiken jemals produziert haben. Wir hätten nie industrielle Aktivitäten auf einem solch erschreckenden Niveau betreiben können, wie es Ihre Leute tun – Ozeandampfer, Reisen zum Mond, riesige Städte ...«

»Nach dem, was ich gesehen habe, sind Ihre Städte auch recht eindrucksvoll.«

»Weil wir sie in einem sanfteren Schwerkraftgefälle bauen. Auf der Erde würden die Türme unter ihrem eigenen Gewicht einstürzen. Was ich aber sagen wollte, ist: dies hier, der Inhalt dieser Röhre, das ist *unser* Triumph der Technik, etwas, das so komplex, so schwer herzustellen ist, dass wir darauf sogar ein bisschen stolz sind.«

»Das glaube ich ohne Weiteres.«

»Dann kommen Sie und staunen Sie. Haben Sie keine Angst.« Er winkte mich näher heran. Ich folgte der Aufforderung, setzte mich auf einen Sessel ihm gegenüber. Von weitem sahen wir wohl wie zwei Freunde oder Bekannte aus, die sich ganz normal unterhielten. Aber mein Blick war starr auf die Phiole gerichtet. Er hielt sie mir hin. »Nur zu, nehmen Sie.«

Ich nahm die Röhre zwischen Daumen und Zeigefinger und hielt sie ins Licht. Der Inhalt sah wie ganz gewöhnliches Wasser aus, mit einem leicht öligen Glanz. Das war alles.

»Um es richtig würdigen zu können, müssen Sie verstehen, was Sie da eigentlich in der Hand halten. In dieser Phiole, Tyler, befinden sich etwa dreißig- oder vierzigtausend künstlich erzeugte Zellen in einer Glyzerinlösung. Jede Zelle ist eine Eichel.«

»Sie kennen Eicheln?«

»Ich hab darüber gelesen. Es ist eine gebräuchliche Metapher. Eicheln und Eichen, nicht wahr? Wenn man eine Eichel vom Boden aufhebt, hält man die Möglichkeit einer Eiche in der Hand, und zwar nicht nur eine einzelne Eiche, sondern die gesamte Nachkommenschaft dieser Eiche über Jahrhunderte hinweg. Genügend Eichenholz, um ganze Städte zu bauen. Werden Städte aus Eichenholz gebaut?«

»Nein, aber das spielt keine Rolle.«

»Was Sie da halten, ist eine Eichel. Vollkommen untätig, wie gesagt, und diese spezielle Probe ist vermutlich sogar ziemlich tot, wenn man bedenkt, wie viel Zeit sie unter terrestrischen Bedingungen verbracht hat. Wenn Sie sie analysieren, werden Sie allenfalls ein paar ungewöhnliche Substanzen finden.«

»Aber?«

»Aber wenn Sie sie in eine eisige, luftleere Umgebung bringen, eine Umgebung etwa wie die Oortsche Wolke, dann, Tyler, erwacht sie zum Leben. Dann beginnt sie, sehr langsam, aber sehr geduldig, zu wachsen und sich fortzupflanzen.«

Die Oortsche Wolke. Die kannte ich aus Gesprächen mit Jason und aus den Science-Fiction-Romanen, die ich noch immer gelegentlich las. Die Oortsche Wolke war eine Ansammlung kometartiger Himmelskörper in einem Raum, der sich ungefähr von der Umlaufbahn des Pluto bis halb zum nächstgelegenen Stern erstreckte. Die kleinen Objekte waren alles andere als dicht gedrängt – sie nahmen einen unvorstellbar großen Raum ein –, aber die Summe ihrer Masse, meist in der Form von schmutzigem Eis, übertraf die Masse der Erde um ein Zwanzig- bis Dreißigfaches.

Jede Menge zu fressen, falls Eis und Staub das ist, was man gerne frisst.

Wun beugte sich vor. Seine Augen, gebettet in eine Haut aus zerknittertem Leder, waren hell. Er lächelte, was ich als ein Zeichen von Ernsthaftigkeit zu interpretieren gelernt hatte: Marsianer lächeln, wenn das, was sie sagen, von Herzen kommt.

»Das war nicht ganz unumstritten bei uns, wissen Sie. Was Sie in der Hand halten, hat die Fähigkeit, nicht nur unser Sonnensystem, sondern auch viele andere umzuwandeln. Und was dabei herauskommt, ist ungewiss. Die Replikatoren sind zwar nicht organisch im herkömmlichen Sinne, aber sie sind *lebendig*. Es sind lebende autokatalytische Rückkopplungsschleifen, die sich unter bestimmten Einflüssen verändern. Genau wie Menschen. Oder Bakterien. Oder ...«

»Oder *Murkuds*.«

Er grinste. »Oder *Murkuds*.«

»Mit anderen Worten, sie können sich entwickeln.«

»Sie *werden* sich entwickeln, und zwar auf eine Weise, die wir nicht vorhersehen können. Allerdings haben wir dieser Entwicklung Grenzen gesetzt. Oder jedenfalls glaube ich das. Wie gesagt, das Thema wurde sehr kontrovers diskutiert.«

Wenn Wun über marsianische Politik sprach, stellte ich mir immer lauter faltige Männer und Frauen in pastellfarbenen Togen vor, die von einem Podium herab abstrakte Diskussionen führten. In Wirklichkeit, versicherte Wun, benahmen sich die marsianischen Parlamentarier eher wie mit Geldscheinen wedelnde Farmer bei einer Getreideauktion. Und die Kleidung – nun ja, ich versuchte erst gar nicht, mir die Kleidung bildlich vorzustellen; bei gesellschaftlichen Anlässen, so Wun, kleideten die Marsianer beiden Geschlechts sich wie die Herzkönigin in einem Kartenspiel.

Während also die Diskussionen ausdauernd und sehr engagiert geführt wurden, war der Plan selbst relativ einfach. Die Replikatoren sollten in die fernen, kalten Außenbereiche des

Sonnensystems expediert werden. Ein kleiner Teil davon würde sich auf zwei oder drei der Kometenkerne niederlassen, die die Oortsche Wolke bildeten. Dort würden sie dann anfangen, sich fortzupflanzen.

Ihre genetische Information, so Wun, war in Moleküle eingeschrieben, die instabil wurden, sobald sie höheren Temperaturen als auf den Neptunmonden ausgesetzt waren. Doch in der hyperkalten Umgebung, für die sie gemacht waren, setzten submikroskopische Fasern einen langsamen, gründlichen Stoffwechselprozess in Gang. Die Replikatoren wuchsen in einem Tempo, neben dem sich das Wachstum einer Bristlecone-Pinie vergleichsweise überstürzt ausnahm, aber sie wuchsen, assimilierten dabei organische Moleküle, formten Eis zu Zellwänden, -rippen, -sparren und -klebern.

Sobald sie, grob gerechnet, etwa zehn bis zwanzig Kubikmeter Kometenstoff verbraucht hatten, wurden ihre Verbindungen untereinander allmählich komplexer und ihr Verhalten zielgerichteter. Hoch entwickelte Anhängsel formten sich, Augen aus Eis und Kohlenstoff, um die mit Sternen übersäte Dunkelheit zu durchdringen.

So mauserte sich die Replikatorenkolonie im Laufe etwa eines Jahrzehnts zu einem hoch entwickelten Gemeinwesenn, mit der Fähigkeit, elementare Daten aus seiner Umgebung aufzuzeichnen und zu senden. Es betrachtete den Himmel und fragte: Gibt es dort einen planetengroßen dunklen Körper, der den nächstgelegenen Stern umkreist?

Die Frage zu stellen und sie zu beantworten, nahm weitere Jahrzehnte in Anspruch, und zumindest anfänglich war die Antwort eine, die von vornherein feststand: Ja, zwei Welten, die diesen Stern umkreisten, waren dunkle Körper – die Erde und der Mars.

Dennoch sortierten die Replikatoren – geduldig, beharrlich, langsam – diese Daten und sandten sie an ihren Ursprungsort zurück: an uns, oder jedenfalls an unsere Empfangssatelliten.

Im Zuge ihres Alterungsprozesses gliederte sich die Replikatorenkolonie alsdann in einzelne Cluster aus einfachen Zellen auf, identifizierte einen weiteren hellen oder nahegelegenen Stern und schleuderte unter Verwendung akkumulierter, aus dem Kometenkern gewonnener flüchtiger Substanzen ihre Saat ins Sonnensystem hinaus (wobei die Zellen ein winziges Bruchstück ihrer selbst hinterließen, das als Funk-Repeater fungierte, als passiver Knoten in einem sich ausweitenden Netzwerk).

Diese Samen der zweiten Generation trieben über Jahre, Jahrzehnte, Jahrtausende im interstellaren Raum. Die meisten gingen, auf eine fruchtlose Bahn geworfen oder von Gravitationswirbeln erfasst, schließlich zugrunde. Manche, die der wenn auch schwachen Anziehungskraft der Sonne nicht entfliehen konnten, stürzten in die Oortsche Wolke zurück und wiederholten den ganzen Prozess, stumpfsinnig, aber geduldig Eis fressend und redundante Information aufzeichnend. Wenn zwei Arten einander begegneten, tauschten sie zelluläres Material aus, glichen durch Zeit oder Strahlung verursachte Kopierfehler aus und produzierten Nachwuchs, der ihnen fast vollständig glich, aber eben nur fast.

Einige wenige jedoch erreichten den eisigen Halo eines nahen Sterns und begannen ihrerseits den Zyklus von neuem, wobei sie diesmal neue Informationen sammelten, die sie später nach Hause schickten, als eine Eruption von Daten, einen kurzen digitalen Orgasmus. *Binärer Stern*, mochten sie sagen, *keine dunklen Planetenkörper*; oder vielleicht: *Weißer Zwerg, ein dunkler Planetenkörper*.

Und der Zyklus begann von neuem.

Und noch einmal.

Und noch einmal, von einem Stern zum nächsten, schrittweise, Jahrhunderte über Jahrtausende, quälend langsam, aber schnell genug nach dem Zeitmaß der Galaxis – nach dem Maß, das wir aus unserer Gruft heraus an das Universum anlegen konnten. Unsere Tage umfassten hunderttausende ihrer Jahre, in einem Jahrzehnt unserer Zeit hatten sie den Großteil des Spiralarms befallen.

Mit Lichtgeschwindigkeit von Knoten zu Knoten weitergegebene Information verbreitete sich, modifizierte Verhalten, lenkte neue Replikatoren in unerforschtes Gebiet und unterdrückte Redundanzen, sodass zentrale Knoten nicht überlastet wurden. Letzten Endes war die Galaxis so verkabelt, dass eine Art rudimentäres Denken entstand. Die Replikatoren erzeugen ein Neuronennetz, so groß wie der Nachthimmel – und dieses Netz sprach zu uns.

Gab es Risiken? Selbstverständlich gab es Risiken.

Ohne den Spin, so Wen, hätten die Marsianer einer solch arroganten Aneignung der galaktischen Ressourcen niemals ihre Zustimmung erteilt. Immerhin war dies nicht nur ein Forschungsunternehmen, es war ein *Eingriff*, eine Neuordnung der galaktischen Ökologie. Wenn es da draußen eine andere bewusstseinsbegabte Spezies gab – und die Existenz der Hypothetischen hatte diese Frage ja wohl ziemlich eindeutig beantwortet –, könnte diese die Verbreitung der Replikatoren als aggressiven Akt missverstehen. Und sie zu einem Vergeltungsschlag veranlassen.

Erst als sie die Spin-Gebilde entdeckten, die über ihren nördlichen und südlichen Polen errichtet wurden, hatten die Marsianer dieses Risiko in einem neuem Licht betrachtet.

»Der Spin bringt die Einwände zum Verstummen«, sagte Wun. »Fast jedenfalls. Wenn wir Glück haben, werden die Replikatoren uns etwas Wichtiges über die Hypothetischen mitteilen, oder wenigstens über das Ausmaß ihres Wirkens in der Galaxis. Vielleicht sind wir dann imstande, den Zweck des Spins zu erkennen. Wenn nicht, werden die Replikatoren immerhin als eine Art Warnsignal für andere intelligente Spezies dienen, die mit dem gleichen Problem konfrontiert sind. Durch sorgfältige Analyse wird ein aufmerksamer Beobachter ermitteln können, warum dieses Netzwerk errichtet wurde. Andere Zivilisationen werden sich vielleicht einklinken. Das Wissen kann ihnen helfen, sich zu schützen. Erfolgreich zu sein, wo wir gescheitert sind.«

»Sie glauben, dass wir scheitern werden?«

Wun zuckte mit den Achseln. »Sind wir nicht bereits gescheitert? Die Sonne ist inzwischen sehr alt. Es gibt nichts, dessen Dauer unbegrenzt ist. Und unter den gegebenen Umständen ist selbst ›unbegrenzt‹ keine sehr lange Zeit für uns.«

Vielleicht lag es an der Art, wie er es sagte, vorgebeugt in seinem Rattansessel, das traurige marsianische Aufrichtigkeitslächeln im Gesicht – jedenfalls empfand ich seine Worte als zutiefst schockierend.

Nicht, dass sie mich überrascht hätten. Wir wussten alle, dass wir zum Untergang verdammt waren. Oder zumindest dazu, unser Leben unter einer dünnen Schale zu fristen, die das Einzige war, was uns vor einem feindseligen Sonnensystem schützte. Die Sonnenstrahlen, die den Mars bewohnbar gemacht hatten, würden die Erde zerkochen, falls die Spinmembran entfernt wurde. Und auch der Mars – in seiner eigenen dunklen Umhüllung – rutschte mit großer Geschwindigkeit aus der sogenannten bewohnbaren Zone heraus. Der Stern, der der Ursprung allen Lebens war, hatte sein blutrotes Altersstadium erreicht und würde uns töten, ohne sich groß Gedanken darüber zu machen.

Das Leben war am Rande einer instabilen Kernreaktion entstanden. So war es immer gewesen; auch vor dem Spin, als der Himmel noch klar war und ferne Sterne die Sommernächte funkeln ließen. So war es gewesen, und es hatte keine Rolle gespielt, weil das menschliche Leben kurz war – unzählige Generationen lebten und starben während eines einzigen Herzschlags der Sonne. Doch jetzt waren wir dabei, die Sonne zu überleben, und entweder würden wir als ein Haufen Asche ihren Leichnam umkreisen oder wir würden in ewiger Nacht konserviert, eine verkapselte Kuriosität, ohne Heimat im Universum.

»Tyler? Alles in Ordnung?«

»Ja.« Ich dachte an Diane, warum auch immer. »Ein bisschen was zu verstehen, bevor der Vorhang fällt, vielleicht ist das das Äußerste, was wir uns erhoffen können.«

»Der Vorhang?«

»Bevor es zu Ende geht.«

»Ein großer Trost ist es nicht. Aber, ja, das ist vielleicht wirklich das Äußerste.«

»Ihr Volk lebt seit Jahrtausenden mit dem Spin. Und in dieser ganzen Zeit ist es Ihnen nicht gelungen, etwas über die Hypothetischen herauszufinden?«

»Nein, tut mir Leid, damit kann ich nicht dienen. Auch was die physikalische Natur des Spins betrifft, können wir höchstens ein paar Spekulationen anbieten.« Welche Jason mir kürzlich zu erläutern versucht hatte: es hatte mit Zeitquanten zu tun, war reine Mathematik und weit jenseits praktischer Anwendbarkeit, ob mit marsianischer oder mit terrestrischer Technik. »Über die Hypothetischen selbst können wir gar nichts sagen. Was sie von uns wollen könnten ...« Wun zuckte mit den Achseln. »Nur weitere Spekulationen. Die Frage, die wir uns gestellt haben, lautete: Was war das Besondere an der Erde, als sie umhüllt wurde? Warum haben die Hypothetischen so lange gewartet, bis sie den Mars ›eingesponnt‹ haben, und warum haben sie dann diesen speziellen Moment in unserer Geschichte gewählt?«

»Und haben Sie Antworten darauf gefunden?«

Einer der Aufpasser klopfte an die Tür und öffnete sie, ein Mann mit schütterem Haar, in schwarzem Anzug. Er sprach zu Wun, sah aber mich an. »Nur zur Erinnerung, wir erwarten einen Repräsentanten der EU. In fünf Minuten.« Er hielt die Tür offen, erwartungsvoll, auffordernd. Ich erhob mich.

»Nächstes Mal«, sagte Wun.

»Recht bald, hoffe ich.«

»So schnell ich es einrichten kann.«

Es war bereits spät am Nachmittag, und ich hatte keine Termine mehr. Ich verließ das Gebäude durch den Nordausgang. Auf dem Weg zum Parkplatz blieb ich an dem Bauzaun stehen, hinter dem der Perihelion-Ergänzungskomplex hochgezogen wurde. Durch Lücken in der Sicherheitsumgrenzung konnte ich ein schlichtes Steingebäude erkennen, riesige externe Druckbehälter, durch Betonlaibungen gelegte Rohre, so dick wie Fässer. Der Boden war übersät mit gelber PTFE-Isolierung und gewundenem Kupferrohr. Ein Vorarbeiter mit weißem Schutzhelm bellte Anweisungen, und Männer mit Schubkarren, Schutzbrillen und Stahlkappenstiefeln befolgten sie.

Männer, die einen Brutkasten für eine neue Art Leben bauten. Hier würden die Replikatoren in einer Wiege aus flüssigem Helium heranwachsen, bis sie bereit waren, in die kalten Zonen des Universums hinausgeschossen zu werden – in gewissem Sinne unsere Erben, dazu bestimmt, länger zu leben und weiter zu reisen, als es dem Menschen gegeben war. Unser abschließender Dialog mit dem Universum. Es sei denn, E. D. würde sich durchsetzen und das ganze Projekt abblasen.

An diesem Wochenende machten Molly und ich einen Strandspaziergang. Es war ein wolkenloser Samstag Ende Oktober. Wir waren erst einen halben Kilometer über den mit Zigarettenkippen übersäten Sand marschiert, als wir feststellten, dass es unangenehm warm wurde. Die Sonne brannte intensiv, das Meer reflektierte ihr Licht in funkelnden kleinen Punkten, als würden Schwärme von Diamanten vor der Küste schwimmen. Molly trug Shorts, Sandalen, ein weißes Baumwoll-T-Shirt, das auf reizvolle Weise an ihr zu kleben begann, und eine Schirmmütze.

»Also, das hab ich nie begriffen.« Sie wischte sich mit dem Handgelenk über die Stirn und blieb stehen, wandte sich ihren Fußspuren im Sand zu.

»Was denn, Moll?«

»Die Sonne. Ich meine, den Sonnenschein. Dieses Licht. Es ist gefälscht, sagen alle, aber meine Güte, die *Hitze* ist verdammt echt.«

»Gefälscht ist eigentlich nicht ganz korrekt. Die Sonne, die wir sehen, ist nicht die richtige Sonne, aber dieses Licht würde von dort herkommen. Es wird von den Hypothetischen kontrolliert, die Wellenlängen werden runtergesetzt und gefiltert ...«

»Ich weiß, aber ich meine die Art, wie sie über den Himmel zieht. Sonnenaufgang, Sonnenuntergang. Wenn es nur eine Projektion ist, wie kommt es, dass es überall gleich aussieht, von Kanada aus, von Südamerika aus? Wenn die Spin-Barriere nur ein paar hundert Kilometer weit oben ist?«

Ich gab an sie weiter, was Jason mir einmal erzählt hatte: die Pseudosonne war keine auf eine Leinwand projizierte Illusion, es war eine gesteuerte Sonnenlichtkopie, die von einer 150 Millionen Kilometer entfernten Quelle aus *durch* die Leinwand strahlte, wie ein in einem Riesenmaßstab ablaufendes Bildberechnungsprogramm.

»Verdammt aufwändiger Bühnenzauber«, sagte Molly.

»Würden sie es anders machen, wären wir alle schon vor Jahren gestorben. Die Ökologie des Planeten benötigt einen Vierundzwanzigstundentag.« Wir hatten bereits einige Arten eingebüsst, die für ihre Nahrungssuche oder Paarung auf das Mondlicht angewiesen waren.

»Aber es ist eine Lüge.«

»Wenn du es so nennen willst.«

»Ja, ich nenne es eine Lüge. Ich stehe hier mit dem Licht einer Lüge auf meinem Gesicht. Einer Lüge, von der man Hautkrebs bekommen kann. Aber ich begreife es immer noch nicht. Wahrscheinlich werden wir das erst können, wenn wir die Hypothetischen verstanden haben. Falls es dazu je kommt. Was ich bezweifle.« Eine Lüge, sagte Molly, während wir parallel zu einer alten, vom Salz weiß gewordenen Uferpromenade weitergingen, könne man nicht begreifen, wenn man das ihr zugrunde liegende Motiv nicht kenne. Dabei sah sie mich von der Seite an, die Augen von der Mütze beschattet, und in ihrem Blick lagen irgendwelche Botschaften, die ich nicht entschlüsseln konnte.

Wir verbrachten den Rest des Nachmittags in meinem klimatisierten Haus, lasen ein wenig, hörten Musik. Doch Molly war rastlos, und ich hatte noch immer nicht ganz ihren Übergriff auf meinen Computer verwunden – ein anderer nicht zu entschlüsselnder Vorgang. Ich liebte Molly. Oder wenn das, was ich für sie empfand, nicht Liebe war, dann jedenfalls eine glaubwürdige Imitation, ein überzeugender Ersatz.

Sorge machte mir, dass sie so unberechenbar war, spingeschädigt wie wir alle. Ich konnte ihr keine Geschenke machen – zwar gab es Dinge, die sie sich wünschte, aber ich erriet nie, was das sein könnte, außer sie bewunderte etwas ausdrücklich, das sie in einem Schaufenster sah. Ihre tiefsten Bedürfnisse ließ sie tief im Dunkeln, und wie die meisten verschlossenen Menschen nahm sie an, dass ich meinerseits wichtige Geheimnisse hütete.

Wir hatten zu Abend gegessen und spülten gerade ab, als das Telefon klingelte. Molly nahm ab, während ich mir die Hände trocknete. »Hallo. Nein, er ist da. Einen Moment.« Sie hielt die Hand vor die Sprechmuschel. »Jason ist dran. Willst du mit ihm sprechen? Er klingt reichlich durchgedreht.«

»Natürlich will ich mit ihm sprechen.«

Ich nahm den Hörer und wartete. Molly warf mir einen langen Blick zu, verdrehte dann die Augen und verließ die Küche. Vertraulichkeit. »Jase? Was ist los?«

»Ich brauche dich hier, Tyler.« Seine Stimme war angespannt, halb erstickt.

»Hast du ein Problem?«

»Ja, ich habe ein Scheißproblem. Und du musst kommen und es beheben.«

»So dringend ist es?«

»Würde ich dich sonst anrufen?«

»Wo bist du?«

»Zu Hause.«

»Okay. Es dauert vielleicht ein bisschen, wenn der Verkehr ...«

»Hauptsache, du kommst.«

Ich sagte Molly, ich hätte noch etwas Dringendes zu erledigen. Sie lächelte – vielleicht grinste sie auch spöttisch – und sagte: »Was denn? Hat jemand einen Termin verpasst? Musst du Geburtshilfe leisten? Oder was?«

»Ich bin Arzt, Moll. Schweigepflicht.«

»Arzt zu sein, heißt nicht, dass du Jason Lawtons Schoßhund spielen musst. Du musst nicht jedes Mal apportieren, wenn er das Stöckchen wirft.«

»Tut mir Leid, dass ich den Abend so abbreche. Soll ich dich irgendwohin mitnehmen?«

»Nein. Ich bleibe hier, bis du zurückkommst.« Sie starrte mich dabei herausfordernd, ja streitlustig an, sie wartete nur darauf, dass ich Einspruch erhob.

Aber das tat ich nicht. Es hätte bedeutet, dass ich ihr nicht traute. Und ich traute ihr ja. Weitgehend zumindest. »Ich weiß nicht genau, wie lange es dauert.«

»Macht nichts. Ich kuschel mich aufs Sofa und mach die Glotze an. Falls dir das recht ist?«

»Solange du dich nicht langweilst.«

»Ich verspreche, dass ich mich nicht langweilen werde.«


Jasons spärlich möblierte Wohnung war dreißig Kilometer Highway-Fahrt entfernt, und auf dem Weg dorthin wurde ich um den Tatort eines Verbrechens herumgeleitet, ein fehlgeschlagener Überfall auf einen Geldtransporter, bei dem offenbar einige Touristen ums Leben gekommen waren. Der Summer ließ mich in das Gebäude ein, und als ich an Jasons Wohnungstür klopfte, rief er: »Es ist offen.«

Das große vordere Zimmer war so karg eingerichtet wie eh und je, eine Parkettwüste, in der Jason sein Beduinenlager aufgeschlagen hatte. Er lag auf dem Sofa. Die Stehlampe tauchte ihn in ein hartes, unvorteilhaftes Licht. Er war blass, die Stirn von Schweiß bedeckt. Seine Augen glitzerten.

»Ich dachte schon, du kommst nicht«, sagte er. »Dachte, deine Provinzlerfreundin würde dich vielleicht nicht weglassen.«

Ich erzählte ihm von der Polizeisperre. »Und tu mir einen Gefallen«, fügte ich hinzu. »Sprich nicht so von Molly.«

»Ich soll sie nicht als Landpomeranze aus Idaho mit Wohnwagenparksensibilität bezeichnen? Aber sicher doch. Alles, was du willst.«

»Was ist los mit dir?«

»Interessante Frage, viele denkbare Antworten. Sieh her.«

Er stand auf.

Es war ein elender, mühsamer, quälend langsamer Vorgang. Jason war immer noch groß, immer noch schlank, doch die körperliche Grazie, die ihm einst so selbstverständlich zu Eigen gewesen war, hatte ihn verlassen. Als es ihm endlich gelungen war, sich in eine aufrechte Position zu bringen, zitterten seine Beine wie bei einer Gliederpuppe. Er blinzelte krampfartig. »Das ist los mit mir.« Dann brach sich, mit einer weiteren konvulsiven Bewegung, die Wut Bahn – sein emotionaler Zustand war so unberechenbar wie seine Gliedmaßen: »Sieh es dir an! S-s-scheiße, Tyler, *sieh mich an!*«

»Leg dich wieder hin, Jase. Damit ich dich untersuchen kann.« Ich hatte meinen Arztkoffer mitgebracht. Ich krempelte seinen Ärmel auf und wickelte eine Blutdruckmanschette um seinen dürren Arm. Ich spürte, wie sich der Muskel darunter zusammenzog, kaum zu kontrollieren. Der Blutdruck war hoch, und der Puls raste. »Deine Antispasmodika hast du eingenommen?«

»Natürlich hab ich die beschissenen Antispasmodika genommen.«

»Regelmäßig? Keine Doppeldosierung? Wenn du nämlich zu viel davon nimmst, schadet es eher, als dass es nützt.«

Er seufzte ungeduldig. Dann tat er etwas Überraschendes. Er

griff um meinen Kopf herum, packte eine Hand voll meiner Haare und zog mich ziemlich grob herunter, bis sich unsere Gesichter ganz nah waren. Worte sprudelten aus ihm heraus, ein tobender Strom. »Werd hier jetzt nicht pedantisch, Tyler, das ist das Letzte, was ich im Moment gebrauchen kann. Vielleicht hast du das eine oder andere Problem, was meine Behandlung angeht. Aber tut mir Leid, das ist jetzt nicht die Zeit, deine Scheißprinzipien hochzuhalten. Zu viel steht auf dem Spiel. E. D. wird morgen einfliegen. Er glaubt, er hätte einen Trumpf in der Hand. Er würde lieber den ganzen Laden zumachen, bevor er mich seinen Scheißthron besteigen lässt. Das kann ich nicht zulassen. Aber schau mich an – seh ich so aus, als wäre ich in der Lage, einen Vatermord zu begehen?« Sein Griff wurde fester, bis es richtig wehtat – so kräftig war er also noch –, dann ließ er los und stieß mich mit der anderen Hand weg. »*Bring mich in Ordnung!* Dafür bist du schließlich da, oder?«

Ich zog mir einen Stuhl heran, setzte mich schweigend hin und wartete, bis er auf das Sofa zurücksank, erschöpft von seinem Ausbruch. Dann holte ich eine Spritze aus meinem Koffer und zog sie mit dem Inhalt einer kleinen braunen Flasche auf.

»Was ist das?«

»Vorübergehende Linderung.« Tatsächlich war es ein harmloses Vitamin-B-Präparat, versetzt mit einem leichten Beruhigungsmittel. Jason sah die Spritze misstrauisch an, ließ sie sich aber in den Arm setzen. Ein winziger Blutstropfen trat aus dem Einstichloch. »Was ich dir sagen muss, weißt du bereits. Es gibt kein Heilmittel.«

»Kein *irdisches* Heilmittel.«

»Was soll das jetzt wieder bedeuten?«

»Du weißt, was es bedeutet.«

Er bezog sich auf Wun Ngo Wens Langlebigkeitskur. Der Wiederaufbau, hatte Wun gesagt, sei auch eine Heilkur für eine ganze Reihe genetisch bedingter Krankheiten. Die AMS-Schleife würde aus Jasons DNA herausgeschnitten, und die aggressiven Proteine, die sein Nervensystem beeinträchtigen, würden in ihre Schranken gewiesen. »Aber das würde Wochen dauern. Und außerdem kann ich es nicht verantworten, dich zum Versuchskaninchen für eine unerprobte Behandlung zu machen.«

»Unerprobt ist sie wohl kaum. Die Marsianer verwenden sie seit Jahrhunderten, und sie sind Menschen wie du und ich. Und es tut mir Leid, Tyler, aber deine beruflichen Skrupel interessieren mich nicht. Sie sind schlicht und einfach nicht entscheidungsrelevant.«

»So weit es mich betrifft, schon.«

»Dann stellt sich die Frage: Wie weit betrifft es dich? Wenn du nicht mitmachen willst, tritt beiseite.«

»Das Risiko ...«

»Es ist mein Risiko, nicht deins.« Er schloss die Augen. »Halte es nicht für Arroganz oder Eitelkeit, aber es spielt eine Rolle, ob ich lebe oder sterbe, oder ob ich auch nur geradeaus laufen kann oder meine beschissenen Konsonanten richtig rausbringe. Es spielt eine Rolle für die Welt, meine ich. Weil ich mich in einer exzeptionell wichtigen Position befinde. Nicht durch Zufall. Nicht, weil ich so intelligent oder so tugendhaft bin. Ich wurde gekürt. Im Grunde genommen, Tyler, bin ich ein Artefakt, ein produzierter Gegenstand, entworfen und hergestellt von E. D. Lawton, auf die gleiche Art, wie er und dein Vater früher Tragflächen hergestellt haben. Ich mache die Arbeit, für die er mich konstruiert hat – Perihelion leiten, die menschliche Antwort auf den Spin formulieren.«

»Der Präsident sieht das womöglich anders. Vom Kongress gar nicht zu reden. Oder von der UNO.«

»O bitte, ich mache mir doch nichts vor. Das ist ja der springende Punkt. Perihelion zu leiten, bedeutet, den interessierten Parteien zuzuspielen. Und zwar allen. E. D. weiß das und verhält sich entsprechend. Er hat Perihelion zu einem Dollarsegen für die Raumfahrtindustrie gemacht, und das ist ihm gelungen, indem er an den höchsten Stellen Freundschaften geschlossen und politische Bündnisse geschmiedet hat. Durch Schmeicheleien und Bittgänge, durch Lobbyarbeit und Wahlkampfunterstützung. Er hatte eine Vision, er besaß Kontakte und er war zur rechten Zeit am rechten Ort. Er hat das Aerostat-Programm eingeführt und damit die Telekom-Industrie vor dem Spin gerettet, was ihm wiederum Zutritt zu den Kreisen der Mächtigen verschaffte – und solche Gelegenheiten versteht er zu nutzen. Ohne E. D. gäbe es keine Menschen auf dem Mars. Ohne E. D. würde ein Wun Ngo Wen nicht einmal existieren. Das wollen wir dem alten Scheißer zubilligen. Er ist ein großer Mann.«

»Aber?«

»Aber er ist ein Mann seiner Zeit. Prä-Spin. Seine Motive sind archaisch. Die Fackel ist weitergereicht. Oder wird es, wenn es nach mir geht.«

»Was heißt das?«

»E. D. glaubt immer noch, dass aus dieser ganzen Sache irgendwelche persönlichen Vorteile zu ziehen sind. Er ärgert sich über Wuns Anwesenheit und er hasst das Replikatoren-Projekt, nicht weil er es für zu ehrgeizig hält, sondern weil es schlecht ist fürs Geschäft. Das Mars-Projekt hat Billionen von Dollar in die Raumfahrt gepumpt. Es hat E. D. reicher und mächtiger gemacht, als er sich je erträumt hätte. Sein Name ist ein Begriff. Und er hält das immer noch für wichtig. Er glaubt, es komme darauf immer noch an, so wie früher, vor dem Spin, als man Politik wie ein Spiel betreiben und um Preise zocken konnte. Aber mit Wuns Vorschlag lassen sich keine großen Profite erzielen. Die Replikatoren ins All zu schießen, ist eine triviale Investition, verglichen mit der Terraformung des Mars. Das können wir mit ein paar Delta-7-Raketen und einem billigen Ionenantrieb bewerkstelligen. Eine Schleuder und ein Reagenzglas, das ist alles, was man dazu braucht.«

»Und warum ist das schlecht für E. D.?«

»Es trägt nicht viel dazu bei, eine vom Zusammenbruch bedrohte Industrie zu stützen. Seine finanzielle Basis wird ausgehöhlt. Schlimmer noch, er verschwindet aus dem Scheinwerferlicht. Plötzlich werden alle auf Wun blicken – in wenigen Wochen wird ein Medienwirbel von noch nie dagewesenen Ausmaßen losbrechen –, und Wun hat mich als Leiter dieses Projekts ausgewählt. Das aber wäre für E. D. die größte anzunehmende Katastrophe – wenn sein undankbarer Sohn gemeinsam mit einem runzeligen Marsianer sein Lebenswerk demontiert und eine Armada in den Weltraum schickt, deren Produktion weniger kostet als die eines einzigen Verkehrsflugzeugs.«

»Was schlägt er denn vor, stattdessen zu tun?«

»Er hat ein Riesenprogramm ausgearbeitet. Voll-System-Aufklärung, so nennt er es. Die Suche nach Hinweisen auf Aktivitäten der Hypothetischen. Planetarische Geometer vom Merkur bis zum Pluto, technisch avancierte Lauschposten im interplanetarischen Raum, Fly-By-Missionen, um die Spin-Artefakte hier und über den marsianischen Polen zu erkunden.«

»Ist das so eine schlechte Idee?«

»Nun, ein paar triviale Informationen könnten dabei wohl herausspringen. Ein paar Daten zusammenkratzen und Geldmittel in die Industrie leiten, dazu ist es gedacht. Was aber E. D. nicht begreift, was seine ganze *Generation* letzten Endes nicht begreift ...«

»Ja?«

»Ist, dass das Fenster sich schließt. Das menschliche Fenster. Unsere Zeit auf der Erde. Die Zeit der Erde im Universum. Sie geht zu Ende. Wir haben, glaube ich, nur mehr eine einzige realistische Möglichkeit zu begreifen, was es bedeutet – was es bedeutet *hat* –, eine menschliche Zivilisation zu errichten.« Jasons Augenlider schlossen und öffneten sich, langsam, ein-, zweimal. Die extreme Anspannung hatte sich gemildert. »Was es bedeutet, für diese seltsame Form der Auslöschung ausge wählt worden zu sein. Aber mehr noch als das. Was es bedeutet ... was es bedeutet ...« Er sah auf. »Was zum Teufel hast du mir gegeben, Tyler?«

»Nichts Schwerwiegendes. Ein mildes Anxiolytikum.«

»Schnelle Besserung?«

»War's nicht das, was du wolltest?«

»Vermutlich. Morgen Früh muss ich vorzeigbar sein, alles andere ist zweitrangig.«

»Es ist aber keine Heilbehandlung. Was du von mir erwartest, ist so, als wolle man eine fehlerhafte elektrische Verbindung dadurch reparieren, dass man ordentlich Spannung hindurchjagt. Kurzfristig funktioniert es vielleicht sogar. Aber es ist unverlässlich und überlastet auf Dauer andere Teile des Systems. Nur zu gern würde ich dir einen guten, sauberen, symptomfreien Tag bescheren. Ich will dich nur nicht umbringen.«

»Wenn du mir den symptomfreien Tag nicht gibst, könntest du mich genauso gut umbringen.«

»Alles, was ich dir bieten kann, ist mein ärztliches Urteil.«

»Und was kann ich von deinem ärztlichen Urteil erwarten?«

»Ich denke schon, dass ich dir helfen kann. Ein bisschen. Diesmal. *Diesmal*, Jason. Aber es bleibt nicht mehr viel Spielraum. Das musst du dir klar machen.«

»Keiner von uns hat noch viel Spielraum. Das müssen wir uns alle klar machen.« Aber er seufzte lächelnd, als ich den Arztkoffer wieder öffnete.


Molly lag auf dem Sofa, als ich nach Hause kam, und sah sich einen vor einiger Zeit sehr erfolgreichen Film über Elfen an (vielleicht waren es auch Engel). Auf dem Bildschirm waren lauter verschwommene blaue Lichter zu sehen. Sie schaltete den Apparat aus, als ich durch die Tür kam. Ich fragte sie, ob während meiner Abwesenheit irgendetwas gewesen sei.

»Nicht viel. Du hast einen Anruf gekriegt.«

»Ach? Von wem denn?«

»Jasons Schwester. Wie heißt sie gleich, Diane. Aus Arizona.«

»Hat sie gesagt, was sie wollte?«

»Einfach nur reden. Also haben wir ein bisschen geredet.«

»Aha. Und worüber habt ihr geredet?«

Sie drehte sich halb weg, zeigte mir ihr Profil vor dem ge-dämpften Licht, das aus dem Schlafzimmer kam. »Über dich.«

»Irgendwas Spezielles?«

»Ja. Ich habe ihr gesagt, sie solle aufhören, dich anzurufen, denn du hättest jetzt eine neue Freundin. Ich habe ihr gesagt, dass von nun an ich deine Anrufe entgegennehmen würde.«

Ich starrte sie an.

Molly fletschte die Zähne, was offenbar als Lächeln gemeint war. »Komm schon, Tyler, du musst auch mal einen Witz vertra-gen. Ich habe ihr gesagt, du bist weggegangen. War das okay?«

»Weggegangen?«

»Ja. Wohin, habe ich ihr nicht gesagt. Das wusste ich ja auch nicht.«

»Hat sie gesagt, ob es was Dringendes ist?«

»Klang nicht so. Ruf doch zurück, wenn du willst. Na los – mach ruhig, ich hab nichts dagegen.«

Aber das war natürlich auch ein Test. »Das kann warten.«

»Gut.« Ihre Wangen röteten sich. »Ich hab nämlich noch et-was anderes mit dir vor.«

## OPFERRITEN

Besessen von der bevorstehenden Ankunft E. D. Lawtons, hatte Jason es versäumt zu erwähnen, dass noch ein anderer Gast bei Perihelion erwartet wurde: Preston Lomax, amtierender Vize-präsident und aussichtsreichster Kandidat bei den in Kürze stattfindenden Präsidentschaftswahlen.

Es gab strenge Sicherheitsvorkehrungen an den Toren, und

auf dem Dachlandeplatz des Hauptgebäudes stand ein Hubschrauber. Ich kannte diese ganze Prozedur schon von den Besuchen Präsident Garlands im letzten Monat. Der Wärter am Haupteingang, der mich immer »Doc« nannte und dessen Cholesterinwerte ich einmal im Monat überprüfte, verriet mir, dass es sich diesmal um Lomax handelte.

Ich war gerade durch die Tür der Ambulanz getreten – Molly war nicht da, eine Aushilfe namens Lucinda machte heute ihre Arbeit –, als ich auf dem Pager die Nachricht erhielt, dass ich in Jasons Büro im Vorstandsflügel benötigt wurde. Vier Sicherheitsüberprüfungen später war ich allein mit ihm. Ich hatte Sorge, dass er eine zusätzliche Medikamentendosis verlangen würde, doch nach der Behandlung von gestern Abend befand er sich in einem überzeugenden, wenn auch vorübergehenden Zustand der Remission. Er erhob sich und kam mit demonstrativ ausgestreckter, zitterfreier Hand auf mich zu. »Ich möchte dir dafür danken, Ty.«

»Keine Ursache. Aber ich muss mich wiederholen: ohne Garantie.«

»Zur Kenntnis genommen. Solange ich nur diesen Tag überstehe. E. D. ist für mittags angekündigt.«

»Gar nicht zu reden vom Vizepräsidenten.«

»Lomax ist seit heute Morgen sieben Uhr hier. Der Mann ist ein Frühaufsteher. Er hat ein paar Stunden mit unserem marsianischen Gast konferiert, und nun mache ich mit ihm den Goodwill-Rundgang. Apropos, Wun würde dich gern sprechen, falls du ein paar Minuten erübrigen kannst.«

»Wenn er nicht von nationalen Angelegenheiten in Anspruch genommen wird.« Lomax würde die Wahl in der nächsten Woche aller Voraussicht nach gewinnen, mit haushohem Vorsprung, wenn man den Umfragen trauen konnte. Jase hatte den Kontakt zu ihm schon lange vor Wuns Ankunft gepflegt – und Lomax war von Wun fasziniert. »Wird dein Vater auch an dem Rundgang teilnehmen?«

»Es gibt keine Möglichkeit, ihn davon auszuschließen, ohne die Gebote der Höflichkeit zu verletzen.«

»Siehst du da Probleme?«

»Ich sehe viele Probleme.«

»Körperlich ist aber alles in Ordnung?«

»Ich fühle mich gut. Aber du bist der Arzt. Ein paar Stunden, das ist alles, was ich brauche. Das sollte doch drin sein, oder?«

Sein Puls ging ein wenig schnell – was nicht verwunderlich war –, aber seine AMS-Symptome waren erfolgreich unterdrückt. Und eine erregende oder irgendwie verwirrende Wirkung der Medikamente war auch nicht zu erkennen, im Gegenteil schien Jason beinahe strahlend ruhig, eingeschlossen in einen kühlen, klaren Raum in den Tiefen seines Kopfes.

Also ging ich, Wun Ngo Wen meine Aufwartung zu machen. Er war allerdings nicht in seinen Wohnräumen, sondern hatte sich in die kleine Caféteria der leitenden Angestellten verdrückt, bewacht von großen Männern mit kleinen Kabeln hinterm Ohr. Er sah auf, als ich am Tresen vorbeiging, und bedeutete den Sicherheitsklonen, die schon Anstalten machten, mich aufzuhalten, sich zu entfernen.

Ich setzte mich ihm gegenüber. Er stocherte mit seiner Gabel an einem blassen Stück Lachssteak herum und lächelte abgeklärt. Er hätte einen Stuhlaufsatz gebrauchen können. Ich nahm eine krumme Haltung ein, damit wir halbwegs auf gleicher Höhe saßen.

Das Essen bekam ihm gut. Mir schien, er hatte während seines Aufenthalts bei Perihelion ein wenig zugenommen. Sein Anzug, vor ein paar Monaten maßgeschneidert, spannte inzwischen über dem Bauch. Auch seine Wangen waren voller geworden, blieben allerdings so faltig wie eh und je, sanfte Furchen in der dunklen Haut.

»Wie ich höre, hatten Sie einen Besucher«, sagte ich.

Wun nickte. »Nicht zum ersten Mal. Ich bin Präsident Garland in Washington verschiedentlich begegnet, und ich habe

Vizepräsident Lomax zweimal getroffen. Man erwartet, dass die Wahlen ihn an die Macht bringen werden.«

»Aber nicht, weil er so beliebt wäre.«

»Es steht mir nicht zu, ihn als Kandidaten zu beurteilen. Aber er stellt wirklich interessante Fragen.«

»Nun, bestimmt kann er sehr liebenswürdig sein, wenn er möchte. Und sein Amt hat er auch anständig versehen. Aber über weite Strecken seiner Karriere war er der meistgehasste Mann auf dem Capitol Hill. Chef und Einpeitscher der Mehrheitsfraktion für drei aufeinander folgende Regierungen. Er ist mit allen Wassern gewaschen.«

Wun grinste. »Halten Sie mich für naiv, Tyler? Befürchten Sie, dass Vizepräsident Lomax mich ausnutzen wird?«

»Nicht unbedingt naiv ...«

»Ich bin ein Neuling, zugegeben. Die feineren Nuancen der hiesigen Politik entgehen mir sicherlich. Aber ich bin ein paar Jährchen älter als Preston Lomax und habe selbst einmal ein politisches Amt bekleidet.«

»Tatsächlich?«

»Ja, drei Jahre lang«, sagte er mit spürbarem Stolz. »Ich war Landwirtschaftlicher Administrator des Eiswind-Kantons.«

»Aha.«

»Die oberste Behörde für einen Großteil des Kirioloj-Deltas. Es war nicht das Präsidentenamt der Vereinigten Staaten von Amerika, einer landwirtschaftlichen Verwaltung stehen keine Atomwaffen zur Verfügung. Aber ich habe einen korrupten Beamten überführt, der die Gewichtsangaben in den Ernteberichten gefälscht und die Fehlmenge auf dem freien Markt verkauft hat.«

»Ah, ein abgekartetes Provisionsgeschäft?«

»Wenn das der Ausdruck dafür ist.«

»Dann sind die Fünf Republiken also nicht frei von Korruption?«

Wun blinzelte, ein Vorgang, der sich über die gesamte verschlungene Geografie seines Gesichts ausbreitete. »Nein, wie sollten sie auch? Warum lassen sich nur so viele Erdbewohner von dieser Annahme leiten? Wäre ich aus irgendeinem anderen Land der Erde hierher gekommen – aus Frankreich, China oder Texas –, würde sich niemand verblüfft zeigen, wenn er von Bestechung, Betrug oder Diebstahl hören würde.«

»Vermutlich nicht. Aber es ist nicht das Gleiche.«

»Nicht? Aber Sie arbeiten doch hier bei Perihelion. Sie müssen einigen Personen der Gründergeneration begegnet sein, so seltsam mir diese Vorstellung noch immer anmutet – den Männern und Frauen, deren entfernte Abkömmlinge wir Marsianer sind. Waren sie solch vollkommene Geschöpfe, dass Sie ihrer Nachkommenschaft zutrauen, ohne Sünde zu sein?«

»Nein, aber ...«

»Und dennoch ist diese irrige Vorstellung allgemein verbreitet. Sogar in den Büchern, die Sie mir gegeben haben, die vor dem Spin geschrieben wurden.«

»Sie haben sie gelesen?«

»Ja, mit großem Interesse. Vielen Dank dafür. Aber selbst in diesen Romanen sind die Marsianer ...« Er suchte nach dem richtigen Ausdruck.

»Na ja, einige von ihnen sind wohl ziemlich heiligenmäßig gezeichnet.«

»Entrückt. Weise. Scheinbar schwach. In Wirklichkeit sehr mächtig. Die Alten. Aber für uns, Tyler, sind *Sie* die Alten. Die ältere Spezies, der alte Planet. Die Ironie ist doch nicht zu übersehen.«

Ich dachte darüber nach. »Der Roman von H. G. Wells ...«

»Seine Marsianer sind kaum konturiert. Sie sind auf abstrakte, undifferenzierte Weise böse. Nicht weise, sondern schlau. Aber Teufel und Engel sind eng verschwistert, wenn ich die einschlägige Folklore recht verstehe.«

»Aber die neueren Geschichten ...«

»Fand ich hochinteressant, die Protagonisten waren immerhin

menschlich. Aber das wahre Vergnügen bei diesen Geschichten liegt in den Landschaften, finden Sie nicht? Und selbst da handelt es sich um *transformierende* Landschaften. Hinter jeder Düne ein Schicksal.«

»Ich sehe, worauf Sie hinauswollen. Ihr seid einfach nur Menschen, nicht mehr und nicht weniger. Der Mars ist nicht das Paradies. Einverstanden. Aber das heißt nicht, dass Lomax nicht versuchen würde, Sie für seine politischen Zwecke einzuspannen.«

»Und ich versichere Ihnen, dass ich mir dieser Möglichkeit vollkommen bewusst bin. Dieser *Gewissheit*, wäre wohl korrekter. Es liegt auf der Hand, dass ich politischen Nutzen bringen soll, aber es steht in meiner Macht, mein Einverständnis zu gewähren oder zu verweigern. Zu kooperieren oder mich störrisch zu zeigen. Die Macht, das richtige Wort zu sagen.« Er lächelte erneut, seine Zähne waren allesamt perfekt und strahlend weiß. »Oder auch nicht.«

»Und welchen Zweck verfolgen *Sie*?«

Er zeigte mir seine Handteller, eine sowohl marsianische als auch terrestrische Geste. »Gar keinen. Ich bin ein Heiliger vom Mars. Aber es wäre mir eine Genugtuung, wenn die Replikatoren losgeschickt würden.«

»Um der reinen Erkenntnis willen?«

»Ja. Wenigstens ein bisschen was über den Spin zu erfahren ...«

»Und die Hypothetischen zu provozieren?«

Er blinzelte wieder. »Ich hoffe doch sehr, dass die Hypothetischen, wer oder was sie auch sein mögen, dies nicht als Provokation auffassen werden.«

»Falls sie es aber doch tun ...«

»Warum sollten sie?«

»Falls sie es doch tun, werden sie glauben, dass die Provokation von der Erde ausging, nicht vom Mars.«

Wun blinzelte noch ein paarmal. Dann kroch das Lächeln in

sein Gesicht zurück – nachsichtig, billigend. »Sie können ja selbst überraschend zynisch sein, Dr. Dupree.«

»Wie unmarsianisch von mir.«

»Ganz recht.«

»Und hält Preston Lomax Sie für einen Engel?«

»Diese Frage kann nur er selbst beantworten. Das Letzte, was er zu mir sagte ...« Unvermittelt sprang Wun aus seiner Oxford-Redeweise heraus und lieferte eine perfekte Preston-Lomax-Imitation: »Es ist mir ein großes Vergnügen, mit Ihnen zu sprechen, Botschafter Wen. Sie sind offen und freimütig. Sehr erfrischend für ein altes Politikerschlachtross wie mich.«

Die Imitation war um so erstaunlicher, als sie von jemandem kam, der erst seit etwas über einem Jahr Englisch sprach. Ich brachte meine Bewunderung zum Ausdruck.

»Ich bin Gelehrter von Beruf. Ich habe schon als Kind Englisch gelesen. Sprechen ist natürlich noch etwas anderes, aber ich denke, ich habe eine gewisse Begabung für Sprachen. Das ist ja auch einer der Gründe, warum ich hier bin. Dürfte ich Sie noch einmal um einen Gefallen bitten, Tyler? Könnten Sie mir mehr Romane bringen?«

»Mehr Marsgeschichten kenne ich leider nicht.«

»Nein, nicht vom Mars. Egal, welche Sorte Roman. Irgendetwas, das Sie für wichtig halten, das Ihnen etwas bedeutet oder Vergnügen bereitet hat.«

»Es gibt bestimmt jede Menge Englisch-Professoren, die mit Freuden bereit wären, eine Leseliste für Sie zu erstellen.«

»Sicher. Aber ich wende mich an *Sie*.«

»Nun, ich lese zwar gern, aber ziemlich wahllos, und meistens zeitgenössische Literatur.«

»Um so besser. Ich bin häufiger allein, als Sie sich vielleicht vorstellen. Meine Wohnung ist bequem, aber ohne aufwändige Planung kann ich sie nicht verlassen. Ich kann zum Beispiel nicht einfach so ins Restaurant gehen. Ich kann mir keine Filme im Kino ansehen oder irgendeinem Verein beitreten. Ich könnte meine Aufpasser um Bücher bitten, doch gerade das möchte ich eben nicht: Literatur lesen, die von irgendeinem Komitee abgesegnet wurde. Ein ehrliches Buch dagegen ist fast so viel wert wie ein Freund.«

Das war mehr oder weniger die deutlichste Klage über seine Stellung bei Perihelion, seine Stellung in der Welt überhaupt, zu der Wun sich in meiner Gegenwart je hinreißen ließ. Tagsüber sei er eigentlich ganz zufrieden, sagte er, viel zu beschäftigt, um sich in Nostalgie zu ergehen, fasziniert von all den Merkwürdigkeiten dieser Welt, die für ihn doch immer eine fremde bleiben würde. In der Nacht jedoch, beim Einschlafen, stellte er sich manchmal vor, wie er am Ufer eines marsianischen Sees spazierenging und die Vögel beobachtete, die in Schwärmen über die Wellen segelten, und in seiner Vorstellung war es immer ein diesiger Nachmittag, das Licht getönt von Partikeln jenes uralten Staubs, der sich aus den Wüsten Noachis' erhob. In diesem Traum, dieser Vision sei er allein, sagte er, aber er wisse, dass hinter der nächsten Biegung des felsigen Ufers Leute auf ihn warteten. Es mochten Freunde oder Fremde sein, vielleicht sogar seine Familie, die er verloren hatte – er wusste nur, dass er von ihnen begrüßt werden würde, willkommen geheißen, berührt, umarmt, an die Brust gezogen. Doch es war nur ein Traum.

»Wenn ich lese«, sagte er, »höre ich das Echo dieser Stimmen.«

Ich versprach, ihm Bücher zu bringen. Erst einmal aber hatten wir etwas anderes zu tun: Der Sicherheitskordon am Eingang zur Caféteria geriet in Bewegung. Einer der Anzugträger kam herein und sagte: »Oben verlangt man nach Ihnen.«

Wun kletterte von seinem Stuhl herunter. Ich sagte, dass wir uns dann später sehen würden.

Der Sicherheitsmann wandte sich mir zu. »Sie auch. Es wird nach Ihnen beiden verlangt.«

Wir wurden in einen an Jasons Büro angrenzenden Konferenzraum geschleust, wo Jason und eine Hand voll von Perihelion-Abteilungsleitern einer Delegation gegenüberstanden, der E. D. Lawton und der mutmaßlich neue Präsident Preston Lomax angehörten. Keiner von ihnen machte einen sonderlich glücklichen Eindruck.

Ich hatte E. D. seit längerem nicht mehr gesehen. Seine Hagerkeit hatte mittlerweile etwas beinahe Krankhaftes, als würde der Lebenssaft langsam aus ihm heraussickern. Gestärkte weiße Manschetten, knochige braune Handgelenke. Sein Haar war schütter, kraftlos, aufs Geratewohl gekämmt. Aber seine Augen waren noch immer wieselflink; schon immer waren E. D.s Augen um so lebendiger gewesen, je wütender er war.

Lomax dagegen wirkte einfach nur ungeduldig. Er war zu Perihelion gekommen, um sich mit Wun fotografieren zu lassen – die Fotos sollten nach der offiziellen Bekanntgabe veröffentlicht werden – und um über das Replikator-Projekt zu sprechen, für das er sich einzusetzen beabsichtigte. E. D.s Anwesenheit war seiner Reputation geschuldet – er hatte so lange geredet, bis er an der Wahlkampfvisite des Vizepräsidenten teilnehmen durfte, und hatte offenbar mit dem Reden seither nicht mehr aufgehört.

Während des einstündigen Rundgangs durch die Anlage hatte E.D praktisch jede Äußerung von Jasons Abteilungsleitern in Frage gestellt, offen angezweifelt oder mit Häme beziehungsweise dick aufgetragener Besorgnis kommentiert, insbesondere, als die Besuchergruppe sich im Bereich der neuen Inkubator-Labore bewegte. Jason – so berichtete mir später Jenna Wylie, die Leiterin des Kryonik-Teams – hatte jeden Ausbruch seines Vaters mit geduldigen, vermutlich wohlvorbereiteten Darlegungen gekontert. Woraufhin E. D. sich nur noch mehr in Rage redete und schließlich, Jenna zufolge, an einen »zum Wahnsinn getriebenen Lear« gemahnte, der sich über »hinterhältige Marsianer« ereiferte.

Die Schlacht war noch im Gange, als Wun und ich eintraten.

E. D. stützte sich gerade auf den Konferenztisch und sagte: »Kurzum, es hat so etwas noch nie gegeben, es ist unerprobt und es stützt sich auf eine Technologie, die wir weder verstehen noch kontrollieren können.«

Jason lächelte wie jemand, der viel zu höflich ist, um einen angesehenen, aber leicht verschrobenen Älteren zu beschämen. »Es liegt auf der Hand, dass alles, was wir tun, mit einem gewissen Risiko behaftet ist. Aber ...«

Aber jetzt waren wir gekommen. Einige von den Anwesenden hatten Wun noch nie gesehen und gaben dies deutlich zu erkennen, indem sie ihn wie eine aufgescheuchte Herde Schafe anstarrten. Lomax räusperte sich vernehmlich. »Entschuldigen Sie, aber ich müsste mich jetzt unbedingt einmal mit Jason und unseren Neuankömmlingen unterhalten – ungestört, falls das möglich ist? Dauert wirklich nur eine Minute.«

Und so begaben sich alle, die damit angesprochen waren, gehorsam nach draußen, E. D. eingeschlossen, der freilich keinen hinauskomplimentierten, sondern eher einen triumphierenden Eindruck hinterließ.

Die Türen wurden geschlossen, und die gepolsterte Stille des Konferenzsaals senkte sich wie frisch fallender Schnee. Lomax wandte sich Jason zu. »Ich weiß, Sie haben gesagt, wir würden unter Beschuss stehen. Trotzdem ...«

»Es ist ziemlich starker Tobak, das ist mir klar.«

»Es passt mir nicht, wenn E. D. uns von außen ins Zelt pinkelt. Aber er kann uns letztlich nichts anhaben, vorausgesetzt ...«

»Vorausgesetzt, seine Aussagen sind unbegründet. Ich versichere Ihnen, dass das der Fall ist.«

»Sie sagen, er ist senil.«

»So weit würde ich nicht gehen. Wenn Sie mich aber fragen, ob ich glaube, dass sein Urteil fragwürdig geworden ist, dann allerdings ist die Antwort ja.«

»Ihnen ist klar, dass diese Unterstellung in beide Richtungen geht.«

Noch nie in meinem Leben hatte ich mich in der Gegenwart eines amtierenden Präsidenten befunden. Lomax war zwar noch nicht gewählt, aber zwischen ihm und dem höchsten Amt standen nur noch reine Formalitäten. Als Vize hatte er immer ein wenig düster gewirkt, allzu nachdenklich, wie der felsige Bundesstaat Maine im Vergleich zu Garlands ausgelassenem Texas, der ideale Repräsentant bei einem Staatsbegräbnis. Im Wahlkampf hatte er gelernt, ein bisschen mehr zu lächeln, aber so richtig überzeugend kam es nicht rüber, und die politischen Karikaturisten ließen es sich nicht nehmen, das Stirnrunzeln herauszustreichen, die zwischen die Zähne geklemmte Unterlippe, so als würde er sich gerade eine üble Beschimpfung verbeißen, und die kalten Augen, so eisig wie der Winter in Cape Cod.

»Beide Richtungen? Sie beziehen sich auf E. D.s Andeutungen über meine Gesundheit?«

Lomax seufzte. »Also, offen gesagt, der Standpunkt Ihres Vaters hinsichtlich der Durchführbarkeit des Replikatoren-Projekts fällt nicht übermäßig ins Gewicht. Er ist damit in der Minderheit, und das wird voraussichtlich auch so bleiben. Aber ja, ich muss zugeben, dass das, was er heute vorgebracht hat, ein wenig beunruhigend ist.« Unvermittelt wandte er sich mir zu. »Das ist der Grund, warum Sie hier sind, Dr. Dupree.«

Auch Jason richtete seine Aufmerksamkeit auf mich. Seine Stimme klang vorsichtig, betont neutral. »Offenbar hat E. D. einige ziemlich wilde Behauptungen aufgestellt. Er sagt, ich leide an einer, was war es noch, einer aggressiven Gehirnkrankheit?«

»Einem unheilbaren neurologischen Verfall«, sagte Lomax, »der Jasons Fähigkeit beeinträchtigt, anstehende Unternehmungen hier bei Perihelion zu leiten. Was sagen Sie dazu, Dr. Dupree?«

»Nun, ich würde sagen, dass Jason recht gut für sich selbst sprechen kann.«

»Das habe ich bereits«, sagte Jason. »Ich habe dem Vizepräsidenten alles über meine MS erzählt.«

An der er in Wahrheit ja gar nicht litt. Es war ein Wink für mich. Ich räusperte mich. »Multiple Sklerose ist nicht hundertprozentig heilbar, aber wir können sehr viel mehr tun, als sie lediglich unter Kontrolle zu halten. Ein MS-Patient hat heutzutage eine Lebenserwartung wie jeder andere auch. Vielleicht hat Jason sich bislang gescheut, darüber zu sprechen, und das ist sein gutes Recht, aber MS ist nichts, dessen man sich zu schämen hätte.«

Jason musterte mich auf eine Weise, die ich nicht interpretieren konnte.

»Danke für die Information«, sagte Lomax trocken. »Übrigens, kennen Sie zufällig einen Dr. Malmstein? David Malmstein?«

Eine Stille folgte, in die wir blickten wie in eine weit aufgerissene Fallklappe.

»Ja«, erwiderte ich, vielleicht einen Tick zu spät.

»Dieser Dr. Malmstein ist Neurologe, nicht wahr?«

»Richtig.«

»Haben Sie ihn in der Vergangenheit konsultiert?«

»Ich konsultiere viele Spezialisten. Das gehört zu meiner Tätigkeit als Arzt.«

»E. D. zufolge haben Sie diesen Dr. Malmstein herangezogen, um Jasons, äh, schwere neurologische Störung zu behandeln.«

Womit sich der kalte Blick erklärte, den Jason auf mich richtete. Jemand hatte mit E. D. über dieses Thema gesprochen, jemand aus Jasons näherem Umfeld. Ich versuchte nicht daran zu denken, wer es gewesen sein könnte. »Das würde ich bei jedem Patienten mit einer möglichen MS-Diagnose so machen. Ich führe eine recht gute Ambulanz hier bei Perihelion, aber natürlich haben wir hier nicht die Diagnoseinstrumente, die Malmstein zur Verfügung stehen.«

Lomax, glaube ich jedenfalls, registrierte dies als eine Nichtantwort. Dennoch spielte er Jason wieder den Ball zu. »Sagt Dr. Dupree die Wahrheit?«

»Selbstverständlich.«

»Sie trauen ihm?«

»Er ist mein Arzt. Natürlich traue ich ihm.«

»Denn nichts für ungut, Jason, ich wünsche Ihnen alles Gute, aber im Grunde interessieren mich Ihre gesundheitlichen Probleme einen Dreck. Was mich interessiert, ist, ob Sie dieses Projekt bis zum Ende durchziehen können. Können Sie das?«

»Solange wir die dazu nötigen Mittel bekommen, ja. Ich werde das Meine dafür tun, Sir.«

»Und wie steht's mit Ihnen, Botschafter Wen? Haben Sie in diesem Zusammenhang irgendwelche Bedenken? Irgendwelche Sorgen oder Fragen bezüglich der Zukunft von Perihelion?«

Wun schürzte die Lippen, drei Viertel eines marsianischen Lächeln. »Nicht im Geringsten. Ich vertraue Jason Lawton voll und ganz. Ebenso vertraue ich Dr. Dupree. Er ist auch mein Arzt.«

Letztere Bemerkung nötigte sowohl Jason als auch mich, unsere Verblüffung zu verbergen, aber sie besiegelte die Vereinbarung mit Lomax. Der Vizepräsident zuckte mit den Achseln. »Na schön. Ich hoffe, Jason, Sie bleiben bei guter Gesundheit, und ich hoffe, dass der Tonfall der Fragen Sie nicht gekränkt hat, aber angesichts von E. D.s Status war ich der Ansicht, dass ich sie stellen musste.«

»Das verstehe ich. Was E. D. betrifft ...«

»Machen Sie sich keine Sorgen wegen Ihrem Vater.«

»Es wäre nicht schön, ihn gedemütigt zu sehen.«

»Er wird ganz diskret ins Abseits gestellt. Wenn er allerdings an die Öffentlichkeit gehen will ...« Erneutes Achselzucken. »Dann, fürchte ich, wird es sein eigener Geisteszustand sein, den man in Frage stellt.«

Jason nickte. »Natürlich hoffen wir alle, dass das nicht nötig sein wird.«

Die folgende Stunde verbrachte ich in der Praxis. Molly war heute Morgen nicht erschienen, Lucinda hatte alle Termine gemacht. Ich dankte ihr und gab ihr für den Rest des Tages frei. Ich erwog, ein paar Telefonate zu führen, doch zog es vor, mich damit nicht dem Perihelion-Netz anzuvertrauen.

Ich wartete, bis Lomax' Hubschrauber und seine Autokolonne abgedampft waren; dann räumte ich meinen Schreibtisch auf und überlegte, was ich machen wollte. Ich stellte fest, dass meine Hände leicht zitterten. Keine MS. Wut vielleicht. Empörung. Schmerz. Ich wollte es diagnostizieren, nicht erleiden. Ich wollte es ins Register des »Diagnostisch-statistischen Handbuchs« bannen.

Ich stand gerade im Rezeptionsbereich, als Jason durch die Tür kam. »Ich möchte dir dafür danken, Ty, dass du mich unterstützt hast. Das bedeutet ja wohl, dass du es nicht warst, der E. D. von Malmstein erzählt hat.«

»Das würde ich nie tun, Jase.«

»Ich glaube dir. Aber jemand hat es getan. Und damit haben wir ein Problem. Denn wie viele Personen wussten davon, dass ich bei einem Neurologen war?«

»Du, ich, Malmstein, Malmsteins Mitarbeiter ...«

»Malmstein wusste nicht, dass E. D. im Dreck wühlte, und seine Mitarbeiter auch nicht. E. D. muss es aus einer anderen, einer näheren Quelle erfahren haben. Wenn ich es nicht war und du nicht ...«

Molly. Er brauchte es nicht auszusprechen. »Ohne Beweise können wir sie nicht beschuldigen.«

»Das sagst du. Du bist derjenige, der mit ihr geschlafen hast. Hast du irgendwelche Unterlagen über meine Besuche bei Malmstein?«

»Nicht hier im Büro.«

»Zu Hause?«

»Ja.«

»Hast du sie ihr gezeigt?«

»Natürlich nicht.«

»Aber sie könnte ohne dein Wissen Zugang dazu gehabt haben?«

»Möglich.« Ja.

»Und jetzt ist sie nicht hier. Hat sie sich krank gemeldet?«

Ich zuckte mit den Achseln. »Sie hat sich überhaupt nicht gemeldet. Lucinda hat versucht sie zu erreichen, aber sie geht nicht ans Telefon.«

Er seufzte. »Nicht, dass ich dir Vorwürfe mache, Ty, aber du musst zugeben, dass du in dieser Sache einige fragwürdige Entscheidungen getroffen hast.«

»Ich kümmere mich darum.«

»Ich weiß, dass du wütend bist. Verletzt und wütend. Ich will nicht, dass du losrennst und etwas tust, das alles nur noch schlimmer macht. Ich will, dass du dir überlegst, wie du zu diesem Projekt stehst. Wem oder was du dich letzten Endes verpflichtet fühlst.«

»Da gibt es nichts zu überlegen«, sagte ich.


Ich versuchte, Molly von meinem Auto aus zu erreichen, doch sie ging immer noch nicht ans Telefon. Es war ein warmer Tag. Rasensprinkler legten einen Dunstschleier über den flachen Gebäudekomplex. Der Geruch von nasser Erde drang ins Auto.

Ich fuhr gerade auf den Besucherparkplatz zu, da sah ich sie, wie sie Kisten in einen verbeulten weißen Mietanhänger schob, der an ihrem drei Jahre alten Ford hing. Ich setzte meinen Wagen genau davor. Als sie mich bemerkte, sagte sie etwas, das ich nicht verstehen konnte, doch die Lippenbewegung deutete stark auf »Oh, Scheiße« hin. Immerhin lief sie nicht weg, als ich aus dem Auto stieg.

»Du kannst da nicht parken«, sagte sie. »Du blockierst die Ausfahrt.«

»Willst du wegfahren?«

Molly stellte einen Karton mit der Aufschrift GESCHIRR auf

den gewellten Boden des Anhängers. »Wonach sieht es denn aus?«

Sie trug braune Hosen, ein Jeanshemd und ein um die Haare geschlungenes Tuch. Ich kam näher. Sie wich drei Schritte zurück.

»Ich tu dir nichts.«

»Was willst du dann?«

»Ich will wissen, wer dich angeheuert hat.«

»Ich weiß nicht, was du meinst.«

»Warst du mit E. D. selbst in Kontakt oder lief es über einen Mittelsmann?«

»Scheiße.« Sie sah sich hektisch um. »Lass mich einfach fahren, Tyler. Was willst du von mir? Was soll das hier werden?«

»Bist du zu ihm gegangen und hast ihm ein Angebot gemacht oder hat er sich an dich gewandt? Und wann fing das alles an, Moll? Hast du mich gevögelt, um an die Information zu kommen, oder hast du mich verkauft, als wir schon zusammen waren?«

»Scher dich zum Teufel!«

»Wie viel hast du gekriegt? Ich möchte gern wissen, wie viel ich wert bin.«

»Zum Teufel mit dir. Was spielt das überhaupt für eine Rolle? Es ist nicht ...«

»Erzähl mir nicht, dass es nicht um Geld ging. Ich meine, hast du hier irgendwelche *Prinzipien* verfochten oder was?«

»Geld *ist* das Prinzip.« Sie klopfte sich die Hände an der Hose ab, ein bisschen weniger ängstlich, ein bisschen aufmüpfiger.

»Was ist es denn, was du dir unbedingt kaufen willst, Moll?«

»Was ich *kaufen* will? Das einzig Wichtige, was man kaufen *kann*. Einen besseren Tod. Einen saubereren, besseren Tod. Eines Morgens wird die Sonne aufgehen und nicht mehr *aufhören* aufzugehen, bis der ganze Scheißhimmel in Flammen steht. Und tut mir Leid, bis es so weit ist, möchte ich irgendwo leben, wo es nett ist. Irgendwo nur für mich. Wo ich es mir so behaglich wie möglich machen kann. Und wenn dann dieser letzte Morgen kommt, dann möchte ich ein paar teure Pharmazeutika bei mir haben, die mich über die Grenze tragen. Ich will einschlafen, bevor das große Schreien anfängt. Im Ernst, Tyler, das ist alles, das ist das Einzige in dieser Welt, was ich wirklich, wirklich möchte, und danke, vielen Dank dafür, dass du es ermöglicht hast!« Sie trug ein zorniges Stirnrunzeln zur Schau, doch es hatte sich auch eine Träne selbstständig gemacht, die ihr jetzt über die Wange rann. »Fahr bitte dein Auto weg.«

»Ein hübsches Haus und ein Fläschchen mit Pillen? Das ist dein Preis?«

»Wenn ich nicht selbst für mich sorge, wer dann?«

»Nun, das klingt jetzt lächerlich, aber ich dachte, wir beide könnten füreinander sorgen.«

»Dafür müsste ich dir vertrauen können. Und nichts für ungut – aber sieh dich an. Du gleitest durchs Leben, als würdest du auf eine Antwort oder einen Erlöser warten oder einfach nur immer in der Warteschleife bleiben wollen.«

»Molly, ich versuche hier, vernünftig mit dir zu reden.«

»Oh, das bezweifle ich nicht. Wenn Vernunft ein Messer wäre, würde ich ziemlich stark bluten. Armer vernünftiger Tyler. Aber das ist auch leicht zu durchschauen. Es ist deine Rache, nicht wahr? Dieses ganze Heilige, das du trägst wie einen Anzug, das ist deine Rache an der Welt, dafür, dass sie dich enttäuscht hat. Die Welt hat dir nicht das gegeben, was du wolltest, und du zahlst es ihr mit Mitgefühl und Aspirin heim.«

»Molly ...«

»Und wage es nicht zu sagen, dass du mich liebst, denn ich weiß, dass das nicht wahr ist. Du kennst nicht mal den Unterschied zwischen verliebt *sein* und *sich so verhalten*, als sei man verliebt. Ist ja nett, dass deine Wahl auf mich gefallen ist, aber es hätte genauso gut jede andere sein können, nicht wahr? Und glaub mir, Tyler, es wäre, so oder so, eine Enttäuschung gewesen.«

Ich wandte mich ab und ging zu meinem Auto, schockiert nicht so sehr über den Verrat als über die Endgültigkeit, mit der die Intimität einer Beziehung plötzlich weggewischt war wie Kleinaktien bei einem Börsenkrach. Dann drehte ich mich doch noch einmal um. »Wie steht es denn mit dir, Molly? Ich weiß, du bist für Informationen bezahlt worden, aber war das der Grund, warum du mich gevögelt hast?«

»Ich hab dich gevögelt, weil ich einsam war.«

»Und was bist du jetzt?«

»Ich habe nie aufgehört, einsam zu sein.«

Ich stieg ins Auto und fuhr weg.

## DAS TICKEN TEURER UHREN

Die Präsidentschaftswahlen rückten näher, und Jason wollte sie nutzen, um vorübergehend von der Bildfläche zu verschwinden.

»Bring mich in Ordnung«, hatte er gesagt. Er beharrte darauf, dass das möglich war. Auf unorthodoxe Weise. Auf behördlich nicht anerkannte Weise. Aber mittels einer Therapie, die eine lange und gut dokumentierte Geschichte vorweisen konnte. Und er ließ keinen Zweifel daran, dass er sich diese Therapie zunutze machen würde, ob mit meiner Unterstützung oder ohne.

Und weil Molly um ein Haar alles zerstört hätte, was ihm wichtig war – und mich noch dazu in den Trümmern hatte sitzen lassen –, erklärte ich mich bereit, ihm zu helfen. (Und musste dabei ironischerweise daran denken, was E. D. vor vielen Jahren einmal zu mir gesagt hatte: *Ich erwarte von dir, dass du auf ihn Acht gibst. Ich erwarte, dass du vernünftige Entscheidungen triffst.* War es das, was ich jetzt tat?)

In den Tagen vor der Wahl machte Wun Ngo Wen uns mit

der Prozedur und den damit verbundenen Risiken vertraut. Sich mit dem Marsianer zu besprechen, war nicht leicht. Das Problem dabei war weniger das ihn umgebende Sicherheitsnetz – obwohl auch das schwer genug zu überwinden war – als die unzähligen Analytiker und Spezialisten, die sich an seinen Archiven labten wie Kolibris am Nektar. Allesamt angesehene Gelehrte, vom FBI und vom Heimatschutzministerium auf Herz und Nieren überprüft, zur (jedenfalls befristeten) Geheimhaltung verpflichtet und fasziniert vom riesigen Umfang des marsianischen Wissens, das Wun mit auf die Erde gebracht hatte. Ausgedruckt belief sich das Material auf über fünfhundert jeweils tausendseitige Bände Astronomie, Biologie, Mathematik, Physik, Medizin, Geschichte und Technik, vieles davon dem terrestrischen Wissen um ein Beträchtliches voraus. Wäre der gesamte Bestand der Bibliothek von Alexandria mittels Zeitmaschine geborgen worden – der Futterstreit innerhalb der akademischen Welt hätte kaum heftiger ausfallen können.

Diese Leute standen unter dem Druck, ihre Arbeit vor der offiziellen Bekanntgabe von Wuns Anwesenheit abschließen zu müssen. Die Regierung wollte die Archive – vieles davon war in einer als englisch erkennbaren Sprache, einiges aber auch im marsianischen Wissenschaftsjargon abgefasst – wenigstens grob indexiert haben, bevor andere Staaten die Forderung nach gleichberechtigtem Zugang erhoben. Das Außenministerium plante, redigierte Kopien zu verteilen, aus denen potenziell wertvolle oder gefährliche technologische Erörterungen herausgenommen waren oder »in Zusammenfassung präsentiert« wurden, während die Originale unter strengstem Verschluss blieben.

Und so kämpften ganze Kohorten von Wissenschaftlern um Zugang zu Wun – der etwaige Lücken in den marsianischen Texten erläutern oder füllen konnte – und wachten eifersüchtig darüber, dass ihnen kein Unbefugter in die Quere kam. Mehrmals kam es vor, dass ich von hysterisch höflichen Männern und Frauen aus der »Hochenergiephysik-Gruppe« oder der

»Molekularbiologie-Gruppe«, die ihre vereinbarte Viertelstunde einforderten, aus Wuns Räumen verscheucht wurde. Manchmal stellte Wun mich diesen Leuten vor, aber keiner von ihnen legte großen Wert auf meine Bekanntschaft und die Leiterin der für die medizinischen Wissenschaften zuständigen Gruppe bekam vor Schreck beinahe Herzrasen, als der Marsianer verkündete, er habe mich zu seinem persönlichen Arzt erkoren.

Jason beschwichtigte die Wissenschaftler ein wenig, indem er erklärte, dass Wuns Kontakt zu mir Teil des »Sozialisationsprozesses« sei, der Versuch, sich an terrestrische Gepflogenheiten außerhalb der Welt von Politik oder Wissenschaft anzupassen, und ich meinerseits versprach der medizinischen Leiterin, dass ich Wun keiner ärztlichen Behandlung unterziehen würde, ohne mit ihr Rücksprache zu halten. Ein Gerücht verbreitete sich unter den Forschern, wonach ich einfach nur irgendein Zivilist war, der sich mit Schmeicheleien Zugang zu Wuns engstem Kreis verschafft hatte und einen fetten Buchvertrag zu ergattern hoffte, sobald Wuns Existenz öffentlich bekannt war. Das Gerücht entstand spontan, ohne unser Zutun, aber wir taten auch nichts, um ihm entgegenzutreten; es diente unseren Zwecken.

An die Pharmazeutika heranzukommen, war dagegen leichter, als ich erwartet hatte. Wun war mit einem marsianischen Arzneimittelvorrat auf der Erde eingetroffen. Keines dieser Medikamente besaß ein terrestrisches Gegenstück, und jedes davon, behauptete Wun, könnte irgendwann einmal für ihn wichtig werden. Die medizinische Ausrüstung war nach der Landung konfisziert, ihm jedoch wieder ausgehändigt worden, nachdem er den Status eines Gesandten erlangt hatte. (Natürlich hatte die Regierung Proben entnehmen lassen, doch Wun glaubte nicht, dass eine Analyse mit den hiesigen Mitteln den Verwendungszweck auch nur einer einzigen dieser synthetischen Substanzen enthüllen würde.) Er stellte Jason also einfach einige Reagenzgläser mit reinem Arzneistoff zur Verfügung, und Jason trug diese, durch seine Stellung vor argwöhnischen Fragen geschützt, aus dem Perihelion-Gebäude heraus.

Wun instruierte mich über Dosierung, zeitliche Steuerung, Gegenindikationen und mögliche Probleme. Ich war entsetzt über die lange Liste der Risiken. Selbst auf dem Mars, so Wun, lag die Sterblichkeitsrate beim Übergang zum Vierten Alter bei keineswegs vernachlässigenswerten 0,1 Prozent, und Jasons Fall wurde durch seine AMS verkompliziert.

Ohne Behandlung jedoch fiel die Prognose für Jason noch schlechter aus. Und er würde die Sache in jedem Fall durchziehen, ob ich nun zustimmte oder nicht – der verordnende Arzt war in gewissem Sinne Wun Ngo Wen, nicht ich; meine Rolle bestand letztlich darin, das Verfahren zu überwachen und etwaige Nebenwirkungen zu behandeln. Mit diesem Gedanken beruhigte ich mein Gewissen, obwohl er vor Gericht schwerlich Bestand gehabt hätte – Wun mochte das Medikament zwar »verschrieben« haben, aber es war nicht seine Hand, die es in Jasons Körper einführen würde. Sondern meine.

Wun würde nicht einmal anwesend sein. Jason hatte für Ende November, Anfang Dezember einen dreiwöchigen Urlaub angemeldet, einem Zeitpunkt, an dem Wun bereits weltberühmt sein würde, an dem jeder seinen Namen – so ungewöhnlich er war – kennen würde. Der Marsianer würde vor den Vereinten Nationen sprechen und sich an der Gastlichkeit von Monarchen, Mullahs, Präsidenten und Premierministern erfreuen, während sich Jason schwitzend und kotzend auf den Weg der Besserung machte.

Dazu benötigten wir einen geeigneten Ort. Einen Ort, an dem er krank sein konnte, ohne aufzufallen; wo ich ihn versorgen konnte, ohne unerwünschte Aufmerksamkeit zu erregen; einen Ort aber auch, an dem man einen Rettungswagen rufen konnte, falls irgendetwas schief lief. Irgendwo, wo man sich einrichten konnte. Wo es ruhig war.

»Ich weiß den idealen Ort«, sagte Jason.

»Und wo?«

»Im Großen Haus.«

Ich lachte, doch dann merkte ich, dass es ihm ernst damit war.


Erst in der Woche nach Lomax' Besuch bei Perihelion meldete sich Diane wieder, die Woche, nachdem Molly die Stadt verlassen hatte, um die Belohnung zu empfangen, die ihr von E. D. Lawton versprochen worden war.

Sonntagnachmittag. Ich saß allein in meinem Haus. Ein sonniger Tag, doch die Jalousien waren heruntergezogen. Schon die ganze Woche über, während ich meine Zeit zwischen den regulären Behandlungen und verschwiegenen Tutorien mit Wun und Jase aufteilte, hatte ich der Leere dieses Wochenendes in die Augen gestarrt. Es ist gut, beschäftigt zu sein, sagte ich mir, denn wenn man beschäftigt ist, kann man sich in die unzähligen, aber verstehbaren Probleme des Alltags versenken, die den Schmerz verdrängen und die Reue ersticken. Das war durchaus gesund. Das war Teil der »Bewältigung«. Oder jedenfalls eine notwendige Verzögerungstaktik. Nützlich – aber nur vorübergehend wirksam. Denn früher oder später verklingt der Lärm, der Trubel verstreut sich und du gehst nach Hause, wo die ausgebrannte Glühbirne auf dich wartet, das leere Zimmer, das ungemachte Bett.

Es war ganz schön übel. Ich war mir nicht einmal sicher, was ich empfinden, oder besser: welchem der widersprüchlichen und miteinander nicht zu vereinbarenden Schmerzzustände ich zuerst ins Auge blicken sollte. »Ohne sie bist du besser dran«, hatte Jason wiederholt gesagt, und das war immerhin ebenso zutreffend wie banal: Besser dran ohne sie – aber noch besser wäre es gewesen, wenn ich aus ihr schlau geworden wäre, wenn ich hätte erkennen können, ob Molly mich benutzt oder mich dafür bestraft hatte, dass ich sie benutzte, ob meine kühle und vielleicht etwas gefälschte Liebe sich auf dem gleichen Niveau bewegte wie ihre so eisige wie lohnenswerte Absage an sie.

Dann klingelte das Telefon, gerade als ich die Laken und Decken von meinem Bett riss und für einen Besuch im Waschraum zusammenpackte, wo ihnen mit großen Mengen Waschpulver und heißem Wasser Mollys Aura ausgetrieben werden sollte. Bei so einer Tätigkeit will man eigentlich nicht gestört werden, es macht einen doch ein ganz klein bisschen verlegen. Aber es war mir einfach nicht gegeben, ein klingelndes Telefon zu ignorieren. Also ging ich ran.

»Tyler?«, sagte Diane. »Bist du allein?«

Ja, war ich.

»Gut, ich bin froh, dass ich dich endlich erwische. Ich wollte dir nämlich sagen, dass wir unsere Telefonnummer wechseln. Wir lassen uns aus dem Verzeichnis streichen. Aber für den Fall, dass du mich dringend erreichen musst ...«

Sie gab mir ihre Nummer, ich kritzelte sie auf eine Serviette. »Warum lasst ihr euch aus dem Verzeichnis streichen?« Sie und Simon hatten gerade mal einen einzigen Festnetzanschluss, was, so meine Vermutung, eine Art Buße war, so ähnlich wie Wollsachen tragen oder Vollkornprodukte essen.

»Na ja, zuletzt haben wir lauter seltsame Anrufe von E. D. bekommen. Ein paarmal hat er spät nachts angerufen und Simon Vorhaltungen gemacht. Er klang ein bisschen betrunken. E. D. hasst Simon. E. D. hat Simon von Anfang an gehasst, aber nachdem wir nach Phoenix gezogen waren, haben wir nie wieder etwas von ihm gehört. Bis jetzt. Das Schweigen hat wehgetan – aber das jetzt ist noch schlimmer.«

Dianes Telefonnummer mochte ebenfalls zu den Informationen gehört haben, die Molly aus meinem Organisationsprogramm geklaubt und an E. D. weitergegeben hatte. Das konnte ich Diane natürlich nicht sagen, ohne meinen Verschwiegenheitseid zu verletzen, ebenso wie ich nicht über Wun Ngo Wen oder eisfressende Replikatoren sprechen konnte. Ich erzählte ihr aber, dass Jason und sein Vater einen Kampf um die Kontrolle über Perihelion geführt hätten, aus dem Jason siegreich hervorgegangen sei, und vielleicht sei es das, was E. D. zu schaffen mache.

»Könnte sein«, sagte Diane. »Zumal so kurz nach der Scheidung.«

»Welcher Scheidung? Sprichst du von E. D. und Carol?«

»Hat Jason dir das nicht erzählt? E. D. wohnt seit Mai in Georgetown zur Miete. Die Verhandlungen sind noch nicht abgeschlossen, aber es sieht so aus, als würde Carol das Große Haus plus Unterhaltszahlungen bekommen und E. D. den ganzen Rest. Die Scheidung war seine Idee, nicht ihre. Was nachzuvollziehen ist: Carol bewegt sich seit Jahrzehnten an der Schwelle zum Alkoholkoma. Sie war keine gute Mutter und sie kann E. D. auch keine besonders gute Frau gewesen sein.«

»Das heißt, du gibst ihm Recht?«

»Nein. Meine Haltung zu ihm hat sich nicht verändert. Er war ein schrecklicher, gleichgültiger Vater – jedenfalls für mich. Ich mochte ihn nicht, und ihm war das völlig egal. Aber ich hatte auch nicht diesen großen Respekt vor ihm, so wie Jason. Jason sah in ihm den übermächtigen Industriekönig, den großen Macher in Washington.«

»Ist er das nicht?«

»Er ist erfolgreich und hat Einfluss, das ist wahr, aber das muss man alles relativ sehen, Ty. Es gibt zehntausend E. D. Lawtons in diesem Land. E. D. wäre auf keinen grünen Zweig gekommen, wenn sein Vater und sein Onkel ihm nicht das erste Unternehmen finanziert hätten – und zwar in der Erwartung, da bin ich mir sicher, dass es ein Abschreibungsprojekt sein würde. E. D. hat das, was er gemacht hat, gut gemacht, und als der Spin ihm Möglichkeiten eröffnete, hat er sie eiskalt genutzt, was ihm wiederum die Aufmerksamkeit einiger wirklich einflussreicher Leute sicherte. Aber im Kreise der Mächtigen blieb er letztlich immer der Neureiche. Ihm fehlte einfach der Harvard-Yale-

Stallgeruch. Keine Debütantinnenbälle für mich. Wir waren die armen Kinder in der Straße. Ich meine, es war eine nette Straße, aber es gibt altes Geld und es gibt neues Geld, und wir waren definitiv neues Geld.«

»Tja, von der anderen Seite des Rasens hat es wohl ein bisschen anders ausgesehen. Wie kommt Carol denn damit zurecht?«

»Ach, Carols Medizin kommt aus der gleichen Flasche wie eh und je. Aber was ist mit dir, Tyler? Wie steht's mit dir und Molly?«

»Molly ist weg.«

»Weg wie in ›mal eben weggegangen‹ oder ...«

»Richtig weg. Wir haben Schluss gemacht. Mir fällt kein beschönigender Ausdruck dafür ein.«

»Das tut mir Leid.«

»Danke, aber es ist nur zum Besten. Das sagen alle.«

»Simon und ich kommen ganz gut klar.« Ich hatte nicht danach gefragt. »Die Sache mit der Kirche macht ihm zu schaffen.«

»Neue Entwicklungen in der Kirchenpolitik?«

»Jordan Tabernacle hat gewisse rechtliche Probleme. Ich kenne nicht alle Einzelheiten. Wir sind auch nicht direkt beteiligt, aber Simon nimmt es sich sehr zu Herzen. Doch dir geht's gut, bist du sicher? Du klingst ein bisschen kratzig im Hals.«

»Ich werd's überleben«, sagte ich.


Am Morgen vor der Wahl packte ich ein paar Koffer – saubere Kleidung, einige Taschenbücher, medizinische Ausrüstung – in mein Auto und holte dann Jason ab, um mit ihm die Fahrt nach Virginia anzutreten. Er hatte nach wie vor eine Schwäche für schicke Autos, doch wir mussten unauffällig reisen – deshalb mein Honda, nicht sein Porsche. Die Highways waren nicht mehr sicher für Porsches.

Die Amtszeit von Präsident Garland war eine gute Zeit für

jene gewesen, deren Jahreseinkommen über einer halben Million Dollar lag, und eine schwere Zeit für alle anderen. Das konnte man leicht erkennen, wenn man unterwegs war: entlang der Straße entfaltete sich ein Tableau aus Billigmärkten, mit Brettern vernagelten Malls, Parkplätzen, auf denen Menschen in reifenlosen Autos hausten, und Orten, die von einem Stuckey's-Laden und einer Radarfalle lebten. Von der Polizei aufgestellte Schilder verkündeten NACH EINBRUCH DER DUNKELHEIT NICHT ANHALTEN oder FÜR SCHNELLE HILFE IN NOTFÄLLEN IST EINE BESTÄTIGTE MELDUNG UNTER 911 ERFORDERLICH. Die Highwaypiraterie hatte den Verkehr von PKWs um die Hälfte reduziert, und so verbrachten wir den größten Teil der Strecke im Wind- respektive Sichtschatten langer Sattelzüge, manche davon in deutlich reparaturbedürftigem Zustand, oder tarnfarbengrüner Armeelaster, die zwischen den diversen Militärbasen pendelten.

Aber wir redeten nicht über diese Dinge. Wir redeten auch nicht über die Wahl, deren Ausgang ohnehin feststand – Lomax führte in den Umfragen haushoch vor seinen Mitbewerbern. Wir redeten nicht über eisfressende Replikatoren, nicht über Wun Ngo Wen und ganz sicher nicht über E. D. Lawton. Stattdessen redeten wir über alte Zeiten und gute Bücher und über weite Strecken redeten wir auch gar nicht. Ich hatte die Anlage mit der schroffen, nicht unbedingt marktgängigen Sorte Jazz geladen, die Jason, wie ich wusste, gern hörte: Charlie Parker, Thelonius Monk, Sonny Rollins – Musiker, die bereits vor langer Zeit die Entfernung zwischen der Straße und den Sternen ausgelotet hatten.

Wir hielten vor dem Großen Haus, als die Dämmerung einbrach.

Es war hell erleuchtet, buttergelbe Fenster unter einem irisierend tintenblauen Himmel. Carol Lawton kam uns von der Veranda entgegen, ihr schmaler Körper in einen Strickpullover und paisleyfarbene Schals gehüllt. Dem festen, wenn auch etwas behutsamen Schritt nach zu urteilen, war sie nahezu nüchtern.

Jason schälte sich vorsichtig aus dem Beifahrersitz. Er war in Remission, jedenfalls so weit symptomfrei, wie es zu diesem Zeitpunkt noch möglich war. Mit ein wenig Anstrengung konnte er den Eindruck von Normalität erzeugen. Doch überraschenderweise stellte er diese Anstrengung umgehend ein, als wir das Große Haus erreicht hatten. Er krängte durch die Eingangshalle Richtung Esszimmer. Es waren keine Bediensteten anwesend – Carol hatte alles so arrangiert, dass wir das Haus ein paar Wochen lang für uns hatten –, aber der Koch hatte noch eine kalte Fleisch- und Gemüseplatte vorbereitet für den Fall, dass wir hungrig sein würden. Jason ließ sich in einen Sessel sinken.

Carol und ich folgten ihm. Sie war seit dem Tod meiner Mutter sichtlich gealtert: Ihr Haar war inzwischen so fein und dünn, dass ihre Schädelkonturen durchschimmerten, rosig, beinahe affenartig, und als ich ihren Arm nahm, fühlte er sich an wie Zündholz unter Seide. Ihre Wangen waren eingesunken. Ihre Augen zeigten die brüchige Munterkeit einer vorübergehend trockenen Alkoholikerin. Als ich sagte, dass es schön sei, sie wiederzusehen, lächelte sie fahl. »Danke, Tyler. Ich weiß, wie schrecklich ich aussehe. Gloria Swanson in *Boulevard der Dämmerung.* Nein, noch nicht bereit für die Nahaufnahme, verbindlichsten Dank, und Sie können mich mal gern haben.« Ich hatte keine Ahnung, wovon sie redete. »Aber ich bin noch da. Wie geht's Jason?«

»Wie immer.«

»Lieb von dir, dass du Ausflüchte machst. Aber ich weiß – nun, ich will nicht sagen, dass ich alles weiß. Aber ich weiß, dass er krank ist. Und ich weiß, dass er sich von dir behandeln lassen will. Irgendeine unorthodoxe, aber wirksame Behandlung.« Sie sah mir in die Augen. »Es *ist* wirksam, nicht wahr, was immer du ihm verabreichen willst?«

Ich war zu verblüfft, um etwas anderes zu sagen als ja.

»Ich musste ihm nämlich versprechen, dass ich keine Fragen stelle. Ich nehme an, das hat seine Richtigkeit so. Jason vertraut dir. Also vertraue ich dir auch. Obwohl ich, wenn ich dich ansehe, unweigerlich das Kind sehe, das in dem Haus am anderen Ende des Rasens lebt. Aber ich sehe auch ein Kind, wenn ich Jason ansehe. Verschwundene Kinder ... Ich weiß nicht, wo ich sie verloren habe.«

In der Nacht schlief ich in einem der Gästezimmer des Großen Hauses, einem Zimmer, das ich in all den Jahren, in denen ich auf dem Grundstück lebte, nie betreten, allenfalls mal flüchtig, vom Flur aus, gesehen hatte.

Jedenfalls einen Teil der Nacht schlief ich. Den Rest der Zeit lag ich wach und versuchte, das rechtliche Risiko abzuschätzen, das ich durch mein Herkommen eingegangen war. Ich wusste nicht, gegen welche Gesetze Jason genau verstieß, wenn er marsianische Pharmazeutika aus dem Perihelion-Gelände herausschmuggelte, aber in jedem Fall war ich bereits zum Mittäter geworden.

Am nächsten Morgen überlegte Jason, wo wir die diversen Phiolen aufbewahren sollten, die Wun ihm übergeben hatte – ausreichend Stoff, um vier oder fünf Personen zu behandeln. (»Falls wir mal einen Koffer fallen lassen«, hatte er mir bei Antritt der Reise erklärt. »Redundanz.«)

»Rechnest du mit einer Durchsuchung?« Ich malte mir aus, wie Bundesbeamte in biologischen Schutzanzügen die Treppe des Großen Hauses hinaufschwärmten.

»Natürlich nicht. Aber es immer ratsam, möglichen Risiken vorzubeugen.« Er sah mich scharf an. Sein Auge – auch das ein Symptom der Krankheit – zuckte alle paar Sekunden nach links. »Ist dir mulmig zumute?«

Ich sagte, wir könnten die überschüssigen Präparate im Haus auf der anderen Seite des Rasens verstecken, sofern sie keine Kühlung benötigten.

»Wun zufolge sind sie unter allen Bedingungen chemisch stabil, wenn's nicht grad eine Kernexplosion ist. Aber ein Durchsuchungsbefehl für das Große Haus würde sich auf das gesamte Grundstück erstrecken.«

»Mit Durchsuchungsbefehlen kenne ich mich nicht aus. Aber ich weiß, wo die Verstecke sind.«

»Zeig sie mir.«

Also marschierten wir über den Rasen, ich vorneweg, Jason etwas unsicheren Schritts hinterdrein. Es war früher Nachmittag, Wahltag, doch auf dem Gras zwischen den beiden Häusern hätte es jeder beliebige Herbsttag sein können, in jedem beliebigen Jahr. Irgendwo in dem kleinen Wäldchen beidseits des Baches meldete sich ein Vogel zu Wort, auf einer einzelnen Note, die sich zunächst forsch entfaltete, dann aber zögerlich wurde wie ein letztlich doch nicht überzeugender Gedanke. Wir erreichten das Haus meiner Mutter, ich drehte den Schlüssel und öffnete die Tür in eine noch größere Stille hinein.

Im Haus wurde von Zeit zu Zeit Staub gewischt und geputzt, doch seit dem Tod meiner Mutter war es grundsätzlich immer verschlossen. Ich war seither nicht wieder hier gewesen, andere Angehörige gab es nicht, und Carol hatte es vorgezogen, das Gebäude in seinem Zustand zu erhalten anstatt es umzubauen. Aber es war nicht zeitlos. Ganz und gar nicht. Die Zeit hatte sich hier eingenistet. Hatte es sich gemütlich gemacht. Das Wohnzimmer roch nach Einschließung, nach den Substanzen, die aus unbenutzten Polstern, gelbem Papier, zur Ruhe gekommenem Gewebe sickern. Im Winter, erzählte mir Carol später, wurde gerade so viel geheizt, dass die Rohre nicht einfroren, im Sommer wurden die Vorhänge zum Schutz gegen Licht und Hitze vorgezogen. Heute war es kühl, drinnen wie draußen.

Jason trat zitternd über die Schwelle. Sein Schritt war den ganzen Morgen schon unstet gewesen, weshalb er auch mich die Pharmazeutika tragen ließ (abzüglich derer, die ich für seine

Behandlung beiseite gestellt hatte), gut verstaut in einer gepolsterten Lederreisetasche.

»Das ist das erste Mal, dass ich hierher komme«, sagte er beklommen, »seit sie gestorben ist. Ist es albern zu sagen, dass sie mir fehlt?«

»Nein, ganz und gar nicht albern.«

»Erst bei ihr habe ich erfahren, dass man Leute auch freundlich behandeln kann. Alles, was es im Großen Haus an Freundlichkeit gab, kam von Belinda Dupree.«

Ich führte ihn durch die Küche zu der niedrigen Tür, hinter der es in den Keller ging. Das kleine Haus auf dem Lawton-Grundstück war im Stil eines New-England-Cottages gebaut worden – beziehungsweise so, wie man sich diesen Stil vorgestellt hatte –, daher hatte der Keller aus roh behauenem Betonstein eine so niedrige Decke, dass Jason den Kopf einziehen musste. Der Raum war gerade groß genug für einen Heizkessel, einen Wasserspeicher, eine Waschmaschine und einen Trockner. Die Luft hier war noch ein paar Grad kälter und hatte einen feuchten, mineralischen Geruch.

Ich hockte mich in die Nische hinter der Blechverkleidung des Heizkessels, eine jener staubigen Sackgassen, die selbst von professionellen Reinigungskräften ignoriert werden, und erklärte Jason, es gebe dort eine gesprungene Stelle in der Mauer, die man mit ein bisschen Nachdruck herausbrechen könne, um Zugang zu der Lücke zwischen den Holzpfeilern und der Grundmauer zu erlangen.

»Interessant.« Jason stand einen Meter hinter mir und sprach um die Ecke des Heizkessels herum. »Was hast du denn darin aufbewahrt, Tyler? Alte Ausgaben des *Gent*?«

Als ich zehn war, hatte ich hier bestimmte Spielzeuge gelagert, nicht weil ich Angst hatte, jemand würde sie stehlen, sondern weil es mir Spaß machte zu wissen, dass sie versteckt waren und nur ich sie finden konnte. Später vertraute ich dem Versteck weniger unschuldige Dinge an: mehrere abgebrochene

Versuche, ein Tagebuch zu führen, Briefe an Diane, die nie ab-geschickt oder auch nur beendet wurden, und – ja doch, obwohl ich es Jason gegenüber nicht zugeben wollte – Ausdrucke eines relativ zahmen Internetpornos. All diese mit Schuldgefühlen behafteten Geheimnisse waren natürlich vor langer Zeit ent-sorgt worden.

»Hätte eine Taschenlampe mitnehmen sollen«, sagte Jason. Die einsame Glühbirne an der Decke warf ein äußerst unzu-längliches Licht in diese Spinnwebenecke.

»Auf dem Tisch neben dem Sicherungskasten war früher im-mer eine.« Und da war sie immer noch. Ich schob mich rück-wärts aus der Lücke und ließ sie mir von Jason reichen. Sie ver-strömte den wässrig blassen Schein von fast leeren Batterien, funktionierte aber noch gut genug, dass ich das lose Mauer-stück fand, ohne lange danach tasten zu müssen. Ich hob es he-raus, schob die Reisetasche in die Lücke dahinter, setzte das Stück dann wieder an seinen Platz und wischte kreideartigen Staub über die Nahtstellen.

Als ich wieder herauskriechen wollte, ließ ich die Taschen-lampe fallen, die daraufhin noch weiter in die Spinnenschatten hinter dem Heizkessel rollte. Ich zog eine Grimasse und langte danach, wobei ich mich an dem flackernden Licht orientierte. Berührte den Schaft. Berührte noch etwas anderes. Etwas Hoh-les, aber Stabiles. Eine Schachtel.

Ich zog sie näher heran.

»Bist du bald fertig da hinten, Ty?«

»Sekunde noch.«

Ich hielt das Licht auf die Schachtel. Es war ein Schuhkarton. Ein Schuhkarton mit einem staubigen New-Balance-Logo, über dem in fetter schwarzer Tinte gemalt stand: ANDENKEN (AUS-BILDUNG).

Der Karton, der oben im Wohnzimmer fehlte, der Karton, den ich nach dem Begräbnis meiner Mutter nicht hatte finden kön-nen.

»Hast du Schwierigkeiten?«

»Nein.«

Ich konnte der Sache später noch auf den Grund gehen. Ich schob den Karton dorthin zurück, wo ich ihn gefunden hatte, und kroch aus dem Staubloch heraus. Erhob mich und klopfte meine Hände ab. »Dann sind wir hier wohl fertig.«

»Erinnere dich für mich mit«, sagte Jason. »Falls ich es vergesse.«

Am Abend sahen wir uns dann die Wahlergebnisse auf der großen, aber ziemlich veralteten TV-Videoanlage der Lawtons an. Carol hatte ihre Kontaktlinsen verlegt, saß dicht vor dem Bildschirm, verfolgte blinzelnd das Geschehen. Ihr ganzes Leben lang hatte sie die Politik weitgehend ignoriert – »Das war immer E. D.s Zuständigkeitsbereich« –, und wir mussten sie erst einmal mit einigen der Hauptakteure bekannt machen. Doch ihr schien schon der bloße Ereignischarakter des Ganzen Spaß zu machen. Jason riss freundliche Witze, und Carol lachte pflichtschuldig, und wenn sie lachte, sah ich ein wenig von Diane in ihrem Gesicht.

Sie wurde jedoch schnell müde und war schon auf ihr Zimmer gegangen, als die Ergebnisse der einzelnen Bundesstaaten einliefen. Es gab keine Überraschungen. Lomax sackte den gesamten Nordosten sowie große Teile des Mittelwestens und Westens ein. Im Süden schnitt er weniger gut ab, doch selbst hier verteilten sich die gegnerischen Stimmen zu fast gleichen Teilen auf die Demokraten und die Christlich Konservativen. Wir räumten gerade unsere Kaffeetassen weg, als der letzte oppositionelle Kandidat seine Niederlage eingestand und dem Sieger mit grimmiger Höflichkeit gratulierte.

»Dann haben also die Guten gewonnen«, sagte ich.

Jason grinste. »Ich weiß nicht genau, ob von denen überhaupt einer kandidiert hat.«

»Ich dachte, Lomax sei gut für uns.«

»Vielleicht. Du darfst aber nicht glauben, dass ihm viel an

Perihelion oder dem Replikatorenprogramm gelegen ist, außer als Mittel, den Raumfahrtetat zu begrenzen und gleichzeitig den Eindruck zu erwecken, einen großen Schritt nach vorn zu tun. Die Bundesmittel, die er auf diese Weise freimacht, werden in den Verteidigungshaushalt gepumpt. Das ist auch der Grund, warum E. D. keine richtige Anti-Lomax-Stimmung unter seinen alten Kumpeln aus der Raumfahrtindustrie erzeugen konnte. Lomax lässt Boeing oder Lockheed Martin nicht verhungern – sie sollen sich nur umorientieren.«

»Aufs Militärische.« Das Abklingen globaler Konflikte in der ersten Verwirrung nach dem Spin war längst Vergangenheit; eine militärische Aufrüstung war so gesehen vielleicht gar keine schlechte Idee.

»Wenn man glaubt, was Lomax sagt.«

»Tust du das nicht?«

»Ich fürchte, das kann ich mir nicht leisten.«

Mit dieser enigmatischen Aussage ging ich zu Bett.

Am nächsten Morgen verabreichte ich ihm die erste Injektion. Jason legte sich im Wohnzimmer auf ein Sofa. Er trug Jeans und ein Baumwollhemd, wirkte aristokratisch, aber leger, hinfällig, aber entspannt. Falls er Angst hatte, ließ er sich davon nichts anmerken. Er rollte seinen rechten Ärmel auf und legte die Ellenbeuge frei.

Ich nahm eine Spritze aus meinem Arztkoffer, befestigte eine sterile Nadel daran und füllte sie mit der klaren Flüssigkeit aus einer der Phiolen. Wun hatte den Vorgang mit mir geprobt. Die Regularien des Vierten Alters. Auf dem Mars hätte es ein stilles Zeremoniell in einer beruhigenden Umgebung gegeben – hier mussten wir mit dem Licht der Novembersonne und dem Ticken teurer Uhren vorlieb nehmen.

Ich tupfte die Haut ab, bevor ich die Spritze ansetzte. »Du brauchst nicht hinzusehen.«

»Ich möchte aber. Zeig mir, wie es geht.«

Er hatte immer schon, bei allem, wissen wollen, wie es geht.

Die Injektion zeigte keine unmittelbare Wirkung, doch um die Mittagszeit des folgenden Tages hatte Jason ein leichtes Fieber entwickelt. Es sei nicht schlimmer als eine Erkältung, sagte er, und am Nachmittag forderte er mich auf, mein Fieberthermometer und meine Blutdruckmanschette zu nehmen und – nun ja, damit sonstwohin zu gehen.

Also schlug ich meinen Kragen gegen den Regen hoch – ein nieselnder, hartnäckiger Regen, der in der Nacht begonnen hatte und schon den ganzen Tag andauerte – und ging noch einmal über den Rasen zum Haus meiner Mutter, wo ich ANDENKEN (AUSBILDUNG) aus dem Keller holte und hinauf ins Wohnzimmer trug.

Regentrübes Licht kam durch die Vorhänge. Ich machte eine Lampe an.

Meine Mutter war im Alter von sechsundfünfzig Jahren gestorben. Achtzehn Jahre lang hatte ich hier mit ihr gewohnt. Das war etwas mehr als ein Drittel ihres Lebens. Von den übrigen zwei Dritteln hatte ich nur das gesehen, was sie gewillt war mir zu zeigen. Von Bingham, ihrer Heimatstadt, hatte sie hin und wieder erzählt – ich wusste, dass sie mit ihrem Vater (einem Immobilienmakler) und ihrer Stiefmutter (die in einer Altentagesstätte arbeitete) in einem Haus am oberen Ende einer abschüssigen, von Bäumen gesäumten Straße gewohnt hatte; dass sie als Kind eine Freundin namens Monica Lee gehabt hatte; dass es dort eine überdachte Brücke gegeben hatte, einen Fluss namens Little Wyecliff und eine presbyterianische Kirche, die sie nicht mehr besucht hatte, seit sie sechzehn war, und in die sie erst zur Beerdigung ihrer Eltern zurückgekehrt war. Doch sie hatte nie von Berkeley gesprochen oder davon, was sie mit ihrem MBA anzustellen gehofft, oder warum sie meinen Vater geheiratet hatte.

Ein- oder zweimal hatte sie diese Kartons vom Regal geholt, um mir den Inhalt zu zeigen, mich davon zu überzeugen, dass sie – unfassbar – schon ein Leben geführt hatte, bevor ich auf der Welt war. Dies war der Beweis dafür, Beweisstücke A, B und C, drei Kartons mit ANDENKEN und KRIMSKRAMS. Darunter zusammengefaltete Zeugnisse echter, belegbarer Geschichte: toffeebraune Zeitungstitelseiten, die von Terroranschlägen, Kriegsausbrüchen, gewählten oder angeklagten Präsidenten kündeten. Hier fand sich auch der Tand, den ich als Kind gern in der Hand gehalten hatte: ein angelaufenes Fünfzig-Cent-Stück, geprägt im Geburtsjahr ihres Vaters (1951), vier braune und rosa Muscheln vom Strand in Cobscook Bay.

ANDENKEN (AUSBILDUNG) war für mich die unattraktivste Schachtel gewesen. Sie enthielt die Wahlkampfplakette eines offensichtlich erfolglosen demokratischen Kandidaten für irgendein hohes Amt, die ich ihrer Buntheit wegen geschätzt hatte, aber ansonsten gab es dort nur Mutters Abgangszeugnis, ein paar aus ihrem letzten Jahrbuch herausgerissene Seiten und ein Bündel von kleinen Umschlägen, für die ich mich nie interessiert hatte – oder hätte interessieren dürfen.

Jetzt öffnete ich einen dieser Umschläge und überflog den Inhalt so weit, dass ich registrieren konnte: a) es war ein Liebesbrief und b) die Handschrift glich in keiner Weise der ordentlichen Schrift meines Vaters in den ellenlangen Briefen aus ANDENKEN (MARCUS).

Hatte meine Mutter einen Collegeverehrer gehabt? Das war eine Neuigkeit, die Marcus Dupree hätte verstören können – sie hatte ihn eine Woche nach Studienabschluss geheiratet –, ansonsten aber keinen Menschen ernsthaft schockiert hätte. Mit Sicherheit war es kein Grund, die Schachtel im Keller zu verstecken, schon gar nicht, wenn sie vorher jahrelang gut sichtbar auf dem Regal gestanden hatte.

War es überhaupt meine Mutter gewesen, die sie versteckt hatte? Ich wusste nicht, wer alles in ihrem Haus gewesen war in der Zeit zwischen ihrem Schlaganfall und meinem Eintreffen einen Tag später. Carol hatte sie gefunden, vermutlich hatten einige Bedienstete aus dem Großen Haus hinterher beim Saubermachen geholfen, und es mussten Sanitäter da gewesen sein, die sie versorgt und transportfertig gemacht hatten. Keiner von ihnen hätte einen auch nur annähernd plausiblen Grund gehabt, ANDENKEN (AUSBILDUNG) in den Keller zu tragen und in die Lücke zwischen Heizkessel und Wand zu schieben.

Und vielleicht war es auch völlig egal. Es lag schließlich kein Verbrechen vor, sondern nur ein kurioses Verschwinden und Wiederauftauchen. Konnte auch ein Poltergeist gewesen sein. Vermutlich würde ich es nie erfahren, und es war sinnlos, sich weiter damit zu beschäftigen. Alles, was sich in diesem Zimmer, in diesem Haus befand, einschließlich der Kartons, würde früher oder später verwertet, verkauft oder weggeworfen werden müssen. Ich hatte es auf die lange Bank geschoben, Carol ebenso, doch es war überfällig.

Aber bis dahin ...

Bis es so weit war, stellte ich ANDENKEN (AUSBILDUNG) erst einmal zurück aufs Regal, zwischen ANDENKEN (MARCUS) und KRIMSKRAMS. Und machte das leere Zimmer damit wieder vollständig.


Die heikelste Frage, die ich Wun Ngo Wen in Bezug auf Jasons Behandlung gestellt hatte, war die nach den möglichen Wechselwirkungen des Präparats mit anderen Medikamenten. Ich konnte Jasons konventionelle Medikation nicht absetzen, ohne einen Rückfall zu provozieren. Doch ebenso beunruhigend fand ich die Vorstellung, seine tägliche Medikamentendosis mit Wuns biochemikalischer Generalüberholung zu kombinieren.

Wun versprach, dass es keine Probleme geben werde. Der Langlebigkeitscocktail sei kein Medikament, keine »Droge« im herkömmlichen Sinne, was ich in Jasons Blutkreislauf injizieren würde, entspreche eher einem Computerprogramm. Konventionelle Medikamente interagierten mit Proteinen und Zelloberflächen – Wuns Mittelchen interagierte mit der DNA selbst.

Dennoch: Es musste in eine Zelle eintreten, um sein Werk zu tun, und auf dem Weg dorthin musste es sich mit Jasons Blutchemie und Immunsystem auseinander setzen – oder? Wun hatte erklärt, dass das alles keine Rolle spiele. Der Langlebigkeitscocktail sei so flexibel, dass er unter allen physiologischen Bedingungen – es sei denn, der Proband ist tot – arbeiten könne.

Doch das für AMS zuständige Gen war nie zum Roten Planeten gelangt und die Medikamente, die Jason einnahm, waren dort unbekannt. Und auch wenn Wun versicherte, dass meine Bedenken unbegründet waren, konnte ich nicht umhin zu bemerken, dass er dabei kaum einmal lächelte. Also versuchten wir, auf Nummer sicher zu gehen: Eine Woche vor der ersten Injektion hatte ich begonnen, Jasons AMS-Medikation zurückzufahren. Nicht abzusetzen, nur zu reduzieren.

Die Strategie schien aufgegangen zu sein. Als wir im Großen Haus eintrafen, zeigte Jason trotz der geringeren Medikamentation nur leichte Symptome, sodass wir die Behandlung optimistisch angingen.

Drei Tage später hatte er Fieberschübe, gegen die ich wenig ausrichten konnte. Am nächsten Tag war er die meiste Zeit bewusstlos. Noch einen Tag später färbte sich seine Haut rot und entwickelte Blasen. Am Abend begann er zu schreien.

Trotz des Morphiums, das ich ihm gab, schrie er immer weiter. Kein Schreien aus vollem Hals, eher ein Stöhnen, das sich periodisch zu großer Lautstärke steigerte, ein Laut, den man eher von einem kranken Hund erwarten würde als von einem Menschen. Es geschah völlig willkürlich. In Phasen der Klarheit machte er dieses Geräusch nicht und konnte sich auch nicht erinnern, es gemacht zu haben, obwohl sein Kehlkopf von der Anstrengung schmerzhaft entzündet war.

Carol vermittelte tapfer den Anschein, damit klarzukommen. In manchen Teilen des Hauses waren Jasons Klagerufe fast nicht zu hören – die hinteren Schlafzimmer, die Küche –, und dort hielt sie sich die meiste Zeit auf, las oder lauschte dem lokalen Radiosender. Doch die Belastung war offenkundig, und es dauerte nicht lange, da begann sie wieder zu trinken.

Ich sollte vielleicht nicht »begann sie« sagen. Tatsächlich hatte sie nie damit aufgehört. Aber sie hatte es immerhin auf ein Minimum beschränkt, das es ihr erlaubte zu funktionieren – in heikler Balance zwischen den Schrecken des plötzlichen Entzugs und den Lockungen eines veritablen Rausches. Dass sie überhaupt so lange durchgehalten hatte, lag in der Liebe zu ihrem Sohn begründet, wie sehr diese Liebe in den Jahren zuvor auch geschlummert haben mochte. Es waren seine Schmerzensschreie, die sie aus der Bahn warfen.

In der zweiten Woche hing Jason an einem Tropf, und ich behielt seinen steigenden Blutdruck im Auge. Er hatte einen relativ guten Tag gehabt, trotz seines erschreckenden Aussehens: schorfig überall, wo nicht das rohe Fleisch hervortrat, die Augen versunken im geschwollenen Gesicht. Er war noch geistesgegenwärtig genug gewesen zu fragen, ob Wun schon seinen ersten Fernsehauftritt gehabt hätte – noch nicht, er war für die folgende Woche vorgesehen –, aber als der Abend anbrach, war er in Bewusstlosigkeit zurückgefallen, und das Stöhnen, das ein paar Tage ausgesetzt hatte, fing wieder an, lauter als je zuvor und schmerzhaft für jeden, der es hörte.

Schmerzhaft vor allem für Carol, die in der Tür des Wohnzimmers erschien, mit Tränenspuren auf den Wangen und heller, glasiger Wut in den Augen. »Tyler«, sagte sie, »du musst dem ein Ende machen!«

»Ich tue, was ich kann. Aber er spricht nicht auf Opiate an. Vielleicht sollten wir lieber morgen darüber sprechen.«

»Kannst du ihn nicht *hören*?«

»Natürlich kann ich ihn hören.«

»Und – bedeutet das nichts? Bedeutet dieses Geräusch dir *gar nichts*? Mein Gott! Es würde ihm besser gehen, wenn er nach Mexiko zu irgendeinem Quacksalber gegangen wäre. Hast du überhaupt *irgendeine* Vorstellung, was du ihm da injiziert hast, du verdammter Kurpfuscher?«

Das Schlimme war, dass sie nur Fragen wiederholte, die ich mir selbst längst stellte. Nein, ich wusste *nicht*, was ich ihm da injiziert hatte, nicht in einem auch nur halbwegs wissenschaftlichen Sinne. Ich hatte den Versprechungen des Mannes vom Mars geglaubt, aber mit dieser Rechtfertigung durfte ich bei Carol schwerlich auf Verständnis hoffen. Die Prozedur war schwieriger, schmerzhafter, als ich mir zu erwarten gestattet hatte. Vielleicht funktionierte sie falsch. Vielleicht funktionierte sie überhaupt nicht.

Jason gab einen klagenden Heulton von sich, der in einem Seufzen ausklang. Carol hielt sich die Ohren zu. »Er *leidet*, du verdammter Quacksalber! *Sieh ihn dir an!*«

»Carol ...«

»Nichts mit Carol, du Schlächter! Ich ruf einen Rettungswagen. Ich ruf die Polizei.«

Ich ging zu ihr und fasste sie an den Schultern. Sie fühlte sich zerbrechlich und doch gefährlich lebendig an, ein in die Ecke getriebenes Tier. »Hören Sie, Carol.«

»Warum? Warum sollte ich *dir* zuhören?«

»Weil Ihr Sohn sein Leben in meine Hand gegeben hat. Hören Sie zu. Ich brauche jemanden, der mir hilft. Ich muss seit Tagen ohne Schlaf auskommen. Das geht nicht mehr lange, ich brauche jemanden, der eine Weile bei ihm sitzt, jemand, der etwas von Medizin versteht und kompetente Entscheidungen treffen kann.«

»Du hättest eine Krankenschwester mitbringen sollen.«

Hätte ich, aber das war nicht möglich gewesen, und darum ging es jetzt auch nicht. »Ich habe keine Krankenschwester. Sie müssen das für mich tun.«

Sie brauchte eine Weile, bevor sie begriff, was ich gesagt hatte. Dann schnappte sie nach Luft und wich einen Schritt zurück. »Ich?«

»Sie sind immer noch approbiert, soweit ich weiß.«

»Ich habe nicht mehr praktiziert seit – sind es Jahrzehnte? Jahrzehnte ...«

»Sie sollen ja keine Operation am offenen Herzen durchführen. Ich möchte nur, dass sie seinen Blutdruck und seine Temperatur im Auge behalten. Könnten Sie das tun?«

Ihre Wut wich. Sie fühlte sich geschmeichelt. Sie hatte Angst. Sie dachte darüber nach. Dann richtete sie einen stählernen Blick auf mich. »Warum sollte ich dir helfen? Warum sollte ich mich zum Komplizen bei dieser, dieser *Folter* machen?«

Ich war noch dabei, eine Antwort zu formulieren, als eine Stimme hinter mir sagte: »Oh, bitte.«

Jasons Stimme. Ein Merkmal dieser marsianischen Kur war die geistige Klarheit, die kam und ging, wie sie es grad wollte. Ich drehte mich um.

Jason verzog das Gesicht und versuchte, sich aufzusetzen. Ohne Erfolg. Aber seine Augen waren klar. »Also wirklich«, sagte er zu seiner Mutter. »Mach bitte, was Tyler sagt. Er weiß schon, was er tut, und ich weiß es auch.«

Carol starrte ihn an. »Aber ich nicht. Ich habe nicht, ich meine, ich kann nicht ...« Dann wandte sie sich ab und ging leicht schwankend, eine Hand gegen die Wand gestützt, aus dem Zimmer.

Ich blieb bei Jason sitzen. Am Morgen kehrte Carol zurück – sie wirkte im doppelten Sinne ernüchtert – und bot an, mich abzulösen. Jason war in einem friedlichen Zustand und brauchte eigentlich keine Pflege, dennoch übertrug ich ihr die Aufsicht und entfernte mich, um ein wenig Schlaf nachzuholen.

Ich schlief zwölf Stunden lang. Als ich ins Wohnzimmer zurückkam, saß Carol immer noch da, hielt ihrem bewusstlosen Sohn die Hand und strich ihm mit einer Zärtlichkeit über die Stirn, die ich nie zuvor bei ihr gesehen hatte.

Die Erholungsphase begann anderthalb Wochen nach Beginn der Behandlung. Es gab keinen jähen Übergang, keinen magischen Moment. Aber die Phasen der Klarheit wurden länger, und der Blutdruck stabilisierte sich.

Am Abend, als Wun vor den Vereinten Nationen sprechen sollte, stöberte ich einen tragbaren Fernseher auf und stellte ihn neben Jason auf. Carol gesellte sich kurz vor Beginn der Übertragung zu uns.

Wun Ngo Wens Anwesenheit auf der Erde war am letzten Mittwoch offiziell verkündet worden. Sein Porträt beherrschte seit Tagen die Titelseiten, dazu gab es Livebilder, wie er, unter dem schützenden Arm des Präsidenten, über den Rasen des Weißen Hauses schritt. Das Weiße Haus hatte betont, dass Wun gekommen sei, um zu helfen, dass er aber keine Lösung für das Problem des Spins und nicht viel neues Wissen über die Hypothetischen anzubieten habe. Die Reaktion der Öffentlichkeit war entsprechend zurückhaltend gewesen.

Und nun bestieg er das Podium im Sitzungssaal des Sicherheitsrates und trat ans Rednerpult, das man an seine Größe angepasst hatte. »Aber das ist ja nur ein Winzling«, sagte Carol.

»Ein wenig Respekt, bitte«, murmelte Jason. »Er repräsentiert eine Kultur, die älter ist als alle, die es bei uns je gegeben hat.«

»Sieht eher so aus, als würde er den Verband der Schülerlotsen repräsentieren.«

In den Nahaufnahmen wurde seine Würde halbwegs wiederhergestellt. Die Kamera fixierte seine Augen und sein schwer zu fassendes Lächeln. Und als er ins Mikrophon zu sprechen begann, war seine Stimme ganz weich, ja klang fast terrestrisch.

Wun wusste – oder es war ihm von seinen Beratern deutlich gemacht worden –, wie unwahrscheinlich dieser Vorgang auf den durchschnittlichen Erdling wirken musste. (»Wahrhaftig«, hatte der Generalsekretär in seiner Einführung gesagt, »wir leben in einem Zeitalter der Wunder.«) Und so dankte er uns allen in bestem mittelatlantischem Akzent für unsere Gastfreundschaft und sprach dann wehmütig über seine Heimat und warum er sie verlassen hatte, um hierher zu kommen. Er schilderte den Mars als eine fremde, aber ganz und gar menschliche Welt, einen Ort, den man gern einmal besuchen würde, wo die Leute freundlich seien und die Landschaft interessant, wenn auch die Winter, wie er eingestand, sich häufig von einer recht strengen Seite zeigten. (»Klingt wie Kanada«, sagte Carol.)

Dann kam er zum eigentlichen Thema. Alle wollten natürlich etwas über die Hypothetischen wissen. Leider aber wisse Wuns Volk wenig mehr über sie, als hier auf der Erde bekannt sei – die Hypothetischen hatten den Mars eingehüllt, als er gerade auf dem Weg zur Erde war, und die Marsianer standen dem genauso hilflos gegenüber wie wir.

Er könne keine Vermutung über die Motive der Hypothetischen äußern, diese Frage werde seit Jahrhunderten diskutiert, aber auch die größten marsianischen Denker und Gelehrten hätten sie nicht lösen können. Es sei interessant, sagte Wun, dass sowohl die Erde als auch der Mars zu einem Zeitpunkt eingeschlossen worden seien, als sie sich auf der Schwelle zu einer globalen Katastrophe befanden. »Unsere Bevölkerungszahlen nähern sich, genau wie bei Ihnen, der Grenze der Tragbarkeit. Industrie und Landwirtschaft auf der Erde sind in hohem Maße vom Öl abhängig, dessen Vorräte jedoch rapide zur Neige gehen. Auf dem Mars haben wir überhaupt kein Öl, aber wir leben von einem anderen knappen Rohstoff, dem natürlichen Stickstoff. Er treibt unseren landwirtschaftlichen Kreislauf an und setzt der Zahl der Menschen, die unser Planet ernähren kann, eine absolute Grenze. Wir sind mit diesem Problem ein bisschen besser zurechtgekommen als die Erde, doch das liegt allein darin begründet, dass wir seit Beginn unserer Zivilisation gezwungen waren, ihm ins Auge zu blicken. Beide Planeten sind mit der Möglichkeit eines ökonomischen Zusammenbruchs und damit eines verheerenden Massensterbens konfrontiert, beide

Planeten wurden eingehüllt, bevor dieser Punkt erreicht war. Vielleicht haben die Hypothetischen diese Wahrheit über uns begriffen, vielleicht hat das ihre Handlungsweise beeinflusst. Aber wir haben darüber keinerlei Gewissheit. Auch wissen wir nicht, was sie von uns erwarten, falls sie denn etwas erwarten, oder wann beziehungsweise ob der Spin überhaupt jemals beendet werden wird. Wir *können* das alles nicht wissen, wenn wir nicht mehr direkte Informationen über die Hypothetischen sammeln.« Die Kamera zoomte Wun noch näher heran. »Und es gibt eine Möglichkeit, diese Informationen zu erlangen. Ich bin hierher gekommen mit einem Vorschlag, den ich mit Präsident Garland ebenso wie mit dem neugewählten Präsidenten Lomax sowie anderen Staatsoberhäuptern diskutiert habe.« In groben Zügen skizzierte er den Replikatorenplan und sagte dann: »Mit etwas Glück werden wir so erfahren, ob die Hypothetischen sich noch anderer Welten angenommen haben, wie diese Welten darauf reagiert haben und welches Schicksal der Erde letzten Endes beschieden sein mag.«

Als er begann, über die Oortsche Wolke und »autokatalytische Rückkopplungstechnologie« zu sprechen, sah ich, wie Carols Augen glasig wurden. »Das ist doch alles nicht möglich«, sagte sie dann, nachdem Wun unter Applaus das Podium verlassen hatte und nun im Studio alle möglichen Experten seine Rede wiederkäuten. »Ist irgendetwas wahr an dem, was der Mann gesagt hat, Jason?«

»So ziemlich alles ist wahr«, erwiderte Jason ruhig. »Für das Wetter auf dem Mars kann ich mich allerdings nicht verbürgen.«

»Stehen wir wirklich am Rand einer Katastrophe?«

»Wir stehen am Rand einer Katastrophe, seit die Sterne ausgegangen sind.«

»Ich meine, wegen dem Öl und allem. Wenn der Spin nicht gekommen wäre, würden wir alle verhungern?«

»Es gibt Menschen, die *tatsächlich* verhungern. Sie müssen

verhungern, weil wir nicht in der Lage sind, sieben Milliarden Menschen auf dem nordamerikanischen Wohlstandsniveau zu halten, ohne den ganzen Planeten auszuplündern und zu ruinieren. Gegen die Zahlen kann man schwer anargumentieren. Ja, es ist wahr. Falls der Spin uns nicht tötet, werden wir es früher oder später mit einem globalen Massensterben zu tun bekommen.«

»Und das hat etwas mit dem Spin selbst zu tun?«

»Vielleicht, aber das wissen weder ich noch der Marsianer mit letzter Sicherheit.«

»Du machst dich über mich lustig.«

»Nein.«

»Doch. Aber ist schon okay. Ich weiß, wie unwissend ich bin. Es ist Jahre her, seit ich zuletzt in eine Zeitung geguckt habe, es bestand immer das Risiko, darin auf das Gesicht deines Vaters zu stoßen. Und das Einzige, was ich mir in der Glotze ansehe, sind die Soaps am Nachmittag. Da gibt es keine Marsmenschen. Ich bin wohl so eine Art Rip van Winkle. Ich habe zu lange geschlafen. Und die Welt, die ich beim Aufwachen vorfinde, gefällt mir nicht besonders. Das, was an ihr nicht erschreckend ist, ist ...« Sie deutete auf den Fernseher. »Ist grotesk.«

»Wir alle sind Rip van Winkle«, sagte Jason. »Wir alle warten darauf, aufzuwachen.«

Carols Gemütsverfassung verbesserte sich gemeinsam mit Jasons Gesundheitszustand, und sie interessierte sich zunehmend für seine Prognose. Ich gab ihr einige grundlegende Informationen über die AMS, eine Krankheit, die noch nicht formell diagnostiziert worden war, als Carol ihren medizinischen Abschluss gemacht hatte, und umging auf diese Weise Fragen zur Behandlung selbst, ein stillschweigendes Abkommen zwischen uns, das sie als solches zu begreifen und zu akzeptieren schien. Entscheidend war, dass Jasons schwer gezeichnete Haut abheilte und die Blutproben, die ich an ein Labor in Washington schickte, eine drastische Abnahme der neuralen Plaqueproteine auswiesen.

Sie zeigte jedoch weiterhin wenig Neigung, über den Spin zu sprechen, und wirkte unglücklich, wenn Jason und ich es in ihrer Gegenwart taten. Wieder einmal musste ich an das Housman-Gedicht denken, das Diane mir vor vielen Jahren beigebracht hatte: *Das Kind hat nicht mal wahrgenommen / Wie's in den Bauch des Bär'n gekommen.*

Carol war in ihrem Leben von diversen Bären bedrängt worden, darunter einige so groß wie der Spin, andere so klein wie ein Ethanolmolekül. Ich glaube, sie hätte das Kind beneidet.

Eines Abends, wenige Tage nach Wuns UN-Auftritt, rief Diane an – auf meinem Handy, nicht auf Carols Festnetztelefon. Ich hatte mich gerade auf mein Zimmer zurückgezogen, Carol die Nachtwache übernommen. Der Regen war den ganzen November über gekommen und gegangen, jetzt war er wieder da, das Zimmerfenster ein flüssiger Spiegel aus gelbem Licht.

»Du bist im Großen Haus«, sagte Diane.

»Hast du mit Carol gesprochen?«

»Ich rufe sie einmal im Monat an, ich bin eine pflichtbewusste Tochter. Manchmal ist sie nüchtern genug, dass wir uns unterhalten können. Was ist mit Jason?«

»Das ist eine lange Geschichte. Er erholt sich. Kein Grund zur Sorge.«

»Ich mag es nicht, wenn Leute so was sagen.«

»Ich weiß. Aber es ist wahr. Es gab ein Problem, wir haben es behoben.«

»Und das ist alles, was du mir sagen kannst.«

»Fürs Erste ja. Wie sieht's bei dir und Simon aus?«

»Nicht so gut. Wir ziehen um.«

»Wohin?«

»Aus Phoenix weg jedenfalls. Raus aus der Stadt. Jordan

Tabernacle ist vorübergehend geschlossen worden – ich dachte, du hättest vielleicht davon gehört.«

»Nein«, sagte ich – warum sollte ich etwas über die Finanzprobleme einer kleinen apokalyptischen Kirche im Südwesten gehört haben? –, und dann redeten wir über andere Dinge, und Diane versprach mir, mich zu informieren, sobald sie und Simon eine neue Adresse hätten. Klar, sicher doch, warum auch nicht?

Aber am Abend danach hörte ich doch etwas über Jordan Tabernacle.

Untypischerweise bestand Carol darauf, die Spätnachrichten im Fernsehen anzuschauen. Jason war zwar müde, aber geistig voll da und hatte nichts dagegen, also führten wir uns vierzig Minuten lang internationales Säbelrasseln und Prominentenprozesse zu Gemüte. Einiges war ganz interessant: Es gab Neues von Wun Ngo Wen, der sich in Belgien mit EU-Offiziellen traf, und gute Nachrichten aus Usbekistan, wo der vorgeschobene Marinestützpunkt endlich befreit worden war. Dann kam ein Sonderbeitrag über KVES und die israelische Milchindustrie. Wir sahen dramatische Bilder von gekeulten Rindern, die von Bulldozern in Massengräber geschaufelt und mit Kalk bestreut wurden. In dutzenden Ländern, von Brasilien bis Äthiopien, war die Rinder- respektive Huftier-KVES ausgebrochen und wurde mit allen Mitteln bekämpft. Die auf den Menschen übergesprungene Krankheit war mit modernen Antibiotika behandelbar, stellte jedoch für finanzschwache Drittweltländer ein ziemliches Problem dar.

Da aber die israelischen Milchbauern verpflichtet waren, regelmäßige Blutuntersuchungen durchzuführen und diese zu dokumentieren, kam der Ausbruch der Krankheit dort völlig unerwartet. Schlimmer noch, bei der Ermittlung des Indexfalles – der ersten nachgewiesenen Infektion – stieß man auf eine nicht autorisierte Lieferung von befruchteten Eizellen aus den Vereinigten Staaten. Diese Lieferung wurde bis zu »Wort für die

Welt« zurückverfolgt, einer Trübsals-Wohltätigkeitsorganisation mit Sitz in einem Gewerbegebiet am Rande von Cincinnati, Ohio. Warum schmuggelte WfdW Rindereizellen nach Israel? Wie sich herausstellte, aus nicht besonders wohltätigen Gründen. Ermittler spürten den Geldern für WfdW nach und gelangten dabei über ein Dutzend Scheinholdings zu einem Konsortium aus Trübsals- und Dispensationalistenkirchen sowie kleineren und größeren politischen Randgruppen. Allen diesen Vereinigungen gemeinsam war ein Glaubensgrundsatz, der sich aus dem 4. Buch Mose herleitete, mit weiteren Andeutungen bei Matthäus und im Timotheusbrief: dass die Geburt einer reinen roten Färse in Israel die Wiederkunft Jesu Christi und den Beginn seiner Herrschaft auf Erden einläuten würde.

Eine uralte Vorstellung. Einige jüdische Extremisten glaubten, die Opferung eines roten Kalbes auf dem Tempelberg würde das Erscheinen des Messias begleiten. Es hatte in den vergangenen Jahren sogar diverse »Rotes Kalb-Angriffe« auf den Felsendom gegeben, und bei einem davon war die Al-Aqsa-Moschee beschädigt worden, was um ein Haar zu einem regionalen Krieg geführt hätte. Die israelische Regierung hatte ihr Möglichstes getan, um die Bewegung zu zerschlagen, es war ihr jedoch lediglich gelungen, sie in den Untergrund zu treiben.

Dem Bericht zufolge gab es diverse von WfdW gesponserte Milchfarmen im Mittelwesten und Südwesten der USA, die in aller Stille an der Herbeiführung der Apokalypse arbeiteten. Sie hatten versucht, ein reines blutrotes Kalb zu züchten, den zahlreichen enttäuschenden Färsen überlegen, die in den letzten vierzig Jahren als mögliche Kandidaten präsentiert worden waren. Diese Farmen hatten alle Fütterungsverordnungen und behördlichen Inspektionen systematisch umgangen und sogar einen aus Nogales über die Grenze eingeschleppten Ausbruch von Rinder-KVES verheimlicht. Die infizierten Eizellen produzierten Zuchttiere mit reichlich Genen für rote Fellfärbung, doch als die Kälber dann geboren wurden – auf einer mit WfdW verbundenen Milchfarm im Negev –, starben die meisten von ihnen frühzeitig an Lungenversagen. Die Kadaver wurden stillschweigend vergraben, aber es war schon zu spät: Der Erreger war auf die erwachsenen Tiere und auf einige Farmarbeiter übergesprungen.

Eine peinliche Situation für die amerikanischen Regierung. Der Landwirtschaftsminister hatte bereits einschneidende Maßnahmen angekündigt, das Heimatschutzministerium fror WfdW-Bankkonten ein und startete Hausdurchsuchungen bei apokalyptischen Spendensammlern. In den Nachrichten sah man, wie Bundesagenten kistenweise Dokumente aus Gebäuden trugen und die Türen obskurer Kirchen mit Vorhängeschlössern verriegelten.

Der Nachrichtensprecher verlas die Namen einiger betroffener Einrichtungen.

Eine davon war Jordan Tabernacle.

## 4 × 10⁹ N. CHR.

Vor Padang stiegen wir aus Nijons Rettungswagen in ein Auto mit einem Minang-Fahrer um, der uns – mich, Ibu Ina und En – bei einem Speditionslager an der Küstenstraße absetzte. In einer schwarzen Kiesebene standen fünf riesige Blechdachlagerhallen zwischen kegelförmigen, von Planen abgedeckten Zementhügeln und einem verrosteten Schienentankwagen, den man buchstäblich aufs Abstellgleis geschoben hatte. Das Hauptbüro war ein niedriges Holzgebäude unter einem Schild, auf dem BAYUR FORWARDING stand.

Die Bayur-Spedition, erläuterte Ina, war eines der Unternehmen ihres Ex-Mannes Jala, und dieser Jala war es auch, der uns gleich darauf am Empfang begrüßte. Er war ein bulliger, apfelwangiger Mann in einem kanariengelben Geschäftsanzug – er sah aus wie ein Toby-Krug, der eine Expedition in die Tropen plant. Er und Ina umarmten sich im Stil von einvernehmlich Geschiedenen, dann gab Jala mir die Hand und beehrte auch En mit einem Handschlag. Er stellte mich seiner Empfangsdame als »Palmölimporteur aus Suffolk« vor, wohl für den Fall, dass sie von den New Reformasi befragt werden würde. Dann eskortierte er uns zu seinem sieben Jahre alten BMW mit Brennstoffzellenmotor und wir fuhren nach Süden Richtung Teluk Bayur, Jala und Ina vorn, En und ich auf der Rückbank.

In Teluk Bayur – dem großen Tiefwasserhafen südlich von Padang – hatte Jala sein ganzes Geld verdient. Vor dreißig Jahren, sagte er, sei Teluk Bayur noch ein schläfriges Sumatra-Sandschlammbecken gewesen, mit sehr bescheidenen Hafeneinrichtungen und einem übersichtlichen Umschlag von Kohle, rohem Palmöl und Düngemitteln. Doch dank des Wirtschaftsbooms in der Zeit der *Nagari*-Restauration und der Bevölkerungsexplosion in der Torbogenära besitze Teluk Bayur nun ein generalüberholtes Hafenbecken mit Kais und Liegeplätzen von Weltniveau, mit einem riesigen Lagerungskomplex und so viel modernem Schnickschnack, dass sogar Jala irgendwann die Lust verlor, all die Schlepper, Schuppen, Kräne und Auflader nach Tonnage zusammenzurechnen. »Jala ist stolz auf Teluk Bayur«, sagte Ina. »Es gibt kaum einen hohen Beamten, den er nicht bestochen hätte.«

»Aber keinen, der im Rang höher steht als General Schlüssel«, berichtigte Jala.

»Du bist zu bescheiden.«

»Ist es etwa falsch, wenn man Geld verdient? Bin ich zu erfolgreich? Ist es ein Verbrechen, etwas aus sich zu machen?«

Ina neigte den Kopf. »Das sind natürlich alles nur rhetorische Fragen.«

Ich fragte, ob wir direkt zu einem Schiff in Teluk Bayur fahren würden.

»Nicht direkt«, sagte Jala. »Ich bringe Sie zu einem sicheren Ort im Hafen. So einfach ist das nicht, dass man einfach auf ein Schiff spazieren und es sich gemütlich machen könnte.«

»Es ist gar kein Schiff da?«

»Selbstverständlich ist ein Schiff da. Die *Capetown Maru*, ein netter kleiner Frachter. Er lädt gerade Kaffee und Gewürze. Wenn die Fracträume voll sind, die Schulden beglichen und die Genehmigungen unterzeichnet, dann geht die menschliche Fracht an Bord. Diskret, wie ich hoffe.«

»Was ist mit Diane? Ist Diane in Teluk Bayur?«

»Bald«, sagte Ina mit einem bedeutungsvollen Blick auf Jala. »Ja, bald«, erwiderte er.

Teluk Bayur mochte einst nur ein schläfriger Handelshafen gewesen sein, doch wie alle modernen Häfen war dieser inzwischen zu einer Stadt für sich geworden, einer Stadt, die nicht für Menschen gemacht war, sondern für Frachtgut. Der eigentliche Hafen war begrenzt und umzäunt, aber um diesen Kern herum hatte sich ergänzendes Gewerbe angesiedelt wie Bordelle um einen militärischen Stützpunkt: nachgeordnete Spediteure und Expediteure, LKW-Kollektive, die mit umgebauten Mehrachsern arbeiteten, undichte Öldepots. Wir ließen das alles schnell hinter uns – Jala wollte uns untergebracht wissen, bevor die Sonne unterging.

Bayur Bay selbst war ein Hufeisen aus öligem Salzwasser. Kais und Molen leckten daran wie Betonzungen. An die Küste grenzend, breitete sich das geordnete Chaos des Handels im großen Maßstab aus: die vor- und nachgeordneten Lagerhäuser und Stapelplätze, die Kräne, die sich wie riesige Gottesanbeterinnen an den Laderäumen der Containerschiffe gütlich taten. Wir hielten bei einem Wachhäuschen, und Jala reichte dem Posten irgendetwas durchs Wagenfenster – einen Passierschein, Bestechungsgeld, vielleicht beides. Der Posten winkte uns durch, Jala winkte liebenswürdig zurück und fuhr auf das Gelände innerhalb des Stahlzauns, brauste mit, wie mir schien, halsbrecherischer Geschwindigkeit an einer ganzen Reihe von CPO- und Avigas-Tanks vorbei. »Ich habe Ihnen hier eine Bleibe für die Nacht organisiert«, sagt er. »In einem der Lagerhäuser auf dem Dock E habe ich ein Büro. Da ist nur unbewehrter Beton drin, da stört Sie keiner. Morgen früh werde ich Diane Lawton dorthin bringen.«

»Und dann fahren wir ab?«

»Geduld. Sie sind nicht die Einzigen, die *rantau* machen – nur die Auffälligsten. Es könnte Komplikationen geben.«

»Welcher Art?«

»Na, die New Reformasi natürlich. Die Polizei durchkämmt das Hafengelände von Zeit zu Zeit, auf der Suche nach Illegalen und Bogenflüchtlingen. Meistens finden sie auch ein paar. Oder auch mehr als ein paar, je nachdem, wer die Hand aufgehalten hat und wie viel hineingeflossen ist. Im Moment gibt es großen Druck aus Jakarta, also wer weiß? Außerdem ist davon die Rede, dass es einen Arbeitskampf geben könnte – die Gewerkschaft der Stauer ist ausgesprochen militant. Wenn wir Glück haben, können wir ablegen, bevor der Konflikt beginnt. Sie müssen also für eine Nacht im Dunkeln auf dem Fußboden schlafen. Ina und En bringe ich fürs Erste zu den anderen Dorfbewohnern.«

»Nein«, sagte Ina bestimmt. »Ich bleibe hier bei Tyler.«

Jala sah sie an und sagte etwas auf Minang.

»Nicht lustig«, erwiderte sie. »Und auch nicht wahr.«

»Was dann? Du traust mir nicht zu, dass ich ihn sicher unterbringe?«

»Was habe ich je davon gehabt, dir zu trauen?«

Jala grinste. Seine Zähne waren tabakbraun. »Abenteuer.«

»Das kann man wohl sagen.«


Also landeten wir, Ibu Ina und ich, am Nordende eines Lagerhallenkomplexes etwas abseits der Docks, in einem trostlosen rechteckigen Raum, der einst, so Ina, als Büro des Zollaufsehers gedient hatte, bevor das Gebäude wegen anstehender Reparaturen am porösen Dach vorübergehend geschlossen worden war.

Eine Wand des Raums war ein Fenster aus drahtverstärktem Glas. Ich blickte hinab in einen tiefen, kahlen Stauraum, blass vom Betonstaub. Stützpfeiler aus Stahl ragten wie rostige Rippen aus einem schlammigen, von Pfützen übersäten Boden. Das einzige Licht kam von Sicherheitslampen, die in großen Abständen an den Wänden hingen. Insekten waren durch die Öffnungen des Gebäudes eingedrungen, schwärmten in Wolken um die vergitterten Glühbirnen, gingen ein, bildeten Haufen aus leblosen Hüllen. Es gelang Ina, eine Schreibtischlampe zum Leuchten zu bringen. Leere Pappkartons stapelten sich in einer Ecke. Ich faltete die trockensten auseinander und legte sie übereinander, um daraus zwei primitive Matratzen zu machen. Keine Decken. Aber es war eine sehr warme Nacht. Die Monsunzeit stand bevor.

»Glauben Sie, Sie können schlafen?«, fragte Ina.

»Ist nicht das Hilton, aber besser krieg ich's nicht hin.«

»Oh, das meinte ich nicht. Ich spreche vom Lärm. Können Sie bei dem Lärm schlafen?«

Teluk Bayur stellte nachts keineswegs den Betrieb ein, das Beladen und Entladen dauerte vierundzwanzig Stunden am Tag. Sehen konnten wir es nicht, aber wir konnten es hören: das Geräusch von schweren Motoren und gequältem Metall und in Abständen das Donnern tonnenschwerer Frachtcontainer in Bewegung. »Hab schon unter schlimmeren Bedingungen geschlafen«, sagte ich.

»Das bezweifle ich, aber es ist nett, dass Sie es sagen.«

Zunächst schlief keiner von uns. Stattdessen saßen wir beim Schein der Schreibtischlampe und unterhielten uns sporadisch. Ina fragte nach Jason. Ich hatte ihr einige der längeren Abschnitte zu lesen gegeben, die ich während meiner Krankheit niedergeschrieben hatte. Jasons Übergang ins Vierte Alter, sagte sie, scheine weniger schwierig gewesen zu sein als meiner. Nein, erwiderte ich, ich hätte bei dieser Schilderung nur die Bettschüsseldetails weggelassen.

»Aber seine Erinnerung? Es gab keinen Verlust? Er hat sich keine Sorgen deswegen gemacht?«

»Er hat nicht viel darüber gesprochen. Bestimmt hat er sich Sorgen gemacht.« Einmal, als er gerade aus einem seiner Fieberanfälle auftauchte, hatte er sogar verlangt, ich solle sein Leben für ihn aufzeichnen: *Schreib es für mich auf, Ty*, hatte er gesagt. *Schreib es auf, falls ich alles vergesse.*

»Aber keine Graphomanie bei ihm.«

»Nein, zu Schreibwut kommt es, wenn das Gehirn seine eigene Artikulationsfähigkeit neu zu vernetzen beginnt, aber es ist nur eines der möglichen Symptome. Die Geräusche, die er machte, waren vermutlich seine spezielle Manifestation dieses Vorgangs.«

»Das haben Sie von Wun Ngo Wen erfahren.«

Ja. Oder aus seinen medizinischen Archiven, die ich später studierte.

Ina war noch immer von dem Marsianer fasziniert. »Diese Warnung an die Vereinten Nationen, wegen Überbevölkerung und Ressourcenknappheit – hat Wun je mit Ihnen darüber gesprochen? Ich meine, in der Zeit, bevor ...«

»Ich weiß. Ja, doch, ein bisschen.«

»Was hat er gesagt?«

Das war anlässlich einer unserer Unterhaltungen über das eigentliche Ziel der Hypothetischen gewesen. Wun hatte ein Diagramm aufgezeichnet, das ich jetzt für Ina auf dem staubigen Parkettboden reproduzierte: eine senkrechte und eine waagrechte Linie, die einen Graphen definierten. Die Senkrechte stand für Bevölkerungzahlen, die Waagrechte für die Zeit. Eine gezackte Kurve kreuzte mehr oder weniger horizontal über die Graphenebene.

»Entwicklung der Bevölkerung in der Zeit«, sagte Ina. »So viel verstehe ich. Aber was genau wird gemessen?«

»Jede Tierpopulation stellt ein relativ stabiles Ökosystem dar. Seien es Füchse in Alaska oder Brüllaffen in Belize. Die Population schwankt abhängig von äußeren Faktoren – ein besonders kalter Winter etwa oder eine Zunahme von natürlichen Feinden –, aber sie ist jedenfalls kurzfristig stabil.«

Was jedoch, hatte Wun gefragt, wenn wir eine intelligente, Werkzeuge gebrauchende Spezies über einen längeren Zeitraum betrachten? Ich malte Ina den gleichen Graphen noch einmal auf, nur diesmal bewegte sich die Kurve stetig nach oben.

»Was hier geschieht«, sagte ich, »ist, dass die Population, dass die Menschen lernen, ihre Fähigkeiten weiterzugeben. Dass sie nicht nur *wissen*, wie man Feuersteine schlägt, sondern dass sie auch anderen Menschen *zeigen*, wie man es macht und wie man die Arbeit ökonomisch aufteilt. Kooperation ergibt mehr zu essen. Die Bevölkerung wächst. Mehr Menschen kooperieren noch effizienter und entwickeln neue Fertigkeiten. Ackerbau. Viehhaltung. Lesen und Schreiben – was bedeutet, dass Fertigkeiten noch besser weitergegeben und sogar vererbt werden können an spätere Generationen.«

»Also verläuft die Kurve immer steiler – bis wir in uns selbst ertrinken.«

»Nicht zwangsläufig. Es gibt andere Kräfte, die die Kurve nach rechts ziehen. Wachsender Wohlstand und technisches Können wirken zu unseren Gunsten. Wohlgenährte, in Sicherheit lebende Menschen tendieren dazu, ihre Reproduktion zu begrenzen. Technologie und eine flexible Kultur geben ihnen die Mittel dazu. Letzten Endes, meinte jedenfalls Wun, wird die Kurve sich wieder nach rechts neigen.«

Ina schien verwirrt. »Dann gibt es also gar kein Problem? Keine Hungersnot, keine Überbevölkerung?«

»Unglücklicherweise ist die Bevölkerungskurve für die Erde

noch weit davon entfernt, waagrecht zu verlaufen. Und wir haben es mit einschränkenden Bedingungen zu tun.«

»Einschränkende Bedingungen?«

Noch ein Diagramm. Eine Kurve, die wie ein kursives S verlief, am höchsten Punkt waagrecht. Darüber zeichnete ich zwei parallele horizontale Linien: die eine, mit A bezeichnete, ein gutes Stück über der Trendkurve, die andere, mit B bezeichnete, schnitt die Kurve im Aufschwung.

»Was sind das für Linien?«, fragte Ina.

»Beide kennzeichnen die Erhaltungsmöglichkeit des Planeten. Wie viel Ackerland zur Verfügung steht, Treibstoff und Rohstoffe, um die Technik am Laufen zu halten, saubere Luft, sauberes Wasser. Das Diagramm zeigt den Unterschied zwischen einer erfolgreichen und einer scheiternden intelligenten Spezies. Eine Spezies, die ihre größte Zahl unterhalb des Limits erreicht, hat das Potenzial, langfristig zu überleben. Und kann sich all den Dingen zuwenden, von denen die Science-Fiction-Autoren immer geträumt haben: ins Sonnensystem, in die Galaxis expandieren, Zeit und Raum manipulieren.«

»Wie großartig.«

»Immer sachte. Die Alternative ist unerfreulicher. Eine Spezies, die an die Nachhaltigkeitsgrenzen stößt, bevor sie ihre Bevölkerungszahl stabilisiert hat, ist höchstwahrscheinlich zum Untergang verurteilt. Hungersnöte, versagende Technik und ein Planet, der von der Zivilisation so erschöpft ist, dass er sich nicht mehr regenerieren kann.«

»Verstehe. Und was sind jetzt wir? Fall A oder Fall B? Hat Wun Ihnen das gesagt?«

»Alles, was er mit Sicherheit sagen konnte, war, dass beide Planeten, die Erde wie der Mars, auf ihr jeweiliges Limit zusteuerten. Und dass die Hypothetischen intervenierten, bevor sie es überschreiten konnten.«

»Aber *warum* haben sie interveniert? Was erwarten sie von uns?«

Das war eine Frage, auf die Wuns Volk keine Antwort wusste. Genauso wenig wie wir.

Nein, das ist nicht ganz richtig: Jason Lawton hatte eine Art Antwort gefunden.

Aber ich war noch nicht bereit, darüber zu sprechen.

Ina gähnte. Ich verwischte die Zeichnungen auf dem staubigen Fußboden, und sie knipste die Schreibtischlampe aus. Die weit verstreuten Nachtlampen gaben ein erschöpftes Licht ab. Außerhalb der Lagerhalle ertönte etwa alle fünf Sekunden ein Geräusch, das wie der Schlag einer riesigen gedämpften Glocke anmutete.

»Ticktack«, sagte Ina, während sie sich auf ihrer Matratze aus schimmliger Pappe einrichtete. »Ich erinnere mich an die Zeit, als die Uhren noch tickten. Sie auch, Tyler? Diese altmodischen Uhren?«

»Meine Mutter hatte eine in der Küche.«

»Es gibt so viele Sorten Zeit. Die Zeit, nach der wir unser Leben messen. Monate und Jahre. Oder die *große* Zeit, die Zeit, die Berge wachsen und Sterne entstehen lässt. Oder all die Dinge, die zwischen zwei Herzschlägen geschehen. Es ist schwer, in all diesen Zeiten zu leben. Und leicht zu vergessen, dass man in allen lebt.«

Das metronomische Scheppern ging weiter.

Im trüben Licht konnte ich gerade noch ihr müdes Lächeln erkennen.

»Ich glaube, ein Leben ist genug für mich«, sagte sie.

Am Morgen erwachten wir vom Geräusch einer aufgerissenen Ziehharmonikatür, begleitet vom Einfall grellen Lichts. Jala rief nach uns.

Ich eilte die Treppe hinunter. Jala war schon in der Lagerhalle, Diane kam langsam hinter ihm her.

Ich trat näher und sagte ihren Namen.

Sie versuchte zu lächeln, aber sie hatte die Zähne zusammengebissen und ihr Gesicht war unnatürlich blass. Und ich bemerkte, dass sie ein zusammengefaltetes Tuch auf eine Stelle über ihrer Hüfte presste und dass sowohl das Tuch als auch ihre Baumwollbluse rot leuchteten vom Blut, das hindurchgesickert war.

## VERZWEIFELTE EUPHORIE

Acht Monate nach Wun Ngo Wens Rede vor den Vereinten Nationen begannen die gekühlten Zuchtbecken im Perihelion-Labor, nutzlastfähige Mengen marsianischer Replikatoren hervorzubringen, und in Canaveral und Vandenberg wurden die Delta-7-Flotten bereit gemacht, um sie ins All zu tragen. Ungefähr um diese Zeit entstand in Wun der dringende Wunsch, den Grand Canyon zu sehen. Auslöser für sein Interesse war eine Ausgabe der Zeitschrift *Arizona Highways* gewesen, die einer von den Biologen in seinem Quartier hatte liegen lassen.

Er zeigte sie mir einige Tage später. »Schauen Sie.« Beinahe zitternd vor Eifer, blätterte er die Seiten einer Fotoreportage über die Wiederinstandsetzung des Bright-Angel-Wanderwegs auf. Der Colorado River, der durch präkambrischen Sandstein schnitt und einzelne grüne Tümpel bildete. Ein Tourist aus Dubai auf einem Maultier. »Haben Sie schon mal davon gehört, Tyler?«

»Ob ich schon mal was vom Grand Canyon gehört habe? Ja, ich glaube, die meisten Leute haben das.«

»Er ist wirklich erstaunlich. Sehr, sehr schön.«

»Spektakulär. So heißt es. Aber ist nicht gerade der Mars für seine Schluchten berühmt?«

Er lächelte. »Sie sprechen von den Gefallenen Landen. Ihre

Leute haben sie Valles Marineris genannt, als sie sie vor sechzig Jahren – vor hunderttausend Jahren – vom Weltraum aus entdeckten. Teile davon sehen diesen Fotografien tatsächlich sehr ähnlich. Aber ich bin nie dort gewesen. Und ich nehme auch nicht an, dass ich noch einmal Gelegenheit dazu haben werde. Ich glaube, ich würde stattdessen gerne den Grand Canyon besuchen.«

»Dann besuchen Sie ihn. Dies ist ein freies Land.«

Wun quittierte die Redensart – womöglich war es das erste Mal, dass er sie hörte – mit einem Blinzeln und nickte. »Ja, das mache ich. Ich werde mit Jason über die Reisemöglichkeiten sprechen. Möchten Sie nicht mitkommen?«

»Was, nach Arizona?«

»Ja, Tyler, nach Arizona, zum Grand Canyon.« Er mochte ein Vierter sein, aber in diesem Augenblick klang er eher wie ein Zehnjähriger. »Wollen Sie mit mir hinfahren?«

»Darüber muss ich nachdenken.«

Ich war noch mit Nachdenken beschäftigt, als ich einen Anruf von E. D. erhielt.


Seit Preston Lomax' Wahl zum Präsidenten war E. D. Lawton politisch unsichtbar geworden. Seine Kontakte zur Industrie bestanden zwar noch – wenn er eine Party schmiss, konnte man davon ausgehen, dass mächtige Leute auftauchten –, doch er würde nie wieder die Art von Einfluss geltend machen können, derer er sich zu Garlands Amtszeit erfreut hatte. Es gab sogar Gerüchte, dass er sich in einem Zustand psychischen Verfalls befand, eingebunkert in seine Wohnung in Georgetown, von wo aus er ehemalige politische Verbündete mit unerwünschten Anrufen behelligte. Das mochte wohl so sein, aber weder Jason noch Diane hatten in letzter Zeit von ihm gehört, daher war ich einigermaßen perplex, als ich den Hörer abnahm und seine Stimme hörte.

»Ich möchte mit dir reden«, sagte er.

Was eine durchaus interessante Aussage war von einem Mann, der Molly Seagrams sexuelle Spionageaktion finanziert, wenn nicht gar erdacht hatte. Mein erster, wahrscheinlich gesunder Impuls war, gleich wieder aufzulegen, aber als Geste erschien mir das unangemessen.

»Es geht um Jason«, fügte er hinzu.

»Dann reden Sie doch mit Jason.«

»Das kann ich nicht, Tyler. Er hört mich nicht an.«

»Wundert Sie das?«

Er seufzte. »Okay, du stehst natürlich auf seiner Seite. Aber ich will ihm ja nichts Böses. Und es ist sogar dringend. In Bezug auf sein eigenes Wohl.«

»Ich weiß nicht, was das heißen soll.«

»Und ich kann es am Scheißtelefon nicht erklären. Ich bin gerade in Florida, zwanzig Minuten von dir. Komm ins Hotel, ich geb dir einen aus und du kannst mir ins Gesicht sagen, dass ich mich verziehen soll. Bitte, Tyler. Acht Uhr, Hotelbar im Hilton, an der Fünfundneunzig. Vielleicht rettest du jemandem das Leben.«

Er legte auf, bevor ich antworten konnte.

Ich rief Jason an und erzählte ihm, was gerade passiert war.

»Wow«, sagte er. »Wenn die Gerüchte zutreffen, ist E. D. im Umgang sogar noch unangenehmer als früher. Sieh dich vor.«

»Ich hatte eigentlich nicht die Absicht hinzufahren.«

»Musst du natürlich auch nicht. Aber … vielleicht solltest du.«

»Ich hab genug von E. D.s Tricks, vielen Dank.«

»Vielleicht wär's aber besser, wenn wir wüssten, was ihn umtreibt.«

»Soll das heißen, du *willst*, dass ich mich mit ihm treffe?«

»Nur, wenn du dich dabei wohl fühlst.«

»*Wohl fühlen?*«

»Es ist natürlich deine Entscheidung.«

Also setzte ich mich in mein Auto und fuhr über den Highway, vorbei an Unabhängigkeitstagbeflaggung (morgen war

der 4. Juni) und fliegenden Fahnenhändlern (ohne Lizenz, jederzeit darauf gefasst, in ihren verwitterten Pick-ups das Weite
suchen zu müssen), während ich in Gedanken noch einmal all
die Fahr-zur-Hölle-Reden rekapitulierte, die ich mir in den vergangenen Monaten für E. D. Lawton ausgedacht hatte. Als ich
beim Hilton ankam, war die Sonne hinter den Dächern verschwunden und die Uhr am Empfang zeigte 20:35.

E. D. saß in der Bar an einem Tisch, seinen Drink vor sich. Er
wirkte erst überrascht, mich zu sehen. Dann aber erhob er sich,
packte meinen Arm und bugsierte mich auf die Sitzbank ihm
gegenüber.

»Was zu trinken?«

»So lange bleib ich nicht.«

»Trink etwas, Tyler. Es verbessert die Einstellung.«

»Hat es Ihre Einstellung verbessert? Sagen Sie einfach, was
Sie wollen, E. D.«

»Oha, daran erkenne ich, ob einer wütend ist – wenn er meinen Namen ausspricht wie eine Beleidigung. Warum bist du so
sauer? Wegen der Sache mit deiner Freundin und dem Arzt, wie
hieß er gleich, Malmstein? Ich habe das nicht arrangiert. Ich
habe nicht mal meine Einwilligung dazu gegeben. Die Leute, die
für mich gearbeitet haben, waren ein wenig übereifrig. Die
Sache wurde einfach in meinem Namen abgewickelt. Nur, dass
du's weißt.«

»Das ist eine ziemlich erbärmliche Entschuldigung für ein
derartiges Verhalten.«

»Ist es wohl. Ich bekenne mich schuldig im Sinne der Ankla-
ge. Und bitte um Verzeihung. Können wir jetzt von etwas anderem sprechen?«

An diesem Punkt hätte ich einfach gehen können. Dass ich es
nicht tat, lag vermutlich an der Besorgnis, ja Verzweiflung, die
er verströmte. E. D. war noch immer zu jener gedankenlosen
Herablassung imstande, die ihn seiner Familie so teuer gemacht
hatte, aber er besaß nicht mehr die alte Selbstsicherheit. In der

Stille zwischen seinen Wortausbrüchen konnte er die Hände nicht still halten, er rieb sich das Kinn, faltete eine Serviette zusammen und wieder auseinander, strich sich über die Haare. Schweigen breitete sich aus, bis er einen guten Schluck von seinem zweiten Drink genommen hatte (nein, vermutlich nicht erst der zweite – die Vertrautheit, mit der die Kellnerin ihn bedient hatte, ließ anderes vermuten).

»Du hast Einfluss auf Jason«, sagte er schließlich.

»Wenn Sie mit Jason reden wollen, warum tun Sie es nicht auf direktem Wege?«

»Weil das nicht geht. Aus naheliegenden Gründen.«

»Was soll ich ihm denn sagen?«

E. D. starrte erst mich an, dann seinen Drink. »Du sollst ihm sagen, dass er den Stecker aus dem Replikatorenprojekt ziehen muss. Buchstäblich. Den Kühlschrank abstellen. Schluss machen.«

Jetzt war es an mir, ungläubig dreinzublicken. »Es muss Ihnen doch klar sein, wie abwegig das ist.«

»Ich bin nicht blöd, Tyler.«

»Also, warum ...«

»Er ist mein Sohn.«

»Wie haben Sie denn das herausgefunden?«

»Weil wir politischen Streit hatten, ist er plötzlich nicht mehr mein Sohn? Glaubst du, ich bin so oberflächlich, dass ich das nicht trennen kann? Dass ich ihn nicht liebe, nur weil ich anderer Meinung bin?«

»Ich weiß von Ihnen nur das, was ich gesehen habe.«

»Du hast gar nichts gesehen.« Er hielt kurz inne, dann sagte er: »Jason ist nur eine Marionette in den Händen von Wun Ngo Wen. Ich möchte, dass er aufwacht und begreift, was gespielt wird.«

»Sie haben ihn dazu erzogen, eine Marionette zu sein. *Ihre* Marionette. Es gefällt Ihnen nur nicht, dass jetzt jemand anders einen derartigen Einfluss auf ihn hat.«

»Blödsinn, totaler Blödsinn. Oder, na gut, wenn wir hier schon mal am Beichten sind, vielleicht ist es so, ich weiß nicht, vielleicht brauchen wir alle mal eine Familientherapie, aber darum geht's hier nicht. Es geht darum, dass alle mächtigen Leute in diesem Land auf Wun Ngo Wen und sein beschissenes Replikatorenprojekt abfahren. Aus dem offensichtlichen Grund, dass es billig ist und dem Wahlvolk einleuchtend erscheint. Wen kümmert's da, wenn es nicht funktioniert, denn alles andere funktioniert ja auch nicht, und wenn nichts funktioniert, dann ist das Ende nahe und alle unsere Probleme erscheinen in einem anderen Licht, im Licht der roten Sonne nämlich. Stimmt's? Ist es nicht so? Sie reden es schön, sie bezeichnen es als Spiel mit offenem Ausgang, aber in Wirklichkeit ist es ein Taschenspielertrick, um das Volk bei Laune zu halten.«

»Interessante These, aber ...«

»Würde ich mich hier mit dir unterhalten, wenn ich das Ganze nur für eine interessante *These* hielte? Stell mir die richtigen Fragen, wenn du anzweifelst, was ich sage.«

»Welche denn zum Beispiel?«

»Zum Beispiel: Wer genau ist eigentlich Wun Ngo Wen? Wen repräsentiert er und was will er wirklich? Anders als er im Fernsehen glauben machen will, ist er nämlich nicht Mahatma Gandhi in der Munchkin-Version. Er ist hier, weil er etwas von uns will. Etwas, das er von Anfang an wollte.«

»Den Start der Replikatoren.«

»Offensichtlich.«

»Ist das ein Verbrechen?«

»Die bessere Frage wäre: Warum starten die Marsianer diese Aktion nicht selbst?«

»Weil sie nicht davon ausgehen können, dass sie für das gesamte Sonnensystem sprechen. Weil ein solches Projekt nicht unilateral in Angriff genommen werden kann.«

E. D. verdrehte die Augen. »Das sind die Sachen, die man halt so *sagt*, Tyler. Über Multilateralismus und Diplomatie zu sprechen, erfüllt den gleichen Zweck wie ›Ich liebe dich‹ zu sagen: man kriegt das Höschen leichter runter. Es sei denn natürlich, die Marsianer sind wirklich engelsgleiche Wesen, die vom Himmel herabgestiegen sind, um uns von allem Übel zu erlösen. Und ich nehme mal an, dass du das nicht glaubst.«

Wun hatte dies so oft von sich gewiesen, dass ich kaum widersprechen konnte.

»Ich meine, sieh dir ihre Technologie an. Diese Leute betreiben seit tausend Jahren Biotechnik. Wenn sie die Galaxie mit Nanobots bevölkern wollten, hätten sie das schon längst tun können. Also: Warum haben sie es nicht getan? *Warum?* Offensichtlich doch, weil sie Angst vor Vergeltungsmaßnahmen haben.«

»Vergeltungmaßnahmen von den Hypothetischen? Sie wissen nichts über die Hypothetischen, was wir nicht auch wissen.«

»Das behaupten sie. Braucht aber nicht zu heißen, dass sie nicht Angst vor ihnen hätten. Was uns betrifft – wir sind die Arschlöcher, die vor nicht allzu langer Zeit einen nuklearen Angriff auf die Polarartefakte unternommen haben. Ja, wir nehmen die Verantwortung auf uns, warum nicht? Herrgott, mach die Augen auf, Tyler! Das ist das klassische Täuschungsmanöver. Könnte kaum abgefeimter sein.«

»Vielleicht sind Sie aber auch nur paranoid.«

»Bin ich das? Wer bestimmt, was Paranoia in Spinzeiten heißt? Wir alle sind paranoid. Denn wir alle wissen, dass böse Mächte unser Leben kontrollieren, und schon damit entsprechen wir der *Definition* von Paranoia.«

»Ich bin ja nur praktischer Arzt. Aber intelligente Menschen sagen mir ...«

»Du meinst natürlich Jason. Jason sagt, dass alles gut wird.«

»Nicht nur Jason. Die Regierung. Der größte Teil des Kongresses.«

»Aber die sind vom Rat der Eierköpfe abhängig. Und die Eierköpfe sind von all dem genauso hypnotisiert wie Jason. Willst du wissen, was deinen Freund antreibt? Furcht. Er hat Angst davor, unwissend zu sterben. *Wenn er* unwissend stirbt, dann heißt das in der Situation, in der wir uns befinden, dass *die menschliche Spezies* unwissend stirbt. Und das macht ihm eine Scheißangst, diese Vorstellung, dass eine ganze, dem Vernehmen nach intelligente Spezies aus dem Universum getilgt werden kann, ohne dass sie begreift, warum und wozu. Anstatt mir Paranoia zu bescheinigen, solltest du mal über Jasons Größenwahn nachdenken. Er hat es sich zur Lebensaufgabe gemacht, den Spin zu verstehen. Da taucht Wun auf und hält ihm ein Werkzeug hin, das diesem Zweck zu dienen scheint, und natürlich greift er zu. Das ist so, als würde man einem Pyromanen ein Streichholz hinhalten.«

»Wollen Sie wirklich, dass ich ihm das erzähle?«

»Ich ...« E. D. wirkte plötzlich verdrossen, vielleicht war aber auch sein Alkoholspiegel zu hoch gestiegen. »Ich dachte, weil er auf dich hört ...«

»Das glauben Sie nicht im Ernst.«

Er schloss kurz die Augen. »Vielleicht nicht. Ich weiß nicht. Aber ich muss es versuchen. Verstehst du das? Für mein Gewissen.« Ich war verblüfft über sein Bekenntnis, eines zu besitzen. »Lass mich offen zu dir sein. Ich habe das Gefühl, als würde ich einem Zugunglück in Zeitlupe zusehen. Die Räder schweben schon in der Luft, und der Zugführer hat es noch nicht bemerkt. Was mache ich also? Ist es zu spät, die Notbremse zu ziehen? Zu spät, ›Achtung‹ zu schreien? Vermutlich. Aber er ist mein Sohn, Tyler. Der Mann, der den Zug fährt, ist mein Sohn.«

»Er ist in keiner größeren Gefahr als wir alle.«

»Ich glaube, das stimmt nicht. Selbst wenn diese Sache gelingt, werden wir daraus nicht mehr gewinnen als abstrakte Information. Jason ist damit zufrieden, doch der Rest der Welt wird damit nicht zufrieden sein. Du kennst Preston Lomax nicht. Ich schon. Lomax wäre nur zu gern bereit, Jason einen Fehlschlag anzuhängen und ihn der Meute zum Fraß vorzuwerfen. In seiner Regierung gibt es eine Menge Leute, die Perihelion dichtmachen oder dem Militär überantworten wollen. Und das sind noch die besten Varianten, die ich hier ausmale. Im ungünstigsten Fall werden die Hypothetischen sauer und schalten den Spin ab.«

»Sie befürchten also, dass Lomax Perihelion dichtmacht?«

»Ich habe Perihelion aufgebaut – ja, ich mache mir deswegen Sorgen. Doch das ist nicht der Grund, warum ich hier bin.«

»Ich kann Jason weitergeben, was Sie gesagt haben, aber glauben Sie, dass er darauf hören wird?«

»Ich ...« Mit wässrigen Augen inspizierte er die Tischplatte. »Nein. Natürlich nicht. Aber wenn er reden möchte ... Er soll wissen, dass ich erreichbar bin. *Wenn* er reden möchte. Ich würd's ihm nicht zur Qual machen. Ehrlich.« Es war, als hätte er eine Tür geöffnet und seine ganze Einsamkeit würde hervorsprudeln.

Jason vermutete, dass E. D.s Erscheinen in Florida Teil irgendeines machiavellistischen Plans war. Beim alten E. D. wäre das vielleicht zutreffend gewesen, aber der neue E. D. erschien mir wie ein alternder, seiner Macht entkleideter Mann, der seine Pläne am Grund eines Glases fand und den es aus einem plötzlichen Schuldbewusstsein heraus hierher verschlagen hatte.

Mit sanfter Stimme fragte ich: »Haben Sie versucht, mit Diane zu sprechen?«

»Diane?« Er machte eine abwinkende Geste. »Diane hat ihre Telefonnummer geändert. Ich kann sie nicht erreichen. Außerdem hat sie sich ganz diesem beschissenen Weltuntergangskult hingegeben.«

»Es ist kein Kult. Nur eine kleine Kirche mit ein paar seltsamen Ideen. Es ist eher Simon, der sich da engagiert, nicht sie.«

»Sie ist vom Spin paralysiert. Genau wie der Rest eurer verdammten Generation. Sie hat sich kopfüber in diesen religiösen Quatsch gestürzt, als sie kaum aus der Pubertät raus war. Ich kann mich noch gut erinnern. Plötzlich kam sie an und hat beim Abendessen Thomas von Aquin zitiert. Ich wollte, dass Carol mit ihr darüber spricht. Aber Carol war nicht zu gebrauchen, typisch. Und weißt du, was ich dann gemacht habe? Ich habe ein Streitgespräch veranstaltet. Sie und Jason. Sechs Monate lang hatten sie über Gott diskutiert, also habe ich die Sache auf formelle Beine gestellt, so im Stil einer Collegedebatte, und der Trick dabei war, dass beide jeweils für die Sache argumentieren mussten, die sie *nicht* vertraten: Jason musste die Existenz Gottes verteidigen und Diane musste den atheistischen Standpunkt einnehmen.«

Davon hatten sie mir nie erzählt. Aber ich konnte mir gut vorstellen, mit welchem Unwohlsein sie sich dieser Erziehungsmaßnahme unterzogen hatten.

»Es sollte ihr demonstrieren, wie einfältig sie war. Sie hat ihr Bestes gegeben, ich glaube, sie wollte mich beeindrucken. Sie hat im Wesentlichen das wiedergegeben, was Jason zu ihr gesagt hatte. Aber Jason ...« E. D.s Stolz war nicht zu übersehen. »Jason war brillant. Einfach unfassbar brillant. Er gab ihr jedes Argument zurück, das sie ihm je vorgesetzt hatte, und setzte dann noch eins drauf. Und er hat das Zeug nicht einfach nur nachgeplappert. Er hatte theologische Schriften gelesen, hatte sich mit der ganzen Bibelgelehrsamkeit beschäftigt. Und er hat die ganze Zeit gelächelt, so als wolle er sagen: Sieh her, ich kenne diese Argumente in- und auswendig, ich kenne sie mindestens genauso gut wie du, ich kann sie im Schlaf hersagen, und trotzdem halte ich sie für zutiefst falsch. Er war völlig unnachgiebig, und schließlich hat sie nur noch geweint. Sie hat bis zum Ende durchgehalten, aber die Tränen sind ihr nur so übers Gesicht gelaufen.«

Ich starrte ihn an.

Er fing meinen Blick auf. »Steck dir deine moralische Überheblichkeit sonst wohin, Tyler. Ich wollte ihr eine Lektion erteilen. Ich wollte, dass sie sich der Realität stellt und nicht eine

von diesen spinverrückten Autisten wird. Eure ganze Scheiß-
generation ...«

»Interessiert es Sie, ob sie noch lebt?«

»Ja, natürlich.«

»Niemand hat in letzter Zeit von ihr gehört. Sie sind nicht der
Einzige, der sie nicht erreichen kann. Ich habe mir überlegt,
dass ich versuchen könnte, sie aufzuspüren. Was halten Sie davon?«

Doch die Kellnerin brachte einen neuen Drink, und E. D. verlor das Interesse an dem Thema, an mir, an der Welt um ihn
herum. »Ja, ich möchte wissen, ob's ihr gut geht.« Er nahm seine Brille ab und reinigte die Gläser mit einer Serviette. »Ja, tu
das, Tyler.«

Und so beschloss ich, mit Wun Ngo Wen nach Arizona zu
fahren.

Mit Wun zu reisen, war so ähnlich, als würde man einen Pop-
star oder einen hohen Politiker begleiten – viel Sicherheitsvorkehrungen, wenig Spontaneität, aber alles perfekt organisiert.
Nach einer streng aufeinander abgestimmten Folge von Flug-
platzabsperrungen, Charterflügen und Straßenkonvois landeten wir schließlich am Ausgang des Bright Angel Trails, drei
Wochen vor den geplanten Replikatorenstarts, an einem Juli-
tag, der so heiß war wie Feuerwerk und so klar wie ein Fluss-
quell.

Wun stand dort, wo das Geländer dem Rand des Canyons
folgte. Die Parkverwaltung hatte den Wanderweg und das Be-
sucherzentrum für Touristen gesperrt und drei ihrer besten (und
fotogensten) Ranger standen bereit, Wun und ein Kontingent
von Bundesbeamten mit Schulterhalftern unter dem weißen
Wanderoutfit auf eine Expedition in den Canyon hineinzufüh-
ren, wo man zum Übernachten Zelte aufschlagen würde.

Wun war für die Wanderung Ungestörtheit zugesagt worden,
aber momentan war das Ganze noch ein einziger Zirkus. Der

Parkbereich war von Übertragungswagen vollgestellt, Journalisten und Fotografen warfen sich wie verzweifelte Bittsteller in die Absperrseile, aus einem über der Canyonkante schwebenden Hubschrauber wurde gefilmt. Wun war trotzdem glücklich. Er grinste. Er saugte die Kiefernnadelluft in großen Zügen ein. Die Hitze war unerträglich, vor allem für einen Marsianer, hätte ich gedacht, doch er ließ keine Anzeichen von Erschöpfung erkennen, trotz des Schweißes, der auf seiner faltigen Haut glitzerte. Er trug ein leichtes Khakihemd, dazu passende Hosen und Wanderstiefel in Kindergröße, die er in den vergangenen Wochen schon eingelaufen hatte. Er nahm einen Schluck aus einer Aluminiumfeldflasche, bot sie dann mir an.

»Wasserbruder«, sagte er.

Ich lachte. »Behalten Sie es. Sie werden es brauchen.«

»Ich wünschte, Sie könnten mit mir zusammen nach unten steigen. Das hier ist …« Er sagte etwas in seiner eigenen Sprache. »Zu viel Kohl für einen Topf. Zu viel Schönheit für einen einzelnen Menschen.«

»Sie können sie jederzeit mit den FBI-Männern teilen.«

Er warf den Sicherheitsleuten einen bösen Blick zu. »Das kann ich leider nicht. Sie schauen, aber sie sehen nichts.«

»Ist das auch eine marsianische Redensart?«

»Klingt ganz so.«

Wun richtete noch einige liebenswürdige Abschiedsworte an die Pressemeute und den frisch eingetroffenen Gouverneur von Arizona, während ich mir eines der diversen Perihelion-Fahrzeuge auslieh und mich Richtung Phoenix aufmachte.

Niemand schritt ein, niemand folgte mir, niemand interessierte sich für mich. Ich mochte Wun Ngo Wens Leibarzt sein – einige von den Presseleuten hatten mich vielleicht sogar erkannt –, aber außerhalb von Wuns Dunstkreis war ich nicht nachrichtenrelevant. Nicht die Bohne. Ein gutes Gefühl. Ich drehte die Klimaanlage auf, bis das Wageninnere sich wie ein kanadischer Herbsttag anfühlte. Gut möglich, dass ich erlebte, was die Medien als »verzweifelte Euphorie« bezeichneten, dieses Wir-müssen-alle-sterben-aber-alles-ist-möglich-Gefühl, das seinen Höhepunkt ungefähr zu der Zeit erreichte, als Wun an die Öffentlichkeit trat. Das Ende der Welt – plus Marsianer: Was sollte angesichts dessen noch unmöglich sein? Oder auch nur *unwahrscheinlich*? Und was sollte man unter diesen Umständen noch mit einer Moral anfangen, die Anstand, Geduld und Tugend predigte, die mahnte, nicht über die Stränge zu schlagen?

E. D. hatte meine Generation beschuldigt, vom Spin paralysiert zu sein, und vielleicht war das ja auch so. Wir waren jetzt seit dreißig Jahren vom Scheinwerferlicht gebannt. Keiner von uns hatte je dieses Gefühl grundlegender Verletzlichkeit abschütteln können, diese intensive Wahrnehmung des Schwerts, das über unseren Köpfen schwebte. Dieses Gefühl trübte jedes Vergnügen, ließ selbst unsere besten und mutigsten Gesten vorläufig und unentschlossen wirken.

Aber auch die stärkste Lähmung nutzt sich irgendwann ab. Jenseits der Furcht liegt die Unbekümmertheit, jenseits der Starre der Tatendrang. Es sind allerdings nicht unbedingt gute oder besonnene Taten, die dabei herauskommen. Ich fuhr an Dutzenden von Warnschildern vorbei, die auf die Gefahr von Straßenpiraterie hinwiesen, und der Verkehrsreport im Radio vermeldete die »wegen polizeilicher Maßnahmen« gesperrten Straßen so emotionslos, als sei von Bauarbeiten die Rede. Dennoch schaffte ich es ohne Zwischenfälle bis zum Parkplatz hinter dem Jordan Tabernacle.

Der derzeitige Pfarrer war ein junger Mann mit Bürstenschnitt namens Bob Kobel, der sich am Telefon bereit erklärt hatte, mich zu empfangen. Er kam zum Auto, als ich es gerade abschloss, und führte mich ins Pfarrhaus, um mir Kaffee und Doughnuts und ein paar offene Worte anzubieten. Er sah aus wie ein ehemaliger Spitzensportler, der ein wenig rund um die

Hüften geworden, aber immer noch vom alten Teamgeist erfüllt war.

»Ich habe nachgedacht über das, was Sie gesagt haben«, sagte er. »Ich verstehe, warum Sie in Kontakt zu Diane Lawton treten wollen. Aber verstehen Sie, warum das eine unangenehme Angelegenheit für unsere Kirche ist?«

»Nicht so richtig, nein.«

»Nun, danke für Ihre Offenheit. Dann lassen Sie mich erklären. Zum Pastor dieser Gemeinde bin ich erst nach der Kälberkrise geworden, doch ich bin schon seit vielen Jahren Mitglied. Ich kenne Diane und Simon. Ich habe sie einmal als meine Freunde betrachtet.«

»Jetzt nicht mehr?«

»Ich würde gern glauben, dass wir nach wie vor Freunde sind, aber da müssten Sie sie selber fragen. Sehen Sie, Dr. Dupree, für eine relativ kleine Gemeinde haben wir eine recht kontroverse Geschichte. Das liegt vor allem daran, dass wir anfangs eine Art Bastardkirche waren, ein Haufen von Dispensationalisten, der sich mit einigen desillusionierten New-Kingdom-Hippies zusammengetan hat. Was wir gemeinsam hatten, waren der starke Glaube daran, dass die Endzeit unmittelbar bevorsteht, und ein aufrichtiges Bedürfnis nach christlicher Gemeinschaft. Kein ganz leichter Zusammenschluss, wie Sie sich vorstellen können. Wir haben einiges an Glaubenskonflikten durchgemacht. Schismen, wenn Sie so wollen. Dogmatische Dispute, die für die Gemeinde, offen gesagt, gar nicht mehr nachzuvollziehen waren. Simon und Diane schlossen sich einer Gruppe eingefleischter Posttribulationisten an, die Jordan Tabernacle für sich beanspruchten. Daraus ergab sich eine schwierige Situation, das, was man in der säkularen Welt als Machtkampf bezeichnen würde.«

»Den sie verloren haben?«

»O nein. Sie übernahmen die Kontrolle, jedenfalls für eine Weile. Sie radikalisierten Jordan Tabernacle auf eine Weise, die viele von uns mit Unbehagen erfüllte. Dan Condon war einer von ihnen, derjenige, der uns mit diesem Netzwerk von Verrückten in Verbindung gebracht hat, die die Wiederkunft Christi mit Hilfe einer roten Kuh herbeiführen wollen. Was für eine Vermessenheit! Als würde der Herr erst noch auf ein Rinderzuchtprogramm warten, bevor er die Gläubigen versammelt.« Kobel nahm einen Schluck Kaffee.

»Ich kann zu ihrem Glauben nichts weiter sagen.«

»Sie erwähnten am Telefon, dass Diane keinen Kontakt zu ihrer Familie hat.«

»Ja.«

»Nun, vielleicht will sie es so. Ich habe ihren Vater früher oft im Fernsehen gesehen. Er machte einen ziemlich einschüchternden Eindruck.«

»Ich bin nicht hier, um sie zu entführen. Ich will mich nur davon überzeugen, dass es ihr gut geht.«

Noch ein Schluck Kaffee. Noch ein nachdenklicher Blick. »Ich würde Ihnen gern sagen können, dass es ihr gut geht. Und vermutlich ist es auch der Fall. Doch nach dem Skandal ist die ganze Gruppe hinaus in die Wildnis gezogen. Und einige von ihnen haben der Einladung, sich mit den Strafverfolgungsbehörden zu unterhalten, noch nicht Folge geleistet. Besuche sind daher nicht gern gesehen.«

»Aber nicht unmöglich?«

»Nicht unmöglich, wenn man ihnen bekannt ist. Ich bin nicht sicher, ob das für Sie gilt, Dr. Dupree. Ich könnte Ihnen den Weg erklären, doch ich bezweifle, dass sie Sie reinlassen.«

»Auch nicht, wenn Sie für mich bürgen?«

Kobel blinzelte. Er schien darüber nachzudenken. Dann lächelte er. Er nahm vom Schreibtisch hinter ihm ein Blatt Papier, auf das er eine Adresse sowie ein paar Zeilen Wegbeschreibung kritzelte. »Das ist eine gute Idee, Dr. Dupree. Sagen Sie ihnen, Pastor Bob hätte Sie geschickt. Aber seien Sie trotzdem vorsichtig.«

Pastor Bobs Wegbeschreibung führte mich zu Dan Condons Ranch, ein zweistöckiges Haus in einem dicht bewachsenen Tal etliche Stunden von der Stadt entfernt. Keine sehr eindrucksvolle Ranch allerdings, jedenfalls für meinen ungeschulten Blick. Es gab eine große Scheune, die sich, verglichen mit dem Haus, in einem äußerst reparaturbedürftigen Zustand befand, und ein paar Rinder, die auf einigen unkrautbewachsenen Streifen Grammagras weideten.

Ich hatte kaum die Bremse betätigt, da kam ein stattlicher Mann in Overall die Verandatreppe heruntergepoltert, mindestens hundert Kilo schwer, mit Vollbart und einem ganz und gar nicht erbauten Gesichtsausdruck. Ich ließ das Fenster herunter.

»Privatgrundstück, Meister.«

»Ich würde gern mit Simon und Diane sprechen.«

Er starrte mich an.

»Sie erwarten mich nicht. Aber sie wissen, wer ich bin.«

»Haben sie Sie eingeladen? Wir legen hier nämlich nicht so viel Wert auf Besucher.«

»Pastor Bob Kobel meinte, Sie würden nichts dagegen haben, wenn ich mal kurz vorbeikäme.«

»So, so. Meinte er.«

»Ich soll Ihnen sagen, ich sei im Grunde harmlos.«

»Pastor Bob, hm? Können Sie sich ausweisen?«

Ich zog meinen Personalausweis hervor. Er griff danach und verschwand wieder im Haus.

Ich wartete. Ich ließ alle Fenster herunter, damit der trockene Wind durchs Auto wehen konnte. Die Sonne stand tief genug, um die Verandapfeiler Schatten werfen zu lassen, und diese Schatten waren ein erkleckliches Stückchen länger geworden, als der Mann endlich zurückkam, mir meinen Ausweis wiedergab und sagte: »Simon und Diane werden Sie empfangen. Und tut mir Leid, wenn ich ein bisschen schroff geklungen habe. Ich heiße Sorley.« Ich stieg aus dem Auto und schüttelte ihm die Hand. Sein Händedruck war von der festen Sorte. »Aaron Sorley. Die meisten nennen mich Bruder Aaron.«

Er geleitete mich durch die quietschende Fliegentür ins Haus. Trotz der Hitze ging es dort drinnen recht lebhaft zu: Ein Kind in Baumwoll-T-Shirt kam uns lachend entgegen; in der Küche kochten zwei Frauen für eine offenbar beträchtliche Anzahl von Leuten – riesige Töpfe auf dem Herd, Berge von Gemüse auf dem Schneidebrett.

»Simon und Diane teilen sich das hintere Zimmer, die Treppe rauf, die letzte Tür auf der rechten Seite. Sie können gern hochgehen.«

Ich hätte keinen Führer gebraucht. Simon erwartete mich oben auf der Treppe.

Der ehemalige Pfeifenreinigererbe sah ein bisschen abgezehrt aus. Was nicht weiter verwunderlich war, wenn man bedenkt, dass ich ihn seit der Nacht des chinesischen Angriffs auf die Polartefakte vor zwanzig Jahren nicht mehr gesehen hatte. Er mochte das Gleiche über mich denken. Sein Lächeln war noch immer bemerkenswert, breit und freigebig, ein Lächeln, mit dem er vielleicht sogar in Hollywood etwas hätte anfangen können, wenn Simon dem Mammon mehr zugetan gewesen wäre als seinem Gott. Er mochte sich nicht mit einem Händedruck begnügen – er schloss mich in seine Arme. »Willkommen! Tyler! Tyler Dupree! Ich bitte um Verzeihung, wenn Bruder Aaron ein bisschen ruppig war. Wir haben nicht oft Besuch, aber du wirst feststellen, dass wir großzügige Gastgeber sind, wenn man erst einmal da ist. Wir hätten dich schon längst eingeladen, wenn wir es auch nur für denkbar gehalten hätten, dass du die Reise auf dich nehmen könntest.«

»Das ist ein glücklicher Zufall. Ich bin in Arizona, weil ...«

»Oh, ich weiß. Wir hören auch ab und zu mal die Nachrichten. Du bist zusammen mit dem schrumpligen Mann gekommen. Du bist sein Arzt.«

Er führte mich den Flur entlang zu einer cremefarbenen Tür –

ihre, Simons und Dianes Tür – und öffnete sie. Das Zimmer dahinter war in einem behaglichen, wenn auch leicht zeitentrückten Stil möbliert, in der Ecke ein großes Bett mit einer gesteppten Tagesdecke über der dicken Matratze, ein Fenstervorhang aus gelbem Gingan, ein Baumwollteppich auf dem Dielenfußboden. Ein Stuhl am Fenster. Auf dem Stuhl Diane.

»Schön, dich zu sehen«, sagte sie. »Danke, dass du dir Zeit für uns genommen hast. Ich hoffe, wir haben dich nicht von deiner Arbeit weggerissen.«

»Nur so weit, wie ich weggerissen werden wollte. Wie geht es dir?«

Simon ging durchs Zimmer und stellte sich neben sie. Er legte eine Hand auf ihre Schulter und ließ sie dort.

»Uns geht's gut«, sagte sie. »Wir sind vielleicht nicht wohlhabend, aber wir kommen zurecht. Mehr kann man in diesen Zeiten wohl auch nicht erwarten. Es tut mir Leid, dass wir uns nicht gemeldet haben, Tyler. Nach den Problemen bei Jordan Tabernacle ist es schwieriger geworden, der Welt außerhalb der Kirche zu trauen. Ich nehme an, du hast von der Sache gehört?«

»Ein fürchterliches Chaos«, sagte Simon. »Der Heimatschutz hat den Computer und den Fotokopierer aus dem Pfarrhaus geholt, einfach abgeholt und nie wieder zurückgegeben. Natürlich hatten wir mit dem ganzen Unsinn um die roten Färsen überhaupt nichts zu tun. Wir hatten lediglich einige Broschüren an die Gemeinde weitergegeben. Damit sie selbst entscheiden konnten, ob man sich für so eine Sache engagieren sollte. Und nur deswegen wurden wir verhört. Kannst du das fassen? Offenbar ist das schon ein Verbrechen in Preston Lomax' Amerika.«

»Niemand verhaftet worden, hoffe ich?«

»Niemand aus unserem Umfeld.«

»Aber es hat alle nervös gemacht«, sagte Diane. »Plötzlich

stellt man alles in Frage, was man für selbstverständlich genommen hat. Telefonanrufe, Briefe.«

»Ich vermute, ihr müsst vorsichtig sein.«

»O ja«, sagte Diane.

»Echt vorsichtig«, sagte Simon.

Diane trug ein schlichtes Baumwollkleid mit einem Gürtel um die Taille und ein rotweiß kariertes Kopftuch, das wie ein Hijab aussah. Kein Make-up, aber sie brauchte auch keins – Diane in Sack und Asche zu kleiden, war genauso aussichtslos, als würde man versuchen, einen Suchscheinwerfer unter einem Strohhut zu verbergen. Mir wurde bewusst, wie heftig es mich nach ihrem bloßen Anblick verlangt hatte. Wie unvernünftig heftig. Ich schämte mich fast für die Freude, die mir ihre Gegenwart bereitete. Zwei Jahrzehnte lang waren wir wenig mehr als alte Bekannte gewesen. Zwei Menschen, die sich einmal näher gestanden hatten. Ich hatte kein Recht auf diesen beschleunigten Puls, dieses Gefühl der Schwerelosigkeit, das sie in mir hervorrief, indem sie einfach nur auf diesem Holzstuhl saß, indem sie leicht errötend wegsah, als unsere Blicke sich trafen. Es war unrealistisch und es war unfair – irgendjemandem gegenüber unfair, vielleicht mir, wahrscheinlich ihr. Ich hätte gar nicht herkommen dürfen.

»Und wie geht es dir?«, fragte sie. »Du arbeitest immer noch mit Jason zusammen, wie ich höre. Ich hoffe, bei ihm ist alles in Ordnung.«

»Ihm geht's ausgezeichnet. Er lässt sehr herzlich grüßen.«

Sie lächelte. »Daran zweifle ich. Das klingt so gar nicht nach Jase.«

»Er hat sich verändert.«

»Tatsächlich?«

»Es wird viel über Jason geredet«, sagte Simon, der Dianes Schulter weiter fest im Griff hatte, seine schwielige Hand zeichnete sich dunkel vor dem blassen Baumwollstoff ab. »Über Jason und den runzligen Mann, den sogenannten Marsianer.«

»Nicht nur sogenannt«, erwiderte ich. »Er ist dort geboren und aufgewachsen.«

Simon blinzelte. »Wenn du das sagst, dann muss es wohl wahr sein. Aber wie gesagt, es ist viel geredet worden. Man weiß, dass der Antichrist unter uns wandelt, das steht fest, und es könnte sein, dass er bereits berühmt ist, dass er abwartet und seinen sinnlosen Krieg plant. Und deshalb sieht man sich die Leute, die in der Öffentlichkeit stehen, sehr genau an. Ich will damit nicht sagen, dass Wun Ngo Wen der Antichrist ist, aber ich stünde nicht allein da, wenn ich es behaupten würde. Kennst du ihn gut, Tyler?«

»Wir unterhalten uns von Zeit zu Zeit. Ich glaube nicht, dass er genug Ehrgeiz besitzt, um der Antichrist zu sein.« Obwohl E. D. Lawton mir an dieser Stelle vermutlich widersprochen hätte.

»Trotzdem ist dies auch ein Punkt, der uns zur Vorsicht veranlasst. Deswegen war es auch ein Problem für Diane, den Kontakt zu ihrer Familie aufrechtzuerhalten.«

»Weil Wun Ngo Wen der Antichrist sein könnte?«

»Weil wir nicht die Aufmerksamkeit mächtiger Personen auf uns lenken wollen, so nahe am Ende der Tage.«

Ich wusste nicht, was ich darauf sagen sollte.

»Tyler ist lange unterwegs gewesen«, sagte Diane. »Er hat bestimmt Durst.«

Simons Lächeln flammte wieder auf. »Möchtest du vor dem Essen noch etwas trinken? Wir haben jede Menge Limonaden. Magst du Mountain Dew?«

»Ja, ausgezeichnet.«

Er ging aus dem Zimmer. Diane wartete, bis seine Schritte auf der Treppe zu hören waren. Dann legte sie den Kopf schief und sah mich richtig an. »Du bist weit gefahren.«

»Es gab keine andere Möglichkeit, dich zu erreichen.«

»Aber du hättest dir nicht die Mühe machen müssen. Ich bin gesund und glücklich. Das kannst du Jase mitteilen. Und natürlich auch Carol. Und E. D., falls es ihn interessiert. Ich brauche keine Kontrollbesuche.«

»Das ist auch keiner.«

»Du wolltest nur mal Hallo sagen?«

»Ja, so etwas in der Art.«

»Wir sind keinem Kult beigetreten. Ich stehe unter keinem Zwang.«

»Hab ich auch nicht behauptet.«

»Aber du hast daran gedacht, oder?«

»Ich bin froh, dass es dir gut geht.«

Sie wandte den Kopf, und das Licht der untergehenden Sonne fiel auf ihre Augen. »Entschuldige. Ich bin einfach ein wenig verblüfft, dich so plötzlich hier zu sehen. Und ich bin froh, dass du gut zurechtkommst. Du kommst doch gut zurecht, oder?«

»Nein. Ich bin paralysiert. Jedenfalls glaubt dein Vater das. Er sagt, unsere ganze Generation sei vom Spin paralysiert. Wir sind immer noch gefangen in dem Augenblick, als die Sterne ausgingen, wir haben keinen Frieden damit geschlossen.«

»Und du glaubst, dass das wahr ist?«

»Wahrer vielleicht, als irgendeiner von uns zugeben würde.« Ich sagte Dinge, die ich überhaupt nicht geplant hatte. Aber Simon würde jeden Augenblick mit seiner Dose Mountain Dew und seinem beinharten Lächeln zurückkehren, und die Gelegenheit wäre unwiderruflich vertan. »Ich sehe dich an und sehe immer noch das Mädchen auf dem Rasen vor dem Großen Haus. Vielleicht hat E. D. also Recht. Fünfundzwanzig gestohlene Jahre. Sie sind ziemlich schnell vergangen.«

Diane nahm es schweigend hin. Warme Luft bewegte die Ginganvorhänge, das Zimmer wurde dunkler. Dann sagte sie: »Mach die Tür zu.«

»Würde das nicht ein bisschen ungewöhnlich aussehen?«

»Mach die Tür zu, Tyler, ich möchte nicht, dass jemand mithört.«

Also schloss ich die Tür, ganz vorsichtig, und sie erhob sich, kam zu mir, fasste mich an den Händen. Ihre Hände waren kühl. »Wir sind dem Ende der Welt zu nahe, um einander zu belügen. Es tut mir Leid, dass ich nicht mehr angerufen habe, aber es sind vier Familien, die sich ein Haus und ein Telefon teilen – es ist leicht zu erkennen, wer telefoniert und wohin.«

»Simon hat es nicht erlaubt.«

»Im Gegenteil, Simon hätte es akzeptiert. Simon akzeptiert die meisten meiner Gewohnheiten und Eigenarten. Aber ich möchte ihn nicht belügen, diese Last möchte ich nicht tragen. Ich muss allerdings zugeben, dass mir unsere Gespräche fehlen, Tyler. Diese Gespräche waren wie Rettungsleinen. Als ich kein Geld hatte, als die Kirche sich gespalten hat, als ich mich ohne Grund einsam gefühlt habe ... der Klang deiner Stimme war wie eine Transfusion.«

»Warum dann damit aufhören?«

»Weil es illoyal ist. Damals. Und *jetzt*.« Sie schüttelte den Kopf, als wollte sie mir einen schwierigen, aber wichtigen Gedanken vermitteln. »Ich weiß, wie du das mit dem Spin meinst. Ich denke auch darüber nach. Manchmal tue ich so, als gäbe es eine Welt, in der der Spin nicht passiert und unser Leben anders verlaufen ist. *Unser* Leben, deins und meins.« Sie holte zitternd Luft, errötete heftig. »Und wenn ich schon nicht in dieser Welt leben kann, dachte ich, könnte ich sie wenigstens alle paar Wochen besuchen und dich anrufen, und wir könnten alte Freunde sein und uns über etwas anderes unterhalten als das Ende der Welt.«

»Das hältst du für illoyal?«

»Es *ist* illoyal. Ich habe mich in Simons Obhut begeben. Er ist mein Ehemann. Selbst wenn das keine weise Entscheidung gewesen sein sollte, so war es doch *meine* Entscheidung, und ich bin vielleicht keine so gute Christin, wie ich sein sollte, aber ich habe doch ein Bewusstsein für Pflicht und Beharrlichkeit und dafür, zu jemandem zu stehen, selbst wenn ...«

»Selbst wenn *was*, Diane?«

»Selbst wenn es wehtut. Ich glaube, keiner von uns beiden sollte weiter über das Leben nachdenken, das wir hätten haben können.«

»Ich bin nicht gekommen, um dich unglücklich zu machen.«

»Nein, aber diese Wirkung hat es.«

»Dann werde ich nicht bleiben.«

»Bleib zum Essen. Das ist ein Gebot der Höflichkeit.« Sie blickte zu Boden. »Lass mich dir noch etwas sagen, solange wir noch ungestört sind. Ich teile nicht alle von Simons Glaubensgrundsätzen. Ich kann nicht glauben, dass die Welt damit enden wird, dass die Gläubigen zum Himmel auffahren. Gott möge mir vergeben, aber das erscheint mir einfach nicht plausibel. Doch ich glaube, dass die Welt enden *wird*. Dass sie schon dabei ist zu enden. Schon angefangen hat, unser aller Leben zu beenden. Und ...«

»Diane ...«

»Nein, lass mich zu Ende sprechen. Lass mich beichten. Ich glaube, dass die Welt enden wird. Ich glaube, was Jason mir vor vielen Jahren erzählt hat – dass eines Morgens eine riesige Sonne aufgehen wird und dass dann in wenigen Stunden oder Tagen unsere Zeit auf der Erde abgelaufen ist. Und ich möchte an dem betreffenden Morgen nicht allein sein.«

»Das möchte niemand.« Außer vielleicht Molly Seagram, dachte ich. Molly, die den Film *On the Beach* mit ihrem Fläschchen voller Selbstmordpillen nachspielt. Molly und alle Leute ihresgleichen.

»Und ich *werde* nicht allein sein. Ich werde bei Simon sein. Was ich dir beichten möchte, Tyler – und wofür ich auf Vergebung hoffe –, ist, dass es, wenn ich mir diesen Tag ausmale, nicht unbedingt Simon ist, mit dem ich mich zusammen sehe.«

Die Tür ging polternd auf. Simon. Mit leeren Händen. »Jetzt steht das Essen doch schon auf dem Tisch«, sagte er. »Zusammen mit einem großen Krug Eistee für durstige Reisende. Komm mit runter und setz dich zu uns. Es ist für alle reichlich da.«

»Danke«, erwiderte ich. »Das klingt gut.«

Die acht Erwachsenen, die das Farmhaus gemeinsam bewohnten, waren die Sorleys, Dan Condon und seine Frau, die McIsaacs und Simon und Diane. Die Sorleys hatten drei Kinder, die McIsaacs fünf, sodass wir zu siebzehnt an einem großen, auf Böcke gestellten Tisch in dem an die Küche grenzenden Zimmer saßen. Daraus resultierte ein angenehmer Lärm, der andauerte, bis »Onkel Dan« den Tischsegen ankündigte, worauf sich unverzüglich alle Hände falteten und alle Köpfe senkten.

Dan Condon war das Alpha-Männchen der Gruppe. Er war groß und ernst, fast düster, auf eine Lincolnsche Weise hässlich. Indem er die Mahlzeit segnete, erinnerte er uns daran, dass es stets wohlgetan sei, einem Fremden Speis und Trank vorzusetzen, selbst in dem Fall, dass dieser Fremde ohne Einladung auf Besuch gekommen sei, Amen.

Nach der Art, wie die Unterhaltung geführt wurde, schloss ich, dass Bruder Aaron in der Hierarchie an zweiter Stelle stand und mit der Aufgabe betraut war, im Falle von Meinungsverschiedenheiten für klare Verhältnisse zu sorgen. Sowohl Teddy McIsaac als auch Simon ordneten sich ihm unter, hielten sich aber an Condon, wenn es um letztinstanzliche Urteile ging. War die Suppe zu salzig? »Genau richtig«, sagte Condon. Das Wetter in letzter Zeit ziemlich heiß? »Nicht sehr ungewöhnlich in dieser Gegend«, erklärte Condon.

Die Frauen sprachen kaum und hatten die Augen die meiste Zeit fest auf ihren Teller gerichtet. Condons Gattin war eine kleine, korpulente Frau mit einem verkniffenen Gesichtsausdruck. Sorleys Frau war beinahe so stattlich wie er selbst und ließ ihrem Lächeln freien Lauf, als das Essen gelobt wurde. McIsaacs Frau sah kaum älter als achtzehn aus, während er sein verdrießliches Gesicht sicherlich schon über vierzig Jahre trug. Keine der Frauen sprach mich direkt an und keine von ihnen wurde mir mit ihrem eigenen Namen vorgestellt. Diane war ein Diamant unter diesen Zirkonen, das war augenfällig – und erklärte wohl auch ihr äußerst zurückhaltendes Benehmen.

Die Familien waren allesamt Versprengte aus der Jordan Tabernacle-Gemeinde. Sie seien durchaus nicht die radikalsten Gemeindemitglieder, erläuterte Onkel Dan, nicht so radikal wie diese wilden Dispensationalisten, die sich letztes Jahr nach Saskatchewan abgesetzt hatten, aber sie seien auch nicht lau in ihrem Glauben, so wie Pastor Bob Kobel und seine Truppe von Kompromisslern. Die Familien seien auf die Ranch – Condons Ranch – gezogen, um einige Meilen zwischen sich und die Versuchungen der Stadt zu legen und den letzten Aufruf in klösterlichem Frieden zu erwarten. Bisher, sagte er, sei der Plan aufgegangen.

Ansonsten konzentrierte sich die Unterhaltung auf einen Lastwagen mit ausgelaugter Batterie, eine noch nicht abgeschlossene Dachreparatur und eine drohende Klärbehälterkrise, und als die Mahlzeit beendet war, war ich genauso erleichtert wie die Kinder (Condon warf einem der Sorley-Mädchen, das allzu freudig aufgeseufzt hatte, einen äußerst strengen Blick zu).

Sobald das Geschirr abgetragen war – Frauenarbeit auf der Condon-Ranch –, verkündete Simon, dass ich mich nun verabschieden müsse.

»Macht es Ihnen nichts aus zu fahren, Dr. Dupree?«, fragte Condon. »Es gibt jetzt fast jede Nacht Raubüberfälle.«

»Ich werde die Fenster geschlossen lassen und das Gaspedal immer schön durchtreten.«

»Das ist wahrscheinlich das Beste.«

»Wenn du nichts dagegen hast, Tyler«, sagte Simon, »fahr ich noch bis zum Zaun mit dir mit. An so einem warmen Abend ist es schön, zu Fuß zurückzugehen.«

Dem konnte ich nur zustimmen.

Dann stellten sich alle zum herzlichen Abschiednehmen auf. Die Kinder wanden sich, bis ich ihnen die Hand schüttelte und sie entlassen waren. Als Diane an der Reihe war, nickte sie mir zu, schlug aber die Augen nieder, und als ich ihr die Hand gab, nahm sie sie, ohne mich anzusehen.

Simon fuhr etwa einen halben Kilometer hügelaufwärts mit und zappelte dabei wie jemand, der etwas sagen will, aber doch den Mund hält. Ich ermunterte ihn nicht. Die Abendluft war voller Düfte und relativ kühl. Ich hielt an der Stelle an, die er mir zeigte, vor einem zerbrochenen Zaun und einer Ocatillahecke. »Danke fürs Mitnehmen«, sagte er.

Als er ausstieg, verharrte er einen Moment an der offenen Tür.

»Wolltest du noch was sagen?«, fragte ich.

Er räusperte sich. »Weißt du« – die Stimme kaum lauter als der Wind –, »ich liebe Diane ebenso sehr, wie ich Gott liebe. Ich gebe zu, das klingt blasphemisch, für mich hat es jedenfalls immer so geklungen. Aber ich glaube, dass Gott sie auf die Welt gesetzt hat, damit sie meine Frau wird, und dass das ihr ganzer Daseinszweck ist. Also bin ich zu dem Schluss gekommen, dass es die zwei Seiten derselben Medaille sind: Sie zu lieben, ist meine Art, Gott zu lieben. Glaubst du, dass das möglich ist, Tyler Dupree?«

Er wartete nicht auf eine Antwort, sondern machte die Tür zu und schaltete seine Taschenlampe ein. Ich beobachtete im Spiegel, wie er in die Dunkelheit und das Gezirpe der Grillen hinein verschwand.


In dieser Nacht traf ich auf keine Banditen oder Straßenräuber.

Die Abwesenheit der Sterne und des Mondes hatte die Nacht seit den frühen Jahren des Spins zu einer dunklen, gefährlichen Angelegenheit gemacht. Kriminelle hatten ausgefeilte Strategien für Überfälle aus dem Hinterhalt entwickelt. Bei Nacht zu reisen hieß, die Wahrscheinlichkeit, ausgeraubt oder ermordet zu werden, um ein Vielfaches zu erhöhen.

Es herrschte daher nicht viel Verkehr auf der Rückfahrt nach Phoenix, hauptsächlich waren Trucker in ihren gut gesicherten Riesenlastern unterwegs. Meistens war ich ganz allein auf der Straße, bohrte Lichtkeile in die Dunkelheit und lauschte dem Knirschen der Reifen und dem Rauschen des Windes. Ich kann mir nicht vorstellen, dass es ein einsameres Geräusch gibt. Vermutlich ist das der Grund, warum man Radios in die Autos einbaut.

Aber es waren keine Diebe oder Mörder auf der Straße.

Nicht in dieser Nacht.

Ich übernachtete in einem Motel außerhalb von Flagstaff und traf am nächsten Morgen am Flughafen wieder mit Wun Ngo Wen und seiner Wachmannschaft zusammen.

Während des Fluges nach Orlando war Wun ziemlich gesprächig. Er hatte die Geologie der südwestlichen Wüste studiert und war besonders angetan von einem Stein, den er auf der Rückfahrt nach Phoenix in einem Souvenirladen gekauft hatte – sein ganzer Tross hatte am Straßenrand halten und warten müssen, während er sich durch das Fossilienregal wühlte. Er zeigte mir seine Ausbeute: eine kreideartige, spiralförmige Höhlung in einem Stück Bright-Angel-Schiefer, gerade zwei, drei Zentimeter im Durchmesser. Der Abdruck eines Trilobiten, sagte er, vor zehn Millionen Jahren gestorben, geborgen aus dem steinig sandigen Ödland unter uns, das einst der Boden eines uralten Meeres gewesen war.

Er hatte noch nie ein Fossil gesehen. Es gebe keine Fossilien auf dem Mars, sagte er. Keine Fossilien im gesamten Sonnensystem, nur hier, auf der uralten Erde.

In Orlando wurden wir auf die Rückbank eines weiteren Wagens in einem weiteren Konvoi gesetzt, der uns zum Perihelion-Gelände bringen sollte. Wir fuhren bei Sonnenuntergang los, nachdem eine großflächige Durchsuchungsaktion uns eine Stunde lang aufgehalten hatte. Als wir den Highway erreichten, entschuldigte sich Wun für sein wiederholtes Gähnen. »Ich bin so viel körperliche Aktivität nicht gewöhnt.«

»Na, ich habe Sie bei Perihelion doch schon öfter auf dem Heimtrainer gesehen.«

»Ein Heimtrainer ist kein Canyon.«

»Das ist wohl wahr.«

»Ich bin erschöpft, aber glücklich. Es war eine wundervolle Expedition. Ich hoffe, Sie haben Ihre Zeit ähnlich angenehm verbracht.«

Ich erzählte ihm, dass ich Diane aufgespürt hatte und dass sie bei guter Gesundheit war.

»Das ist schön. Ich bedaure, dass ich sie nicht kennen lernen konnte. Wenn sie ihrem Bruder auch nur von ferne ähnelt, muss sie eine bemerkenswerte Person sein.«

»Das ist sie.«

»Aber der Besuch hat Ihre Hoffnungen nicht vollständig erfüllt?«

»Vielleicht hab ich mir das Falsche erhofft.« Vielleicht erhoffte ich mir schon seit langem etwas ganz und gar Falsches.

»Nun ja.« Wun gähnte wieder, die Augen halb geschlossen. »Die Frage ... wie immer ist doch die Frage, wie man die Sonne anblickt, ohne geblendet zu werden.«

Ich wollte ihn fragen, wie er das meinte, aber sein Kopf war schon gegen das Sitzpolster gesunken und ich hielt es für rücksichtsvoller, ihn schlafen zu lassen.


Unser Konvoi bestand aus fünf Autos plus einem Transportfahrzeug mit einer kleinen Einsatztruppe von Infanteristen, abgestellt für den Fall, dass es Probleme geben sollte. Der Mannschaftswagen war kastenförmig, etwa so groß wie die gepanzerten Fahrzeuge, die zum Transport von Bargeld zwischen den Regionalbanken verwendet wurden, und leicht mit einem solchen zu verwechseln.

Und tatsächlich war zufällig, etwa zehn Minuten vor uns, ein Konvoi der Firma Brink's unterwegs, der dann jedoch den Highway verließ und Richtung Palm Bay fuhr. Kundschafter, die hinter den Hauptzufahrten Posten bezogen hatten und telefonisch miteinander verbunden waren, verwechselten uns mit dem Geldtransport und wiesen uns als Zielobjekt für eine Bande von Straßenräubern aus, die weiter vorn im Hinterhalt lag.

Es waren hochprofessionelle Kriminelle. Sie hatten einen Straßenabschnitt vermint, der um ein sumpfiges Naturschutzgebiet herumführte, und verfügten über automatische Waffen und sogar Panzerabwehrraketen, und mit einem Brinks's-Konvoi hätten sie kurzen Prozess gemacht: Fünf Minuten nach der ersten Erschütterung wären die Angreifer bereits weit im Moorgebiet verschwunden und würden die Beute unter sich aufteilen. Aber ihre Kundschafter hatten einen schwerwiegenden Fehler gemacht. Einen Banktransport aufs Korn zu nehmen, ist eine Sache, doch sich mit fünf schwergepanzerten Fahrzeugen voller Sicherheitspersonal und einem Mannschaftswagen von Elitesoldaten anzulegen, ist etwas ganz anderes.

Ich blickte durch die getönte Seitenscheibe und sah flaches grünes Wasser und kahle Zypressen vorübergleiten, als die Straßenlichter ausgingen.

Einer der Räuber hatte die unterirdischen Stromkabel gekappt. Plötzlich war die Dunkelheit richtig dunkel, eine schwarze Wand hinter dem Fenster, und ich sah nichts mehr außer meinem erschrockenen Spiegelbild. Ich sagte: »Wun ...«

Aber er schlief weiter, sein faltiges Gesicht so ausdruckslos wie ein Daumenabdruck.

Dann fuhr das Führungsauto auf die Mine.

Die Erschütterung schlug wie eine Stahlfaust gegen unser Fahrzeug. Die Kolonne fuhr in gehörigem Abstand, doch wir waren trotzdem dicht genug dran, um zu sehen, wie der vordere Wagen in einer gelben Stichflamme emporschoss und brennend, mit umherfliegenden Reifen, auf den Asphalt zurückfiel.

Unser Fahrer schwenkte zur Seite und hielt an. Die Straße war blockiert. Dann gab es eine zweite Explosion am hinteren Ende des Konvois, eine weitere Mine, die den Straßenbelag brockenweise ins Sumpfgebiet schleuderte und uns jeglichen Fluchtweg abschnitt.

Wun war jetzt wach, verblüfft und ängstlich. Seine Augen waren so groß wie Monde und auch fast so hell.

In unmittelbarer Nähe knatterten Handfeuerwaffen. Ich duckte mich und zog auch Wun mit nach unten, wir saßen gekrümmt in unseren Sitzgurten und fummelten fieberhaft an den Verschlüssen. Der Fahrer zog eine Waffe irgendwo unter dem Armaturenbrett hervor und rollte sich aus der Tür hinaus. Gleichzeitig sprangen ein Dutzend Männer aus dem Mannschaftswagen hinter uns und begannen in die Dunkelheit zu feuern. Zivile Sicherheitsleute aus den anderen Fahrzeugen versuchten sich unserem Wagen zu nähern, um Wun zu schützen, wurden jedoch von heftigem Gewehrfeuer daran gehindert.

Der unerwartete Widerstand muss die Straßenräuber aus dem Konzept gebracht haben. Sie setzten jetzt schwere Waffen ein. Unter anderem eine raketengetriebene Granate, wie man mir später erzählte. Ich bekam nur mit, dass ich plötzlich taub war, unser Wagen um eine komplizierte Achse herum rotierte und die Luft geschwängert war von Rauch und Glassplittern.

Dann, ich weiß nicht wie, war ich aus der hinteren Tür heraus, das Gesicht auf den körnigen Asphalt gepresst, Blutgeschmack im Mund, und Wun war auch da, lag auf der Seite, ein oder zwei Meter von mir entfernt. Einer seiner Schuhe – die Wanderstiefel in Kindergröße, die er sich für den Canyon gekauft hatte – stand in Flammen.

Ich rief seinen Namen. Er bewegte sich schwach. Kugeln prasselten auf die Überreste des Autos hinter uns, schlugen kleine Krater in den Stahl. Mein linkes Bein war taub. Ich robbte näher heran und benutzte ein abgerissenes Stück Polsterung, um die Flammen am Schuh zu ersticken. Wun hob ächzend den Kopf.

Unsere Männer erwiderten das Feuer, Leuchtspurgeschosse fegten ins Moorgebiet zu beiden Seiten der Straße.

Wun krümmte den Rücken und kam auf die Knie. Er schien nicht zu wissen, wo er war. Er blutete aus der Nase. Die Haut auf der Stirn war aufgerissen.

»Nicht aufstehen«, krächzte ich.

Aber er versuchte weiter auf die Füße zu kommen, schleifte den verbrannten, stinkenden Stiefel über den Boden.

»Um Gottes willen«, sagte ich. Ich streckte die Hand nach ihm aus, doch irgendwie entwand er sich meinem Griff. »Um Gottes willen, *nicht aufstehen!*«

Aber schließlich schaffte er es, rappelte sich hoch und stand zitternd da, klar umrissen vor dem brennenden Autowrack. Er blickte nach unten, schien mich jetzt zu erkennen. »Tyler«, sagte er. »Was ist passiert?«

Dann fanden ihn die Kugeln.


Es gab eine Menge Leute, die Wun Ngo Wen hassten. Sie misstrauten seinen Absichten, so wie E. D. Lawton, oder verabscheuten ihn, weil sie glaubten, er sei ein Feind Gottes; weil seine Haut zufällig schwarz war; weil er für die Evolutionstheorie eintrat; weil er einen handfesten Beweis für den Spin und eine verstörende Wahrheit über das Alter des äußeren Universums verkörperte. Viele dieser Leute hatten sich verschworen, ihn zu töten; Dutzende von Morddrohungen waren in den Akten des Heimatschutzministeriums dokumentiert.

Doch es war keine Verschwörung, der er zum Opfer fiel. Es war eine Kombination aus Habgier, Verwechslung und vom Spin hervorgerufener Rücksichtslosigkeit.

Es war ein beschämend irdischer Tod.

Wuns Leichnam wurde – nach gründlicher Autopsie und Probenentnahme – eingeäschert, und er bekam ein Staatsbegräbnis mit allem, was dazugehört. Dem Trauergottesdienst in der National Cathedral in Washington wohnten Würdenträger aus allen Teilen der Welt bei. Präsident Lomax hielt eine ausführliche Rede.

Es hieß, man wolle seine Asche ins All schießen, aber dazu kam es dann doch nicht. Jason zufolge wurde die Urne vorläufig, bis zu einer Entscheidung über ihren endgültigen Verbleib, im Keller des Smithsonian Institute untergebracht.

Vermutlich steht sie dort heute noch.

## VOR EINBRUCH DER DUNKELHEIT ZU HAUSE

Ich verbrachte einige Tage in einem Krankenhaus in der Nähe von Miami, genas von leichteren Verletzungen, schilderte dem FBI meine Sicht der Ereignisse und versuchte, Wuns Tod zu verarbeiten. Es war in dieser Zeit, dass ich den Entschluss fasste, Perihelion zu verlassen und eine eigene Praxis zu eröffnen.

Ich beschloss aber auch, meine Absicht erst nach dem Replikatorenstart kundzutun; ich wollte Jason nicht zu einem so heiklen Zeitpunkt damit belasten.

Im Vergleich zu den gewaltigen Anstrengungen der Terraformung stellte der Abschuss der Replikatoren geradezu eine Antiklimax dar. Die Ergebnisse, so denn alles nach Plan verlief, würden weitaus großartiger ausfallen, aber die Unaufwändigkeit des Vorgangs – nur eine Hand voll Raketen wurde benötigt, kein cleveres Timing war erforderlich – verhinderte jede dramatische Wirkung.

Präsident Lomax ließ in dieser Sache nichts anbrennen. Trotz wütender Proteste seitens der EU, der Chinesen, Russen und Inder weigerte er sich, irgendjemand außerhalb des engsten Kreises wissenschaftlicher Mitarbeiter bei Perihelion und der NASA Einblick in die Replikatorentechnologie zu gewähren, und hatte alle entsprechenden Passagen in den veröffentlichten Editionen der marsianischen Archive streichen lassen. »Künstliche Mikroben« (Lawton-Sprech) seien eine »Hochrisiko«-Technologie, sie könnten »waffenfähig« gemacht werden (dies war zutreffend, wie selbst Wun eingeräumt hatte), die USA seien daher verpflichtet, dieses brisante Wissen in »sichere Obhut« zu nehmen, um »nanotechnische Proliferation sowie einen neuen, tödlichen Rüstungswettlauf« zu verhindern.

Die Europäische Union hatte Beschwerde eingereicht und die UNO einen Untersuchungsausschuss eingesetzt, aber in einer Welt, in der auf vier Kontinenten lokale Konflikte brodelten, hatten Lomax' Argumente ein beträchtliches Gewicht (obwohl, wie Wun ihm hätte entgegenhalten können, die Marsianer es seit mehreren Jahrhunderten schafften, mit eben dieser Technologie zu leben – und die Marsianer waren nicht mehr und nicht weniger menschlich als ihre terrestrischen Vorfahren).

Aus all diesen Gründen lockte der spätsommerliche Raketenstart in Canaveral nur wenige Menschen an und erregte kein sehr großes Medieninteresse. Wun Ngo Wen war schließlich tot, und die Sender hatten sich mit der Berichterstattung über seine Ermordung reichlich verausgabt – die auf den Offshore-Rampen installierten vier schweren Delta-Raketen schienen da eher wie eine Fußnote zu den Begräbnisfeierlichkeiten, oder, schlimmer noch, eine Wiederaufführung: die Saatguttransporte, neu aufbereitet für eine Zeit gesunkener Erwartungen.

Aber wenn es auch nur eine kleine Show war, so war es dennoch eine Show. Lomax kam extra eingeflogen. E. D. Lawton hatte eine Höflichkeitseinladung angenommen und sich sogar auf gutes Benehmen verpflichten lassen. Und so fuhr ich am Morgen des Starttages zusammen mit Jason zu den VIP-Logen an der östlichen Küste Cape Canaverals.

Die alten Offshore-Rampen – noch gut in Schuss, nur vom Salzwasser ein wenig rötlich verfärbt – waren dafür gebaut worden, die riesigen Trägerraketen der Saatgutära aufzunehmen, die brandneuen Deltas muteten im Vergleich dazu geradezu winzig an. Nicht, dass wir auf die Entfernung nennenswerte Einzelheiten hätten erkennen können – nur vier weiße Säulen draußen im sommerlichen Dunst des Meeres, dazu das Gitterwerk der anderen Abschussrampen, die Schienenverbindungen, die im sicheren Umkreis vor Anker liegenden Begleit- und Hilfsschiffe. Es war ein klarer, heißer Morgen. Der Wind war böig – nicht stark genug, um den Start zu gefährden, aber mehr als ausreichend, um die Fahnen knattern zu lassen und das wohlfrisierte Haar von Präsidenten Lomax zu zerzausen, als er das Podium erklomm, um zu den versammelten Würdenträgern und Pressevertretern zu sprechen.

Die Rede war dankenswert kurz. Lomax beschwor das Vermächtnis Wun Ngo Wens und gab seiner tiefen Überzeugung Ausdruck, dass das Replikatorennetzwerk, das nun in die eisigen Randbereiche des Sonnensystems gepflanzt werden sollte, uns Aufschluss über die Natur und den Zweck des Spins verschaffen werde. In hehren Worten sprach er davon, dass die Menschheit ihre Spuren im Kosmos hinterlassen werde. (»Er meint die Galaxis«, flüsterte Jason, »nicht den Kosmos. Und – *unsere Spuren hinterlassen?* Wie ein Hund, der einen Hydranten anpinkelt? Irgendjemand sollte wirklich diese Reden gegenlesen.«) Abschließend zitierte der Präsident einen russischen Dichter aus dem neunzehnten Jahrhundert, F. I. Tjutschev:

*Wie ein Trugbild entschwunden ist die äuß're Welt,*
*Und der Mensch, eine Waise, klein und hässlich,*
*blickt – hilflos, allein und gänzlich nackt –*
*ins schwarze Nichts des Weltalls, welches unermesslich.*
*Alles Leben, Licht – nur noch als Traum erscheinen sie,*
*da, plötzlich, im Schoß der tiefen Nacht,*
*nicht länger Rätsel, dennoch fremd, sieht er*
*ein schicksalhaftes Etwas, für ihn gemacht.*

Dann verließ er die Bühne, und nach dem prosaischen Vorgang des Rückwärtszählens ritt die erste Rakete auf ihrer Feuersäule hinauf in den enträtselten Kosmos jenseits des Himmels. Ein schicksalhaftes Etwas. Für uns gemacht.

Während alle anderen nach oben blickten, schloss Jason die Augen und faltete die Hände im Schoß.


Zusammen mit den übrigen Gästen begaben wir uns anschließend in den Empfangsbereich, wo noch einige Pressegespräche auf uns warteten. (Jason hatte einen Zwanzigminutentermin mit einem Kabelsender, ich war für zehn Minuten gebucht. Ich war »der Arzt, der Wun Ngo Wen das Leben zu retten versuchte«, obwohl ich nichts weiter getan hatte, als seinen brennenden Schuh zu löschen und seinen Körper aus der Schusslinie zu ziehen. Ein rascher Check – Atmung, Puls – hatte keinen Zweifel daran gelassen, dass ich nichts für ihn tun konnte und es am klügsten war, den Kopf unten zu halten, bis Hilfe eintraf. Was ich auch den Reportern immer wieder erzählte, bis sie es endlich begriffen hatten, jedenfalls nicht mehr fragten.)

Präsident Lomax bewegte sich händeschüttelnd durch den Raum und wurde schließlich von seinen Beratern in Beschlag genommen und fortgezerrt. Kurz darauf lauerte E. D. Jason und mir am Büfett auf.

»Jetzt hast du also bekommen, was du wolltest«, sagte er. Der Kommentar war für Jason bestimmt, aber E. D. sah mich an. »Es lässt sich nicht mehr rückgängig machen.«

»Weshalb«, erwiderte Jason, »es sich auch nicht lohnt, noch groß darüber zu streiten.«

Wun und ich hatten Jason in den Monaten nach seiner Behandlung unter strengster Beobachtung gehalten. Er hatte sich einer ganzen Reihe neurologischer Tests unterzogen, darunter eine Serie von Magnetresonanz-Tomographien. Keiner der Tests hatte irgendeinen Defekt offenbart, die einzigen auffälligen physiologischen Veränderungen waren auf seine Gesundung von der AMS zurückzuführen. Ein blitzsauberes Gesundheitsattest also, eindeutiger, als ich es je für möglich gehalten hätte.

Und doch schien er auf subtile Weise verändert. Ich hatte Wun gefragt, ob alle Vierten einen psychologischen Wandel durchmachten. »In einem gewissen Sinne, ja«, hatte er geantwortet. Von marsianischen Vierten wurde erwartet, dass sie sich nach ihrer Behandlung anders verhielten, aber in dem Wort »Erwartung« steckte etwas Mehrdeutiges: Ja, sagte Wun, es werde »erwartet« (für wahrscheinlich gehalten), dass ein Vierter sich verändert, aber sein Umfeld, seine Freunde und Kollegen, würde diese Veränderung auch »von ihm erwarten« (ihm abverlangen).

Wie hatte Jason sich verändert? Zum einen bewegte er sich anders. Er hatte seine AMS sehr geschickt getarnt, doch nun waren sein Gang und seine Gesten wieder deutlich freier geworden. Er war der blecherne Holzfäller nach der Ölkannenbehandlung. Zwar war er noch gelegentlich missgestimmt, aber seine Launen waren nicht mehr so heftig. Er fluchte weniger – stolperte nicht mehr so leicht in eine jener emotionalen Senkgruben, in denen das einzige noch verwendbare Wort »Scheiße« hieß – und scherzte häufiger als früher.

Das alles klingt gut, und das war es auch, doch es betraf nur die Oberfläche. Andere Veränderungen schienen problematischer. Von der Leitung des Tagesgeschäfts bei Perihelion hatte er sich so weit zurückgezogen, dass sein Mitarbeiterstab ihn nur noch einmal in der Woche über die laufenden Geschäfte informierte. Er hatte begonnen, marsianische Astrophysik zu studieren, unter Umgehung, wenn nicht gar krasser Missachtung der Sicherheitsbestimmungen, und das einzige Ereignis, das seine neu erlangte Gemütsruhe durchbrach, war Wuns Tod, der ihm auf eine Weise naheging, die ich nicht recht nachvollziehen konnte.

»Dir ist klar«, sagte E. D. jetzt, »dass es das Ende von Perihelion war, was wir gerade gesehen haben.«

Das war es, in der Tat. Abgesehen von der noch zu leistenden Interpretation des Feedbacks, das wir von den Replikatoren zu

erhalten hofften, war Perihelions Geschichte als zivile Raumfahrtbehörde zu Ende. Der Stellenabbau war bereits in vollem
Gange, die Hälfte der technischen Mitarbeiter hatte ihre Kündi-
gung bekommen. Das wissenschaftliche Personal schrumpfte
etwas langsamer, wurde aber zusehends von Universitäten oder
finanzstarken Unternehmen abgeworben.

»Dann soll es eben so sein«, gab Jason mit dem Gleichmut
eines Vierten (oder einer lange unterdrückten Feindseligkeit
gegen seinen Vater) zurück. »Die Arbeit, die wir zu tun hatten,
ist getan.«

»Und das sagst du mir so einfach ins Gesicht.«

»Ich glaube, dass es der Wahrheit entspricht.«

»Ist es irgendwie von Bedeutung, dass ich mein Leben damit
verbracht habe, das aufzubauen, was du gerade eingerissen
hast?«

»Ist es von Bedeutung?« Jason überlegte. »Nein, vermutlich
nicht.«

»Mein Gott, was ist nur mit dir passiert? Wenn du einen Fehler von dieser Tragweite machst ...«

»Ich denke nicht, dass es ein Fehler ist.«

»... solltest du auch die Verantwortung dafür übernehmen.«

»Das habe ich meines Erachtens getan.«

»Denn wenn es schief läuft, bist du derjenige, dem man die
Schuld geben wird.«

»Das ist mir bewusst.«

»Den man der Meute zum Fraß vorwerfen wird.«

»Wenn es dazu kommt.«

»Ich kann dich nicht schützen.«

»Das konntest du nie.«


Ich fuhr mit Jason zurück zu Perihelion. Er hatte seit neuestem
ein deutsches Brennstoffzellenauto, ein Nischenfahrzeug, denn
die meisten von uns benutzten immer noch die Benzinverbren-
ner, entwickelt von Leuten, die nicht glaubten, dass es sich noch

lohnte, Rücksicht auf irgendeine Zukunft zu nehmen. Eilige Pendler überholten uns, wollten nach Einbruch der Dunkelheit zu Hause sein.

Ich teilte ihm mit, dass ich Perihelion verlassen und eine eigene Praxis eröffnen wolle.

Jason schwieg eine Weile lang, beobachtete die Straße, von deren Belag warme Luft aufstieg, als würden die Ränder der Welt in der Hitze schmelzen. Dann sagte er: »Das musst du nicht, Tyler. Perihelion wird noch ein paar Jahre lang über die Runden kommen, und ich habe genügend Einfluss, um deine Stellung zu sichern. Falls nötig, kann ich dich auch privat anstellen.«

»Aber genau das ist es ja, Jase. Es besteht keine Notwendigkeit. Ich war immer ein wenig unausgelastet bei Perihelion.«

»Du meinst, du hast dich gelangweilt?«

»Könnte ganz gut sein, sich zur Abwechslung mal etwas nützlich zu machen.«

»Du fühlst dich unnütz? Ohne dich würde ich jetzt im Rollstuhl sitzen.«

»Das ist nicht mein Verdienst, das war Wun. Ich hab nur die Spritze reingedrückt.«

»Von wegen. Du hast mich durch das ganze Martyrium geschleust. Dafür bin ich dir dankbar. Außerdem ... ich brauche jemand zum Reden, jemand, der nicht versucht, mich zu kaufen oder zu verkaufen.«

»Wann haben wir unser letztes richtiges Gespräch geführt?«

»Nur weil ich damit beschäftigt war, eine gesundheitliche Krise zu überstehen, heißt das doch nicht, dass es keine mehr geben wird.«

»Du bist ein Vierter, Jase. Die nächsten fünfzig Jahre wirst du keinen Arzt mehr brauchen.«

»Und die einzigen Leute, die das von mir wissen, sind du und Carol. Was ein weiterer Grund ist, warum ich dich nicht gehen lassen möchte.« Er zögerte. »Wie wär's, wenn du dich selber der Behandlung unterziehst? Dir fünfzig zusätzliche Jahre gönnst?«

Das hätte ich wohl tun können. Aber fünfzig Jahre würden uns tief in die Heliosphäre der sich ausdehnenden Sonne tragen. Es wäre eine sinnlose Geste. »Ich wäre lieber jetzt nützlich.«

»Du bist also fest entschlossen zu gehen?«

E. D. hätte gesagt: *Bleib!* E. D. hätte gesagt: *Es ist deine Aufgabe, auf ihn aufzupassen!*

E. D. hätte so einiges gesagt.

»Ja.«

Jason packte das Lenkrad fester und starrte auf die Straße, als habe er dort etwas unendlich Trauriges gesehen. »Tja«, sagte er. »Dann kann ich nichts weiter tun, als dir alles Gute zu wünschen.«

An meinem letzten Tag bei Perihelion beorderte das technische Personal mich in einen der inzwischen nur noch selten benutzten Konferenzräume, wo mir zu Ehren eine Abschiedsparty stattfand und ich einige Geschenke erhielt, die dem Anlass – ein weiterer Abgang aus einer unaufhaltsam schwindenden Belegschaft – angemessen waren: ein Minikaktus in einem Terrakottatopf, ein Kaffeebecher mit meinem eingravierten Namen, eine Krawattennadel in Form eines Merkurstabs.

Abends dann stand Jason mit einem problematischeren Geschenk an meiner Tür.

Es war ein verschnürter Pappkarton. Als ich ihn öffnete, stieß ich auf etwa ein Pfund eng bedrucktes Papier und sechs nicht näher gekennzeichnete optische Speicherplatten.

»Was ist das?«

»Medizinisches Wissen. Du kannst es als Lehrbuch betrachten.«

»Welche Art von medizinischem Wissen?«

Er lächelte. »Aus den Archiven.«

»Den marsianischen Archiven?«

Er nickte.

»Aber das ist alles streng geheim.«

»Genau genommen, ja. Aber Lomax würde auch die Telefonnummer für den Notruf als streng geheim einstufen, wenn er der Ansicht wäre, dass er damit durchkäme. Könnte sein, dass hier Informationen zu finden sind, die Pfizer und Eli Lilly die Geschäftsgrundlage entziehen. Aber deren Interessen kann ich nicht als maßgeblich empfinden. Du vielleicht?«

»Nein, aber ...«

»Ich glaube auch nicht, dass Wun dieses Wissen hätte geheim halten wollen. Also habe ich in aller Stille Teile des Archivs nach außen gegeben, an Leute, denen ich vertraue. Du musst nichts Bestimmtes damit machen, Tyler. Sieh es dir an oder ignorier es, hefte es ab – ganz wie du willst.«

»Toll. Danke, Jase. Ein Geschenk, für dessen Besitz ich verhaftet werden könnte.«

Ein noch breiteres Lächeln. »Ich weiß, dass du das Richtige tun wirst.«

»Was immer das sein mag.«

»Du wirst es herausfinden. Ich habe Vertrauen zu dir, Tyler. Seit der Behandlung ...«

»Ja?«

»Scheine ich alles ein bisschen klarer zu sehen.«

Er erläuterte das nicht weiter, und schließlich stellte ich den Karton zu meinem anderen Gepäck, als eine Art Souvenir. Ich war sogar versucht, das Wort ANDENKEN draufzuschreiben.


Die Replikatorentechnologie war langsam sogar im Vergleich zur Terraformung eines toten Planeten. Zwei Jahre vergingen, bevor wir so etwas wie eine erkennbare Rückmeldung von den Einheiten erhielten, die wir am Rand des Sonnensystems verstreut hatten.

Die Replikatoren waren allerdings durchaus emsig da draußen. Kaum berührt von der Schwerkraft der Sonne, taten sie das, wofür sie gemacht waren: sich Stück für Stück, Jahrhundert für Jahrhundert zu vermehren, den Anweisungen folgend, die in ihr supraleitfähiges Äquivalent einer DNA eingeschrieben waren. Mit der nötigen Zeit und einem angemessenen Vorrat an Eis und kohlenstoffhaltigen Spurenelementen würden sie irgendwann so weit sein, nach Hause zu telefonieren. Die ersten in eine Umlaufbahn außerhalb der Spinmembran geschickten Aufklärungssatelliten fielen jedoch zur Erde zurück, ohne ein Signal aufgenommen zu haben.

Während dieser zwei Jahre gelang es mir, einen Partner zu finden – Herbert Hakkim, ein sanftmütiger in Bengalen geborener Arzt, der sein Praktikum ungefähr zu der Zeit abgeschlossen hatte, als Wun den Grand Canyon besuchte –, und gemeinsam übernahmen wir die Praxis eines Arztes in San Diego, der in den Ruhestand ging. Hakkim war offen und freundlich im Umgang mit den Patienten, aber er hatte praktisch kein Privatleben und schien damit auch recht zufrieden zu sein: außerhalb der Sprechstunden hatten wir kaum miteinander zu tun, und ich glaube, die intimste Frage, die er mir je gestellt hat, war die, warum ich zwei Handys mit mir herumtragen würde. (Eines aus dem üblichen Grund; das andere, weil seine Nummer die letzte war, die ich Diane gegeben hatte. Nicht, dass es je geklingelt hätte. Auch machte ich keinen weiteren Versuch, mit ihr in Verbindung zu treten. Aber wenn ich mich von der Nummer und dem dazugehörigen Handy getrennt hätte, hätte sie keine Möglichkeit gehabt, mich zu erreichen, und das erschien mir immer noch ... nun, nicht richtig.)

Ich mochte meine Arbeit und im Großen und Ganzen mochte ich auch meine Patienten. Ich bekam mehr Schusswunden zu sehen, als ich erwartet hatte, aber das waren jetzt die harten Jahre des Spins: Die Kurven für Mord und Selbstmord begannen sich der Senkrechten anzunähern, und man hatte den Eindruck, dass alle unter dreißig irgendeine Art von Uniform trugen – Armee, Nationalgarde, Heimatschutz, privater Sicherheitsdienst; es gab sogar uniformierte Scouts, die die verunsicherten Produkte sinkender Geburtsraten nach Hause geleiteten. Es war die Zeit, als Hollywood Massen von extrem gewalttätigen und extrem frommen Filmen auf den Markt warf, in denen der Spin nie ausdrücklich erwähnt wurde; denn der Spin war – genau wie Sex in welcher Form auch immer sowie alle Wörter, die ihn bezeichneten – von Lomax' Kulturausschuss und der Medienkontrollbehörde FCC aus dem »Entertainment-Diskurs« verbannt worden.

Es waren auch die Jahre, in denen die Regierung eine Reihe von Gesetzen erließ, die dem Zweck dienten, die marsianischen Archive zu zensieren. Diese Archive, so der Präsident und seine Verbündeten im Kongress, enthielten überaus gefährliches Wissen, das redigiert und geschützt werden müsse. Sie der Öffentlichkeit zugänglich zu machen, sei das Gleiche, als würde man »Baupläne für eine Kofferatombombe ins Internet stellen«. Auch das anthropologische Material war davon betroffen: in der veröffentlichten Version wurde ein Vierter als »angesehener älterer Mensch« definiert. Kein Wort über medizinisch bewirkte Langlebigkeit.

Aber wer wollte schon Langlebigkeit? Das Ende der Welt rückte mit jedem Tag näher.

Falls es dafür noch eines Beweises bedurft hätte, so lieferte ihn das Flackern.

Die ersten positiven Ergebnisse aus dem Replikatorenprojekt lagen seit etwa einem halben Jahr vor, als das Flackern begann.

Den Großteil der Neuigkeiten über die Replikatoren erfuhr ich von Jason, ein paar Tage bevor sie in den Medien verbreitet wurden. An sich war es nichts Spektakuläres: Ein NASA/Perihelion-Beobachtungssatellit hatte ein schwaches Signal aufgefangen, das von einem bekannten Planetenkörper in der Oortschen Wolke stammte, ein gutes Stück jenseits der Umlaufbahn des Pluto – ein regelmäßiger, unkodierter Signalton, der die bevorstehende Fertigstellung einer Replikatorenkolonie anzeigte (die bevorstehende Reife, könnte man sagen).

Was trivial anmutet – bis man sich klar macht, was es bedeutet.

Die schlummernden Zellen einer neuartigen, von Menschenhand geformten Biologie waren auf einem Brocken staubigen Eises in den Tiefen des Weltalls gelandet. Daraufhin hatten diese Zellen einen quälend langsamen Stoffwechselprozess begonnen, bei dem sie die geringe Hitze der fernen Sonne absorbierten, diese benutzten, um in der Nähe umherschwirrende Wasser- und Kohlenstoffmoleküle aufzuspalten, und mit Hilfe des entstandenen Rohmaterials Duplikate ihrer selbst herstellten.

Im Laufe etlicher Jahre wuchs diese Kolonie zur Größe, sagen wir, eines Kugellagers an. Ein Astronaut, der die unfassbar lange Reise auf sich nehmen würde und genau wüsste, wo er hinzusehen hatte, würde sie als schwarzes Grübchen auf dem felsig-eisigen Regolith des Wirtskörpers erkennen. Die Kolonie aber war um ein winziges bisschen effizienter als ihr einzelliger Vorfahr. Sie begann, schneller zu wachsen und mehr Hitze zu erzeugen. Das Temperaturgefälle zwischen der Kolonie und ihrer Umgebung betrug nur ein Bruchteil eines Grad Kelvin – außer wenn Fortpflanzungsschübe latente Energie in die unmittelbare Umgebung pumpten –, aber es war stabil. Weitere Jahrtausende (oder irdische Monate) vergingen. Subprogramme im genetischen Substrat der Replikatoren, von lokalen Hitzegradienten aktiviert, modifizierten das Wachstum der Kolonie, und wie ein menschlicher Embryo produzierte die Kolonie nicht nur immer weitere, sondern nun auch spezialisierte Zellen, die Entsprechung von Herz und Lunge, Armen und Beinen. Diese besaßen Ranken, die sich in das lockere Material des Wirtskörpers zwängten, nach kohlenstoffhaltigen Molekülen gruben.

Schließlich begannen mikroskopisch kleine, aber sorgsam kalkulierte Dampfexplosionen die Rotation des Wirtsobjekts abzubremsen (geduldig, über Jahrhunderte), bis die Oberfläche der Kolonie permanent der Sonne zugekehrt war. Jetzt nahm die Differenzierung ernsthafte Formen an: Die Kolonie stieß Kohlenstoff-Kohlenstoff- sowie Kohlenstoff-Silizium-Verbindungen aus, sie bildete monomolekulare Schnurrhaare aus, um diese Verbindungen zu verketten und sich auf der Komplexitätsleiter nach oben zu hieven. Aus diesen Verbindungen heraus generierte sie lichtempfindliche Punkte – Augen – und die Fähigkeit, Hochfrequenzrauschen zu erzeugen und zu verarbeiten.

Im Laufe weiterer Jahrhunderte erweiterte und verfeinerte die Kolonie diese Fähigkeiten, bis sie mit einem regelmäßigen Zwitschern auf sich aufmerksam machte, ein Geräusch etwa, wie es ein neugeborener Sperling machte. Und dieses Geräusch hatte unser Satellit aufgefangen.

Die Medien berichteten einige Tage lang – mit Archivfotos von Wun Ngo Wen, seiner Beerdigung, des Raketenstarts – und vergaßen die Sache dann wieder. Schließlich war es lediglich die erste Phase dessen, wofür die Replikatoren konzipiert waren. Nichts Aufregendes. Eher langweilig. Es sei denn, man dachte länger als dreißig Sekunden darüber nach.

Dies war Technologie mit einem Eigenleben – ganz buchstäblich: Ein Geist aus der Flasche, für immer und ewig.

Das Flackern kam ein paar Monate später.

Das Flackern war das erste Anzeichen für eine Veränderung oder Störung in der Spinmembran – wenn man die Himmelserscheinung nicht mitzählt, die dem chinesischen Raketenangriff auf die Polarartefakte gefolgt war, damals in der Frühzeit des Spins. Beide Ereignisse waren von jedem Punkt des Erdballs aus sichtbar (gewesen). Davon abgesehen, hatten sie jedoch kaum etwas gemeinsam.

Nach dem Raketenangriff schien die Spinmembran gewissermaßen ins Stottern geraten zu sein und erholte sich erst, nachdem sie Stroboskopbilder des Himmels erzeugt hatte, vervielfältigte Monde, kreisende Sterne.

Das Flackern war anders.

Ich beobachtete es vom Balkon meiner Vorstadtwohnung aus. Ein warmer Septemberabend. Einige der Nachbarn hatten sich schon draußen aufgehalten, als es begann – jetzt kamen wir alle raus. Wie schnatternde Stare hockten wir auf unseren Brüstungen.

Der Himmel war hell. Nicht von Sternen, sondern von hauchdünnen goldenen Feuerfäden, die wie Blitze über den Horizont zuckten. Die Fäden bewegten und verschoben sich auf völlig unberechenbare Weise, erloschen, flammten neu auf. Es war faszinierend und furchterregend zugleich.

Und es war ein globales, kein lokal begrenztes Ereignis. Auf der Tageslichtseite des Planeten war es nur undeutlich sichtbar, vom Sonnenlicht verschluckt oder von Wolken verdeckt. In Nord- und Südamerika sowie in Westeuropa jedoch führte das Schauspiel am dunklen Himmel zu Panikausbrüchen. Immerhin erwarteten wir seit etlichen Jahren das Ende der Welt, und jetzt schien es so weit zu sein – zumindest sah es nach der Ouvertüre aus.

In dieser Nacht wurden allein in der Stadt, in der ich lebte, Hunderte von Selbstmorden oder Selbstmordversuchen, Dutzende von Morden oder Tötungen auf Verlangen verzeichnet. Offenbar gab es viele Menschen wie Molly Seagram, Menschen, die dem vorhergesagten Überkochen der Meere mit Hilfe von tödlichen Tabletten dieser oder jener Art entgehen wollten; die einen Vorrat angelegt hatten, der auch für Freunde und Familie reichte. Als der Himmel aufleuchtete, entschlossen sich viele von ihnen, die letzte Reise anzutreten. Etwas voreilig, wie sich herausstellte.

Das Schauspiel dauerte etwa acht Stunden. Am nächsten Morgen war ich im örtlichen Krankenhaus, um in der Notaufnahme auszuhelfen. Bis Mittag hatte ich sieben Fälle von Kohlenmonoxidvergiftung gesehen, Leute, die sich mit ihrem im Leerlauf laufenden Auto in der Garage eingeschlossen hatten. Bei den meisten konnte ich nur noch den Tod feststellen, und die Überlebenden waren kaum besser dran. Menschen, die ansonsten vollkommen gesund waren, denen man tagtäglich im Supermarkt begegnet sein mochte, würden den Rest ihres Lebens an Beatmungsgeräten zubringen, mit irreparablen Hirnschäden, Opfer eines fehlgeschlagenen Ausstiegsplans. Sehr unerfreulich. Doch die Schusswunden waren noch schlimmer. Ich konnte sie nicht behandeln, ohne an Wun Ngo Wen zu denken, wie er auf dem Highway in Florida gelegen hatte und das Blut aus den Trümmern seines Schädels gesprudelt war.

Acht Stunden. Dann war der Himmel wieder leer und die Sonne strahlte aus ihm heraus wie die Pointe eines schlechten Witzes.

Anderthalb Jahre später geschah das Gleiche noch einmal.

»Du siehst aus wie jemand, der seinen Glauben verloren hat«, sagte Hakkim einmal zu mir.

»Oder nie einen besessen hat«, erwiderte ich.

»Ich meine nicht den Glauben an Gott. Davon scheinst du vollkommen unbelastet zu sein. Der Glaube an irgendetwas anderes. Ich weiß nicht, an was.«

Das kam mir rätselhaft vor. Ich begriff es erst nach meinem nächsten Gespräch mit Jason.

Er rief mich zu Hause an (auf meinem regulären Handy, nicht dem verwaisten Gerät, das ich wie einen untauglichen Glücksbringer mit mir herumtrug). Ich sagte: »Hallo?«, und er sagte: »Du siehst dir das bestimmt gerade im Fernsehen an.«

»Was sehe ich mir an?«

»Stell einen der Nachrichtensender ein. Bist du allein?«

Die Antwort war ja. Freiwillig. Keine Molly Seagram, die das Ende aller Tage verkomplizierte.

Der Nachrichtensender zeigte ein mehrfarbiges Diagramm, dazu ein monotoner Offkommentar. Ich stellte ihn stumm. »Was sehe ich da, Jase?«

»Eine JPL-Pressekonferenz. Es geht um den vom Orbitalempfänger aufgenommenen Datensatz.«

Replikatordaten, mit anderen Worten. »Und?«

»Wir sind im Geschäft.« Ich konnte sein Lächeln praktisch hören.

Der Satellit hatte multiple Radioquellen geortet, die Signale aus dem äußeren Sonnensystem sendeten. Was bedeutete, dass mehr als eine Replikatorenkolonie zur Reife gelangt war. Komplexe Daten, sagte Jason. Während die Replikatorenkolonien alterten, verlangsamte sich zwar ihr Wachstum, doch ihre Funktionen wurden raffinierter. Sie richteten sich nicht mehr nur nach der Sonne aus, um ihre Energiezufuhr zu sichern – sie analysierten das Sternenlicht und errechneten Planetenumlaufbahnen und verglichen die Ergebnisse mit den in ihren genetischen Code eingeschriebenen Mustern. Nicht weniger als ein Dutzend voll ausgereifte Kolonien hatten haargenau die Daten zurückgeschickt, für deren Sammlung sie konzipiert worden waren, vier binäre Datenströme, die Folgendes verkündeten:

1. Dies ist ein Planetensystem eines Sterns mit einer Sonnenmasse von 1,0.

2. Das System besitze acht große Planetenkörper (Pluto liegt unterhalb des wahrnehmbaren Massenlimits).

3. Zwei dieser Planeten sind optisch leer, umgeben von Spinmembranen.

4. Die berichterstattenden Replikatorenkolonien haben in den Reproduktionsmodus umgeschaltet, stoßen unspezifische Samenzellen ab und expedieren sie mittels Kometendampfexplosionen in Richtung benachbarter Sterne.

Dieselbe Botschaft, so Jason, sei an Benachbarte, weniger reife Kolonien geschickt worden, die in Reaktion darauf redundante Funktionen übersprangen und ihre Energie voll und ganz auf die eigene Fortpflanzung ausrichteten.

Mit anderen Worten: Wir hatten das äußere Sonnensystem erfolgreich mit Wuns quasibiologischen Systemen infiziert.

Welche nunmehr Sporen bildeten.

»Das verrät uns aber nichts über den Spin«, sagte ich.

»Natürlich nicht. Noch nicht. Doch dieses kleine Rinnsal an Information wird in nicht allzu langer Zeit zu einem reißenden Strom werden. Bald werden wir ein Spinverzeichnis aller Sterne im Umkreis erstellen können – und irgendwann der ganzen Galaxis. Auf dieser Grundlage sollten wir imstande sein zu deduzieren, woher die Hypothetischen kommen, wo sie überall Spins installiert haben und was mit Spinwelten geschieht, wenn ihre Sterne expandieren und ausbrennen.«

»Aber damit wäre noch nichts wieder in Ordnung gebracht, oder?«

Er seufzte, als hätte ich eine äußerst dumme Frage gestellt und ihn damit schwer enttäuscht. »Nein, vermutlich nicht. Aber ist wissen nicht besser als spekulieren? Vielleicht erfahren wir, dass wir dem Untergang geweiht sind, vielleicht erfahren wir aber auch, dass uns mehr Zeit bleibt, als wir denken. Denk dran, Tyler, wir arbeiten auch noch an anderen Fronten. Wir haben uns in die theoretische Physik aus Wuns Archiven vertieft. Wenn man die Spinmembran als ein Wurmloch darstellt, das ein Objekt umschließt, welches auf nahezu Lichtgeschwindigkeit beschleunigt ...«

»Aber wir beschleunigen nicht. Wir bewegen uns nirgendwo hin.« Außer geradewegs in die Zukunft.

»Nein, aber wenn du die Rechnung durchführst, erhältst du Ergebnisse, die unseren Beobachtungen über den Spin entsprechen. Woraus wir Hinweise darauf gewinnen können, welche *Kräfte* die Hypothetischen manipulieren.«

»Aber zu welchem Zweck, Jase?«

»Es ist noch zu früh, das zu sagen. In jedem Fall glaube ich nicht an die Nutzlosigkeit von Wissen.«

»Auch wenn wir sterben?«

»Jeder muss mal sterben.«

»Ich meine, wir als Gattung.«

»Das bleibt abzuwarten. Was immer der Spin sein mag, er ist mehr als eine Art ausgefeiltes globales Euthanasieprogramm. Die Hypothetischen verfolgen irgendein Ziel.«

Vielleicht. Aber genau das, begriff ich jetzt, war der Glaube, der mich verlassen hatte. Der Glaube an die Große Rettung.

Alle Sorten und Geschmacksrichtungen der Großen Rettung. Etwa: in letzter Minute würden wir ein technisches Wundermittel ersinnen und uns in Sicherheit bringen. Oder: die Hypothetischen waren wohltätige Wesen, die den Planeten in ein Reich des Friedens verwandeln würden. Oder: Gott würde uns alle erretten, jedenfalls die wahren Gläubigen unter uns. Oder. Oder. Oder.

Die Große Rettung. Es war eine honigsüße Lüge. Ein Rettungsboot aus Papier. Es war nicht der Spin, der meine Generation so verkrüppelt hatte. Es war die Verlockung und der Preis der Großen Rettung.

Das Flackern kehrte ein Jahr später im Winter zurück, hielt achtundvierzig Stunden an und verschwand wieder. Viele von uns begannen es für eine Art Wetterleuchten zu halten, unvorhersehbar, aber im Grunde harmlos.

Im April gab es ein Flackern, das drei Tage dauerte und die Übertragung der Aerostatsignale störte. Dies rief eine neue (kleinere) Welle von Selbstmorden beziehungsweise Selbstmordversuchen hervor – in Panik gerieten die Leute weniger durch das, was sie am Himmel sahen, als wegen des Versagens ihrer Telefone und Fernsehgeräte.

Ich hatte aufgehört, die Nachrichtensendungen zu verfolgen, aber bestimmte Ereignisse konnte man nicht ignorieren: die militärischen Rückschläge in Nordafrika und Osteuropa, der von Anhängern eines Kults durchgeführte Staatsstreich in Simbabwe, der Massensuizid in Korea. Vertreter des apokalyptischen Islams erzielten in diesem Jahr große Erfolge bei Wahlen in Algerien und Ägypten. Ein philippinischer Kult, der sich dem Andenken an Wun Ngo Wen verpflichtet hatte – der als pastoralistischer Heiliger, als agrarischer Gandhi angesehen wurde –, hatte in Manila einen Generalstreik angezettelt.

Und ich bekam weitere Anrufe von Jason. Er schickte mir ein Telefon mit irgendeinem eingebauten Verschlüsselungsteil, das uns seiner Einschätzung nach einen »ganz guten Schutz gegen Stichwortjäger« bat, was immer das heißen mochte.

»Klingt ein bisschen paranoid«, sagte ich.

»Sinnvoll paranoid, glaube ich.«

Vielleicht, sofern wir Dinge besprechen wollten, die die nationale Sicherheit berührten. Das taten wir aber nicht, jedenfalls anfangs. Stattdessen fragte mich Jason über meine Arbeit aus, mein Leben, die Musik, die ich hörte. Ich begriff, dass er versuchte, eine Gesprächssituation herzustellen, wie sie vor zwanzig oder dreißig Jahren bestanden hatte – vor Perihelion, sogar noch vor dem Spin. Er habe seine Mutter besucht, berichtete er. Sie richte ihre Tage noch immer nach der Uhr und nach der Flasche aus. Im Haus habe sich nichts geändert, Carol hätte darauf bestanden. Das Personal halte alles sauber, alles an seinem Platz. Er sagte, das Große Haus sei wie eine Zeitkapsel – als wäre es in der ersten Nacht des Spins hermetisch abgeriegelt worden. Ein bisschen gespenstisch sei das.

Ich fragte ihn, ob Diane jemals anrufe.

»Diane hat schon vor Wuns Tod aufgehört, mit Carol zu sprechen. Nein, wir haben nichts von ihr gehört.«

Dann fragte ich nach dem Replikatorenprojekt. Man hatte in letzter Zeit nichts mehr darüber gehört.

»Das JPL hält die Ergebnisse unter Verschluss.«

Ich hörte die Traurigkeit in seiner Stimme. »So schlimm?«

»Es läuft nicht nur schlecht. Jedenfalls bis vor kurzem. Die Replikatoren haben alles getan, was Wun sich von ihnen erhoffte. Erstaunliche Dinge, Tyler, ich meine, wirklich verblüffend. Ich wünschte, ich könnte dir die Softwareverzeichnisse zeigen, die wir erstellt haben. Fast zweihunderttausend Sterne in einem Raum von Hunderten von Lichtjahren. Wir wissen inzwischen mehr über die Evolution der Sterne und Planeten, als ein Astronom aus E. D.s Generation sich je hätte vorstellen können.«

»Aber nichts über den Spin?«

»Das habe ich nicht gesagt.«

»Und, was hast du erfahren?«

»Zum einen, dass wir nicht allein sind. Im erwähnten Raumvolumen haben wir drei optisch leere Planeten etwa von der Größe der Erde gefunden, in Umlaufbahnen, die nach Erdmaßstäben bewohnbar sind oder es in der Vergangenheit waren. Der nächstgelegene umkreist den Stern Ursa Majoris 47. Der am weitesten entfernte ...«

»Die Details brauche ich nicht unbedingt.«

»Wenn wir uns das Alter der betroffenen Sterne ansehen, dann scheinen die Hypothetischen irgendwo aus der Richtung des galaktischen Mittelpunkts zu stammen. Es gibt noch andere Hinweise: Die Replikatoren haben ein paar Weiße Zwerge gefunden – ausgebrannte Sterne im Wesentlichen, aber Sterne, die vor ein paar Milliarden Jahren wie die Sonne ausgesehen haben müssen –, mit Planeten in diversen Umlaufbahnen, die die solare Ausdehnung niemals hätten überstehen dürfen.«

»Spinüberlebende?«

»Vielleicht.«

»Bewohnbare Planeten?«

»Wir haben keine rechte Möglichkeit, das herauszufinden. Aber sie sind nicht durch Spinmembrane geschützt, und ihre derzeitige stellare Umgebung ist nach unseren Maßstäben absolut lebensfeindlich.«

»Und was bedeutet das?«

»Ich weiß es nicht. Niemand weiß das. Wir dachten, wir können ergiebigere Vergleiche anstellen, je weiter das Replikatorennetzwerk expandiert. Was wir mit den Replikatoren geschaffen haben, ist ein neurales Netzwerk von unvorstellbarer Ausdehnung. Sie reden mit sich selbst, wie Neuronen es auch tun, nur tun sie es über Jahrhunderte und Lichtjahre hinweg. Es ist einfach atemberaubend schön, Tylor. Ein Netzwerk, das größer ist als alles, was die Menschheit je geschaffen hat. Es sammelt Informationen, filtert sie, speichert sie, sendet sie an uns zurück ...«

»Und was ist jetzt schiefgegangen?«

Es klang, als könnte er es nur unter Schmerzen aussprechen. »Vielleicht das Alter. Alles altert, sogar sorgfältigst geschützte genetische Codes. Könnte sein, dass sie sich über unsere Vorgaben hinaus entwickeln. Oder ...«

»Ja, aber was ist passiert, Jase?«

»Die Daten werden weniger. Und wir erhalten fragmentarische, widersprüchliche Informationen von den Replikatoren, die am weitesten von der Erde entfernt sind. Das kann alles Mögliche bedeuten. Sollten sie sterben, liegt es vielleicht daran, dass ein Fehler im Quellcode wirksam wird. Aber einige der seit langem bestehenden Knotenpunkte geben ebenfalls den Geist auf.«

»Irgendetwas hat es auf sie abgesehen?«

»Das wäre eine etwas voreilige Annahme. Ich hätte eine andere Erklärung anzubieten: Als wir diese Dinger in die Oortsche Wolke geschossen haben, haben wir eine einfache interstellare Ökosphäre geschaffen – Eis, Staub und künstliches Leben. Aber was, wenn wir nicht die Ersten waren? Vielleicht ist die interstellare Ökosphäre ja gar nicht so einfach beschaffen.«

»Du meinst, es sind noch andere Arten von Replikatoren da draußen?«

»Könnte sein. Jedenfalls, wenn es so ist, konkurrieren sie um die Ressourcen, ja vielleicht benutzen sie sogar *einander* als Ressourcen. Wir dachten, wir würden unsere Replikatoren in einen leeren, sterilen Raum schicken. Aber vielleicht gibt es dort schon eine andere Spezies. Eine feindliche Spezies.«

»Du glaubst, sie werden *gefressen*?«

»Gut möglich.«

Das Flackern kehrte im Juni zurück, um nach knapp achtundvierzig Stunden wieder zu verschwinden.

Im August gab es sechsundfünfzig Stunden Flackern plus zeitweilige Telekommunikationsprobleme.

Als es Ende September wieder anfing, war niemand überrascht. Den ersten Abend verbrachte ich bei geschlossenen Jalousien, kümmerte mich nicht um den Himmel und sah mir einen Film an, den ich eine Woche zuvor heruntergeladen hatte. Einen alten Film, prä-Spin. Ich interessierte mich dabei weniger für die Handlung als für die Gesichter, die Gesichter von Menschen, die ihr Leben ohne Angst vor der Zukunft lebten. Menschen, die sich, jedenfalls hin und wieder, ohne Ironie oder Nostalgie über den Mond und die Sterne unterhielten.

Dann klingelte das Telefon.

Nicht mein reguläres Telefon und auch nicht das technisch aufgerüstete, das Jason mir geschickt hatte. Ich erkannte das aus drei Tönen zusammengesetzte Klingeln sofort wieder, obwohl ich es seit Jahren nicht mehr gehört hatte. Es klang gedämpft – ich hatte das Handy in der Tasche einer Jacke gelassen, die im Flurschrank hing.

Es klingelte noch zweimal, bevor ich es hervorgekramt hatte und mich melden konnte.

»Hallo?« Ich rechnete damit, dass es eine falsche Verbindung war. Ich hoffte, das ich Dianes Stimme hören würde. Hoffte es und hatte zugleich Angst davor.

Doch es war eine Männerstimme am anderen Ende. Simons Stimme, wie ich mit etwas Verspätung erkannte.

»Tyler? Tyler Dupree? Bist du das?«

Ich hatte in meinem Leben genug Notrufe entgegengenommen, um die Besorgnis in seiner Stimme wahrzunehmen. »Ja, ich bin's, Simon. Was ist los?«

»Ich dürfte gar nicht mit dir sprechen, aber ich weiß nicht, an wen ich mich sonst wenden soll. Ich kenne keine Ärzte hier in der Gegend. Und es geht ihr so schlecht. Sie ist krank, Tyler! Ich glaube nicht, dass es besser wird. Ich glaube, sie braucht ...«

Dann wurde die Verbindung durch das Flackern unterbrochen und es war nur noch Rauschen in der Leitung.


## 4 x 10$^9$ N. CHR.

Hinter Diane kamen En und zwei Dutzend seiner Cousins und Cousinen sowie noch einmal die gleiche Anzahl von Fremden, alle unterwegs in die neue Welt. Jala trieb sie hinein, dann schob er die gewellte Stahltür des Lagerhauses zu. Gleich wurde es wieder dunkler. Diane legte einen Arm um mich, und ich führte sie zu einem halbwegs sauberen Platz unter einer der Halogenidlampen. Ibu Ina entrollte einen leeren Jutesack, auf den sie sich legen konnte.

»Der Lärm«, sagte Ina.

Diane legte sich hin und schloss die Augen, sie war sichtlich erschöpft. Ich knöpfte ihre Bluse auf und begann, mit aller Vorsicht, sie von der Wunde zu lösen. »Mein Arztkoffer ...«

»Ja, natürlich.« Ina schickte En die Treppe hinauf, damit er uns beide Taschen brachte, ihre und meine. »Der Lärm ...«

Diane zuckte zusammen, als ich den verfilzten Stoff von dem geronnenen Blut der Wunde zog, aber ich wollte ihr kein Medikament verabreichen, bevor ich nicht das Ausmaß der Verletzung gesehen hatte. »Welcher Lärm?«

»Auf den Docks müsste um diese Zeit ein gewaltiger Lärm herrschen. Aber es ist ruhig, Man hört nichts.«

Ich hob den Kopf. Ina hatte Recht. Es waren keinerlei Geräusche zu hören außer den nervösen Unterhaltungen der Minang-Dorfbewohner und einem leisen Trommeln, das der Regen auf dem hohen Metalldach veranstaltete. Aber das war nicht der Augenblick, sich darüber Gedanken zu machen. »Am besten fragen Sie Jala. Vielleicht weiß er, was los ist.«

Dann wandte ich mich wieder Diane zu.


»Es ist nur äußerlich«, sagte Diane. Sie holte tief Luft, die Augen vor Schmerz zusammengekniffen. »Nur ein Kratzer. Glaub ich jedenfalls.«

»Das sieht nach einer Schusswunde aus.«

»Ja. Die Reformasi haben Jalas Unterschlupf in Padang aufgespürt. Zum Glück waren wir gerade dabei, uns aus dem Staub zu machen. *Uh!*«

Sie hatte Recht. Es war nur eine Fleischwunde, die allerdings genäht werden musste. Die Kugel war durch das Gewebe knapp oberhalb des Hüftknochens gedrungen, der Einschlag hatte, wo die Haut nicht aufgerissen war, böse Prellungen verursacht, und es bestand die Möglichkeit, dass der Bluterguss sehr tief reichte, dass durch die Erschütterung eins der inneren Organe geschädigt worden war. Sie habe kein Blut im Urin gehabt, sagte sie, und sowohl Blutdruck als auch Puls bewegten sich in einem den Umständen entsprechenden Bereich.

»Ich werde dir etwas gegen die Schmerzen geben. Und das hier müssen wir zunähen.«

»Näh es zu, wenn du musst, aber ich will keine Medikamente. Wir müssen hier weg.«

»Du willst doch nicht, dass ich dich ohne Betäubung zusammenflicke.«

»Dann eben was Örtliches.«

»Wir sind hier nicht im Krankenhaus. Für eine örtliche Betäubung habe ich nichts dabei.«

»Dann näh einfach los, Tyler. Ich halte das schon aus.«

Ja, aber konnte ich es auch? Ich sah meine Hände an. Sie waren sauber – es gab fließendes Wasser im Waschraum der Lagerhalle –, und Ina half mir, die Latexhandschuhe überzustülpen, bevor ich Diane verarztete. Sauber waren sie also. Aber nicht gerade ruhig.

Ich war nie zimperlich gewesen, was meine Arbeit betraf. Schon als Medizinstudent und selbst beim Sezieren war ich imstande gewesen, das Gefühl auszuschalten, das uns den Schmerz eines anderen mitempfinden lässt, als sei es unser eigener. So zu tun, als sei die gerissene Arterie, die meiner Behandlung bedurfte, nicht mit einem lebendigen Menschen verbunden. So zu tun – und es während der erforderlichen Minuten auch wirklich zu glauben.

Doch jetzt zitterte meine Hand, und die Vorstellung, eine Nadel durch diese blutigen Fleischränder zu stoßen, erschien mir brutal, von nicht zu rechtfertigender Grausamkeit.

Diane umfasste mein Handgelenk. »Es ist eine *Vierten*sache«, sagte sie.

»Was?«

»Du hast das Gefühl, die Kugel hätte dich getroffen statt mich. Stimmt's?«

Ich nickte erstaunt.

»Das ist typisch für Vierte. Ich glaube, es soll uns zu besseren Menschen machen. Aber du bist immer noch Arzt. Du musst da durch.«

»Falls ich es nicht kann, übergebe ich an Ina.«

Aber irgendwie ging es. Ich konnte es und ich tat es.

Nach einiger Zeit kehrte Ina von ihrer Besprechung mit Jala zurück. »Heute sollten Arbeitskampfmaßnahmen stattfinden. Die Polizei und die Reformasi stehen vor den Toren und beabsichtigen, den Hafen unter ihre Kontrolle zu bringen. Man rechnet mit Zusammenstößen.« Sie sah Diane an. »Wie sieht's aus bei Ihnen, meine Liebe?«

»Ich bin in guten Händen«, flüsterte Diane mit brüchiger Stimme.

Ina begutachtete meine Arbeit. »Kompetent«, erklärte sie.

»Danke«, erwiderte ich.

»Wenn man die Umstände bedenkt. Aber hört zu, ihr beiden. Wir müssen dringend weg. Das Einzige, was im Moment zwischen uns und dem Gefängnis steht, ist der Arbeiteraufstand. Wir müssen umgehend auf die *Capetown Maru*.«

»Die Polizei sucht nach uns?«

»Ich glaube, nicht nach Ihnen speziell. Jakarta hat irgendeine Art von Vereinbarung mit den Amerikanern getroffen, das Emigrationsgewerbe zu bekämpfen. Als wurden die Docks immer mal wieder durchsucht, hier und anderswo, unter viel öffentlichem Getöse, damit die Leute vom US-Konsulat auch ordentlich beeindruckt sind. Natürlich ist das nicht von Dauer. Es geht zu viel Geld durch zu viele Hände, als dass das Geschäft ernsthaft unterdrückt werden würde. Aber für den äußeren Schein gibt es nichts Besseres, als wenn uniformierte Polizei ein paar Menschen aus den Laderäumen von Frachtschiffen zerrt.«

»Sie sind zu Jalas Unterschlupf gekommen«, sagte Diane.

»Ja, sie wissen über Sie und Dr. Dupree Bescheid, sie würden Sie auch gern in Gewahrsam nehmen, aber das ist nicht der Grund, warum dort draußen Polizei steht. Es laufen nach wie vor Schiffe aus dem Hafen aus, doch nicht mehr lange. Die Gewerkschaft ist ziemlich stark hier in Teluk Bayur. Sie werden kämpfen.«

Jala rief etwas von der Tür her, Worte, die ich nicht verstand.

»Jetzt müssen wir wirklich los«, sagte Ina.

»Helfen Sie mir, eine Trage für Diane zu machen.«

Diane versuchte sich aufzusetzen. »Ich kann gehen.«

»Nein«, sagte Ina. »In diesem Punkt muss ich Tyler Recht geben. Bewegen Sie sich möglichst nicht.«

Wir legten weitere vernähte Jutestücke übereinander und bildeten daraus eine Art Hängematte. Ich nahm das eine Ende, und Ina wies einen der stämmigeren Minang-Männer an, am anderen Ende anzupacken.

»Beeilung jetzt!«, rief Jala und winkte uns in den Regen hinaus.

Monsunzeit. War dies ein Monsun? Der Morgen sah aus wie die Abenddämmerung. Wolken zogen wie nasse Wollknäuel über das graue Wasser von Teluk Bayur, schnitten die Türme und Radarschirme der großen Doppelrumpftanker ab. Die Luft war heiß und roch übel. Der Regen durchnässte uns schon in der kurzen Zeit, die wir brauchten, Diane in den wartenden Wagen zu laden. Jala hatte für seine Emigrantentruppe einen kleinen Konvoi organisiert: drei Autos und ein paar kleine Transporter mit offenem Verdeck und harten Gummireifen.

Die *Capetown Maru* hatte am Ende eines hohen Betonpiers festgemacht, etwa einen halben Kilometer entfernt. In entgegengesetzter Richtung – reihenweise Lagerhallen, aufgetürmte Industriewaren und fette rotweiße Avigas-Behälter lagen dazwischen – hatte sich eine dichte Menge von Dockarbeitern am Tor versammelt. Über das Trommeln des Regens hinweg konnte ich jemanden durch ein Megaphon sprechen hören. Dann Geräusche, die wie Schüsse klangen.

»Steigen Sie ein.« Jala drängte mich auf den Rücksitz des Autos, wo sich Diane über ihre Wunde beugte, als würde sie beten. »Schnell, schnell.« Er klemmte sich hinters Steuer.

Ich warf einen letzten Blick auf die vom Regen verwischte Menschenmenge. Ein Gegenstand von der Größe eines Footballs stieg über ihr auf, zog Spiralen von weißem Rauch hinter sich her. Tränengas.

Der Wagen schoss vorwärts.

»Das da ist nicht nur Polizei«, sagte Jala, als wir auf den schmalen Streifen des Kais bogen. »Die Polizei würde sich nicht so töricht anstellen. Das sind New Reformasi. Schlägertypen, die sie in den Slums von Jakarta von der Straße weg engagiert und in Regierungsuniformen gesteckt haben.«

Uniformen und Gewehre. Und noch mehr Tränengas, aufgerührte Wolken, die im regnerischen Dunst verschwammen. Die Menge begann sich an den Rändern aufzulösen.

Ein fernes Krachen ertönte, und ein Feuerball stieg ein paar Meter hoch in den Himmel.

Jala sah es im Rückspiegel. »Mein Gott, wie idiotisch! Da muss jemand auf ein Ölfass gefeuert haben. Die Docks ...«

Sirenen heulten über das Wasser, während wir den Kai entlang fuhren. Die Menschenmenge war inzwischen in Panik geraten. Jetzt konnte ich die Polizisten sehen, die in einer Linie durch das Tor drängten. Einige von ihnen trugen schwere Waffen und Masken mit schwarzen Schnauzen. Ein Feuerwehrwagen rollte aus einem Schuppen und fuhr kreischend auf das Tor zu.

Wir fuhren über eine Reihe von Rampen und hielten dort, wo der Pier sich auf einer Höhe mit dem Hauptdeck der *Capetown Maru* befand, ein alter, unter Billigflagge fahrender Frachter, weiß und rostorange gestrichen. Eine stählerne Gangway war zwischen Hauptdeck und Pier ausgelegt worden, und die ersten Minang hatten sie bereits bestiegen.

Jala sprang aus dem Auto, und als ich Diane auf den Kai bugsiert hatte – auf ihren eigenen Füßen, an mich gelehnt, die Jutebahre hatten wir zurückgelassen –, war er bereits in eine hitzige, auf Englisch geführte Diskussion mit einem Mann am Ende der Gangway verwickelt: der Kapitän oder Steuermann des Schiffes vielleicht, jedenfalls jemand, der mit entsprechender Autorität ausgestattet war, ein untersetzter Mann mit einem Sikh-Turban und zusammengebissenen Zähnen.

»Es war schon vor Monaten vereinbart«, sagte Jala.

»... aber dieses Wetter ...«

»... bei *jedem* Wetter ...«

»... ohne Genehmigung der Hafenbehörde ...«

»... ja, aber es ist keine Hafenbehörde da ... Sehen Sie!«

Es sollte eine rhetorische Geste sein. Doch Jalas ausladende Handbewegung richtete sich gerade in dem Moment auf die Benzin- und Gasbunker nahe des Haupttors, als einer der großen Behälter explodierte.

Ich sah es nicht. Die Erschütterung drückte mich in den Beton, und ich fühlte die Hitze im Nacken. Der Krach war gewaltig. Ich rollte mich auf den Rücken, das Dröhnen noch in den Ohren. Das Avigas, dachte ich. Oder was immer hier gelagert wurde. Benzol. Kerosin. Heizöl oder sogar rohes Palmöl. Das Feuer musste sich ausgebreitet haben, oder die schlecht ausgebildeten Polizisten hatten in die falsche Richtung geschossen. Ich drehte den Kopf und fand Diane neben mir, mehr verwirrt als ängstlich. Ich dachte: Ich kann den Regen gar nicht hören. Aber da war ein anderes, erschreckenderes Geräusch: das Klirren herabstürzender Metallsplitter. Brennend schlugen sie auf den Pier und das Deck der *Capetown Maru*.

»Kopf einziehen«, rief Jala mit gurgelnder Stimme, wie unter Wasser. »Alle Mann runter mit den Köpfen!«

Ich versuchte Diane mit meinem Körper abzudecken. Brennendes Metall fiel etliche Sekunden lang wie Hagel um uns herum zu Boden oder klatschte in das dunkle Wasser hinter dem Schiff. Dann hörte es plötzlich auf. Nur noch der Regen fiel, sanft wie Flüstern.

Wir rappelten uns hoch. Jala war schon wieder dabei, Leute auf die Gangway zu schieben, wobei er ängstliche Blicke zurück auf die Flammen warf. »Das muss nicht der Letzte gewesen sein! Kommt an Bord, los, los!« Er lotste die Dorfbewohner an der *Capetown*-Mannschaft vorbei, die damit beschäftigt war, Brände an Deck zu löschen und die Leinen zu werfen.

Rauch trieb auf uns zu, verdeckte die Sicht auf das Geschehen an Land. Ich zog Diane mit mir. Sie zuckte bei jedem Schritt zusammen, und Blut aus ihrer Wunde sickerte in den Verband. Wir waren die Letzten auf der Gangway. Einige Matrosen schickten sich schon an, die Metallkonstruktion hinter uns einzuziehen, die Hände an den Winden, die Augen auf die Feuersäulen im Hafen gerichtet.

Die Maschinen der *Capetown Maru* dröhnten unter Deck. Jala sah mich und lief herbei, um Dianes anderen Arm zu nehmen. Diane registrierte seine Anwesenheit. »Sind wir sicher?«, fragte sie.

»Nicht, bevor wir aus dem Hafen raus sind.«

Auf dem grüngrauen Wasser ertönten Hörner und Pfeifen. Jegliches Schiff, dem das möglich war, setzte sich jetzt in Bewegung. Jala blickte zum Kai zurück und erstarrte. »Ihr Gepäck.«

Es war auf einen der kleinen Transporter geladen worden. Zwei ramponierte Hartschalenkoffer voller Papiere, Pharmazeutika und digitaler Speichermedien. Sie lagen noch da, einsam und verlassen.

»Fahrt die Gangway wieder aus«, rief Jala den Matrosen zu.

Sie blinzelten ihn an, waren sich nicht sicher, ob er hier irgendetwas zu bestimmen hatte. Der Erste Offizier war schon zur Brücke gegangen. Jala warf sich in die Brust und reif etwas Heftiges in einer Sprache, die ich nicht kannte. Die Matrosen zuckten mit den Achseln und ließen die Gangway auf den Kai zurückkrasseln.

Die Schiffsmotoren liefen warm, gaben einen satten Ton von sich.

Ich rannte über die Gangway, das gewellte Aluminium dröhnte unter meinen Füßen. Ich schnappte mir die Koffer, warf einen letzten Blick zurück: Etwa ein Dutzend uniformierter New Reformasi kam auf die *Capetown Maru* zugelaufen. »Legt ab«, rief Jala, als kommandiere er das Schiff. »Schnell, legt ab!«

Die Gangway wurde eingezogen. Ich warf das Gepäck an Bord und sprang hinterher. Erreichte das Deck, bevor sich das Schiff in Bewegung setzte.

Dann explodierte ein weiterer Avigas-Tank, und wir wurden von der Erschütterung zu Boden geworfen.

## VON TRÄUMEN UMZINGELT

Die nächtlichen Schlachten zwischen Straßenpiraten und kalifornischer Polizei machten das Reisen zu einer ohnehin beschwerlichen Angelegenheit. Durch das Flackern jedoch wurde alles noch schlimmer. Offizielle Stellen warnten dringend vor jedem nicht unbedingt nötigen Reiseverkehr während der Flackerphasen, aber das hielt die Leute nicht von dem Versuch ab, Familie oder Freunde zu erreichen, und in manchen Fällen auch nicht davon, einfach ins Auto zu steigen und zu fahren, bis ihnen das Benzin oder die Lebenszeit ausging. Ich packte in aller Eile einige Koffer, in die ich alles hineinstopfte, was ich nicht zurücklassen wollte, einschließlich des Archivmaterials, das mir Jason gegeben hatte.

An diesem Abend staute sich der Verkehr auf dem Alvarado Freeway, und auch auf der I-8 ging es kaum schneller voran. Ich hatte jede Menge Zeit, über die Absurdität meines Vorhabens nachzudenken. Hals über Kopf loszufahren, um die Frau eines anderen Mannes zu retten, eine Frau, die mir einmal mehr bedeutet hatte, als gut für mich war. Wenn ich die Augen schloss und mir Diane Lawton vorzustellen versuchte, dann bekam ich kein zusammenhängendes Bild mehr zusammen, nur eine verwischte Montage einzelner Momente und Gesten. Diane, wie sie sich mit einer Hand die Haare zurückstreicht und sich ins Fell von St. Augustine, ihrem Hund, vergräbt. Diane, wie sie für ihren Bruder ein Internetlink in den Geräteschuppen schmuggelt, wo die auseinander gebauten Teile eines Rasenmähers auf dem Boden liegen. Diane im Schatten einer Weide, wie sie viktorianische Lyrik liest und über eine Textstelle lächelt, die ich nicht verstanden habe: *Wo der Sommer reift zu jeder Stunde* oder *Das Kind hat nicht mal wahrgenommen* ...

Ich war an El Centro vorbei, als das Radio »erhebliche« Polizeiaktivitäten westlich von Yuma meldete und der Verkehr sich an der Staatsgrenze auf mindestens fünf Kilometern staute. Ich beschloss, keine lange Verzögerung zu riskieren, und bog auf eine kleinere Verbindungsstraße mit der Absicht, die I-10 anzusteuern, die die Staatsgrenze in der Nähe von Blythe querte.

Die Straße war weniger voll, aber immer noch recht belebt. Das Flackern ließ die Welt irgendwie auf den Kopf gestellt erscheinen, oben dunkler als unten. Gelegentlich zuckte eine besonders dicke Lichtader vom nördlichen zum südlichen Horizont, als würde sich in der Spinmembran ein Riss auftun, als würden sich Bruchstücke des dahinter liegenden Universums hindurchbrennen.

Ich dachte an das Telefon in meiner Tasche, Dianes Telefon, die Nummer, die Simon angerufen hatte. Es hatte keine Rückrufnummer angezeigt, und die Ranch – falls sie sich überhaupt noch auf der Ranch aufhielten – war nicht im Telefonverzeichnis registriert. Ich wollte, dass es noch einmal klingelte. Wollte es – und hatte doch auch Angst davor.

Der Verkehr nahm wieder zu, als die Straße sich dem Highway bei Palo Verde näherte. Es war inzwischen nach Mitternacht, und ich schaffte bestenfalls fünfzig Kilometer pro Stunde. Ich dachte an Schlaf. Ich brauchte Schlaf. Kam zu dem Schluss, dass es wahrscheinlich besser wäre, heute nicht mehr weiterzufahren, erst mal zu schlafen, dem Verkehr Zeit zu geben, sich aufzulösen. Aber ich wollte nicht im Auto übernachten. Die wenigen geparkten Autos, die ich gesehen hatte, waren von ihren Besitzern verlassen und dann geplündert worden, die aufgebrochenen Kofferraumklappen wie vor Schreck aufgerissene Münder.

Südlich einer kleinen Stadt namens Ripley sah ich, kurz im Scheinwerferlicht aufblitzend, ein verblichenes Schild mit der Aufschrift MOTEL und dahinter eine zweispurige, kaum befestigte Straße, die sich vom Highway entfernte. Ich bog ab. Fünf Minuten später stand ich vor einem umzäunten Gelände, auf dem sich ein Motel befand, oder auch ein ehemaliges Motel, ein zweistöckiges Gebäude, hufeisenförmig um einen Swimmingpool herumgezogen, der im Licht des flackernden Himmels leer aussah. Ich drückte auf den Klingelknopf.

Das Tor war ferngesteuert und mit einer handtellergroßen, auf einem hohen Mast befestigten Videokamera ausgestattet, die jetzt herumschwenkte, um mich in Augenschein zu nehmen, während ein auf Autofensterhöhe angebrachter Lautsprecher rauschend zum Leben erwachte. Von irgendwoher, aus dem Empfang des Motels oder sonstwo, konnte ich ein paar Takte Musik hören. Keine programmierte Musik, einfach Musik, die im Hintergrund lief. Dann eine Stimme. Schroff, metallisch, unfreundlich. »Wir nehmen heute Abend keine Gäste.«

Ich ließ ein paar Augenblicke vergehen, dann klingelte ich noch einmal.

Die Stimme kehrte zurück. »Welchen Teil haben Sie eben nicht verstanden?«

»Ich kann bar bezahlen«, sagte ich, »falls das ein Kriterium ist. Und ich werde mich auch nicht über den Preis beschweren.«

»Wir haben geschlossen, tut mir Leid, Kollege.«

»Okay ... hören Sie, ich kann im Auto schlafen, aber wär's möglich, dass ich auf das Gelände fahre, um ein bisschen Schutz zu haben? Vielleicht, dass ich hinter dem Gebäude parke, wo ich von der Straße aus nicht gesehen werden kann?«

Längere Pause. Ich hörte eine Trompete, die eine Snaredrum vor sich herjagte. Der Song klang vertraut.

»Tut mir Leid. Heute nicht. Fahren Sie bitte weiter.«

Stille. Minuten vergingen. Eine Grille sägte in der kleinen Oase aus Palmen und Feinkies vor dem Motel. Noch einmal drückte ich auf die Klingel.

Der Besitzer war schnell wieder da. »Ich kann Ihnen eins sagen, Mister, wir sind bewaffnet und werden langsam sauer. Es wäre besser, wenn Sie sich einfach wieder auf den Weg machten.«

»Harlem Air Shaft«, sagte ich.

»Wie bitte?«

»Der Song, der bei Ihnen läuft. Ellington, oder? Harlem Air Shaft. Klingt nach seiner 50er-Jahre-Band.«

Noch einmal eine ziemlich lange Pause, während der der Lautsprecher eingeschaltet blieb. Ich war mir ziemlich sicher, dass ich richtig lag, obwohl ich diese Ellington-Nummer seit Jahren nicht mehr gehört hatte.

Dann hörte die Musik auf, ihr dünner Faden mitten im Takt gekappt. »Außer Ihnen noch jemand im Auto?«

Ich ließ das Fenster hinunter und schaltete die Innenbeleuchtung ein. Die Kamera machte einen Schwenk, richtete sich dann wieder auf mich.

»Na schön. Sagen Sie mir, wer in diesem Stück die Trompete spielt, und ich mach das Tor auf.«

Trompete? Wenn ich an Ellingtons 50er-Jahre-Truppe dachte, fiel mir Paul Gonsalvez ein, aber Gonsalvez spielte Saxophon. Es hatte eine ganze Hand voll von Trompetern gegeben. Cat Anderson? Willie Cook? Es war zu lange her.

»Ray Nance«, sagte ich.

»Falsch. Clark Terry. Aber Sie können trotzdem reinkommen.«

Der Besitzer kam mir entgegen, als ich vor der Eingangstür hielt. Ein hochgewachsener Mann, etwa vierzig, in Jeans und einem über der Hose getragenen karierten Hemd. Er nahm mich sorgfältig in Augenschein. »Nichts für ungut«, sagte er, »aber beim ersten Mal, als das passiert ist ...« Er deutete zum Himmel, auf das Flackern, das seine Haut gelblich färbte und den Stuckwänden einen blässlich ockerfarbenen Anstrich verlieh. »Nun, als sie die Grenze bei Blythe zumachten, haben die Leute hier bei mir um Zimmer gekämpft. Ich meine, buchstäblich gekämpft. Ein paar Typen haben mich mit Waffen bedroht, genau da, wo Sie jetzt stehen. Was ich in der Nacht an Geld eingenommen hatte, musste ich doppelt wieder ausgeben für Reparaturen. Die Leute haben in ihren Zimmern gesoffen, rumgekotzt, alles kaputt gemacht. Auf der I-10 drüben war's noch schlimmer – den Nachtportier vom Days Inn haben sie erstochen. Danach habe ich dann sofort den Sicherheitszaun installiert. Wenn jetzt das Flackern wieder anfängt, schalte ich einfach das ZIMMER FREI-Schild ab und mach den Laden dicht, bis es vorbei ist.«

»Und legen Duke auf.«

Er lächelte. Wir gingen nach drinnen, damit ich mich eintragen konnte. »Duke«, sagte er, »oder Pops oder Diz. Miles, wenn ich in der richtigen Stimmung bin. Nichts, was später als 1965 ist.« Der Empfang war ein schummrig beleuchteter, unspezifisch tapezierter Raum, ausgestattet mit allerlei alten Westernmotiven, und durch die Tür zum Allerheiligsten des Besitzers – es sah so aus, als würde er dort wohnen – wehte nach wie vor Musik heraus. Er inspizierte die Kreditkarte, die ich ihm gegeben hatte.

»Dr. Dupree.« Er gab mir die Hand. »Ich bin Allen Fulton. Sind Sie Richtung Arizona unterwegs?«

Ich sagte, dass es mich vor der Grenze von der Interstate vertrieben hatte.

»Ich weiß nicht, ob es Ihnen auf der I-10 besser ergehen wird. In einer Nacht wie dieser scheinen alle Leute aus Los Angeles nach Osten zu wollen. Als wäre das Flackern so etwas wie ein Erdbeben oder eine Flutwelle.«

»Werde sicher bald weiterfahren.«

Er reichte mir einen Schlüssel. »Schlafen Sie erst mal ein bisschen. Ein Rat, der nie verkehrt ist.«

»Ist das mit der Karte in Ordnung? Falls Sie lieber Bargeld möchten ...«

»Die Karte ist so gut wie Bargeld, solange die Welt nicht untergeht. Und wenn sie das tut, werde ich keine Zeit mehr haben, mich zu ärgern.«

Er lachte. Ich versuchte zu lächeln.

Zehn Minuten später lag ich vollständig bekleidet auf einem harten Bett in einem Zimmer, das nach Antiseptika in verschiedenen Duftnoten sowie einer zu feucht eingestellten Klimaanlage roch, und fragte mich, ob ich nicht doch hätte weiterfahren sollen. Ich legte das Handy auf den Nachttisch, schloss die Augen und schlief sofort ein.


Und erwachte wieder. Nach weniger als einer Stunde. Aufgeschreckt, ohne zu wissen, wovon.

Ich setzte mich auf und sah mich im Zimmer um, glich die verschiedenen Grauschattierungen mit meiner Erinnerung ab. Schließlich richtete sich meine Aufmerksamkeit auf das fahle Rechteck des Fensters, in dem, bevor ich eingeschlafen war, noch das Licht pulsiert hatte.

Das Flackern hatte aufgehört.

Was dem Schlaf eigentlich hätte förderlich sein müssen, aber ich wusste – wie man eben derlei Dinge weiß –, dass ich nicht mehr würde schlafen können. Ich trank eine Tasse Kaffee, den ich in der kleinen, zum Zimmer gehörenden Maschine kochte. Eine halbe Stunde später sah ich wieder auf die Uhr. Viertel vor zwei. Tiefste Nacht. Die Zone verlorengegangener Objektivität. Ich konnte genauso gut unter die Dusche springen und mich wieder auf den Weg machen.

Ich zog mich an und ging so leise wie möglich zum Empfang, mit der Absicht, den Schlüssel einfach in den Briefkasten zu werfen, doch Fulton war ebenfalls noch wach, das Licht des

Fernsehers schimmerte aus seinem Zimmer. Er streckte den Kopf heraus, als er mich an der Tür rumoren hörte.

Er machte einen etwas merkwürdigen Eindruck. Betrunken vielleicht oder stoned. Er blinzelte ein paarmal, bevor er mich erkannte. »Dr. Dupree«, sagte er.

»Tut mir Leid, dass ich Sie schon wieder aufscheuche. Ich finde keine Ruhe und fahre lieber weiter. Trotzdem vielen Dank für Ihre Gastfreundschaft.«

»Erklärungen sind nicht nötig. Ich wünsche Ihnen was. Wollen hoffen, dass Sie vor Sonnenaufgang noch irgendwo hinkommen.«

»Das hoffe ich auch.«

»Also, ich seh's mir einfach im Fernsehen an.«

»Im Fernsehen?« Plötzlich war ich mir nicht mehr sicher, wovon eigentlich die Rede war.

»Hab den Ton runtergedreht, will Jody nicht aufwecken. Hatte ich Jody erwähnt? Meine Tochter. Sie ist zehn. Ihre Mutter lebt in La Jolla mit einem Möbelhandwerker zusammen. Die Sommer verbringt Jody bei mir. Hier draußen in der Wüste. Was für ein Schicksal, wie?«

»Nun ja ...«

»Aber ich will sie nicht wecken.« Fulton wirkte plötzlich ernüchtert. »Ist das falsch von mir? Sie einfach schlafen zu lassen währenddessen? Vielleicht sollte ich sie doch aufwecken. Wenn ich's mir recht überlege: Sie hat sie ja nie gesehen. Sie ist erst zehn. Kennt sie überhaupt nicht. Schätze, das ist ihre letzte Chance.«

»Äh, tut mir Leid, aber ich weiß nicht, wovon ...«

»Sie sind jetzt allerdings anders. Nicht so, wie ich sie in Erinnerung habe. Nicht, dass ich mich je besonders gut ausgekannt hätte – aber früher, wenn man abends oft draußen war, hat man sie doch zwangsläufig ein bisschen kennen gelernt.«

»Was kennen gelernt?«

Er blinzelte. »Die Sterne.«

Wir gingen hinaus, stellten uns neben den Swimmingpool und blickten auf den Himmel.

Der Pool hatte schon lange kein Wasser mehr gesehen. Staub und Sand bildeten Dünen auf dem Grund, an den Wänden hatte sich jemand mit lila Graffiti verewigt. Wind ließ ein Metallschild – KEINE BADEAUFSICHT – gegen die Zaunverstrebungen klappern. Der Wind war warm und kam aus Osten.

Die Sterne.

»Sehen Sie?«, sagte Fulton. »Ganz anders. Ich kann keines von den alten Sternbildern erkennen. Alles sieht irgendwie so ... verstreut aus.«

Mehrere Milliarden Jahre können so etwas bewirken. Alles altert, sogar der Himmel, alles strebt einem Höchstmaß an Entropie, Unordnung, Zufälligkeit entgegen. Unsere Galaxis war in den vergangenen drei Milliarden Jahren von unsichtbaren Kräften mächtig durcheinander gewirbelt worden, ja hatte sich mit einer kleineren Satellitengalaxis – M41 in den alten Katalogen – vermischt, sodass die Sterne nun in ganz und gar nichtssagender Anordnung am Himmel verteilt waren.

»Alles klar mit Ihnen, Dr. Dupree? Vielleicht wollen Sie sich lieber hinsetzen.«

Zu betäubt, um zu stehen, ja. Ich setzte mich auf den gummierten Beton, ließ die Füße in den leeren Pool baumeln, und blickte immerfort nach oben. Nie zuvor hatte ich etwas so Schönes oder so Furchterregendes gesehen.

»Nur noch wenige Stunden bis Sonnenaufgang«, murmelte Fulton.

Ja, hier. Weiter östlich, irgendwo über dem Atlantik, musste die Sonne bereits über den Rand des Horizonts gestiegen sein. Ich wollte ihn danach fragen, aber da ertönte eine piepsige Stimme aus dem Schatten nahe beim Eingang.

»Dad? Ich hab dich reden hören.« Jody, die Tochter. Sie kam zögernd näher. Sie trug einen weißen Pyjama und war in ein Paar Schuhe geschlüpft, ohne sie zuzubinden. Sie hatte ein breites Gesicht – schlicht, aber hübsch – und schläfrige Augen.

»Komm her, mein Schatz«, sagte Fulton. »Setz dich auf meine Schultern und sieh dir den Himmel an.«

Sie kletterte, immer noch verwirrt, an ihm hoch, und Fulton hob sie, die Hände um ihre Fußknöchel gelegt, der glitzernden Dunkelheit entgegen.

»Sieh nur, Jodie«, sagte er und lächelte ungeachtet der Tränen, die ihm über das Gesicht liefen. »Wie weit man heute Nacht sehen kann. Heute kann man praktisch bis ans Ende der Welt sehen.«

Ich ging wieder rein, um zu sehen, was es im Fernsehen an Nachrichten gab. Das Flackern hatte vor etwa einer Stunde aufgehört. Es war einfach verschwunden, zusammen mit der Spinmembran. Der Spin war so still zu Ende gegangen, wie er begonnen hatte, ohne Fanfare, überhaupt ohne Geräusch, abgesehen von einem atmosphärischen Rauschen von der Sonnenseite des Planeten her.

Die Sonne.

Drei Milliarden und ein paar zerquetschte Jahre älter geworden. Ich versuchte mich daran zu erinnern, was Jason mir über ihren Zustand erzählt hatte. Tödlich, keine Frage. Das Bild von überkochenden Meeren war in den Medien lang und breit ausgemalt worden – aber hatten wir diesen Punkt schon erreicht? War bis Mittag alles vorbei, oder blieb noch Zeit bis zum Ende der Woche?

Spielte das überhaupt eine Rolle?

Ich schaltete den kleinen Videoschirm in meinem Zimmer an und stieß auf eine Liveübertragung aus New York. Es hatte keine größere Panik gegeben – zu viele Leute schliefen noch oder hatten auf die morgendliche Fahrt zur Arbeit verzichtet, nachdem sie aufgewacht waren, die Sterne erblickt und die naheliegenden Schlüsse daraus gezogen hatten. Das Nachrichtenteam hatte, wie in einem Fiebertraum heroischen Journalismus, auf dem Dach eines Gebäudes auf Staten Island eine Kamera aufgebaut. Das Licht war trübe, der östliche Himmel hellte sich auf, doch es war noch nichts zu sehen.

Seit dem Ende des Flackerns, wurde mitgeteilt, sei keine Verbindung nach Europa zustandegekommen, was auf elektrostatische Interferenzen zurückzuführen sein könnte – vielleicht hatte das ungefilterte Sonnenlicht alle von den Aerostaten übermittelten Signale geschluckt. Es war noch zu früh, um allzu unheilvolle Schlüsse zu ziehen. »Da wir noch keine offiziellen Reaktionen haben«, sagte der Moderator, »ist der beste Rat, den wir Ihnen geben können, wie immer der, zu Hause vor den Geräten zu bleiben und abzuwarten, bis sich die Lage geklärt hat.«

»Gerade heute«, ergänzte seine Komoderatorin, »werden alle Leute möglichst bei ihren Familien bleiben wollen.«

Ich saß auf der Bettkante meines Motelzimmers und sah weiter zu.

Bis die Sonne aufging.

Die Kamera fing sie zunächst als eine karmesinrote Wolkenschicht ein, die über den öligen Horizont des Atlantiks strich. Dann kam ein glühender Rand, und Filter schoben sich vors Objektiv, um das grelle Licht abzudämpfen.

Ihr Umfang war schwer abzuschätzen, aber sie stieg auf – nicht ganz rot, eher ein rötliches Orange, sofern dies nicht Resultat von Kameramanipulationen war –, bis sie über dem Meer, über Queens und Manhattan schwebte, zu groß eigentlich, um als Himmelskörper durchzugehen, eher wie ein gewaltiger, mit bernsteinfarbenem Licht gefüllter Ballon.

Ich wartete auf weitere Kommentare, doch das Bild blieb stumm, bis zu einem Studio im mittleren Westen, dem Ausweichhauptquartier des Senders, umgeschaltet wurde und jemand ins Bild kam, der zu schlecht zurechtgemacht war, als dass es sich um einen regulären Moderator handeln konnte, und der völlig sinnlose Warnungen von sich gab. Ich schaltete den Apparat aus.

Und trug mein Gepäck zum Auto.

Fulton und Jody kamen aus dem Büro, um mich zu verabschieden. Plötzlich waren sie alte Freunde, denen es Leid tat, dass ich gehen musste. Jody sah ziemlich ängstlich aus. »Sie hat mit ihrer Mama gesprochen«, sagte Fulton. »Die hatte noch nichts von den Sternen gehört.«

Ich versuchte mir das frühmorgendliche Gespräch auszumalen: Wie Jody aus der Wüste anruft und ihrer Mutter etwas mitteilt, das diese als unmittelbares Bevorstehen des Weltuntergangs begreifen muss. Wie Jodys Mutter Abschiedsworte an ihre Tochter richtet und zugleich versucht, sie nicht zu Tode zu erschrecken, sie vor der schrecklichen Wahrheit zu schützen.

Nun lehnte Jody sich gegen ihren Vater, und dieser legte zärtlich den Arm um sie. »Müssen Sie wirklich wegfahren?«, fragte sie.

Ich nickte.

»Wenn Sie wollen, können Sie nämlich hier bleiben. Hat mein Papa gesagt.«

»Mr. Dupree ist Arzt«, sagte Fulton sanft. »Vermutlich muss er einen Hausbesuch machen.«

»Das stimmt«, erwiderte ich. »Das muss ich.«


Viele Menschen benahmen sich sehr schlecht an diesem Morgen, in ihren vermeintlich letzten Stunden. Es war, als sei das Flackern nur eine Probe für das bevorstehende Ende gewesen. Wir hatten die Vorhersagen gehört: brennende Wälder, sengende Hitze, verdampfende Meere. Die Frage war nur, ob es einen Tag, eine Woche oder einen Monat dauern würde.

Und so schlugen wir Fenster ein, nahmen das, was uns gefiel, nahmen jeden Plunder, den uns das Leben vorenthalten hatte. Männer versuchten Frauen zu vergewaltigen, wobei etliche von ihnen feststellen mussten, dass der Verlust aller Hemmungen in beide Richtungen funktionierte und das vermeintliche Opfer die Fähigkeit entwickelte, seinem Widersacher ins Auge zu stechen oder in die Hoden zu treten. Alte Rechnungen wurden mit der Waffe beglichen. Die Selbstmorde waren Legion. (Ich dachte an Molly. Wenn sie nicht schon seit dem ersten Flackern tot war, dann starb sie mit Sicherheit jetzt, starb vielleicht sogar voller Befriedigung über das Aufgehen ihres Plans. Zum ersten Mal überkam mich das Bedürfnis, um sie zu weinen.)

Doch es gab auch Inseln des Anstands und Handlungen von heroischer Selbstlosigkeit. Die Interstate 10 an der Grenze nach Arizona war eine solche Insel.

Während des Flackerns war eine Abteilung der National-garde an der Brücke über den Colorado River stationiert ge-wesen. Die Soldaten waren jedoch kurz nach dem Ende des Fla-ckerns verschwunden, zurückbeordert vielleicht oder einfach auf ungenehmigtem Urlaub, unterwegs nach Hause, und ohne sie hätte die Brücke zu einem unpassierbaren Nadelöhr werden können.

Wurde sie aber nicht. Ein Dutzend Zivilisten, Freiwillige mit Taschenlampen oder Signalleuchten aus ihrer Notfallausrüs-tung, hatte die Aufgabe übernommen, den Verkehr zu regeln. Und sogar die ewig Eiligen – die Leute, die bis Sonnenaufgang noch eine weite Strecke zurücklegen wollten oder mussten, nach New Mexico, Texas oder sogar Louisiana, falls ihnen der Motor nicht vorher wegschmolz –, sogar sie schienen zu begreifen, dass das notwendig war, dass jeder Versuch, sich vorzudrängeln, aussichtslos war und es keine Alternative da-zu gab, sich in Geduld zu üben. Ich weiß nicht, wie lange diese Stimmung anhielt oder was sie hatte entstehen lassen. Vielleicht war es menschliche Solidarität, vielleicht war es aber einfach auch das Wetter: ungeachtet des aus Osten auf uns zurollenden Verhängnisses war es eine pervers *schöne* Nacht. Verstreute Sterne in einem klaren, kühlen Himmel; eine anregende Brise, die den Auspuffgestank fortwehte und so sanft durchs Autofenster strich wie die Hand einer sorgenden Mutter.

Ich erwog, mich in einem der örtlichen Krankenhäuser zu melden, meine Dienste als Arzt zur Verfügung zu stellen – im Palo Verde in Blythe, das ich einmal im Rahmen einer Konsultation besucht hatte, oder vielleicht im La Paz Regional in Parker. Aber welchem Zweck sollte das dienen? Es gab keine Heilung für das, was uns erwartete. Es gab allenfalls Linderung, Morphium, Heroin – also Mollys Strategie, aber nur, wenn die Arzneischränke nicht schon geplündert waren.

Und was Fulton zu Jody gesagt hatte, traf im Wesentlichen zu: Ich hatte einen Hausbesuch zu machen.

Eine Suche. Mit mittlerweile quichottischen Zügen. Was immer es war, das Diane zu schaffen machte, ich würde auch das nicht in Ordnung bringen können. Warum also die Reise überhaupt zu Ende bringen? Natürlich, es war eine Möglichkeit, sich vor dem Ende der Welt zu beschäftigen – tätige Hände zittern nicht, ein tätiger Verstand gerät nicht in Panik. Aber das war keine Erklärung für die Dringlichkeit, das existenzielle Bedürfnis, sie zu sehen, das mich während des Flackerns auf die Straße getrieben hatte und das jetzt eher noch stärker geworden war.

Vorbei an Blythe, vorbei an dem beunruhigenden Streifen abgedunkelter Geschäfte, vorbei an den belagerten Tankstellen – und endlich lag die Straße offen vor mir. Der dunkle Himmel, das Funkeln der Sterne.

Und das Läuten des Handys. Ich wühlte in meiner Tasche, bremste ab, während ein Laster von hinten an mir vorbeirauschte.

»Tyler.« Simons Stimme.

Bevor er weiterreden konnte, sagte ich: »Gib mir deine Nummer, bevor wir wieder unterbrochen werden. Damit ich euch erreichen kann.«

»Das darf ich nicht. Ich ...«

»Von wo rufst du an?«

»Ein Handy. Wir benutzen es nur für lokale Gespräche. Im Moment hab ich es, aber Aaron trägt es auch manchmal bei sich, also ...«

»Ich würde nur anrufen, wenn es absolut notwendig ist.«

»Okay, ist vermutlich auch egal.« Er gab mir die Nummer. »Hast du den Himmel gesehen, Tyler? Klar, du bist ja wach. Es ist die letzte Nacht auf Erden, nicht wahr?«

Ich dachte: Warum fragst du mich das? Simon lebte seit drei Jahrzehnten in der letzten Nacht auf Erden. Man hätte annehmen sollen, dass er es besser wüsste als ich. »Was ist mit Diane, Simon?«

»Ich möchte mich für den letzten Anruf entschuldigen. Angesichts ... angesichts dessen, was jetzt kommt.«

»Wie geht es ihr?«

»Das meine ich ja. Es kommt nicht mehr darauf an.«

»Ist sie tot?«

Lange Pause. Er klang gekränkt, als er sich wieder meldete. »Nein, sie ist nicht tot.«

»Schwebt sie in der Luft und wartet auf die Entrückung oder was?«

»Es ist nicht nötig, meinen Glauben zu beleidigen.« *Meinen* Glauben, nicht *unseren* Glauben.

»Dann braucht sie vielleicht ärztliche Behandlung. Ist sie noch krank, Simon?«

»Ja, aber ...«

»Auf welche Art? Was sind die Symptome?«

»Nur noch eine Stunde, dann geht die Sonne auf, Tyler. Du weißt ja, was das bedeutet.«

»Ich habe keine Ahnung, was das bedeutet. Und ich sitze gerade im Auto, ich kann vor Sonnenaufgang auf der Ranch sein.«

»Oh. Nein, das ist nicht gut. Nein, ich ...«

»Warum nicht? Wenn es das Ende der Welt ist, warum soll ich dann nicht da sein?«

»Du verstehst nicht. Was jetzt geschieht, ist nicht nur das Ende der Welt. Es ist die Geburt einer neuen Welt.«

»Wie krank ist sie? Kann ich mit ihr sprechen?«

Simons Stimme begann zu zittern. Ein Mann am Rande des Zusammenbruchs. Wir befanden uns alle an diesem Rand. »Sie kann nur flüstern. Sie bekommt keine Luft. Sie ist schwach, hat stark abgenommen.«

»Wie lange geht das schon?«

»Ich weiß nicht. Ich meine, es fing allmählich an ...«

»Wann wurde es offensichtlich, dass sie krank ist?«

»Vor ein paar Wochen. Oder vielleicht auch, äh, vor ein paar Monaten.«

»Ist sie irgendwie ärztlich behandelt worden?« Pause. »Simon?«

»Nein.«

»Warum nicht?«

»Es schien nicht notwendig.«

»Es schien nicht *notwendig*?«

»Pastor Dan wollte es nicht.«

Ich dachte: Und hast du Pastor Dan gesagt, dass er sich ganz gewaltig ins Knie ficken kann? »Ich hoffe, dass er sich inzwischen anders besonnen hat.«

»Nein.«

»Dann brauch ich deine Hilfe, um zu ihr zu kommen.«

»Tu das nicht, Tyler. Das nützt niemandem etwas.«

Ich war bereits dabei, nach der Abfahrt Ausschau zu halten, an die ich mich zwar nur undeutlich erinnerte, die ich aber auf der Karte markiert hatte. Eine namenlose Wüstenstraße, vom Highway runter in Richtung einer ausgetrockneten Cienaga. »Hat sie nach mir gefragt?« Stille. »Simon? Hat sie nach mir gefragt?«

»Ja.«

»Sag ihr, dass ich auf dem Weg zu ihr bin.«

»Nein, Tyler ... Auf der Ranch gehen gerade ein paar problematische Dinge vor sich. Du kannst hier nicht einfach reinspazieren.«

Problematische Dinge? »Ich dachte, es würde eine neue Welt geboren.«

»Ja. In Blut geboren.«

## DER MORGEN UND DER ABEND

Ich kam zu der kleinen Anhöhe, von der aus man die Condon-Ranch überblickte, und parkte so, dass der Wagen vom Haus aus nicht zu sehen war. Als ich die Scheinwerfer ausschaltete, konnte ich am östlichen Himmelsrand das erste Leuchten der aufgehenden Sonne sehen, das die neuen Sterne bereits auszulöschen begann.

Das war der Moment, in dem ich zu zittern begann.

Ich kam nicht dagegen an. Ich machte die Tür auf und fiel aus dem Auto, rappelte mich wieder hoch. Die Landschaft schälte sich aus der Dunkelheit wie ein verlorener Kontinent: braune Hügel, vernachlässigtes Weideland, das sich in Wüste zurückverwandelt hatte, der lange flache Abhang, der zum Farmhaus führte. Mesquit- und Kerzensträucher zitterten im Wind. Ich zitterte ebenfalls. Es war Furcht – nicht das etwas verkniffene Unbehagen, mit dem wir alle seit Beginn des Spins lebten, sondern eine Panik, die von den Eingeweiden ausging, sich wie eine Erkrankung der Muskeln und des Darmtrakts anfühlte. Tag der Vollstreckung für den zum Tode Verurteilten. Schinderkarren und Galgen nahten von Osten her.

Ich fragte mich, ob Diane eine ähnliche Angst ergriffen hatte. Und ob ich sie würde trösten können. Ob ich selbst noch etwas aufzubieten hatte, das zum Trost taugte.

Wieder erhob sich Wind, fegte Sand und Staub vom trockenen Grat. Vielleicht war dieser Wind ja der Vorbote der aufgedunsenen Sonne, ein Wind, der von der heißen Seite der Welt kam.

Ich hockte mich irgendwo hin, wo ich nicht gesehen zu werden hoffte, und schaffte es, immer noch zitternd, die Nummer, die Simon mir genannt hatte, in mein Handy zu tippen.

Er nahm nach zwei, drei Klingelzeichen ab. Ich presste das Handy an mein Ohr, um die Windgeräusche zu reduzieren.

»Du solltest das wirklich nicht tun«, sagte er.

»Störe ich die Entrückung?«

»Ich kann nicht reden.«

»Wo ist sie, Simon? Welcher Teil des Hauses?«

»Wo bist *du*?«

»Gleich hinter dem Hügel.« Der Himmel war jetzt heller, wurde mit jeder Sekunde heller, am westlichen Horizont zeigte er sich schon als angestoßenes Purpurrot. Ich konnte das Farmhaus deutlich sehen. Es hatte sich nicht sehr verändert in den Jahren seit meinem Besuch, nur die Scheune wirkte aufpoliert, war möglicherweise repariert und getüncht worden.

Weitaus beunruhigender fand ich allerdings die Grube, die parallel zur Scheune verlief und von locker aufgehäufter Erde bedeckt war. Eine kürzlich angelegte Abwasserleitung vielleicht. Oder ein Klärbehälter. Oder ein Massengrab.

»Ich gehe jetzt zu ihr«, sagte ich.

»Das ist unmöglich.«

»Ich nehme an, dass sie im Haus ist. Eines der Zimmer im ersten Stock. Richtig?«

»Selbst wenn du sie zu sehen kriegst ...«

»Sag ihr, dass ich komme, Simon.«

Unten sah ich jetzt eine Gestalt, die sich zwischen dem Haus und der Scheune bewegte. Simon war es nicht. Auch nicht Aaron Sorley, es sei denn, Bruder Aaron hatte in der Zwischenzeit fünfzig Kilo abgenommen. Vermutlich Pastor Dan Condon.

Er trug in jeder Hand einen Eimer Wasser. Er schien in Eile zu sein. Irgendetwas ging in der Scheune vor.

»Du riskierst dein Leben«, sagte Simon.

Ich lachte. Ich konnte nicht anders. Dann sagte ich: »Bist du in der Scheune oder im Haus? Condon ist in der Scheune, stimmt's? Was ist mit Sorley und McIsaac? Wie komme ich an denen vorbei?«

Ich spürte einen Druck im Nacken, wie von einer warmen Hand. Ich wandte mich um. Es war Sonnenlicht, das den Druck ausübte. Der Rand der Sonne war über den Horizont getreten. Mein Auto, der Zaun, der Fels, die dürren Umrisse der Kerzensträucher, alles warf lange violette Schatten.

»Tyler? Tyler, es gibt keinen Weg vorbei. Du musst ...« Doch Simons Stimme ging in einem plötzlichen Rauschen unter. Das Licht der Sonne musste den Aerostaten, der den Anruf übertrug, erreicht und das Signal ausgelöscht haben. Instinktiv drückte ich auf die Wahlwiederholung, aber das Telefon war nicht mehr zu gebrauchen.

Ich kauerte an Ort und Stelle, bis die Sonne zu drei Vierteln aufgegangen war. Die Scheibe war riesig und rötlich orange. Sonnenflecken schwärzten auf ihr wie eiternde Wunden. Hin und wieder erhoben sich Staubwolken aus der Wüste ringsum und verdeckten sie vorübergehend.

Dann erhob ich mich. Vielleicht schon tot. Vielleicht tödlich verstrahlt. Die Hitze war zu ertragen, bislang jedenfalls, doch auf zellulärer Ebene mochten üble Dinge vorgehen, vielleicht schossen Röntgenstrahlen durch die Luft wie unsichtbare Gewehrkugeln. Also stand ich auf und spazierte in aller Offenheit, unbewaffnet, über den ausgetretenen Weg auf das Farmhaus zu. Unbewaffnet und unbehelligt, jedenfalls bis ich die Holzveranda erreicht hatte und Bruder Sorley mitsamt seinen hundertdreißig Kilo durch die Fliegentür gestürmt kam und mir mit dem Kolben eines Gewehres seitlich gegen den Kopf schlug.

Bruder Sorley tötete mich nicht, womöglich, weil er nicht mit blutbefleckten Händen zur Entrückung antreten wollte. Stattdessen warf er mich in eines der Zimmer im Obergeschoss und schloss die Tür ab.

Einige Stunden vergingen, bis ich mich aufsetzen konnte, ohne dass mir übel wurde. Als das Schwindelgefühl endlich nachließ, schlurfte ich zum Fenster und ließ die gelbe Papierjalousie hoch. Von hier aus gesehen, stand die Sonne hinter dem Haus, der Hof und die Scheune waren in ein gleißendes Orange getaucht. Die Luft war brutal heiß, aber es brannte nirgendwo. Eine Katze, sichtlich desinteressiert an der Feuersbrunst am Himmel, schlappte stehendes Wasser aus einem schattigen Graben. Vermutlich würde die Katze den Sonnenuntergang noch erleben. Genau wie ich.

Ich versuchte das Fenster hochzuschieben – nicht, dass ich unbedingt von hier hätte nach unten springen können –, doch die Schieber waren abmontiert, die Gegengewichte unbeweglich gemacht worden, der ganze Rahmen schon vor Jahren gewissermaßen festlackiert.

Außer dem Bett befanden sich keine Möbel im Zimmer. Und keine Werkzeuge, nur das nutzlose Handy in meiner Tasche. Die Zimmertür war aus schwerem, solidem Holz, und ich bezweifelte, dass ich die Kraft hatte, sie aufzusprengen. Diane war vielleicht nur wenige Meter entfernt, womöglich trennte uns nur eine einzige Wand. Aber ob es wirklich so war, wusste ich nicht, und es gab keine Möglichkeit, es herauszufinden.

Schon der bloße Versuch, zusammenhängende Gedanken zu fassen, rief einen tiefen, Übelkeit erregenden Schmerz an der Stelle hervor, wo der Gewehrkolben mir den Kopf aufgeschlagen hatte. Ich musste mich wieder hinlegen.

Am Nachmittag legte sich der Wind. Als ich wieder zum Fenster schwankte, konnte ich den Rand der Sonnenscheibe über dem Haus und der Scheune sehen, so groß, dass man den Eindruck hatte, sie würde beständig fallen, und so nah, dass man gerade nach ihr greifen konnte.

Die Temperatur in dem Zimmer war seit dem Morgen stetig gestiegen. Ich hatte keine Mittel, sie zu messen, aber sie musste bei 40 °C liegen, mit weiterer Tendenz nach oben. Heiß, doch keine tödliche Hitze, wenigstens nicht unmittelbar tödlich. Gern hätte ich jetzt Jason bei mir gehabt, um mir das erklären zu lassen: die Thermodynamik der globalen Auslöschung. Er hätte mir ein Diagramm aufmalen und zeigen können, wo die Temperaturkurve mit der Letalitätslinie konvergierte.

Hitzeflimmern stieg von der gebackenen Erde auf. Dan Condon lief noch mehrere Male zwischen Haus und Scheune hin und her. In der scharfen Intensität des orangefarbenen Tageslichts war er leicht zu erkennen, er hatte etwas von neunzehntem Jahrhundert an sich mit seinem quadratischen Bart und dem hässlichen, pockennarbigen Gesicht: Lincoln in Jeans, langbeinig, zielstrebig. Er blickte nicht auf, nicht einmal, als ich gegen das Fenster klopfte.

Dann trommelte ich gegen die Zimmerwände, dachte, dass Diane das vielleicht hören würde. Doch ich erhielt keine Reaktion.

Dann wurde mir wieder schwindlig und ich fiel aufs Bett zurück. Die Luft im Zimmer war schwül, mein Schweiß tränkte die Bettwäsche.

Ich schlief oder verlor das Bewusstsein.

Als ich wieder aufwachte, dachte ich für einen Moment, im Zimmer sei Feuer ausgebrochen – doch es war nur die stehende Hitze in Verbindung mit einem maßlos kitschigen Sonnenuntergang.

Ich ging zum Fenster. Die Sonne war über den westlichen Horizont gezogen und sank so rasch, dass man es mitverfolgen konnte. Spärliche Wolken standen hoch am sich verdunkelnden Himmel, Fetzen von Feuchtigkeit, einem bereits ausgedörrten Land entzogen. Ich sah, dass jemand mein Auto den Hügel hinabgerollt und auf der linken Seite der Scheune abgestellt hatte. Und zweifellos die Schlüssel an sich genommen hatte. Nicht, dass noch ausreichende Mengen Benzin im Tank gewesen wären oder man sonst mit dem Auto noch groß etwas hätte anfangen können.

Aber ich hatte den Tag überlebt. *Wir* hatten den Tag überlebt. Wir beide. Diane und ich. Und Millionen andere. Wir hatten es hier also mit der langsamen Version der Apokalypse zu tun: Sie würde uns töten, indem sie uns schonend kochte, Grad für Grad. Oder, sollte das nicht klappen, indem sie das Ökosystem der Erde ausbrannte.

Endlich verschwand die Sonne. Die Luft schien augenblicklich um zehn Grad abzukühlen. Vereinzelte Sterne lugten durch die Gazewolken.

Ich hatte lange nichts gegessen, geschweige denn getrunken. Vielleicht war es ja Condons Absicht, mich an Dehydration verrecken zu lassen. Vielleicht hatte er mich aber auch einfach vergessen. Ich hatte nicht den Hauch einer Vorstellung davon, wie Pastor Dan sich diese Ereignisse geistig zurechtlegte, ob er sich bestätigt fühlte oder schreckliche Angst hatte – oder eine Mischung aus beidem.

Das Zimmer wurde dunkel. Kein Deckenlicht, keine Lampe. Aber ich konnte ein leises Tuckern hören, wahrscheinlich ein mit Benzin betriebener Generator, und es drang Licht aus den Fenstern im Erdgeschoss und aus der Scheune.

Während ich an technischen Hilfsmitteln nichts besaß als mein Handy. Ich zog es aus der Tasche und schaltete es ein, ohne bestimmte Absicht, einfach nur, um das Phosphoreszieren des Displays zu sehen.

Dann kam mir ein anderer Gedanke.

»Simon?«

Stille.

»Simon, bist du das? Kannst du mich hören?«

Stille. Dann eine blecherne, digitalisierte Stimme: »Du hast mich beinahe zu Tode erschreckt. Ich dachte, dieses Ding würde nicht mehr funktionieren.«

»Nur bei Tageslicht nicht.«

Sonnenrauschen hatte jegliches Signal der in großer Höhe schwebenden Aerostaten geschluckt. Nun aber schirmte die Erde uns vor der Sonne ab. Vielleicht hatten die Aerostaten Schäden davongetragen – die Verbindung klang nach Niedrigfrequenz und war von Rauschen durchsetzt –, doch es reichte, um sich zu verständigen.

»Tut mir Leid, was da passiert ist«, sagte Simon. »Aber ich hatte dich ja gewarnt.«

»Wo bist du? In der Scheune oder im Haus?«

Pause. »Im Haus.«

»Ich hab den ganzen Tag hinuntergesehen, aber ich habe weder Condons Frau noch Sorleys Frau oder die Kinder entdeckt. Oder die McIsaacs. Was ist mit ihnen passiert?«

»Sie sind weggefahren.«

»Bist du dir da sicher?«

»Ob ich mir sicher bin? Ja, natürlich. Diane war nicht die Einzige, die krank geworden ist. Tatsächlich war sie die Letzte. Teddy McIsaacs kleine Tochter ist als Erste krank geworden. Dann sein Sohn. Dann Teddy selbst. Als es schließlich so aussah, als wären die Kinder, na ja, also richtig ernsthaft krank, ohne dass es besser wurde, da hat er sie in seinen Pick-up gesetzt und ist weggefahren. Pastor Dans Frau ist mitgekommen.«

»Wann war das?«

»Vor ein paar Monaten. Aarons Frau und die Kinder sind kurz darauf auf eigene Faust weggegangen. Ihr Glaube hatte sie verlassen. Außerdem hatten sie Angst, sich anzustecken.«

»Du hast sie weggehen sehen? Ganz sicher?«

»Ja, warum denn nicht?«

»Die Erde neben der Scheune sieht ganz so aus, als ob man dort etwas verscharrt hätte.«

»Ach das. Tja, da hast du Recht, dort ist etwas verscharrt – die Rinder.«

»Wie bitte?«

»Ein Mann namens Boswell Geller hatte eine große Ranch oben in der Sierra Bonita. Ein Freund von Jordan Tabernacle vor der Spaltung, ein Freund von Pastor Dan. Er hat rote Färsen gezüchtet, aber letztes Jahr hat das Landwirtschaftsministerium eine Untersuchung angestrengt. Gerade, als er anfing, Fortschritte zu machen. Boswell und Pastor Dan wollten alle roten Rinderarten der Welt miteinander kreuzen. Pastor Dan sagt, dass es das sei, worum es im vierten Buch Mose, Kapitel neunzehn, geht: eine reine rote Färse, die am Ende der Zeit geboren wird, hervorgegangen aus allen Arten auf der ganzen Welt, überall, wo das Evangelium gepredigt wurde. Das Opfer ist ein buchstäbliches wie ein symbolisches. Im biblischen Opfer hat die Asche die Kraft, eine besudelte Person zu reinigen, beim Untergang der Welt aber verzehrt die Sonne die Färse und ihre Asche wird verstreut in alle Himmelsrichtungen, auf dass sie die ganze Welt reinigt, sie vom Tode reinwäscht. Das geschieht jetzt gerade. Brief an die Hebräer, Kapitel neun: ›Denn wenn der Böcke und der Ochsen Blut und die Asche von der Kuh, gesprengt auf die Unreinen, sie heiligt zu der leiblichen Reinigkeit, wieviel mehr wird das Blut Christi, der sich selbst als ein Opfer ohne Fehl durch den ewigen Geist Gottes dargebracht hat, unser Gewissen reinigen von den toten Werken, zu dienen dem lebendigen Gott?‹ Und natürlich ...«

»Ihr habt diese Rinder *hier* gehabt?«

»Ja, nur ein paar. Fünfzehn Zuchttiere, die herausgeschmuggelt wurden, bevor das Ministerium sie beschlagnahmen konnte.«

»Und danach sind die Leute dann krank geworden?«

»Nicht nur die Leute, die Rinder auch. Wir haben die Grube neben der Scheune ausgehoben, um sie darin zu vergraben, alle aus dem ursprünglichen Bestand, außer dreien.«

»Schwäche, unsicherer Gang, Gewichtsverlust gingen dem Tod voraus?«

»Ja, so ungefähr – woher weißt du das?«

»Die Symptome von KVES. Die Kühe waren die Überträger. Das ist es, was Diane krank macht.«

Ein langes Schweigen. Dann: »Ich darf dieses Gespräch überhaupt nicht führen.«

»Ich bin oben in dem hinteren Zimmer.«

»Ich weiß, wo du bist.«

»Dann komm und schließ die Tür auf.«

»Das kann ich nicht.«

»Warum? Wirst du beobachtet?«

»Ich kann dich nicht einfach befreien. Ich dürfte mich nicht mal mit dir unterhalten. Ich bin beschäftigt, Tyler. Ich mache Diane etwas zu essen.«

»Ist sie noch kräftig genug, um zu essen?«

»Ja ... wenn ich ihr helfe.«

»Lass mich raus. Es muss ja niemand wissen.«

»Ich kann nicht.«

»Sie braucht einen Arzt.«

»Ich kann dich nicht rauslassen, selbst wenn ich wollte. Bruder Aaron hat den Schlüssel.«

Ich dachte kurz nach. »Dann lass das Telefon bei ihr, wenn du ihr das Essen bringst – dein Telefon. Du sagtest doch, dass sie mit mir sprechen will, stimmt's?«

»Sie sagt jetzt oft Sachen, die sie gar nicht meint.«

»Und du glaubst, das war hier auch der Fall?«

»Ich muss jetzt Schluss machen.«

»Lass ihr das Telefon da, Simon. Simon?«

Totenstille.

Ich ging zum Fenster, wartete. Ich sah Pastor Dan zwei leere Eimer von der Scheune zum Haus tragen und kurz darauf mit gefüllten, dampfenden zurückkehren. Wenige Minuten später ging auch Aaron Sorley zur Scheune.

Womit nur noch Simon und Diane im Haus waren. Vielleicht gab er ihr gerade etwas zu essen. Fütterte sie.

Ich verspürte ein unbändiges Verlangen, das Telefon zu benutzen, aber ich hatte beschlossen zu warten, die Dinge sich ein wenig beruhigen, die Hitze abklingen zu lassen.

Ich beobachtete die Scheune. Helles Licht drang durch die Bretterwände, als sei drinnen eine Batterie von Industrielampen installiert. Condon war den ganzen Tag lang hin- und hergelaufen. Irgendwas geschah da drinnen.

Meine Armbanduhr vermeldete gerade das Ablaufen einer weiteren Stunde, als ich, ziemlich leise, ein Geräusch hörte, das vom Schließen einer Tür herrühren mochte. Dann Schritte auf der Treppe, und gleich darauf sah ich Simon zur Scheune gehen.

Er blickte nicht nach oben. Und er kam auch nicht wieder aus der Scheune heraus. Er war dort mit Sorley und Condon, und wenn er das Telefon nach wie vor bei sich hatte, konnte ihn ein Anruf in Gefahr bringen. Nicht, dass mir Simons Wohlergehen übermäßig am Herzen gelegen hätte.

Wenn er aber das Telefon bei Diane gelassen hatte, dann war jetzt die Gelegenheit da.

Ich tippte die Nummer ein.

»Ja.« Es war Diane, die antwortete. »Ja?« Ihre Stimme war atemlos, schwach.

»Diane. Ich bin's. Tyler.« Ich hatte Mühe, meinen Puls zu kontrollieren; es war, als hätte sich eine Tür in meiner Brust geöffnet.

»Tyler ... Simon sagte, du würdest vielleicht anrufen.«

Ich musste mich anstrengen, sie zu verstehen. Sie sprach vollkommen kraftlos, nur mit Hals und Zunge. Was der Ätiologie von KVES entsprach: Die Krankheit befällt zuerst die Lunge, dann das Herz, eine koordinierte Attacke von beinahe militärischer Effizienz. Vernarbtes, schaumartiges Lungengewebe gibt weniger Sauerstoff an das Blut ab; das Herz, sauerstoffunterversorgt, pumpt das Blut mit weniger Leistung; die KVES-Bakterien machen sich beide Schwächen zunutze, graben sich mit jedem mühsamen Atemzug tiefer in den Körper hinein. »Ich bin nicht weit weg, Diane. Ich bin ganz in der Nähe«

»In der Nähe? Kann ich dich sehen?«

Ich wollte ein Loch in die Wand reißen. »Bald. Das verspreche ich. Wir müssen dich hier wegbringen. Dir Hilfe besorgen. Damit wir dich wieder gesund kriegen.«

Ich lauschte dem Geräusch weiterer quälender Atemzüge und fragte mich schon, ob sie mir noch zuhörte. Dann sagte sie: »Ich dachte, ich hätte die Sonne gesehen ...«

»Es ist nicht das Ende der Welt – jedenfalls noch nicht.«

»Nicht?«

»Nein.«

»Simon ...«

»Was ist mit ihm?«

»Er wird so enttäuscht sein.«

»Du hast KVES, Diane. So wie die McIsaacs, da bin ich mir ziemlich sicher. Sie waren gut beraten, sich Hilfe zu suchen. Es ist eine heilbare Krankheit.« Ich fügte nicht hinzu: bis zu einem bestimmten Punkt, so lange sie noch nicht bis zum Endstadium fortgeschritten ist. »Aber wir müssen dich hier unbedingt wegbringen.«

»Du hast mir gefehlt.«

»Du hast mir auch gefehlt ... Verstehst du, was ich sage, Diane?«

»Ja.«

»Bist du bereit, fortzugehen?«

»Wenn der Zeitpunkt kommt ...«

»Der Zeitpunkt ist ziemlich nahe. Ruh dich bis dahin aus.

Aber wir werden uns dann vielleicht beeilen müssen. Verstehst du?«

»Simon ... enttäuscht.«

»Du ruhst dich aus, und ich ...« Ich hatte keine Gelegenheit, den Satz zu beenden. Ein Schlüssel klirrte im Türschloss. Ich klappte das Handy zu, steckte es in die Tasche.

Die Tür ging auf, und Aaron Sorley stand im Rahmen, das Gewehr in der Hand, schwer atmend, als sei er die Treppe hochgelaufen. Seine mächtige Gestalt zeichnete sich im trüben Licht des Flurs ab.

Ich wich zurück, bis meine Schultern gegen die Wand stießen.

»Bei Ihrem Führerschein ist ne Marke, wo steht, dass Sie Arzt sind«, sagte er. »Stimmt das?«

Ich nickte.

»Dann kommen Sie mit.«


Sorley führte mich die Treppe hinunter und aus der Hintertür hinaus in Richtung Scheune. Der Mond, bernsteinfarben gefleckt vom Licht der aufgetriebenen Sonne, narbenübersät und kleiner, als ich ihn in Erinnerung hatte, war über dem östlichen Horizont aufgegangen. Die Nachtluft war berauschend kühl. Ich saugte sie tief ein. Die Erleichterung hielt an, bis Sorley das Scheunentor aufriss und uns roher Tiergestank entgegenschlug, ein Schlachthausgeruch nach Exkrementen und Blut.

»Na los, gehen Sie rein«, sagte er und gab mir mit der freien Hand einen Stoß.

Das Licht kam von einer großen Halogenidbirne, die über einer offenen Viehbox hing. In einem Verschlag irgendwo weiter hinten knatterte ein Benzingenerator, es klang wie das Heulen eines Motorrads in der Ferne.

Dan Condon stand am offenen Ende des Pferchs, die Hände in einen Eimer dampfendes Wasser getaucht. Er blickte auf, als wir eintraten. Er runzelte die Stirn, sein Gesicht eine karge

Landschaft unter dem grellen Licht, aber er sah weniger einschüchternd aus, als ich ihn in Erinnerung hatte. Eher kleinlaut, abgezehrt, vielleicht sogar krank, vielleicht im Frühstadium von KVES. »Macht die Tür wieder zu«, sagte er.

Aaron folgte der Aufforderung. Simon stand ein paar Schritte von Condon entfernt, warf mir kurze, nervöse Blicke zu.

»Kommen Sie her«, sagte Condon. »Wir brauchen Ihre Hilfe.«

In dem Pferch, auf einem verdreckten Strohbett, versuchte eine magere Färse ein Kalb zu gebären. Sie lag auf der Seite, ihr knochiger Rumpf ragte aus der Box heraus. Der Schwanz war mit einer Schnur an ihrem Hals festgebunden, um ihn aus dem Weg zu schaffen. Die Fruchtblase drängte aus der Vulva heraus, und das Stroh ringsum war mit blutigem Schleim besprenkelt.

Ich sagte: »Ich bin kein Tierarzt.«

»Das weiß ich.« In Condons Augen war ein Ausdruck mühsam unterdrückter Hysterie, der Blick eines Mannes, der eine Party veranstaltet und feststellen muss, dass alles aus dem Ruder läuft – die Gäste drehen durch, die Nachbarn beschweren sich, und die Flaschen fliegen aus den Fenstern wie Mörsergranaten. »Aber wir brauchen noch jemanden zum Anpacken.«

Alles, was ich über Zuchtvieh und Tiergeburten wusste, hatte ich aus Molly Seagrams Erzählungen über das Leben auf der Farm ihrer Eltern, und keine dieser Geschichten hatte besonders erbaulich geklungen. Immerhin war Condon mit allem ausgerüstet, was meiner Erinnerung nach zur unverzichtbaren Grundausstattung gehörte: heißes Wasser, Desinfektionsmittel, Geburtshilfeketten, eine große Flasche Mineralöl, die bereits von blutigen Fingerabdrücken übersät war.

»Sie ist teils Angler«, sagte Condon, »teils eine Rote Dänische, teils eine Rote Weißrussische, und das ist nur die jüngste Linie. Aber Kreuzungen bergen das Risiko von Dystokie, das hat auch Bruder Geller immer gesagt. ›Dystokie‹ bedeutet schwere Geburt. Kreuzzuchten haben Schwierigkeiten zu kalben. Sie liegt schon fast vier Stunden in den Wehen. Wir müssen den Fötus herausziehen.« Er redete wie abwesend, mit monotoner Stimme, als würde er einen Vortrag vor einer Versammlung von Schwachsinnigen halten. Es schien völlig gleichgültig, wer ich war oder wie ich hierher gekommen war – entscheidend war, dass ich zur Verfügung stand.

»Ich brauche Wasser.«

»Da ist ein Eimer zum Waschen«, sagte ich.

»Nicht zum Waschen. Ich hatte seit gestern Abend nichts mehr zu trinken.«

Condon hielt inne, als müsse er diese Information erst einmal verarbeiten. Dann nickte er. »Simon, kümmere dich darum.«

Simon schien in diesem Trio der Laufbursche zu sein. Er zog den Kopf ein und murmelte: »Ich hol dir was zu trinken, Tyler, klar doch.« Sorley öffnete das Scheunentor, um ihn hinauszulassen.

Condon wandte sich wieder der Viehbox zu, wo die erschöpfte Färse schwer atmend dalag. Er schüttete sich Mineralöl über die Hände und hockte sich hin, um den Geburtskanal zu weiten, wobei sich sein Gesicht in einer Mischung aus Eifer und Widerwillen verzerrte. Kaum hatte er damit begonnen, da erschien das Kalb in einem weiteren Sturzbach aus Blut und Flüssigkeit, doch trotz der heftigen Wehen der Färse brachte es kaum den Kopf heraus. Das Kalb war zu groß. Molly hatte mir von überdimensionierten Kälbern erzählt – nicht so schlimm wie eine Steißgeburt oder eine Hüftverklemmung, aber unangenehm genug.

Es machte die Sache nicht besser, dass die Färse offenkundig krank war. Grünlicher Schleim lief ihr aus dem Mund, und auch wenn die Wehen nachließen, rang sie schwer nach Luft. Ich fragte mich, ob ich Condon darauf ansprechen sollte: Sein göttliches Kalb war offenbar auch schon infiziert.

Entweder bemerkte er es nicht, oder es war ihm egal. Condon war alles, was vom dispensationalistischen Flügel von Jordan Tabernacle übrig geblieben war, eine Kirche für sich, auf ganze zwei Gemeindemitglieder geschrumpft, Sorley und Simon, und ich konnte nur erahnen, wie robust sein Glaube gewesen sein musste, um ihn hierher, ans Ende der Welt zu tragen. »Das Kalb, das Kalb ist rot«, sagte er. »Aaron, sieh dir das Kalb an.«

Sorley, der mit seiner Flinte an der Tür postiert war, kam heran, um in den Pferch zu spähen. Das Kalb war in der Tat rot. Von Blut übergossen. Und ausgesprochen schlaff.

»Atmet es?«, fragte Sorley.

»Das kommt noch.« Condon war gedankenverloren, schien diesen Moment auszukosten, von dem seiner Überzeugung nach eine ganze – gewonnene oder verlorene – Ewigkeit abhing. »Schnell jetzt, schlingt die Ketten um die Hornschuhe.«

Sorley warf mir einen Blick zu, in dem eine eindeutige Warnung lag – *wehe, du sagst auch nur ein Wort* –, und wir taten wie befohlen, mühten uns, bis wir bis zu den Ellbogen blutig waren. Ein übergroßes Kalb zur Welt zu bringen, ist ein ziemlich brutaler Vorgang, eine groteske Hochzeit von Biologie und roher Gewalt. Man benötigt dazu mindestens zwei einigermaßen kräftige Männer. Die Geburtshilfeketten waren zum Ziehen da, und das Ziehen musste mit den Wehen der Kuh abgestimmt sein, anderenfalls bestand die Gefahr, dass wir das Tier ausweideten.

Diese Färse jedoch war äußerst geschwächt, und ihr Kalb – dessen Kopf leblos zur Seite hing – war offensichtlich eine Totgeburt. Ich sah Sorley an. Sorley sah mich an. Keiner von uns sagte ein Wort.

»Als Erstes müssen wir sie rausholen. Dann werden wir sie wiederbeleben«, erklärte Condon.

Ein kühler Luftzug kam von der Scheunentür her. Dort stand Simon mit einer Flasche Mineralwasser in der Hand. Er starrte erst uns an, dann, erschreckend blass im Gesicht, das Totgeborene. »Hab dir was zu trinken gebracht«, presste er heraus.

Die Färse brachte eine weitere schwache, wirkungslose Wehe

hinter sich. Ich ließ die Kette fallen. »Trink erst mal, mein Sohn«, sagte Condon. »Danach machen wir weiter.«

»Ich muss mich sauber machen. Wenigstens die Hände.«

»Da ist sauberes heißes Wasser in den Eimern neben den Heuballen. Aber mach schnell.« Seine Augen waren zusammengepresst, verschlossen vor allen Kämpfen, die sein gesunder Menschenverstand mit seinem Glauben ausfechten mochte.

Ich spülte und desinfizierte meine Hände. Sorley behielt mich scharf im Auge. Seine eigenen Hände waren noch um die Geburtshilfeketten gespannt, sein Gewehr lehnte in Reichweite an einer Stange der Box.

Als Simon mir die Flasche reichte, neigte ich mich zu ihm und sagte: »Ich kann Diane nur helfen, wenn ich hier rauskomme. Verstehst du? Und das schaffe ich nicht ohne deine Hilfe. Wir brauchen einen Wagen mit vollem Tank, und Diane muss drinsitzen, am besten noch bevor Condon merkt, dass das Kalb tot ist.«

Simon stockte der Atem. »Ist es wirklich tot?«

»Es atmet nicht, und die Färse hält sich kaum noch am Leben.«

»Aber ist das Kalb rot? Ganz und gar rot? Ohne weiße oder schwarze Flecken?«

»Selbst wenn es ein beschissenes Feuerwehrauto wäre, Simon, würde es Diane nicht das Geringste nützen.«

Er sah mich an, als hätte ich ihm gerade mitgeteilt, sein kleiner Hund sei überfahren worden. Ich fragte mich, wann er seine überschäumende Selbstsicherheit gegen diese hilflose Verwirrung eingetauscht hatte, ob es plötzlich geschehen oder ob sie Stück für Stück aus ihm herausgerieselt war, wie Sand durch ein Stundenglas.

»Sprich mit ihr. Frag sie, ob sie bereit ist, hier wegzugehen.« Falls sie noch in der Lage war, zu sprechen. Falls sie sich daran erinnerte, dass ich mit ihr gesprochen hatte.

»Ich liebe sie mehr als das Leben selbst«, murmelte Simon.

In diesem Moment rief Condon: »Wir brauchen dich wieder hier!«

Ich trank die halbe Flasche leer. Das Wasser war sauber und rein und köstlich. Simon starrte mich an, während ihm Tränen in die Augen stiegen.

Dann ging ich zurück zu Sorley und den Geburtshilfeketten, und wir zogen und zerrten im Einklang mit den Zuckungen der schwangeren Färse.

Endlich, gegen Mitternacht, hatten wir das Kalb herausgezogen, es lag auf dem Stroh, ein Knäuel von schlaffen Gliedmaßen, die blutunterlaufenen Augen leblos.

Condon stand eine Weile über dem kleinen Körper. Dann wandte er sich mir zu: »Gibt es irgendetwas, das Sie tun können?«

»Ich kann es nicht von den Toten erwecken, falls Sie das meinen.«

Sorley sah mich warnend an, als wollte er sagen: Quäl ihn nicht, es ist schon schlimm genug.

Langsam bewegte ich mich in Richtung Scheunentür. Simon war vor etwa einer Stunde verschwunden, als wir noch mit starken Blutungen kämpften, die sich über das Stroh und unsere Kleidung, unsere Arme und Hände ergossen. Durch den offenen Spalt der Tür konnte ich beim Auto – meinem Auto – Bewegungen ausmachen und ein Aufblitzen von kariertem Stoff, möglicherweise Simons Hemd. Er war da draußen mit irgendwas beschäftigt.

Sorley sah von dem toten Kalb zu Pastor Dan Condon und wieder zurück, strich sich den Bart, ohne zu merken, dass er Blut hineinrieb. »Vielleicht, wenn wir es verbrennen«, sagte er.

Condon richtete einen welken, hoffnungslos starrenden Blick auf ihn.

Plötzlich riss Simon die Scheunentüren auf und ließ einen Schwall kühler Luft herein. Wir drehten uns um. Der Mond über seinen Schultern war aufgedunsen, fremd. »Sie ist im Auto«, sagte er. »Wir können fahren.« Er sprach zu mir, sah aber unverwandt in Richtung Sorley und Condon.

Pastor Dan zuckte nur mit den Achseln – als seien derlei weltliche Dinge nicht länger relevant.

Ich sah Bruder Aaron an. Bruder Aarons Hand streckte sich nach dem Gewehr.

»Ich kann Sie nicht hindern«, sagte ich. »Aber ich gehe jetzt.«

Er hielt inne, ließ die Hand in der Luft hängen, runzelte die Stirn. Es war, als versuchte er die Abfolge von Vorgängen zu rekonstruieren, die zu dem gegenwärtigen Augenblick geführt hatten, einer aus dem anderen notwendig hervorgehend, mit unerbittlicher Logik, und doch, und doch ... Seine Hand fiel schlaff hinunter. Er wandte sich Pastor Dan zu. »Ich glaube, wenn wir es trotzdem verbrennen, dann wäre das in Ordnung.«

Ich ging zur Scheunentür, blickte mich nicht um. Sorley hätte es sich anders überlegt, zum Gewehr greifen können, aber ich war nicht mehr imstande, mich dafür zu interessieren.

»Vielleicht noch verbrennen, bevor es Morgen wird«, hörte ich ihn sagen. »Bevor die Sonne wieder aufgeht.«


»Fahr du«, sagte Simon, als wir das Auto erreichten. »Es ist Benzin im Tank und ein paar Extrakanister im Kofferraum. Außerdem etwas zu essen und noch mehr Wasserflaschen. Du fährst, und ich sitz hinten, um sie zu stützen.«

Ich ließ den Wagen an und fuhr langsam den Hügel hoch, an dem Weidezaun und der mondbeschienenen Ocotilla vorbei in Richtung Highway.

Nach einigen Kilometern, in sicherer Entfernung zur Condon-Ranch, fuhr ich an den Straßenrand und sagte zu Simon, er solle aussteigen.

»Was? Hier?«

»Ich muss Diane untersuchen. Und dafür brauche ich die Taschenlampe aus dem Kofferraum. Okay?«

Er nickte mit weit aufgerissenen Augen.

Diane hatte kein Wort gesagt, seit wir die Ranch verlassen hatten. Sie hatte einfach nur auf dem Rücksitz gelegen, den Kopf in Simons Schoß, und versucht, Luft zu bekommen. Ihr Atem war das lauteste Geräusch, das im Auto zu hören war.

Während Simon mit der Taschenlampe in der Hand wartete, entledigte ich mich meiner blutgetränkten Sachen und wusch mich so gründlich, wie ich konnte – eine Flasche Mineralwasser mit ein bisschen Benzin vermischt, um den gröbsten Dreck abzuschrubben, eine weitere Flasche zum Nachspülen. Dann zog ich eine frische Jeans und ein Sweatshirt aus meinem Gepäck an und streifte ein paar Latexhandschuhe aus dem Arztkoffer über. Eine dritte Flasche Wasser trank ich in einem Zug leer, und dann ließ ich Simon das Licht auf Diane richten, während ich sie mir ansah.

Sie war mehr oder weniger bei Bewusstsein, aber zu erschöpft, um einen zusammenhängenden Satz herauszubringen. Sie war dünner, als ich sie je gesehen hatte, fast wie eine Magersüchtige, und sie hatte gefährlich hohes Fieber. Blutdruck und Puls waren ebenfalls erhöht. Als ich ihr die Lunge abhörte, klang es, als würde ein Kind seinen Milkshake durch einen dünnen Strohhalm saugen. Es gelang mir, ihr ein bisschen Wasser und dazu ein Aspirin einzuflößen. Dann riss ich die Versiegelung einer sterilen Subkutannadel auf.

»Was ist das?«, fragte Simon.

»Ein Universalantibiotikum.« Ich tupfte Dianas Arm ab und

spürte mit etwas Mühe eine Vene auf. »Du wirst auch eins brauchen.« Genau wie ich – das Blut der Färse war zweifellos mit
aktiven KVES-Bakterien verseucht gewesen.

»Wird sie das von der Krankheit heilen?«

»Nein, ich fürchte nicht. Vor einem Monat vielleicht. Jetzt
nicht mehr. Sie braucht ärztliche Behandlung.«

»Du bist doch Arzt.«

»Ich bin Arzt, aber ich bin kein Krankenhaus.«

»Dann können wir sie vielleicht nach Phoenix bringen.«

Ich dachte darüber nach. Alle während des Flackerns ge-
machten Erfahrungen sprachen dafür, dass städtische Krankenhäuser im besten Fall überlaufen waren, im schlechtesten in
Schutt und Asche lagen. Ich zückte mein Handy und suchte im
Adressverzeichnis nach einer halb vergessenen Nummer.

»Wen rufst du an?«

»Jemand, den ich von früher kenne.«

Er hieß Colin Hinz. Wir waren Zimmergenossen in Stony
Brook gewesen und hatten den Kontakt nie ganz abreißen lassen.
Als ich zuletzt von ihm gehört hatte, war er in der Leitung des
St.-Joseph-Hospitals in Phoenix beschäftigt gewesen. Es war
einen Versuch wert – jetzt sofort, bevor die Sonne wieder aufging
und jede Telekommunikation für einen weiteren Tag lahm legte.

Das Telefon klingelte lange, doch schließlich nahm er ab.
»Wollen schwer hoffen, dass es was Wichtiges ist«, murmelte er.

Ich entschuldigte mich und erklärte ihm, ich sei etwa eine
Stunde von der Stadt entfernt und hätte eine Kranke bei mir, die
dringender Behandlung bedürfe – jemand, der mir sehr nahe
stehe.

Colin seufzte. »Ich weiß nicht, was ich dir sagen soll, Tyler. St.
Joe ist in Betrieb und, wie ich gehört habe, ist auch die Mayo
Clinic in Scottsdale offen, aber beide haben ganz wenig Personal. Es gibt widersprüchliche Berichte von anderen Krankenhäusern. Eine schnelle Behandlung kriegst du jedenfalls nirgendwo, und hier schon mal gar nicht. Bei uns stapeln sich die

Leute: Schusswunden, Suizidversuche, Autounfälle, Herzinfarkte, die ganze Palette. Und Cops an der Tür, die verhindern, dass sie die Notaufnahme stürmen. Wie ist der Zustand deiner Patientin?«

Ich erwiderte, Diane habe KVES im fortgeschrittenen Stadium und müsse vermutlich bald beatmet werden.

»Wo zum Teufel hat sie sich KVES geholt? Nein, ist schon gut – ganz egal. Ehrlich, ich würde gern helfen, wenn ich könnte, aber unsere Krankenschwestern haben schon die ganze Nacht Parkplatztriage gemacht und ich kann nicht versprechen, dass sie deinem Fall Priorität erteilen würden, auch nicht bei einer Empfehlung von mir. Es ist sogar ziemlich sicher, dass sie in den nächsten vierundzwanzig Stunden keinen Arzt zu sehen kriegt. Falls wir alle überhaupt noch so lange leben.«

»*Ich* bin Arzt, erinnerst du dich? Alles was ich brauche, ist ein bisschen Ausrüstung. Ringerlösung, Beatmungsgerät, Sauerstoff ...«

»Ohne hartherzig klingen zu wollen, aber wir waten hier praktisch im Blut. Und du solltest dich, angesichts dessen, was gerade passiert, vielleicht fragen, ob es sich wirklich lohnt, einen KVES-Fall im Endstadium zu versorgen. Wenn du alles hast, was du brauchst, um es ihr bequem zu machen ...«

»Ich will es ihr nicht bequem machen, ich will ihr Leben retten.«

»Okay. Aber was du eben beschrieben hast, das war eine hoffnungslose Situation, es sei denn, ich hätte etwas falsch verstanden.« Im Hintergrund hörte ich Stimmen, die nach seiner Aufmerksamkeit verlangten, ein Rumoren menschlichen Elends.

»Hör zu, Colin, die Sachen zur Versorgung brauche ich dringender als ein Bett.«

»Wir können nichts von unseren Sachen entbehren. Sag mir, ob ich sonst etwas für dich tun kann. Ansonsten tut es mir Leid – ich habe zu tun.«

Ich überlegte fieberhaft. »Okay. Sag mir, wo ich Ringerlösung herkriegen kann, Colin, mehr verlang ich nicht.«

»Na ja.«

»Was na ja?«

»Ich dürfte dir das gar nicht sagen, aber was soll's. St. Joe's hat ein Abkommen mit der Stadt im Rahmen des zivilen Notstandplans. Im Norden der Stadt gibt es einen Lieferanten für medizinischen Bedarf namens Novaprod.« Er gab mir die Adresse und eine grobe Wegbeschreibung. »Eine Einheit der Nationalgarde ist dort zum Schutz postiert. Das ist unsere primäre Quelle für Medikamente und Ausrüstung.«

»Lassen die mich rein?«

»Ja. Wenn ich anrufe und ihnen sage, dass du kommst, und wenn du dich ausweisen kannst.«

»Tu das für mich, Colin. Bitte.«

»Mach ich. Wenn ich eine Leitung nach draußen kriege. Die Telefone sind unzuverlässig.«

»Danke. Wenn ich mich irgendwie revanchieren kann ...«

»Kannst du vielleicht. Du hast doch in der Raumfahrtindustrie gearbeitet, richtig? Perihelion?«

»In letzter Zeit nicht mehr, aber stimmt.«

»Kannst du mir sagen, wie lange das alles noch dauern wird?« Er brachte die Frage fast flüsternd vor, und plötzlich konnte ich die Müdigkeit in seiner Stimme hören. Und die uneingestandene Furcht. »Ich meine, so oder so?«

Ich erwiderte, dass ich es schlicht und einfach nicht sagen konnte – und auch bezweifelte, dass irgendjemand bei Perihelion mehr wisse als ich.

Er seufzte. »Okay. Es ist nur so bitter, weißt du, die Vorstellung, wir würden das hier alles durchmachen und dann in ein paar Tagen verbrennen, ohne erfahren zu haben, was das Ganze eigentlich soll.«

»Ich wünschte, ich könnte dir eine Antwort geben.«

Im Hintergrund rief jetzt jemand seinen Namen. »Ich wünsche mir auch vieles. Muss Schluss machen, Tyler.«

Ich dankte ihm noch einmal und legte auf.

Die Morgendämmerung war noch einige Stunden entfernt.

Simon hatte etwas abseits vom Auto gestanden, in den Sternenhimmel gestarrt und so getan, als würde er nicht zuhören. Ich winkte ihn heran. »Wir müssen weiter, Simon.«

»Hast du Hilfe für Diane finden können?«

»Sozusagen.«

Er nahm die Antwort hin, ohne nachzufragen. Doch bevor er ins Auto stieg, zupfte er mich am Ärmel und sagte: »Da ... Was glaubst du, was das ist, Tyler?« Er deutete auf den westlichen Horizont, wo sich eine sanft gebogene silberne Linie durch etwa fünf Grad des Nachthimmels schwang. Es sah aus, als habe jemand ein riesiges flaches C aus der Dunkelheit gekratzt.

»Vielleicht ein Kondensationsstreifen. Ein Militärflugzeug.«

»Nachts?«

»Ich weiß nicht, was es ist, Simon. Komm, steig ein – wir haben keine Zeit zu verlieren.«


Wir kamen schneller voran, als ich gedacht hatte, und erreichten das in einem öden Industriegelände gelegene Lagerhaus für medizinischen Bedarf rechtzeitig vor Sonnenaufgang. Ich zeigte dem nervösen Nationalgardisten, der am Eingang postiert war, meinen Ausweis, worauf er mich an einen anderen Nationalgardisten und einen zivilen Angestellten weiterreichte, die mich durch die Regalgänge führten. Ich fand, was ich brauchte, und ein dritter Nationalgardist half mir, es zum Auto zu tragen. Allerdings zog er sich rasch zurück, als er Diane auf dem Rücksitz nach Atem ringen sah. »Ich wünsche Ihnen viel Glück«, sagte er mit etwas zittriger Stimme.

Ich nahm mir die Zeit, ihr einen Tropf zu basteln, wobei ich den Beutel an den Jackenhaken des Autos hängte. Ich zeigte Simon, wie man den Zufluss steuerte und dafür sorgte, dass sie den Schlauch im Schlaf nicht einklemmte oder abriss. Sie wachte nicht einmal auf, als ich ihr die Nadel in den Arm stach.

Als wir wieder unterwegs waren, fragte Simon: »Wird sie sterben?«

Ich packte das Steuer ein wenig fester. »Nicht, wenn ich es verhindern kann.«

»Wo bringen wir sie hin?«

»Nach Hause.«

»Etwa ins Haus von Carol und E. D.? Den ganzen Weg?«

»Genau.«

»Warum dorthin?«

»Weil ich ihr da helfen kann.«

»Das ist eine lange Fahrt. Ich meine, so wie die Dinge stehen.«

»Ja, das kann eine lange Fahrt werden.«

Ich drehte mich kurz um, sah, wie er ihr sanft den Kopf streichelte. Dianes Haare hingen schlaff herunter, vom Schweiß verfilzt, und Simons Hände waren blass an den Stellen, wo er das Blut abgewaschen hatte.

»Ich verdiene es nicht, mit ihr zusammen zu sein«, sagte er. »Ich weiß, dass das alles meine Schuld ist. Ich hätte die Ranch verlassen können. Ich hätte Hilfe holen können.«

Ja, dachte ich. Das hättest du.

»Aber ich glaubte an das, was wir taten. Du wirst das wahrscheinlich nicht verstehen. Es war nicht nur das rote Kalb, Tyler. Ich war überzeugt davon, dass wir am Ende belohnt würden.«

»Wofür belohnt?«

»Glauben. Beharrlichkeit. Vom ersten Moment an, als ich Diane kennen lernte, hatte ich das Gefühl, dass wir Teil von etwas Spektakulärem sein würden, auch wenn ich es noch nicht ganz begreifen konnte. Dass wir eines Tages gemeinsam vor dem Thron Gottes stehen würden – nicht weniger. ›Dies Geschlecht wird nicht vergehen, bis dass es alles geschehe.‹ *Unser* Geschlecht, *unsere* Generation, auch wenn wir anfangs einen falschen Weg einschlugen. Zugegeben, bei diesen New-Kingdom-Veranstaltungen sind Dinge passiert, die mir heute schändlich erscheinen. Trunkenheit, Lüsternheit, Lügen. Wir haben uns davon abgewandt, was einerseits gut war, andererseits aber hatten wir das Gefühl, die Welt sei ein bisschen kleiner geworden, seitdem wir nicht mehr unter Leuten waren, die versuchten, das tausendjährige Reich Christi vorzubereiten. Es war, als hätten wir eine Familie verloren. Und ich dachte, na ja, wenn du nach dem reinsten und einfachsten Weg suchst, dann sollte dich der in die richtige Richtung führen. ›Wenn ihr beharret, werdet ihr euer Leben gewinnen.‹«

»Jordan Tabernacle.«

»Es ist nicht schwer, die Prophezeiung am Spin zu messen. Zeichen in der Sonne, im Mond und in den Sternen, heißt es bei Lukas. Erschüttert sind die Mächte des Himmels. Aber es ist nicht ... es ist nicht ...« Er schien den Faden zu verlieren.

»Wie sieht's da hinten mit ihrer Atmung aus?« Ich brauchte eigentlich nicht zu fragen, ich konnte jeden Atemzug hören, den sie machte – sie atmete schwer, aber regelmäßig. Ich wollte Simon nur ablenken.

»Sie kriegt Luft ... Bitte, Tyler, halt an und lass mich raus.«

Wir fuhren Richtung Osten. Es herrschte überraschend wenig Verkehr. Colin Hinz hatte mich vor möglichen Verstopfungen rund um den Flughafen gewarnt, doch die hatten wir umfahren. Hier draußen begegneten uns nur wenige Pkws, wenn auch eine ganze Reihe aufgegebener Fahrzeuge auf dem Seitenstreifen standen. »Das ist keine gute Idee.« Im Rückspiegel sah ich, wie sich Simon Tränen aus den Augen rieb. Er wirkte so verletzlich und verwirrt wie ein Zehnjähriger bei einer Beerdigung.

»Weißt du, ich hatte in meinem ganzen Leben nur zwei Wegzeichen. Gott und Diane. Und ich habe sie beide verraten. Ich habe zu lange gewartet. Es ist nett von dir, es zu leugnen, aber sie liegt im Sterben.«

»Nicht unbedingt.«

»Ich will nicht bei ihr sein mit dem Wissen, dass ich es hätte verhindern können. Ich würde lieber in der Wüste sterben. Das ist mein Ernst, Tyler. Ich will aussteigen.«

Der Himmel wurde langsam hell, ein hässliches violettes Schimmern, eher dem Lichtbogen einer defekten Neonlampe ähnlich als irgendetwas Natürlichem.

»Das ist mir egal.«

Er sah mich verblüfft an. »Was?«

»Es ist mir egal, wie du dich gerade fühlst. Ich habe dich mitgenommen, weil wir eine schwierige Reise vor uns haben und ich mich nicht um sie kümmern und gleichzeitig fahren kann. Außerdem werde ich früher oder später schlafen müssen – wenn du dich dann ans Steuer setzen könntest, müssten wir nicht anhalten, außer um zu tanken und Verpflegung zu kaufen.«

»Kommt es darauf denn an?«

»Es ist nicht gesagt, dass sie stirbt, Simon, aber sie ist so krank, wie du glaubst, und sie *wird* sterben, wenn sie keine Hilfe bekommt. Und die einzige Hilfe, die ich kenne, ist ein paar tausend Kilometer von hier entfernt.«

»Himmel und Erde vergehen. Wir werden alle sterben.«

»Für Himmel und Erde kann ich nicht sprechen, aber ich weigere mich, sie sterben zu lassen, solange ich etwas dagegen tun kann.«

»Darum beneide ich dich.«

»Was? Worum in aller Welt könntest du mich beneiden?«

»Um deinen Glauben.«

Ein gewisses Maß an Optimismus war noch möglich, aber nur nachts. Bei Tageslicht verdorrte er.

Ich fuhr ins Hiroshima der aufgehenden Sonne. Das Licht tat mir zwar vermutlich nicht besonders gut, aber ich hatte aufgehört, mir darüber Sorgen zu machen. Dass wir überhaupt den ersten Tag überlebt hatten, war ein Rätsel – ein Wunder, hätte Simon wohl gesagt. Es ermunterte mich zu einem gewissen Pragmatismus: Ich holte meine Sonnenbrille aus dem Handschuhfach und versuchte die Augen stur auf die Straße zu richten anstatt auf das orangefarbene Feuer, das aus dem Horizont emporschwebte.

Draußen wurde es immer heißer. Ebenso im Wageninneren, trotz der Klimaanlage, die ich auf Hochtouren laufen ließ, um Dianes Körpertemperatur halbwegs unter Kontrolle zu behalten. Irgendwo zwischen Albuquerque und Tucumcari wurde ich von heftiger Müdigkeit überschwemmt. Wiederholt fielen mir die Augen zu und beinahe hätte ich einen Kilometeranzeiger gerammt. Darauf fuhr ich an den Straßenrand und stellte den Motor ab. Ich sagte Simon, er solle den Tank aus den Kanistern auffüllen und sich bereit machen, das Steuer zu übernehmen. Er nickte widerstrebend.

Wir waren besser vorangekommen, als ich erwartet hatte. Es hatte wenig bis gar kein Verkehr geherrscht, womöglich weil die Leute Angst hatten, allein unterwegs zu sein. Während Simon Benzin nachfüllte, fragte ich ihn, was er zu essen mitgenommen hatte.«

»Nur was ich auf die Schnelle in der Küche gefunden habe. Ich hatte es eilig. Sieh selbst nach.«

Im Kofferraum, zwischen den eingedellten Kanistern, dem verpackten medizinischen Bedarf und einzelnen Flaschen Mineralwasser fand ich einen Pappkarton. Er enthielt drei Schachteln Cheerios, zwei Büchsen Cornedbeef und eine Flasche Pepsi light. »Jesus, Simon.«

Er zuckte zusammen; mir wurde klar, dass ich mich nicht gerade sorgfältig ausgedrückt hatte. »Das war alles, was ich finden konnte.«

Und keine Schüsseln oder Löffel. Aber ich war ebenso hungrig wie müde. Wir beschlossen, den Motor ein wenig abkühlen zu lassen. Währenddessen setzten wir uns in den Schatten des Autos, dessen Scheiben heruntergelassen waren, damit die aus der Wüste wehende Brise hindurchblasen konnte. Die Sonne stand sengend am Himmel, es war wie High Noon auf dem Merkur. Wir benutzten die Böden leerer Plastikflaschen als behelfsmäßige Tassen und aßen in lauwarmem Wasser eingeweichte Cheerios. Es sah ein bisschen aus wie Klebstoff und schmeckte auch so.

Ich besprach die nächste Reiseetappe mit Simon, erinnerte ihn daran, die Klimaanlage einzuschalten, sobald wir unterwegs waren, und bat ihn, mich zu wecken, falls sich auf der Straße irgendwelche Probleme abzeichneten.

Dann kümmerte ich mich um Diane. Der Tropf und die Antibiotika schienen ihr etwas Energie eingeflößt zu haben. Sie öffnete die Augen und flüsterte: »Tyler«, nachdem ich ihr ein bisschen Wasser eingeflößt hatte. Sie nahm ein paar Löffel voll Cheerios an, drehte dann aber den Kopf weg. Ihre Wangen waren eingefallen, die Augen teilnahmslos.

»Hab noch ein bisschen Geduld, Diane.« Ich stellte ihren Tropf neu ein, ich half ihr aufzusitzen, die Beine aus dem Auto gestreckt, während sie ein wenig bräunlichen Urin abschlug. Dann wischte ich sie ab und tauschte ihr beschmutztes Höschen gegen einen sauberen Baumwollslip aus meinem Koffer aus.

Nachdem sie versorgt war, stopfte ich eine Decke in die Lücke zwischen Vorder- und Rückbank – ein Schlafplatz für mich, wo ich sie nicht störte. Simon hatte während der ersten Etappe nur kurz geschlafen und musste ähnlich erschöpft sein wie ich – aber er war nicht mit einem Gewehr geschlagen worden. Die Stelle, an der mich Bruder Aaron erwischt hatte, war geschwollen und gab dröhnend Meldung, wenn ich mit den Fingern auch nur in die Nähe geriet.

Simon beobachtete das alles aus einigen Metern Entfernung und machte ein mürrisches, vielleicht auch eifersüchtiges Gesicht. Als ich ihn rief, zögerte er, blickte sehnsuchtsvoll über die Wüste, tief ins Herz des absoluten Nichts. Dann schlich er zum Auto zurück und setzte sich hinter das Lenkrad.

Ich quetschte mich in meine Nische. Diane schien ohne Bewusstsein, doch bevor ich einschlief, fühlte ich, wie sie meine Hand drückte.

Als ich erwachte, war es wieder dunkel, Simon hatte angehalten, um die Plätze zu tauschen. Ich kletterte aus dem Auto und streckte mich. Mir tat noch immer der Kopf weh, meine Wirbelsäule fühlte sich etwas steif an, aber ich war ausgeruhter als Simon, der nach hinten kroch und sofort einschlief.

Ich wusste nicht, wo wir waren, abgesehen davon, dass wir nach wie vor auf der I-40 Richtung Osten fuhren und das Land hier weniger ausgedörrt war: zu beiden Seiten der Straße erstreckten sich bewässerte Felder unter einem karmesinroten Mond. Ich überzeugte mich davon, dass Diane bequem lag und frei atmen konnte, und ließ alle Türen für eine Weile offen stehen, um die schlechte Luft, ein mit Blut und Benzin vermischter Krankenzimmergeruch, zu vertreiben. Dann setzte ich mich ans Steuer.

Nur wenig Sterne hingen über der Straße, und sie waren schwer zu erkennen. Ich dachte an den Mars. Befand er sich noch unter einer Spinmembran oder war er, ebenso wie die Erde, freigesetzt worden? Ich wusste nicht, wo am Himmel ich nach ihm suchen musste, und selbst wenn ich ihn fand, würde ich wohl kaum Einzelheiten erkennen können. Was ich aber sah – gar nicht übersehen konnte –, war die geheimnisvolle Silberlinie, auf die mich Simon noch in Arizona aufmerksam gemacht und die ich fälschlich für einen Kondensationsstreifen gehalten hatte. Jetzt war sie sogar noch auffälliger. Sie war vom westlichen Horizont fast bis zum Zenit gewandert, und aus der sanften Kurve war ein Oval geworden, ein abgeflachtes O.

Der Himmel, den ich über mir sah, war drei Milliarden Jahre älter als der, den ich zuletzt vom Rasen des Großen Hauses aus gesehen hatte. Man musste wohl damit rechnen, dass er alle möglichen Geheimnisse in sich trug.

Als wir wieder unterwegs waren, testete ich das Autoradio, das in der Nacht zuvor stumm geblieben war. Es war nichts Digitales zu empfangen, doch nach einigem Suchen erwischte ich einen Lokalsender auf dem FM-Band – einer von denen, die sich normalerweise ganz der Countrymusik und der Christlichkeit widmen. Jetzt allerdings wurde nur geredet. Ich erfuhr eine ganze Menge, bevor der Empfang schließlich im Rauschen unterging.

Ich erfuhr etwa, dass wir gut beraten gewesen waren, größere Städte zu meiden. Die Städte waren Katastrophengebiete – nicht auf Grund von Plünderungen und Gewalt (davon hatte es überraschend wenig gegeben), sondern wegen des völligen Zusammenbruchs der Infrastruktur. Der Aufgang der roten Sonne hatte so sehr nach dem lange vorhergesagten Tod der Erde ausgesehen, dass die meisten Leute einfach zu Hause geblieben waren, um gemeinsam mit ihren Familien zu sterben, und der städtische Betrieb weitgehend zum Erliegen kam: Polizei und Feuerwehr waren praktisch nicht mehr vorhanden, die Krankenhäuser hoffnungslos unterbesetzt.

Die vergleichsweise wenigen Leute, die sich zu erschießen versuchten oder große Mengen von Alkohol, Kokain, Oxycontin oder Amphetaminen einnahmen, verursachten in ihrer Unachtsamkeit die akutesten Probleme: sie wurden beim Autofahren bewusstlos oder ließen, während sie starben, brennende Zigaretten fallen. Wenn der Teppich dann zu glimmen begann oder die Vorhänge in Flammen aufgingen, war niemand da, um 911 zu wählen, und in vielen Fällen wäre bei der Feuerwehr auch niemand dagewesen, um den Anruf entgegenzunehmen. Kleine Feuer wurden auf diese Weise schnell zu Großbränden.

Vier große Rauchsäulen stiegen aus Oklahoma City auf, sagte der Nachrichtensprecher, und telefonischen Berichten zufolge lagen die südlichen Stadtteile von Chicago weitgehend in Schutt und Asche. Jede Großstadt im Land – sofern überhaupt Kontakt bestand – meldete wenigstens einen oder zwei außer Kontrolle geratene Brände.

Nachdem sich allerdings die Möglichkeit abgezeichnet hatte, dass die menschliche Rasse zumindest noch ein paar Tage länger überleben würde, waren wieder wesentlich mehr Notfallhelfer und kommunale Angestellte auf ihre Posten zurückgekehrt. (Die Kehrseite war, dass die Leute sich jetzt Sorgen machten, wie lange wohl ihre Vorräte reichen würden: Plünderungen von Lebensmittelgeschäften wurden zusehends zu einem Problem.) Wer keine unverzichtbaren Dienste zu leisten hatte, wurde aufgefordert, zu Hause zu bleiben – die Botschaft war vor Sonnenaufgang über Notübertragungssysteme und über jede noch funktionierende Radio- und Fernsehleitung verbreitet worden und wurde jetzt am Abend wiederholt. Was als Erklärung dafür dienen mochte, warum so wenig Verkehr herrschte. Ich hatte ein paar Militär- und Polizeipatrouillen gesehen, aber keine davon hatte uns aufgehalten, vermutlich wegen des Schildes an meinem Auto – nach dem ersten Flackern hatten die meisten Staaten, darunter auch Kalifornien, Notdienstplaketten an Ärzte ausgegeben.

Die Arbeit der Polizei war ohnehin lückenhaft. Das reguläre Militär blieb trotz mancher Desertationen mehr oder weniger intakt, doch die Einheiten der Reserve und der Nationalgarde waren arg reduziert und konnten die örtlichen Behörden nicht unterstützen. Lückenhaft war auch die Stromversorgung; die meisten Elektrizitätswerke waren unterbesetzt und kaum funktionstüchtig, sodass sich immer mehr Ausfälle über das Netz verbreiteten. Es gingen Gerüchte um, wonach die Atomkraftwerke San Onofre in Kalifornien und Pickering in Kanada kurz vor der Kernschmelze standen, aber dafür gab es bislang noch keine Bestätigung.

Der Nachrichtensprecher verlas eine Liste von Nahrungsmitteldepots und von Krankenhäusern, die ihren Betrieb aufrecht erhielten (mit geschätzten Wartezeiten), sowie Erste-Hilfe-Tipps für zu Hause. Und eine vom Wetteramt ausgegebene Warnung vor längeren Aufenthalten in der Sonne. Das Sonnenlicht scheine zwar nicht unmittelbar tödlich zu sein, doch eine übermäßige UV-Belastung könne, so hieß es, zu »langfristigen Problemen« führen – und das war ebenso traurig wie komisch.

Ich empfing noch einige vereinzelte Sendungen bis zum Morgengrauen, doch bald ließ die aufsteigende Sonne alles in Rauschen untergehen.

Der Tag brach unter Wolken an. Ich musste also nicht direkt ins grelle Sonnenlicht hineinfahren, aber selbst dieser gedämpfte Sonnenaufgang war bedrückend fremdartig. Die östliche Hälfte des Himmels wurde zu einer brodelnden Suppe aus rotem Licht, auf ihre Art ebenso hypnotisch wie die Glut eines erlöschenden Lagerfeuers. Gelegentlich teilten sich die Wolken, und bernsteinfarbene Sonnenstrahlen fingerten übers Land. Um die Mittagszeit jedoch hatte sich die Bewölkung verdichtet, und bald begann es zu regnen – ein heißer, lebloser Regen, der sich über den Highway legte und die kränklichen Farben des Himmels spiegelte.

Am Morgen hatte ich den letzten Benzinkanister in den Tank gefüllt, und irgendwo zwischen Cairo und Lexington begann sich die Nadel der Benzinanzeige bedrohlich dem roten Bereich zu nähern. Ich weckte Simon und sagte ihm, dass ich die nächste Tankstelle ansteuern würde – und jede weitere, die danach kam, bis wir eine gefunden hatten, die uns Benzin verkaufte.

Die nächste Tankstelle erwies sich als ein kleines familienbetriebenes Franchise mit vier Pumpen und angeschlossenem Imbiss, etwa einen halben Kilometer abseits des Highways gelegen. Der Laden war dunkel und die Pumpen vermutlich außer Betrieb, aber ich fuhr trotzdem vor, stieg aus dem Auto und nahm den Zapfhahn vom Haken.

Ein Mann mit einer Mütze der Cincinnati Bengals auf dem Kopf und einem Schrotgewehr in der Hand erschien von der Seite des Gebäudes her. »Das wird nichts«, sagte er.

Ich steckte den Zapfhahn langsam zurück. »Sie haben keinen Strom?«

»Richtig.«

»Und kein Notaggregat?«

Er zuckte mit den Achseln und kam näher. Simon schickte

sich an, aus dem Wagen zu steigen, aber ich winkte ihn zurück. Der Mann mit der Bengals-Mütze – er war ungefähr dreißig und hatte schätzungsweise dreißig Pfund Übergewicht – besah sich den auf der Rückbank installierten Infusionstropf. Dann warf er einen Blick auf das Nummernschild. Es war ein kalifornisches, was mir vermutlich keine Goodwillpunkte einbrachte, doch die Notdienstplakette war deutlich zu sehen. »Sie sind Arzt?«

»Ja. Tyler Dupree. Dr. med.«

»Verzeihen Sie, wenn ich Ihnen nicht die Hand schüttele. Ist das Ihre Frau da drin?«

Ich bejahte, weil das unkomplizierter war, als lange Erklärungen abzugeben. Simon sah mich an, erhob aber keinen Einspruch.

»Haben Sie irgendwelche Papiere, die belegen, dass Sie Arzt sind? Nichts für ungut, aber es hat in den letzten Tagen eine Menge Autodiebstähle gegeben.«

Ich zog meine Brieftasche hervor und warf sie vor ihm auf den Boden. Er hob sie auf, betrachtete das Kartenfach, fischte eine Brille aus seiner Hemdtasche, sah noch einmal genau hin. Schließlich gab er mir die Brieftasche zurück. »Tut mir Leid, Dr. Dupree. Ich bin Chuck Bernelli. Wenn Sie nur Benzin brauchen, stelle ich die Pumpen an. Falls Sie mehr benötigen, kostet es mich eine Minute, den Laden zu öffnen.«

»Das Benzin brauche ich auf jeden Fall. Verpflegung wäre zwar schön, aber ich habe nicht viel Bargeld bei mir.«

»Zum Teufel damit. Für Kriminelle und Betrunkene – und daran herrscht momentan kein Mangel auf den Straßen – haben wir geschlossen, aber fürs Militär und für die Autobahnpolizei machen wir jederzeit auf. Und auch für Mediziner. Jedenfalls so lange es noch Benzin gibt. Ich hoffe, Ihrer Frau geht es nicht allzu schlecht.«

»Nicht, wenn ich sie dahin bekomme, wo ich hinwill.«

»Lexington V.A.? Samaritan?«

»Ein bisschen weiter noch. Sie braucht spezielle Behandlung.«

Er blickte zum Auto. Simon hatte die Fenster heruntergelassen, damit frische Luft hineinwehte. Regen klatschte auf das staubige Fahrzeug und den öligen, von Pfützen übersäten Asphalt. Diane drehte sich im Schlaf um, begann zu husten. Bernelli runzelte die Stirn. »Dann mach ich mal die Pumpen an. Sie wollen sicher gleich weiter.«

Bevor wir wieder losfuhren, stellte er noch einige Lebensmittel für uns zusammen: ein paar Suppendosen, eine Schachtel Cracker, einen Dosenöffner. Aber er kam nicht in die Nähe des Autos.

Quälender, periodisch auftretender Husten ist ein typisches Symptom für KVES. Es mutet schon beinahe hinterhältig an, wie der Erreger seine Opfer vorerst schont, es vorzieht, sie erst einmal nicht in einer verheerenden Pneumonie zu ertränken, obwohl das dann letzten Endes doch das Mittel ist, mit dem er sie umbringt – sofern nicht schon vorher komplettes Herzversagen eintritt. Bei dem Großhändler in der Nähe von Flagstaff hatte ich mir einen Sauerstoffbehälter und eine Maske verschafft, und als der Husten Dianes Atmung zu beeinträchtigen begann – sie war am Rande der Panik, verdrehte die Augen, weil sie das Gefühl hatte, in ihrem eigenen Sputum zu ertrinken –, machte ich die Atemwege, so gut es ging, frei und hielt ihr die Sauerstoffmaske über Mund und Gesicht, während Simon fuhr.

Irgendwann wurde sie ruhiger, ihre Gesichtsfarbe normalisierte sich, und sie konnte wieder schlafen. Ich saß bei ihr, ihr fiebriger Kopf schmiegte sich an meine Schulter. Der Regen fiel unerbittlich und zwang uns, langsamer zu fahren. Jedes Mal wenn wir durch eine Senke fuhren, zog der Wagen eine schäumende Wasserwolke hinter sich her. Zum Abend hin schwand das Licht, hinterließ glimmende Kohlen am westlichen Horizont.

Es gab keinerlei Geräusche neben dem Trommeln des Regens

auf dem Autodach, und ich war recht zufrieden damit, dem zuzuhören, als sich Simon plötzlich räusperte und fragte: »Bist du Atheist, Tyler?«

»Wie bitte?«

»Ich will nicht unhöflich sein, aber ich habe mich gefragt, ob du dich als Atheisten bezeichnen würdest?«

Ich wusste nicht recht, wie ich darauf antworten sollte. Simon hatte einen hilfreichen, ja unverzichtbaren Beitrag dazu geleistet, dass wir bis hierher gekommen waren. Doch er war auch jemand, der sein geistiges Kapital in einen Haufen unzurechnungsfähiger Dispensationalisten investiert hatte, deren einziger Einwand gegen das Ende der Welt darin bestand, dass es ihren detaillierten Erwartungen nicht entsprach. Ich wollte ihn nicht beleidigen, ich brauchte ihn noch – Diane brauchte ihn noch. Also sagte ich: »Spielt es denn eine Rolle, als was ich mich bezeichnen würde?«

»Ich war einfach nur neugierig.«

»Tja ... Ich weiß es nicht. Schätze, das wäre meine Antwort. Ich erhebe nicht den Anspruch zu wissen, ob Gott existiert oder warum er das Universum auf diese Weise ins Schleudern gebracht hat. Tut mir Leid, Simon, das ist alles, was ich an der theologischen Front zu bieten habe.«

Einige Kilometer lang schwieg er. Dann sagte er: »Vielleicht ist es das, was Diane meinte.«

»Was sie wozu meinte?«

»Wenn wir darüber sprachen. Was wir übrigens länger nicht mehr getan haben, wenn ich's mir recht überlege. Wir waren unterschiedlicher Ansicht über Pastor Dan und Jordan Tabernacle, auch vor dem Schisma schon. Ich fand, dass sie zu zynisch war. Sie sagte, ich sei zu leicht zu beeindrucken. Nun, kann schon sein. Pastor Dan besaß die Gabe, die Schrift aufzuschlagen und auf jeder Seite Erkenntnisse zu finden – solide wie ein Haus, Säulen und Grundpfeiler der Erkenntnis. Das ist wirklich eine Gabe, weißt du. Ich selber kann es nicht. So sehr ich es versuche, ich bin bis heute nicht in der Lage, die Bibel aufzuschlagen und sofort zu begreifen, was da steht.«

»Vielleicht ist es auch gar nicht so gedacht.«

»Ich wollte es aber. Ich wollte so sein wie Pastor Dan – klug und immer, na ja, mit festem Boden unter den Füßen. Diane sagte, es sei ein Teufelspakt, Dan Condon hätte Demut gegen Gewissheit getauscht. Vielleicht ist es das, was mir abging. Und vielleicht ist es das, was sie in dir sah, warum sie all die Jahre an dir festgehalten hat: deine Demut.«

»Simon, ich ...«

»Schon gut. Das ist nichts, wofür du dich entschuldigen müsstest, und du brauchst es auch nicht um meinetwillen zu beschönigen. Ich weiß, dass sie dich angerufen hat, wenn sie dachte, ich schlafe, oder wenn ich außer Haus war. Ich weiß, dass ich mich glücklich schätzen darf, sie so lange bei mir gehabt zu haben.« Er drehte sich zu mir um. »Würdest du mir einen Gefallen tun? Sag ihr bitte, es täte mir Leid, dass ich mich nicht besser um sie gekümmert habe, als sie krank wurde.«

»Das kannst du ihr doch selber sagen.«

Er nickte nachdenklich und fuhr tiefer in den Regen hinein. Ich sagte ihm, er solle versuchen, nützliche Informationen im Radio zu finden, jetzt, wo es wieder dunkel war. Meine Absicht war, wach zu bleiben und zuzuhören, aber ich hatte rasende Kopfschmerzen und begann alles doppelt zu sehen, und nach einer Weile schien es dann doch angenehmer, einfach die Augen zu schließen und zu schlafen.

Ich schlief fest und lange, jede Menge Kilometer blieben unter den Rädern des Autos zurück. Als ich aufwachte, war es erneut ein regnerischer Morgen. Wir parkten auf einem Rastplatz – westlich von Manassas, wie ich später erfuhr –, und eine Frau mit einem eingerissenen schwarzen Regenschirm klopfte ans Fenster.

Blinzelnd öffnete ich die Tür, worauf sie, mit achtsamen Blicken auf Diane, einen Schritt zurückwich. »Soll Ihnen von dem Mann sagen, Sie solln nich warten.«

»Wie bitte?«

»Soll Sie von ihm grüßen und Sie solln nich auf ihn warten.«

Simon saß nicht auf dem Vordersitz. Auch zwischen den Mülltonnen, den nassen Picknicktischen und den Plastiktoiletten war er nicht zu sehen. Einige andere Wagen standen herum, die meisten im Leerlauf vor sich hintuckernd, während ihre Fahrer auf dem Klo waren. Ich registrierte Bäume, Parklandschaft, einen hügeligen Ausblick auf eine regennasse kleine Industriestadt unter einem feuerroten Himmel. »Dünner blonder Typ? Schmutziges T-Shirt?«

»Genau der. Meinte, Sie solln nicht zu lange schlafen. Dann isser losgezogen.«

»Zu Fuß?«

»Ja. Runter Richtung Fluss, nicht anner Straße lang.« Die Frau schielte wieder zu Diane hinüber. »Geht's Ihnen beiden gut?«

»Nein. Aber wir haben's nicht mehr weit. Nett, dass Sie fragen. Hat er sonst noch etwas gesagt?«

»Ja. Soll ausrichten, Gott segne Sie und er findet von hier aus selber weiter.«

Ich versorgte Diane. Warf einen letzten Blick über den nassen Parkplatz. Dann fuhr ich weiter.


Ich musste mehrmals anhalten, um Dianes Tropf zu richten oder ihr Sauerstoff zu verabreichen. Sie öffnete die Augen überhaupt nicht mehr, und sie schlief nicht einfach nur – sie war ohne Bewusstsein. Ich mochte nicht darüber nachdenken, was das bedeutete.

Die Straßen erlaubten kein schnelles Fahren, der Regen prasselte nur so herunter und überall gab es Hinweise auf das Chaos der letzten Tage. Ich kam an dutzenden von ausgebrannten, an den Straßenrand geschobenen Autowracks vorbei, aus einigen stieg noch Rauch auf. Etliche Straßen waren für den zivilen Verkehr gesperrt, durften nur von Militär oder Notdienstfahrzeugen befahren werden. Mehrmals stand ich vor Straßensperren und musste kehrtmachen. Die Hitze des Tages machte die feuchte Luft fast unerträglich, am Nachmittag kam zwar ein starker Wind auf, doch auch der brachte nur wenig Erleichterung.

Zumindest war Simon erst kurz vor unserem Ziel desertiert. Ich schaffte es zum Großen Haus, solange noch Licht am Himmel war.

Der Wind war noch heftiger geworden, hatte fast Sturmstärke erreicht, und die Auffahrt der Lawtons war von Zweigen und Ästen übersät. Das Haus selbst war dunkel, jedenfalls sah es in der gelbbraunen Dämmerung so aus.

Ich ließ Diane im Auto, klopfte an die Tür. Und wartete. Klopfte noch einmal, nachdrücklich. Endlich öffnete sie sich einen Spaltbreit, und Carol Lawton spähte hinaus.

Ich konnte ihr Gesicht in der schmalen Öffnung kaum erkennen: ein blassblaues Auge, eine runzelige Wange.

»Tyler Dupree«, sagte sie. »Bist du allein?« Die Tür ging weiter auf.

»Nein. Diane ist bei mir. Und ich brauche Hilfe, um sie nach drinnen zu schaffen.«

Carol trat auf die Veranda und linste hinunter zum Auto. Als sie Diane sah, versteifte sich ihr kleiner Körper, sie zog die Schultern hoch und rang nach Luft. »Großer Gott«, flüsterte sie. »Sind denn *beide* meine Kinder zum Sterben nach Hause gekommen?«

Die ganze Nacht hindurch rüttelte der Wind am Großen Haus, ein heißer, salziger Wind, aufgerührt von dem unnatürlichen Sonnenlicht der letzten drei Tage. Ich nahm ihn sogar im Schlaf wahr: Er war da in den Momenten des Beinaheerwachens, er bildete den Soundtrack zu einem Dutzend unbehaglicher Träume. Und auch nach Sonnenaufgang klopfte er noch an die Fenster, als ich mich anzog und nach Carol Lawton Ausschau hielt.

Das Haus war seit Tagen ohne Strom. Der Flur im ersten Stock war vom regengefilterten Licht, das durch das Fenster am Ende des Korridors fiel, nur schwach erleuchtet. Die Eichenholztreppe führte hinunter in die Diele, wo zwei tropfnasse Erkerfenster Licht von der Farbe blasser Rosen ins Haus ließen. Ich fand Carol im Salon, sie machte sich gerade an einer antiquarischen Kaminsimsuhr zu schaffen.

»Wie geht es ihr?«, fragte ich.

Carol warf mir einen Blick zu. »Unverändert.« Sie widmete sich wieder der Uhr, die sie mit einem Messingschlüssel aufzog. »Ich war gerade bei ihr. Ich vernachlässige sie nicht, Tyler.«

»Das habe ich auch nicht angenommen. Was ist mit Jason?«

»Ich habe ihm beim Anziehen geholfen. Tagsüber geht es ihm besser. Ich weiß nicht, wie das kommt. Die Nächte machen ihm zu schaffen. Die letzte Nacht war ... schwer.«

»Ich werde sie mir beide ansehen.« Ich verzichtete darauf, sie zu fragen, ob es Neuigkeiten gab, ob die FEMA oder das Weiße Haus irgendwelche neuen Direktiven ausgegeben hatten. Das wäre völlig sinnlos gewesen – Carols Universum endete an der Grenze ihres Grundstücks. »Sie sollten ein bisschen schlafen, Carol.«

»Ich bin achtundsechzig, ich schlafe nicht mehr so viel wie früher. Aber du hast Recht, ich bin müde – ich sollte mich wirklich hinlegen. Sobald ich hier fertig bin. Diese Uhr verliert

Zeit, wenn man sich nicht um sie kümmert. Deine Mutter hat sie früher jeden Tag gestellt, wusstest du das? Und nach ihrem Tod hat Marie sie immer aufgezogen, wenn sie hier sauber gemacht hat. Aber seit ungefähr sechs Monaten kommt Marie nicht mehr. Die Uhr ist auf Viertel nach vier stehengeblieben, sechs Monate lang. Wie in dem alten Witz: zweimal am Tag ging sie richtig.«

»Wir sollten uns über Jason unterhalten.« Am Abend zuvor war ich zu erschöpft gewesen, um über die Grundfakten hinaus Weiteres zu erfragen: Jason war ohne vorherige Ankündigung eine Woche vor Ende des Spins eingetroffen und in der Nacht, in der die Sterne wiederkamen, erkrankt. Seine Symptome waren eine periodisch auftretende partielle Lähmung und ein gestörtes Sehvermögen, dazu Fieber. Carol hatte sich um ärztliche Hilfe bemüht, aber keinen Erfolg gehabt, also kümmerte sie sich selbst um ihn, wenn sie auch nicht imstande gewesen war, mehr zu leisten als eine einfache palliative Versorgung.

Sie befürchtete, er werde sterben. Den Rest der Welt schloss ihre Sorge nicht mit ein – Jason hatte ihr gesagt, darüber brauche sie sich keine Gedanken zu machen. Bald wird wieder alles normal sein, hatte er gesagt.

Und sie glaubte ihm. Die rote Sonne barg keine Schrecken für Carol. Die Nächte allerdings seien schlimm, sagte sie. Die Nächte ergriffen Jason wie ein böser Traum.

Zuerst sah ich bei Diane vorbei.

Carol hatte sie in einem Zimmer im Obergeschoss untergebracht – ihrem früheren Kinderzimmer, später umgewandelt in ein Gästezimmer. Ihr Zustand war stabil, und sie konnte ohne Hilfsmittel atmen. Das war jedoch kein Grund zur Beruhigung, sondern gehörte zur Ätiologie der Krankheit: Die Flut stieg an und ebbte wieder ab, und mit jedem Zyklus spülte sie ein weiteres Stück Widerstandskraft hinweg.

Ich küsste Diane auf die heiße, trockene Stirn und sagte ihr,

Der Koffer mit den marsianischen Pharmazeutika war dort, wo ich ihn gelassen hatte, unberührt, hinter dem kaputten Wandstück im Keller des Hauses meiner Mutter. Ich trug ihn im böigen Bernsteinregen über den Rasen ins Große Haus.

Carol war in Dianes Zimmer, verabreichte ihr Sauerstoff.

»Wir müssen sparsam damit umgehen«, sagte ich, »es sei denn, Sie zaubern eine neue Flasche herbei.«

»Ihre Lippen waren ein bisschen blau.«

»Lassen Sie mal sehen.«

Sie rückte von ihrer Tochter weg. Ich schloss das Ventil und legte die Maske beiseite. Man muss vorsichtig sein mit Sauerstoff. Er ist unentbehrlich für Patienten, die an Atemnot leiden, aber zu viel davon kann die Luftbläschen in der Lunge zum Platzen bringen. Meine Befürchtung war, dass Diane, je schlechter ihr Zustand wurde, immer höhere Dosen benötigen würde, also eine Sauerstofftherapie, die man mithilfe von Beatmungsgeräten verabreicht. Einen entsprechenden Ventilator hatten wir aber nicht.

Wir hatten auch keine Möglichkeit, ihre Blutgase zu überwachen, doch sahen ihre Lippen relativ normal aus, als ich ihr die Maske vom Gesicht nahm. Ihr Atem allerdings ging schnell und flach, und obwohl sie einmal die Augen öffnete, blieb sie lethargisch und zeigte keine Reaktionen.

Carol beobachtete argwöhnisch, wie ich den staubigen Koffer öffnete und eine der marsianischen Phiolen sowie eine Injektionsspritze hervorholte. »Was ist das?«

»Das Einzige, was ihr das Leben retten kann.«

»Ja? Bist du dir da sicher, Tyler?«

Ich nickte.

»Nein, ich meine, bist du dir *wirklich* sicher? Denn das ist das Gleiche, was du auch Jason gegeben hast, nicht wahr? Als er AMS hatte.«

Es hatte keinen Sinn, es abzustreiten. »Ja.«

»Ich mag seit dreißig Jahren nicht mehr praktizieren, aber ich bin nicht vollkommen ahnungslos. Ich habe ein bisschen über AMS recherchiert, nachdem du das letzte Mal hier warst. Habe in die Fachzeitschriften geguckt. Und das Interessante ist: die Krankheit ist unheilbar. Es gibt keine Zaubermedizin. Und selbst wenn es sie gäbe, könnte sie wohl kaum gleichzeitig ein Spezifikum gegen KVES sein. Ich muss also annehmen, dass du im Begriff bist, einen pharmazeutischen Wirkstoff zu verabreichen, der in irgendeinem Zusammenhang mit dem runzligen Mann steht, der in Florida gestorben ist.«

»Ich werde mich nicht mit Ihnen streiten, Carol. Sie haben offenbar Ihre eigenen Schlüsse gezogen.«

»Du sollst dich nicht mit mir *streiten*, du sollst mich *beruhigen*. Du sollst mir sagen, dass dieses Mittel mit Diane nicht das Gleiche anrichtet, was es mit Jason angerichtet hat.«

»Wird es nicht«, erwiderte ich, aber ich glaube, Carol wusste, dass ich den Vorbehalt unterschlug, das unausgesprochene *soweit ich es beurteilen kann*.

Sie sah mich mit festem Blick an. »Sie bedeutet dir immer noch etwas.«

»Ja.«

»Das versetzt mich immer wieder in Erstaunen. Die Beharrlichkeit der Liebe.«

Ich stach die Nadel in Dianes Vene.

Mittags war es im Haus nicht mehr nur heiß, sondern auch so feucht, dass ich fast schon damit rechnete, Moos von der Decke hängen zu sehen. Ich saß bei Diane, um bei negativen Wirkungen der Injektion sofort einschreiten zu können. Irgendwann klopfte es energisch an der Haustür. Diebe, dachte ich, Plünderer – doch als ich in die Diele kam, war Carol schon öffnen gegangen und gerade dabei, sich bei einem beleibten Mann zu bedanken, der ihr zunickte und sich zum Gehen wandte.

»Das war Emil Hardy«, sagte sie, während sie die Tür zuzog.

»Erinnerst du dich an die Hardys? Ihnen gehört das kleine Kolonialstilhaus in der Bantam Hill Road. Emil hat eine Zeitung ausgedruckt.«

»Eine Zeitung?«

Sie hielt zwei zusammengeheftete Seiten Papier hoch. »Er hat einen Elektrogenerator in seiner Garage. Er hört nachts Radio und macht sich Notizen, dann druckt er eine Zusammenfassung aus und liefert sie an Häuser in der Nachbarschaft. Das hier ist die zweite Ausgabe. Er ist ein netter Mensch und meint es gut, aber ich sehe keinen Sinn darin, so etwas zu lesen.«

»Darf ich es mir ansehen?«

»Wenn du möchtest.«

Ich nahm es mit nach oben.

Emil war ein achtbarer Amateurreporter, dessen Berichte sich hauptsächlich auf Washington und Virginia bezogen – eine amtliche Liste von zu meidenden Gegenden und feuerbedingten Evakuierungen, Versuche, die lokale Infrastruktur wieder in Gang zu bringen ... Ich überflog das alles nur. Es waren einige weiter unten stehende Beiträge, die meine Aufmerksamkeit fesselten.

Der erste betraf eine Meldung, wonach Messungen der Sonnenstrahlung ergeben hätten, dass diese zwar erhöht sei, doch nicht annähernd so intensiv wie vorhergesagt. »Regierungsexperten«, hieß es da, »sind verblüfft und äußern sich vorsichtig optimistisch über die Chancen eines langfristigen Überlebens der Menschheit.« Es war keine Quelle angegeben, also konnte es sich um eine Erfindung irgendeines Kommentators handeln, um einen Versuch, weiterer Panik vorzubeugen, aber es stimmte mit meiner eigenen Erfahrung überein: das Sonnenlicht war seltsam, aber nicht unmittelbar tödlich. Kein Wort darüber allerdings, welchen Einfluss es auf die Ernte, das Wetter oder die Umwelt allgemein haben könnte. Immerhin machten weder die mörderische Hitze noch die sintflutartigen Regenfälle einen sonderlich *normalen* Eindruck.

Noch weiter unten war ein Artikel mit der Überschrift WELT-
WEIT LICHTER AM HIMMEL GESICHTET. Es handelte sich um
die C- oder O-förmigen Linien, die Simon in Arizona entdeckt
hatte. Sie waren im Norden bis Anchorage und im Süden bis
Mexico City gesichtet worden. Die Berichte aus Europa und
Asien waren zwar lückenhaft und befassten sich hauptsächlich
mit den unmittelbaren Auswirkungen der Krise, doch auch dort
war von entsprechenden Lichtpunkten die Rede.

Diane kam vorübergehend zu sich, als ich bei ihr war.

»Tyler.« Ihre Stimme war so zart wie das Geräusch eines fal-
lenden Blattes.

Ich nahm ihre Hand. Sie war trocken und unnatürlich warm.

»Es tut mir Leid.«

»Es gibt nichts, das dir Leid tun müsste.«

»Es tut mir Leid, dass du mich so sehen musst.«

»Es wird besser. Es wird eine Weile dauern, aber du wirst dich
erholen.«

Sie sah sich im Zimmer um, erkannte es wieder. Ihre Augen
weiteten sich. »Hier bin ich.«

»Hier bist du.«

»Sag mir noch mal meinen Namen.«

»Diane«, sagte ich. »Diane. Diane.«

Diane war schwer krank, doch es war Jason, der im Sterben lag.
Das erfuhr ich, als ich wieder zu ihm ging.

Er habe heute nichts gegessen, hatte mich Carol informiert.
Er hatte Eiswasser durch einen Strohhalm zu sich genommen,
ansonsten aber jede Flüssigkeitsaufnahme verweigert. Er konnte seinen Körper kaum noch bewegen. Als ich ihn bat, seinen
Arm zu heben, tat er es mit so großer Mühe und so langsam,
dass ich ihn wieder nach unten drückte. Nur seine Stimme war
noch kräftig, doch er rechnete damit, auch sie früher oder später zu verlieren. »Wenn die kommende Nacht auch nur annä-

hernd so ist wie die letzte, werde ich bei Tagesanbruch nicht mehr bei klarem Verstand sein. Ich möchte reden, solange ich es noch kann.«

»Gibt es einen bestimmten Grund, warum sich dein Zustand nachts verschlechtert?«

»Einen ganz einfachen, glaube ich. Dazu kommen wir noch. Erst möchte ich, dass du mir einen Gefallen tust. Mein Koffer lag auf der Kommode. Ist er noch dort?«

»Ja.«

»Mach ihn auf. Ich habe einen Audiorekorder eingepackt. Hol ihn bitte raus.«

Ich fand ein mattsilbernes Rechteck von der Größe eines Kartenspiels, neben einem Stapel von Manila-Umschlägen, adressiert an Personen, deren Namen ich nicht kannte. »Ist es das hier?«, fragte ich, um mich gleich darauf zu verwünschen – natürlich konnte er es nicht sehen.

»Wenn es ein Sony-Gerät ist, ja. Eine Packung mit Leerdisks müsste gleich darunter liegen.«

»Ja, ist alles hier.«

»Gut, dann unterhalten wir uns also. Bis es dunkel wird und vielleicht noch etwas länger. Und ich möchte, dass du das Gerät laufen lässt. Leg eine neue Disk ein, wenn die erste voll ist, oder eine neue Batterie, falls nötig. Kannst du das für mich tun?«

»Ja, solange ich mich nicht um Diane kümmern muss. Wann willst du anfangen?«

Er drehte den Kopf. Seine diamantgespickten Pupillen glitzerten. »Jetzt gleich wäre nicht zu früh.«

Die Marsianer, so Jason, entsprachen nicht unserem Bild eines einfachen, friedlichen, pastoralen Volkes; ein Bild, dem Wuns Berichte zumindest Vorschub geleistet hatten.

Es traf zu, dass sie nicht besonders kriegerisch waren – die Fünf Republiken hatten ihre politischen Differenzen vor beinahe einem Jahrtausend beigelegt –, und »pastoral« waren sie zumindest in dem Sinne, dass sie den Großteil ihrer Ressourcen landwirtschaftlich nutzten. Aber »einfach« waren sie nicht, in keiner Weise. Sie waren Meister in der Kunst der synthetischen Biologie, ihre ganze Zivilisation war darauf gegründet. Wir hatten ihnen mit biotechnischen Mitteln einen bewohnbaren Planeten gebaut, und so war es nicht verwunderlich, dass sie von Beginn an ein profundes Verständnis für die Funktion und die potenziellen Verwendungsmöglichkeiten der DNA besaßen, das sie von Generation zu Generation weiterreichten.

Wenn ihre Großtechnologie mitunter recht plump anmutete – Wuns Raumschiff etwa war fast primitiv gewesen, eine Newtonsche Kanonenkugel –, so war dies der radikalen Beschränktheit ihrer natürlichen Ressourcen geschuldet. Der Mars war eine Welt ohne Öl und Kohle, die ein fragiles, wasser- und stickstoffarmes Ökosystem trug. Eine so üppige, ja verschwenderische industrielle Basis wie die auf der Erde hätte auf Wuns Planeten niemals existieren können. Auf dem Mars war jede Anstrengung darauf gerichtet, ausreichend Nahrungsmittel für eine streng zu begrenzende Bevölkerung zu produzieren – und die Biotechnologie diente diesem Zweck ganz ausgezeichnet.

»Hat Wun dir das erzählt?«, fragte ich Jason, während der Regen ununterbrochen weiterfiel und der Nachmittag zur Neige ging.

»Er hat sich mir anvertraut, ja. Allerdings ließ sich das meiste von dem, was er erzählte, auch aus den Archiven erschließen.« Rostfarbenes Licht, das durchs Fenster fiel, spiegelte sich in Jasons blinden Augen.

»Aber es könnte auch sein, dass er gelogen hat.«

»Ich wüsste nicht, dass er je *gelogen* hätte, Tyler. Er war nur etwas knausrig mit der Wahrheit.«

Die mikroskopisch kleinen Replikatoren, die Wun zur Erde gebracht hatte, waren avancierte synthetische Biologie. Sie besaßen alle Fähigkeiten, die Wun ihnen zugeschrieben hatte. Und noch weitaus mehr: Zu den uns nicht bekannten Funktionen der Replikatoren gehörte ein verborgener zweiter Subkanal, der es ihnen ermöglichte, untereinander sowie mit ihrem Ursprungsort zu kommunizieren. Wun hatte nicht verraten, ob es sich um ein konventionelles Schmalband oder um etwas Exotischeres handelte – Letzteres, vermutete Jason –, jedenfalls erforderte es einen Empfänger, der fortgeschrittener war als alles, was wir auf der Erde bauen konnten. Es erforderte, so Wun, einen *biologischen* Empfänger. Ein modifiziertes menschliches Nervensystem.

»Du hast dich *freiwillig* zur Verfügung gestellt?«

»Hätte ich gemacht – wenn ich gefragt worden wäre. Aber Wun hat sich mir nur aus einem einzigen Grund anvertraut: Weil er seit seiner Ankunft auf der Erde um sein Leben fürchtete. Er hegte keinerlei Illusionen in Bezug auf menschliche Korruptheit oder Machtpolitik. Er brauchte vor allem jemanden, dem er seinen Medikamentenbestand anvertrauen konnte für den Fall, dass ihm etwas zustoßen würde. Jemand, der dessen Möglichkeiten und Zwecke begriff. Er hat mir nie nahe gelegt, ein Empfänger zu werden. Die Modifikation funktioniert nur bei Vierten. Weißt du noch, was ich gesagt habe? Die Langlebigkeitsbehandlung ist eine Plattform, ein Sprungbrett. Sie unterstützt andere Anwendungen. Dies ist eine davon.«

»Also hast du dir das hier *mit Absicht* zugefügt?«

»Ja, ich habe mir die Substanz injiziert, nachdem er gestorben war. Es war nicht traumatisch und hatte keine unmittelbare Wirkung. Es bestand ja gar nicht die Möglichkeit, dass Nachrichten der Replikatoren die Spinmembran durchdrangen, solange diese voll funktionsfähig war. Es war eine rein *latente* Fähigkeit, die ich mir da verschaffte.«

»Warum hast du es dann gemacht?«

»Weil ich nicht in einem Zustand der Unwissenheit sterben wollte. Wir alle haben angenommen, dass wir, wenn der Spin zu Ende ist, innerhalb von Tagen oder gar Stunden sterben würden. Der einzige Sinn von Wuns Modifikation lag für mich darin, dass ich in diesen letzten Stunden in Kontakt mit einer Datenbasis treten würde, die fast so groß ist wie die Galaxis selbst. Ich würde erfahren – so weit man das als Erdling überhaupt erfahren *kann* –, wer die Hypothetischen sind und warum sie das alles mit uns angestellt haben.«

Ich dachte: *Ja und, weißt du das jetzt?* Und vielleicht wusste er es ja wirklich. Vielleicht war es das, was er noch unbedingt mitteilen wollte, bevor ihn die Fähigkeit zu sprechen verließ; vielleicht wollte er deshalb, dass ich einen Mitschnitt davon machte. »Wusste Wun, dass du so etwas tun würdest?«

»Nein, und ich bezweifle, dass er es gebilligt hätte ... obwohl er dieselbe Anwendung laufen hatte.«

»Tatsächlich? Das hat man gar nicht gemerkt.«

»Konnte man auch nicht. Du musst dir eins klar machen: Was mit mir passiert – mit meinem Körper, meinem Gehirn –, das ist nicht die Anwendung.« Er wandte mir seine blicklosen Augen zu. »Das ist eine Funktionsstörung.«

Die Replikatoren waren von der Erde aus ins äußere Sonnensystem geschickt worden, und dort, weit von der Sonne entfernt, gediehen sie prächtig. (Hatten die Hypothetischen das bemerkt, und machten sie die Erde verantwortlich für etwas, das im Grunde ein marsianisches Projekt war? War es das, was die Marsianer, wie E. D. unterstellte, von Beginn an geplant hatten?

Jason äußerte sich nicht darüber – ich vermute, dass er es nicht wusste.) Nach und nach verbreiteten sich die Replikatoren zu den nächsten Sternen und darüber hinaus – weit darüber hinaus. Die Kolonien waren auf astronomische Entfernungen nicht zu sehen, aber hätte man sie auf einem Raster unserer eigenen stellaren Umgebung abgebildet, würde man sie als sich stetig ausdehnende Wolke wahrgenommen haben, als eine zeitlupenhafte Explosion künstlichen Lebens.

Die Replikatoren waren nicht unsterblich; sie lebten, vermehrten sich und starben schließlich. Was jedoch über sie hinaus Bestand hatte, war das Netzwerk, das sie bauten: ein Korallenriff von modulierten, miteinander verbundenen Knotenpunkten, in dem sich Daten ansammelten und zum Ausgangspunkt des Netzes wanderten.

»Als wir uns das letzte Mal gesprochen haben«, rief ich Jason in Erinnerung, »sagtest du, es gebe ein Problem. Du sagtest, die Replikatorenpopulation bilde sich zurück.«

»Ja, sie wurden mit etwas konfrontiert, das niemand auf der Rechnung gehabt hatte.«

»Und was?«

Er schwieg einige Zeit, wie um seine Gedanken zu sammeln. »Wir nahmen an, dass wir mit den Replikatoren etwas Neues in das Universum einführen würden, eine völlig neue Form von künstlichem Leben. Diese Annahme war naiv. Wir – die Menschen, ob auf der Erde oder auf dem Mars – waren nicht die erste intelligente Spezies, die sich in unserer Galaxis entwickelt hat. Bei weitem nicht. Tatsächlich ist an uns nichts Ungewöhnliches, praktisch alles, was wir in unserer kurzen Geschichte getan haben, ist vorher schon getan worden, irgendwo, von irgendjemand.«

»Du willst sagen, die Replikatoren sind auf andere Replikatoren getroffen?«

»Eine Ökologie von Replikatoren. Die Sterne sind ein Dschungel, Tyler. Es gibt dort mehr Leben, als wir uns je vorgestellt haben.«

Ich versuchte mir den Prozess, den Jason beschrieb, vor Augen zu führen: Weit entfernt von der spinisolierten Erde, weit jenseits des Sonnensystems, so tief im Weltraum, dass selbst die Sonne nur ein Stern unter vielen ist, lässt sich ein Replikatorensame auf einem staubigen Eissplitter nieder und beginnt sich zu vermehren. Er setzt den gleichen Zyklus von Wachstum, Beobachtung, Kommunikation und Reproduktion in Gang, der schon unzählige Male im Verlauf der langsamen Wanderung seiner Vorfahren stattgefunden hat. Vielleicht erlangt er das Reifestadium, vielleicht beginnt er sogar kleine Datenexplosionen zu erzeugen ... doch mit einem Mal wird der Zyklus unterbrochen.

Da ist etwas, das die Anwesenheit des Replikators wahrnimmt. Und das immer hungrig ist.

Dieses räuberische Wesen (erläuterte Jason) ist ebenfalls ein halborganisches, autokatalytisches Rückkopplungssystem; es ist an sein eigenes Netzwerk angeschlossen, und dieses Netzwerk ist älter und weitaus größer als das, was die terrestrischen Replikatoren in der vergleichsweise kurzen Zeit seit ihrem Start von der Erde errichten konnten. Der Räuber ist höher entwickelt als seine Beute, seine für Nahrungssuche und Ressourcennutzung zuständigen Subroutinen haben sich über Milliarden von Jahren verfeinert. Die terrestrische Replikatorenkolonie, blind und ohne Fluchtmöglichkeit, wird aufgefressen.

»Gefressen« trägt hier allerdings eine spezielle Bedeutung: So nützlich sie ihm auch sein mögen, der Räuber will mehr als die kohlenstoffhaltigen Moleküle, aus denen die Replikatoren bestehen. Viel interessanter für ihn ist ihre *Bedeutung*, die in ihre Reproduktionsmuster eingeschriebenen Funktionen und Strategien. Von diesen übernimmt er, was ihm potenziell wertvoll erscheint, dann reorganisiert und nutzt er die Replikatorenkolonie für seine eigenen Zwecke. Die Kolonie stirbt nicht, sie wird absorbiert, ontologisch verschlungen, sie wird, zusammen mit ihren Geschwistern, einer größeren, komplexeren und sehr viel älteren interstellaren Hierarchie unterstellt.

Und sie ist weder das erste noch das letzte derartige Konstrukt, das auf diese Weise »gefressen« wird.

»Replikatorennetzwerke«, sagte Jason, »gehören zu den Dingen, deren Erzeugung sich für intelligente Zivilisationen sozusagen aufdrängt. Angesichts der Grenzen, die das Reisen bei Sublichtgeschwindigkeit der Erforschung der Galaxis setzt, begnügen sich die meisten technologischen Kulturen mit einem Netz von Von-Neumann-Maschinen – Replikatoren –, das einen steten Fluss von wissenschaftlichen Informationen erzeugt, der sich im Laufe der Zeit exponentiell ausdehnt.«

»Okay, das verstehe ich so weit. Die marsianischen Replikatoren sind nicht einzigartig. Sie sind auf etwas gestoßen, das du eine Ökologie nennst ...«

»Eine Von-Neumann-Ökologie.« (Nach dem im zwanzigsten Jahrhundert lebenden Mathematiker John von Neumann, der als Erster von der Möglichkeit selbstreproduzierender Maschinen gesprochen hatte.)

»Eine Von-Neumann-Ökologie. Und von der wurden sie also absorbiert. Aber das verrät uns nichts über die Hypothetischen oder den Spin, oder.«

Jason schürzte ungeduldig die Lippen. »Die Hypothetischen *sind* die Von-Neumann-Ökologie, Tyler. Es ist ein und dasselbe.«

An diesem Punkt musste ich kurz Abstand nehmen und mir darüber klarwerden, wer das eigentlich war, der da zu mir sprach. Er sah aus wie Jason. Aber alles, was er sagte, zog seine Identität in Zweifel.

»Kommunizierst du mit dieser ... Wesenheit? Jetzt, meine ich? In diesem Moment?«

»Ich weiß nicht, ob man es Kommunikation nennen kann. Kommunikation wirkt in zwei Richtungen. Das ist hier nicht der Fall, nicht in dem Sinne, den du unterstellst. Und wirkliche Kommunikation wäre auch nicht ganz so überwältigend wie das hier. Vor allem nachts – bei Tageslicht ist der Input reduziert, vermutlich weil die Sonnenstrahlung das Signal schluckt.«

»Nachts ist das Signal stärker?«

»Vielleicht ist auch das Wort ›Signal‹ irreführend. Ein Signal ist das, was die ursprünglichen Replikatoren übermitteln sollten. Was ich empfange, kommt über die gleiche Trägerwelle und übermittelt Information, aber es ist aktiv, nicht passiv. Es versucht, das mit mir zu machen, was es mit allen anderen Knotenpunkten im Netzwerk gemacht hat. Es versucht, mein Nervensystem zu übernehmen und neu zu programmieren.«

Dann war also tatsächlich ein drittes Wesen mit im Zimmer. Ich, Jase – und die Hypothetischen, die ihn bei lebendigem Leibe auffraßen. »Können sie das? Dein Nervensystem umprogrammieren?«

»Nicht *erfolgreich*, nein. Für sie wirke ich wie eine beliebige Schnittstelle im Replikatorennetzwerk. Die Biotechnologie, die ich mir gespritzt habe, ist empfänglich für ihren Eingriff, doch auf andere Weise, als sie erwarten. Und weil sie mich nicht als biologisches Wesen wahrnehmen, können sie nichts anderes tun, als mich zu töten.«

»Gibt es irgendeine Möglichkeit, dieses Signal abzublocken, dich davor zu schützen?«

»Nicht, dass ich wüsste. Falls die Marsianer über eine solche Technik verfügen, haben sie es unterlassen, dies in ihren Archiven zu dokumentieren.«

Das Fenster in Jasons Zimmer ging nach Westen. Der rosenfarbene Schimmer, der jetzt zu uns hereindrang, kam von der untergehenden, hinter Wolken versteckten Sonne. »Und sie sind jetzt bei dir. Sprechen zu dir.«

»Sie. Es. Wir bräuchten ein besseres Pronomen. Die ganze Von-Neumann-Ökologie ist ein einzelnes Wesen. Es denkt seine eigenen langsamen Gedanken, macht seine eigenen Pläne. Aber viele von seinen Billionen Teilen sind ebenfalls autonome

Individuen, die miteinander wetteifern, die schneller agieren als das Netzwerk im Ganzen und die sehr viel intelligenter sind als jedes menschliche Einzelwesen. Die Spinmembran zum Beispiel ...«

»Die Spinmembran ist ein *Individuum*?«

»In jedem wesentlichen Sinne, ja. Seine Ziele und Zwecke empfängt es aus dem Netzwerk, aber es wertet Ereignisse aus und trifft autonome Entscheidungen. Es ist komplexer, als wir es uns im Traum hätten vorstellen können, Tyler. Wir haben angenommen, die Membran sei entweder *an* oder *aus*, wie ein Lichtschalter, wie ein binärer Kode. Aber mitnichten. Sie kennt *viele* Zustände, *viele* Zwecke. Viele Stufen der Durchlässigkeit beispielsweise. Wir wussten, dass sie ein Raumschiff passieren lassen und einen Asteroiden abwehren kann, aber sie besitzt noch weitaus subtilere Fähigkeiten. Das ist der Grund, warum wir in den letzten Tagen nicht von der Sonnenstrahlung überwältigt wurden – die Membran gewährt uns noch immer einen gewissen Schutz.«

»Ich weiß nicht, wie groß die Zahl der Todesopfer ist, Jase, aber es muss allein in dieser Stadt tausende von Menschen geben, die Angehörige verloren haben, seit der Spin zu Ende ist. Ich würde mich doch sehr schwer tun, diesen Leuten zu sagen, dass sie ›beschützt‹ werden.«

»Aber das werden sie. Die Spinmembran ist nicht Gott – sie sieht nicht den Spatzen vom Dach fallen. Doch sie kann verhindern, dass der Spatz an tödlichem ultraviolettem Licht verbrennt.«

»Und wofür das alles?«

Jason runzelte die Stirn. »Ich ... bekomme es nicht recht zu fassen. Oder vielleicht kann ich es auch nicht *übersetzen* ...«

Es klopfte an der Tür. Carol trat mit einem Arm voll Bettwäsche ins Zimmer.

Ich schaltete den Rekorder ab. »Saubere Laken?«

»Zum Festbinden.« Die Laken waren in Streifen geschnitten.

»Wenn die Krämpfe anfangen.« Sie deutete zum Fenster, auf das schwindende Tageslicht.

»Danke«, sagte Jason sanft. »Tyler, wenn du eine Pause brauchst, wäre jetzt der richtige Zeitpunkt. Aber bleib nicht zu lange.«

Ich ging, um nach Diane zu sehen, die sich in einem entspannten Zwischenstadium befand. Sie schlief. Ich dachte über das marsianische Mittel nach, das ich ihr verabreicht hatte, die »Basisvier«, in Jasons Worten, die halbintelligenten Moleküle, die zum Kampf gegen die KVES-Bakterien in ihrem Körper antraten, winzig kleine Bataillone, ausgehoben, um sie zu reparieren und umzubauen, sofern ihr Körper noch nicht zu geschwächt war, um diese Belastungen zu überstehen.

Ich küsste sie auf die Stirn und sprach sanfte Worte, die sie vermutlich nicht hörte. Dann ging ich die Treppe hinunter und hinaus auf den Rasen des Großen Hauses.

Der Regen hatte endlich aufgehört – abrupt und vollständig –, und die Luft war so frisch wie den ganzen Tag nicht. Der Himmel war am Zenit tiefblau. Ein paar Wolkenfetzen umspielten die monströse Sonne, die sich anschickte, den westlichen Horizont zu küssen. Regentropfen standen auf jedem einzelnen Grashalm, winzige, bernsteinfarbene Perlen.

Jason hatte gesagt, dass er sterben werde. Jetzt begann ich es mir selbst einzugestehen.

Als Arzt hatte ich den Tod besser kennen gelernt, als es die meisten Leute je tun. Ich wusste, wie Menschen sterben. Ich wusste, dass das gängige Bild unserer Einstellung zum Tod – als Abfolge von Verleugnung, Wut, Hinnahme – bestenfalls eine grobe Verallgemeinerung war. Diese Emotionen mögen sich innerhalb von Sekunden entwickeln oder auch gar nicht; der Tod kann sie jederzeit übertrumpfen. Für viele Menschen stellt sich die Frage gar nicht, wie man seinem Tod begegnet – ihr Tod kommt unangekündigt, als Folge einer gerissenen Aorta oder einer falschen Entscheidung an einer vielbefahrenen Kreuzung.

Doch Jason wusste, dass er im Sterben lag. Und ich konnte es nicht fassen, dass er das mit einer so gespenstischen Gelassenheit hinnahm, bis ich begriff, dass in seinem Tod auch eine Erfüllung lag. Er stand im Begriff, dem auf die Spur zu kommen, dessen Erforschung er sein ganzes Leben gewidmet hatte: der Bedeutung des Spins und der Stellung der Menschheit darin – *seiner* Stellung darin, denn er war maßgeblich an der Ausschickung der Replikatoren beteiligt gewesen.

Es war, als habe er die Hand ausgestreckt und die Sterne berührt.

Und die Sterne hatten ihn berührt. Die Sterne brachten ihn um. Aber er starb im Zustand der Gnade.

»Wir müssen uns beeilen. Es ist fast dunkel, nicht wahr?«

»Fast.«

»Und der Regen hat aufgehört. Oder ich höre ihn jedenfalls nicht mehr.«

»Die Temperaturen sind auch runtergegangen. Möchtest du, dass ich das Fenster aufmache?«

»Ja, bitte. Den Audiorekorder, hast du ihn wieder eingeschaltet?«

»Er läuft.« Ich schob das alte Holzfenster einige Zentimeter nach oben, kühle Luft strömte in das Zimmer.

»Wir hatten über die Hypothetischen gesprochen ...«

»Ja.«

Schweigen.

»Jase? Hörst du mich?«

»Ich höre den Wind. Ich höre deine Stimme. Ich höre ...«

»Jason?«

»Tut mir Leid, Ty. Ich werde im Moment abgelenkt. Ich ... *uh!*«

Seine Arme und Beine zuckten heftig gegen die Leinenfesseln, die Carol über das Bett gebunden hatte. Sein Kopf bohrte sich ins Kissen. Es sah aus, als erleide er einen epileptischen Anfall, einen kurzen allerdings: Er war schon vorbei, noch bevor ich ans Bett getreten war. Er schnappte nach Luft, atmete tief ein. »Entschuldige, tut mir Leid ...«

»Du musst dich nicht entschuldigen.«

»Ich kann nichts dagegen machen.«

»Ich weiß. Ist schon gut, Jase.«

»Gib ihnen keine Schuld dafür, was mit mir passiert.«

»Wem? Den Hypothetischen?«

Er versuchte zu lächeln, obwohl er offensichtlich Schmerzen hatte. »Wir sollten einen neuen Namen für sie finden, meinst du nicht? Sie sind nicht mehr so hypothetisch, wie sie mal waren. Aber mach sie nicht verantwortlich. Sie wissen nicht, was mit mir passiert. Ich befinde mich unterhalb ihrer Abstraktionsschwelle.«

»Was soll das heißen?«

Er sprach schnell und eifrig, als wäre unsere Unterhaltung eine willkommene Ablenkung von der körperlichen Qual. Vielleicht war es aber auch ein weiteres Symptom seines Zustands. »Du und ich, Tyler, wir sind Gemeinschaften von lebenden Zellen. Wenn du eine ausreichende Anzahl meiner Zellen beschädigst, dann sterbe ich, dann hast du mich ermordet. Wenn wir uns aber die Hände schütteln und ich dabei ein paar Hautzellen verliere, dann wird keiner von uns beiden den Verlust bemerken. Er bleibt unsichtbar. Wir leben auf einem gewissen Abstraktionsniveau, wir interagieren als Körper, nicht als Zellkolonien. Das Gleiche gilt für die Hypothetischen. Sie bewohnen ein größeres Universum als wir.«

»Und das gibt ihnen das Recht, Menschen zu töten?«

»Ich spreche über ihre Wahrnehmung, nicht über ihre Moral. Der Tod eines einzelnen Menschen – *mein* Tod – würde ihnen vielleicht etwas bedeuten, wenn sie ihn im richtigen Kontext wahrnehmen könnten. Aber das können sie nicht.«

»Sie haben das aber schon öfter gemacht, andere Spinwelten

geschaffen – haben die Replikatoren das nicht entdeckt, bevor die Hypothetischen ihnen den Garaus machten?«

»Andere Spinwelten, ja. Viele. Das Netzwerk der Hypothetischen ist so weit gewachsen, dass es die bewohnbare Zone der Galaxis zum größten Teil umfasst. Und das ist es, was sie eben tun, wenn sie einem Planeten begegnen, der eine intelligente, Werkzeuge gebrauchende Spezies von einem gewissen Reifegrad beherbergt: Sie hüllen ihn in eine Spinmembran.«

Ich stellte mir Spinnen vor, die ihre Opfer in Seide wickeln. »Wozu?«

Die Tür ging auf. Carol war wieder da, ein Teelicht auf einer Porzellanuntertasse in der Hand. Sie stellte die Untertasse auf die Kommode und zündete die Kerze mit einem Streichholz an. Die Flamme tanzte, hatte Mühe, sich gegen die hereinwehende Brise zu behaupten.

»Um ihn zu schützen«, sagte Jason.

»Wogegen zu schützen?«

»Gegen das Altern, gegen den Tod. Technologische Kulturen sind sterblich, wie alles andere auch. Sie blühen so lange, bis sie ihre Ressourcen erschöpft haben, dann sterben sie.«

Es sei denn, sie machen es anders, dachte ich. Es sei denn, sie setzen ihre Blüte fort, indem sie sich ausdehnen, in ihr Sonnensystem, in ihre Galaxis ...

Jason nahm meinen Einwand vorweg: »Für Wesen mit einer Lebensdauer wie der unsrigen ist selbst die Raumfahrt in der näheren Umgebung langsam und ineffizient. Wer weiß, vielleicht wären wir die Ausnahme von der Regel gewesen. Doch die Hypothetischen treiben sich schon sehr, sehr lange da draußen rum. Bevor sie die Spinmembran entwickelten, haben sie unzählige Zivilisationen dabei beobachtet, wie sie in ihrem eigenen Ausfluss ertrunken sind.« Er holte Luft, hustete, würgte.

Carol drehte sich zu ihm um. Die Maske der Professionalität fiel von ihr ab, und in dem Augenblick, den er brauchte, um sich wieder zu erholen, war sie einfach nur von Angst ergriffen, keine Ärztin mehr, sondern eine Mutter, deren Kind stirbt.

Jason konnte es – zum Glück – nicht sehen. Er schluckte schwer und begann langsam wieder normal zu atmen.

»Aber wozu der Spin, Jase? Er stößt uns in die Zukunft, doch er ändert überhaupt nichts.«

»Im Gegenteil«, sagte er. »Er ändert alles.«

Jasons letzte Nacht war insofern paradox, als seine Ausdrucksweise immer unbeholfener und stockender wurde, während das Wissen, das ihm zufloss, exponentiell zu wachsen schien. Ich glaube, er erfuhr in diesen wenigen Stunden mehr, als er auch nur ansatzweise mitteilen konnte, und selbst das, was er mitteilte, war überwältigend, war ungeheuerlich in dem, was es über das Schicksal der Menschheit andeutete.

Lassen wir das Trauma beiseite, das gequälte Tasten nach den richtigen Worten; was er sagte, war ... Nun, es begann mit dem Satz: »Versuch es aus ihrer Warte zu betrachten.«

Ihre Warte: die der Hypothetischen.

Die Hypothetischen – ob als ein einzelner Organismus oder als Vielheit von Organismen betrachtet – hatten sich aus schlichten Von-Neumann-Apparaturen entwickelt und allmählich über unsere Galaxis verbreitet. Der Ursprung dieser ersten selbstreproduzierenden Maschinen lag im Dunkeln; ihre Nachkommen hatten keine direkte Erinnerung daran, so wenig, wie Sie oder ich uns an die menschliche Evolution »erinnern« können. Vielleicht waren sie das Produkt einer früh entstandenen biologischen Kultur, von der es keine Spuren mehr gab; vielleicht waren sie auch aus einer anderen, älteren Galaxis eingewandert. Jedenfalls gehörten die Hypothetischen von heute einem fast unvorstellbar alten Geschlecht an. Unzählige Male hatten sie mit angesehen, wie intelligente biologische Spezies sich auf Planeten wie dem unseren entwickelten und dann ausstarben. (Durch passives Übertragen organischen Materials von

Stern zu Stern mögen sie sogar dazu beigetragen haben, den Prozess der Evolution in Gang zu setzen.) Und sie hatten beobachtet, wie biologische Kulturen als Nebenprodukt ihrer rasch wachsenden Komplexität primitive Von-Neumann-Netzwerke hervorbrachten – nicht einmal, sondern viele Male. Für die Hypothetischen sahen wir alle mehr oder weniger aus wie Replikatorenbrutstätten: seltsam, fruchtbar, fragil. Aus ihrer Warte war dieses stotternde Schwangergehen mit einfachen Von-Neumann-Netzwerken, gefolgt vom raschen ökologischen Kollaps des Ursprungsplaneten, sowohl ein Rätsel als auch eine Tragödie. Ein Rätsel, weil flüchtige Ereignisse auf einer rein biologischen Zeitskala für sie schwer zu begreifen oder auch nur wahrzunehmen waren. Eine Tragödie, weil sie die Vorläuferkulturen als gescheiterte *biologische* Netzwerke zu begreifen begonnen hatten, die – ähnlich wie sie selbst – wachsender Komplexität zustrebten, aber vorzeitig der Endlichkeit ihrer planetarischen Ökosysteme zum Opfer fielen. Für die Hypothetischen hatte der Spin also den Sinn, uns – und dutzende von ähnlichen Zivilisationen, die zuvor und seither auf anderen Planeten entstanden waren – im Zustand unserer technologischen Blüte zu erhalten. Doch wir waren keine Museumsstücke, eingefroren zur öffentlichen Zurschaustellung – vielmehr bastelten die Hypothetischen uns ein neues Schicksal. Während sie uns in den extremen Langsammodus gestellt hatten, trugen sie die Teile eines Experiments zusammen, eines über Milliarden von Jahren konzipierten und jetzt seiner Vollendung zustrebenden Experiments: eine erweiterte biologische Umwelt zu erzeugen, in die hinein sich diese ansonsten zum Untergang verurteilten Kulturen ausdehnen konnten, in der sie sich schließlich begegnen und miteinander vermischen würden.

Ich begriff die Bedeutung dieser Formulierung nicht. »Eine erweiterte biologische Umwelt? Größer als die Erde selbst?«

Inzwischen war es dunkel. Jasons Worte wurden von krampf-artigen Bewegungen und unwillkürlichen Lauten unterbrochen. Von Zeit zu Zeit überprüfte ich seinen Puls, der recht schnell ging und schwächer wurde. »Die Hypothetischen«, sagte er, »können Zeit und Raum manipulieren, den Beweis dafür sehen wir rings um uns. Aber damit, eine Zeitmembran zu erschaffen, sind ihre Möglichkeiten noch längst nicht erschöpft. Mit Hilfe von räumlichen Schleifen können sie unseren Planeten mit an-deren, ähnlichen Planeten verbinden ... neuen Planeten, einige davon künstlich geschaffen, zu denen wir reisen können, direkt und ganz leicht ... über Verbindungsstücke, Brücken, was auch immer, Konstruktionen, von den Hypothetischen zusammenge-fügt aus der Materie toter Sterne ... Konstruktionen, die buch-stäblich durch den Weltraum geschleppt wurden, geduldig, sehr geduldig, im Verlauf vieler Millionen Jahre ...«

Carol saß auf der einen Seite des Bettes, ich auf der anderen. Ich hielt Jasons Schultern fest, wenn sein Körper in Zuckungen verfiel, und sie streichelte seinen Kopf während der Phasen, in denen er nicht sprechen konnte. Seine Augen funkelten im Ker-zenlicht, er starrte angestrengt ins Nichts.

»Die Spinmembran ist immer noch da, sie arbeitet, denkt, aber ihre zeitliche Funktion besteht nicht mehr, ist abgeschlos-sen ... Das ist es, was es mit dem Flackern auf sich hatte, eine Begleiterscheinung des allmählichen Herunterfahrens ... Und jetzt ist die Membran durchlässig, sodass etwas in die Atmo-sphäre eintreten kann, etwas *Großes* ...«

Später dann wurde klar, was er meinte. Doch zunächst dach-te ich, er würde allmählich in den Zustand der Demenz über-gehen, wäre einer Art metaphorischen Überlast erlegen, ausge-löst durch das Wort »Netzwerk«. Aber ich irrte mich.

*Ars moriendi ars vivendi est*: Die Kunst des Sterbens ist die Kunst des Lebens. Das hatte ich irgendwann während meines Studiums gelesen, und das fiel mir jetzt wieder ein, als ich bei ihm saß. Jason starb, wie er gelebt hatte – im heroischen Streben nach Erkenntnis. Und sein Geschenk an die Welt sollte in den Früchten dieser Erkenntnis bestehen, den nicht gehorteten, sondern frei verteilten, allen zugänglichen Früchten.

Die andere Erinnerung, die sich einstellte, während Jasons Nervensystem von den Hypothetischen umgewandelt und zerfressen wurde, ohne dass diese ahnten, dass es für ihn tödlich enden würde, ging zu jenem Nachmittag vor langer Zeit zurück, als er auf meinem Billigfahrrad den Abhang der Bantam Hill Road hinuntergerast war. Ich dachte daran, wie geschickt, mit fast balletthafter Eleganz, er das auseinanderfallende Gefährt kontrolliert hatte, bis von diesem nichts mehr blieb als Ballistik und Geschwindigkeit, der unvermeidliche Übergang von Ordnung in Chaos.

Jasons Körper – und man bedenke, dass er ein Vierter war – war eine fein eingestellte Maschine. Er starb nicht leicht. Irgendwann vor Mitternacht verlor er die Fähigkeit zu sprechen. Carol hielt seine Hand und sagte ihm, er sei sicher, er sei zu Hause. Ich weiß nicht, ob dieser Trost ihn noch erreichte in den seltsamen und verschlungenen Gefilden, die sein Bewusstsein nun betreten hatte. Ich hoffe es.

Nicht lange danach verdrehten sich seine Augen, seine Muskeln entspannten sich. Sein Körper kämpfte noch weiter, rang sich krampfhafte Atemzüge ab, fast bis in den Morgen hinein. Dann ließ ich ihn mit Carol allein, die ihm mit unendlicher Zärtlichkeit über den Kopf strich und ihm weiter zuflüsterte. Ich bemerkte nicht, dass die Sonne, als sie aufging, nicht mehr aufgedunsen und rot war, sondern so hell und strahlend und vollkommen wie vor dem Ende des Spins.

Ich blieb auf dem Deck, während die *Capetown Maru* dem offenen Meer zustrebte.

Nicht weniger als ein Dutzend Containerschiffe flüchteten aus Teluk Bayur und kämpften um eine günstige Position vor der Hafenausfahrt. Die meisten davon kleine Handelsschiffe mit zweifelhafter Registrierung, vermutlich unterwegs nach Port Magellan, obwohl ihre Frachtbriefe etwas ganz anderes auswiesen – Schiffe, deren Besitzer und Kapitäne viel zu verlieren hatten, wenn sie einer eingehenden Überprüfung unterzogen würden.

Ich stand neben Jala, wir hielten uns an der Reling fest und beobachteten einen mit Rost gesprenkelten Küstenfrachter, der aus einer dichten Rauchbank heraussteuerte und dabei dem Heck der *Capetown* gefährlich nahe kam. Beide Schiffe gaben Alarm, und die Deckmannschaft der *Capetown* wandte sich besorgt nach achtern. Doch der Küstenfrachter drehte ab, bevor es zum Zusammenstoß kam.

Dann verließen wir den Schutz des Hafens, setzten uns der hohen See und den wogenden Wellen aus, und ich ging nach unten in den Aufenthaltsraum, zu Ina und Diane und den anderen Emigranten. En saß mit Ina und seinen Eltern an einem Klapptisch. Mit Rücksicht auf ihre Verletzung war Diane der einzige gepolsterte Sessel überlassen worden; inzwischen hatte die Wunde aufgehört zu bluten, und es war ihr gelungen, sich trockene Sachen anzuziehen.

Eine Stunde später kam Jala herein, lenkte mit einem lauten Ruf die Aufmerksamkeit auf sich und hielt eine Rede, die Ina mir anschließend folgendermaßen übersetzte: »Wenn man alles selbstgefällige Eigenlob weglässt, dann hat Jala nur gesagt, dass er auf die Brücke gegangen sei und mit dem Kapitän gesprochen habe. Alle Feuer an Deck seien gelöscht und unserer

Fahrt stehe nichts mehr im Wege. Der Kapitän bittet um Entschuldigung für die raue See. Nach den Vorhersagen müssten wir bis zum Abend, spätestens morgen Früh aus dem Wetter heraus sein. In den nächsten paar Stunden allerdings ...« In diesem Augenblick schnitt En, der neben Ina saß, ihr auf denkbar wirkungsvolle Weise das Wort ab: indem er sich zu ihr umdrehte und sich in ihren Schoß übergab.

Zwei Nächte später gingen Diane und ich aufs Deck hinauf, um uns die Sterne anzusehen. Nachts war es dort ruhiger als zu jeder anderen Zeit. Wir suchten uns einen Platz zwischen den Zehn-Meter-Containern und den Achterdeckaufbauten, wo wir reden konnten, ohne dass jemand mithörte. Die See war ruhig, die Luft angenehm warm, und über den Schornsteinen und dem Radar der *Capetown* wimmelte es von Sternen, als hätten sie sich in der Takelage verfangen.

»Schreibst du immer noch an deinen Erinnerungen?« Diane hatte die Sammlung von Speicherkarten gesehen, die ich in meinem Gepäck aufbewahrte, zusammen mit den digitalen und pharmazeutischen Schmuggelwaren, die wir aus Montreal mitgebracht hatten. Dazu diverses vollgekritzeltes Papier, Notizhefte, lose Seiten.

»Nicht mehr so oft. Es scheint nicht mehr so dringend – das Bedürfnis, alles aufzuschreiben.«

»Oder die Angst, zu vergessen.«

»Oder das.«

»Und *fühlst* du dich anders?« Sie lächelte.

Ich war ein *neuer* Vierter. Diane nicht. Ihre Wunde hatte sich inzwischen geschlossen, ohne mehr als einen Streifen gekräuselter Haut zu hinterlassen, der der Krümmung ihrer Hüfte folgte. Die Selbstheilungskräfte ihres Körpers waren mir immer noch ein bisschen unheimlich. Obwohl ich sie, so stand zu vermuten, jetzt auch besaß.

Ihre Frage war ironisch gemeint. Viele Male hatte ich Diane

gefragt, ob sie sich als Vierte anders fühlen würde, und die eigentliche Frage lautete: Kam sie *mir* anders vor?

Eine befriedigende Antwort darauf hatte es nie gegeben. Natürlich war sie verändert nach ihrer »Wiederauferstehung« im Großen Haus – wer wäre das nicht gewesen? Sie hatte einen Ehemann und einen Glauben verloren und war aus langer Agonie in eine Welt erwacht, bei deren Anblick sich wohl selbst ein Buddha vor Verblüffung am Kopf gekratzt hätte.

»Der Übergang ist nur eine Tür«, sagte sie. »Eine Tür zu einem Zimmer, in dem du noch nie gewesen bist, allenfalls hast du von Zeit zu Zeit einen Blick hineingeworfen. Jetzt ist es das Zimmer, in dem du wohnst, es ist deins, es gehört dir. Es hat bestimmte Eigenschaften, die du nicht verändern kannst. Du kannst es nicht größer oder kleiner machen. Aber wie du es einrichtest, das ist dir überlassen.«

»Eine ziemlich philosophische Antwort.«

»Tut mir Leid, mehr kann ich nicht anbieten.« Sie wandte ihren Blick hinauf zu den Sternen. »Sieh mal, man kann den Bogen sehen.«

Wir bezeichnen ihn als »Bogen«, weil wir eine in gewissem Sinne kurzsichtige Spezies sind. Der große Torbogen ist in Wirklichkeit ein Ring, ein Kreis mit einem Durchmesser von anderthalbtausend Kilometern, doch nur die Hälfte davon erhebt sich über den Meeresspiegel. Der Rest ist unter Wasser oder in der Erdkruste vergraben, vielleicht – so ist verschiedentlich spekuliert worden – um das subozeanische Magma als Energiequelle anzuzapfen. Aber aus unserem Ameisenblickwinkel war es in der Tat ein Bogen, dessen Scheitelpunkt ein gutes Stück über die Atmosphäre hinausreichte, und selbst seine exponierte Hälfte war vollständig sichtbar nur auf Fotos, die aus dem Weltraum aufgenommen wurden, Bilder, die in der Regel bearbeitet waren, um bestimmte Details hervorzuheben. Wenn man einen Querschnitt des Ringmaterials – der Draht, der zum Reifen gebogen wird – hätte machen können, würde sich ein

Rechteck mit einer Kantenlänge von einem halben respektive anderthalb Kilometern ergeben. Gewaltig, dennoch nur ein winziger Bruchteil des Raums, den er umschloss – und von weitem eben nicht immer leicht zu sehen.

Die Route der *Capetown Maru* verlief südlich des Ringes, parallel zu seinem Radius und fast genau unterhalb seines Scheitels. Die Sonne strahlte noch immer auf diesen Gipfelpunkt, der nicht mehr wie ein gekrümmtes U oder J erschien, sondern wie ein mildes Stirnrunzeln (ein Stirnrunzeln über das ganze Gesicht, wie Diane einmal sagte) hoch oben am Nordhimmel. Sterne rotierten an ihm vorbei wie phosphoreszierendes Plankton, das vom Bug eines Schiffes geteilt wird.

Diane lehnte ihren Kopf gegen meine Schulter. »Ich wünschte, Jason hätte das hier sehen können.«

»Ich glaube, er hat es gesehen. Nur nicht aus dieser Perspektive.«

Im Großen Haus stellten sich nach Jasons Tod drei Probleme.

Das dringlichste betraf Diane, deren körperlicher Zustand noch Tage nach der Verabreichung der marsianischen Substanz unverändert blieb. Sie schwebte am Rande des Komas und wurde periodisch von heftigem Fieber ergriffen, Phasen, in denen ihr der Puls am Hals schlug wie ein flatternder Insektenflügel. Wir hatten kaum etwas da, um sie zu versorgen, und ich hatte Mühe, sie dazu zu bewegen, wenigstens hin und wieder einen Schluck Wasser zu trinken Der einzige echte Fortschritt war das Atemgeräusch, das entspannter und weniger schleimhaltig klang – wenigstens ihre Lunge befand sich also auf dem Weg der Besserung.

Das zweite Problem teilten wir mit vielen anderen Familien im ganzen Land: einer von uns war gestorben und musste beerdigt werden. Eine Welle des Todes – Unfall, Selbstmord, Mord – war in den letzten Tagen über die Welt hinweggespült, und kein Land der Erde war darauf vorbereitet, mit den Folgen umzugehen, außer auf die denkbar grobschlächtigste Art und Weise: Im Radio wurden Sammelstellen für Massenbegräbnisse bekannt gegeben; Kühlfahrzeuge von Fleischfabriken waren requiriert worden; es gab auch eine Nummer, die man anrufen konnte, jetzt wo das Netz wieder funktionsfähig war – jedoch Carol wollte von all dem nichts hören. Als ich das Thema anschnitt, fuhr sie empört auf: »Das werde ich nicht tun, Tyler. Ich lasse nicht zu, dass Jason in eine Grube geworfen wird wie die Armen im Mittelalter.«

»Aber wir können ihn nicht ...«

»Still. Ich habe immer noch den einen oder anderen Kontakt von früher. Lass mich ein paar Anrufe machen.«

Sie war mal eine angesehene Fachärztin gewesen und musste in den Zeiten vor dem Spin über ein großes Netzwerk von Kontakten verfügt haben, doch nach dreißig Jahren alkoholseliger Abgeschiedenheit – wen konnte sie da noch kennen? Trotzdem verbrachte sie einen ganzen Vormittag am Telefon, machte geänderte Nummern ausfindig, stellte sich neu vor, erklärte, lockte, bat inständig. Für mich klang das alles hoffnungslos. Aber fünf Stunden später fuhr ein Leichenwagen die Auffahrt hinauf, zwei erschöpfte, doch unbeirrbar freundliche und kompetente Männer kamen herein, legten Jasons Leichnam auf eine Rollbahre und beförderten ihn – zum letzten Mal – aus dem Großen Haus.

Den Rest des Tages saß Carol im Obergeschoss, hielt Dianes Hand und sang Lieder, die diese nicht hören konnte. Am Abend dann genehmigte sie sich den ersten Drink seit dem Morgen, an dem die rote Sonne aufgegangen war – eine »Instandhaltungsdosis«, so nannte sie es.

Unser drittes Problem war E. D. Lawton.

E. D. musste darüber informiert werden, dass sein Sohn gestorben war, und Carol wappnete sich dafür, auch dieser Pflicht Genüge zu tun. Sie gestand, dass sie seit einigen Jahren nur noch über Anwälte mit E. D. gesprochen und er ihr immer Angst gemacht habe, jedenfalls wenn sie nüchtern war: Er war groß, herausfordernd, einschüchternd – Carol war zart, ausweichend, schüchtern. Ihre Trauer jedoch hatte die Gewichte ein wenig verschoben.

Es dauerte Stunden, doch irgendwann gelang es ihr, ihn zu erreichen – er war in Washington, eine kurze Autofahrt entfernt – und ins Bild zu setzen. Über die Todesursache äußerte sie sich nur vage, sie erzählte ihm, Jason sei mit einer Lungenentzündung nach Hause gekommen und sein Zustand habe sich dramatisch verschlechtert, kurz nachdem der Strom ausgefallen und die Welt aus den Fugen geraten war – kein Telefon, kein Notfalldienst, keine Hoffnung.

Ich fragte sie, wie E. D. die Nachricht aufgenommen habe.

Sie zuckte mit den Achseln. »Zuerst hat er gar nichts gesagt, Schweigen ist E. D.s Art, Schmerz auszudrücken. Sein Sohn ist gestorben. Das mag ihn nicht unbedingt überrascht haben, angesichts dessen, was in den letzten Tagen geschehen ist, aber es hat ihm wehgetan – ich glaube, es hat ihm unsagbar wehgetan.«

»Haben Sie ihm gesagt, dass Diane hier ist?«

»Ich hielt es für klüger, es nicht zu tun.« Sie sah mich an. »Ich habe ihm auch nicht gesagt, dass du hier bist. Ich weiß, dass Jason und E. D. Streit hatten. Jason ist nach Hause gekommen, um vor irgendetwas zu fliehen, was bei Perihelion vorging, etwas, das ihm Angst gemacht hat. Und ich nehme an, dass es etwas mit dem marsianischen Medikament zu tun hat. Nein, Tyler, du brauchst es mir nicht zu erklären – ich will es nicht hören, würde es vermutlich auch gar nicht verstehen. Aber ich dachte, es wäre besser, wenn E. D. hier nicht ins Haus einfallen und versuchen würde, die Kontrolle zu übernehmen.«

»Er hat sich nicht nach ihr erkundigt?«

»Nein, nicht nach Diane. Eines allerdings war merkwürdig: Er hat mich gebeten, dafür zu sorgen, dass Jason ... dass Jasons

Leichnam konserviert wird. Er hat eine Menge Fragen dazu gestellt. Ich habe ihm gesagt, ich hätte Vorbereitungen getroffen, es werde eine Beerdigung geben und ich würde ihn verständigen. Aber dabei wollte er es nicht belassen. Er will, dass eine Autopsie vorgenommen wird. Ich habe mich stur gestellt. Warum sollte er eine Autopsie wollen, Tyler?«

»Ich weiß es nicht.«

Aber ich machte mich daran, es herauszufinden. Ich ging in Jasons Zimmer, wo inzwischen die Laken von seinem Bett gezogen worden waren. Ich öffnete das Fenster, setzte mich in den Sessel neben der Kommode und sah mir an, was er hinterlassen hatte.

Jason hatte mich gebeten, seine Erkenntnisse über die Natur der Hypothetischen und ihre Manipulation der Erde aufzuzeichnen, jeweils eine Kopie dieser Aufzeichnung in etwa ein Dutzend wattierte, bereits adressierte und frankierte Umschläge zu stecken und diese zu verschicken, sobald die Post ihren Dienst wieder aufgenommen hatte. Zweifellos hatte er, als er wenige Tage vor Ende des Spins im Großen Haus eintraf, nicht damit gerechnet, einen solch atemberaubenden Monolog zu produzieren. Irgendetwas anderes hatte ihn verfolgt.

Ich ging die Umschläge durch. Sie waren, in Jasons Handschrift, an Personen adressiert, deren Namen ich nicht kannte. Nein, den Namen auf *einem* der Umschläge erkannte ich. Es war mein Name.

*Lieber Tyler,*

*ich weiß, ich habe dir in der Vergangenheit manch unzumutbare Last auferlegt. Und nun bin ich, wie ich fürchte, im Begriff, dir eine weitere aufzuerlegen – und diesmal steht erheblich mehr auf dem Spiel. Es tut mir Leid, falls dies allzu abrupt wirkt, aber ich bin in Eile, aus Gründen, die sich dir bald erschließen werden.*

*Die jüngsten Himmelserscheinungen, die die Medien als*

»Flackern« bezeichnen, haben bei der Regierung Lomax die Alarmglocken läuten lassen. Das Gleiche gilt für einige andere Ereignisse, die weniger öffentliche Aufmerksamkeit erregt haben. Nur ein Beispiel: Nach dem Tod von Wun Ngo Wen sind Gewebeproben seiner Organe im Zentrum für Tierkrankheiten auf Plum Island untersucht worden, derselben Einrichtung, in der er nach seiner Ankunft auf der Erde in Quarantäne gehalten wurde. So subtil die marsianische Biotechnologie sein mag – die moderne Forensik ist hartnäckig. Dabei ist deutlich geworden, dass Wuns Physiologie, insbesondere sein Nervensystem, auf weitaus radikalere Weise verändert worden war, als die in seinen Archiven beschriebene Prozedur des »Vierten Alters« vorsieht. Aus diesem und anderen Gründen haben Lomax und seine Leute E. D. aus seinem unfreiwilligen Ruhestand geholt und sind jetzt geneigt, seinen Vermutungen über Wuns Motive Gehör zu schenken. E. D. hat die Gelegenheit genutzt, neuen Anspruch auf Perihelion zu erheben, und er verliert keine Zeit, um aus der Paranoia im Weißen Haus Kapital zu schlagen.

Für welches Vorgehen hat sich die Administration entschieden? Für das plumpe. Lomax (oder sein Beraterstab) hat den Plan gefasst, eine Razzia bei Perihelion durchzuführen und alles zu beschlagnahmen, was uns aus Wuns Besitz zur Verfügung stand, ebenso wie unsere sämtlichen Aufzeichnungen und Arbeitsnotizen.

Noch sieht E. D. den Zusammenhang zwischen meiner Genesung von der AMS und Wuns Pharmazeutika nicht, oder er behält seine Erkenntnis für sich. Jedenfalls möchte ich das glauben. Denn sollte ich in die Hände der Sicherheitsdienste fallen, würden sie als Erstes eine Blutanalyse durchführen und mich dann zu einem wissenschaftlichen Studienobjekt machen, vermutlich in Wuns alter Zelle auf Plum Island. Und ich glaube nicht, dass E. D. es dazu

wirklich kommen lassen will. So sehr er es mir auch
verübeln mag, dass ich ihm Perihelion »gestohlen« und mit
Wun Ngo Wen gemeinsame Sache gemacht habe – er ist
immer noch mein Vater.

Aber keine Sorge. Auch wenn E. D. wieder mitmischt im
Weißen Haus – ich habe ebenfalls Verbündete. Keine mit
großer Macht ausgestatteten Menschen – wenn auch einige
von ihnen durchaus so manches Gewicht auf die Waag-
schale werfen können –, sondern intelligente, anständige
Leute, die gewillt sind, das Schicksal der Menschheit in
einem etwas weiteren Rahmen zu begreifen. Dank ihrer
wurde ich rechtzeitig vor dem Zugriff auf Perihelion gewarnt. Ich bin den Häschern durch die Finger geschlüpft.
Jetzt bin auf der Flucht.

Du, Tyler, stehst lediglich unter dem Verdacht der Bei-
hilfe – obwohl auch du in die gleiche Situation geraten
könntest wie ich. Es tut mir Leid. Ich weiß, ich trage Verantwortung dafür, dass du dich in dieser Lage befindest.
Eines Tages werde ich dich persönlich um Verzeihung
bitten. Vorläufig aber kann ich nicht mehr anbieten als
einen guten Rat.

Die Datenträger, die ich dir bei deinem Abschied von
Perihelion übergeben habe, enthalten streng geheime
Auszüge aus Wun Ngo Wens Archiven. Kann sein, dass
du sie verbrannt, vergraben oder in den Pazifik geworfen
hast. Egal. Lange Jahre in der Raumfahrtplanung haben
mich die Vorzüge der Redundanz gelehrt. Ich habe
Wuns Informationen an Dutzende von Personen in diesem Land und in aller Welt versandt. Noch ist davon nichts
ins Internet gestellt worden – so verantwortungslos ist
keiner –, aber sie kursieren. Dies ist ohne Zweifel eine zutiefst unpatriotische, kriminelle Handlung. Falls ich
gefasst werde, wird man mich wegen Hochverrat an-
klagen.

Ich bin aber nicht der Auffassung, dass Informationen dieser Art (sie enthalten etwa Beschreibungen menschlicher Modifikationen, die unter anderem –, und ich sollte es wissen – schwere Krankheiten heilen können) unter Verschluss gehalten werden sollten, selbst wenn ihre Freigabe Probleme aufwirft. Lomax und sein handzahmer Kongress sind da anderer Meinung. Also verbreite ich die letzten Fragmente der Archive und mache mich aus dem Staub. Tauche unter. Du wirst vielleicht das Gleiche tun wollen. Vielleicht wirst du es sogar müssen. Jeder, der zur alten Perihelion-Truppe gehörte, jeder, der mir nahe stand, kann sich früher oder später des besonderen Interesses der Bundesbehörden sicher sein.

Oder du willst – im Gegenteil – bei der nächsten FBI-Dienststelle vorsprechen und den Inhalt dieses Umschlags übergeben. Falls du das für das Beste, für das Richtige, hältst, folge deinem Gewissen – ich nehme es dir nicht übel, will allerdings auch nicht für das Ergebnis garantieren. Meine Erfahrungen mit der Regierung Lomax legen die Vermutung nahe, dass die Wahrheit in diesem Fall eher nicht befreiend sein wird.

Wie auch immer, ich bedaure, dich in diese schwierige Lage gebracht zu haben. Es ist nicht fair. Es ist zu viel verlangt von einem Freund, und ich war stets stolz darauf, dich meinen Freund nennen zu dürfen.

Vielleicht hatte E. D. in einem Punkt Recht: Unsere Generation hat sich dreißig Jahre lang abgemüht, das wiederzuerlangen, was der Spin uns in jener Oktobernacht gestohlen hat. Aber es gelingt uns nicht. Es gibt in diesem Universum nichts, an dem wir uns festhalten können, und es nützt auch nichts, es dennoch zu versuchen. Wenn ich eines gelernt habe aus meiner »Viertheit«, dann das. Wir sind so vergänglich wie Regentropfen. Wir fallen alle, und ein jeder landet irgendwo.

*Fall du, wie du magst, Tyler. Mach von den beigefügten
Dokumenten Gebrauch, wenn es erforderlich ist. Sie waren
teuer, aber sie sind absolut verlässlich. (Es ist gut, Freunde
in hohen Ämtern zu haben!)*

Bei den »beigefügten Dokumenten« handelte es sich im Wesentlichen um eine Garnitur von Ersatzidentitäten: Pässe, ID-Karten des Heimatschutzministeriums, Sozialversicherungsnummern, sogar medizinische Diplome, alle mit meiner Personenbeschreibung, keines davon mit meinem richtigen Namen.

Dianes Gesundung schritt weiter voran. Der Puls stabilisierte sich, die Lunge wurde frei, nur das Fieber hielt sich noch. Das marsianische Medikament verrichtete sein Werk, regenerierte ihren Körper bis ins kleinste Detail, bearbeitete und verbesserte ihn auf subtilste Weise.

Und sie begann Fragen zu stellen – über die Sonne, über Pastor Dan, über die Reise von Arizona zum Großen Haus. Wegen der Fieberschübe blieben die Antworten, die ich ihr gab, nicht immer haften. Mehr als einmal fragte sie mich, was mit Simon sei. In klaren Momenten erzählte ich ihr von dem roten Kalb und der Rückkehr der Sterne; wenn sie groggy war, sagte ich nur, dass Simon »woanders« sei und ich mich noch eine Weile um sie kümmern würde. Keine dieser Antworten – weder die wahren noch die halb wahren – schienen sie zu befriedigen.

An manchen Tagen war sie völlig teilnahmslos, saß mit dem Gesicht zum Fenster, sah zu, wie das Sonnenlicht über die Berge und Täler der Bettdecke strich. An anderen ergriff sie eine fiebrige Unruhe. Eines Nachmittags verlangte sie Papier und Kugelschreiber – doch als ich ihr das Gewünschte brachte, schrieb sie nur einen einzigen Satz: *Bin ich nicht meines Bruders Hüterin*, den allerdings immer wieder, bis sie einen Krampf in den Fingern bekam.

»Ich hab ihr von Jason erzählt«, gestand Carol, als ich ihr das vollgeschriebene Blatt zeigte.

»Sind Sie sicher, dass das klug war?«

»Früher oder später musste sie es erfahren. Sie wird darüber hinwegkommen, Tyler. Keine Sorge. Diane wird damit fertig. Diane war schon immer stark.«

Am Morgen des Tages von Jasons Beerdigung machte ich die Umschläge fertig und warf sie auf dem Weg in die örtliche Kapelle, die Carol für die Trauerfeier reserviert hatte, in einen aufs Geratewohl ausgesuchten Briefkasten. Die Päckchen mit der Aufnahme seiner »letzten Worte« würden vielleicht ein paar Tage auf Beförderung warten müssen – der Postbetrieb kam erst allmählich wieder in Gang –, doch nach meiner Einschätzung waren sie dort sicherer als im Großen Haus.

Die »Kapelle« war ein konfessionsfreies Bestattungsinstitut an einer der Ausfallstraßen, auf der es recht lebhaft zuging, seit die Reisebeschränkungen aufgehoben waren. Zwar hatte Jason für aufwändige Beerdigungen immer nur die Geringschätzung des Rationalisten übrig gehabt, aber Carols Auffassung von Würde verlangte nach einer Zeremonie, selbst wenn sie nur bescheiden, pro forma war. Es war ihr gelungen, eine kleine Trauergemeinde zusammenzutrommeln, größtenteils langjährige Nachbarn, die Jason als Kind gekannt und seine Karriere bruchstückhaft im Fernsehen und in der Zeitung verfolgt hatten. Es war sein verblassender Prominentenstatus, der die Bankreihen füllte.

Ich hielt eine kurze Rede (Diane hätte es natürlich besser gemacht, aber sie war noch zu krank, um teilzunehmen). Jase, sagte ich, habe sein Leben dem Streben nach Erkenntnis verschrieben, nicht hochmütig, sondern in Demut – es sei seine tiefe Überzeugung gewesen, dass Wissen nicht geschaffen, sondern entdeckt werde; es könne nicht Eigentum sein, sondern müsse weitergegeben werden, von Hand zu Hand, von Generation zu Generation. Jason habe sich in den Prozess dieser Weitergabe eingegliedert und nach wie vor sei er Teil davon, auch nach seinem Tod lebe er fort im großen Netzwerk des Wissens.

E. D. betrat die Kapelle, während ich noch auf der Kanzel stand. Er war schon halb den Gang hinunter, als er mich erkannte. Lange starrte er mich an, bevor er sich auf der nächsten freien Bank niederließ.

Er war noch hagerer, als ich ihn in Erinnerung hatte, und die verbliebenen Haare hatte er sich so kurz scheren lassen, dass sie fast unsichtbar waren. Doch er trat noch immer wie ein Mann von Macht und Einfluss auf. Er trug einen wie angegossen sitzenden Anzug. Er verschränkte die Arme und inspizierte mit herrschaftlichem Gebaren den Raum, um festzustellen, wer anwesend war. Schließlich blieb sein Blick bei Carol hängen.

Als die Zeremonie schließlich zu Ende war, erhob sich Carol und nahm tapfer die Beileidsbekundungen der in Reih und Glied antretenden und dann nach draußen strebenden Nachbarn entgegen.

Sie hatte während der letzten Tage ausgiebig geweint und zeigte sich nun entschlossen tränenlos, beinahe distanziert. E. D. trat auf sie zu, als der letzte Gast gegangen war. Sie versteifte sich, wie eine Katze, die die Anwesenheit eines überlegenen Feindes spürt.

»Carol«, sagte er und warf mir einen säuerlichen Blick zu. »Tyler.«

»Unser Sohn ist tot«, erwiderte sie.

»Deswegen bin ich hier.«

»Ich hoffe, du bist hier, um zu trauern ...«

»Selbstverständlich.«

»... und nicht aus anderen Gründen. Er ist nämlich nach Hause gekommen, um vor dir zu fliehen. Ich nehme an, du weißt das.«

»Ich weiß mehr darüber, als du dir vorstellen kannst. Jason war verwirrt ...«

»Jason war so manches, E. D., aber verwirrt war er nicht. Ich war bei ihm, als er starb.«

»Tatsächlich? Das ist interessant. Ich war bei ihm, als er noch lebte.«

Carol atmete heftig ein und wandte den Kopf zur Seite, als habe sie eine Ohrfeige erhalten.

»Ich war derjenige, der Jason aufgezogen hat, das weißt du so gut wie ich. Vielleicht hat dir das Leben, das ich ihm verschafft habe, nicht gefallen, jedenfalls habe ich ihm einen Weg gewiesen und ihm die Mittel verschafft, dieses Leben zu führen.«

»Ich habe ihn geboren.«

»Das ist eine physiologische Funktion, keine moralische. Alles, was Jason je besessen hat, hat er von mir. Alles, was er gelernt hat, habe ich ihn gelehrt.«

»Zum Guten und zum Schlechten.«

»Und jetzt willst du mir Vorwürfe machen, nur weil ich ein paar praktische Anliegen habe.«

»Was für praktische Anliegen?«

»Ich spreche von der Autopsie.«

»Ja, das hast du schon am Telefon gesagt. Aber das ist würdelos und überhaupt auch unmöglich.«

»Ich hatte gehofft, du würdest das ernst nehmen – offenbar ist das nicht der Fall. Aber ich brauche dein Einverständnis gar nicht. Draußen vor dem Haus warten Männer, die Anspruch auf den Leichnam erheben werden, unter Vorlage einer gerichtlichen Anordnung gemäß dem Gesetz über Notfallmaßnahmen.«

Sie machte einen Schritt von ihm weg. »So viel Macht hast du?«

»Wir haben gar keine Wahl in dieser Angelegenheit, weder du noch ich. Es wird so verfahren, ob es uns gefällt oder nicht. Und es ist doch im Grunde nur eine Formalität, es entsteht kein

Schaden. Also lass uns um Gottes willen ein bisschen Würde und gegenseitigen Respekt wahren. Überlass mir den Leichnam meines Sohnes.«

»Das kann ich nicht.«

»Carol ...«

»Ich kann dir seinen Leichnam nicht geben.«

»Du hörst mir nicht zu. Du hast gar keine Wahl.«

»Nein, tut mir Leid, *du* hörst *mir* nicht zu. Also noch mal, E. D., ich *kann* dir seinen Leichnam nicht geben.«

Er machte den Mund auf und wieder zu. Seine Augen weiteten sich. »Was hast du getan?«

»Es gibt keinen Leichnam. Nicht mehr.« Ihre Lippen schürzten sich zu einem verschlagenen, bitteren Lächeln. »Aber seine Asche kannst du haben. Wenn du darauf bestehst.«


Ich fuhr Carol zum Großen Haus zurück, wo Emil Hardy – der sein Nachrichtenblättchen nicht mehr produzierte, seit es wieder Strom gab – Diane Gesellschaft geleistet hatte. »Wir haben uns über die alten Zeiten hier in der Nachbarschaft unterhalten«, sagte Hardy beim Abschied. »Hab die Kinder früher öfter beim Fahrradfahren beobachtet. Ach, ist das lange her. Diese Hautgeschichte, die sie hat ...«

»Ist nicht ansteckend«, unterbrach ihn Carol. »Keine Sorge.«

»Allerdings ungewöhnlich.«

»Ja, ungewöhnlich ist sie. Vielen, vielen Dank, Emil.«

»Ashley und ich würden uns freuen, wenn Sie demnächst mal zum Abendessen rüberkämen.«

»Das klingt wunderbar. Richten Sie ihr meinen Dank aus.« Sie schloss die Tür und wandte sich mir zu. »Jetzt bräuchte ich einen Drink. Aber eins nach dem anderen. E. D. weiß, dass du hier bist. Du musst also woanders hin und du musst Diane mitnehmen. Kannst du das? Kannst du sie an einen sicheren Ort bringen? Wo E. D. sie nicht findet?«

»Natürlich. Aber was ist mit Ihnen?«

»Ich bin nicht in Gefahr. E. D. schickt vielleicht irgendwelche Leute her, um nach dem zu suchen, was Jason ihm seiner Meinung nach gestohlen hat. Aber er wird nichts finden – solange du nur gründlich genug bist, Tyler –, und das Haus kann er mir nicht wegnehmen. E. D. und ich – wir haben unseren Waffenstillstand schon vor langer Zeit unterzeichnet, unsere Scharmützel sind trivial. Aber *dir* kann er etwas anhaben, und er kann auch Diane schaden, selbst wenn es nicht in seiner Absicht liegt.«

»Das werde ich nicht zulassen.«

»Dann pack deine Sachen zusammen. Du hast vielleicht nicht mehr viel Zeit.«

Am Tag, bevor die *Capetown Maru* den Torbogen queren sollte, ging ich aufs Deck, um den Sonnenaufgang zu beobachten. Der Bogen war weitgehend unsichtbar, beide Enden hinter dem Horizont verborgen, doch in der letzten halben Stunde vor der Dämmerung war das Scheitelstück eine messerscharfe und sanft glühende Linie am Himmel, fast direkt über unseren Köpfen. Am Vormittag war es dann hinter einem Schleier aus hohen Zirruswolken verschwunden, doch wir wiegten uns in dem Bewusstsein, dass es trotzdem da war.

Die Aussicht auf den Transit machte alle nervös – nicht nur die Passagiere, auch die Crew. Zwar gingen sie den üblichen Tätigkeiten nach, die das Schiff ihnen abverlangte, reparierten, was zu reparieren war, schmirgelten und malten, doch in ihrem Arbeitsrhythmus war etwas Hektisches, Eiliges, das am Vortag noch nicht da gewesen war. Jala kam mit einem Plastikstuhl aufs Deck und setzte sich zu mir, vom Wind geschützt durch die über zehn Meter langen Container, mit einem schmalen Ausblick aufs Meer.

»Das ist meine letzte Fahrt auf die andere Seite«, sagte er. Den Temperaturen angepasst trug er ein weites gelbes Hemd und Jeans, das Hemd hatte er aufgeknöpft, um seine Brust in die

Sonne zu halten. Er holte eine Dose Bier aus einer Kühlbox und öffnete sie. All dies, sein gesamtes Verhalten, wies ihn als säkularisierten Mann aus, als Geschäftsmann, der der Scharia der Muslime und dem Adat der Minang gleichermaßen geringschätzig begegnete. »Diesmal gibt es keine Rückkehr.« Er hatte alle Brücken hinter sich abgebrochen – buchstäblich, sollte er etwas mit den Unruhen in Teluk Bayur zu tun gehabt haben (der Ausbruch des Feuers war zu einem für unsere Flucht verdächtig günstigen Zeitpunkt erfolgt, auch wenn wir davon ziemlich in Mitleidenschaft gezogen wurden). Jahrelang hatte er Emigrantenschmuggel betrieben, weitaus lukrativer als seine legalen Import/Export-Geschäfte. Mit Menschen ließe sich mehr Geld verdienen als mit Palmöl, sagte er. Doch die Konkurrenz aus Indien und Vietnam nehme zu und das politische Klima habe sich verschlechtert – lieber jetzt in den Ruhestand nach Port Magellan gehen, als den Rest des Lebens in einem Gefängnis der New Reformasi verbringen.

»Sie haben den Transit schon einmal mitgemacht?«

»Zweimal.«

»War es schwierig?«

Er zuckte mit den Achseln. »Glauben Sie nicht alles, was Sie hören.«

Bis zum Mittag waren etliche der übrigen Passagiere aufs Deck gekommen. Neben den Minangkabau-Dörflern war eine bunte Mischung aus Achinesen, Malaien und Thai an Bord, insgesamt waren wir etwa hundert Leute, zu viele für die vorhandenen Kabinen, doch im Laderaum waren drei Aluminiumcontainer als Schlafquartiere präpariert worden. Natürlich mit ausreichender Belüftung – dies war nicht der grauenhafte Menschenschmuggel, der einst Flüchtlinge nach Europa und Nordamerika gebracht hatte. Viele von denen, die den Bogen Tag für Tag querten, waren gewissermaßen Überlauf aus den von der UNO initiierten Umsiedlungsprogrammen und oft durchaus zahlungskräftig. Wir wurden mit Respekt behandelt von einer

Mannschaft, die zum Teil schon Monate in Port Magellan zuge-
bracht hatte und die Reize und Fallgruben des Ortes aus eigener
Anschauung kannte.

Einer der Matrosen hatte einen Teil des Hauptdecks mit Net-
zen abgeteilt, damit eine Gruppe von Kindern Fußball spielen
konnte. Hin und wieder flog der Ball über die Netze hinweg, oft
genau in Jalas Schoß, was ihn jedes Mal verärgerte. Er war ein
bisschen reizbar heute.

Ich fragte ihn, wann das Schiff den Transit beginnen würde.

»Bei dieser Geschwindigkeit, in ungefähr zwölf Stunden.«

»Unser letzter Tag auf Erden.«

»Machen Sie keine Witze.«

»Wörtlich gesprochen.«

»Und reden Sie nicht so laut – Seeleute sind abergläubisch.«

»Was werden Sie in Port Magellan machen?«

Er hob die Augenbrauen. »Was werde ich machen? Schöne
Frauen vögeln. Und vielleicht auch ein paar hässliche. Was
sonst?«

Der Fußball flog einmal mehr übers Netz. Diesmal hob ihn
Jala auf und hielt ihn fest. »Verdammt noch mal, ich habe euch
gewarnt. Das Spiel ist vorbei!«

Sofort drängte ein Dutzend Kinder gegen das Netz und erhob
kreischend Protest. En war es schließlich, der den Mut aufbrachte, zu uns zu kommen und Jala direkt gegenüberzutreten.
»Gib ihn bitte zurück«, sagte er.

»Du willst ihn wiederhaben?« Jala stand auf, herrisch und auf
schwer nachvollziehbare Weise wütend. »Du willst ihn haben?
Dann hol ihn dir.« Er kickte den Ball aus der Hand hoch in die
Luft, ein weiter Torwartabschlag, der ihn über die Reling hinweg in die blaugrüne Unendlichkeit des Indischen Ozeans be-
förderte.

Erst war En verblüfft, dann machte sich Zorn auf seinem
Gesicht breit. Er sagte etwas Leises, verbittert Klingendes auf
Minang.

Jala lief rot an und schlug den Jungen mit der flachen Hand ins Gesicht, so heftig, dass Ens schwere Brille über das Deck polterte. »Entschuldige dich, Rotzbengel.«

En ließ sich auf ein Knie nieder, die Augen zusammengepresst. Schluchzend holte er einige Male Luft. Dann stand er wieder auf und sammelte seine Brille ein. Etwas zitternd setzte er sie auf und kam zu uns zurück mit einer, wie ich fand, erstaunlichen Würde. Er blieb genau vor Jala stehen. »Nein«, sagte er leise. »*Du* musst dich entschuldigen.«

Jala schnappte nach Luft, fluchte und hob erneut die Hand.

Ich packte sein Handgelenk mitten im Schwung.

Er sah mich verdutzt an. »Was soll das? Lassen Sie los.«

Er versuchte mir die Hand zu entreißen, doch ich hielt sie fest. »Schlagen Sie ihn nicht noch mal.«

»Ich mache, was ich will!«

»Natürlich. Aber schlagen Sie ihn nicht noch mal.«

»*Sie* – nach allem, was ich für Sie getan habe ...!« Er blickte mir ins Gesicht. Und stockte.

Ich weiß nicht, was er in meinen Augen sah. Ich weiß nicht mal genau, was ich in diesem Augenblick empfand. Was immer es war, es schien ihn zu verwirren. Sein Arm erschlaffte. »Verrückter Scheißamerikaner«, sagte er kleinlaut. »Ich gehe in die Kantine.« Und an die kleine Ansammlung von Kindern und Matrosen, die uns mittlerweile umringte, gewandt, fügte er hinzu: »Wo ich hoffentlich ein bisschen *Ruhe* und *Respekt* finde!« Er stakste davon.

En starrte mich mit offenem Mund an.

»Tut mir Leid, das alles«, sagte ich.

Er nickte.

»Den Ball kann ich euch allerdings nicht wiederholen.«

Er berührte seine Wange an der Stelle, wo Jala ihn erwischt hatte. »Nicht so schlimm.«

Später beim Essen, wenige Stunden vor der Querung, erzählte ich Diane von dem Vorfall. »Ich habe völlig ohne Überlegung gehandelt. Es schien einfach ... naheliegend. Wie ein Reflex. Hat das etwas mit dem Viertentum zu tun?«

»Mag sein. Der Impuls, ein Opfer zu beschützen, zumal wenn es ein Kind ist, und es spontan, ohne Nachdenken zu tun – diesen Drang hab ich auch schon verspürt. Ich vermute, das ist etwas, das die Marsianer in unsere neurale Neukonstruktion eingeschrieben haben – vorausgesetzt, dass sie wirklich in der Lage sind, Gefühle derart fein zu steuern. Ich wünschte, wir hätten Wun Ngo Wen hier, damit er es uns erklärt. Oder Jason. Fühlte es sich erzwungen an?«

»Nein.«

»Oder falsch, unangemessen?«

»Nein. Ich glaube, es war genau das Richtige.«

»Aber vor der Behandlung hättest du so etwas nicht getan?«

»Vielleicht schon. Oder ich hätte es gewollt. Hätte aber wahrscheinlich so lange überlegt, bis es zu spät gewesen wäre.«

»Also bist du froh darüber.«

Nein. Einfach nur überrascht. Es sei gleichermaßen *Ich* wie marsianische Biotechnologie im Spiel gewesen, sagte Diane, und ich war geneigt, ihr zuzustimmen. Wie bei jedem anderen Übergang – von Kindheit zu Jugend, von Jugend zu Erwachsensein – bekam man es mit neuen Verpflichtungen zu tun, neuen Möglichkeiten, neuen Zweifeln.

Zum ersten Mal seit vielen Jahren war ich mir selbst wieder fremd.

Ich war fast fertig mit Packen, als Carol, ein wenig betrunken, die Treppe herunterkam, einen Schuhkarton im Arm. Der Karton trug die Aufschrift ANDENKEN (AUSBILDUNG). »Das solltest du an dich nehmen«, sagte sie. »Es gehörte deiner Mutter.«

»Wenn es Ihnen etwas bedeutet, behalten Sie's ruhig.«

»Danke, aber was ich daraus haben wollte, habe ich mir bereits genommen.«

Ich öffnete den Deckel und warf einen Blick auf den Inhalt. »Die Briefe.« Die anonymen Briefe, adressiert an Belinda Sutton, wie meine Mutter mit Mädchennamen hieß.

»Ja. Dann hast du sie also gesehen. Hast du sie mal gelesen?«

»Nein, nicht richtig. Gerade mal genug, um zu sehen, dass es Liebesbriefe waren.«

»O Gott, das klingt so süßlich. Ich würde sie eher als Huldigungen ansehen. Sie sind eigentlich ziemlich keusch, wenn man genau liest. Nicht unterschrieben. Deine Mutter hat sie bekommen, als wir noch auf der Universität waren. Sie ging damals mit deinem Vater aus, und *dem* konnte sie sie schwerlich zeigen – er hat ihr ja selbst Briefe geschrieben. Also hat sie sie mir gezeigt.«

»Sie hat nie herausgefunden, von wem sie kamen?«

»Nein, nie.«

»Sie muss doch neugierig gewesen sein.«

»Natürlich. Aber sie war inzwischen mit Marcus verlobt. Sie hatte ihn kennen gelernt, als er und E. D. ihr erstes Unternehmen gründeten – die Entwicklung und Fertigung von Höhenballons –, damals, als die Aerostaten noch ›Blauer Himmel‹-Technologie waren, wie Marcus es nannte, ein bisschen verrückt, ein bisschen idealistisch. Belinda nannte die beiden die Zeppelin-Brüder. Also waren wir wohl die Zeppelin-Schwestern, Belinda und ich. Denn zu der Zeit begann ich mit E. D. zu flirten. Weißt du, in gewisser Weise war meine ganze Ehe nichts anderes als der Versuch, mit deiner Mutter befreundet zu bleiben.«

»Die Briefe ...«

»Interessant, nicht wahr, dass sie sie all die Jahre aufbewahrt hat. Irgendwann habe ich sie gefragt, warum. Warum sie nicht einfach wegwerfen? Sie erwiderte: ›Weil sie aufrichtig sind.‹ Das war ihre Art, die Person zu ehren, die sie geschrieben hatte. Der letzte Brief traf eine Woche vor ihrer Hochzeit ein. Danach keine mehr. Und ein Jahr später habe ich E. D. geheiratet. Auch als

Paare waren wir unzertrennlich, hat sie dir das je erzählt? Wir sind zusammen in Urlaub gefahren, zusammen ins Kino gegangen. Belinda kam zu mir ins Krankenhaus, als die Zwillinge geboren wurden, und ich habe ihr die Tür aufgemacht, als sie *dich* zum ersten Mal nach Haus brachte. Aber das alles ging zu Ende nach Marcus' Unfall. Dein Vater war ein wundervoller Mensch, Tyler, sehr direkt, sehr witzig, der Einzige, der E. D. zum Lachen bringen konnte. Doch leider auch sehr leichtsinnig. Belinda war am Boden zerstört, als er starb. Und nicht nur seelisch. Marcus hatte den Großteil ihrer Ersparnisse durchgebracht, und von dem, was noch übrig war, musste sie die Hypothek tilgen, die auf ihrem Haus in Pasadena lag. Als also E. D. nach Osten ging und wir dieses Grundstück kauften, da lag es irgendwie nahe, ihr anzubieten, das Gästehaus zu beziehen.«

»Und den Haushalt zu führen.«

»Das war E. D.s Idee. Ich wollte sie einfach nur in der Nähe haben. Meine Ehe war nicht so erfolgreich, wie ihre es gewesen war. Eher das Gegenteil. Und sie war mehr oder weniger die einzige Freundin, die ich hatte. Die Einzige, der ich alles anvertrauen konnte. Fast alles.«

»Deswegen wollen Sie die Briefe behalten? Weil sie Teil Ihrer gemeinsamen Geschichte sind?«

Carol lächelte wie zu einem Kind, das etwas schwer von Begriff ist. »Nein, Tyler. Ich hab's doch gesagt – es sind *meine* Briefe.« Sie zwinkerte. »Nun schau nicht so fassungslos. Deine Mutter war so heterosexuell, wie eine Frau nur sein kann. Ich hatte einfach das Pech, mich in sie zu verlieben. Mich so verzweifelt in sie zu verlieben, dass ich bereit war, alles zu tun – sogar einen Mann zu heiraten, der einen etwas widerlichen Eindruck machte, schon damals –, nur um in ihrer Nähe zu bleiben. Die ganze Zeit über, Tyler, in all den Jahren, habe ich ihr nie etwas von meinen Gefühlen verraten. Nie, außer in diesen Briefen. Ich habe mich gefreut, dass sie sie aufbewahrte, auch wenn sie mir immer ein wenig gefährlich vorkamen, wie etwas Explosives oder Radioaktives, ein Zeugnis meiner Narr-heit. Als deine Mutter starb – ich meine, genau an dem Tag, als sie starb –, habe ich Panik gekriegt. Ich versteckte die Schach-tel. Ich dachte daran, die Briefe zu zerstören, aber ich konnte es nicht, hab's nicht fertig gebracht. Und dann, als E. D. sich von mir hat scheiden lassen, als niemand mehr getäuscht wer-den musste, habe ich sie einfach an mich genommen. Weil es ja *meine* Briefe sind, nicht wahr. Es waren immer meine.«

Ich wusste nicht, was ich darauf erwidern sollte.

Carol sah den Ausdruck in meinem Gesicht und legte ihre zerbrechlichen Hände auf meine Schultern. »Reg dich nicht auf. Die Welt ist voller Überraschungen. Wir sind uns und einander von Geburt an fremd – und nur selten werden wir formell vor-gestellt.«

Also brachte ich vier Wochen in einem Motelzimmer in Ver-mont zu und versorgte Diane, während sie langsam gesundete.

Körperlich gesundete, sollte ich sagen. Das emotionale Trau-ma, das sie auf der Condon-Ranch und später erlitten hatte, wirkte nach, schlug sich in Erschöpfung und Introvertiertheit nieder. Sie hatte sich schon verabschiedet von einer Welt, die zu Ende zu gehen schien – und fand sich dann wider Erwarten in einer ganz anderen Welt wieder. Es stand nicht in meiner Macht, sie mit dem allen zu versöhnen. Ich erklärte, was erklärt werden musste. Ich erhob keine Forderungen und machte deut-lich, dass ich keine Belohnung erwartete.

Ihr Interesse an der veränderten Welt wuchs nach und nach. Sie erkundigte sich nach der wieder in ihre angestammte Funk-tion eingesetzten Sonne, und ich gab an sie weiter, was mir Jason erzählt hatte: Die Spinmembran war noch da, aber die zeitliche Umhüllung beendet; sie schützte uns weiterhin, wie sie es die ganze Zeit getan hatte, indem sie die tödliche Strahlung in ein Simulakrum von Sonnenlicht umwandelte, das für das Ökosystem des Planeten verträglich war.

»Warum haben sie die Membran dann für sieben Tage abgeschaltet?«

»Sie wurde *herunter*geschaltet, nicht *ab*geschaltet. Und das haben sie gemacht, damit etwas durch die Membran hindurchkommen konnte.«

»Das Ding im Indischen Ozean.«

»Ja.«

Sie bat mich, ihr die Aufnahme von Jasons letzten Stunden vorzuspielen, und sie weinte, als sie sie hörte. Sie fragte nach seiner Asche. Hatte E. D. sie an sich genommen oder hatte Carol sie behalten? (Keines von beidem – Carol hatte sie mir in die Hand gedrückt mit der Aufforderung, ich solle damit machen, was mir angemessen erscheine. »Die Wahrheit ist, Tyler, dass du ihn besser kanntest als ich. Jason war für mich ein Geheimnis. Der Sohn seines Vaters. Aber du warst sein Freund.«)

Wir beobachteten, wie sich die Welt wiederentdeckte. Die Massenbegräbnisse nahmen ein Ende. Die trauernden, verängstigten Überlebenden begann zu begreifen, dass der Planet seine Zukunft zurückgewonnen hatte – so merkwürdig und fremd diese Zukunft auch sein mochte. Für unsere Generation war das ein atemberaubender Umschwung, der Mantel der Auslöschung war uns von den Schultern geglitten. Was würden wir ohne ihn anfangen? Wie würden wir darauf reagieren, dass wir nicht mehr zum Tode verdammt, dass wir nur noch sterblich waren?

Wir sahen die Aufnahmen der gewaltigen Konstruktion im Indischen Ozean, die sich in die Haut des Planeten gegraben hatte. Noch immer verdampfte das Meerwasser, wo es mit den gewaltigen Säulen in Berührung kam. Der Bogen, wurde er bald genannt, oder auch der Torbogen, nicht nur seiner Form wegen, auch weil etliche auf See befindliche Schiffe in die Häfen zurückkehrten mit Berichten über verschwundene Navigationspunkte, eigenartiges Wetter, durchdrehende Kompasse und Küstenlinien, wo es gar kein Land hätte geben dürfen. Diverse

Seestreitkräfte wurden in Marsch gesetzt. Jasons »Testament« gab Hinweise auf eine Erklärung der Vorgänge, doch nur wenige Menschen wussten davon – ich, Diane, das Dutzend, denen es mit der Post zugestellt worden war.

Diane begann etwas für ihre Fitness zu tun, joggte, während das Wetter herbstlich wurde, auf einem unbefestigten Weg hinter dem Motel und kehrte mit dem Geruch nach gefallenem Laub und Holzrauch in den Haaren zurück. Ihr Appetit wuchs, ebenso wie das Speisenangebot im Coffeeshop. Es wurden wieder Nahrungsmittel geliefert, die Wirtschaft kam langsam wieder in Gang.

Wir erfuhren, dass auch der Mars vom Spin befreit war. Signale waren zwischen den beiden Planeten hin- und hergegangen, und in einer seiner Reden deutete Präsident Lomax an, dass das Raumfahrtprogramm wiederaufgelegt werden sollte, ein erster Schritt auf dem Weg zur Aufnahme ständiger Beziehungen mit »unserem Schwesterplaneten«, wie er sich ausdrückte.

Wir sprachen über die Vergangenheit. Wir sprachen über die Zukunft.

Was wir nicht taten: Wir fielen uns nicht in die Arme.

Wir kannten einander zu gut – oder nicht gut genug. Wir hatten eine Vergangenheit, aber keine Gegenwart. Und Diane machte sich große Sorgen um Simon.

»Er hat dich beinahe sterben lassen«, erinnerte ich sie.

»Nicht mit Absicht. Er ist nicht boshaft. Das weißt du.«

»Dann ist er gefährlich naiv.«

Nachdenklich schloss sie die Augen. Dann sagte sie: »Es gibt da eine Wendung, die Pastor Kobel vom Jordan Tabernacle gebrauchte: ›Sein Herz schrie nach Gott‹. Wenn es jemanden gibt, auf den das passt, dann Simon. Aber man muss den Satz verallgemeinern. ›Sein Herz schrie‹ – ich glaube, das sind wir alle, das ist universell. Du, Simon, ich, Jason. Sogar Carol. Und auch E. D. Wenn Menschen begreifen, wie groß das Universum und wie kurz ihr Leben ist, dann schreit ihr Herz auf. Manchmal ist es ein Freudenschrei – ich glaube, das war es bei Jason, und das war es, was ich an ihm nicht verstanden habe: Er war in der Lage, Ehrfurcht zu empfinden. Doch für die meisten von uns ist es ein Schreckensschrei. Der Schrecken des Todes, der Schrecken der Sinnlosigkeit. Unsere Herzen schreien auf. Vielleicht nach Gott, vielleicht nur, um das Schweigen zu übertönen.« Sie strich sich die Haare aus der Stirn, und ich sah, dass ihr Arm, vor nicht allzu langer Zeit noch erschreckend dünn, wieder rund und kräftig geworden war. »Ich glaube, der Schrei, der sich aus Simons Herz gelöst hat, war der reinste, unverfälschteste Laut, zu dem Menschen fähig sind. Nein, er ist kein guter Menschenkenner. Ja, er ist naiv. Deshalb ist er auch von einem Glauben zum nächsten geirrt: New Kingdom, Jordan Tabernacle, die Condon-Ranch – egal was, solange es offen und freimütig war, solange es ihm vermittelte, dass die Menschen eine Bedeutung haben.«

»Und unterdessen hättest du elendig zugrunde gehen können.«

»Ich sage nicht, dass er klug ist. Ich sage, dass er nicht böse ist.«

Später wusste ich diese Art zu denken und zu argumentieren besser einzuschätzen: Diane sprach wie eine Vierte. Mit Distanz, aber doch engagiert. Vertraulich, aber objektiv. Ich kann nicht sagen, dass es mir missfiel, doch von Zeit zu Zeit ließ es mir die Nackenhärchen zu Berge stehen.

Nicht lange, nachdem ich sie für vollständig gesund erklärt hatte, teilte mir Diane mit, dass sie weggehen wolle. Ich fragte sie, was sie vorhabe.

Sie müsse Simon finden, erwiderte sie. »Einige Dinge klären«, so oder so. Schließlich wären sie immer noch verheiratet. Es war ihr wichtig, herauszufinden, ob er noch am Leben sei.

Ich machte sie darauf aufmerksam, dass sie weder Geld noch

eine eigene Wohnung hatte. Sie sagte, sie würde schon irgendwie über die Runden kommen. Also gab ich ihr eine der Kreditkarten, mit denen mich Jason ausgestattet hatte, allerdings mit der Warnung verbunden, dass ich nicht dafür garantieren könne – ich hatte keine Ahnung, wer für die Deckung aufkam, wo das Limit lag und ob man sie anhand der Karte würde aufspüren können.

Sie fragte, wie sie mit mir in Verbindung treten könne.

»Ruf einfach an.« Sie hatte meine Nummer, jene über all die Jahre beibehaltene und weiterbezahlte Nummer eines Handys, das ich immer mit mir herumgetragen hatte, obwohl es sehr selten klingelte.

Dann fuhr ich sie zum nächsten Busbahnhof.


Das Handy klingelte sechs Monate später, als die Zeitungen haufenweise Artikel über »die neue Welt« produzierten und die TV-Sender erste Bilder einer felsigen, wilden Landspitze »von der anderen Seite des Torbogens« zeigten.

Inzwischen hatten hunderte von Schiffen, große und kleine, die Überfahrt gewagt. Zum Teil waren es wissenschaftliche Expeditionen, von der UNO genehmigt, von der amerikanischen Marine eskortiert, von »eingebetteten« Reportern begleitet. Es gab aber auch viele private Charterfahrten. Und es gab Fischtrawler, die bei der Rückkehr in den Hafen einen Fang im Laderaum hatten, der bei schlechten Lichtverhältnissen als Kabeljau durchgehen konnte. Das war natürlich streng untersagt, doch bis das Verbot in Kraft getreten war, hatte sich der »Bogenkabeljau« bereits auf allen asiatischen Märkten breitgemacht. Er erwies sich als essbar und sogar nahrhaft. Was man, wie Jason gesagt hätte, als Anhaltspunkt werten durfte – als der Fisch einer DNA-Analyse unterzogen wurde, wies sein Genom auf entfernte terrestrische Abstammung hin. Die neue Welt war nicht nur gastlich, sie schien auch menschlichen Bedürfnissen gemäß ausgestattet zu sein.

»Ich habe Simon gefunden«, sagte Diane.

»Und?«

»Er lebt in einem Wohnwagenpark am Rand von Wilmington. Er verdient ein wenig Geld mit Reparaturen – Fahrräder, Toaster, solche Sachen. Ansonsten lebt er von der Wohlfahrt und besucht eine kleine Pfingstkirche.«

»Hat er sich gefreut, dich zu sehen?«

»Er wollte gar nicht wieder aufhören, sich für das zu entschuldigen, was auf der Condon-Ranch passiert ist. Er sagte, er will es wieder gutmachen. Er hat mich gefragt, ob es irgendetwas gibt, was er tun kann, um mir das Leben zu erleichtern.«

Ich umklammerte das Handy ein bisschen fester. »Was hast du ihm gesagt?«

»Dass ich mich scheiden lassen will. Er war einverstanden. Und er hat noch was gesagt – er meinte, ich hätte mich verändert, irgendetwas sei anders an mir. Er konnte es nicht genau festmachen. Aber ich glaube, es hat ihm nicht gefallen.«

Ein Hauch von Schwefel möglicherweise.

»Habe ich mich so sehr verändert, Tyler?«

»Alles verändert sich.«

Ihr nächster wichtiger Anruf kam ein Jahr später. Ich lebte inzwischen, zum Teil ermöglicht durch Jasons gefälschte Ausweispapiere, in Montreal, wartete darauf, dass mein Immigrantenstatus amtlich wurde, und hatte eine Assistentenstelle in einer Ambulanzklinik in Outremont inne.

Seit unserer letzten Unterhaltung war man der grundlegenden Dynamik des Bogens auf die Spur gekommen. Die Fakten waren verwirrend für jeden, der sich ihn als statische Maschine oder simple »Tür« vorstellte, doch wenn man ihn so betrachtete, wie Jason es getan hatte – als komplexe, mit Bewusstsein begabte Wesenheit, die fähig war, Ereignisse im Rahmen eines definierten Bereichs wahrzunehmen und zu beeinflussen –, kam man der Sache schon viel näher.

Zwei Welten waren durch den Bogen verbunden worden, aber nur für bemannte Meeresfahrzeuge, die ihn von Süden querten.

Man bedenke, was das bedeutet: Für den Wind, die Meeresströmung oder den Zugvogel war der Bogen nichts anderes als ein Paar stationärer Säulen zwischen dem Indischen Ozean und dem Golf von Bengalen; sie bewegten sich ungehindert um den Bogenbereich herum und durch ihn hindurch, ebenso wie alle Schiffe, die von Norden nach Süden kreuzten.

Wenn man dagegen per Schiff den Äquator von Süden her bei neunzig Grad östlich überquerte und zum Bogen zurückblickte – dann tat man das von einem unbekannten Meer aus, unter einem seltsamen Himmel, Lichtjahre von der Erde entfernt.

In Madras hatte ein ehrgeiziger, illegaler Kreuzfahrtveranstalter englischsprachige Plakate drucken lassen mit der Aufforderung: REISEN SIE BEQUEM ZU EINEM FREUNDLICHEN PLANETEN! Interpol machte dem ein Ende – die UNO versuchte damals noch, die Überfahrten zu regulieren –, doch die Plakate hatten es ziemlich gut getroffen. Wie konnte so etwas zugehen? Fragen Sie die Hypothetischen!

Dianes Scheidung war vollzogen, wie sie mir mitteilte, aber sie hatte weder Arbeit noch sonstige Perspektiven. »Ich dachte, wenn ich zu dir kommen könnte ...« Sie klang zaghaft, überhaupt nicht wie eine Vierte – oder wie eine Vierte nach meiner Vorstellung hätte klingen sollen. »Wenn das geht, wenn dir das recht ist. Ehrlich gesagt, brauche ich ein bisschen Hilfe. Um zur Ruhe zu kommen und, na ja, das Richtige für mich zu finden.«

Also besorgte ich ihr einen Job in der Klinik und kümmerte mich um die Einwanderungsformalitäten. Im Herbst kam sie zu mir nach Montreal.


Es folgte ein überaus zaghafter Prozess der Annäherung, sehr langsam, sehr altmodisch – vielleicht ein bisschen marsianisch –, und dabei entdeckten Diane und ich einander in einem gänzlich neuen Licht. Wir steckten nicht mehr in der Zwangsjacke des Spins. Wir waren auch keine Kinder mehr, die blind nach Trost suchten. Wir verliebten uns als Erwachsene.

Es waren die Jahre, als die Weltbevölkerung ihren Höchststand von acht Milliarden erreichte. Der Großteil des Wachstums war in die aufgeblähten Megastädte geflossen: Schanghai, Jakarta, Manila, die Küstenstädte Chinas, Lagos, Kinshasa, Nairobi, Maputo, Caracas, La Paz, Tegucigalpa – all die von Feuern beleuchteten, von Smog umhüllten Karnickelbauten dieser Welt. Es hätte ein Dutzend Torbögen gebraucht, um die Wachstumskurve umzukehren, aber die Überbevölkerung sorgte für eine stete Welle von Auswanderern, Flüchtlingen, »Pionieren«, die sich häufig in die Laderäume illegaler Schiffe gepfercht sahen und nicht selten tot oder im Sterben liegend die Küste von Port Magellan erreichten.

Port Magellan war die erste getaufte Ansiedlung in der neuen Welt. Inzwischen waren große Teile dieser Welt grob kartografiert worden, meistenteils aus der Luft. Port Magellan bildete die östliche Spitze eines Kontinents, der, wenn auch noch nicht offiziell, »Äquatoria« genannt wurde. Es gab eine zweite, sogar noch größere Landmasse – »Borea« –, die den nördlichen Pol überspannte und bis in die gemäßigte Zone des Planeten reichte. Die südlichen Meere waren von Inseln und Archipelen übersät.

Das Klima war gemäßigt, die Luft frisch, die Schwerkraft lag bei 95,5 Prozent der auf der Erde herrschenden. Beide Kontinente waren Vorratskammern, die nur darauf warteten, geöffnet zu werden – in den Meeren und Flüssen wimmelte es von Fischen. In den Slums von Douala und Kabul kursierten Geschichten, wonach man sich das Essen in Äquatoria nur von den Bäumen zu pflücken brauchte und anschließend ein Schläfchen zwischen den Wurzeln machen konnte.

Die Wirklichkeit sah natürlich ein bisschen anders aus: Port

Magellan war eine von Soldaten bewachte UNO-Enklave, die rundherum gewachsenen Barackensiedlungen dagegen waren unregiert und unsicher. Die Küstenlinie jedoch war über hunderte von Kilometern mit Fischerdörfern gesprenkelt, es wurden Touristenhotels rings um die Lagunen von Reach Bay und Aussie Harbor gebaut, und die Aussicht auf freies, fruchtbares Land lockte zahlreiche Siedler landeinwärts entlang der Flusstäler des Weißen und des Neuen Irrawaddi.

Die bedeutendste Nachricht aus der neuen Welt in jenem Jahr allerdings betraf die Entdeckung des zweiten Bogens. Er befand sich eine halbe Welt vom ersten Bogen entfernt, nahe den südlichen Ausläufern der borealischen Landmasse, und dahinter gab es eine weitere neue Welt – anfänglichen Berichten zufolge nicht ganz so einladend wie die erste, doch das lag vielleicht nur daran, dass dort gerade Regenzeit herrschte.

»Es muss noch mehr Leute wie mich geben«, sagte Diane eines Tages im fünften Jahr der Nachspinzeit. »Ich würde sie gerne kennen lernen.«

Ich hatte ihr meine Ausgabe der marsianischen Archive gegeben, eine grobe Erstübersetzung auf einer Reihe von Speicherkarten, und sie studierte sie mit der gleichen Gründlichkeit, mit der sie sich früher der viktorianischen Dichtung oder den New-Kingdom-Traktaten gewidmet hatte.

Sollte Jasons Vorgehen erfolgreich gewesen sein, ja, dann gab es sicher noch mehr Vierte auf der Erde. Aber sich als solcher zu erkennen zu geben, war nichts anderes als ein Freifahrtschein in das nächstgelegene Gefängnis. Die Regierung Lomax hatte alles Marsianische zu einer Angelegenheit der nationalen Sicherheit erklärt und unter Verschluss gestellt, und die inländischen Sicherheitsdienste waren in der Wirtschaftskrise, die auf das Ende des Spins folgte, mit weitreichenden polizeilichen Befugnissen ausgestattet worden.

»Denkst du je darüber nach?«, fragte sie etwas schüchtern.

Darüber, ob auch ich ein Vierter werden wollte. Indem ich mir eine Dosis der klaren Flüssigkeit aus einer der Phiolen, die ich in einem Stahlsafe im Kleiderschrank unseres Schlafzimmers aufbewahrte, in den Arm spritzte. Natürlich hatte ich darüber nachgedacht – wir würden uns dadurch ähnlicher werden.

Aber wollte ich das? Ich war mir des Abstands, der Kluft zwischen ihrer Viertheit und meiner »profanen« Menschlichkeit durchaus bewusst, aber ich hatte keine Angst davor. In manchen Nächten, wenn ich in ihre feierlich ernsten Augen blickte, war mir dieser Abgrund sogar lieb und teuer. Denn der Abgrund ist es, der die Brücke bestimmt, und die Brücke, die wir gebaut hatten, war schön und stabil.

Sie streichelte meine Hand, fuhr mit ihren glatten Fingern über meine strukturierte Haut, ein subtiler Hinweis darauf, dass ich die Behandlung eines Tages so oder so benötigen würde, selbst wenn ich nicht besonders scharf darauf war.

»Noch nicht«, sagte ich.

»Wann?«

»Wenn ich bereit bin.«


Auf Präsident Lomax folgte Präsident Hughes und auf diesen Präsident Chaykin, doch sie waren allesamt Veteranen ein und derselben Spinzeitpolitik. Sie betrachteten die marsianische Biotechnologie als neue Atombombe, potenziell jedenfalls, und im Moment gehörte sie ganz ihnen, konnte als urheberrechtlich geschützte Drohung dienen. In seiner ersten diplomatischen Depesche an die Fünf Republiken hatte Lomax diese darum ersucht, jegliche biotechnischen Informationen aus unkodierten Übertragungen vom Mars zur Erde zu verbannen. Er hatte diese Bitte mit den Wirkungen begründet, die eine derartige Technologie in der politisch geteilten und oft gewalttätigen Welt – als Beispiel führte er den Tod Wun Ngo Wens an – entfalten könnte, und bisher hatten die Marsianer mitgespielt und seinem Wunsch entsprochen.

Doch sogar dieser zensierte Kontakt mit dem Mars hatte sein Maß an Zwietracht gesät. Die egalitäre Wirtschaftsweise der Fünf Republiken hatte Wun Ngo Wen zu einer Art Maskottchen der neuen globalen Arbeiterbewegung gemacht. Ich war reichlich schockiert, Wuns Gesicht auf Transparenten zu erblicken, die von Textilarbeiterinnen aus den asiatischen Fabrikzonen oder von Chipsockelaufsteckern aus den zentralamerikanischen *Maquiladoras* getragen wurden – aber ich bezweifle, dass es ihm missfallen hätte.

Diane reiste zu E. D.s Beerdigung in die USA, fast auf den Tag genau elf Jahre, nachdem ich sie von der Condon-Ranch befreit hatte.

Wir hatten in den Nachrichten von seinem Tod erfahren, wobei beiläufig erwähnt worden war, dass E. D.s Exfrau Carol sechs Monate vor ihm gestorben war, ein weiterer Schock für Diane. Carol hatte schon vor Jahren aufgehört, unsere Anrufe entgegenzunehmen. Zu gefährlich, sagte sie. Es reiche ihr zu wissen, dass wir in Sicherheit seien. Und es gab im Grunde auch nichts zu sagen.

Diane besuchte das Grab ihrer Mutter, während sie in Washington war. Am meisten bedrückte sie, wie sie sagte, dass Carols Leben so unvollständig gewesen sei: ein Verb ohne Objekt, ein anonymer Brief, missverstanden, weil die Unterschrift fehlte. »Es ist weniger sie, die mir fehlt, als die, die sie hätte sein können.«

Bei E. D.s Trauerfeier achtete sie sorgfältig darauf, sich nicht zu erkennen zu geben. Zu viele seiner politischen Kumpanen waren anwesend, darunter der Vizepräsident und der Justizminister. Doch ihre besondere Aufmerksamkeit galt einer unbekannten Frau auf einer der hinteren Bänke, die ihrerseits immer wieder verstohlen zu Diane sah. »Ich wusste sofort, dass sie eine Vierte ist«, sagte sie später. »Ich kann gar nicht genau sagen, warum. Ihre Haltung, die alterslose Erscheinung – aber es war noch mehr, es war wie ein Signal, das zwischen uns hin- und herlief.« Als die Zeremonie beendet war, ging sie auf die Frau zu und fragte sie, auf welche Weise sie mit E. D. bekannt gewesen war.

»Ich war nicht mit ihm bekannt«, erwiderte die Frau. »Nicht im eigentlichen Sinne. Ich war eine Weile im Forschungsteam bei Perihelion, in der Zeit, als Jason Lawton dort der Leiter war. Ich heiße Sylvia Tucker.«

Der Name kam mir gleich bekannt vor, als Diane ihn nannte. Sylvia Tucker war eine der Anthropologinnen, die in Florida mit Wun Ngo Wen zusammengearbeitet hatten. Sie war freundlicher gewesen als die meisten anderen der befristet angestellten Wissenschaftler – gut möglich, dass Jason sich ihr anvertraut hatte.

»Wir haben E-Mail-Adressen ausgetauscht«, sagte Diane. »Keiner von uns hat das Wort ›Vierte‹ ausgesprochen. Aber wir *wussten* es beide, da bin ich sicher.«

Eine Korrespondenz folgte nicht daraus, doch von Zeit zu Zeit erhielt Diane digitale Presseausschnitte von Sylvia Tuckers Adresse. Diese betrafen zum Beispiel: Einen Industriechemiker aus Denver, der auf Grund einer Sicherheitsverfügung verhaftet und auf unbestimmte Zeit in Gewahrsam genommen worden war; eine geriatrische Klinik, die auf Grund eines Bundeserlasses geschlossen worden war, einen Soziologieprofessor von der University of California, der bei einem Feuer ums Leben gekommen war, es wurde Brandstiftung vermutet; und so weiter.

Ich hatte bewusst keine Liste der Adressen aufbewahrt, an die Jasons Päckchen gegangen waren, und sie auch nicht auswendig gelernt. Doch einige der Namen in den Artikeln klangen durchaus vertraut.

»Sie will uns mitteilen, dass wir gejagt werden«, sagte Diane. »Die Regierung jagt Vierte.«

Einen Monat lang diskutierten wir, was wir machen würden, wenn wir die gleiche Art von Aufmerksamkeit auf uns zögen.

Wohin sollten wir fliehen, angesichts des globalen Sicherheitsapparats, den Lomax und seine Erben aufgebaut hatten?

Im Grunde gab es darauf nur eine plausible Antwort. Nur einen Ort, wo dieser Apparat nicht tätig werden konnte, wo die Überwachung vollkommen blind war. Wir machten also unsere Pläne – diese Pässe, jenes Bankkonto, diese Route über Europa nach Südasien – und legten sie beiseite, bis wir sie brauchen würden.

Dann empfing Diane eine letzte Nachricht von Sylvia Tucker, die aus nur zwei Wörtern bestand: *Haut ab.*

Und das taten wir.


Auf der letzten Etappe der Reise, beim Anflug auf Sumatra, sagte Diane: »Bist du sicher, dass du es tun willst?«

Ich hatte die Entscheidung vor einigen Tagen getroffen, während eines Zwischenaufenthalts in Amsterdam, als wir immer noch Sorge hatten, dass wir verfolgt würden, dass unsere Pässe markiert seien, dass unser Vorrat an marsianischen Pharmazeutika doch noch beschlagnahmt werden würde.

»Ja«, erwiderte ich. »Bevor wir die Überfahrt machen.«

»Ganz sicher?«

»So sicher, wie man sein kann.«

Nein, nicht sicher. Aber bereit. Bereit, das zu verlieren, was verloren gehen würde, und bereit, das anzunehmen, was zu gewinnen war.

Diane und ich mieteten uns also ein Zimmer im dritten Stock eines im Kolonialstil gehaltenen Hotels in Padang, wo wir für eine Weile unbemerkt bleiben würden. Wir alle fallen, sagte ich mir, und ein jeder landet irgendwo.

Eine halbe Stunde vor der Querung des Bogens, eine Stunde nach Anbruch der Dunkelheit, trafen wir im Speiseraum der Mannschaft auf En. Einer der Matrosen hatte ihm, um ihn zu beschäftigen, einen Bogen Papier und ein paar Stifte gegeben.

Er schien erleichtert, uns zu sehen. Er sei ein bisschen besorgt wegen der Überfahrt, sagte er. Er rückte seine Brille zurecht – leicht zusammenzuckend, als sein Daumen die wunde Stelle berührte, die Jalas Schlag auf seiner Wange hinterlassen hatte – und fragte mich, wie das vor sich gehen würde.

»Ich weiß es nicht. Ich habe die Fahrt noch nie gemacht.«

»Werden wir es merken, wenn es soweit ist?«

»Von der Crew habe ich gehört, dass der Himmel dann ein bisschen seltsam wird. Und in dem Moment, wo die Querung stattfindet, wenn wir uns genau zwischen der alten und der neuen Welt befinden, springt die Kompassnadel um, von Nord auf Süd. Und auf der Brücke lassen sie die Schiffshupe ertönen. Du wirst es nicht verpassen.«

»Eine weite Reise. In kurzer Zeit.«

Wie wahr. Der Bogen – jedenfalls unsere »Seite« – war, bevor er sich aus dem Orbit herabgesenkt hatte, quer durch den interstellaren Raum herbeigeschafft worden, vermutlich in einer Geschwindigkeit, die unter der des Lichts lag. Doch die Hypothetischen hatten Äonen von Spinzeit zur Verfügung gehabt, um den Transport über die Bühne zu bringen. Womöglich hätten sie jede Entfernung bis zu drei Milliarden Lichtjahren überbrücken können, und schon ein winziger Bruchteil dessen befand sich jenseits von allem, was unsere Sinne erfassen konnten.

»Da fragt man sich doch«, sagte Diane, »warum sie sich die ganze Mühe gemacht haben.«

»Nun, Jason zufolge ...«

»Ich weiß. Die Hypothetischen wollen uns vor dem Aussterben bewahren, damit wir uns zu etwas Komplexerem entwickeln können. Aber warum wollen sie das? Was erwarten sie von uns?«

En ignorierte unseren theoretischen Exkurs. »Und wenn wir dann übergesetzt haben ...«

»Dann«, sagte ich, »ist es noch eine Tagesreise bis Port Magellan.«

Diese Auskunft zauberte ihm ein Lächeln ins Gesicht.

Ich wechselte einen Blick mit Diane. Sie hatte sich En vor zwei Tagen vorgestellt, und inzwischen waren die beiden bereits befreundet. Sie hatte ihm aus einem in der Schiffsbibliothek gefundenen Buch mit englischen Kindergeschichten vorgelesen. Und sie hatte Housman für ihn zitiert: *Das Kind hat gar nicht wahrgenommen ...* »Das gefällt mir nicht«, hatte En gesagt.

Er zeigte uns seine Zeichnung: Bilder von Tieren, die er in Videofilmen aus der Ebene von Äquatoria gesehen haben musste, langhalsige Geschöpfe mit nachdenklichen Augen und tigergestreiftem Fell.

»Sie sind wunderschön«, sagte Diane.

En nickte feierlich. Wir überließen ihn seiner Arbeit und gingen wieder aufs Deck.


Der Nachthimmel war klar, und der Scheitel des Bogens jetzt genau über uns. Ein letztes Schimmern des Lichts reflektierend, wies er aus diesem Blickwinkel nicht die geringste Krümmung auf, sondern stellte eine reine euklidische Gerade dar, eine elementare Zahl [1] oder einen Buchstaben [I].

Wir standen an der Reling, so nahe zum Bug des Schiffes hin, wie es uns möglich war. Der Wind zerrte an unserer Kleidung, unseren Haaren. Die Schiffsflaggen knatterten, das Meer warf zerklüftete Spiegelbilder der Positionslampen zurück.

»Hast du sie?«, fragte Diane.

Sie meinte die winzige Phiole, die einen Teil von Jasons Asche enthielt. Wir hatten diese Zeremonie – wenn man es denn so nennen konnte – geplant, lange bevor wir Montreal verlassen hatten. Jason hatte sich nie viel aus Gedenkaktionen gemacht, aber ich glaube, diese hätte er gutgeheißen. »Hier.« Ich zog das Keramikröhrchen aus meiner Tasche.

»Er fehlt mir. Er fehlt mir immerzu.« Sie schmiegte sich an meine Schulter, und ich legte meinen Arm um sie. »Ich wünschte, ich hätte ihn als Vierten erlebt. Doch ich glaube nicht, dass es ihn sehr verändert hat.«

»Nein, gar nicht.«

»In gewisser Weise war Jason *immer* ein Vierter.«

Als wir uns dem Augenblick der Überfahrt näherten, schienen die Sterne zu verblassen, als würde etwas Gazeartiges das Schiff umhüllen. Ich öffnete das Röhrchen mit Jasons Asche. Diane legte ihre Hand auf meine.

Plötzlich drehte der Wind, und die Temperatur fiel um ein oder zwei Grad.

»Manchmal«, sagte sie, »wenn ich an die Hypothetischen denke, dann bekomme ich plötzlich Angst.«

»Wovor?«

»Dass wir ihr rotes Kalb sind. Oder das, was sich Jason von den Marsianern erhoffte. Dass sie von uns erwarten, wir würden sie vor irgendetwas retten. Etwas, vor dem sie Angst haben.«

Vielleicht war es so. Andererseits, dachte ich, werden wir das tun, was das Leben immer tut – alle Erwartungen enttäuschen.

Ich fühlte ein Zittern durch ihren Körper laufen. Über uns wurde die Bogengerade langsam blasser. Dunst legte sich über das Meer. Nur dass es kein Dunst im gewöhnlichen Sinne war – es hatte nichts mit Wetter zu tun.

Das letzte Schimmern des Bogens verschwand, ebenso der Horizont. Auf der Brücke der *Capetown Maru* musste der Kompass mit seiner Rotation begonnen haben. Der Kapitän ließ das Schiffshorn ertönen, ein brutaler Lärm, das Kreischen des empörten Raumes. Ich sah nach oben. Die Sterne wirbelten schwindelerregend umher.

»Jetzt«, rief Diane in den Lärm hinein.

Ich beugte mich über die Reling, und gemeinsam, die Hände aufeinander gelegt, drehten wir das Röhrchen um. Die Asche tanzte im Wind, glänzte wie Schnee, als sie von den Schiffslichtern erfasst wurde. Sie entschwand unseren Blicken, noch bevor sie auf das schwarze Wasser traf – aufgenommen, wie ich glauben möchte, von dem leeren Raum, den wir querten, dem zusammengefügten Ort zwischen den Sternen.

Diane lehnte sich gegen meine Brust. Der Klang des Horns pulsierte durch unser beider Körper, bis er schließlich verstummte.

Dann hob sie den Kopf. »Der Himmel«, sagte sie.

Die Sterne waren neu und fremdartig.


Am Morgen kamen wir hinauf aufs Deck, um die Luft der neuen Welt zu riechen und ihre Hitze zu spüren, wir alle miteinander: En, seine Eltern, Ibu Ina, die anderen Passagiere, sogar Jala und eine Reihe von Crewmitgliedern, die gerade keinen Dienst zu versehen hatten.

Es hätte auch die Erde sein können, der Farbe des Himmels und der Wärme der Sonnenstrahlen nach zu urteilen. Die Landspitze von Port Magellan zeichnete sich als gezackte Linie am Horizont ab, ein felsiges Vorgebirge und ein paar blasse Rauchsäulen, die zunächst senkrecht aufstiegen und dann, von höheren Winden erfasst, nach Westen abdrifteten.

Ina stellte sich zu uns an die Reling, En im Schlepptau. »Es sieht so vertraut aus«, sagte sie. »Und fühlt sich doch so anders an.«

Verschlungene Klumpen Grünzeug, dem Festland von Äquatoria durch Stürme oder Flut entrissen, schaukelten in unserem Kielwasser, riesige achtfingrige Blätter, die schlaff auf der Wasseroberfläche trieben. Der Bogen lag jetzt hinter uns, kein Tor nach außen mehr, sondern ein Tor zurück nach innen, eine ganz neue Art von Tor.

Ina sagte: »Es ist, als würde eine Geschichte zu Ende gehen und eine neue beginnen.«

En schüttelte den Kopf. »Nein.« Er lehnte sich in den Wind, als könnte er so die Zukunft ein Stück vorantreiben. »Die Geschichte beginnt erst, wenn wir landen.«

Lesen Sie weiter in:

Robert Charles Wilson

AXIS

Aus Gründen der Dramaturgie habe ich für »Spin« einige Krankheiten erfunden. KVES ist eine imaginäre, von Rindern übertragene Krankheit, für die es keine Entsprechung in der realen Welt gibt. Auch AMS ist ganz und gar ausgedacht, doch ihre Symptome ähneln denen der multiplen Sklerose, einer leider sehr realen Krankheit. Zwar ist MS bisher noch nicht heilbar, aber es zeichnen sich eine Reihe von vielversprechenden neuen Therapien ab. Dennoch sollte man Science-Fiction-Romane nicht mit einer medizinischen Fachzeitschrift verwechseln. Leser, die sich näher über MS informieren möchten, finden die beste Informationsquelle unter www.nationalmssociety.org.

Die für Sumatra und das Volk der Minangkabau extrapolierte Zukunft ist ebenfalls weitgehend ein Produkt meiner Fantasie, allerdings hat die matrilineare Kultur der Minangkabau sowie ihre Koexistenz mit dem modernen Islam längst die Aufmerksamkeit der Anthropologen geweckt – siehe Peggy Reeves Sandays Studie »Women at the Center: Life in a Modern Matriarchy«.

Wer sich für den aktuellen wissenschaftlichen Diskurs über die Evolution und die Zukunft des Sonnensystems interessiert und Informationen sucht, die nicht von der Science Fiction eingefärbt sind, könnte hier fündig werden: »The Life and Death of Planet Earth« von Peter D. Ward und Donald Brownlee oder »Our Cosmic Origins« von Armand Delsemme.

Viele Leute haben mir beim Schreiben dieses Buches geholfen (und ich danke ihnen allen), der Preis für den unverzichtbarsten Beitrag aber geht einmal mehr an meine Frau Sharry.

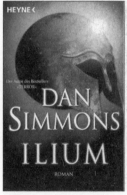
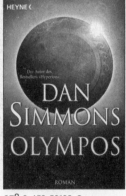

# Arthur C. Clarke
# & Stephen Baxter

Die triumphale Rückkehr in die Welt von
2001-Odyssee im Weltraum

Es ist das Jahr 2037 – als das Raum-Zeit-Kontinuum
plötzlich auseinander bricht und auf bizarre Weise
wieder zusammengefügt wird.

*»Grandios! Eine Zusammenarbeit von Arthur C. Clarke
und Stephen Baxter ist an sich schon eine faszinierende
Sache – aber damit, dass ein Science-Fiction-Meisterwerk
wie dieses herauskommt, hat wohl niemand gerechnet!«*
**Entertainment Weekly**

978-3-453-52037-0   978-3-453-52125-4